GRöLS Verlage

„Bücher sind wie Fallschirme. Sie nützen uns nichts, wenn wir sie nicht öffnen."

Gröls Verlag

Redaktionelle Hinweise und Impressum

Das vorliegende Werk wurde zugunsten der Authentizität sehr zurückhaltend bearbeitet. So wurden etwa ursprüngliche Rechtschreibfehler *nicht* systematisch behoben, denn kleine Unvollkommenheiten machen das Buch – wie im Übrigen den Menschen – erst authentisch. Mitunter wurden jedoch zum Beispiel Absätze behutsam neu getrennt, um den Lesefluss zu erleichtern.

Um die Texte zu rekonstruieren, werden antiquarische Bücher von Lesegeräten gescannt und dann durch eine Software lesbar gemacht. Der so entstandene Text wird von Menschen gegengelesen und korrigiert – hierbei treten auch Fehler auf. Wenn Sie ebenfalls antiquarische Texte einreichen möchten, finden Sie weitere Informationen auf www.groels.de

Viel Freude bei der Lektüre wünscht Ihnen das Team des Gröls-Verlags.

Adressen

Verleger: Sophia Gröls, Im Borngrund 26, 61440 Oberursel

Externer Dienstleister für Distribution & Herstellung: BoD, In de Tarpen 42, 22848 Norderstedt

Unsere „Edition | Werke der Weltliteratur“ hat den Anspruch, eine der größten und vollständigsten Sammlungen klassischer Literatur in deutscher Sprache zu sein. Nach und nach versammeln wir hier nicht nur die „üblichen Verdächtigen“ von Goethe bis Schiller, sondern auch Kleinode der vergangenen Jahrhunderte, die – zu Unrecht – drohen, in Vergessenheit zu geraten. Wir kultivieren und kuratieren damit einen der wertvollsten Bereiche der abendländischen Kultur. Kleine Auswahl:

Francis Bacon • Neues Organon • **Balzac** • Glanz und Elend der Kurtisanen • **Joachim H. Campe** • Robinson der Jüngere • **Dante Alighieri** • Die Göttliche Komödie • **Daniel Defoe** • Robinson Crusoe • **Charles Dickens** • Oliver Twist • **Denis Diderot** • Jacques der Fatalist • **Fjodor Dostojewski** • Schuld und Sühne • **Arthur Conan Doyle** • Der Hund von Baskerville • **Marie von Ebner-Eschenbach** • Das Gemeindekind • **Elisabeth von Österreich** • Das Poetische Tagebuch • **Friedrich Engels** • Die Lage der arbeitenden Klasse • **Ludwig Feuerbach** • Das Wesen des Christentums • **Johann G. Fichte** • Reden an die deutsche Nation • **Fitzgerald** • Zärtlich ist die Nacht • **Flaubert** • Madame Bovary • **Gorch Fock** • Seefahrt ist not! • **Theodor Fontane** • Effi Briest • **Robert Musil** • Über die Dummheit • **Edgar Wallace** • Der Frosch mit der Maske • **Jakob Wassermann** • Der Fall Maurizius • **Oscar Wilde** • Das Bildnis des Dorian Grey • **Émile Zola** • Germinal • **Stefan Zweig** • Schachnovelle • **Hugo von Hofmannsthal** • Der Tor und der Tod • **Anton Tschechow** • Ein Heiratsantrag • **Arthur Schnitzler** • Reigen • **Friedrich Schiller** • Kabale und Liebe • **Nicolo Machiavelli** • Der Fürst • **Gotthold E. Lessing** • Nathan der Weise • **Augustinus** • Die Bekenntnisse des heiligen Augustinus • **Marcus Aurelius** • Selbstbetrachtungen • **Charles Baudelaire** • Die Blumen des Bösen • **Harriett Stowe** • Onkel Toms Hütte • **Walter Benjamin** • Deutsche Menschen • **Hugo Bettauer** • Die Stadt ohne Juden • **Lewis Caroll** • *und viele mehr….*

Franz Werfel

Verdi

Roman der Oper

Inhalt

Erstes Kapitel 9

Zweites Kapitel 24

I 24

II 25

III 30

IV 40

V 46

VI 54

VII 57

Drittes Kapitel 60

I 60

II 67

III 71

IV 76

VI 88

Viertes Kapitel 89

I 89

II 98

III ... 104
IV ... 105
V ... 119
Fünftes Kapitel ... 120
I ... 120
II ... 124
III ... 130
IV ... 138
V ... 147
VI ... 158
Sechstes Kapitel ... 166
I ... 166
II ... 174
III ... 184
Siebentes Kapitel ... 200
I ... 200
II ... 203
III ... 216
IV ... 231
V ... 234
Achtes Kapitel ... 238
I. ... 238
II ... 251
III ... 253
IV ... 261

V ... 263

VI ... 274

VII ... 278

VIII ... 281

IX ... 286

Neuntes Kapitel ... 288

I ... 288

II ... 292

III ... 296

IV ... 297

V ... 303

VI ... 318

VII ... 325

Zehntes Kapitel ... 329

I ... 329

II ... 335

III ... 339

IV ... 341

V ... 346

VI ... 355

VII ... 356

VIII ... 360

IX ... 366

Nachspiel ... 371

I ... 371

II 373
III 377

Erstes Kapitel

Ein Konzert im Teatro la Fenice

Der unirdische Monddunst dieser lau-bezaubernden Weihnacht drang durch das Wasserportal des Fenicetheaters und verklärte die finstere Mündung des langen Ganges, der vorwärts zum erleuchteten Foyer führte. An der grünspanigen Mauer, unbewegt in der Schwärze des Kanals, ein wenig abseits von Treppe und Pflöcken, ruhten einige Gondeln entlang des Fondamento.

Die Ruderer, die zuerst meinten, es gebe eine Oper zu hören, und die ihren Herrschaften nachgeschlichen kamen, um durch einen Türspalt oder gar auf unbezahlten Stehplätzen den Gesang zu genießen, waren enttäuscht worden. Das Orchester da drinnen – alle Musiker in schwarzer Parade – machte eine endlose, langweilige Musik. Und diese Musik wurde vor nicht mehr als fünfzehn Menschen gelärmt. Wußte man nichts Besseres aufzuführen, jetzt, im Dezember, zur Zeit der Stagione?

Die Gondelführer saßen längst schon in einer der Tavernen auf dem Campo del Teatro. Einer von ihnen stand von Zeit zu Zeit immer auf, um nachzusehen, ob die Geschichte nicht schon zu Ende sei. Im übrigen waren sie nicht um Musik betrogen. In der offenen Tür der Nachbarschenke hatte ein Invalide in vergilbter vergessener Uniform Platz genommen und ein kleines Cello mit hohem Stachel zwischen die Knie gestemmt. Unter seinem Bogen beklagte dieses mittelalterliche Bettel-Instrument, das sich auf irgendeinem geheimnisvollen Wege in unsere Zeit verirrt hatte, sein trübes Schicksal. In der Taverne, wo die Wartenden lachten und stritten, produzierte sich ein Paar von Straßensängern: der Knabe mit seiner Mandoline und eine blinde Alte mit schrecklichen Augenhöhlen und einer hell-stechenden Tenorstimme. Dazu kam, daß fast alle Leute, die über den Platz gingen, einen Melodieteil sangen, summten, grölten, pfiffen, daß liederliche Aufschreie, Rufe, Gelächter aus plötzlich sich öffnenden und zuschlagenden Türen brachen, und daß jede Viertelstunde von allen Türmen herab die in dieser Nacht heilig erregten Glockenfluten auf die Stadt Venedig stürzten.

Über dem Hauptportal des so großen, so reizenden Theaters, das in Blau und Gold das Wappen des singenden Schwanes schmückt, brannten die Gasflammen in den beiden gewaltigen Milchglaskugeln. Das goldene Gitter war halb geschlossen. Kein Betreßter stand davor, und auch die Kolporteure der Textbücher, die sonst wütend zu Beginn der Vorstellung und während der Pausen ihr „Libri dell' opera! Libri dell' opera!“ der ungerührten Kirche gegenüber an den Kopf werfen, fehlten bei der heutigen Veranstaltung.

Das große Foyer mit seiner zu den Logengängen emporsteigenden Marmorfreitreppe strahlte in den vielfachen Lichtgraden der offenen, in Schalen und hinter Gitterkäfigen brennenden Flammen.

Übertriebenes Schlagschattendunkel war über die beiden Nischen geworfen, in denen rechts ein weißer Empireofen, links der gutmütig-höhnische Riesenkopf G. Rossinis („von der Gesellschaft im Jahre 1869 gestiftet“) die Dinge und Zeiten ertrugen.

Zwei Damen in höchster Eleganz, mit einem mantilleartigen Schleier über dem auffrisierten Kopf – als gelte es die Papstmesse zu besuchen –, standen verwirrt und unschlüssig im Raum. Oh, wie ruhig betraten sie sonst dieses Haus, wenn der erste Akt schon seinem Ende zuging, da Verspätung doch gute Manier der Vornehmen ist. Heute aber flüsterten sie erregt und pressiert miteinander, drängten sich gegenseitig vom Spiegel weg, zupften die Locken, tupften die Wangen, wiegten sich in den Hüften, und verschwanden, da niemand sie hinderte, ihre weitläufigen Röcke raffend, über die Treppen im ersten Stockwerk der Logen.

Jetzt war das feierlich-lichte Foyer ganz leer, das Büfett im Hintergrund unbewacht, obwohl man darauf eine ziemliche Reihe von Champagnergläsern und einige Schüsseln mit glanzvoll ausgebotenen Speisen bemerken konnte. Deutlich durchfauchte das Gaslicht die tiefe Stille. Nur dann und wann drang durch die dickgepolsterten Türen des Saals das Tutti des Orchesters: einzelne grimmige Akkorde, wie wenn in einem Nebenraum ein unhörbares Gespräch plötzlich zum Streit wird und aufbegehrend trotzige Worte fallen.

Der lange Gang hingegen, der vom Vestibül des Theaters zum Canal la Fenice führt, war nur von drei Petroleumlampen über den Notausgängen erhellt. Er lief dunkel den Riesenkörper des Zuschauer- und Bühnensaals entlang, der wie ein Meerschiff im Dock zu hängen schien. Zwei kleine Stiegen führten zu Eingangstüren empor, aus deren runden Fensterchen das grünlichgelbe Festlicht mit den Strahlen eines Sommernachmittags ins Dunkel lugte. Durch Gucklöcher konnte man auch die Konstruktion der Unterbühne betrachten, wo beim Schein einer abgeblendeten Laterne der Feuerwächter der apathischen Trauer seines Berufs nachhing.

In dem dämmrigen Gang patrouillierte mit tönendem Schritt ein alter Mensch in der dunkelgrünen Livree des Theaterbediensteten. Er trug den weißen ausgeschnittenen Bart der kaiserköniglich österreichischen Zeit, der eigens erfunden worden war, um ein Stück Brust für gewisse Orden und Ehrenzeichen frei zu lassen. Diese Barttracht war hier unter alten Leuten keine Seltenheit, denn man schrieb das Jahr 1882, und nicht viel mehr als ein Jahrzehnt seit Befreiung Venetiens und seit der Einigung des Königsreichs war vergangen.

Der Alte hielt ein erregt düsteres Selbstgespräch. Er schien mit seinem heutigen Dienst übel zufrieden zu sein. Immer wieder schritt er schallend auf und ab, als hätte er es darauf angelegt, sich durch Widerspruch zur Geltung zu bringen, den Leuten im Saal zu zeigen, daß er auf seinem Posten sei, und übrigens in uneingestandener Bosheit das Spiel zu stören. Plötzlich hob er den Kopf, seine schon etwas gebeugte Gestalt bekam Gewicht, er ging mit jener Amtslangsamkeit, mit der sich der Polizist ruhig an die Stätte eines Vergehens begibt, einem Herrn entgegen, der den Gang gemächlich herankam.

„Kein Zugang heute! Der Eintritt verboten! Es findet hier eine private Feierlichkeit statt!"

Der also abgefertigte Herr trug einen dunkelbraunen Überrock und hielt seinen schwarzen Schlapphut in der Hand. Er blieb ruhig vor dem Livrierten stehn und sah ihn mit langsamen, sehr blauen, etwas feuchten Augen an, deren Blick erst aus der Ferne zurückgeholt werden mußte. Dieser Augen abwesend-verträumte Kühnheit war von der stark vorspringenden Stirnwölbung überdunkelt und drückte nicht Ärger, sondern nur eine leichte Verwunderung aus, daß jemand diesen Einspruch gewagt hatte. Obgleich der natürlich gewachsene, kurze Bart fast schon durchwegs weiß, das weiche, noch jünglingshaft-dichte Haar – es fiel in schöner Locke über ein großes, gleichsam gierig geöffnetes Ohr –, obgleich dieses Haar schon mehr als grau war, wäre es doch niemandem eingefallen, zu sagen, der Mann sei alt.

Dem widersprach die nicht allzu kleine, ökonomisch wie ein Geigenkörper gebaute Gestalt mit ihren kräftigen und dabei fast zierlichen Gliedern. Sie stak mit ruhig atmender Gelassenheit in den Kleidern und bewies dadurch zehnfach mehr des alten Mannes Jugend als es jede aufgereckte Straffheit vermocht hätte. Eine große, sehr gebogene sonnverbrannte Nase, ein ganzes System von Falten und Fältchen um die Augen, die von Zeit zu Zeit auch im Dunkel wie von einer unsichtbaren Sonnenblendung zusammengekniffen wurden, gaben diesem Gesicht die wechselnde Miene eines Bauern, der im weiten Abendstrahl sein Land betrachtet, den großen Ausdruck eines verwegenen Piraten, der von seiner Klippe aufs Meer hinausblickt, meist aber die Ruhe eines vornehmen Mannes, der alle Zweifel überwunden und keine Mühe mehr hat, seines Wertes sich bewußt zu sein.

Die Götter, deren Attribut die ewige Jugend ist, wurden keineswegs immer als Jünglinge, viel öfter als reife, ältere Menschen dargestellt: Jupiter, Neptun und Vulkan! Auch auf diesem Gesicht war das Alter nichts als eine schön verwandelte Form der göttlichen Jugend und Zeitlosigkeit.

Der Herr, nachdem er in seiner abwesenden Art den Bediensteten lange und langsam betrachtet hatte, schickte sich an, weiterzugehen.

Der andere wurde strenger:

„Der Eintritt ist verboten! Es findet im Theater eine Feierlichkeit statt!"

Der Herr lächelte mit den fein ausstrahlenden Fältchen um sein Aug ein reizendes Lächeln:

„So?! Dann muß ich umkehren, Dario!"

Der Alte mit dem österreichischen Bart verstummte, gluckste auf, der Blitz schlug in ihn ein, er riß die roten Augen auf und begann seine Wange zu ohrfeigen:

„Ich Esel! Ich Tölpel! Ich Tier! ... Er erkennt mich und ich habe ihn nicht erkannt. Oh, Signor Maestro! ... Was soll ich tun? ... Das Herz klopft mir! ... Unverändert seid Ihr, und ich habe Euch nicht erkannt! ... Ihr beehrt uns! ... Welche Überraschung ... Beim Bacchus! ... Lang habt Ihr uns nicht beehrt, Signor Maestro! ... Wartet einmal: Im Jahre sechzig habt Ihr uns das letztemal beehrt ... Nein, im Jahre neunundfünfzig bei der Stagione vor dem Krieg! ... Mein Kopf ist wirr von dem Schreck! ... Vielleicht wars noch früher, als Ihr den „Boccanegra" hier aufführtet! ... Seht Ihr's, das hab ich mir genau gemerkt ... Viele Stücke haben sie seither gespielt, Signor Maestro, viele neue Stücke! ... Aber alle taugen sie nichts! ... Unter uns, Signor Maestro!"

„Es freut mich, daß Ihr noch beim Theater seid, Dario!"

„Ein Veteran, ein armer Veteran!"

Der elektrisierte Dario nahm Stellung:

„Habe noch beim „Ernani“ mitgeholfen! ... Das ist Schönheit, das ist Musik: „Si ridesti il Leon di Castiglia“. Das ist Musik, das ist Schönheit. Da kenn ich alles, alles! ... Aber obwohl ich solch ein Kenner bin, haben sie mich wegen meines Alters hier heruntergeschickt und zum Aushilfsbilletteur gemacht ... Vierzig Jahre war ich dort oben angestellt, habe im Chor, in der Komparserie mitgewirkt, als Beleuchter, als Mechaniker, als Bühnenportier ... Ihr habt mich erkannt, Signor Maestro, Ihr habt mich gekannt ... Alle Herren Maestri kennen mich ... Ihr habt uns immer schöne Diskretion gegeben ... Den gelungenen Sturm im „Rigoletto“ beliebtet Ihr extra zu honorieren ... O Schreck! ... Ihr beehrt uns! ... Hier sollt Ihr nicht stehn! ... Ihr sollt empfangen werden! ... Ich lauf zum Sekretär! ...“

„Im Gegenteil!“

Verdi berührte den Arm des Dario:

„Kein Mensch erfährt ein Wort davon, daß ich hier war. Ich bin einen Tag lang in Venedig gewesen, reise heute nacht nach Hause ... Es ist nur so ein Einfall, daß ich mir euer altes Theater wieder einmal ansehe ...“

„Ich verstehe! Ich schweige! Inkognito! Königsbesuch!“

„Und da drinnen?“

Der Maestro machte eine kleine Bewegung mit dem Kopf zum Saal hin. Er wußte sehr wohl, was da drin vorging, und deshalb war ihm die Frage, die er stellte, unangenehm.

„Da drin? Sie feiern den Deutschen!“

„Welchen Deutschen?“

„Nun ihn, der seinen Geburtstag hat. Vielleicht auch ist es die Frau, die Geburtstag hat. Kann auch sein, daß sie wegen des Festes diese Musik aufführen.“

Es schien, daß Dario von diesem Thema nicht gerne sprach. Er sah plötzlich auf seine armselig verbeulten Stiefel und machte es dem Maestro schwer.

„Wie heißt der Deutsche?“

„Wagner! Arrigo, oder Riccardo, oder Federigo, oder sonstwie. Sie spielen seine Sinfonia. Er schlägt selbst den Takt. Diese Sinfonia dauert schon fast eine Stunde, und es kommt keine Oper nachher. Dieser Wagner ist überhaupt ein Querkopf und Teufel. Man hat mir manches erzählt."

„Was erzählt man?"

„Er will im Theater die Pausen abschaffen. Bedenkt nur, Signor Maestro! Man soll hintereinander drei oder vier oder fünf Akte hören, stillesitzen, nicht aufstehen, nicht reden, nicht einmal schneuzen darf man sich eine ganze opera ballo lang. Was ist das für Tollheit, frage ich? – Der Mensch hat einen Akt gehört, seinen Genuß gehabt, jetzt will er sich ergehen, ein wenig rauchen, das Publikum betrachten, ein Gespräch beginnen, die Sänger beurteilen. – Aber nein, das wird verboten sein, wie sie das „bis" schon verboten haben."

„Sind das all seine Übeltaten?"

„Ah! Man hat mir noch Ärgeres erzählt. In einem Stück bringt dieser Ketzer das allerheiligste Sakrament auf die Bühne. Das ist Lästerung! Gehört so etwas auf die Szene?"

Der Maestro schien längst nicht mehr zuzuhören. Sein Blick hing wieder irgendwo im Weiten. Erst nach einer Weile fragte er sehr gleichgültig, als wollte er aus einem ganz bestimmten Grund das Gespräch ausdehnen:

„Und was gehört, Eurer Ansicht nach, auf die Bühne, Dario?"

Dario begann zuerst zu stammeln, entschloß sich dann zu einer großen Armbewegung und rief:

„Ein guter Gesang! Ein Gesang, der einschlägt! Opern mit gutem Gesang ..."

In diesem Augenblick riß der C-Dur-Akkord des Finales im höchsten Crescendo seines Paukenwirbels festlich ab. – Nach der kleinen Generalpause, die solchen musikalischen Wirkungen folgt, erhob sich Applaus, der zu hellen langgehaltenen Evviva-Rufen anwuchs. Die jugendlichen Musiker, zumeist Schüler des Liceo Benedetto Marcello, feierten den Meister.

Dario gab Laute des Unmuts von sich:

„Ich muß denen dort beim Büfett beistehn. Es ist leider meine Pflicht! Verzeihet!"

Mit seinem hageren, greisen Pas trabte er vorwärts zum Foyer. Noch einmal drehte sich dieses theatralische Unikum in seiner einfältigen und überheblichen

Art um: „Signor Maestro! Wartet hier auf mich! Sie werden nicht lange umhertanzen. Gleich bin ich wieder bei Euch!“

Verdi wunderte sich darüber, daß die Worte des Dieners einen gewissen Bann auf ihn ausübten. Es wäre noch Zeit gewesen, durch den leeren langen Gang zu seiner Gondel zurückzukehren. Aber in seiner seltsamen Gefühlsmischung, die er selbst nicht verstand und deren geringster Bestandteil Neugierde war, blieb er, ja machte einige Schritte gegen das Foyer zu.

Dabei bemächtigte sich seiner immer mehr eine schwere, peinliche Empfindung, die ein Erbteil seiner Abkunft, seiner oft erniedrigten Kindheit, seiner schwankenden Jugend war, und die ein ganzes langes Leben der unerhörtesten Triumphe, der glänzendsten Siege im Angesichte Europas nicht hatte überwinden können. Es war dies das Gefühl, als Fremder ohne Berechtigung, ohne Einladung in einen geschlossen ablehnenden Kreis geraten zu sein. Eine schmerzvolle Schüchternheit, eine traurige Scham trotz seinen neunundsechzig Jahren.

Indessen hatte sich die Festgesellschaft, deren Hauptelement, die jungen Musiker des Liceo Marcello mit ihren schwarzen Röcken und Fräcken, das Bild beherrschte, um das Büfett versammelt. Unterm Lärm des Pfropfenknalls, des rasch-stakkatierten italienischen Schwatzes waren breite deutsche Laute vernehmlich, mit ihrer ein wenig verwischten, nicht voll ausgeatmeten Vokalbildung. Diese Laute wurden immer zusammenhängender und bildeten schließlich eine hellschwingende kleine Rede, die neuerdings durch Klatschen und Hochrufe begrüßt wurde.

Mit jener unfehlbaren Gedächtniskraft, die alle Menschen von hervorragender Energie besitzen, hatte der Maestro einige ihm von früher her flüchtig bekannte Gesichter entdeckt. Dies war Graf Boni, der Präsident des Konservatoriums von Venedig, ein Kunst-Aristokrat, der jetzt mit aller Unnötigkeit und Wichtigtuerei des Veranstalters hin und her durch den Raum schoß, ferner der Klarinettist Cavallini, einst eine Konzertkoryphäe, jetzt im Lehr- und Orchesterberuf untergegangen, und schließlich der führende Musikkritiker der „Perseveranza“: Filippo Filippi.

Herr Filippi, der sich sogar schmeicheln durfte, einige allerdings leicht rügende Briefe Giuseppe Verdis zu besitzen, gehörte zu jenen Musikschriftstellern, die sich weder durch eine musikalische, noch schriftstellerische Gabe auszeichnen, sondern durch die gewitzte Art, wie sie mit der Zeit gehn, von einer zur andern Richtung wechseln, feinfühlig die Werte der Moden-Börse makeln, zu immer größerem Einfluß gelangen und, nachdem ihr Pensum von Selbsterniedrigung und Frechheit absolviert ist, schließlich auf einem respektablen Thron sitzen.

Der Maestro suchte Schutz, denn jetzt hatte er auch Liszt erkannt. Doch anstatt das Haus zu verlassen – der Weg stand ja noch frei –, trat er rasch über die vier Stufen an eine der Saaltüren heran. Das Dunkel und die Höhe seines Standpunktes gaben ihm das Gefühl der Geborgenheit.

Der Cercle war zu Ende. Schon liefen einige beflissene Knaben an Verdi vorbei und den Gang hinab, die Gondeln zur Abfahrt bereit zu machen. Es folgten die unerwachsenen Kinder Wagners, die mit den betäubt-erregten Augen versäumten Schlafs und ungewohnter Erlebnisse dreinblickten. Sie wurden von ihrem Abbé-Großvater geleitet, der in einer halb anmutigen, halb lehrhaft gedehnten Manier mit ihnen sprach.

Und jetzt kam der große Mann selbst, während der Schwarm hinter ihm sich stieß und drängte. Wagner trug einen hellen Überzieher über dem Frack und den Zylinder in der Hand. Der weißüberflaumte und ungeheuer vorgewölbte Schädel schimmerte durchscheinend wie von einem Zauberlicht. Sein kleiner Körper bäumte sich unter dem wilden Ausdrucksleben, das rastlos aus ihm hervorbrach. Er redete sehr laut sein ausladendes Deutsch mit übermäßig breiten Selbst- und Umlauten, er belehrte, erklärte, scherzte und war der erste, der dem eigenen Witz ein sympathisch-fassungsloses Gelächter nachsandte. Niemand schien zu merken, wie das irdische Gefäß dieser gewaltigen Lebenskraft, eine arme überanspruchte Maschine, klopfte und zuckte. Nur seine Frau neben ihm war nervös, suchte ihn zu beruhigen, seine Rede zu dämmen, seinen Gang zu beschleunigen, um ihn endlich von dieser Gefolgschaft zu retten.

Die jungen Menschen, an die Wagner sein Wort und seine Gebärden richtete, waren nicht bei sich. Mit den Augen von Wüst-Begeisterten, mit dem schlaff-offenen Mund von Trunkenen, mit den pfeifenden Atemstößen von Ekstatikern tranken sie die Worte, die sie nicht verstanden, nein, nicht die Worte tranken sie, sie tranken die Laute, sie tranken das Leben dieses Menschen, ein Leben hundertfach weiterer Artung und höheren Grades, wie es schien, als jedes andere.

Maestro Verdi stand ruhig in dem Schatten seiner erhöhten Türnische. Als er den berauschten Schwarm näherdrängen sah, ging es ihm durch den Kopf, daß trotz den frenetischen Jubelstürmen, die er erlebt, trotz den Fackelzügen, die man ihm gebracht, trotz der Anbetung, die ein dankbares Volk ihm gezollt hatte, all die Vergötterung im Grunde nicht ihm gegolten, nicht dem Schöpfer der Melodien, sondern den Melodien selbst. Sein Name mit den fünf Buchstaben, den zündenden Chiffren der italienischen Erhebung, war Sinnbild geworden. Aber die Person, hinter diesem Namen, hinter diesem Werke blieb dunkel, lebte ungekannt jenseits ihrer Taten und Siege.

Jener aber, der vier Schritt vom Ort eben stehen blieb, um zu neuer Rede auszuholen, sein Werk war immer noch brennende Beunruhigung, entzweite die Menschen, hatte ihm selbst mit höhnischer Verachtung mehr als genug Freunde geraubt, brachte ruhige Seelen außer sich, hing über der geistigen Welt wie ein riesiges Gewölke, das einzig Licht, Farbe, Schatten verteilt.

Doch als er nun die umdrängte Gestalt sah, ahnte der Maestro noch eines sehr tief: Es ist nicht das Werk, es ist der Mensch! Wie beim echten Usurpator war hier das Werk die Person. Sich selbst verewigt er in jedem Augenblick, und kein Mensch ist zu gering, daß nicht auch ihm der Feuerstempel eingebrannt werde; der Stein, den sein Fuß tritt, bleibt Vasall. Seine Tat ist an ihn gebunden, sein Ruhm ist er selbst, und soweit er sein heißes Leben in die Zeit vorauswerfen kann, solange wird er wirken, solange wird er unsterblich sein.

In diesem Augenblick blieb Wagner dicht vor der Türnische des Maestro stehen. Jemand hatte etwas in französischer Sprache gesagt, und der Meister beeilte sich, französisch zu antworten. Während er den Ausdruck suchte, wandte er den Kopf und gewahrte den Mann dort oben im Schatten.

Die Erscheinung Verdis hatte sich plötzlich verwandelt. Die heitere Mildigkeit, die sein Antlitz im Alter gewonnen, war gewichen und der düster-knappe Mann seiner jüngeren Jahre stand da. Das sehr blaue, tiefliegende Auge war erkaltet, in allen Zügen lauerte scharf die empfindsame Gefährlichkeit einer starken Rasse. Die Blicke der beiden Männer trafen einander und der Augenblick ward Ereignis.

Die Dramen der Gestirne laufen in Äonen ab, die Dramen der Menschengeschichte in Stunden, Tagen, Jahren – aber das Ereignis der Seelen mißt nicht nach Zeit und Bewußtsein.

Wagners Blick sah ein Menschengesicht, das er nicht kannte, ein Menschengesicht von großer Fremdheit, über das ihm keine Macht gegeben war, ein Gesicht, das sich hart verschloß und ihm nicht entgegenschmeichelte wie jedes andere. Er sah einen Augenstrahl, getränkt von Stolz und unnahbarer

Einsamkeit, eine mühelose Kraft, die seiner nicht bedurfte, die ohne verborgenen Erobererwunsch bestand und wirkte.

Verdis Blick sah zuerst ein fragendes, betroffenes und gleichsam gestörtes Auge. Aber sogleich verschwand die Hemmung, und die diesem Auge eingeborene Strahlung flammte auf: Liebeswerben, Einbeziehen, etwas fast Weiblich-Mächtiges, etwas Ewig-Stürmisches, ein stummer, selbstbegeisterter Ruf: „Sei mein!"

Die Gesellschaft war im finsteren Portal verschwunden. Man hörte das Gezänke der Ruderer.

Der Maestro stand noch unbewegt auf seinem Platz. Sein altes Gesicht voll gelassener Güte war rückgekehrt. Eine Weile lang verblaßte der Abglanz einer Betörung auf diesen lieben Zügen.

Ganz außer sich, kam Dario:

„O Signor Maestro! Ich hätte die Ehre melden müssen, verkünden sollen, daß Ihr da seid. Ich habe einen Verstoß begangen. Sie wollen mich los sein, nun, sie werden mich jetzt wegen Pflichtversäumnis fortjagen. Ihr seid eine Staatspersönlichkeit. Folglich können sie mich auch einsperren. Madonna! Wir haben Mitglieder des königlichen Hauses hier gehabt. Da gabs Reglement, und gar dasselbe wie früher, wenn Mitglieder des allerhöchsten Kaiserhauses, die gottverfluchten Herren Erzherzöge, kamen. Da hieß es: Du stehst hier, und du stehst dort! Und als der Kaiser Napoleon hier war, derselbe, den der Radetzky oder Bismarck, einer von diesen Deutschen, hat erschießen lassen, wars geradeso! Signor Maestro, soll ich nicht doch den Sekretär rufen?"

„Ihr werdet keinen Unsinn reden und schweigen, Dario!"

Ein Geldstück glitt in die Hand des Schwätzers.

Ein unnatürlich starker Mond waltete in und über Venedig. Weichlich gleißende Nebel lagen auf den Kanälen, von denen alle Barken und Gondeln verschwunden waren. Die letzten Glockenwellen eines späten Stundenschlags verebbten zum Himmel. In schneeweißer Leichenstarre grinsten verzerrt die Steinmasken von den Toren des Verfalls.

Seinen kleinen englischen Handkoffer vor sich, saß der Maestro auf dem weichen Sitz der Gondel, diesem Pfühl der Willensschwäche, wie ers immer empfand. Die Welt der kleinen Kanäle war tot. Kein Mensch stieg mehr über die Bogen der Brücken, kein Schatten regte sich unterm Lämpchen der Sottoportici. Nur der Ruderer, hoch auf dem Heck der Gondel, sandte, wenn er um eine Ecke bog, seinen uralten Ruf voraus, der die vornehm-lichte und degenerierte Macht der Stadt zu beleidigen schien.

Von Takt zu Takt stieß der Mann sein Holz in das Element, das etwas weit Menschhafteres, viel Komplizierteres war als nur dickes dunkles Wasser. Mit einem kaum merklichen Akzent glitt die Barke vor, bis die Kraft des Stoßes zu Ende war und eine Hemmung einsetzte. So immer wieder: Lange Note, kurze Note. Lang, kurz! Diese Bewegung war die Mutter aller Barkarolen. „Venezianischer Sechsachteltakt", so hatte sie Verdi einmal in jener Zeit getauft, da er hier den „Rigoletto" einstudierte.

Heute tat ihm dieser Rhythmus nicht wohl. Er liebte das Wasser nicht. Er fürchtete jede Meerfahrt. War es ein Zufall, daß er vor kurzem in dem kleinen Teich seines Parks von Sant Agata fast verunglückt wäre? Wasser war Abgrund. Den undurchsichtigen Abgrund konnte er nicht beherrschen.

Die Unruhe in seinem Gemüt, die nun schon seit Jahren ihn peinigte, steigerte sich in diesem Augenblick zur Beklemmung. Er begann in seiner leidenschaftlichen Art nur reine Verhältnisse zu dulden, sich über diese drei letzten Tage Rechenschaft zu geben. Der Takt der Fahrt mit seiner leisen, erregenden Ungleichmäßigkeit trug die Gedanken:

„Am Einundzwanzigsten bin ich von Genua fort ... Peppina war nicht sehr zufrieden ... Es hat eine Verstimmung gegeben ... Ganz verständlich ... Sie läßt mich nicht gerne allein reisen ... Ich bin neunundsechzig Jahre alt ... Waren diese Geschäfte in Mailand wirklich so wichtig? ... In Genua schien's mir so ... Ein paar Vertragsabschlüsse wegen des neuen „Boccanegra" ... „Don Carlos" in Wien ... Schließlich hätte auch Ricordi zu mir kommen können. Aber man muß hie und da die Verleger persönlich erschrecken ... Es ist doch ein unkontrollierbares Diebsgeschäft! ... Köstlich ... Selbst die Buchhalter machen listig-betretene Augen, wenn ich erscheine! ... Und Boito? Dieser „Otello" ist nicht übel! ... Dieser „Otello" ist sogar außerordentlich! ... Welch ein lächerlicher Einfall! ... Ich werde nicht mehr schreiben. Da es in meinem sechzigsten Jahr zu Ende war, müßte die Natur verrückt werden, damit mir im siebzigsten auch nur vier Takte einfallen! ... Man muß schon die unnützen Tage zu Ende leben! ... Und wenn ich eine neue Oper schriebe und aufführte? ... Das Publikum würde sie gutmütig mit Rücksicht auf den „ehrwürdigen Meister von Sant Agata“ und das Repertoire der Leierkästen hingehen lassen ... Die sublimen Herren von Europa würden dasselbe schreiben, was sie seit dem „Don Carlos“ immer über mich schreiben: Ich bin ein mäßiger Wagnerepigone. Ich nasche an seiner Harmonik. Ich versuche seine erhabene Polyphonie in mein tölpelhaftes Bussetanisch zu übersetzen! ... Ah! Ah! Weg damit ...“

Wie der Nachtruf eines großen Tieres durchscholl die Mahnung des Gondoliers die Einöde der Stunde. Der Maestro betastete seinen Koffer:

„Dieser „Lear“ ist mein Fluch! ... Wohl! ... Gesünder bin ich denn je. Das dumme Halsleiden meiner Jugend ist überwunden ... Treppen kann ich bis zum vierten Stockwerk steigen, zwei Stufen auf einmal, und das Herz klopft mir weniger als vor zwanzig Jahren. Aber diese Empfindsamkeit ist gewiß eine Folge des Alters ... Warum wären mir sonst, als ich unlängst den „Nabucco“ und die „“Battaglia di Legnano“ nach unendlicher Zeit wieder las, mehr als einmal die Tränen in die Augen gekommen? ... Altes Zeug! ... Da sind keine Taktwechsel in jeder Phrase drin, keine Alterierungen, verbotenen Quinten, verzwickten Modulationen und Querstände, keine der modernen Eitelkeiten. Aber dafür ist etwas drin, etwas ... etwas Mächtiges! ... Für mich und für keinen sonst! Übrigens, um nur aufrichtig zu sein, hat mich die Musik weniger gerührt als die Erinnerungen, die an ihr hängen ... Daß Gott erbarm, der Anblick meiner Noten ist mir entsetzlich ... Immer die gleichen Bilder ... Basta, basta ... Ist die Reise nach diesem Venedig nicht auch nur eine Sentimentalität? ... Hätte ich früher so weich reagiert? ... Ricordi erzählt mir, der alte Vigna sei sterbenskrank. Oh, wie tut mir gleich das Herz weh! ... Ich sehe sehnsüchtig das Venedig von einundfünfzig und dreiundfünfzig vor mir. Vigna! Das war doch ein Mensch, ein Kerl, ein Entdecker, ein Forscher! Bis drei Uhr morgens haben wir uns gegenseitig immer nach Hause begleitet! ... Wie brannte der Kopf uns vom Gespräch! ... Und dann Gallo! Unser Spaßmacher, dieser unverschämte, brutale, herzensgute venezianische Gallo, den man leider in keinem Museum aufbewahrt als letzten Impresario aus der verruchten und glorreichen Reihe der Barbaja und Merelli ... Ach! Ach! ... Ich Schwerfälliger sitze schon im Zug und fahre hierher ... Aber wenn man selbst alt ist, soll man den Tod nicht besuchen! Da liegt das arme, zusammengeschrumpfte Männchen ... Man hält eine schlüpfrige Hand ...

Der hochangesehene Arzt kann sich selber nicht helfen! ... Nun, die moderne Wissenschaft wird auch über dich hinweggeschritten sein! ... Auch über dich!"

Plötzlich durchfährts peinlich die Gedanken des Maestro:

„Bin ich wirklich nur des kranken Freundes wegen nach Venedig gekommen? Hat mich nichts anderes hergetrieben? Täusche ich mich nicht selbst?"

Da gleitet die Gondel bei Sant Angelo in den großen Kanal. Die Nebel sind gewichen, übertrieben und ohne Plastik umstarrt die Front der Paläste die schaukelnde, silberschuppige Fläche. Drei Gondeln heben und senken sich müde einen Steinwurf weiter voran. Es sind die Gondeln der wagnerschen Gesellschaft, die von La Fenice heimkehren; keine gewöhnlichen Mietboote wie das, darin der Maestro sitzt, sondern sehr aristokratische Gondeln mit livrierter Bedienung.

Die Fremden schweigen. Eine Totenstille ohne alle Wahrscheinlichkeit verschluckt selbst das schwache Glucksen des tauchenden Ruders. Bald ist die kleine Flottille eingeholt. Aber wie die höhere Verschlagenheit des Schicksals es will, Verdis Gondelführer überholt sie nicht, sondern läßt sein Fahrzeug ruhig in mäßigem Abstand neben der mittleren von den drei fremden Gondeln gleiten. Wagner sitzt links von seiner Frau. Sein Haupt mit dem vorgebauchten Schädel, der in der hexenhaft-bösen Schattenverteilung des Mondlichts dem bleichen Riesenschädel eines Gnomen gleicht, dieses Haupt ist nach hinten gelehnt und die Augen sind geschlossen. Das mächtige Leben von vorhin, das diesen Kopf fast sichtbar vibrieren ließ, die Liebeshast in jedem Zug, der Werbe-, der Siegerwille sind nicht mehr da. Ist Wagner der großen Übermüdung, dem Schlaf, der Gondelerschlaffung, gefährlichen Einflüssen des Mondes erlegen? Schläft er, wacht er, oder genießt er die zauberhafte Stunde der Stadt?

Der Maestro hatte sich in der großen Spannung, mit der er die Gestalt des Deutschen betrachtete, ein wenig von seinem Sitz erhoben.

Das also war der Mann, dessen Name, dessen Wirken, dessen Sein, dessen tausend Schatten ihn seit wenigstens zwanzig Jahren verfolgten. Jetzt kreuzten sich nicht die Blicke, jetzt konnte er sich sattsehen. Wo er in diesen Jahrzehnten nur ein Wort über seine eigene Kunst gelesen hatte, stand genannt oder ungenannt der Name Wagner darin, ihn auszulöschen. Aber nicht nur die Öffentlichkeit in jedem Sinn, auch die Freunde, die Nahen, die Nächsten korrigierten in einer uneingestandenen Verbissenheit ihr Verhältnis zu ihm. Er mußte da nicht gerade nur an den hochbegabten Angelo Mariani denken, an den wirklichen tiefen Schmerz, den er durch diesen Menschen erlebt hatte.

Höhnisch wagte es der Dirigent, sein Wort zu brechen, zynisch, wie es einem Wertlosen gegenüber Sitte ist. Er wollte die Premiere von „Aida“ nicht leiten. Warum? Weil ihn das nicht mehr interessierte. Sein Ehrgeiz ging höher hinaus: den „Lohengrin“ hatte er aufgeführt und nun wollte er sich gar bis zum „Tristan“ versteigen. Aber nicht nur Mariani war ein Judas. In jedem Urteil, jedem Lob, jedem Glückwunsch, in der Bewunderung, ja in der Verhimmelung selbst spürte Verdi diesen bitteren Tropfen, in seinem Briefwechsel, im Gespräch mit Freunden, im scheuen Geflüster der Menschen, wenn er in Genua, Mailand, Parma erkannt wurde, in der gönnerisch-ehrerbietigen Art, wie man ihn jüngst in Paris gefeiert hatte, überall empfand er diese verborgen-kränkende Nachsicht, überall und selbst in seiner Ehe. Aber wie es nennen?! Es war keine Abkühlung, es war keine Lieblosigkeit, es war keine Mißachtung – es war nicht zu fassen. Die Menschen hatten ihre Stellung zu ihm ganz und gar verändert, wenn sie auch selber nichts davon wußten. Dennoch, aus jedem Tonfall vermochte sein furchtbar geschärftes Ohr dies zu hören: „Du bist ein großer Meister. Du bist der Ruhm Italiens! Du bist ein Monument. Aber nun genug! Die Epoche des Puppenspiels, der Theaterritter, der schönen Melodien, des Rampen-Furiosos ist vorbei. Du hast gelebt und triumphiert. Gib dich zufrieden!“

Ja, so war es. Die niederträchtige Überhebung, das schulmeisterliche deutsche Urteil über ihn, über das italienische Melodram, hatte in der Welt gesiegt, und nicht nur in Paris, auch in seinem eigenen Vaterland hatte es die Jugend, hatte es die Besten überzeugt. Wer glaubte noch an Italiens echte Musik? Die jungen Leute verrieten sie und schrieben Streichquartette. Überall wurden Kammermusikvereine und Symphonieorchester gegründet, um fremden Göttern zu dienen. Wer vom Theater sprach, sprach einzig von Wagner. An die Oper glaubte niemand mehr. Und er selber? Glaubte er noch an die Oper?

Ach, die Bitterkeit in seiner Seele war nichts Eitles, nicht Kränkung oder Neid! Ihm war mehr als allen anderen gespendet worden von der narkotischen Speise des Ruhmes. Er hatte genug, er war satt, er wollte nichts mehr empfangen. Aber geben wollte er, sich selber geben mußte er noch.

Und er konnte es nicht!

Zehn Jahre, Jahre des Alters, die eine Gnade in jeder Sekunde sind, hatte er fortgeworfen. Seit zehn Jahren war er nutzlos, müßig, erbärmlich, tot! Nur tot? Man hatte ihn getötet! Jener dort hatte ihn getötet, der schlummernde, nichtsahnende Feind!

Unter der Wucht dieser Anwandlung richtete sich der Maestro in der Gondel auf. Unberührt schimmerte Wagners Riesenschädel. Die Frau sandte trübe Blicke geradeaus. Und wie er so stand und im ungeheuren, alles verwandelnden Mondlicht den Bord der Nachbargondel die seine fast berühren sah, wollte er denken: „Zum Greifen nah!“ Aber in seinem erregten Geiste, in dem die Begriffe des Todes und Tötens noch irrten, verwirrten sich die Worte. Dem Maestro schien es als hätte er sich in Gedanken versprochen. Betroffen und beschämt ließ er sich niederfallen.

Nein, es war kein Haß in ihm. Er betrachtete die schöne, reine Erscheinung des hilflos hingleitenden Wagner. Wie es dem Starken geziemt, schon war der Feind, der Gegensatz, der Widerpart jenes Kampfes, den er in mancher schlaflosen Nacht führte, ihm der Werteste auf der Welt. Bisher zwar hatte er es vermieden, dem Gegner Aug in Aug zu stehen. Die Partituren und Klavierauszüge, die ihm höhnisch Beflissene brachten, pflegte er nach kurzem Einblick, nach raschem Durchblättern in unsicherer Angst vor sich selbst zur Seite zu legen. Nur „Lohengrin“ kannte er. Einmal hatte er das Werk in der Wiener Hofoper gehört, das andre Mal unter Leitung des abtrünnigen Mariani in Bologna. Nun, er war nicht zu Grunde gegangen. Ebenbürtig, wenn nicht stärker, verließ er das Theater. Sein Gesang war reiner, sein Ensemblesatz begeisternder. Unbestechlich hatte er damals gefühlt: Das ist gut und dies ist schlecht, jene Stelle zu lang und diese leer. – Vielleicht ist seine ganze Scheu unberechtigt, und die anderen Wunderwerke würden ihn auch nicht verschlingen. Mußte denn alles wahr sein, was er in übertriebener Empfindsamkeit spürte, was ihm durch unzuverlässige Wichtigtuer hinterbracht wurde: Die Verachtung seiner Oper, seines Stils durch Wagner? Sollte ein genialer Mann nicht die Wahrheit einer andern Rasse erfassen können?

Und vor einer halben Stunde, als im Halbdunkel des Theaterkorridors sich die beiden wildfremden Blicke trafen, war nicht eine Flamme in Wagners Aug gewesen, ein höheres Erkennen, ein Ruf über allen Zwist und Zufall der Geburt, des Volks, der Bildung hinweg, der Ruf: „Komm!“

„Ich bin Verdi und du bist Wagner.“ Leise sann der Maestro diese Worte vor sich hin, und kaum waren sie gedacht, hatte sich seine Ahnung enträtselt!

„Nicht Vignas, des Sterbenden wegen bin ich nach Venedig gekommen, sondern um diesen Wagner zu sehn, ihm zu begegnen ... Gott weiß, warum! ...

Wir beide sind alt. Im gleichen Jahr geboren. Er bewegt und beherrscht alles ... Ich bin schüchtern und stumm, noch immer der scheue Dorfköter von Roncole ... Dies dürfte die Wahrheit sein!“

Scharf und grell wie eine überbeleuchtete Kulisse ans Gebäude gelehnt, erschien die Fassade des Palazzo Vendramin. Die drei Gondeln landeten.

Gleichgültig und ohne es zu beachten, zog die vierte ihres Wegs.

Eine Weile später fragte der Maestro seinen Gondoliere nach der Zeit.

„Viertel elf Uhr, Herr, und noch etwas drüber. Wir sind sofort beim Bahnhof.“

„Mein Zug geht erst in zwei und einer halben Stunde.“

„Ah! Der Schnellzug nach Mailand!“

„Kehren Sie um! ...“

Der Fremde nannte eine Adresse.

Der Schiffer wendete. Sein Fahrgast breitete eine Reisedecke übers Knie. Die unnatürlich milde Dezembernacht wurde jetzt frostig fühlbar.

Zweites Kapitel

Der Hundertjährige und seine Sammlung

I

Der Mann, der das Tor geöffnet hatte, leuchtete dem Maestro mit einer Laterne ins Gesicht. Es war der Senator selbst.

Er erkannte den Freund, Innigkeit bemächtigte sich seiner Gestalt. Stumm stellte er zuerst die Laterne fort, dann umarmte er den Gast:

„Die Götter lügen nicht, mein Verdi! Heute Nacht hat mir geträumt, ich würde dich sehen!“

Diese Worte, die trotz ihrem klassischen Anklang nicht geschraubt waren, die Welle von Liebe, mit der sie zu ihm kamen, versetzten den Maestro in Verlegenheit.

Der Panzer von Scham und Einsamkeit, der all seine Bewegungen hemmte, machte ihn hilflos vor jeder Offenheit der Empfindung. Selbstoffenbarung und Qual war ein und dasselbe.

Mit zusammengebissenen Zähnen, im Sturmschritt, den Atem schmerzhaft verhaltend, stürzte er (wie oft!) nach dem letzten Akt der Premiere vor die Rampe, wenn das Publikum sich nicht mehr zügeln ließ, wenn der Opernunternehmer, augenrollend, schon die Haare raufte, um des Erfolges willen ihn jammervoll beschwor, und die Sänger wütend auf ihn eindrangen. Und ebenso schnell wieder im Sturmschritt verließ er die Rampe.

Die gleiche Pein war jede seelische Schaustellung. Eine Sängerin konnte sich rühmen, nach dem letzten Akkord der großen „Macbeth"-Szene seine Tränen gesehen zu haben. Aber er verzieh es ihr niemals.

War ihm die Überwindung, sich selbst zu zeigen, fast unmöglich, so erschrak er zart davor, wenn ein anderer ihm sein Gemüt aufschloß. Widrige Gefühle freilich, Feindschaft, Angriff, Haß waren leicht zu ertragen. Liebe und Wohlwollen beschämten tief. Im Wort lag Tod.

Und so war er mißverstanden worden, kalt, hart, hochfahrend gescholten jahrzehntelang!

Verdi hielt die Hand des Senators sehr lang in der seinen, dann die Verlegenheit hinter dem ihm eigenen leichtspöttischen Humor verlarvend, sagte er mit etwas gezwungener Wohlgesetztheit:

„Nun! Da du alle Einladungen mit Absicht ignorierst und man einmal nur im Jahrzehnt deine böse Miene sieht, komme ich hier selbst, Freund!"

II

Der Senator – wir nennen ihn so, obgleich er schon vor vielen Jahren diesen vom Königreich verliehenen Rang abgelegt hatte – war ein sehr würdiger Name des Risorgimento. Sohn eines Mannes, der nur durch eine gnädige Laune Franz des Ersten und Antonio Salvottis, des Inquisitors, dem Tod auf dem Spielberg entgangen war, hatte er an allen Phasen der Revolution vom Jahre fünfunddreißig an, dem dreiundzwanzigsten seines Lebens, tätig teilgenommen.

In seiner Schwäche für idealistische Schwärmereien, die ihn sein ganzes Leben nicht verließ, war er aus einem Anhänger des Priester-Träumers Gioberti zum

Schüler des nur um acht Jahre älteren Mazzini geworden, in dem er den geliebten und endgültigen Meister fand. – An der Seite Mazzinis und Garibaldis schlug er sich vor den Toren des befreiten Rom gegen den französischen Pfaffengeneral Oudinot, der die Aufgabe hatte, den nach Gaeta geflüchteten Pius wieder auf den Lateran zu führen.

Die kurzen Rauschtage der Römerrepublik galten ihm als die große Zeit seines Lebens. Später war er einer von den wenigen, der des großen Sozialphilosophen und Patrioten englisches Asyl eine Zeitlang freiwillig teilte.

Wenn der Senator auch nicht in der allerersten, berühmtesten Führer- und Heldenreihe der Giovane Italia stand – zum Politiker großen Stils war seine Natur zu weich, zu musisch –, so war er doch der nächste Freund der Großen, und mehr als das, Anreger, Mann des Einfalls, den man im Rat der Verschwörung nur ungern mißte.

Der Glanz der großen Epopöe hatte sich schließlich auch um seinen Namen gesammelt. Dieser Name stand dicht unter dem von Manin und Enrico Cosenz auf dem Revolutionsdekret Venedigs. Zwanzig Jahre später bemühten sich schon die Ministerpräsidenten, vor allem Lanza, vergebens, ihn in ihr Kabinett einzureihen.

Nach erfolgter Einigung der Nation wurde er in den Senat des Dritten Rom berufen. Ein Jahr – er hielt es für seine patriotische Pflicht – blieb er Senator. Dann kam auch über ihn die große Enttäuschung aller revolutionären Demokraten am Königreich, die Enttäuschung der feurig-hoffenden Geister, die den jugendlichen Sturm des Jahrhunderts mitgestürmt hatten, um seinen schlaffen, genüßlerischen Ausgang miterleben zu müssen. Nach einem kurzen Siegestaumel, dessen Rausch nur einen Augenblick lang die quälende Wahrheitsstimme übertäubte, legte der Republikaner und Mazzinist die Senatswürde in die Hände des Königs zurück.

Der unmittelbare Anstoß zu dieser Tat war der Tod seines Helden und Meisters, der im gleichen Jahr, unversöhnt mit der Fügung der Dinge, zu Pisa starb.

Keiner historischen Generation geschieht in unseren Tagen so viel Unrecht wie der unserer Großväter, deren Geburtsstunde in das erste und zweite Jahrzehnt des abgelaufenen Säkulums fällt. Ihr reiner Begriff der Freiheit, ihre seelische

Einfachheit, ihre gesunde Kampflust und Kühnheit, ihr Streben nach Autonomie des Einzelnen und Ganzen, all das wird mit dem politischen Schimpfwort „Liberalismus“ niedergeschlagen. – Der Geist der Romantik hat über den Geist von Achtundvierzig gesiegt. Der Geist der Romantik, Verbündeter aller heiligen Allianzen, Knecht jeder zweifelhaften Autorität, dieser Geist des Wahnsinns, sofern Wahnsinn die Flucht vor der Wirklichkeit bedeutet, dieser Dämon unaufgeräumter und deshalb schwulstiger Gemüter, dieser Narzissus der Tiefe, dem der Abgrund ein lüsterner Kitzel ist, dieser Gott der Verwicklung und Widerklarheit, dieser Abgott erstorbener Sinnlichkeit, verbotener Reize, scheinheiliger Gebärden, krankhafter Vergewaltigungen, der böse Geist der Romantik, terroristisch von rechts und links, diese Pest Europas hat die lebenswilligste Jugend besiegt, um heute noch zu herrschen.

Der Senator, Verdis Freund, war die inkarnierte Erscheinung der Generation von 1848. Hochgewachsen, beleibt, mit vorgewälzt wasserblauen Augen, deutlicher Neigung zum Kropf, das große, beängstigend rote Gesicht von grauer Löwenmähne und kurzem Bart umrahmt, füllte diese laute Figur jeden Raum aus, den sie betrat, zog mit ihrer lebensvollen Schwerkraft die Gesellschaft sogleich an sich. Dazu kam noch eine dunkelschwingende Stimme, die jeden Satz, den sie sprach, mit Melodie erfüllte, und ein Lachen aus der Tiefe, an dem jeder Widerspruch zunichte ward.

Der Senator, gleichen Alters wie der Maestro, hatte dessen Aufstieg mit einer Art unersättlichen Musikheißhungers verfolgt. In den ersten Jahren der verdischen Entwicklung, seit „Nabucco“, dieser Oper, die durch ihren sakralen Herzensklang das italienische Publikum aus seinem süßen Schlendrian riß – seit „Nabucco“ hatte der Senator keine Premiere eines Verdi-Werkes versäumt. Ja, zumeist war er, mochten die Geschäfte noch so sehr drängen, über die dritte und vierte Wiederholung hinaus in der Stadt der Aufführung geblieben. Oft waren diese noch mit der Diligence getanen Reisen, bei den elenden Postverhältnissen, den ausgesuchten Schikanen der österreichischen, römischen, neapolitanischen Polizei, wahre Opfer an diese Musik, die mehr als jede andere seinen Lebenssinn berauschte.

Im Hause der Comtesse Maffei wurde oft eine Geschichte zum besten gegeben, laut welcher zur Uraufführung des „Corsaro“ in Triest der vertraglich verpflichtete Komponist nicht, dafür aber der Senator rechtzeitig eingetroffen sei.

Man hat der Musik des Maestro nachgerühmt, sie habe die Kraft, selbst gänzlich unmusikalische Menschen hinzureißen. Als Beispiel wird Cavour angeführt, der zerebrale Mensch, der Mann der konstruktiven Intrige, ohne eine Spur von Musik in sich selbst, der dennoch im Augenblick, da er die Nachricht des gelungenen Anschlags von 1859 empfing, das Fenster zum übervölkerten Platz aufriß und, ohnmächtig ein Wort vor Erregung zu sprechen, die Stretta aus dem „Trovatore“ falsch, bebend und heiser hinaussang.

Der Senator selbst war alles andere eher als unmusikalisch. Für einen Laien und Italiener seiner Zeit durfte er sogar für erheblich musikalisch gebildet gelten. Er hatte, wenn auch nur knapp ein Jahr, bei Angelesi, einem kontrapunktischen Zopf, Theorie studiert, in dem schönen Drange, eine Herzenssache auch verstehen zu wollen. So hat er auch an einem großangelegten Werke Mazzinis über Musik fleißig mitgearbeitet. Bei einem monatelangen Aufenthalt in Deutschland lernte er durch die guten Orchester der Hauptstädte die nordische Symphonik kennen. Überdies spielte er selbst Klavier, Flöte und Flügelhorn.

Viel Musik kannte er und gab sich Rechenschaft über ihre vielfachen Wirkungen:

Die französische erfüllte ihn mit Widerwillen, mochte sie sich in der Opera comique oder in den Werken der Thomas, Gounod, Massenet darbieten. Er fühlte den Widerwillen des geradlinigen leidenschaftlichen Menschen gegen alles nur Anmutige, Süße, Schmeichlerische.

Die deutsche Musik des Jahrhunderts machte ihm die Seele schwer. Er empfand unaufgelöste Pein, manchmal überkam ihn eine kurze melancholische Wonne, gleich aber war er wieder in finsteres Schicksal verstrickt, das keine Träne, kein Trotz überwand.

Der Senator sagte einmal zu Verdi:

„Deutschland ist gar nicht kalt und rauh. Aber es regnet dort immer.“

Und er mußte daran denken, wie er einst als junger Mensch verzweifelt auf der Weidendammer Brücke gestanden war, mitten im Grau, in einem Meer grauer Kontrastlosigkeiten, rettungslos in einer Polyphonie grauer Halbtöne, grauen Lärms, grauverdrossener Menschen. Fast wäre er damals dieser grauen Schwermut erlegen.

Während desselben Gesprächs, es war zu Beginn des deutsch-französischen Krieges, hatte er auch den Maestro nach seiner Ansicht über Beethovens Neunte Symphonie gefragt.

Verdis Auge blitzte bei der Antwort:

„Siehst du, das sind die Götter, denen auch die Unwilligen opfern müssen. Da hilft nichts. Aber ich habe meinen klaren Kopf behalten. Die drei ersten Sätze sind gut. Der letzte Teil ein ödes empfindungsloses Durcheinanderschreien. Wenn sie singen wollen, zeigen diese Überzivilisierten, daß sie Barbaren sind."

Doch eine halbe Stunde später, als das Gespräch längst schon um andre Dinge ging, unterbrach sich der Maestro plötzlich:

„Mir scheint, da vorhin habe ich einen ausgewachsenen Unsinn über Beethoven von mir gegeben. Wenn man sich nur das Urteilen abgewöhnen könnte, dieses dilettantische Verfälschen der Dinge! Wir wollen immer verstanden werden und sind selber unerbittlich verständnislos."

Die Musik, die des Senators Lebensnerv, den nackten Ort der Empfindung, sein Cor cordium (wie er es in seiner Vorliebe für den Humanismus nannte) am gewaltigsten traf, war die seines Freundes und Jugendgefährten.

Es muß eines der vielen unerforschten Geheimnisse der Generation sein, daß unsere Sprache, das heißt, die ganze sinnliche, nervöse, gedankliche, übersinnliche Welt, die in unserer Sprache zum Licht will, am unmittelbarsten und reinsten nur von denjenigen verstanden wird, die unter demselben Sterngesetz geboren worden sind wie wir. Die ganze Sterblichkeit der Kunst, des menschlichen Ausdruckslebens, liegt in diesem Generations-Geheimnis beschlossen, doch ebenso ihre Unsterblichkeit, denn immer wieder werden Generationen unter ähnlicher Stern-Konstellation geboren.

Die Gesänge Verdis wirkten auf den Senator wie Bergwasser auf einen Durstigen. Wenn sie ertönten, rötete sich der ohnehin schon sanguinische Kopf noch mehr, die Augen wuchsen, wurden wildlustig, der Mund tat sich auf, der Atem folgte den kurzen Schritten der Baßbegleitung in kleinen erregten Stößen, das ganze Muskelwerk des Körpers straffte sich, stapelte Energie auf, immer mehr bereit, sich elektrisch zu entladen. – Natürlich hatte diese Spannung je nach dem Charakter der betreffenden Nummer ihre Arten und Grade. Bei den Adagien, Andanti, Larghi, dem lyrisch geschwungenen Einleitungs-Cantabile der Arien oder konzertanten Ensembles war die Wirkung ein Ruhen im Glück. Aber wenn die Nummer sich steigerte und übers Geröll kurzer tragischer Ausrufe oder über eine plötzliche breite Akkordtreppe in die Formen ihrer Beschleunigung vom Allegro agitato bis zum Prestissimo stürmte, dann füllte sich die Brust des Senators mit Atem zum Bersten, wie ein Kessel sich mit Dampf füllt, und eine begeisterte Kraft erschütterte seine Natur, die sich Luft machen mußte, in einem Aufschrei, in Gesang, oder sinnlos rhythmischen Bewegungen des Körpers.

Doch über die augenblickliche hinreißende Wirkung hinaus lebte jede neuerfaßte Melodie in seinem Innern weiter wie ein Erlebnis, das im bewußten Dasein nicht stattgefunden hat, und das die Seele seit Äonen her auf ihrer Weltreise mit sich führt. Und dann. Diese Gesänge belebten und begeisterten ihn auch moralisch. Wo auch immer sie dem Senator einfielen, bei der Arbeit in seinem Zimmer, unter Leuten, in jenen Zeiten, wo er noch verhandeln, Reden halten mußte, augenblicks fühlte er sich besser werden, den Menschen zugewandter.

Gesundungsmacht ging von ihnen aus. Einmal hatte er sich selbst während eines beginnenden Fiebers dadurch geheilt, daß er innerlich stundenlang diese stürmischen Melodien sang. Er schlief selig ein, und während dieses Schlafes wich die drohende Krankheit.

In dieser Stunde hatte er vor allem die Kabaletten und Stretten Verdis in sich hervorgerufen, jene verpönten quadratischen Perioden, die dem Musiker auf dem Notenblatt lächerlich erscheinen, in Wirklichkeit aber wie ein Orkan in die Menge fahren durch ihr verborgenes oder offenes Unisono.

In einem Gespräch diese Kabaletten und die ganze musikalische Jugend Verdis verteidigend, prägte einmal der Senator die Sentenz:

„Es kommt mehr auf Exspiration (Ausatmung) als auf Inspiration (Einatmung) an."

Ein Satz jener weltzugewandten edlen Jugend, die, wäre sie nicht zuschanden geworden, Europas Schicksal anders gestaltet hätte als die siegreiche Romantik.

III

Die zwei Männer standen noch immer im schmalen Flur dieses venezianischen Hauses. Jetzt hatte sie beide die Beklemmung erfaßt, die gute Freunde wohl kennen, die sich lange Zeit nicht gesehen und in dieser Zeit viel miteinander beschäftigt haben. Der offenere von ihnen, der Senator, schüttelte als erster den Zwang ab:

„Es ist wirklich sehr merkwürdig, Verdi! Ich sitze oben mit meinen Söhnen am Tisch. Wir diskutieren und streiten wie immer. Denn was soll ein Vater anderes mit seinen Söhnen tun, wenn sie ihm großmütig einen ihrer Abende schenken!? (O, du Glücklicher!) Kulturfragen, Kunstfragen! Man ist ein Schwätzer und Ofenhocker geworden. Plötzlich will ich bei irgendeinem Anlaß deinen Namen in die Diskussion werfen. Aber ich tue es nicht. Warum? Weil mir gerade einfällt, daß ich von dir geträumt habe. Und da läutet es, weißt du, geradezu dramatisch läutet es. Italo will öffnen gehn. Ich halte ihn zurück. Und während ich die Schlüssel suche, das Licht nehme, die Treppen hinuntersteige, weiß ich die ganze Zeit, daß du vor dem Tor stehst."

„Du hast mir das Rechte zugetraut. Es geht auf elf. Du wirst aber um deinen Schlaf nicht kommen. Ich fahre mit dem Nachtzug noch nach Mailand zurück."

Auf dem Gesicht des Senators zeigte sich ein schwerer Vorwurf. Der Maestro fühlte die Pflicht, sich zu entschuldigen:

„Ich bin nur einige Stunden hier in Venedig gewesen, Freund, einen Tag lang. Habe den armen Vigna besucht. Es war eine von diesen unkontrollierten Ideen und Handlungen, die mich in letzter Zeit leider heimsuchen."

Der Senator zog Verdi mit sich:

„Komm! Benutzen wir die Stunde, die du hast. Wie seltsam!"

Über die Treppe traten sie in einen dunkeln Vorraum, der bewies, daß die Gedrängtheit, Enge und Baufälligkeit so vieler Gebäude Venedigs nur scheinbar ist. Hinter diesen wunden und räudigen Fassaden verbergen sich oft prunkende Riesenräume, und es dünkt uns dann, wenn wir sie betreten, daß in dieser Stadt unser Sinn für Maß nicht genüge. So auch war das Wohnzimmer weit und hoch, dessen vier mächtige Fenster auf einen guten und stillen Rio hinausblickten.

Der Einrichtung dieses Zimmers fehlte vollkommen jener unangenehme Geschmack, der den Wohnräumen venezianischer Patrizier fast immer anhaftet, der museale Charakter, der daher kommt, daß alle Möbel, Spiegel, Luster aus den großen Epochen der Stadt in die unsere herübergeerbt wurden, von der auch kein Luftzug in solchen Gräberkammern uns erfrischt. Der Senator haßte, trotz seinem Humanismus, alles Antiquitätentum, und Venedig, soweit es die

Riesenscheuer abgemähter Zeit-Ernten ist, liebte er nicht. Dennoch hatte er den Sitz in seiner provinziellen Heimatstadt aufgeschlagen, aus Groll gegen Rom und Mailand.

„Sieh", sagte er zu Verdi, „bei mir wirst du nicht den Trödel der Ahnen finden, der doch nur der Trödel der Händler ist. Verfluchte Zeit das! Unfruchtbare Jugend! Sie schreiben Gedichte à la Horaz, Dramen à la Sophokles, malen Bilder à la Cinquecento, machen Politik à la Byzanz, à la, Allah ist groß. Snobismus, mein Lieber!"

In der Tat war der noble, altertümliche Raum mit Protesten gegen seinen eignen Stil angefüllt. So stand in dem herrlichen Marmorkamin, der sich als unpraktisch erwiesen hatte, ein kleiner glühender Eisenofen, und auf der Platte oben, vor einem einzigartig schönen Spiegel eine Petroleumlampe von höchst durchschnittlicher Form.

Vor dem Fenster dehnte sich ein Flügel mit Notenstößen auf seinem Rücken. Die dunkle breite Zimmerwand war von der Bibliothek ausgefüllt, deren Kompagnien zerrüttet und strapaziert aneinanderlehnten. Eine Leiter stand vor den Regalen, auf zwei Tischchen lagen Folianten. Trotz seinem Widerwillen gegen alles Antiquarische war die klassische Philosophie Lieblingsbeschäftigung des Senators.

Als die beiden Herren das Zimmer betraten, erhoben sich zwei junge Leute vom mächtigen Mitteltisch, die Söhne des Senators: Italo und Renzo.

Italo, groß, sehr schmal, in makellosem Frack, auf dem seines eignen Reizes bewußten Gesicht den Zug von Ironie, wie er von allen unsicheren und ehrgeizigen Menschen so gern affektiert wird. – Renzo, nach Manzonis Helden genannt, ein etwas träger Bär mit einer schlecht vernickelten und überdies zerbrochenen Brille auf der Stumpfnase. Dieser knapp Zwanzigjährige, dessen Geburt das Leben der Mutter gekostet hatte, ahmte in seiner Kleidung die Manier der Volkstribunen nach, wie sie aus Rußland und Deutschland zu damaliger Zeit in die Schweiz flüchteten. Er war vor einem Jahre Schüler des materialistischen Historikers Labriola in Rom geworden. Jetzt befand er sich auf Ferien bei seinem Vater.

Die Jünglinge standen stramm wie Soldaten, als sie das Gesicht des Gastes erkannten, dessen Büste sie so oft im Schlafzimmer des Vaters gesehen hatten. Junge Menschen, in ihrer noch ungebrochenen Ehrfurcht werden von einer eitlen Erregung ergriffen, wenn sie vor einem bedeutenden oder berühmten

Manne stehn. Ein fast erotischer Drang, sich selber auszuzeichnen (vor einer unsichtbaren Frau zu glänzen), wird durch den Anblick dessen, der schon alles erreicht hat, in ihren Herzen erweckt.

„Meine Söhne!" Mit einem etwas mürrischen Ton stellte der Senator vor.

Italo und Renzo verbeugten sich unwillkürlich sehr tief, als ihnen der Maestro die Hand reichte.

Es ging von Verdi, und nicht nur von seinem Ruhm, eine sehr starke Wirkung auf alle aus, die ihn kennen lernten. Das war weder eine bezaubernde, noch hinreißende Wirkung, viel eher etwas Einschüchterndes, das die Fama so lange Zeit unterm falschen Namen „Kälte" verbreitet hatte. Angesichts dieser fernsichtig blauen, stark überwölbten Augen, die, wie mans sonst wohl von einer Stimme sagt, soviel Metall besaßen, wurde so mancher von einem unruhigen Zweifel gepackt, ob er sich auch ganz der Wahrheit gemäß betrage.

Die Söhne des Senators schienen von derselben Empfindung heimgesucht zu sein, denn beide hielten ihre Blicke abgewandt. Doch wie zur Rache verstärkt, kehrte bald der ursprüngliche Ausdruck auf die noch kindlichen Gesichter zurück, bei Renzo eine unterstrichen-gleichmütige Festigkeit, bei Italo eine ironische Höflichkeit, vermehrt um einen Zug von Ungeduld und Überhebung.

Die vier Herren hatten um den Tisch Platz genommen. Das Wesen des Senators, von innerlichster Freude erwärmt, war ganz Genugtuung, ganz Stolz. Er wäre jetzt zu mancher stürmisch guten Tat, zu Mut und Übermut fähig gewesen, wenn nicht die gebändigte Art des Freundes und das Bewußtsein, daß seine Liebe nicht so stark erwidert wurde, wie sie hinströmte, seine Glut gedämpft hätten.

Ein Diener mit neugierigem Gesicht stand in der Tür.

„Den Santo, meinen Santo bring!"

Als der dunkelgoldene Wein im Kristall auf dem Tisch stand, begann der Senator sehr breit Wachstum, Pflege, Lagerung dieses auf seinem Gute gezüchteten Weines darzustellen. Bei dem Thema wurde nun auch der Maestro lebhaft, beschrieb seinerseits eine Bordeaux-Rebe, die er in Sant Agata gepflanzt hatte, erzählte, wie er bei seinen vielen Aufenthalten in Frankreich das Geheimnis der Rotweinbehandlung hier und dort erlistet, und wie er es nun zustande gebracht habe, daß in seinem Keller ein Wein liege, der sich vor dem besten Bordeaux nicht zu schämen brauche und, im Gegensatz zu allem italienischen Gewächs, mit dem Alter gewinne.

Während dieses Gespräches machten die beiden alten Herren keineswegs den Eindruck von Genießern, sondern sie glichen zwei großen Bauern, die nach dem Wochenmarkt in der Kleinstadt-Osteria sitzen und sich über Kauf, Verkauf, Wetter und Ernte unterhalten.

„Aber du rauchst ja!"

Der Senator stürzte zu einem Kasten, den er nach nervöser Schlüsselsuche umständlich aufschloß. Er häufte vor Verdis Platz einen Berg von Havannakistchen. Da zeigte sich auch auf des Maestro Gesicht einen Augenblick lang etwas wie Gier. Sie prüften und berochen all die Henry Clays, Upmans, Bocks, Rogers und Carvayals, die langen knorrigen Zigarren, die am oberen Ende stumpf abgeschnittenen, die dicken und zugespitzten, die mit breiten, die mit schmalen Binden und die in Stanniolsilber verpackten.

Der kräftig pflanzenhafte Geruch des amerikanischen Tabaks verbreitete sich rings. Der Senator pries besonders eine Sorte, die ihm von einem Offizier in Diensten der ehemaligen Südstaaten geschenkt worden war. Die Freunde brannten sich zwei große, grün übersprenkelte Zigarren an. Nun stieg der wie eine satte Harmonie duftende Rauch zur dunkeln Decke.

„Ihr mit euren dummen Zigaretten", sagte der Senator mit einem Seufzer zu seinen Söhnen, als bedaure er ein weibisches Geschlecht.

„Ich rauche nicht, Vater", berichtigte Renzo, der übrigens auch keinen Wein trank, mit einer leicht dogmatischen Betonung.

Der Maestro betrachtete die jungen Leute, dann wandte er sich an Vater und Söhne:

„Es tut mir sehr leid, meine Herren, daß ich Ihre Unterhaltung gestört habe ..."

„Geckerei! Ich sage nichts als dies ..."

– Nach diesem ebenso unverständlichen wie unbegründeten Ausruf wischte der Senator sich die Stirn, die aus Gründen einer sehr zusammengesetzten Erregung feucht geworden war.

Verdi blickte fragend zu ihm hin.

„Nichts als Geckerei! Du kennst mich. Bei Gott, ich bin kein laudator temporis acti. Aber nun sind wir oben auf dem Berg und zeigen unsern Kindern das Gelobte Land. Ja! Danke schön! Sie steigen auf der andern Seite wieder hinunter. Ich habe einen Pallavicino gekannt, der dem Viktor Emanuel, dem Sohn des Verräters, seinen sowieso nur vergoldeten Annunziatenorden zurückgeschickt hat. Und das war ein alter Mann. Aber die heutigen jungen Männer?!

Darum der ganze Aufschwung, die dynamitgeladenen Worte und Taten? Damit eine banale Gesellschaft von Schleichern und Strebern, den Rüssel im Dreck von gestern, die Körner von vorgestern sucht? Mein Verdi ...“

Asthmatisch schnappte der Senator:

„Verdi, mir scheint nun, daß wir mit unsern patriotischen Moralen und Idealen nichts als Phrasendrescher gewesen sind, und daß die Herrschaften des Tages die Geschäfte, worauf es doch nur ankommt, viel besser verstehn. Diese Realisten ...“

In dem beschämenden Gefühl, übers Ziel geschossen und sich nicht klar ausgedrückt zu haben, schlug der Senator auf den Tisch und versicherte nochmals voll Ekel:

„Diese Realisten!“,

als nagle er mit diesem harmlosen und vieldeutigen Ausdruck all seine Feinde ans Holz.

Renzo sah seinen Vater an, wie ein Mann, der einer Rede, wenn sie auch aus unzureichendem und unberufenem Munde kommt, teilinhaltlich dennoch zustimmen kann. Italo verkniff Zorn, indem er, ohne bemerkt zu werden, eine impertinente Verbeugung gegen den Senator hin machte.

Verdi wandte sich mit einem schwach mißbilligenden Lächeln an seinen Freund als derjenige, dem es vor allem um die Gerechtigkeit geht:

„Mein Alter! Es hat unter uns gewiß mehr Phrasendrescher und Poseure gegeben als ehrliche Burschen. Aber einige waren doch darunter. Heute wirds nicht anders sein, als es gestern und immer gewesen ist.“

Italo machte eine sehr artige Kopfbewegung zu Verdi hin. Seine Stimme klang schüchtern:

„Ich danke Ihnen, Signor Maestro! Papas Philippika sollte vor allem mich kränken.“

Wie so viele gutmütige Menschen fühlte der Senator leidend, daß er irgendein Unrecht begangen habe. Aber indem er litt, ward er nur noch unklarer und verletzender:

„Ja du!" – Er sah seinen Sohn Italo nicht an. – „Dein Um und Auf ist, daß dich der Prätendent von Spanien in seinem Palazzo gnädig empfängt, und daß diese ganze Sippschaft der Mocenigo, Morosini, Albrizzi, Balbi, Colalto dich ja nur entzückend findet."

Italo hatte die unbezahlbare Eigenschaft, im Ärger ruhig zu werden, ein Vorzug, den er mit allen Menschen teilte, deren Wirkungs-Bewußtsein niemals aussetzt. So konnte er jetzt mit verbindlichem Ton ohne eine Spur von Gereiztheit fragen:

„Papa! Warum soll denn diese Gesellschaft schlechter sein als irgendeine andere? ..."

Ohne weiterzusprechen, wurde er mit Rücksicht auf die Anwesenheit des Maestro rot. Jetzt mischte sich auch Renzo ins Gespräch:

„Aber, wir haben doch eine abstrakte Unterhaltung geführt, Vater, wozu diese persönlichen Ausfälle?"

Verdi gab stumm zu verstehn, daß er in diesem Fall die abstrakte Unterhaltung vorziehe. Renzo setzte sich in Positur:

„Es wurde die Frage besprochen, ob die Kunst innerhalb der menschlichen Gesellschaft einen Zweck habe, ohne den sie nicht zu denken ist. Nein, Zweck ist nicht das Wort, einen Sinn ... eine Aufgabe ..."

Der junge Theoretiker wurde verlegen, geriet ins Stottern: „Gehört zu einem dramatischen Werk, zu einer Musik der Zuhörer als ebenso notwendiger Teil wie dieses Drama, diese Musik selbst? Oder lebt ein Kunstwerk unabhängig ..."

Der Senator war aufgesprungen und schrie:

„Und ich sage euch, ein Kunstwerk hat nur den einen einzigen Zweck, Menschen zu begeistern und göttlich zu machen! Alles andere ist kein Kunstwerk, sondern ein eitles Krankenexkrement."

Renzo, ebenso wie Italo, übte gegen ihren hitzigen Vater eine Art spöttischer Nachsicht. Mit der ganzen einfältigen Wichtigtuerei eines Knaben, der seit vier Wochen eine imponierende Terminologie beherrscht, überhörte Renzo den Ausbruch des Senators und fuhr belehrend fort:

„Ich für meine Person stehe auf dem Standpunkt, daß man einen Teil des ökonomisch-sozialen Gesamtlebens nicht für sich allein betrachten darf. „Willst du den Zeiger verstehn, – mußt du ins Uhrwerk sehn“, sagt das Sprichwort.“

„Ach du mit deinem Labriola und deinem Marx!“

Der Senator setzte sich wieder hin:

„Maestro! Nur du kannst darüber Richter sein.“

Verdi haßte solche „Kunstgespräche“ wie den Teufel. Trotzdem zeigte sich in den vielen Fältchen um sein Auge wieder das reizende Lächeln:

„Ob ich das rechte Urteil habe, weiß ich nicht, denn es ist schon lange her, daß ich solch ein Ding, das man Kunstwerk nennt, zustande gebracht habe. Aber als Agronom, als Landwirt, wenn ihr wollt, weiß ich, daß alles, was da draußen wächst, zwar ganz bestimmt nur um seiner selbst willen wächst, aber am Ende doch Futter wird.“

„Und die Blumen, Maestro?“

Der Einwurf Italos war ganz richtig. Dennoch verletzte den Senator die Keckheit dieses Rechthabens. Er fühlte sogleich wieder das Bedürfnis, seinem Ältesten eins zu versetzen:

„Blumen, Blumen! Eine schöne Blume, dein Wagner!“

Der Name war gefallen. Obgleich sie gewiß nicht vom Maestro, noch von den ahnungslosen Söhnen, noch vom Vater ausging, herrschte einen Augenblick lang eine feierliche Peinlichkeit. Der Senator, der heute, wie so oft, wenn er innerlich bewegt war, Unglück stiften mußte, suchte das Unbestimmte gut zu machen:

„Italo ist kein übler Geiger. Er hat heute bei der Jugendsymphonie Wagners mitgewirkt. Übrigens, die Reklame versteht dieser Musikheilige gut. Kommst du mittags auf die Piazza, dich ein wenig von der Sonne bescheinen zu lassen, und bei Floriani oder bei Quadri deinen Wermut zu trinken, da hörst du's überall von den feinen Leuten! Wagner hin, Wagner her. Ah, bah!“

Italo, dessen sonst ein wenig süffisante Miene wie ausgewechselt war, und der plötzlich das trunkene Gesicht der jungen Menschen zeigte, die im Gange des Teatro la Fenice den Meister umgeben hatten, wandte sich, die Hand auf dem Herzen, an den Gast:

„Sie kennen doch Richard Wagner, Signor Maestro?“

„Ich kenne ihn nicht. Ich kenne sehr wenig Menschen."

„Schade! Schade!"

Einen Moment lang lag ein Nachdenken im Auge des jungen Mannes:

„Aber die Musik, diese göttliche Musik müssen Sie doch kennen und lieben?"

Der Senator lachte auf.

Verdi wurde eiskalt, und als ob der Fragesteller viel zu geringfügig für eine Antwort sei, wandte er sich an eine nicht vorhandene Person im Zimmer, um Rechenschaft zu geben:

„Ich kenne von Wagners Musik „Tannhäuser" und „Lohengrin", von den späteren Werken nur einige Bruchstücke. Wir sind Italiener. Das Prinzip unserer Musik ist grundverschieden von dem der deutschen. Die deutsche Musik beruht auf dem sogenannten temperierten Instrument, wie es das Klavier und die Orgel ist, auf der abstrakten, fast nur gedachten Note. Die italienische, unsere, auf dem freischwingenden Gesangston, auf dem Gesang, nur auf dem Gesang ... Wir müssen wissen, wohin wir gehören."

Diese Worte, so leise und ruhig sie auch gesprochen wurden, waren von solcher Bestimmtheit erfüllt, waren so sehr Extrakt von Kämpfen und Anfechtungen, Zweifeln und Siegen, daß sie wie Worte eines Herrschers für einen einfachen Raum zu groß ausfielen und Betretenheit erzeugten.

Der Senator war geradezu froh, als der junge Diener eintrat und meldete:

„Der Herr Marchese sind eben aus dem Theater heimgekehrt."

„Der Herr Marchese pflegen allnächtlich aus dem Theater heimzukehren. Wo haben sie denn heute gespielt?"

„Im Teatro Rossini!"

Der Diener rührte sich nicht. Sein Herr blickte ihn erstaunt an:

„Was sonst?"

„Der Herr Marchese wünschen vorzusprechen."

„Ei, eine große, eine unerwartete Ehre. Renzo, geh! Das heißt ..."

Der Senator blickte Verdi an:

„Das heißt, wenn es dir recht ist!"

Der Maestro sah auf die Uhr:

„Welcher Marchese?“

„Unser Hausherr. Der uralte Narr. Gritti!“

„Gritti? Gritti!! Wie!? Der berühmte Hundertjährige?!“

„Der Hundertjährige! Ein Trost für uns beide, mein Verdi!“

„Was? Diese Sage, dieses Märchen aus dem achtzehnten Jahrhundert ist dein Hausherr?“

„Ja, ihm gehört das Haus hier, das er schon besessen hat, als es ein Theater war. Vor fünfundsechzig Jahren ließ er es umbauen.“

„Gritti! Gritti? Das ist doch der Mann, der seit dem Jahre 1790 oder, weiß der Teufel, 1690, täglich ins Theater geht …“

„Er wird dir die Daten nicht ersparen.“

„Ich habe ihn kennengelernt“ – (der Maestro dachte einen Augenblick nach) – „in Petersburg. Das ist vielleicht fünfundzwanzig Jahre her. Jeden Abend saß er in einer Loge des Marientheaters. Er war Gesandter des Kirchenstaats. Auf sein Alter schien er nicht das richtige Gewicht zu legen. Sein Bart und sein Haar waren schwarz, allerdings violett gesprenkelt.“

„Er hat gewiß erfahren, daß du im Hause bist, und will dir seine Schätze zeigen. Sie sind originell.“

Draußen wurde eine helle Stimme vernehmbar, der die gewisse nonchalante Langgezogenheit der Laute zu eigen war, an der man die Leute von Welt erkennt, die allen vorangegangenen und künftigen Widerspruch durch ihre höflich-unverschämte Redeweise auslöschen. Zugleich bediente sich diese Stimme einer Sprache, die, obgleich reines Italienisch, in Klang und Satzbildung das gemischte und fremdartige Volapük kennzeichnete, das Diplomaten und Edelleute mit Vorliebe gebrauchen, um sich von niedrigeren Welten zu unterscheiden.

Die Stimme hatte unbedingt viel Eindringlichkeit, denn alle Augen hingen starr an der Tür, die sich langsam öffnete und aus ihrem schwarzen Raum die Erscheinung einließ, hinter der sehr belustigt Renzo und ein weißhaarig-todernster Bedienter sichtbar wurden.

In einem ganz neuen, ganz modischen Frack, in spiegelndweißem, edel vorgewölbtem Hemd, auf dem kein Fältchen, kein Schatten, keine Buchtung den

Eigensinn des lebendig darunter pochenden Leibes verrieten, mit lang zugespitzten Pariser Lackschuhen, die mehr auf dem Leisten als auf einem Fuß zu stecken schienen, bewegte sich in den Lichtkreis des Zimmers der Automat eines Grandseigneurs. Von der rechten Schulter hing am unbelebten Riemen im Etui ein Opernglas herab. Die eine Hand im weißen Glacé stützte sich auf den Elfenbeinkopf eines seltsam-veralteten Stockes. Das einzige Leben schien von der anderen unbeschuhten Hand auszugehen, deshalb, weil sie aufrichtig den Eindruck des Toten machte. Sie hing, von der verrutschten runden Manschette zu drei Vierteln umstülpt, wie eine braunverschrumpfte kleine Tierleiche hinab. Der Kopf, auf dem schon längst kein Haar und Härchen mehr wuchs, war gar nicht faltig, und wenn auch nicht blank spiegelnd, erschien er doch wie gebügelt.

Die Züge hatten etwas Gleichgültiges, Wesenloses, jenseits von Alter und Jugend, Leben und Nichtleben, etwas gar nicht Vorhandenes. Lippen waren nicht da, in einer beweglichen Öffnung zeigte sich ein weißes, unnatürliches Gebiß. Das gewaltige Gerüst einer Nase sprang vor, die in der Mitte wie gebrochen stumpfwinkelig abwärtshing. Nur das Vogelauge, brauenlos, lidlos und umrötet, hatte das raschkreisende Leben eines fieberkranken Tieres. Der eingeschwundene Hals konnte nicht mehr Weite als achtundzwanzig Zentimeter zählen. Wie braune, schuppenartige Gebilde hingen die schlaffen Hauttaschen übereinander. Lächerlich groß stieß bei jedem Atemzug der Adamsapfel vor. Wie der Mechaniker am auf- und niedertauchenden Kolben das Leben der Maschine ablesen kann, so beobachtete man an diesem präzis arbeitenden Kehlkopf das Leben der Erscheinung.

Die Augen des Marchese hatten sich nun an das Licht gewöhnt. Ohne seinen Blick auf einen der Anwesenden einzustellen, führte er mit durchaus schöner Bewegung seine beiden Hände, die bekleidete und den nackten kleinen Kadaver an den Mund und küßte graziös die beiden Daumen. Diese Geste war als Zeichen der Entzückung während des Wiener Kongresses Mode geworden.

Dann neigte er leicht den glatten Kopf, und die helle Stimme, die ihm gar nicht anzugehören schien, sagte:

„Ich beglückwünsche mich, dem großen Maestro zu begegnen."

IV

Andrea Geminiano Maria Arcangelo Leone *Gritti* war oder nannte sich Nachkomme jenes nicht unbekannten Dogen gleichen Namens, der zu Anfang des sechzehnten Jahrhunderts sich um Musik, Skulptur und Baukunst Venedigs einige Verdienste erworben hat. Dieser Regent – dessen Grabmal in San Francesco della Vigna ein über die Gebote des Baedeker hinaus eifriger Tourist noch heute bewundern kann – war es, der Sansovin, den Schöpfer der Gigantentreppe, in seine Dienste berief, und ihm den Auftrag für die Bibliothek, die Loggietta und etliche andere Prachtbauten erteilte. Ferner kann man bei Fetis, Gevaert und anderen Musikgelehrten nachlesen, daß derselbe Doge den Begründer und Meister der venezianischen Musikschule, Adriano Vigliarte, den Verfasser der berühmten Vespern in San Marco, förderte und begünstigte. Auf die höchst vielstimmigen Kompositionen dieses Meisters, auf seine Motetten, Madrigale, Frottolen, auf seine heiligen Wechselgesänge, auf die „Symphonien in Echo" wurde von seinen Zeitgenossen das schöne Wort geprägt, sie seien „aurum potabile", trinkbares Gold.

Auf obigen Dogen, Ahnherrn und Förderer der Musik, bezog sich der Marchese Gritti gern, wenn man auf seine eigene Musikalität zu sprechen kam. Daß aber in seinem Stammbaum auch die berühmte Dichterin Cornelia Gritti, aus der Familie Barbara, zu finden war, das erwähnte er nicht. Soweit ging seine standesgemäße Verachtung der Literatur.

Als Geburtsjahr gab der Marchese das Jahr 1778 an, demnach er also hätte hundertundvier Jahre alt sein müssen!

– Aber o Abgrund der Eitelkeit und ihr unerforschlichen Wege menschlicher Ehrsucht! – Der Marchese machte sich älter als er war. Tatsächlich im Jahre 1781 geboren, zählte er hundertundein Jahr.

Von seinen Leidenschaften waren Gritti nur zwei geblieben, und die eine hieß: Die Leidenschaft, alt zu sein und immer älter zu werden.

Nicht, daß ihn das Leben noch irgend interessierte und ihm wertvoll war, aber jeder Tag, jeder neue Tag an sich bedeutete Ruhm.

Längst herausgehoben aus dem Netz menschlicher Verstrickungen, ledig der Kette jeglichen Schicksals, ohne Verwandte, Freunde und Kinder, in einem allen Jüngeren ganz unfaßbaren Sinne einsam, war ihm das Leben doch eine heißbegehrte Aufgabe als Sport- und Rekordleistung, die er sich selbst zur Glorie (unterm vermeintlichen Beifall geheimnisvoller Zuschauer) täglich vollbrachte.

Wie ein Künstler, ein Erfinder, dem der große Wurf gelungen, ging er aufgeblasen durch die Straßen, denn er war ja hundert Jahre alt. Jeder

Spaziergang brachte ihm Befriedigung, und um nichts hätte er diese Befriedigung mit der eines Jünglings vertauscht, den der Gruß der schüchtern Geliebten begeistert.

Jeden Mittag, pünktlich um zwölf, erschien er auf der Piazza, von seinem nur fünfundsiebzigjährigen Kammerdiener gefolgt, der als Bild hoffnungsloser Gebrechlichkeit seinem starren stolzen Schritt zur wirksamen Folie dienen mußte. Dreimal pflegte er den gewaltigen Platz zu umschreiten und empfing, hier und dort Stand nehmend, die Huldigungen, die seinem Genie unweigerlich gebührten, das dem Naturgesetz einen neuen Tag abgetrotzt hatte.

Wenn dann von den gefärbten Lippen der schönen Fürstin A. und der noch schöneren Gräfin B. die ihm vertrauten Ausrufe schmeichelten: „Ach, wie ein Fünfzigjähriger!" – „Nein, wie ein Dreißigjähriger!" – da fühlte er sich wie der dahinjagende Jockey auf dem Rennplatz von Longchamp, dem das „Hipp! Hipp!" der erregten Menge in den Nacken prescht.

Mit einem unendlichen Hochmut sah er dann auf diese dem Einsturz geweihten Frauengesichter, auf die unter Schminke schlecht verborgene Knitterung der Haut, auf den verblasenen Schmelz, auf die werdenden Gewöhnlichkeiten der Matrone. Weib war für ihn nicht mehr Weib, sondern ein ohne Glück und Talent kämpfendes Wesen. Das Weib, ordinär wie alles, das allzusehr unterm Naturgesetz steht, kämpfte um die Jugend. Er aber, groß auf dem Sockel der Auserwähltheit, er kämpfte ums Alter.

Es gab Augenblicke, wo dieser Kampf, oder besser der Hochmut des Sieges dämonische Formen annehmen konnte.

Zu Ehren seines vermeintlichen hundertsten Geburtstages gab das Syndikat der Stadt Venedig in der Sala Bonaparte ein großes Fest. Dieses Fest sollte den Anlaß bilden, daß der Jubilar sein riesiges, schon nach dem Gesetz der Progression mächtig angewachsenes Vermögen den wohltätigen Anstalten der Stadt vermache. Der Abend endete mit einem unglaublichen Skandal:

Das Mahl ist zu Ende, die Gesellschaft in behaglich-gehobener Stimmung. Da steht irgendein junger Mann, ein Offizier, auf und läßt Gritti in einer ein wenig kecken Rede leben, indem er ihn auffordert, zu seinem hundertundzehnten Geburtstag dem Magistrat und der ganzen Versammlung ein Revanchefest zu geben.

Der Marchese erhebt sich und spricht die Einladung zu dieser vorgeschlagenen Feier in tiefem Ernst, ohne eine Spur von Humor oder heiterer Resignation wirklich aus, als ob eine andere Möglichkeit für ihn nicht in Betracht käme, als dieses Fest in zehn Jahren wirklich stattfinden zu lassen.

Die Worte des Hundertjährigen sind mit solchem Hochmut, mit solcher Sicherheit, ja mit deutlicher Blasphemie gesprochen, daß eine plötzliche Stille eintritt. Der empfindlich verletzte Kardinal und Patriarch, Grittis, des treuen Katholiken Tischnachbar, wendet sich leise zu ihm und macht ihm Vorstellungen über sein untunlich geschmackloses Verhalten.

Da aber fährt der Greis wütend auf, der trotz seiner traditionellen Frömmigkeit nicht ertragen kann, daß man sein Alter am Ende der Gnade Gottes und nicht seinem eigenen Verdienste zubilligen will. Schneidenden Tons spricht er die Worte:

„Ich wette mit diesem jungen Herrn mein ganzes Hab und Gut gegen tausend Franken, daß ich am fünften Januar 1888 Sie alle zu einem Fest in meinem Hause empfangen werde, soweit Sie meiner Einladung Folge leisten wollen oder können!"

Daraufhin verließ der größere Teil der Honoratioren samt dem Patriarchen und angesehenen Bürgern von solcher Lästerrede empört den Saal, in dem Gritti mit einer Schar von Begeisterten zurückblieb, die ihn doppelt und zehnfach feierte.

Der fromme Marchese tat zwar am nächsten Tag Beichte und Buße. Aber die Wette blieb trotzdem aufrecht. Sie hatte ihm nicht geschadet. Der Boykott der offiziellen Kreise wurde beim nächsten Anlaß aufgehoben, denn es zeigte sich stärker als alles andere, daß ein Hundertjähriger sakrosankt ist und jenseits aller Gesetze des Taktes und Geschmacks steht.

Wie aber steigerte sich erst die Bewunderung der Anhänger, wie wuchs des Uralten Ansehn, als der junge Mensch, der die Wette gegen ihn gehalten hatte, ein Jahr später, am Vorabend des fünften Januar, einer jähen Krankheit erlag. In den folgenden Tagen zeigte sich Gritti überall und zu jeder Stunde auf Platz und Gassen wie ein Sieger, nicht gegen irdische, sondern gegen höhere Mächte, und nicht wenige gab es unterm Volk, die sich vor ihm bekreuzigten.

Dies: Sein ungeheurer Wille, im Endspurt die Natur zu schlagen, war das eine Element seines Lebens, und er wußte genau, mit der Präzision eines Meisters, was zu tun sei, damit durch äußerste Sparsamkeit die Kräfte sich nicht abbrauchten. Der Mechanismus mußte verstanden und geschont werden, wie eben das feinste und kostbarste Instrument geschont wird. Das Wesentlichste war ein weise erdachtes Mindestmaß von Nahrung, damit der unersetzliche Apparat der Stoff- und Blutumsetzung nicht überansprucht, ja kaum gebraucht werde. Dann mußte das Gleichgewicht zwischen Ruhe und Bewegung mit schärfstem Instinkt eingehalten werden. Das Denken, ja der bloße Vorstellungsablauf war verpönt, denn der Marchese hatte erkannt, daß dieses Denken ebenso wie die physische Verdauung ein todverwandter Fäulnisprozeß sei.

Nur allabendlich, immer zwischen acht und neun Uhr, setzte in diesem Mechanismus die andere, entgegengesetzte Macht, die Contremine ein, und es zeigte sich auch in diesem Fall, daß kein Organ der Welt von der Entzweiung Gottes und Satans verschont bleibt. Der Marchese hatte innerlichst voll tiefen Ernstes beschlossen, zweihundert und mehr Jahre alt zu werden. Da das Sterben, ehe es uns antritt, nur eine Erfahrung an anderen ist, warum sollte Marchese Gritti nicht der Überzeugung huldigen, daß es mit ihm eine ganz andere Bewandtnis haben werde. Ein wahrer Edelmann beugt sich nicht, vor allem aber nicht einem Analogieschluß. – Niemand allerdings kann die unabsehbare Größe seines Vorhabens leugnen, und in den Augenblicken, da sich der Alte den *Luxus des Selbstgenusses* erlaubte, verschrumpften vor ihm die Herren der Welt von Hannibal bis Bonaparte zu kleinen Todes-Sklaven.

Über alle Bewegungen seines Wesens hatte er Macht, nur über eine nicht, diejenige eben, die zwischen acht und neun Uhr abends ihn mit Wucht anfiel. Es war dies der Zwang, das zu tun, was er seit seinem zwanzigsten Jahre täglich getan hatte: immer wieder und ohne Unterbrechung seinen Abend im Theater zu verbringen.

Einen Augenblick hatte er geschwankt, ob er sich gegen diesen, sein Vorhaben, zweihundert Jahre alt zu werden, schädigenden Zwang zur Wehr setzen sollte. Aber die weisere Überlegung hatte gesiegt, daß nämlich die Überwindung dieses Triebes weit mehr Lebenskapital koste, als der Entschluß, ihn gewähren zu lassen. Er richtete sein Leben so ein, daß dieser Drang durch nichts gehemmt und die Ausübung der Lust durch kluge Verwendung auf die Lebensseite gebucht werden konnte.

Wenn die Saison in Venedig zu Ende war, reiste Gritti dorthin, wo eine Truppe spielte. (Wie einem angesehenen Agenten schickten ihm die Direktionen und Impresen ihren Spielplan im voraus.) Er hatte auch gefunden, daß die Eisenbahnfahrt, richtig bemessen und angewendet, ihm wohlbekomme. So verbrachte er den Sommer und Herbst in glänzenden, wenn auch für ihn entlegenen Orten, wie Biarritz, San Sebastian, Monte Carlo, Wiesbaden und Paris, aber immer nur dort, wo es auch ein Opernhaus gab.

Diese Sitte, allabendlich in einer Loge zu sitzen, erst eine angenehme Gewohnheit seines Standes und Vergnügens, später ein geheimnisvolles Muß, wie es den Nervenärzten wohlbekannt ist, erstreckte sich nur auf das musikalische Theater.

Der Marchese war neunundzwanzigtausenddreihundertundsiebenundachtzigmal im Theater gewesen, hatte neunhunderteinundsiebzig verschiedene Werke gehört, doch nur sieben davon waren Schau- und Lustspiele.

Man konnte sagen, daß Gritti fast alle Opernhäuser Europas kenne, denn die Diplomatenlaufbahn hatte ihn weit umhergeführt. – Er war in Diensten vieler italienischer Staaten gestanden. Wie es bei einem Menschen Regel ist, der keine persönlichen Eigenschaften zeigt und sich nur durch Geburt auszeichnet, stieg er vom Attaché zum Legationssekretär, Legationsrat, bevollmächtigten Minister und schließlich zum Botschafter auf. Erst in Modenas Diensten, von Napoleon dem Ersten, dem er persönlich bekannt war, mit seinem ganzen Staat kassiert, ging seine Laufbahn als auswärtiger Beamter Parmas, Toskanas, Neapels über viele Residenzen Deutschlands nach Paris und Spanien, um in der Petersburger Vertretung der regierenden Kurie zu enden. Von Marchese Gritti schweigt die politische Geschichte gründlich. Für ihn war der Dienst nur die notwendige Beschäftigung, die einem Mann von Stand obliegt. Unendlich weit lag nun das träge oder erregte Treiben all der Gesandtschaftspalais in Dresden, Hannover, Paris, Madrid, Petersburg.

Unvergeßlich allein waren die neunundzwanzigtausend Abende, da er die vielen golden und roten Theater betreten hatte im Vollgefühl seiner gewählten Kleidung und vornehmen Wirkung. Niemals konnte er des erregenden Klanges satt werden, wenn das Orchester in belebenden Quinten und ungeduldigen Dissonanzen die Instrumente stimmt, wenn allen Moden eines Jahrhunderts trotzend, die nackten lichtumwölkten Schultern der Frauen in den Logen strahlen. Unvergeßlich aus allen Zeiten herüberhauchend der Staubgeruch, wenn man in der Kulisse steht, unter all den kostümierten, geschminkten und fremdartigen Wesen wie ein Forschungsreisender unter Eingeborenen, wie unter Badenden ein Herr im Frack. Der Reiz einer schnellen und wilden Umarmung war längst vergessen, nicht aber der lasterhafte Duft der Garderobe, wo er sie genossen.

Welch ein Meer von Musik lag hinter dem Marchese! Er hatte sie alle gekannt die Maestri, die längst in Stein gemeißelt ein pathetisches Denkergesicht, das ihnen niemals eigen war, dem Beschauer zuwenden. Ihm, dem Mann von Rang, waren sie sehr ergeben mit ausgesuchter Verbeugung begegnet, stolz über das Caro amico, das er ihnen kollegial gab.

Das Leben, das ihn nicht reizte, das, ein ausgesogen Unding, nah und fern rauschte, wollte er nur leben, um diesen Tod, der doch ebenso sagenhaft war, zu beschämen. Und dennoch hatte auch dies sein Mumienleben ein Ziel. Und dieses Ziel war die holde zweite Welt, die ihn Abend für Abend, ohne ihre Kraft zu verlieren, geheimnisvoll lockte.

Einmal, es war schon zur Stunde, da er sich wie immer mit peinlicher Genauigkeit für die Oper anzukleiden begann, kam mit verstörtem Gesicht der Todesbotschaft sein Diener:

„Exzellenz! Dero Herr Bruder, Seine Erlaucht ...“

Der Marchese unterbrach ihn sofort:

„Ah! Nicht jetzt! Bringen Sie mir diese Nachricht morgen!“

Und er ging ins Theater.

Der interessante Niederschlag dieser Leidenschaft aber war die Sammlung des Hundertjährigen, die leider, teils durch Feuer vernichtet, teils verstreut, nicht auf unsere Zeit gekommen ist.

Der Senator hatte Recht gehabt. Gritti, entzückt, den berühmten Maestro zum Opfer zu haben, wünschte mit seiner Sammlung zu paradieren.

V

Bevor der Marchese mit seinem starren Automatenschritt ins Zimmer getreten war, hatte trotz dem Streit, den der Senator in seiner Freude über die unerhoffte

Gegenwart des Freundes vom Zaune brach, eine Stimmung voll menschlicher Ströme geherrscht.

Die Anwesenheit des Hundertjährigen verwandelte alles und alle. Denn das Außerordentliche lebte nicht nur in dem Wahn des Alten, es hob ihn tatsächlich über alle übrigen Sterblichen empor, so daß jeder andere Ruhm in seiner Nähe verblaßte. Er verschmähte es, den angebotenen Platz zu nehmen. Ohne alle Regung stand er auf seinen Stock gestützt, nur die irrenden Augen und der arbeitende Adamsapfel gaben ihm Leben, wenn auch kein menschliches Leben. Verdi, der, wie alle Menschen, die aus der Tiefe emporgestiegen sind, Demut vor dem Überragenden besaß, hatte sich erhoben und sah stumm auf diese Gestalt. Der Senator, welcher seinen Hausherrn kaum einmal im Jahr zu Gesicht bekam, schwieg ebenfalls ganz betroffen von der Wirkung, die von dem Widernatürlichen dieses Wesens ausging. Renzo versuchte, sich an das Groteske der Erscheinung zu halten, aber seine stille Lustigkeit hatte etwas Krampfhaftes. Italos schönes Gesicht konnte Schreck und Grauen nicht verbergen. Immer, wenn er den Marchese sah, würgte es ihn, und er hatte Lust, davonzulaufen.

Gritti, das heißt diese helle Stimme, die aber das allen Menschenstimmen eigentümliche Vibrato nicht besaß, begann zu sprechen.

Unsere Sprachen machen im Ablauf der wenigen Jahrzehnte, die wir unser Leben nennen, eine unmerkliche Entwicklung durch. In unserer Kindheit haben die Menschen anders geredet als heute und nicht nur in gewissen Modeworten und technischen Ausdrücken, die wie veraltete Geräte zur Seite gestellt worden sind. Bis in die geheimsten Endungen, Biegungen, Wendungen verändert sich das Wort. Doch nur nach einem großen natürlich beendeten Geschichtsabschnitt wird die Veränderung allgemein wahrnehmbar.

Die Ausdrucksweise des Marchese hatte von einem gewissen Moment an ebenso wie das Zellgewebe seines Körpers die Entwicklung des Lebens nicht mehr mitgemacht. Und auf einem sehr frühen Punkt mußte diese Entwicklung stehengeblieben sein, denn die Sprechart Grittis war schon in Verdis und des Senators Kindheit altmodisch gewesen, ja, die beiden erinnerten sich nicht, jemals eine ähnliche Ausdrucksweise gehört zu haben. Vielleicht war das eine besonders vornehme Sprache des achtzehnten Jahrhunderts.

Der Marchese wandte sich an Verdi immer in der dritten Person:

„Ich habe schon einmal die Ehre gehabt, die Bekanntschaft des Maestro zu machen. Ich werde in wenigen Tagen hundertundfünf Jahre alt. Das Gedächtnis ist gut. Nur Zeit und Ort verwirrt sich. Darf ich um Hilfe bitten?"

Verdi erwähnte kurz und zuvorkommend Petersburg. Die Stimme ohne jede Modulation nahm den Faden auf:

„Rußland! Die Russen! Ich kenne sie. Sie sind ein liebenswürdiges Volk. Sie haben unsere lyrische Kunst verstanden. Hier versteht man sie nicht mehr. Auch haben sie mich Andrei Gemianówitsch genannt. Man denke: Andrei!? Die Guten."

Nach diesen Worten, ohne daß das Gesicht auch nur die geringste Veränderung zeigte, brachte die Stimme eine Art langsames Lachen hervor:

„Mein Vater hieß Gemiano. Er wurde im Jahre 1740 geboren. Ich, sein Sohn, lebe heute."

Der Senator fragte, welche Oper der Marchese heute gehört habe. Der Alte gab die undeutliche Antwort:

„Es war Musik."

Dann wandte er sich an den Kammerdiener hinter ihm, der wirklich alle Merkmale bresthaften Alters zeigte, während der Herr selbst dem Tod nicht unterworfen war:

„François! Es ist notiert?"

Der Diener hielt ein Notizbuch in der Hand und setzte eine Brille auf:

„Jawohl, Exzellenz!"

„Die Nummer?"

„29388!"

„Das Objekt?"

François zeigte einen großen, sorgsam gerollten Theaterzettel.

„In das Archiv! Danke!"

Der Diener verbeugte sich.

Das brauenlose Gesicht sah den Maestro an:

„Cimarosa war mein Freund! Die Neapolitaner sind unübertroffen. Sie hatten die flebile dolcezza."

Dieses Wort „Tränenseligkeit", „trauernde Süße", das irgendwann auf irgendeine Musik gesagt worden war, hatte im Munde dieses Wesens, dem weniger als einem Leichnam Tränen und Seligkeit bekannt sein mochten, etwas Schauriges. Renzo, nach Art von Kindern nicht Herr übers Lachen, prustete in sein Taschentuch. Die steife Stimme tönte fort:

„Flebile dolcezza, die fehlt. Der Vorzug meiner hundertundfünf Jahre: Ich darf die Wahrheit sagen. Was geht es mich an, was man fühlt?"

Und das erstemal kam Ausdruck in die Betonung der Worte, Ausdruck einer unübertrefflichen Grausamkeit:

„Was geht es mich an, was die Menschen fühlen?"

Und dann:

„Der Maestro filosofo! Ich weiß! Zu modern: Das ist der Fehler!"

„Maestro filosofo" hatte man Verdi zu Beginn seiner Laufbahn getauft, weil seine Kunst im Gegensatz zur zeitgenössischen Virtuosenoper Italiens allzu rauh und tief erschien. Jetzt nach vielen Jahrzehnten wieder hörte er dieses Wort, nachdem die Welt seine Musik zum Alltäglichen, zum Selbstverständlichen und Abgeleierten degradiert hatte. Wie kurzatmig sind alle Meinungen und Urteile. Hier stand einer, der ihn wieder zum Jüngling, zum ungehobelten Neuerer machte. Er freute sich über das „Zu modern" des Uralten.

Der aber gab, mit seinem Stock dreimal auf den Boden pochend, das Zeichen zum Aufbruch:

„Wenn es dem berühmten Maestro genehm ist, schreiten wir zur Besichtigung."

Als sie aus dem Zimmer traten, nahm der Senator seinen Freund unterm Arm:

„Ach, ich bin mir so böse, so böse! Ich hätte mit dir allein die Zeit verplaudern können. Und jetzt dieser Narr! Aber so geht es mir immer, wenn eine Freude sich zeigt. Ich selbst mit Hilfe des Schicksals verderbe mir alles."

Verdi sagte nichts. So außerhalb der gewohnten Ordnung seines Lebens war der heutige Tag, daß er, der Genaue, der nahenden Mitternacht kaum dachte und fast vergaß, daß ihm nur mehr eine Stunde blieb.

Eine glückliche und kultivierte Einrichtung venezianischer Patrizierhäuser ist es, daß die einzelnen Wohnungen eigene Aufgänge haben. Nicht über die finstere und schmale Stiege von vorhin, sondern über die strahlende Nobeltreppe des Hauses begab sich die Gesellschaft unter Vorantritt François' zu der Galerie des Marchese. Auf dem Treppenabsatz zwischen den Türen rechts und links, die in die Räume führten, stand ein hoher Spiegel. Der Hundertjährige, der ohne jede Anstrengung der Beine und des Herzens die Treppe erstiegen hatte, blieb vor diesem Spiegel stehn, um mit Befriedigung festzustellen: Ich bin auf der Welt.

Italo, der sonst jeden Spiegel suchte, schlich jetzt scheu vorbei, als fürchte er, sein Spiegelbild könne dasjenige des Greises berühren. Diese Vermischung wäre ihm schrecklicher gewesen als ein ekelhaftes Bad.

Inzwischen hatten zwei Diener die Kronleuchter der Säle, durch welche die Führung ging, alle angezündet. Die Türen wurden aufgestoßen, im rotgedämpften Licht lag das eigenartige Museum vor den Gästen des Marchese.

Der erste Raum bot den Anblick eines außerordentlich schönen Spielzeugladens, in dem nichts als merkwürdig große Puppentheater zum Verkauf ausgestellt sind. In entzückender, von feinster Hand gearbeiteter Nachbildung, auf brokatbedeckten Postamenten waren die verschwundenen und noch lebendigen Kommunaltheater Venedigs zu sehn. Die Modelle zeigten die äußere und innere Architektur, Saal und Bühne vollkommen, indem entweder die Fassade oder der Plafond aufgeklappt war. Das Herz jedes Kindes und jedes Dramatikers mußte bei diesem Anblick lachen. Der Marchese, von dem warmen Licht des Raumes ungewohnt vermenschlicht, begann seine Erklärung. Auch die Stimme hatte an Schwingung gewonnen. Er zeigte mit seinem Stock auf die Modelle der älteren Theater, die im Laufe der Zeit fast alle durch Feuer vernichtet worden sind: San Cassiano, San Samuele oder Grimani, San Margherita, San Girolamo, San Paolo e Giovanni, San Moisé, alle noch zwischen 1630 und 1700 erbaut. – Nicht anders als Kirchen waren hier Dutzende von Theaterhäusern aus dem Lagunensumpf gewachsen: Orte der Entzückung, Räume spielerischen Wohllauts, Spiegel, die ein festlich geniales Volk errichtet hatte, damit seine eigene Welteinverstandenheit, seine Schönheit, Frechheit, Brutalität und Lieblichkeit ihm widerstrahle.

In der Mitte des Zimmers war eine Marionettenbühne aufgestellt, die mit dem alten Pantalone, mit Pedrolin, dem lustigen Diener, mit dem Liebespaar, dem prahlerischen Schiffskapitän, dem dummen Bergamasker und einem Chor von sabbatfeiernden Hebräern die Schlußszene des Amfiparnasso darstellte, jenes bahnbrechenden Werkes, mit dem der berühmte Orazio Vecchi vor mehr als dreihundert Jahren den Grund zur Opera buffa gelegt hatte. Der Liebhaber unter den Marionetten war dicht an die Rampe gestellt, und sich hinabbeugend, trug er ein aufgerolltes, an seinem Arm befestigtes Pergament, auf dem Verdi die altertümliche Schrift folgender Verse las:

„E voi cortesi ed illustri spettatori
Ci date veramente
Piacevol segno, che vi sia piaciuta
Questa favola nostra, poi che s'ode
Grand applauso, voci di lode."

„Wie weit", dachte der Maestro, „hat man sich in der heutigen Komödie von den Grundsätzen dieser Worte entfernt. Das kommt alles von diesem verfluchten und affektierten Lügenwort: Kunst! Aber Kunst wie alles Heilige ist nur dann Kunst, wenn sie nicht weiß, daß sie es ist. In meiner Jugend war der Auftrag, „die Scrittura" einer Oper eine Sache, bei der nicht viel von Kunst die Rede war. Aber heute wollen die Seiltänzer nicht mehr Seiltänzer sein. Sie schreiben alle nur für schöne dichtnotierte Klavierauszüge, für Musikkritiker, ästhetische Faselhänse und Kollegen. Liszt soll gesagt haben, ein neues Werk, in dem nicht mindestens drei noch nicht dagewesene Akkordverbindungen vorkämen, interessiere ihn nicht. Ah, wir waren vielleicht Analphabeten. Dies aber sind Alphabeten, Alphabeten!"

Verdi mußte über dieses Wort „Alphabeten", das er in Gedanken erfunden hatte, trotz seiner Verdüsterung lachen. Man hatte einige Zimmer durchschritten, in denen hundert Bilder von Sängern und Sängerinnen an der Wand hingen. Diese wahren Helden der Stadt-Abende, Freunde und Freundinnen des Marchese, die zu Ausgang des alten, zu Beginn des neuen Jahrhunderts mit den schwellenden Wundern der Menschenstimme, mit ihren freien Rouladen und Kadenzen, mit ihren Registerkünsten, Marcati, Morendi,

Fermaten, Bravourschlüssen die belcantotrunkene Menge aufgepeitscht hatten, hier schwiegen sie mühsam auf Lithographien und Stichen. Nur wenige Photographien sah man. Die meisten Bilder trugen Widmungen und Unterschriften in großen törichten Schriftzügen, einige schief über den Körper des Porträts. Mit unveränderlich reizendem und wie bezahltem Lächeln, oder degagiert strahlend blickten die Gesichter dieser Frauen, die einst Könige und Staatsmänner beherrscht, Verzückungen und Selbstmorde hervorgerufen hatten: Die Grisi, die Persiani, die Pasta, die Malibran, die Vellutti, die Pacchierotti, die Colbran, Rossinis Freundin.

Mit dem Ausdruck verklärter Selbstbegeisterung grinsten erhaben freundlich die Herren dieses eitlen Mausoleums: Rubini, Tamburini, Lablache, Nourrit, Donzelli, Levasseur, Bordigni bis zu Tamberlik und Graziani, jeder einzelne ein Mann, der den Parisern zu seiner Stunde wichtiger war als Bonaparte.

Durch zwei dem Ballett gewidmete Zimmer gelangte man in die Räume der Komponisten, wo die Hermen der Maestri standen und in Schaukästen Widmungsblätter und Partiturseiten auflagen. Ein Zimmer war ganz der jüngeren neapolitanischen Schule gewidmet. In goldenen Lettern, unter Köpfen, die einer dem anderen glichen, las Verdi Namen, von denen er die wenigsten kannte. Wer waren sie alle, diese Anfossi, Giordano, Gardi, Gazzaniga, Astaritta, Zingarelli, Marinelli, Capua und Palma? – Waren sie nicht noch mehr tot, noch mehr verwest als jene Sänger? Gefeierte, geliebte, bekränzte Meister! Wozu all die Eitelkeit des Schaffens, dieser letzte Wahn, den man nicht töten kann?

„Was ist richtig, was ist wichtig?“ tönte es scharf im Herzen.

„Nur für dich, nur für dich!“ kam die Antwort. Einst hatte er gesagt: „Soviel habe ich geschrieben, und muß sterben.“ Aber jetzt war ein anderes Gefühl wach:

„Soviel habe ich geschrieben. Heute oder morgen muß ich sterben. Aber alles, was ich gemacht habe, gilt mir nicht mehr. Es ist nicht da. Ich streiche es aus. Wie ein Zwanzigjähriger muß ich meine Tat erst tun. Ach! Ach! Und es ist so spät.“

Im nächsten Zimmer machte der Marchese, von dem innerhalb seines Reiches das Automatische immer mehr wich, Verdi auf die Büste Simone Mayrs aufmerksam:

„Der Maestro wird wissen, daß dieser große Kompositeur ein Deutscher war. Er ist aber trotzdem nicht von der wahren Kunst des Gesanges abgefallen.“

Die letzte Herme war die Vincenzo Bellinis, des Catanesen. Mit geradezu väterlicher Geste streichelte der Uralte das Haupt des Standbilds:

„Dieses Kind hier war der Letzte, dieses heilige Kind!"

Von seiner fixen Idee wieder erfaßt, fuhr er fort:

„Ich bin einundzwanzig Jahre älter als er, und er starb vor bald fünfzig Jahren."

Und nach einer Weile, mehr zu sich selbst, als zu seinen Gästen:

„Ihr Jüngeren alle, was ist das für eine Musik, bei der man zuhören muß?"

Eine neue Tür öffnete sich. Schwerer Dunst von Staub, Wachsgeruch, Kälte und Moder schlug der Gesellschaft ins Gesicht. Der Maestro sah einen sehr langgestreckten Saal vor sich, in dem, wie es ihm schien, Regimenter von Kerzen frei flackernd und mottenumtanzt brannten.

Es war der Kern der Sammlung. Hier hingen die fast tausend Original-Theaterzettel der tausend verschiedenen Werke, die der Hundertjährige bei seinen dreimal zehntausend Theaterbesuchen gehört hatte. Sie hingen in vielen Größen, Arten und Farben unter Glas und Rahmen, nicht nur an den Saalmauern, sondern überdies an vielen Paravents, Zwischen- und Querwänden, die den außerordentlichen Raum durchschnitten.

Die hohe Stimme des Marchese begann wieder zu reden. Aber in einer plötzlichen Verwirrung hört der Maestro die Worte nicht. Welch ungehörige Sache! Wo ist er denn überhaupt? In Venedig? Er, der unerbittliche Pedant? Mitten im Winter? Was hat diese Unordnung zu bedeuten? Er will sich fassen, und um seines Zustands, eines immer wachsenden Schwindelgefühls Herr zu werden, zwingt er sich, den erstbesten der Theaterzettel zu lesen.

Und er liest ein Datum, er liest den Namen einer Stadt und darunter:

Prima rappresentazione
di melodrama:
IL DILUVIO UNIVERSALE
di celebre maestro

G. Donizetti.

Der Maestro will die Augen nicht vom Blatt heben, denn er weiß, daß etwas Namenloses droht. Aber er vermag nicht zu widerstehen. Schreck lähmt ihn, denn er sieht, daß eine der Kerzenflammen das Holz eines Rahmens erfaßt hat, daß innerhalb einer Sekunde der Brand all diese Welt von Papier ergreift. Ein fauchender Knall! Flammenrasen, grausige Hitze, schwarze Zunderwolken, tödlicher Rauch, Ersticken!

Sehr bleich, mit einem kurzen, kaum verständlichen Ausruf den Senator zu sich bescheidend, verläßt Verdi den Saal, gehetzten Schrittes den Ausgang der Galerie suchend.

Mit großem Erstaunen blickt man den beiden Herren nach.

VI

Der Maestro ließ sich nicht mehr zurückhalten. Er stand auf der wasserumspülten Stufe, um seine Gondel zu besteigen. Der Senator trug ihm seine Begleitung an. Er lehnte ab.

„Wir gehen nicht heiter auseinander, mein Verdi!"

In den guten Augen standen Tränen. Aber der Freund im Dunkel konnte es nicht bemerken.

„Oh, dieser chimärische Alte mit seiner verfluchten Galerie."

Verdi wehrte ab:

„Das ist es nicht. Aber in unsern Jahren soll man nicht mehr von sich verlangen, als man zu geben hat ... Ach, Freund, ich sehne mich sehr nach dem Frühling, nach den Feldern, wo der Anbau bald beginnen wird, nach meinen guten Tieren. Schwer, immer schwerer liegt auf mir der Schatten der Städte. Da draußen, in meinem Haus, in den Ställen, auf den Wochenmärkten, unter den Bauern, da bin ich das, was ich wirklich bin. Niemals hätte ich etwas anderes werden sollen!"

Der Senator packte die Hand des Maestro:

„Verdi! Einen Tag nur möchte ich Verdi sein!"

„Das rate ich dir nicht. Denn was bin ich? Ein höchst fauler und unzufriedener Rentner eines Ruhms, der lange nicht mehr wahr ist. Zehn Jahre bin ich kein Komponist mehr, und ein wirklicher Bauer leider auch nicht!"

Als wäre dieses Bekenntnis zu viel des Vertrauens gewesen, nahm Verdi schnell Abschied. Die Gondel vermischte sich schnell der Nacht, denn der Mond war untergegangen und leichte Winterkälte triumphierte.

Der Senator trat ins Zimmer zu seinen Söhnen zurück. Renzo las in einem Buch, Italo machte Zeichen höchster Ungeduld. Der Vater sagte in der Art eines Redners, der unwiderrufliche Sätze zu prägen die Gewohnheit hat:

„Dies ist der größte Mensch unserer Zeit, weil er der wahrste ist. Habt ihr es gefühlt?“

Niemand sagte etwas auf diese Frage. Italo vermied es, seinen Vater zu reizen, obgleich er die Melodien des „Trovatore“ und die Rührseligkeit der „Traviata“ abgeschmackt fand. Und Renzo, gänzlich unmusikalisch, dachte an Rom, an seine dortigen Freunde.

Dem Senator waren die Tränen stets sehr nahe, und, je mehr er in die Jahre kam, um so näher. Er hatte noch immer abschiedsfeuchte Augen, und seine Gedanken konnten nicht von Verdi lassen:

„Wenn man bedenkt, wie diese Sonne aufgegangen ist! Kein Mensch wußte etwas. Man kam, die Musik irgendeines Maestrino zu hören ...“

Italo wußte, daß jetzt die Geschichte der „Nabucco“-Premiere komme, die er schon zum Überdruß kannte. Rasch benützte er deshalb die Gelegenheit, den Vater zu unterbrechen. Er tat das freilich mit leiser, etwas benommener Stimme, die jungen Männern eigen ist, die nach Mitternacht ihren Vätern mitteilen wollen, daß sie noch einen Freund besuchen müssen:

„Papa! Verzeih, daß ich gehe. Ich habe noch eine Verabredung mit Pilade.“

„Gut! Gut! Geh zu deinem Pilade, mein Orest!“

Der Alte forschte den Wegen seines Sohnes nicht nach. Obwohl er wußte, daß Italo selten zu Hause schlief, machte er keine Erwähnung davon. Italo verschwand äußerst schnell. Renzo nahm sein Buch und empfahl sich gleichfalls.

Allein geblieben, bekam der Senator plötzlich einen roten Kopf, als würge er einen Wutanfall hinunter, dann trat er zu seinen griechischen Texten, warf sie ohne Grund durcheinander, kehrte zum Tisch zurück und zündete eine neue Zigarre an. Sein großes Temperaments-Gesicht wurde sogleich freundlich. Mit sinnlicher Behaglichkeit blies er den Rauch und seine Stimme war verschlagen und ohne Ursache belustigt, als er, selbst nicht recht wissend, was er rede, den Zitatvers vor sich hinsprach:

„Exoriare aliquis nostris ex ossibus ultor.“

Der Marchese Andrea Gritti hatte sich über den jähen Abschluß der Besichtigung schnell getröstet. Eine plötzliche Übelkeit, so meinte er, habe den berühmten Maestro befallen. Er war überaus damit einverstanden und freudig bewegt, wenn jüngere Menschen als er an den Tod gemahnt wurden. Jeden Sterbefall im Umkreis seiner Bekanntschaft rechnete er sich selbst zum Erfolg an.

François bereitete in einem kleineren geheizten Raum jetzt alles für die Nacht vor. Der Marchese legte sich nicht zu Bett, denn das Liegen war die Stellung des Besiegtseins, des Sich-ergeben-müssens.

Liegend konnte einen die List des Endes besser erwischen. Es hieß ja in jedem Augenblick gerüstet zu sein. Der Hundertjährige nahm in einem großen Lehnstuhl Platz. Damit er nicht vornüberfalle, ließ er sich bequem mit einem Riemen an die Lehne schnallen. – Übrigens hatte er schon seit zehn Jahren nicht recht getan, was die Menschen schlafen nennen. Ähnlich wie die Fakire und Yogis verstand er es, ohne zu schlafen (denn auch Schlaf ist vielfach Abnützung), sein Leben zu beurlauben.

Er saß starr da, ohne daß sich sein Gehirn auch bloß die Bilderflucht des Dämmerns gestattete, der Atem ging nur sparsam und in großen Pausen, die Augen waren nicht ganz geschlossen. Auf einer Matratze im Zimmer schlief noch ein hübscher siebzehnjähriger Bursche seiner Dienerschaft. Wenn Gritti auch nicht das gute Hausmittel der Bibel, wonach David seinen eiskalten Greisenleib durch Abigails Wärme beleben ließ, anwendete, so empfand er doch den frischen jungen Atem neben sich als Schutz.

Durch ein Tor, das auf den Kirchplatz hinausging, hatte Italo das Haus verlassen. Der ein wenig geschraubte und selbstbewußte Ausdruck war vollkommen von seinem Gesichte verschwunden. Hochauf atmete er, als wäre von ihm der schwerste Zwang abgefallen. Er kam jetzt um eine halbe Stunde zu spät und manches konnte vorgefallen sein. Aber welche Sensation der Gefahr, ja des Todes, wünscht sich die Jugend nicht im innersten Herzen, mag sie auch noch so sehr sie fürchten. Italo raffte den Mantel über den Frack und begann wie ein Wilder zu rennen. Er lief durch die toten schwarzen Callen, über stufenreiche Brücken, vorüber an den Kirchen, die mit ihren abseitigen Türmen wie vorsintflutliche Riesenvögel auf den nachtstarren Campi hockten. Er lief, wie man nur in der Nacht läuft, ohne Widerstand und Mühe, schwebend, durch die kleingewordenen Maße der Stadt. – Er traf nicht mehr als drei Wesen, aber diese Schatten-Wesen, die grölend mit sich selber sprachen, gehörten ja kaum der Menschheit an.

Viele Jahre später, als er längst schon im Netz der reiferen Lebensbräuche zappelte, erinnerte sich Italo dieser nächtlichen Parforceläufe, dieser Ausgefülltheit, dieses Zielhabens als der stärksten Glücksmomente seines Lebens.

In einer der hundert kleinen Gassen blieb der junge Mann stehen. An der Türe, wo er bebend vor Erregung kurz zweimal pochte, war das Blechschild eines Arztes angebracht: „Dott. Carvagno."

Sogleich wurde geöffnet und man zog Italo hinein: „Endlich! Endlich!"

Die Angst war unnütz gewesen. Biancas Mann, einer der Leiter des Ospedale Civile, verbrachte heute, wie schon so oft in letzter Zeit, die Nacht im Krankenhause. Vor zwei Stunden hatte er einen Boten geschickt, der ihm ein Buch bringen sollte.

Ohne Abenteuer löste sich alles. Doch für die Überspannung der Nerven entschädigte Italo bald das Glück, das nur reifere Frauen in ihrer unendlich weichen Umarmung, mit all ihren mütterlich wissenden Bewegungen Männern gewähren, die noch Knaben sind.

VII

Der Nachtschnellzug nach Mailand hatte längst die endlose Lagunenbrücke und Mestre passiert. In einem Abteil erster Klasse, in dem sonst kein Reisender fuhr, saß der Maestro am Fenster. Er war so grenzenlos müde nach diesem Tag, da er gegen die feste Gewöhnung seines Lebens auch die Nacht hatte opfern müssen. Gedanken, die keine waren, kamen und gingen, Bilder, ohne Bilder zu sein, schwankten hin und her. Stärker als alle unfertigen Gedanken und Bilder bannte das geistunabhängige Ohr des Musikers der donnernde Rhythmus des Zuges, der wilde Taktwechsel der Weichen.

In seiner Abneigung gegen ein bequemes Sich-gehen-lassen verschmähte es Verdi, sich hinzulegen oder seine Füße auch nur auf den gegenüberhegenden Sitz zu stützen. Aufrecht und ohne Nachlässigkeit der Kleidung saß er in seiner Ecke. Nur den grauen Kopf lehnte er weit zurück, so daß ein Stück des

Mantels sein Gesicht verdeckte. Der Eisenbahnzustand zwischen Schlafen und wachen überkam den Maestro, ein Zustand, der, wenn man heiteren Herzens reist, angenehm ist und die Zeit tötet.

Aber unklar und unaufhaltsam bohrte der Schmerz unter jeder Form des Lebens. War für einen Augenblick das Bewußtsein geschwunden, so kehrte es plötzlich mit einem quälenden Ruck zurück und der Reisende tastete erschrocken um sich. Er hatte immer das Gefühl, daß ihm seine Reisetasche abhanden gekommen sei. Aber das durfte nicht geschehen! Mit dem Leben mußte sie verteidigt werden. Es war ja eine Partitur darin, die niemand kannte, die dreißig Jahre schon sein Herz fraß, die einmal seine große Rechtfertigung sein würde vor allen Feinden. Immer wieder, wenn der Schlaf nahte, fuhr der Maestro schreckhaft auf, aus Angst um diese Partitur, die er in seinen klaren Stunden verwünschte.

Auf einmal mußte er sich erinnern, daß er in früherer Zeit bei den endlosen Reisen im Postwagen zwischen Schlaf und Wachen so oft den gleichen Schreck verspürt hatte. Immer steckte solch eine unvollendete Partitur in seiner Tasche, die er neben oder über sich liegen wußte. – Aber der Feinde waren damals wenig. Und die wenigen Feinde konnte man leichten Herzens verachten, denn sie standen tief unter ihm, diese Schulmeister, Winkelmaestri, Journalisten und Musikgrammatiker. – Doch die Feinde jetzt überhoben sich, sie standen hoch oben, sie stellten sich über ihn, diese Musikdramatiker. – Und die Flammen werden kommen. Es wird ein Diluvium des Feuers sein, und alle Hundertjährigen, alle lorbeerumkränzten Büsten werden mitverbrennen und die altheilige italische „Flebile dolcezza" auch. Einst vor langer Zeit wurde ein großes Geschrei erhoben: Hie Piccini, hie Gluck! Aber sie sind beide verbrannt und keiner schert sich um sie.

Bei diesem Gedanken durchzog ein seltsames Glück das Herz Verdis, und ehe das Kaleidoskop des Schlafes farbendunkel wurde, sprach es noch in ihm: Das Gesicht des Deutschen ist nicht böse.

Nachdem die Nacht des Schlafes ganz dicht geworden war, tat sich im Dickicht der helle Weg des Traumes auf, und dieser Weg führte auf eine Halde, die aber ebenso eine Bühnendekoration hätte sein können. Es geschah so manches, ehe dieser König dastand mit den wahrhaft durchfurchten Zügen und der Flitterkrone auf dem Haupt. Echt war der Schmerz des Königs, der zu einem echten Himmel empordrohte, über den die schwarzen Wolken ritten. Aber der

Mantel dieses Königs war nicht echt, sondern ein Mantel aus dem Fundus der Scala, den schon hundert Darsteller getragen hatten.

Was aber wollte diese Kompagnie kostümierter Laffen dahinter, die in einem dumm-symmetrischen Takt turnten, mit den Händen ruderten, vorgingen oder retirierten? – Dabei war die Natur ringsum so schaurig, überall im Land brannten die Städte und Dörfer und der Qualm zog langsam dahin. Unter Himmel und Wolken, unter den brennenden Städten und Dörfern, unter den Füßen des Königs, unter denen des schmierenhaft verkleideten Chors bebte die Erde im Dreivierteltakt.

Da aber geschah etwas Schreckliches, etwas, was keinesfalls hätte geschehen dürfen: Mit tragischen Gebärden und Verzerrungen begann dieser König, eine schnelle scharfakzentuierte Polka in Moll zu singen, vielstrophig und scheußlich. Immer, wenn eine Strophe zu Ende war, fiel der Chor mit demselben Motiv ein, während der König drüberhin wie im Wahnsinn Koloraturen in schnellen, blöden Sechzehnteln sang.

Der Träumer schwor immer wieder, diese Musik sei nicht von ihm, sie sei von wem sie wolle, selbst in seiner frühesten Jugend hätte er dergleichen nicht gemacht.

Aber es nützte ihm nichts, Gott wollte es so. Da drang ihm eine gräßliche Scham zu Kopf. Er sah sich um und überlegte, wie um Christi willen man es nur verhindern könnte, daß durch irgendein Tor jemand käme und Zeuge dieser schweren Schmach würde. Aber je mehr er sich wehrte, um so weniger entging er dem Schicksal. Langsam und immer deutlicher fühlte er, daß er selbst ja singe, daß er selbst dieser König sei, verfangen und gefesselt an die Moll-Schnellpolka, aus deren widrigem Taktgewebe er sich nimmer würde befreien können.

Und da geschah auch, was er von allem Anfang an hatte fürchten müssen: Gefolgt von zwei preußischen Soldaten in Pickelhauben erschien Wagner, den gelben Überzieher über den Frack gehängt, den Zylinder in der Hand. Begeisterte Jugend drängte näher. Einen Augenblick lang betrachtete er das Schauspiel. Aber sein Gesicht war jetzt nicht gütig, sondern höhnisch und boshaft.

Den Tod im Herzen, mußte der Träumer seine Koloraturen weiter und immer weiter singen, während Wagner sich hochmütig zu den Soldaten wandte und ihnen die Worte hinwarf:

„Diese dünnflüssigen Cantilenen mache ich im Handumdrehen!“

Da schrie der Sänger auf und warf die Krone zu Boden, während der Chor weiterplärrte. Wagner aber sagte nur kurz und deutsch:

„Auf! Verhaften Sie ihn!“

Klirrend stand der Zug.

Der Maestro war sofort bei sich. Unzerstört von Schlaf, Traum, Müdigkeit war sein Gesicht. Er sah durchs Fenster die vielen Lichter einer größeren Station.

„Verona! Erst Verona!“

Und er seufzte.

Drittes Kapitel

„König Lear“ im Koffer

I

Bianca Carvagno war vor einigen Wochen zweiunddreißig Jahre alt geworden. Sie stand demnach in dem Alter, wo vom Weibe die letzte Verschleierung des Mädchenreizes abfällt und die Frau, sie selbst geworden, die zweite und eigentliche Schönheit erlebt! Nichts an ihr neigte zum Abstieg. Wenn sie in den Spiegel sah, erfaßte sie nicht dieser Schreck der Frauen, die morgens nach der Auflösung des Schlafes entdecken, daß hier und dort schon eine Linie sich abwärts verzogen hat. Dennoch sah sie oft voll Mißtrauen in den Spiegel, und fuhr, als wäre sie böse und müßte etwas vertuschen, mit der Puderquaste resolut über die Wangen.

Das Unruhegefühl, das sie quälte, kam daher, daß, obgleich sie selbst jung und auf ihrer Höhe, Italo doch um so viele, um unersetzliche Jahre jünger war. Konnte er denn ihre Schönheit verstehn? War diese Schönheit für seinen eigenen schmalen, leichtsinnigen Körper nicht zu laut, zu erblüht, zu menschlich-sonnenhaft?

Wie es bei derartigen Beziehungen zu sein pflegt. Die Frau trug allein die Last der Gefahren, Sorgen, Ängste des täglichen Glücksspiels.

Die Menschen, ob Mann oder Frau, sind in der ersten Hälfte der Zwanzig voll überheblicher Grausamkeit gegen alle, die älter sind als sie selbst. Sie empfinden die Jugend als Auszeichnung und Verdienst. Dies ist eine Parallele zum Hochmut jenes hundertjährigen Gritti, der um seines Alters willen Anbetung forderte. – Auch Italo, voll jener stolzen Einbildung, sich jung zu wissen, hielt es für selbstverständlich, daß Bianca, die um neun Jahre ältere, klügere, lebenserfahrenere, alles allein auf ihren Schultern zu tragen habe. Seine Rolle war es einzig, zu beglücken, täglich und nächtlich aus der Herzenstiefe des Weibes den Jubelruf des Lebens zu wecken, und die Gefahren, die Abenteuer, die ihm begegnen sollten, männlich zu bestehen. Er dachte an nichts und sein Gemüt war noch frei.

Je freier aber der Geliebte sich fühlte, um so mehr litt Bianca. Bergschwer war dieses Schicksal. Sie durfte seiner sich gar nicht bewußt werden, sonst wäre sie zusammengebrochen, sie mußte sich selbst in einer hochgespannten Stimmung halten, damit sie die Verwirrungen ertrüge. Wenn Italo da war, bei ihr war, flog die erlöste Stunde über den Abgrund, ohne hineinzublicken. War er aber fort, so würgte sie die Zukunft, der sie nicht entweichen konnte.

Carvagno schien kein Mann des Mißtrauens zu sein.

In den letzten Jahren war sein Ruf nicht nur als praktischer Arzt, sondern auch als Primarius und klinischer Organisator ungemein gewachsen. Die ersten Universitäten des Landes boten ihm Stellungen an. Er lehnte ab, weil er nicht allzufrüh durch ein allzu würdevolles Amt seine Tatkraft binden wollte. Dieser Tätigkeitsheißhunger nahm allerdings schon die Form einer krankhaften Leidenschaft an. Der Privatmann Carvagno war untergegangen. Bianca fiel es sehr leicht, ihn zu betrügen. Sie haßte ihn nicht. Er wurde nur immer fremder, unbegreiflicher, rückte von Tag zu Tag weiter fort mit seinem ewigen Spitalskittel, seiner hastigen Verlorenheit und der bitteren Berufs-Ironie aller Arzte.

Um so schrecklicher die Hand, die sie gepackt hielt! Bianca war seit einigen Monaten schwanger. Zum erstenmal, denn sie hatte bisher noch kein Kind gehabt.

Niemals bewirkt die Schwangerschaft nach den ersten Monaten ein solches Glück, wie bei Frauen um das dreißigste Jahr. Der bewußtere Körper, die klarere Naturseele genießt das innere Blühen, wie es der wissende Geist des Erdsterns, wenns ihn gibt, zur Zeit des Frühlings genießen muß. Auch Bianca genoß dumpf dieses Sprießen und Treiben jeder Zelle. Aber was war dies gegen die Angst, gegen den Höllenschreck, mit dem sie allmorgens erwachte, und sich immer wieder fragen mußte, von wem dieses Kind sei, dessen Blut in ihr so rasch, so erregt klopfte.

All diese Gründe, besonders aber die Leichtigkeit, mit der Italo die furchtbare Verantwortung ahnungslos trug, flossen zusammen, um sie bis zum Irrsinn eifersüchtig zu machen. Italo verstand ebensowenig wie seine eigene Verantwortung Biancas Eifersucht. Zu jung, um einer Leidenschaft wirklich zu erliegen, waren ihm die Menschen, Geliebte, Vater, Freunde, nur Anlaß, zu leben, Zärtlichkeit, Haß und Spannung zu empfinden. Die Schwerkraft, die jeden beugt, der einmal ins Auge der Wahrheit geblickt hat, seiner war sie noch nicht Herrin geworden. So einzig erklärt es sich, daß in der Zeit schwersten persönlichen Erlebens Italo von einer anderen Seite sich mächtig binden ließ.

Durch den Maler Wolkow, der seinerseits mit Joukowsky befreundet, in die Nähe Wagners gezogen wurde, war Italo dem Meister eines Tages vorgestellt worden. Unauslöschlich blieb dieser Tag in seine Erinnerung gebannt, die Heiterkeit, Güte Wagners, sein weiser Witz.

Reife Menschen, Menschen von eigener Triebkraft haben sich der zaubrischen Lebendigkeit Richard Wagners nicht entziehen können. Man denke an Peter Cornelius, der immer wieder aus der „schwülen Atmosphäre dieses Menschen“ floh, um ihr von neuem zu verfallen. Und ein Knabe, dessen Bewußtsein von verwirrenden unerledigten Trieben vollgesogen war, er sollte nicht erliegen?

Wagner – dies sein Geheimnis – wirkte nicht nur als der große Mensch, der er war, als der immer überraschend zupackende Geist, als der in jeder Sekunde gesteigerte und durchtönte Künstler, über diese Gaben hinaus wirkte er, man kann es nicht anders nennen, als Weib! Wie von einem Weibe höchster Art, das trotz leidvollsten Erlebnissen doch niemals eine Niederlage, einen Mißerfolg, eine Einbuße erlebt hatte, ging von ihm ungebrochen erotische Strahlung aus, jener hochgespannte Strom der Anziehung und Abstoßung, der alle Formen von unglücklicher Liebe erzeugt. Je älter er wurde, je mehr seiner sicher, je mehr die unerträgliche Notwendigkeit von ihm abfiel, sein Auge auf andere richten zu müssen, die mächtiger, gleichgültiger waren als er, und die er noch nicht unterworfen hatte, – um so reiner strömte aus ihm die bezaubernde Kraft. In diesen Tagen gar schien es, daß das herrliche Weib seines Wesens am sichersten regierte, und es ist mehr als ein Zufall, daß er zur Zeit an einer Schrift arbeitete, die den Titel trug: „Über das Weibliche im Menschen."

Seit Monaten tat Italo nichts anderes, als die deutsche Sprache studieren oder in den Klavierauszügen von „Tristan" und „Walküre" schwelgen. Wenn er vom Klavier aufstand, hatte er einen benommenen Kopf, zerschlagene Glieder wie nach ausschweifender Liebesnacht, und seine Augen waren trübe umrändert.

Wie anders wirkte doch auf seinen Vater eine Verdische Melodie. Er mußte sie nur vor sich hinpfeifen, damit ihm die Augen hell wurden und irgendein unternehmender kriegerischer Geist durch seinen Körper fuhr.

Italo war durch seine Leidenschaft für Wagner, ohne daß er sich es selbst eingestand, in den letzten Wochen lauer gegen Bianca geworden! Hatte er früher jeden möglichen Augenblick dazu verwandt, bei ihr zu sein, so verbrachte er seine Nachmittage jetzt auf der Piazza. Wagner pflegte nämlich sehr oft in eines der Cafés einzutreten. Noch heute gibt im Café Lavena eine Gedenktafel Kunde davon, daß hier der Meister plaudernd, meditierend, ja arbeitend manche Stunde verbracht hatte.

Erregten Herzens wie ein schüchterner Bursche, der an einer Straßenecke patrouilliert, um einen Augenblick lang die Erscheinung der vorüberwandelnden Angebeteten erleben zu dürfen, durchquerte Italo wohl hundertmal den Platz. Und wenn das Glück ihm lachte und Wagner langsam, verlorenen Gesichts und heftig mit sich selber sprechend in das Kaffeehaus ging, folgte ihm Italo von ferne und trat nach einigen Minuten, wie zufällig, ein. Er tat, als wisse er nichts, erkannte den Meister plötzlich, riß den Hut vom Kopf, wurde tiefrot, verbeugte sich übermäßig und schlich zu einem Tisch, der nicht allzuweit entfernt war.

Manchmal rief dann Wagner den hübschen Jungen zu sich, auf dessen Gesicht jetzt keine Spur koketten Selbstbewußtseins mehr zu finden war. Italo wurde dies und jenes gefragt. Er versuchte deutsch Rede zu stehn, war aber in schwerer Bannung einsilbig, wenn auch aus jedem Blick Verehrungsflammen schlugen. Mit freundlichem Kopfnicken wurde er entlassen und schlich erschöpft vor Glück und Qual davon. Richard Wagner hatte eine Schwäche für das italienische Temperament. Nichts schmeichelte dem Opernmeister so sehr, wie die tiefe Wirkung, die seine Schöpfungen bei der Elite dieser musikalischen Urrasse zur Zeit immer stärker übten.

Es war selbstverständlich, daß alle Eifersucht Biancas sich auf Wagner konzentrierte.

Eines Morgens – es waren mehr als zwei Wochen seit dem historischen Konzert in La Fenice und dem kurzen Aufenthalt Maestro Giuseppe Verdis in Venedig vergangen – saß Italo bei seiner Geliebten. Bianca hatte sich ausgestreckt. Sie fühlte sich heute nicht wohl. Italo hielt die Hand der Frau und zitterte mit den Knien, wie er es immer tat, wenn er ungeduldig war.

„Heute nachmittag ist er bis vier Uhr hier. Dann muß er zu einer Kommission. Du wirst bei mir sein, mein Italo! Wirst du's?"

„Heute nachmittag?"

Italo sagte das vor sich hin und schaute zum Fenster. In Biancas Augen blitzte es auf. Sie schwieg. Er zog ihre Hand an sich:

„Heute nachmittag? Gewiß! Um vier Uhr werde ich hier sein. Ich passe ihn unten ab. Dann bleibe ich ..."

„Dann bleibst du, dann bleibst du!!"

„Ja, ich kann dann drei Viertelstunden bleiben. Um fünf Uhr habe ich leider diese verfluchte Verabredung wegen des Quartettspiels ..."

„Ah, wegen des Quartetts?!"

Bianca war sehr gelassen, schaute gleichgültig drein, um ihn zu täuschen. Glücklich, daß er der Szene vielleicht doch entrinnen könne, nahm Italo die Sache sehr eifrig auf:

„Ja, wir probieren bei Corteccia. Der Prätendent, weißt du, hat uns eingeladen, am nächsten Sonntag zu spielen. Wir machen ein sehr interessantes Programm."

Italo verstummte, denn Bianca hatte sich erhoben und sah ihn ruhig, ernst an.

„Was ist dir? Was hast du? Meine Süße, meine Bianca?"

Sie sah ihn weiter reg- und wortlos an.

„Bianchina!" Er wollte sie küssen. Mit Widerwillen wich sie aus.

„Aber was habe ich dir denn getan, Bianchina?"

Sie sagte nur: „Quartett!"

Und dann brach er los, dieser fassungslose hysterische Lachkrampf, den er so gut kannte und mehr fürchtete als alles auf der Welt: „Geh nur zu deinem Quartett! Du schwacher, schwacher Lügner! Geh zu deinem Wagner, zu diesem

Alten, in den du vernarrt bist, mit dem du mich betrügst, du eitler, diebischer, böser Laffe!“

In Schluchzen schlug das Lachen um. Italo beteuerte:

„Bianca, Bianchina! Ich schwöre, ich belüge dich nicht. Es ist nicht Wagner, zu dem ich will. Das Quartett ...“

„Geh zu deinem Wagner, zu deinem Wagner ...“

Sie ließ sich nicht beirren:

„Betrüge mich nur!“

„Aber Bianchina! Wie soll ich dich mit einem Mann, einem alten Mann betrügen? Was für ein Wahnsinn?! Dies ist doch etwas ganz anderes, etwas Geistiges, worüber du nicht böse sein kannst.“

Das letzte Wort brachte sie nun ganz von Sinnen:

„Etwas Geistiges? Ah! Du mit deinem Geist!! Wie hast du mich zugerichtet! Aber geh nur! Komm nie mehr wieder! Ich werde es allein tragen! Niemals mehr sollst du wiederkommen! Du junger Teufel! Bleib bei deinem Deutschen! Ich will dich nicht. Geh! geh!!“

„Bianca, was du redest, ist sündiger Unsinn. Sei ruhig! Ich werde den ganzen Nachmittag bei dir bleiben!“

„Aber ich will nicht, daß du bleibst!! Geh! Jetzt, sogleich!! Ich könnte dich töten, hüte dich!!“

Sie packte einen Briefbeschwerer und hielt ihn hoch. Die große unverwandelte Weibgestalt streckte sich wunderschön. Der Zorn, der in ihm aufwallte, erleichterte Italo die Situation. Er stellte sich straff auf, und mit nachlässigem Ton, die Hände in den Taschen, sagte er:

„Wirf!!“

Die ganze Schwere ihrer Leiden schleuderte die Frau nieder. Totenblaß lag sie auf dem Diwan. Der Atem stockte, das Herz blieb aus.

Er aber stürzte zu Boden, bat um Verzeihung, beschuldigte sich selbst, schwor und schluchzte. Das Ende dieses Auftritts war wie immer wonnige Versöhnung. Weich geworden und unendlich kampfesmüde, mütterlich sein Haar liebkosend, gab sie ihn, wie so oft schon, für den Nachmittag frei.

Auf der Straße peinigte den Jüngling kurze Zeit noch ein Gefühl der Zerknitterung im Zwerchfell und der moralische Zweifel, ob er das Geschenk des Nachmittags annehmen solle. Dann aber und sehr bald wich das Unbehagen, und als gebe es keine Geliebte mehr, die vielleicht sein Kind trug, als warte keine Zukunft voll Verwicklung und Gefahr, ging er lustig und fast wie nach einem Sieg durch die lauten rhythmischen Gassen seiner Vaterstadt nach Hause.

Eine Stunde später, nachdem die letzte Spur der Aufregung von Biancas Gesicht verschwunden war, kehrte Dr. Carvagno heim. Dem abgehetzten Menschen, der halb blind durch seinen allzu lauten Tag ging, fiel etwas Ungewohntes auf. Er wollte darüber nicht nachdenken. Für feine atmosphärische Erlebnisse hatte sein stets nachschallendes Hirn allzu wenig Zeit. Dennoch geschah es, daß er sich mit einem fernen Unbehagen, ja fast mit einem ganz leisen Schmerz neben die Frau setzte, die ihn heute deutlicher ansah (so glaubte er) als sonst. Eine fremde, merkwürdig kleine Stimme fragte:

„Was ist dir, mein Lieber, du siehst recht traurig aus!“ Carvagno dachte nach, warum er wohl traurig aussehe, und ein Erlebnis seiner heutigen Praxis stand vor ihm: „Dumme Geschichte das!“

Bianca fragte noch einmal. Da erzählte er unzusammenhängend, müde und mit einem gewissen Bedauern darüber, daß einen abgebrühten Arzt von Vierzig das Unsachliche noch bedrängen solle, eine Geschichte von irgendeinem schönen blonden Kind.

„Die Eltern!? Junge Deutsche! Poveretti! Hungerleider! Diese kindische Gesellschaft, die sich, Gott weiß warum, Künstler nennt. Er?? Ich bin ratlos: Eine Phthisis ist es nicht, zumindest keine gewöhnliche. Der Mann macht dabei den Eindruck von Euphorie oder Größenwahn! Aber das Kind! Ganz goldene Haare. Ein Engel!“

Der Arzt stand auf und küßte seine Frau leicht aufs Haar. Sie rührte sich nicht, und der kleine Kuß wurde dadurch seltsam unwahr und erzwungen. Carvagno fühlte die Peinlichkeit, schämte sich und ging zu seinem Schreibtisch. Die fremdartige Antwort seiner Nerven war ihm unangenehm. Er begann in sinnlosen Papieren zu kramen.

II

Renzo war längst wieder nach Rom zurückgekehrt, und Italo hielt sich weniger denn je zu Hause auf. So lebte der Senator allein mit seinen Texten in den Räumen der Wohnung. Nicht mehr wie früher war er in der Art echter Venezianer viel auf dem Platz zu sehen, in dem, in jenem Kaffeehaus, oder gar in Gesellschaft anzutreffen. Ganz selten tauchte sein riesiger weißer Kopf mit dem Demokraten-Schlapphut in einer kleinen Gruppe von gleich alten und gleich unzufriedenen Gesinnungsgenossen auf. Von Tag zu Tag wurden diese Gesinnungsgenossen immer weniger. Denn da Aufstieg, Erfolg und Wohlergehen ringsum im Bürgertum herrschten, verlor die alte Freiheitsgeste immer mehr an Wirklichkeit, die großen Überzeugungen der Heldenzeit wurden wie alles, das sein Leben hinter sich hat, zur Phrase, und ohne daß der Senator es merkte, in der veränderten Zeit nahm auch seine unbeugsame Haltung das ihm so verhaßte Gesicht hochmütigen Selbstbetrugs an.

Wie alle aufbrausenden Menschen schwach und ohne letzten Halt, war der Senator so ganz anders als Verdi, der Wirkliche und Starke. Hätte er des Maestro Gabe besessen, die Musik wäre lange vor „Rigoletto“ stehengeblieben, gekränkt und trotzig Jahrzehnte lang auf die alten, einst errungenen Formen pochend. Verdi, der solch einen langen Kampf gegen Menschen und Epochen kämpfen mußte, war niemals unterworfen worden; immer, welche Zeit die große Uhr auch schlug, immer blieb er der Mensch seiner Zeit, niemals ein Mann von Gestern, niemals ein Mann von Morgen, stets der Mann von Heute, und als solcher frei und einsam auf dem Gipfel des Tages.

Der Senator war der Mann *seiner* Zeit lange nicht mehr. Dies war die dumpfe, halbeingestandene Trauer seiner Tage und Nächte. – In den letzten Jahren, einer nach dem andern waren die Heroen der wiedererwachten Nation hingegangen, und die Strahlen der Sonne, die sie mit sich genommen hatten, gaben seiner Gestalt keinen Glanz mehr. Von immer dichteren Schatten umwoben, streckte er sehnsüchtig grollend die Arme nach der abgeschiedenen Lichtquelle aus.

Als Italo von jenem wilden Auftritt mit Bianca nach Hause kam, fand er zu seinem Erstaunen den Vater lustig und aufgeräumt. Er wurde mit einer rollenden Tirade begrüßt. Ein gutes Zeichen:

„Da bist du ja, Sohn deiner Zeit mehr als deines Vaters! Große Freundschaften mußt du haben, die dein Leben verschlingen, denn man sieht dich nicht. Aber ich lobe dich darum. Lebe! lebe! lebe! Ich werde dir keine Tugend predigen. Da alles Irrtum ist, wie einige Philosophen uns lehren, scheint die Kalokagathia des Sokrates der größte aller Irrtümer zu sein. Man muß nicht als Wahrheitsheld im Gefängnis gesessen haben, um sich des Lebens wert zu fühlen. Den Schierlingsbecher trinken, ist eine Eitelkeit, die keine Zinsen trägt. Und was das Kreuz anbetrifft, so scheinen einzig die im Rechte zu sein, die darunter Geschäfte gemacht haben. Ein Dandy übrigens hat alle Gesinnung zu verachten. Hab ich deine Gedanken erraten? Wie? Im Grunde, mein Junge, kommt es auf Melodie an. Keine Heimat im Himmel, keine Heimat auf Erden! Es lebe die Melodie! Da habe ich etwas gefunden ..."

Der Alte warf den Klavierauszug des „Rheingold" auf den Tisch: „Wenn du mir auf diesem Notenschlachtfeld eine Melodie zeigst, bekommst du Finderlohn!"

Italo überhörte prinzipiell diesen Satz. Er sah nur verwundert auf den Vater, der hastig seinen Überrock anzog und den Hut suchte.

„Du gehst fort, Papa?"

„Wie du siehst. Und ich habe Eile."

„Kann ich dir mit etwas helfen?"

Italo hatte das Bedürfnis empfunden, dem Senator eine Freundlichkeit zu zeigen. Einen Augenblick lang sah der nicht sehr verwöhnte Vater ihn belustigt an:

„Du brauchst Geld, mein Sohn! Sag nichts! Ich weiß es! Du brauchst den Finderlohn im voraus. Plötzlich kommt das Leben über den Menschen, und er sitzt da. Weiß der Teufel, warum mir das gerade jetzt einfällt ..."

Er drückte seinem Sohn ein paar Goldstücke in die Hand und ging.

Der Grund seiner Fröhlichkeit war aber folgender Brief, den der Senator am Morgen erhalten hatte:

„Mein lieber Freund!

Als ich nach dem unverzeihlichen Überfall am Weihnachtsabend von Dir Abschied nahm, hatte ich die aufrichtige Sehnsucht, allen Städten der Welt und ihren Aufregungen entfliehen zu können, um sobald wie nur möglich in Sant Agata mit seinen Pflichten und Interessen zu mir zu kommen.

Aber nun ist alles weit hinausgeschoben. Schnee ist gefallen, überall liegt Schnee, dieser Schnee, den ich fürchte, der, soweit ich nur zurückdenken kann, immer die trübsten Zeiten meines Lebens beherrscht hat.

Also, auf mein Gut, in diese Einsamkeit will und kann ich nicht gehn. Früher hätte ich es vielleicht zusammengebracht, jetzt nicht mehr. Genua, das ich sonst liebe, tut mir diesmal nicht wohl. Es sind noch immer zuviel Menschen hier, die nicht verstehen wollen, daß ich Unruhiger Ruhe brauche. Höre! Mir ist die närrische Idee gekommen, daß Euer Venedig mir helfen könnte. Ich habe früher nicht viel Zutrauen zu dieser Stadt gehabt. – Aufrichtig! Sie hat mich bedrückt. – Aber jetzt sagt mir ein (höchstwahrscheinlich falsches, unsinniges) Gefühl immer wieder: In Venedig könnte ich arbeiten! Arbeiten? Dieses große Wort darfst Du nicht mißverstehn. Es handelt sich natürlich um nichts Neues, sondern um Reparatur und Kürzung einer uralten Sache. Aber auch zu solcher Flickschusterei habe ich nicht Kopf und Muße hier!

Es ist schon meine Art, Du weißt es ja, nichts unversucht zu lassen, auch einen Fehler zu machen, vielleicht nur um mir zu beweisen, daß es ein Fehler war.

Also auf! Erfüll mir meine Bitte! Beeil dich, denn ich telegraphiere vielleicht schon heute meine Ankunft.

Nimm mir ein großes Zimmer in dem Albergo auf der Riva, wo ich das letzte Mal gewohnt habe. Es ist freier und mir lieber als „L'Europe“, wo mich in früherer Zeit der arme Piave immer angesiedelt hat. Sorge dafür, daß man mir ein halbwegs gestimmtes Klavier ins Zimmer stellt. Und dann! Das Wichtigste! Niemand darf erfahren, daß ich in Venedig bin, hörst Du, niemand! Ich überlasse diesen allerwichtigsten Punkt Deiner Fürsorge. Ich will und muß unbelästigt bleiben! Das ist alles! Welche Freude ich darüber empfinde, Dich einmal im Leben recht genießen zu dürfen, kannst Du Dir denken.

Addio, addio.
Dein G. Verdi

Peppina, die über mein Vorhaben sehr böse ist, grüßt Dich innigst.“

Lange Jahre schon hatte der Senator für niemanden gelebt. Drum wurde jetzt doppelt in ihm all seine gebundene und versickernde Zärtlichkeit wach. Mit der begeisterten Fahrigkeit eines Anfängers, der sein Zimmer zum ersten Liebesempfang schmückt, machte er sich sogleich ans Werk.

Er stürzte in das vom Maestro angegebene Hotel, zog den Wirt beiseite, meldete ihm, eine glänzende Persönlichkeit, die er nicht nennen dürfe, werde seinen Gasthof beehren. Er ließ den Wirt schwören, daß er sich nicht anmerken lassen wolle, er wisse von dieser glänzenden Persönlichkeit, daß sie sei, was sie sei, eine glänzende Persönlichkeit. Dann fuhr er, die erregte Suite der Hoteldienerschaft vom obersten Oberkellner bis zum Laufburschen hinter sich, wie ein Sturm durch die Zimmer, warf mit den Türen, stieß Fensterläden auf, rückte Möbel, fegte im Ungestüm auch eine Vase zu Boden, schrie, tadelte, lobte, seufzte und fand eine ganze Stunde lang nicht das Richtige. Erst als der Wirt unter allen möglichen Beteuerungen und Vorbehalten sich entschlossen hatte, sein großes Mittelzimmer im ersten Stock, das sogenannte Fürstenappartement, aufzuschließen, gab sich der Senator zufrieden und zwang dem Mann mit unwiderstehlichem Feuer einen bürgerlichen Preis ab. – Weiter traf er Anordnung über Anordnung. Der Schreibtisch mußte gut vor dem Fenster stehn, eine vorzügliche Arbeitslampe herbeigeschafft, und auf den kleinen Balkon, der auf die Lagune bis San Giorgio hinüberblickt, sollte ein Fauteuil hinausgerückt werden. Heizung wurde bestellt, eine freizügige Pension abgemacht, jeder Einwand mit der einzigartigen Prachterscheinung, die Gast dieses Hauses werden sollte, niedergetrumpft, so daß am Ende der wunschüberhäufte Besitzer ganz hilflos und kleinlaut zurückblieb. Noch zwanzig kaum verständliche Aufträge auf den Lippen, eilte der Senator davon.

Unter den Procuratien gab es zu damaliger Zeit ein Musikaliengeschäft, das einst jenem berühmten Gallo gehört hatte, der selbst ausgezeichneter Musiker, noch ausgezeichneterer Impresario, und eins der vortrefflichsten Originale gewesen war, die Verdi und Venedig je gekannt hatten. Nach seinem Tode schleppte sich dieses Geschäft, in dem auch Klaviere verliehen wurden, eine Zeitlang fort.

Der Senator trat in den Laden ein und probierte etwa sechs Instrumente. Die Zigarre im Mund, donnerte er, wie es Klavierstimmer zu tun pflegen, eine pathetische Folge von Dreiklängen, Septakkorden und chromatischen Passagen auf die Tasten. Keines der Pianos gefiel ihm. Dieselbe Prozedur wiederholte sich noch in zwei anderen Musikalienhandlungen, bis schließlich in einer auf der Merceria San Salvador das Richtige gefunden, gewählt und bestellt ward. Der Senator ließ gleichzeitig noch die ganze Serie der Klavierauszüge weltlicher und geistlicher Musik, die es von Verdi gab, mitsenden. Wozu? Das hätte er nicht sagen können. Es war dies ein Akt zielloser Leidenschaft und unsinniger

Freigebigkeit. Wofür dem Maestro diese vielen Bände der eigenen Musik dienlich sein sollten, darüber gab sich der Senator weiter keine Rechenschaft. Ein Gruß der Liebe, nichts andres. Ihm fiel nicht ein, daß dieser Gruß bitter wirken könnte. Der alte Freund war im Kerne seines Wesens übertrieben. Das mochte auch der Grund sein, warum sein Leben niemals zu einem nachhaltigen Erfolg geführt hatte.

Mit diesen Besorgungen war aber noch lange nicht die ganze Fülle seiner rührenden Fürsorge ausgeschöpft. Ein Blumenhändler wurde angewiesen, jetzt in dieser toten Jahreszeit das Unmögliche möglich zu machen, Likörflaschen wurden ins Hotel dirigiert und vieles andere noch.

Zu Tode ermattet kam am späten Nachmittag der Senator nach Hause. Aber es ließ ihm noch immer keine Ruhe. Er befaßte sich damit, für den geliebten Freund Lektüre auszuwählen. Er forschte nach spannenden und gebärdenreichen Romanen. Dies würde vielleicht das Richtige sein, um den Maestro nach langer Arbeit auf andre Gedanken zu bringen und ihm zu ruhigem Schlafe zu verhelfen. Es fand sich nicht viel vor. Immerhin ein paar Bände Victor Hugo und Zola konnten genügen.

Mehr aber als Arbeit und Eile hatte den Senator der Zwang erschöpft, den er sich auferlegen mußte. Niemandem konnte er von diesem Glück erzählen. Und er hätte es doch jedem Bekannten laut entgegenrufen mögen:

„Verdi kommt hierher!“

III

Wie traurig, einen Menschen zu sehen, wie ihn, dem man keine sechzig Jahre geben würde, der niemals an Kopfschmerzen leidet, mit dem Appetit eines Jünglings ißt, der drei oder vier Stunden lang, nur den großen Strohhut auf dem Kofp, in brennender Sonne wirtschaftet ... und dieser Mann weigert sich widerspenstig, auch nur eine Note mehr zu schreiben!

Ausspruch Giulio Ricordis um 1880, von Bragagnolo zitiert

Sich selbst zur Verwunderung stand zwei Tage später der Maestro in dem prunkvollen Hotelzimmer mit der schönen Aussicht auf die Lagune. Mit großer Selbstüberwindung, doch in der sicheren Erkenntnis, der einsilbige, mit fernen

Gedanken beschäftigte Freund will allein bleiben, hatte der Senator ihn verlassen, ohne seine Einladung zur Mahlzeit auszusprechen.

Es war nicht sehr oft in seinem Leben geschehn, daß Giuseppe Verdi etwas getan hatte, was nicht vorher nüchterner Prüfung unterworfen worden war. Gewohnt, sein Leben streng und rein dem Willen zu beugen, hatte er in den Tagen seit seiner Rückkehr nach Genua beobachten können, daß gegen diesen Willen immer deutlicher ein Wunsch emporwuchs, der unbegreifliche Wunsch, in Venedig zu sein!Das Ganze erschien ihm peinlich, unheimlich, ja fast schandbar.

Als es dann doch zum Entschluß gekommen war, hatte er Mühe gehabt, vor seiner Frau das Wort „Venedig“ auszusprechen.

Lange mußte er darüber nachgrübeln. Was konnte ihm diese Stadt bieten? Warum sollte er sie gerade dort finden? Arbeitsstimmung? Er wußte sehr wohl, daß sein Arbeitstrieb, unabhängig von Ort und Landschaft, keiner Eindrücke bedurfte, sondern innen erzeugt, innen ernährt, plötzlich an die Oberfläche stieg.

Doch herrschte in seinem Leben ein Gebot, dem er sich von einem Augenblick des Kampfes an ergab.

Er wußte genau, daß gewisse Schicksalsentscheidungen dadurch herbeigeführt worden waren, daß er bewußt, doch wie betäubt einen „Unsinn“ begangen hatte. Ein solcher Unsinn zum Beispiel war die Tat, der er das erste und somit wesentliche Glück seiner öffentlichen Laufbahn verdankte. Er hatte dem Impresario, der über Leben und Tod seiner eingereichten Oper Richter war, einen groben tiefbeleidigenden Brief geschrieben. Jeden anderen Menschen hätte dieser Brief ins Nichts zurückgeworfen. Und er selbst hatte, nachdem der Brief aus seinen Händen war, nichts anderes erwartet.

Aber gerade dieser Brief stimmte Merelli, den allmächtigen Direktor der Scala, um, „Nabucco“ wurde angesetzt und ein schon fast verlorenes Leben gerettet.

Wer und was hatte ihn gezwungen, den widersinnigen Brief zu schreiben und auch später noch ein oder die andere Tat zu begehen, wider die sein wacher Sinn sich sträubte? Wenn der Maestro auch niemals über die Geheimnisse sprach, so quälten sie ihn doch von Jugend an, und so mancher, der wohlwollend vom blutvoll-animalischen Schöpfer des „Trovatore“ spricht, würde über die Bibliothek von Sant Agata in Staunen geraten sein.

Der Maestro hatte erkannt, daß in ganz seltenen Augenblicken des Lebens ein Wille in uns wirkt, der außerhalb unser bestehen muß, da er, der sinnlichen Beschränkung enthoben, hellsichtig, unabhängig von uns, Zeit und Raum schon durchforscht hat, während wir noch mühsam an der erbärmlichen Leiter der Schlüsse emporklettern. Wenn er diese Dinge sich auch nicht also klar bewußt machte, in seinem Gefühl herrschten sie religiös. Solche Erkenntnisse hatte ihm Manzoni nähergebracht, dessen katholische Konversion ihn solange geärgert hatte, als er, der Mensch der Befreiung, Religion noch mit Pfäfferei verwechselte. Denn er haßte die Priester, obgleich er in heimlicher Seele die Kirche liebte, die ja die einzige Schönheit, die holde Musikheimat seiner armen Kindheit gewesen war.

So kam er denn nach Venedig in der verborgenen Hoffnung, daß nicht er selbst einem wirren Wunsch unterlegen sei, sondern in diesem Wunsch eine lenkende Stimme laut werde. Wohlgemerkt: Niemals hätte er sich diese Hoffnung klar eingestanden, denn immer wieder pflegte er, alles Überstiegene abwehrend, zu behaupten: „Wir sind Skeptiker! Wir sind Skeptiker!"

Aber er mußte ja nach jeder Hoffnung, ob verborgen, ob offenbar, greifen. Denn der Zustand, länger täuschte er sich darüber nicht, war grauenvoll, war unhaltbar.

Die Maske des großen Bauern, des trefflichen Gutsbesitzers stand ihm wohl zu Gesicht. Ja! Er liebte seine Felder, er liebte sein Gestüt, seine Tiere, ja selbst die Straßenbauten, Wasseranlagen, all die Unruhe, die er in die simple altmodische Gegend gebracht hatte. – Aber Maske blieb es doch. Er war kein Bauer mehr. Diese romantisch verlogenen Städter mochten sich an dem sensationellen, von den Zeitungen ausgebeuteten Widerspruch ergötzen, wonach der weltberühmte Komponist vom Pfluge weggeholt werden könne, – die alten, schwerhändigen Bauern seines Bezirkes wußten es besser. Er war kein Bauer, nicht einmal ein richtiger Gutsbesitzer, denn trotz aller ehrlichen Strenge seines Betriebes, er *lebte* ja nicht davon.

Die einzige und unverbrüchliche Wahrheit war: Zehn Jahre hatte er bis auf Kleinigkeiten keine wirkliche, keine erfüllte Note geschrieben. Das Requiem, sein letztes Werk, war ihm selbst die Totenmesse geworden.

Zehn Jahre nichts!

Immer wieder, und schon seit vielen Monaten, pflegte er wie benommen diese Worte vor sich hinzudenken. Die Hölle des schöpferischen Menschen lag in ihnen, der Tag um Tag kostbarstes Gnadengut vorüberfliegen fühlt.

Arbeiten! Das heißt, dieses Fieber fühlen, aus dem man sich zugleich fortsehnt! Arbeiten! Das heißt dieses Wachstum sehen, das eine Beglückung bis zur Tollheit ist. Aber, wenn man es recht bedenkt, die Willensqual ist größer als die Freude …

Und dennoch! Was für ein Parasit ist der Mensch, welch gewissenskranker Tagedieb, wenn er nicht mehr arbeiten kann. Tausend Anläufe und kein Sprung! Tausend Sturmangriffe und alle abgeschlagen! Ist es das Mißgefühl des Alters, das weichlich und schwächend nach solchen Anstrengungen in die Glieder fährt, ist es die Ermattung der endgültigen Niederlage? Und das Erreichte? Der Ruhm so vieler Taten? Die hat ja ein anderer getan, ein ganz anderer, der darob fast hassenswert ist.

„Zehn Jahre! Zehn Jahre!“

Der Maestro trat auf den Balkon. Des Januarnachmittags frühe Dämmerung war schon hereingebrochen. Unten auf der Riva degli Schiavoni wälzte sich in abendlicher Reibungslust das Volk über die beiden Brücken. Ein dichter schwirrender Ton, ein aus zehntausend Stimmen geflochtenes Seil schwang über der Stadt. Vor der Landungsbrücke San Zaccaria lagen die Dampfer, die den Verkehr mit den Inseln besorgen. Auf dem Heck der Schiffe wie auch auf der Brücke schwankten schon die ersten Laternen. Eilig watschelten die spärlichen altmodischen Raddampferchen durchs Wasser, die zwischen den beiden Mündungen des großen Kanals pendeln mußten.

Der erste Monat des Jahres 1883, wenn auch unnatürlich warm, war doch voll verfärbter Trübnis. Nebel glitten von der Lagune auf wie Staubwolken einer Sommerstraße. Die Farbe dieser Nebel, die dem Dampf nicht glichen, war stumpf, stumpf wie die Farbe der Lagune, die nicht der Adria, der purpurn und azurnen Mutter der Gesänge zu entstammen schien, sondern irgendeinem Wattenmeer oder dem Finnischen Meerbusen.

San Giorgio war hinter den Schwaden längst zusammengestürzt, die Dogana und Maria della Salute schwammen wie ein betrübt-nordisches Vorgebirge auf der dunklen Fläche. In rasch geschwungenem Gleitflug fuhr die Bora herab.

Tausend spitze Wellchen sprangen lüstern aus dem alten blindäugigen Wasser, wirr tanzende Ungezogenheit. Und alle Landungsbrücken, all die vertrauten Gondeln der Piazzetta, die Gondeln auch weit draußen, selbst die schweren Chioggiabarken erfaßte der Tanz, jener wiegende Wassertanz, der diese Stadt seit je zur Stadt der Liebe bestimmt.

Aber dem Übermut war nur eine Minute vergönnt. Denn die Nacht machte Schluß. Doch in dem Augenblick, da sie sich vollenden wollte, durchbrach ein großes, langsames Seeschiff den Schwall von Finsternis, Nebel, Wind und Bewegung und zog mit toten Lenden, mit sparsam-lebendigen Lichtern dahin. Langanwachsend, eine furchtbare Beklagung des Todes, heulte das Nebelhorn auf.

Der Maestro schloß die Balkontür und zündete so viel Licht an, wie sich nur vorfand. Dann durchquerte er gleichmäßigen Schrittes, wie es seine Art war, hundertmal das große Zimmer, umwanderte immer wieder den Mitteltisch, trat endlich zum Klavier und fuhr mit der rechten Hand kurz über die Tasten. Die ersten zwei Takte des „Rigoletto"-Quartetts sprangen unwillig auf. Als hätte er etwas Abscheuliches berührt, schlug Verdi den Deckel zu.

„Ich bin hiehergekommen ... Warum? Wozu? ... Aber hier muß es doch gelingen! Nur hier ... Wer ist denn an all dem schuld, wenn nicht er? ... Wäre er nicht, könnte ich arbeiten ... Es ist wie eine Verzauberung. Bisher habe ich mich gefürchtet! ... Ja, Teufel, gefürchtet! ... Aber jetzt stelle ich mich ... Jetzt stelle ich mich zum Kampf ... Es ist verrückt ... Aber ich habe das deutliche Gefühl, daß es ein Kampf sein wird ... Warum? ... Ach! ... Er kennt mich nicht! Vielleicht könnten wir Freunde werden! ... Mit ihm allein würde ich reden können! ... Welch kindische Gefühle! ... Sein Gesicht habe ich mir in jedem Zuge gemerkt! ... Fast zieht mich etwas zu diesem Menschen! ... Kämpfen! Ja, kämpfen!"

Über die Bedeutung dieses Wortes „kämpfen", das in seinen Gedanken stets wiederkehrte, war sich der Maestro nicht im mindesten klar. Er wußte ja überhaupt nichts von seinem Denken, das immerfort um eine trübe Stelle kreiste, wie er jetzt selbst um den großen Tisch dieses Zimmers. Manchmal stieß er ein leeres Wort hervor. Es hatte gar keinen Zusammenhang mit dem, was in ihm dachte und gedacht wurde. Plötzlich aber blieb er stehn, biß die Zähne zusammen, eine wilde und böse Natur fuhr in sein Gesicht, daß jeder, der ihn jetzt gesehen hätte, vor solcher Gefährlichkeit erschrocken wäre. Mit ausholendem Ruck hob er einen Handkoffer auf den Tisch. Er öffnete mit einem Schlüsselchen das Gepäckstück und nahm eine mächtige Mappe mit Notenblättern heraus. Auf dem Titelblatt stand mit großen Lettern geschrieben:

„Re Lear, opera di G. Verdi.“

IV

Zur selbigen Stunde, da der Maestro sein Hotelzimmer bezog, hatte Italo zu ungezählten Malen, fast laufenden Schrittes, kreuz und quer die Piazza durchmessen. Auf der Seite der Procuratien, auf der Seite der Bibliothek, oben beim Empirepalast, unten bei der Kirche, immer wieder Posto fassend, immer wieder Posto verlassend, hielt er Auslug nach seinem Abgott. Endlich sah er die kleine schöne Gestalt des Meisters von der Ascensione her näherkommen.

Wagner ging mit einem Herrn, der nicht größer war als er selbst. Dieser Fremde, feingliedrig, mit schwarzem Bart, hohlen Wangen, überfeinert zugespitzter Nase, machte den Eindruck eines gelehrt-kabbalistischen Juden. – Doch auch er zeigte die vollkommene Ausgelöschtheit der Person, welche die Erscheinung aller Menschen ausdrückte, die mit Wagner umgingen.

Der große Mann sprach unaufhörlich in der stark gebärdenden Art, die ihm eigen war. Der andere neigte das Ohr und sah verzückt lächelnd zu Boden, als sähe er dort ein süßes Bild. Trat eine kurze Pause in der Rede ein und erließ Wagner die nur formale Aufforderung zur Antwort, so spielte auf den Lippen des Fremden der stumme Hauch eines Wortes, dem die Ehrfurcht verbot, Wort zu werden. Wozu denn reden, da alles schon vollauf erledigt ist?

Zweimal versuchte der Herr, vielleicht nur um einen Schein von Ebenbürtigkeit herzustellen, das Wort zur Entgegnung zu ergreifen. Aber in der ersten Hälfte des Satzes stockte schon die Stimme, denn Wagner nahm seine Rede wieder auf. Er sprach erregt, bohrend, hastig, wie ein Mann, der eine langwierige Unterredung abzuwickeln hat und den die Zeit drängt. Der Gegenstand des Gesprächs mußte dem Meister sehr nahe gehen, denn immer ungeduldiger, ja leidender wurde seine Haltung. Der Fremde, nicht weil ihm Vorwürfe gemacht wurden, sondern weil er unterm großen Lebensleid des Vielverfolgten selbst litt, sank in sich zusammen, wurde ganz durchsichtig. Für diese feinen Schultern wars zu schwer.

Immer lauter wurde die Stimme Richard Wagners. Er schüttelte gepeinigt das Haupt, als umsumme ihn eine Wespe, er stampfte mit dem Fuß auf, obgleich der

Bärtige ihm nicht nur nicht den geringsten Widerstand entgegensetzte, sondern jetzt sogar die Augen geschlossen hielt. Aber vielleicht reizte den Meister gerade diese Schwäche, diese ungemute und gestaltlose Weichheit, denn jetzt ballte er die Fäuste gegen den Ganzerstorbenen. Plötzlich aber warf er den Kopf zurück wie ein Wild, das den Jäger spürt, seine Augen weiteten sich, als vernähme er in großer Ferne einen Zuruf, und ohne ihn anzuschauen, winkte er dem Begleiter kraftlos, voranzugehen und ihn allein zu lassen. Der gehorchte sofort, blickte in heiliger Scheu nicht zurück und ging haltlos schwankend weiter.

Wagners Züge aber fielen schrecklich zusammen, er verfärbte sich, rang nach Luft, seine Linke fuhr zum Herzen und umkrampfte es. Italo sah dies emporgedrehte Haupt voll schönster Altersjugend plötzlich greisenhaft-arm und menschlich-elend werden. Der allzuschwere Kopf mit flatternden Seidenhärchen schwankte unter den grauen Angriffen des Windes und der Dämmerung.

Dieser Herzkrampf, einer der harmlosen und sanften, die Wagner rasch überwand, hatte keine fünfzig Sekunden gewährt. Der Meister stieß auf einmal stark die Luft aus, raffte sich zusammen und rief den Herrn heran, der sich nicht weit entfernt hatte.

Das Gespräch, jetzt aber gelöst und frohgemut, von vielfachem Gelächter durchflochten, wurde wieder aufgenommen. Der Fremde war ganz verwandelt. Er schien, witzig und ohne die alte Ehrfurcht, Silben zu stechen und krähte unangenehm. So traten die beiden Männer in den Säulengang der Procuratien.

Italo war nicht imstande zu folgen.

Das plötzliche Elend, das erschreckende Leiden, die irdische Armut dieses Menschen, der für ihn göttlich war, hatten ihn bis zum Grund erschüttert. Ein Gefühl, dem eitlen und verhätschelten Knaben bisher fremd, würgte seine Kehle:

Erbarmen mit der todverfallenen Kreatur, mit Wagner, mit Bianca.

Er eilte, seiner selbst nicht mächtig, zu ihr. Auf dem Wege schluchzte er, schrie auf, betete, machte Gelübde und Schwüre.

Sie saß vor einem kleinen Tischchen. Es schien ihm, als lege sie eine Arbeit weg. Sie trug ein sehr dunkles Kleid und ihr Haar auch verschwamm im finstern Raum, so daß nur dieses Gesicht bleich und voll römischer Schwermut hervortrat. Ein ganz fremder Todesernst lag über ihr, – und obgleich sie mit tausend Widerstreiten, hoffend, hassend, verzweifelnd, mordplanend, verzeihend, und immer unselig seiner gewartet hatte, jetzt, da er unverhofft gekommen war, jetzt lächelte sie kaum.

Wie ein Schwerverwundeter stürzte er zusammen, und ohne sie zu berühren, weinte Italo das erstemal im Leben nicht nur über sich selbst.

Sie regte sich nicht, sie ergriff nicht seine Hände, sie betastete nicht sein Haar. Mit der lieblichen Majestät der Schwangeren, die nur für gereifte Seelen sichtbar wird, saß sie da und betrachtete ruhig den Weinenden. Dann, seine Tränen verstehend und nicht verstehend, sagte sie nichts als die Worte:

„Fühlst du's jetzt?"

Einige Minuten später trat Carvagno ins Zimmer. Die Liebenden hatten gerade noch Zeit, sich zu fassen. Der Arzt vermochte wiederum nicht jener ungeklärt peinlichen Empfindung Herr zu werden. Er betrachtete Italo. Selbstgefällige Gesichter gingen ihm auf die Nerven. Dennoch war er diesem Gecken (dafür hielt er ihn) dankbar, daß er der vereinsamten Bianca Gesellschaft leiste. Eine flüchtige Ahnung verwies er in einem komplizierten Egoismus sofort aus dem Bewußtsein.

Italo, ganz gelähmt, blieb stumm und lehnte die Einladung zum Abendessen ab.

Ist es nicht so, als ob Gott, solange wir dem Leben mit leichten Gefühlen begegnen, uns, selber leichtsinnig, schonen würde, wenn aber die erste schwere Empfindung den Menschen ergreift, unnachsichtlich seine Ordnung walten läßt?

V

„Ich, der ich im Grunde keinerlei Anstrenung liebe, arbeite wütend. Einsamkeit und Studium: Dies mein Leben!"

Verdi an den Bildhauer Luccardi

Vor dreißig Jahren etwa hatte Giuseppe Verdi mit dem venezianischen Schriftsteller Somma das Libretto des „König Lear" vereinbart.

Somma, noch sehr abhängig von der Form des italienischen Melodrams, wie es sich von Metastasio zu Felice Romani hinüber entwickelt hatte, drängte Shakespeares Tragödie auf drei Akte zusammen, das heißt auf die großen Steigerungs-Szenen, die durch jene flüchtige, mit grober Hand gefügte Bauart verbunden wurden, die solchen Texten eben den Charakter des Opernhaften gab. Das Vorgehen dieser Librettisten war gar nicht so unweise, wie die ästhetische Schulmeisterei uns beibringen will, denn das Drama der Musik spielt auf einer ganz anderen Ebene als das Drama der handelnden Leidenschaften, und nimmer können die beiden Sphären sich berühren.

Das sogenannte Musikdrama ist die Rationalisierung einer über der Vernunft stehenden Form, deren Reiz in dem Augenblick verlorengeht, wo das Vorrecht der Musik bestritten und der psychologisch-literarische Sinn des Stücks in den Vordergrund gedrängt wird.

Ein echtes Kind des neunzehnten Jahrhunderts, ist dieses Musikdrama eine Frucht seiner biologischen, materialistischen, seiner kausalisierenden Tendenzen. Die Absage an den „Unsinn der Oper“ ist zugleich die Absage an jeden Sinn, der nicht rein logisch erfaßbar ist.

Die Sendung Verdis war es, die traditionelle Oper, die Oper an sich, das Werk des Gesanges zu retten und ihre Entwicklung für die Zukunft zu sichern. Seinem Genius hatte die Geschichte die schwere Doppelaufgabe anvertraut, die alte leergewordene Form zu wahren, sie der Menschen-Wahrheit zu versöhnen und dennoch nicht an das musikalische Drama des Nordens zu verraten. Natürlich war ihm diese Aufgabe kein Programm, aber bis in die Nervenenden erfüllte sie ihn als Leben.

Die gesamte Musikkritik Europas hatte es sich angewöhnt gehabt, Verdis Werk an dem Wagners zu messen. Aber selbst die ärgsten Feinde Wagners sahen den Maestro über die Schulter an als einen, dessen *Anstrengung, dessen Ziel* nicht mit dem des andern, wie sehr sie es auch haßten, zu vergleichen sei. Der Journalismus, der trotz so mancher pathetischer Verfluchung nichts anderes ist, als die allgemeine menschliche Gewöhnlichkeit im Druckbild, war auch in diesem Fall der Oberfläche erlegen.

Gewiß ist das Wagner-Werk ein tausendfältiges dichterisch-musikalisch-philosophisches Kompendium. Aber der Meister dieses Werkes hat ja von vornherein keine Grenzen anerkannt, er hat seine Gaben, gleichsam außerhalb der Welt, ausgewirkt. Dies seine unvergleichbare Größe! In einem Ätherraum, befreit von allen Bedingungen, allen niederziehenden Kräften praktischer Überlegung, nur dem Gesetz seiner selbst unterworfen, hatte das Werk diese maßlose Gestalt angenommen.

Im Grunde versuchte Wagner niemals den wirklichen Kampf um die Menschenwelt, wenn er sich auch aufrieb für die Wirkung seines Werkes. Denn *während* er schrieb, machte er keine Anstrengung, für ein reales Volk zu schreiben. Er war ein Deutscher. Und deutsch sein heißt: „Dir ist alles gewährt, weil keine Form, keine Vergangenheit, keine Beziehung dich bindet." Ein Freibrief voll Großartigkeit und voll Gefahr. Wohl hatte auch Wagner sich eine ungeheure Gemeinde geschaffen. Aber diese Gemeinde bestand nicht, wie er es hoffte und wollte, aus der eigenen Nation, sondern aus den verfeinertesten Seelen aller Nationen, aus den Übergebildeten und Neuerungssüchtigen, deren Treffort Bayreuth wurde.

Allerdings, hätte er diese Elemente nicht gebunden, vielleicht gäbe es heute keine Kunst mehr. So sehr hat diese Schicht alle nachfolgende nacheifernde Produktion ermöglicht, indem sie sie zugleich verdarb.

Für den jungen Verdi, einen Opernkomponisten, der sich verpflichten mußte, für Saison und Truppe zu schreiben, besaß das Wort „Kunst" (dessen scheinheilige Betonung er zeitlebens haßte) nicht den romantischen Sinn von Auserwähltheit, Dachkammer-Idealismus, Sendung, Über-den-Menschen-stehn, diesen so papiernen Sinn, der ihr zum Unheil werden mußte.

Kunst war ein Ding, das im Lebensgefüge des Menschen seinen Platz hat, weil es die höhere Lust befriedigt. Er selbst war eingeordnet in dieses Gefüge, dem er dienen mußte, nicht anders als die Maler der stärksten Zeiten, die auch nicht malten, um Probleme des Lichts oder der Form zu lösen, sondern weil die Frommen Bilder für Aug und Herz brauchten. Verdi schrieb für Menschen, nicht für aufgewühlte Geister, für ganz bestimmte Menschen, die sich in den Theatersälen Italiens drängten.

Aber auch er wurde in die Mühle des Jahrhunderts geworfen, die alle Rassen und Stände so durcheinander mahlte, daß alle volksgebundene Kunst unterging. Mochte er sich zuerst in den begeisterten Revolutionsaufruf des jungen Italiens retten. Bald war auch dies vorbei und er stand allein. Aber ungebrochen und immer noch sprach Volk aus ihm, von allen Menschen seiner Zeit aus ihm am stärksten. Und er ging an seine Tat. Ohne das Alte, Heilig-gebundene umzuwerfen, ohne dem Gewohnheits- oder Fortschritts-Pöbel Zugeständnisse zu machen, schuf er in den enthusiastischen Formen, die verspottet wurden, eine Menschenwelt. Wagner, ohne Wurzel, war frei zum Flug. Verdi, ein Gefangener, Kette und Kugel am Fuß, mit einer kleinen Eisenfeile in der Hand, durchbrach seinen Kerker.

Wer diese langwierige Ausführung liest, wird vielleicht den Schluß nicht begreifen, wonach im Werke Giuseppe Verdis soviel Kraft verbraucht worden sei. Wenn er aber an jenem Januarabend den Maestro vor seinem Manuskript hätte beobachten können, würde er vieles besser verstehn.

Verdi saß an dem großen Tisch, auf dem die schöne Arbeitslampe stand, die der Senator dem Wirt abgefordert hatte. Das graue Haupt in die breiten Hände gestützt, starrte er aufs Papier. Noch immer war die bösgespannte Entschlossenheit nicht von ihm gewichen, jenes Kampfgesicht, wie es die wenigsten Freunde kannten.

Vor ihm lag das Libretto des „Lear“.

Oh die Geschichte dieses Heftes! Siebenmal hatte es Somma neu verfassen müssen, jeder Vers war in einer endlosen Korrespondenz, ja jede Silbe war verworfen, neugeschaffen, wieder verworfen worden, ehe sie dastand. Und als zum siebenten Mal der bis aufs Blut gequälte Dichter mit dem Buch fertig war, hatte sich Verdi wieder nicht zufrieden gegeben, sondern nun selbständig und unabhängig die Dramaturgie umgestoßen, eine ausgeschiedene Figur in anderer Gestalt eingefügt, alte Verse gestrichen, neue geschmiedet, nicht geruht, bis jede Szene umgepflügt und nach dreißig Versuchen die Dichtung in seiner kritzligen Reinschrift zur Komposition bereit lag. Von Natur mehr als wortkarg, kannte er keine größere Schwierigkeit als das Versemachen. Aber er zwang sich mit der ganzen Härte gegen sich selbst, die ihm zur Verfügung stand, unerbittlich bis zur Erschöpfung dazu. Ach, alles drängte in ihm zum Ausruf, zum Aufschrei, zur Kürze! Wäre es möglich gewesen, hätte er Opern komponiert, deren Text nur Jubelrufe, Freudenlaute, Seufzer, Schmerz- und Racheschreie hätten sein müssen. Wozu Sätze aus vielen Worten, die doch niemand verstehn konnte, wenn Musik sie trug. Die musikalische Rede hat eine andere Logik als die des Wortes. Wozu also diese langen, seitenlangen Auseinandersetzungen mythologischer Götter, die begriffliche Unterhaltungen miteinander führen, und nur zu dem Zweck, daß ein nervös gewordenes Orchester diese Langeweile zu ertränken versucht. Nein! Darin lag eine Unwahrheit! Menschliche Erschütterung, Handlung, Charakter, Konflikt können Musik werden, niemals aber das philosophierende Wort.

Dennoch war nichts anderes möglich, als daß er selbst recht viele Verse seiner „Lear"-Musik dichten mußte. Diese Verse aber hatten nur die Aufgabe, mit Einbeziehung schönster Originalstellen die Handlung mächtig weiterzuhetzen oder das Wortmaterial für die Ruhepunkte musikalischer Bildungen herzugeben. Vorlaut sollten sie nicht sein. Dafür war aber das Metrum mit großem Feinsinn durchdacht. Nicht mehr wie in den Texten der Solera, Cammarano und Piave herrschte der regelmäßige sieben-, acht-, neun-, elfsilbige Vers vor. Alle Arten und Silbenzahlen, unregelmäßige Formen und strenggebaute Strophen, alles war nach dem Augenblick und der rhythmischen Notwendigkeit verteilt.

Jahrzehntelange Versuche, Mühen, Verzweiflung steckten in dieser Arbeit, von der, sollte sie jemals fertig werden, die Welt wiederum behaupten würde, daß sie ein Gemisch von alter Leichtfertigkeit, neuem Ehrgeiz und hilfloser Nachahmung sei.

Der Maestro hatte eine Szene in der Mitte des Heftes aufgeschlagen. Dann entnahm er der Noten-Mappe einen Stoß zerarbeiteter Partiturseiten und stellte ein Metronom auf den Tisch.

Dieses Metronom war ihm keineswegs ein notwendiger Behelf. Er war imstande, jedes Taktmaß frei anzugeben.

Aber was für andere Künstler Wein, Kognak, schwarzer Kaffee oder verbotene Drogen sein mochten, bedeutete für ihn dieses aufregende Gerät. Wenn es im Presto seine schnellen Schläge durch die Nacht pulste, fühlte er sich herrlich beflügelt, als treibe ihn ein Kriegsmarsch zum Sturm an. Er hatte die Erfahrung gemacht, daß durch das laute Taktieren die Arbeit wie gejagt fortschreite und die Nummer dadurch, daß sie ihm nicht ganz selbst überlassen sei, an logischem Wurf gewinne.

Die Blätter wurden gesichtet und ausgebreitet. Es war der größte Moment der Tragödie: Der zu Tode gekränkte Lear im Sturm! Aus folgenden drei Bildern des Originals: „Eine Heide" – „ein anderer Teil der Heide vor einer Hütte" – „ein Zimmer in einer Farm" war ein Bild gewonnen worden: „Zerfallene Hütte! Die Mauer des Hintergrundes ist halb eingestürzt. Rechts eine Holzpritsche. Sturm und Gewitter toben."

Die Personen dieser Szene waren: Lear, der Narr, Kent und eine Figur, deren Erfindung von Verdi stammte: Ein wahnsinniger Pilger, der sich vom Teufel besessen glaubt. Der Unglückliche war natürlich niemand anderer als Edgar, des schuftigen Edmund Glosters Bruder, der, um sich zu retten, den Wahnsinnigen spielt. – Der Maestro aber wollte die Oper nicht mit einer zweiten Handlung, wie sie Shakespeare liebt, belasten, und so hatte er die Tragödie der Gloster gestrichen und die Figur des armen Besessenen eingefügt, der für die Gerichtsszene ihm notwendig schien.

Dies der Ablauf der Geschehnisse: Auftritt Lears und des Narren. Lear ruft Götter und Natur zur Rache gegen seine verworfenen Töchter auf. Der treue Kent kommt, findet seinen Herrn (der ihn als König ungerecht verstoßen hat) und will ihn überreden, ein sicheres Dach in dieser Schreckensnacht aufzusuchen. Der bittere Narr macht seine Späße und Sentenzen. Lear kommt immer mehr von Sinnen. Eine Stimme ertönt plötzlich aus dem Dunkel, es ist der besessene Pilger, der seine Gebete und Beschwörungen leiert. Lear, nun vollends im Delirium, fordert das Gericht gegen seine Töchter, macht den Wahnsinnigen zum Richter, den Narren und den verkleideten Kent zu Schöffen des Gerichts. Die grausige Tollheit in der Hütte, der Orkan draußen erreichen ihren Höhepunkt. Lear, von seinen Kräften verlassen, sinkt zusammen, schläft lallend ein. Die drei anderen tragen ihn auf die Holzpritsche und decken ihn wortlos zu. Vorhang.

Dieser Akt war eine große Kühnheit für die Opernbühne der damaligen Zeit. Drei Viertelstunden lang nur vier Männer auf der Szene, alle elend über die Maßen. Der Held ein verstoßener, mißhandelter Vater, der vor Wut und Gram wahnsinnig wird. Der Zweite ein entsprungener Irrer, der gepreßte Schreie ausstößt und schreckliche Formeln betet. Der Dritte einer, der den Narren machen muß, weil Lebensnot und ein überempfindliches Herz keinen anderen Ausweg lassen. Der Vierte eine herrliche Seele, die bitter gekränkt wie ein Erzengel sich durch Großmut rächt. Aber auch er nimmt das närrische Gehaben seiner Partner an.

Praktisch gesprochen: Drei tiefe Männerstimmen (Lear, Kent, Narr) und ein Tenor (Pilger), der aber die beglückenden Vorzüge seiner Stimmlage nicht verwenden kann. Ferner: Ein ganzer Akt ohne Gelegenheit zum wahrhaft lyrischen Cantabile, zur Chorentwicklung, zum Strettaeffekt.

Im Gegensatz zu allen Künstlern, die aus städtischem Bildungskreis herkommen, war Originalität etwas, was sich Verdi abrang, weil er keine originellen Einfälle hatte, sondern weil er mit Hinblick auf die Realität seiner Aufgabe sich sie nicht vollkommen gestatten durfte. Originalität, ist sie denn oft etwas anderes als die Verzweiflung der Bodenlosen? Je unverwurzelter eine Kunst ist, um so mehr strebt sie nach den Ränken des Nochnicht-Dagewesenen. Verdi kannte dieses Fieber nicht. Mit seinem antiken Gerechtigkeitssinn, abhold aller Ich-Übertreibung, erkannte er die tiefe Berechtigung, den edlen Wert der Konvention. Er konnte sie nicht aus dem bloßen Paria-Haß gegen alles Herrschende verletzen. Ehe er es tat, wog er genau ab, obs möglich und nötig war. Bisher wenigstens hatte er es so gehalten.

Musikalisch war der Akt folgendermaßen eingeteilt:

I. Rezitativ-Monolog Lears, ähnlich wie der berühmte Monolog Rigolettos im zweiten Akt.

II. Duettino: Lear und Narr, wobei der Narr (dieser Part war für eine Contr'alto-Stimme geschrieben) ein kleines ironisches Lied hat.

III. Auftritt Kents: Ganz kurzes, rasch hineilendes Terzett der Überredung, daß Lear ein schützendes Haus aufsuchen möge. Seine Weigerung.

IV. Gebet und Exorzismus des besessenen Pilgers. Belebung des Sturmes als kurzes Orchesterstück, Summchor von Frauenstimmen in den höheren Registern. Entwicklung eines kleinen schnellabreißenden A-cappella-Quartetts aus dem Pilgergebet und den Einwürfen der anderen.

V. Höchststeigerung des Unwetters. Beginnende Tobsucht Lears in abgerissen-selbstvergeßnen Melodieteilchen. Aus den einzelnen Phasen des Gerichts fließt das große Finalquartett zusammen, vom ersten Andante grandioso eines durch die Situation schaurigen Chorals bis zum letzten Velocissimo, das der rasende König anführt. Die Nummer bricht ungewohnt mitten in sich selbst ab. Vor dem stammelnd zusammengesunkenen Lear kniet der Narr. Das Englischhorn gibt solo als Erinnerung die ersten zwei Takte seines Liedchens wieder. Der König wird auf die Pritsche gelegt, während das Orchester mit einem melodischen Nachspiel der tiefen Instrumente die erlöschende Szene begleitet.

Dies war der Plan im großen. Dazu kam noch eine Menge notierter Einfälle. Die Kontrabässe sollten nicht nur von Pause zu Pause den Baß schrummen, sondern auch sie bekamen ihre Soli und Erregungen. Wenn der Narr sang, zeigte der Part der begleitenden Instrumente Vorschläge von oft zwölf Noten. Einmal hatte das ganze Orchester zu einem Fluch Lears einen gewaltigen Unisono-Triller zu vollführen. Häufige Taktwechsel waren ebensowenig vermieden wie bösartige Rhythmen und heikle Harmonien.

Vor allem anderen aber lag dem Maestro ein Prinzip auf dem Herzen, das er unbewußt schon im „Rigoletto"-Quartett befolgt hatte. Einmal, im Gespräch mit Boito, fand er folgende Worte dafür: „Es kommt nicht auf Polyphonie an, sondern auf Polyvokalität. Alle Stimmen müssen aus dem Gesang geboren, also im Sinne des Gesanges wirkliche Stimmen sein!"

Und ein andermal:

„Das ist das Wunder der Musik, daß sie viele Dinge auf einmal sagen kann. Aber das größte Ziel bleibt, daß aus den vielen einzelnen Stimmen im Zusammenklang eine einzige neue wird, aus der Vielfalt eine höhere Homophonie, das heißt Melodie. Nicht anders wird aus der Polyphonie der sieben Farben die Homophonie des einen Lichts. Hierin stehen Palestrina, Luca Marenzio und die Künstler des A-cappella-Stils bei weitem höher als Bach, der in unerbittlicher Strenge die süße Zusammenfassung des Stimmgefüges in eine höhere Homophonie vernachlässigt. Polyphonie mag gut sein, aber sie darf nicht zu Bewußtsein kommen."

Der Plan war fertig, die Absichten geprüft, die Skizzen lagen vor ihm. Aber wie der Maestro auf das Gewirre der Noten starrte, auf all die halben Sätzchen, Themen, Rezitative, Begleitungsformen, erfaßte ihn wieder dieser Ekel, diese Lähmung, die seit einem Jahrzehnt sein Leben verbitterte. Dies also war das Material, das zur neuen Tat genügen sollte? Aber all diese Dinge hatten er und andere ja schon hundertmal gesagt.

War ihm wirklich nicht mehr eingefallen als dieses Akkordgestampf, das Schrecken bedeutete, diese Getragenheit der Notenfolge, mit der er schon zwanzig andere Väterrollen bedacht hatte, dieses großmäulige Sostenuto religioso, das schon Donizetti und Rossini zu verwenden liebten, wenn sie Gott in ihr leichtfertiges Spiel zogen? War das nicht schon alles bis zur Schamlosigkeit abgebraucht? Verdiente er nicht schon längst in der Modersammlung Grittis einen untergeordneten Platz? War er wert, auch nur Epigone Richard Wagners genannt zu werden, da er ja nie etwas Neues geschaffen hatte und höchstwahrscheinlich zu Unrecht sich über die Mercadante, Pacini, Ricci, Petrella, Mabellini erhob, die ja nur weniger glücklich gewesen waren als er?

Einst hatte er sich dieser Sentenz vermessen: „Erfolg ist niemals Glück, sondern eine geheimnisvolle Kraft des Erfolgreichen.“ Oh, das war gewiß nur eine dumme hochfahrende Prahlerei. In diesen Dingen herrscht Unsinn und eitler Zufall.

Wie durfte er sich mit Wagner messen, der mit seiner ersten Note schon das getan hatte, was er noch immer nicht zu tun verstand?

In freundlichen, in trunkenen Augenblicken, wenn er sich in seiner Einsamkeit, auf den Spazierwegen des Parks von Sant Agata, irgendeiner Melodie besann und sie vor sich hinsang, da schien sie ihm oft herrlich und voll Wonne. Jetzt aber, da vor ihm diese Noten lagen, ohne allen Klang, in ihrer nackten Bedeutung, glichen sie eklen erschlagenen Insekten.

Sollte er nicht auf und davon? ... Was suchte er denn in dieser Stadt? ... War solche Unruhe, solches Abenteuern eines alten Mannes würdig? ... War er wirklich alt? ... Aber er fühlte sich ja nicht anders als vor vierzig Jahren ... Und doch, er war alt ... Bald siebzig! ... Vielleicht schon in diesem Jahr mußte er sterben ... Das würde niemanden verwundern ... Vor zwei Jahren den umgearbeiteten „Boccanegra“ hatte man schon als senilen Abschluß einer glorreichen Laufbahn angesehen ... Und nun dieser verfluchte „Lear“? ... Der herrliche Stoff, sollte er liegenbleiben?! ... Nein, nein! ... Er mußte zeigen, was er vermochte ... Ah, welche Eitelkeit! ... Sagte er nicht so oft den Freunden, wenn er je schriebe, würde er es nur mehr für sich selbst tun! ... Und jetzt dachte er wieder daran, zu prahlen, für den Wahn zu schaffen ... Ist dieser Teufel nicht zu töten, dieser Ehrgeizteufel, der alles verdirbt, jeden stillen Genuß tötet, der die Sekunden des Tages mit törichtem Lärm vor sich herjagt, daß keine zu sich kommen kann? ... Wie viele Sekunden hat denn der Satan noch zu jagen? ... All die Vögel, diese Wachteln (mit der Jagd bei Busseto ist auch nichts mehr) liegen schon erschossen im Feld, nur ein paar noch fliegen durch die Dämmerung ... Und für wen das alles? ... Wenn er noch Kinder hätte! ... Aber er hatte keine Kinder mehr! ... Nur manchmal noch, tief im Traum, zeigte sich das sterbende Gesicht des kleinen Icilio. Warum fiel ihm dieser wehmütige Name ein? ... Nie hatte er es verwunden, dieses Kind.

Kam das vom Alter, daß seine Gedanken immer wieder abschweiften, daß er nicht mehr konzentrationsfähig war? Früher, im Lärm der Straßen, im Tollhaus von Paris, konnte es aus ihm hervorbrechen, dieses Rasende, diese Lust aller Lust, diese süße Drosselung der Kehle, dieses Glück in jedem Muskel, die

Melodie! ... Aber jetzt? ... Wenn es auch nahen wollte, alles andere war stärker: Der Zweifel, die Besinnung, die Verwerfung!

Nein, nein! ... Er wollte nicht nachgeben ... Es mußte versucht werden, jetzt und hier!

Wieder starrte der Maestro in die Partiturskizze, wiederum las er diese Gebilde, wieder krampfte sich alles in ihm zusammen vor Widerwillen:

Nein, das war nicht möglich! ... So schlecht hatte er es nicht in Erinnerung gehabt ... Es ist ein Irrtum ... Sein Blick mußte verwirrt sein.

Und er stand auf. In plötzlicher Ruhe fragte er sich selbst:

„Wie ist das geschehn, daß ich an all das nicht mehr glauben kann? Wer hat mir das getan?“

Nur eine Antwort gab es da, unsinnig und tausend Mal schon eingeholt: „Wagner!“

Weinerlich fast und wie ein Knabe begann der harte feurige Mann zu rechten:

Warum denn mußte er in die Welt treten? – Es war alles so schön vorher. – Nun quält er mich. – Ich habe ihm nichts Böses getan. – Er aber sinnt nur darauf, mich zu vernichten. In seinem ungeheuren Hochmut tut er so, als würde er mich nicht und keine Note von mir kennen – (oh, hoffentlich kennt er keine) –; dennoch, alles was er tut, tut er nur mir zu Leide.“

Verdi kam plötzlich zu sich und war erstaunt, zu welchem Fieberwahnsinn die Pein der langen Unfruchtbarkeit ihn verwirren konnte.

Was wollte er denn von Wagner? – War er neidisch? – Der Deutsche ging glänzend, selbstsicher und schöpferisch in jeder Minute, von Knaben umschart, seinen grellbeleuchteten Weg.

Der Maestro senkte krampfhaft den Kopf über sein Werk. Der Entschluß war felsenfest:

„Ich werde den „Lear“ machen!!“

Er begann zu arbeiten, schrieb auch wirklich einige neue Takte. Dann aber kamen all die Vertröstungen über ihn, die listigen Feinde des Künstlers: „Es ist schon spät ... Ich bin nicht gelaunt ... Morgen wird es besser gehn."

Langsam räumte er die Blätter zusammen und trat wieder seinen hartnäckigen Rundgang durchs Zimmer an. Bei einem Bücherbord blieb er stehn.

Welch ein Spaßvogel hatte ihm seine sämtlichen Werke wie zum Hohn vor die Nase gestellt? ... Nur der Senator konnte es gewesen sein ... Wie quälen uns doch diese Freunde mit dem Gestern, mit dem ewigen, blödsinnigen Gestern.

Da sah der Maestro einen großen roten Einband. Er griff danach und las:

„Tristan und Isolde, in drei Handlungen von Richard Wagner."

Fassungslos hielt er den Auszug in der Hand. Wer hatte das getan? Der Senator? ... Nein! ... Ein Feind? Wußte denn jemand von seiner Anwesenheit in Venedig?

Lange Zeit wie betäubt, rührte sich Verdi nicht. Aber auf einmal wandelte ihn eine schreckliche Lust an, das zu tun, wovor er sich bisher gehütet hatte: Diese Musik zu lesen, zu spielen! Schon drangen seine Finger in die kühlen Blätter, aber im letzten Augenblick riß er sich los, öffnete heftig die Balkontür, trat in die Nacht und überlegte, wie er sich von diesem schrecklichen Geschenk befreien könne. Das Wasser war zwar einige Meter weit entfernt. Aber die Nacht machte alles nah. Ein starker Schwung würde den „Tristan" ertränkt haben.

Sehr schnell aber, mit dem betretenen Gefühl eines Menschen, der etwas Schändliches geplant hat, kehrte Verdi ins Zimmer zurück:

„Über jeden scheint das Schicksal eine Geißel zu verhängen", dachte es in ihm, und:

„Wagner?"

Dann sperrte er mit Behutsamkeit das Werk in einen Kasten und steckte den Schlüssel zu sich.

VI

Es ist nicht weiter verwunderlich, daß es Italo gewesen, der diesen Klavierauszug in das Zimmer des Maestro gepascht hatte.

Nach langen Kämpfen mit sich selbst war das volle Herz des Senators übergelaufen. Er hatte Italo in das Geheimnis eingeweiht und ihm den schärfsten

Vaterfluch in Aussicht gestellt, sollte ein anderer davon erfahren. Überdies bekam der Sohn den ehrenden Auftrag, mit seinem gerühmten Geschmack dem Zimmer des hohen Freundes den letzten Schliff der Schönheit und Bequemlichkeit zu geben.

Dabei unterließ es der junge Wagnerianer in seiner Bekehrungswut und Neugier nicht, den „Tristan" zu den Werken Verdis zu legen.

Viertes Kapitel

Der Gesang des Krüppels

I

Andrea Geminiano Marchese Gritti pflegte um acht Uhr morgens aus jenem Zustand vollkommener Lebens-Abwesenheit zu erwachen, der bei ihm den Schlaf vertrat. François wartete immer schon auf den Augenblick, wo die Atemzüge seines Herrn sich vermehrten und die halboffenen Augen nicht mehr künstlichen Augen glichen, sondern in ihrer runden Fassung wie bei einem scheuen Vogel wieder zu kreisen begannen.

Der Kammerdiener reichte dem Hundertjährigen dann sogleich ein Glas mit einem seltsam ausgeklügelten Getränk, einer Mischung von hellem Wermut, Kaffee und Zitrone, das sehr belebend wirkte. Eine halbe Stunde später trank Gritti zwei Gläser Milch, doch war es natürlich nur ein Märchen, daß dies Ammenmilch sei.

Pünktlich um neun Uhr trat Doktor Carvagno ein. Das Verhältnis des Arztes zu seinem Patienten war ebenso originell wie das Verhältnis des Patienten zu sich selbst. Beide, Gritti und Carvagno, waren von dem spleenigsten und sachlichsten Ehrgeiz erfüllt, dem hundertjährigen Leib, dessen Eigentümer Gritti war, über alle Grenzen der Natur hinweg zu einer bizarren Zahl von Jahren zu verhelfen.

Den hochbegabten Arzt beschäftigte die Sache als wissenschaftliches Problem ersten Ranges, als Experiment von unabsehbarer Bedeutung. Den venezianischen Aristokraten seinerseits erfüllte auch keineswegs der Wunsch, zu leben, um nur zu leben, sondern es war die Spiel- und Wettwut seiner Kaste, die ihn zu immer neuen Heldentaten in seinem Feldzug gegen den Tod anspornte.

Doktor Carvagno war ein Mensch kurz angebundener Art. Der formenstarre Uralte mußte oft der guten Sache zulieb die Wut darüber verbeißen, mit welcher barschen Gradheit der Arzt ihm, der Exzellenz, dem Ambassadeur seiner Heiligkeit gegenüber sich gehenließ.

Der Doktor glich in seinem Äußern dem untersetzten gallischen Typus, der einen Kopf mit kleinen, verschleierten Augen und großen Backenknochen trägt, was auf verborgene Gefühlsmacht und gefährlichen Jähzorn schließen läßt. Heute – es ist der Tag nach des Maestro Ankunft in Venedig – schien die Laune Carvagnos besonders unzugänglich und zerbrechlich zu sein. Er begrüßte den Marchese ohne alle Umstände und besah sogleich mit prüfend-kaltem Blick die rotumränderten Augen des Greises:

„Sie haben den hundertundfünften Geburtstag gut überstanden, Marchese!"

„Ah, schweigen, schweigen ..." rief der Marchese, der sich in dieser Beziehung einigen Aberglauben bewahrt hatte.

Der Arzt prüfte nun Gritti. Da dieser unermüdlich über alles Buch führte, erübrigte sich jede Untersuchung.

„Puls?"

„Zweiundfünfzig!"

„Wir werden ihn um zehn Schläge höher bringen. Das Herz wird keine Geschichten machen. Dieses Herz ist Ihr Mirakel. – Temperatur?"

„Sechsunddreißig!"

„Das Kältegefühl?"

„Immer noch da. Muß fort!"

„Dann werden wir eine Anleihe nehmen! Ich verordne eine leichterhöhte Fleischnahrung, und außerdem schreibe ich Ihnen etwas auf."

Carvagno machte dem Marchese eine Einspritzung mit einem von ihm selbst erfundenen, blutbildenden Präparat. Zum Schluß rieb er diesen fett- und fleischlosen Körper, dessen Haut wie braunes Leder übers Skelett hing, mit einem feinen Frottierhandtuch leicht ab, wodurch der Blutumlauf in besseren

Schwung kam. Als der Arzt schon in der Tür stand, fragte die helle Stimme Grittis:

„Wie lange garantieren Sie?"

„Ein halbes Jahr, wenn nichts dazwischen kommt."

„Ein halbes Jahr ist Stümperei. Mehr, mehr!!"

Carvagno ließ sich nicht erweichen und verschwand. Nach der Anstrengung dieser Behandlung legte sich der Greis, das einzige Mal im Tag, in ein Bett. Doch auch jetzt lag er nicht, sondern saß gegen viele Kissen gestützt. Um zehn Uhr endlich fing die Zeremonie an, die eine Stunde in Anspruch nahm.

Ging Gritti des Abends im Allerweltsfrack ins Theater, so hatte sein Anzug tagsüber doch jene wohlberechnete Eigenart, die der Menschheit zeigen sollte, daß er nicht daran denke, Zeitgenosse zu sein, sondern aus ganz besondrer Großmut die Gnade habe, die Noblesse herrlicher Tage mit dieser kleinbürgerlichen Gegenwart zu vertauschen. So geht überlegen-kaustisch ein großer Schauspieler der Residenz durch die armselige Provinzstadt, der er das Geschenk eines Gastspiels widmet.

Er allerdings war gesonnen, die Gnade dieses Gastspiels sehr lange auszudehnen, und er wollte sich nicht sperren und dem letzten Auftreten immer wieder ein allerletztes nachfolgen lassen. War auch alles Kreatürliche längst erloschen, alles Feuchte (das ja Sinnbild des Lebens ist) längst ausgetrocknet, so herrschten doch die beiden fixen Ideen über sein Ich, die niemals Langeweile, Ekel, ahasverische Todessehnsucht aufkommen ließen: Alter und Oper. Die allermeisten Menschen besitzen nicht einmal eine halbe Leidenschaft. Also war er, der Hundertfünfjährige, doch weit emporgehoben über diese Welt der Jungen, Feuchten, Begattungslustigen und Nahrungsfrohen. Kannte er keine Lust mehr, die befriedigt sein wollte – diesen einzigen blöden Inhalt der Gewöhnlichen, ohne den sie sich in Nichts auflösen mußten –, so hatte er doch ein Ziel, ein ungeheures Ziel, das alle Lust und alle Befriedigung aufwog. François, die gebrechliche Folie seines Herrn, brachte nun höchst behutsam Kleidungsstücke, die aussahen, als seien sie noch niemals getragen worden. So sparsam, so genial berechnend ging Gritti mit seinen Kräften um, daß sich der geringe Verbrauch an Zufälligkeit in der durch keine Lebensspur gestörten Glätte seiner Kleidung zeigte.

Er legte das durch Strupfen gestraffte, sehr breit karierte Beinkleid an, das ganz dem Vormärzstil entsprach, ein gemustertes Gilet, den kaffeebraunen, frackartigen Gehrock. Dazu trug er einen ausgeschnittenen Kragen, der dem arbeitenden Kehlkopf Raum gab, und eine bauschige Plastronkrawatte. François reichte ihm das Lorgnon, das, wie alles andere, seiner Erscheinung vortrefflich zu Gesicht stand und nicht wie bei einem Gecken als Theaterrequisit der Vornehmtuerei wirkte.

Gritti durchstelzte die Galerie seiner Sammlung, verweilte besonders lang im Zimmer der Sänger und Sängerinnen, betrachtete dies und jenes Porträt aufmerksam und ließ unter seiner Aufsicht alles vom kleinsten Stäubchen reinigen. Auch im Saal der Theaterzettel gab er Anweisungen. Einige der Plakate mußten ohne ersichtliche Ursache ihren Platz vertauschen. Solch nutzlose und unbegründete Veränderungen befahl er allmorgendlich an, als wolle er der eigenen Sammlung damit beweisen, daß seine Herrschaft noch lange nicht zu Ende sei.

Sein Leben war schön. Er sah nicht ein, warum er vor der Zeit die Geschichte aufgeben sollte.

Die Stunde des Ausgangs war gekommen. François brachte einen großen breiten Mantel mit weitem Kragen, der die Eigenwilligkeit des Kostüms noch verstärkte, dazu den Ebenholzstock mit dem Elfenbeinknopf. Zum Schluß stülpte der Marchese einen hohen dunkelgrauen Zylinder, einen Stößer, wie ihn die Österreicher nennen, auf seinen glatt-emporgetürmten Schädel.

Die Gondel mit zwei livrierten Ruderern wartete unten. Der Uralte ließ heute das schwarze Coupé entfernen. Dann stieg er in diesen urtümlich schönen, metallbeschlagenen Wassersarg, den einzigen, den er gelten ließ.

Die Seitenkanäle wurden vermieden; von langen Stößen getrieben, strich die Gondel durch das grüntrübe Wasser des Canal Grande. Die Landung erfolgte an der Piazzetta. Alle Gondolieri, die alten münzengierigen Tagediebe mit dem Enterhaken, die Lungerer, das Volk, begrüßten den Marchese, dieses Denkmal ihrer Stadt, mit diensteifrigen Zurufen. Die wenigen Fremden, die es zu dieser Jahreszeit hier gab, kamen neugierig näher, als könnten sie eine neue Sehenswürdigkeit in ihre arm und lüstern durch kurze Wochen gejagten Reiseerlebnisse einverleiben.

Der Hundertjährige stieg mit dem Bewußtsein, weniger denn je Schwäche zeigen zu dürfen, straffen Schrittes aus und begann, von François' unsicherem Greisengang wirksam gefolgt, seinen täglichen Triumphzug.

Die Kanone von San Giorgio jagte der aufwirbelnden Wolke ihren Mittagsschuß nach. Wie alltäglich prasselten die tausend Tauben dicht im Todesschreck empor; ihr Gedächtnis reichte nicht aus, sich an die Gefahrlosigkeit des Knalles zu gewöhnen. Wild aufgeweht rauschte dieser Vorhang von Tauben in schlagenden Falten überm Geviert des Platzes, so gestern wie heut und morgen. Nicht anders peitscht der Krieg die gedächtnislosen Völker, die sich von einem Tag der Geschichte zum andern beruhigt haben.

Heute und täglich, genau wenn der Schuß krachte, trat der Marchese zwischen der ersten und zweiten Fahnenstange vor der Basilika auf den offenen Platz. Ehe die Tauben noch beruhigt waren, schwenkte er nach rechts, den Procuratien zu.

Diese Stunde hatte die feine Welt von Venedig und ihr Anhang gewählt, den Sonnenstrahl auf dem Platz zu genießen. Viele junge und ältere Herren saßen in den vier klassischen Cafés der Piazza und tranken ihren Wermut oder ein anderes Aperitif. Die Damen, denen es die Sitte verbot, in diesen damals noch sehr männlichen Lokalen Platz zu nehmen, promenierten mit jener aufreizenden Lässigkeit, mit der die Venezianerin zu verwirren weiß. Diese Mittagsstunde galt als Modekonkurrenz einer Weiblichkeit, die noch ganz unverdorben durch das angelsächsische Ideal nicht daran dachte, Vornehmheit durch spröde Sportlichkeit der Eleganz kundzutun.

Gritti wurde mit jenen angeregt-erfreuten Lauten begrüßt, wie sie jeder Virtuose der Kunst oder des Lebens kennt, der in einer Gesellschaft erscheint. Mit Widerwillen betrachtete er das längst entzauberte Frauen-Geschlecht, von dem zu wissen, daß es zeitweilig unpäßlich werde, ihm ein verächtliches Bewußtsein war. Mit ungerührter Miene, wie ein Held nur das Ziel im Auge, hoch erhoben über diese dem Monat, der Geilheit und Zerstörung unterliegenden Körper, ließ er sich feiern. Gruppe auf Gruppe bemächtigte sich huldigend seiner Anwesenheit. Er sprach kaum, sah starr drein, lüftete niemals den gewaltigen Zylinder und stand, wenn man ihm nahte, steif wie ein Souverän, der die Rede des Ortsvorstehers entgegennimmt. François, in geraumer Entfernung, ahmte die starre Geste seines Herrn nach, aber so – (es mußte wohl studiert sein) –, daß er zum Erbarmen hinfällig wirkte.

Einmal schien sich der Marchese für ein Gespräch sogar zu interessieren, denn länger als es seine Art war, hielt er sich bei der betreffenden Gruppe auf. Es war die Rede von der Karnevalsstagione in La Fenice, sowie von einer zweiten Operntruppe niedrigerer Ordnung, in der jedoch eine einzigartige junge Sängerin, Margherita Dezorzi, mitwirkte. Plötzlich fing irgendein junger Conte an, irgend etwas von Richard Wagner zu erzählen. Gritti wurde nach seiner Meinung gefragt.

„Wer ist Wagner?"

„Aber teurer Marchese!"

„Ah! Ich weiß schon. Das ist der Kauz, der für die kaiserliche Oper in Paris kein Ballett im zweiten Akt komponieren wollte. Kenne den Skandal! Kaprizierte sich auf das Ballett im ersten Akt. – Nun, in meiner Sammlung habe ich nichts von diesem Wagner."

Der Name war damit abgetan. Gritti ging davon.

Die ein wenig überspannte Mittagssonne eines neblig-adriatischen Wintertages brach hervor und überströmte üppig die Kuppeln und die ganze Buntheit der Kirche des heiligen Markus, dieser russischen Jahrmarktbude Gottes. Als schiene nicht die Sonne, sondern als bohre ein überirdischer Scheinwerfer seinen Kegel in die Mattigkeit des Tages, stand allein die Kirche und der kleine Raum vor ihr in Strahlenflammen. Und wie an einem dunstig-fahlen Sommertag die ungemähte Wiese tot daliegt – aber auf einmal sticht ein einziger Strahl hinab und der Tod ist überwunden, denn tausend Fliegen, Mücken, Wespen, Hummeln taumeln mit ihrem lobpreisenden Orgelakkord im ätherisch-erquickenden Leib des Lichts –, so auch tanzten jauchzend jetzt, von Tauben umflogen, viele Kinder im grellen Sonnenkreis.

Es waren dies Kinder aller Arten, Klassen und Altersstufen. Die Kinder der Fremden, kleine Engländer und Engländerinnen, durchwegs ruhig und abweisend. Sie kauften dem Maiskornhändler wortlos seine Tüten ab, indem sie langsam und ohne sie zu berühren in seine offene Hand die Münze legten. Dann fütterten diese Kinder gelangweilt und nur, weil es sich so gehörte, die dickgefressene Schar dieser sorgenfreien Vögel.

Ganz anders benahmen sich die wohlhabenden Knaben und Mädchen Venedigs. Das Taubenfüttern galt ihnen als eine Kunst, die ihre besonderen

Gesetze und ihre Ordnung hat. Die schweren Tauben hingen ihnen schlagenden Flügels auf der Hand, saßen auf ihren Schultern und pickten in landsmännischer Zutraulichkeit die Nahrung.

Abseits vom Treiben der Glücklichen drängte sich der Haufe armer Kinder. Sie schauten mit dem feindlichen, zugleich beleidigten, zugleich wunschbesessenen Blick erwachsener Proletarier auf das Treiben der Wohlgekleideten. Manch einer dieser Buben hatte die Taschen voll Brotbrocken, aber ein Jahrtausende altes, in jedem Blutstropfen kreisendes Verbot verhinderte die Elenden, den Bannkreis der Auserwählten zu überschreiten und ihn durch ihre verfluchte Gegenwart zu beschmutzen. Erst viel später, nachdem die Glocke der Hotels oder Palazzi die Reinlich-Duftenden, ewig Milch- und Zuckergesättigten zur Colazione gerufen hatte, eroberten die Kinder der Straße die verlassene Stellung und streuten nun ihrerseits den gleichgültig-gefräßigen Tieren ihr hartes Brot.

Wie der Marchese all die vielen Kinder inmitten des auflohenden Sonnenschwalls bemerkte, strebte er im eiligen Takt mit seltsam gestreckten, fast begehrlichen Schritten dem Orte zu. Er suchte die Sonne.

Oh Sonne, du Medium der Gottheit, durch das sie ihre Materialisationsphänomene vollbringt!

Auch den Hundertjährigen materialisierte sie immer wieder, ihn, dessen stoffliche Teile schon empört über die widernatürliche Dauer der Verkörperung auseinanderstrebten. Gritti wußte, daß eine Weile dieser Bestrahlung die lauernden Todesmächte besser bannte als Doktor Carvagno.

Wie ein nackter Kreidefels in brennender Mittagsmacht fühlte er sich da, in dessen längst vertrockneten Ritzen und Rillen plötzlich ein Hälmchen, ein Gras, eine Kletterblume zu prickeln beginnt. Und dann die Kinder!

Obgleich der uralte Junggeselle gewiß nicht das war, was man einen gütigen Kinderfreund nennen kann, so waren es einzig die Kleinen, welche die letzten Reste erotischer Gefühle in ihm weckten.

Er trat unter das spielende Volk, das ihn schon gut kannte und auszunützen verstand. Dann verteilte er täglich eine Anzahl von Zuckerwerktüten, die François immer nachmittags in einer mäßig guten Konditorei zu besorgen pflegte. Nach der Verteilung der Süßigkeiten nahm der Marchese eines der Kindchen bei der Hand, fragte nach seinem Alter, lachte in langsamer Art, und erklärte mit befriedigtem Stolz regelmäßig:

„Siehst du, ich bin rundweg um hundert Jahre älter …"

Worauf ihn dann das Kind verständnislos ansah. In seiner verschrumpften braun-kalten Hand hielt er die zärtlich-schwache des Kindes. Dies war die einzige Form von Wollust, die er noch empfinden konnte.

Er prüfte all diese süßen Kinderhändchen, ihre Unterschiede und Arten, die auf den künftigen Charakter, die Entwicklung schließen lassen.

Ob die Hand einem Knaben oder Mädchen gehörte, war gleichgültig. Darauf, wie sie sich anfühlte, kam es an. Beglückend aber waren sie alle. Ob weich und schon scheubeseelt, oder patschig und voll drolliger Grobheit, ob warm oder kühl, trocken oder feucht, es ging von diesen Händen ein belebender Strom aus.

Gritti quetschte, quirlte, streichelte die Fingerchen, der hochmütige Todbesieger plapperte und knurrte dabei, verzückt pfiff der Atem durch seine riesige Nase. Es war ein heiteres, erfrischendes Gefühl, das dem Blutumlauf wohltat, die notwendige Dosis Freude, die jedes Leben braucht.

Heute stand in einiger Entfernung von den taubenfütternden Kindern der Reichen und der Plebs der kleinen Gassenjungen ein Knabe, dessen Schönheit so auffallend war, daß man hätte glauben können, sie ziehe einen Kreis von Einsamkeit um das Kind. Besonders engelhaft erschien das lange metallblonde Haar in der Sonnenglorie. Der Knabe war sehr gut, ja vornehm gekleidet im dunklen Anzug und Mäntelchen, darüber der weiße spitzengesäumte Kragen vorstieß. Nur die Schuhe des Kleinen waren in merkwürdig abgetragenem Zustand und schienen an der Kappe geflickt zu sein.

Denselben wohlgekleideten Eindruck machte die Mutter. Wenn man aber näher hinsah, konnte man unschwer die Zeichen des Selbstgeschneiderten und Zusammengestellten erkennen. Die junge Frau war durchaus nicht hübsch. Ihrem Gesicht konnte man im Augenblick nicht ansehen, ob es verhärmt sei, oder nur durch irgendeinen Umstand erbost.

Gritti, dem das schöne Kind ins Auge stach, trat näher:

„Wie heißt du?"

Erst auf die wiederholte Frage antwortete der Knabe abgewandt und leise:

„Hans Fischböck."

„Ah! Ein deutsches Kind. Ich kenne dein Vaterland. Willst du deutsch sprechen?“

„Ich spreche italienisch ...“

Ganz leise sagte es die Kinderstimme und wie um eine Annäherung abzuweisen.

„Und wie alt bist du?“

„Seit voriger Woche fünf.“

„Seit voriger Woche? Ah, bravo, bravo! Da bin ich genau auf den Tag hundert Jahre älter als du!“

Der Marchese Gritti ergriff das scheue Händchen des kleinen Fischböck und prüfte es. Welch ein Genuß! Dies war an Feinheit und Wärme das richtige.

„Willst du etwas, Giovanni, willst du die Tauben füttern?“

Im Auge des Kindes zeigte sich ganz schwach die verschluckte Sehnsucht. Wahrscheinlich hatte vorhin seine Mutter sich geweigert, das Geld für die Maistüte herzugeben.

Gritti führte den Knaben mit wohlig gesteigertem Lebensgeist an der Hand, dann kaufte er für mehrere Soldi, die der Kammerdiener auszahlte, Maiskörner. Hans begann die Tauben zu füttern. Aber mochte er traurig sein oder sich schämen, er verzichtete auf alle Feinheiten und Freuden der Fütterung, schüttete eilig die Tüten zu seinen Füßen aus, und lief zur Mutter.

Der Marchese folgte dem Kind. In der ihm seit je vertrauten Regung, daß man alles Schöne bezahlen müsse, zog er einen Dukaten hervor und drückte ihn ins Händchen des Kleinen. Frau Fischböck beobachtete diesen Vorgang scharf, entriß mit einem zornigen Ruck dem Kinde das Goldstück und gab es dem Greis, ohne ihn eines Blickes zu würdigen, zurück.

Dann zog sie schnell ihren Knaben fort und verschwand mit ihm im Torbogen des Uhrturms. Doch plötzlich, als ob zu spät die Reue käme, verzog sich ihr Gesicht mit der glattgestrichenen Mädchenstirn, und unbändige Tränen ließen sich nicht halten. Aus gequältem Herzen wiederholte immer die leiernde Kinderstimme:

„Aber, Mammi, was ist dir denn?“

In der gleichgültigen Untreue des Greisenalters gegen den Augenblick vergaß der Marchese sogleich den schönen Knaben. Er ergriff eine andere Kinderhand, um sich schadlos zu halten. Man sah noch eine ganze Weile die lange aufrechte Gestalt in fast theatralisch-altmodischem Aufzug mitten im Schwarm von Kindern und tanzenden Vögeln hoch emporragen.

Eine Stunde später, nachdem die Sonne schon längst wieder gewichen war, saß der Hundertjährige vor seinem Tischchen und speiste, indem er mit eiserner Energie auf jeden Bissen dreißig Kaubewegungen verwendete. Er aß auf Anordnung Doktor Carvagnos ein Beefsteak von ausgezeichneter Sorte. Nachdem das Stück Fleisch sorgfältig durchgebraten worden war, wurde es noch durch eine Faschiermaschine getrieben, damit der Alte nicht zuviel Kraft beim Essen verliere. – In ganz kleinen Schlucken trank Andrea Gritti zu seinem Mahl ein halbes Glas Bordeaux.

II

Gegen elf Uhr war Giuseppe Verdi, ohne die neugierig diskreten Blicke des Hotelpersonals zu beachten, aus dem Haus getreten.

Die Verwunderung, sich in Venedig zu wissen, etwas wider den geraden Strom seines Lebens getan zu haben, hier fremd, unbekannt, nicht er selbst, ohne Atmosphäre wie ein Anfänger zu sein, diese Verwunderung war noch nicht von ihm gewichen. Er mußte an einen biographischen Aufsatz denken, den man ihm geschickt hatte. Auf diesen Seiten war er als ein Patriarch geschildert, der, „eins mit sich und seiner Kunst, der reichen Ernte sich freuend, in friedlicher Beschaulichkeit die Tage der wohlverdienten Ruhe hinbringt“. Wie war das doch gleich allem Gedruckten faustdick erlogen!

Nach einer Nacht qualvoller Selbstzergliederung, verschmachteten Ehrgeizes, unsinniger Träumerei ging er wie ein Schiffbrüchiger durch die Gassen dieser Laguneninsel, neunundsechzigjährig und doch mit jugendlichem Körpergefühl, unsicher wie nach irgendeiner Niederlage seiner beginnenden Laufbahn, noch immer ein Schüler, als läge nicht ein Viertelhundert großer Werke hinter ihm und mehr, sondern ein kaum sichtbarer Anfang.

Und noch etwas kreiste wie ein Krankheitsstoff mit seinem Blut, ein verschämtes Fieber, das nicht schwinden wollte.

Trotz der gewaltigen Arbeitsleistung seines Lebens, davon allein schon die landwirtschaftlichen Taten ihn zu einem Unikum unter den italienischen

Grundbesitzern erhoben, war der Maestro keine fleißige Natur. Seine höchste Wonne wars, im großen Schlafzimmer von Sant Agata stundenlang auf und ab zu gehen, ohne etwas Rechtes zu tun, unklaren und wilden Träumen hingegeben.

Nicht wie die Menschen des Alltags, die in geheimer Vergänglichkeitsangst ihre Unrast in jede Sekunde stopfen, trieb es ihn zur Tätigkeit. Im Grunde floh er die Arbeit. Denn ehe sie ihn nicht niederwarf, mußte er sich mit Ekelgefühlen und unnatürlichem Energieaufwand zu ihr zwingen. Und die ganze Verzweiflung des letzten Jahrzehnts war ja dies, daß sie ihn nicht niederwarf, daß er mühsam erdichten wollte, was nicht da war, anstatt wie früher nur zu erlauschen und festzuhalten, was ihn herrlich durchdrang.

Je karger eine Begabung ist, um so früher gewöhnt sie sich daran, hauszuhalten, sich zu organisieren, sich auszuschroten, all die andern Kräfte im Brennpunkt des schwachen Talents zu versammeln. Ihm, dem vortrefflichen Ökonomen eigenen Landbesitzes, war es nicht gelungen, seine innere Quelle aufzusparen. Zu reich war sie ein ganzes Leben lang, zu stürmisch hervorgeschossen, als daß ihm je eingefallen wäre, es könnte einmal anders sein. Ohne je Not zu haben, hatte er mit klarem und mit trübem Wasser die stets überlaufenden Krüge gefüllt. Dieses so naheliegende Gleichnis von den Quellen steht nicht ohne Grund hier. Verdi, der eben die Piazza vermeidend auf irgendeinen Seitenweg in die Merceria einbog, dachte es selbst. Er dachte es eigentlich nicht, denn das früher ach so reiche Quellen, das heutige Versiegtsein war fast ein Körpererlebnis. Geheimnisvoll stellte Erkenntnis sich ein: „Es gibt viele Orte auf Erden, wo Quellen entspringen, aber nur ein bestimmtes Maß von Wasser. Wenn eine der Quellen reicher, stärker fließen soll, muß die andere vertrocknen. Wehe ihr, wehe der, die es treffen soll."

Der Maestro versuchte sich einer Lebenszeit zu erinnern, da eine ähnliche Pause der Arbeitskraft ihn gequält hatte.

Ja, in klangloser Ferne lag das. Drei Särge hatte man innerhalb weniger Wochen aus seinem Haus getragen: Margherita und die beiden Kinder. Und er mußte noch seiner Verpflichtung, für Merelli die Opera buffa zu schreiben, nachkommen. Todmüde, krank, nicht bei sich selbst, hatte er aus alten Nummern, die teilweise noch Übungsstücke aus der Lehrzeit bei Lavigna waren, die Oper zusammengestückelt. Das ganze war nicht schlechter und nicht besser als irgendeine der komischen Opern im Gefolge des „Barbiers". Ganz leidliche

Melodien der hohen Stimmen, zu denen der Baßbuffo tausend schnelle, dummlistige Noten stakkatiert. Diese Oper ist sein einziger großer Theaterskandal geworden. Das Publikum war an diesem Abend zum wilden Tier verwandelt.

Seither kannte er das hypnotische Gesetz des Erfolges:

„Wenn du schwach in deinem Willen, feige in der Kampflust, nachgiebig in deiner Sache wirst, bist du verloren." Damals war es zu Ende gewesen wie heute. Leer und ohne Antrieb hatte er allen Ehrgeiz für immer von sich gestoßen. Jetzt schien es ihm, daß er vor vierzig Jahren in seinem rauhen Willen, einen schon bewunderten Karrierebeginn aufzugeben, höher gestanden habe als heute, wo der schmerzhafte Wahn weniger denn je überwunden war.

Zwei Dinge hatten ihn damals über die grinsend elenden Tage hinweggebracht: Das unaufhörliche Lesen stumpfsinniger Romane, wie sie die Pariser Blaustrümpfe der Zeit für den verderbten Geschmack erzeugten, und dann ein nimmermüdes, bewußtseinfernes Hasten durch die Straßen Mailands. Ganze Tage lang, außerhalb und innerhalb der Stadtmauern, ohne je einzukehren, ja ohne sich niederzusetzen, war er spazierengegangen. Und siehe: Heute wie damals lebte in seinen Beinen, die gelenkig das Alter nicht spürten, der Trieb zu gehn, zu gehn, zu gehn.

Und dieser Trieb glich nicht der Lust zu Spaziergängen oder -ritten, die ihn sonst täglich über Land traben oder von Genua nach Acquasola wandern ließ. In dem heutigen Gang war Dumpfheit, Unruhe, als müßte er etwas fliehen, etwas suchen.

Der Lärm der venezianischen Gasse umschloß den Maestro, dieser Lärm, der nicht nur von Stimmen und Geräuschen ausgeht, sondern auch von Farben und Gerüchen. Überall standen die Tintenfischverkäufer mit ihren dampfenden Kesseln und schöpften aus dem Sud die Calamari, die wie rotverbrühte Eingeweide vom Löffel hingen. In den Schaufenstern der Osterien und Viktualienhändler lag in Hügeln weißes Gewürm des Meeres, silbriges Kleinfischzeug, stachlige Seespinnen, gepanzerte Langusten und in Öl gebackene Sardinen. An den offenen Fleischhauerläden hingen rotbrüllende Ochsenkeulen, halbierte Kälber mit hohlem Innern, das die Rippenkonstruktion wie ein halbabgetragenes Haus sehen ließ, als hätte es nie einem lebendigen Wesen angehört.

In den Butiken drängten sich die Gäste der Seestadt. Über den Fässern, darin Pipe und Hahn staken, konnte man auf weißen Schildchen lesen: Aquavit, Rum,

Punsch und die Namen starker Weine. In den hundert Antiquitätenläden, deren Dunkel etwas Betrügerisches, Künstliches hatte, häufte sich echtes und unechtes Gerümpel, dessen Metallbeschlag menschlich wie ein Hehlerblick lockte. In Haustüren, Höhlen, vor kleinen Kiosken riß sich das zeitungsnärrische Volk der Italiener um all die Journale, die einer der sichtbarsten Erfolge der Einigung und Befreiung waren. Die großen Gefühle und Taten, jetzt hatten sie sich in die siegestrunkene Pathetik der Leitartikel verflüchtigt, die hier wie in ganz Europa das Zeitalter des Chauvinismus einpeitschten. Die Literatur der Nation lag auf den deichsellosen Wägelchen, die der Buchhändler auf besonders belebte Kreuzungspunkte geschoben hatte. Hier türmte sich alles sinnlos über- und durcheinander: Zerschlissene und noch nicht aufgeschnittene Bücher, Bände mit grausig-koloriertem Titelblatt, das den fruchtbaren Moment der Kolportagehandlung darstellte, und daneben ein Buch über Astrologie, eine entzückende Ausgabe der Werke des Metastasio und all die volkstümlichen Autoren, die hierzulande wirkliche Dichter sein können.

In einer alten Gewohnheit blieb der Maestro vor diesen Bücherständen stehn, und er mußte lächeln, als er überall die Textbücher seiner Opern, die gewiß nicht klassischen Verse des armen Knechtes Francesco Maria Piave als sehr begehrte, nicht nur als Operntext gängige Ware vorfand.

Ohne recht zu wissen, wo er sei, hatte er den Platz durchmessen, auf dem schon der Sockel stand, der einige Wochen später die ausschreitende Figur Goldonis aufnehmen sollte, hatte den Rialto links liegen lassen und war zum Corso Vittorio Emanuele gelangt, auf die breiteste Straße Venedigs. Hier hat die Stadt alles verloren, was in ihrem Zentrum nach Fremden-Regie schmecken mag.

Dicht, in zwei Strömen, zog das Volk hin und zurück. Und über all den Menschen wallte ein Geruch von Öl, Gebackenem, Weindunst, Schwefel und Fisch dahin.

Der Maestro versuchte an „Lear“ zu denken, sich auf die große Gerichtsszene zu konzentrieren. Motive waren ja genug da. Nun mußte es aber in ihm erwachen, der Krampf wie früher so oft zur Gurgel emporfahren, daß der Atem aussetzt, der Blick schwindelt ... Denn nur so und nicht anders, nicht durch Denken, durch Kombination, konnte die Melodie geboren werden. Sie mußte *geboren* werden. Wohl reichte sein Handgelenk aus, wohl war es für ihn nicht schwer, die Notenfolge jenes Weges zu senden, der im Notenbilde der Melodie glich. Aber wenn er unehrlich gewesen war, ja auch nur etwas, was nicht innerlich, fast körperlich aus ihm hervorsprang, geistig ertüftelte, immer hatte er dann die Erfahrung gemacht, daß das Nur-Erdachte (oft *sah* es sich schöner an als die echte Erfindung) niemals zu wirken vermochte. Nein, wenn er auch hätte lügen wollen, er durfte es nicht, denn es wäre nutzlos gewesen. Doch in diesem Augenblick, weil er das nicht konnte, was so vielen prächtig gelang, eine Sache *machen*, fühlte er sich als Pfuscher.

„Es ist nicht möglich, daß ich sterben soll, ohne das einzige Glück, das es für mich gibt, wieder zu erleben."

Als diese Worte zu Ende gedacht waren, erfüllte aus den unbegreiflichen Ursachen, die unser Gemütsleben in Fluß halten, eine starke Hoffnung die Seele des Maestro.

Ein Trupp von Seeleuten ging vorüber. Voran ein mächtiger, rothaariger Blatternarbenmensch, unzweifelhaft der Vorgesetzte. Hinter ihm braungebrannte Kerle mit Händen, die wie Gewichte hinunterhingen, als wären sie ihnen zu schwer oder täten weh. Die Miene dieser Menschen zeigte stumpflächelnde Verlegenheit. Verlegenheit vielleicht, müßig im Feiertag einer Stadt umherbummeln zu dürfen. Doch dieses unsichere Lächeln war aufgewogen durch die darin verkrochene böse Bereitschaft, zu raufen, Exzesse anzustiften, und wenn es darauf ankäme, in brünstiger Volltrunkenheit Venedig von allen vier Seiten anzuzünden. Diese Gesellschaft brachte Verdi auf andere Gedanken:

„Warum schreiben wir alle Opern in Kostümen, die in unwahren Zeiten spielen und unwahre Gefühle vorspiegeln? Wenn ich jünger wäre! Wenn ich nicht fertig wäre! Dieser Zola ist ein großartiger Mensch. Sollte man nicht eine Oper schreiben, wo statt einer falsettierenden Eule im Trikot dieser schmutzige Heizer vorkäme, der im Abstand den andern nachtrottet? Wäre das nicht ein Melodram, stärker, neuer als alle Siegfriede und Nibelungen? Ach, was für leere Einfälle mich den ganzen Tag belästigen!"

Als wäre er plötzlich angerufen worden, sah der Maestro auf und las die Straßentafel, die dicht vor ihm das enge Seitengäßchen links trug: Calle larga Vendramin.

„Hier muß der Landeingang zum Palazzo sein, in dem er wohnt. Was gehts mich an?!"

Dennoch bog Verdi in das Gäßchen ein und ging mit einem widerwilligen Zagen weiter. Vor ihm erhob sich die Rückseite des Vendramin. Seitenflügel und

Haupttrakt bildeten einen kleinen Hof, den man aber nicht sehen konnte, weil eine pyramidentragende Mauer mit hohem Renaissancetor den Einblick verwehrte. Die großen Spiegelscheiben der beiden mächtigen Fenster im unteren Stockwerk blitzten auf, denn es begab sich gerade jetzt, daß die Sonne den adriatischen Nebel durchbrach. Dem Maestro schien es, als würde hinter diesen Fenstern Klavier gespielt, aber der Klang war selbst für sein Ohr so schwach, daß er nicht wußte, ob es Einbildung oder Wahrheit sei.

Plötzlich und das erstemal ganz klar stand die Frage auf:

„Soll ich Wagner nicht besuchen? Soll ich ihm nicht meine Karte schicken? Ihm gegenüberstehn, mit ihm sprechen?"

Kaum wars gedacht, ergriff dieses Herz ein schmerzhafter Zorn, als hätte es selbst seinen Stolz verwundet: „Ich zu ihm, der mich verachtet, der das Wort von den dünnflüssigen Cantilenen gesprochen hat? Nie! Nie!"

Die erste Stimme ließ sich nicht beirren:

„Bin ich nicht in Wahrheit dieses Besuches wegen hergekommen? Wird es nicht ein wunderbares Erlebnis sein, mit diesem Menschen zu sprechen? Kann es mir nicht helfen?"

Und die andere Stimme:

„Wie sollte es mir helfen, wie, wie, da die Natur nicht hilft?"

„Doch es könnte helfen! Da es Bitterkeit beseitigt, die Quälereien von zwanzig Jahren, die mit seinem Namen zusammenhängen. Und dann: Er wird *mich* sehen. Ich werde für ihn der sein, der ich bin."

„Ah! Bin ich noch immer dieser arme Mesnerbube, der die Ohrfeige des Pfarrers zeitlebens nicht verwinden kann? Trage ich die Maske des Menschenfressers, weil mein wundes Fleisch sich fürchtet? Was habe ich bei diesem Menschen zu suchen? Nichts! Nichts!"

Dennoch trat in diesem Moment der Maestro näher an das Portal heran, und siehe, es wurde aufgestoßen.

Das Herz Verdis klopfte, wie das eines Knaben geklopft hätte. Heraus aber trat ein Herr in sehr formeller Kleidung, der seinen Zylinder gegen das Tor schwenkte, als begrüße er eine Standesperson. Doch es war niemand anderer zugegen als das Haus und der Portier, der träge auf die Gasse trat und den Maestro im allesdurchdringenden, langsamen Bewußtsein seiner Würde zu begutachten begann. Dieser nahm sofort die gleichgültige Miene eines Spaziergängers an, sah frei und scharf dem Portier ins Auge und schritt ruhig die Calle larga Vendramin zurück, als wäre er ungehalten darüber, in eine Sackgasse geraten zu sein.

III

Seit jener Stunde, da Italo im großen Leid zu Füßen Biancas weinend hingestürzt war, ließ er sie niemals mehr warten, brachte ihr Geschenke, war die Aufmerksamkeit und Zärtlichkeit selbst. Dennoch im Tiefsten fühlte er dies alles als Überschwenglichkeiten eines schlechten Gewissens. Von Tag zu Tag mehr entfernte er sich von Bianca, ja, er begann sie, unbegreiflich warum, zu fürchten.

Sie selbst hatte sich sehr verwandelt. Es gab keine schrecklichen Szenen mehr, sie ließ ihm Freiheit, sie hatte sich sogar mit seiner Wagner-Liebe abgefunden. Manchmal, wenn sie seine Hände faßte und ihm langsam in die Augen sah, war eine wirre Tiefe in den ihren, die ihn unbehaglich erschreckte.

Ihre Heftigkeit, das Auffahrende, Gischtige ihres Wesens, nun schien es ganz verschwunden. Sie war still geworden. Sie suchte das Gefühl der nahenden Katastrophe nicht mehr durch nervöse Feste zu betäuben. Die Ahnung, ja die Gewißheit des Aufgeopfertwerdens durchströmte all ihre Bewegungen, daß sie langsam wurden und schwer von Gedanken, die keine waren. Alles Städtische, Gebildete fiel von ihr ab.

Italo fühlte auf einmal, wie ungewöhnlich groß ihr Wuchs, wie feierlich ihre Gestalt sei, und auch dies erschreckte ihn merkwürdig. Es war nicht mehr die Frau des Arztes, deren Weg er im Jubelgefühl der Jugend zu stürmisch-gefährlichem Abenteuer gekreuzt hatte. Es war die hochragende Bäuerin von Gemona, die, einen Traubenkorb auf dem Kopf, im Abendlicht den Hügelweg hinanschwankt. Irgendein klares Wesen, ganz der Erde gehörig, wirklicher als er selbst, nicht verloren an die eitlen Schatten, die ihn durch den Tag jagten, ein Wesen, das seinen unnatürlichen Räuschen nicht Kamerad sein konnte.

Wie immer er auch seine Angst bezeichnete, um sich nicht schämen zu müssen, Bianca, die Schwangere, war ein höherer Mensch geworden, und darum fürchtete er sie. Und in diese Furcht mischten sich bösartige Empfindungen wie Widerwille und Abneigung. Denn das, was höher steht als wir selbst, können wir wohl aus guter Entfernung verehren, in der Nähe aber, weil es unser Selbstgefühl bricht, wird es uns unerträglich.

Innerlich warf Italo in seiner enttäuschten Genußsucht Bianca vor, daß sie aus manchem Grund selbst daran schuld sei, daß ihre Liebschaft diesen schweren Weg gehe, daß Übermut und Rausch sich in Bleigefühl verwandelt hätten, daß jeder Kuß nun Tränen koste. War er nicht zu jung zu solchen Lasten, sollte er jetzt schon, da all seine Freunde noch flötend durchs Leben flanierten, sollte er jetzt schon ein Kreuz den Berg hinaufschleppen? Oh, während er bei Bianca saß, schön und ernst tat, juckten ihn oft alle Glieder vor Anstrengung, sitzenzubleiben, vor Lust, davonzulaufen. Wenn auch sein belesener und wohlgebildeter Geist dies alles verstehn mochte, sein Egoismus, der nie noch einen Stoß erlitten hatte, empörte sich!

Wußte sie, wie es um ihn stand? Nein, das durfte nicht sein. Dazu war sein Herz zu gut. Niemals sollte sie es ganz erkennen. Solange es nur ginge, wollte er sich diese Liebe befehlen.

Bianca war in der letzten Zeit sehr religiös geworden. Sie besuchte die Messe nicht nur am Sonntag, sie beichtete und hatte die Kommunion genommen. Ihr Urwesen, auch in dieser Frömmigkeit, trat immer reiner hervor.

Carvagno war weniger zu Hause als je, doch wenn er da war, schien er äußerst beschäftigt und vermied es geradezu, mit Bianca allein zu sein.

Eines Vormittags trat Italo in eine Kirche, in der irgendein Bild hing, das er sehen wollte. Da gewahrte er Bianca. Sie kniete vor einer buntbestickten, geschminkten Wachsmadonna. Der junge Mensch fühlte einen Stich im Herzen. Wie ferne war ihm diese Frau in ihrer Einfalt, die darin lag, daß sie den Wachsgott des niederen Volkes anbetete. Gehörte diese Geistesart zu ihm? Da geschah es das erstemal, daß er nicht auf sie zusprang, in dem süßen Heim weh des Liebenden nach der Geliebten. Auf den Zehenspitzen, um ja nicht bemerkt zu werden, verließ er die Kirche, verließ er sie.

Das Schicksal in seiner Vorliebe für unbedenkliche Kontraste wollte es, daß er am selben Abend in irgendeiner Gesellschaft Margherita Dezorzi kennenlernte.

IV

Sich selbst zum Ärger konnte der Maestro eine leichte Benommenheit der Nerven nicht überwinden, als er, ohne zu wissen wohin, seinen Weg fortsetzte. Plötzlich fühlte er, daß ihn jemand angesprochen habe. Schon wollte er über diese Dreistigkeit, die sich nicht geziemte, zornig werden. Als er aber den alten Billetteur von La Fenice, Dario, erkannte, beruhigte er sich. – Der Schwätzer besaß eine lähmende Wortgabe, der man sich schwer entziehen konnte. Der Maestro schritt weit aus und hörte nur halb und wie hinter hundert Türen diese neben ihm herhastende Redseligkeit im venezianischen Dialekt.

„Ich schweige, oh Signor Maestro, ich habe geschwiegen und werde schweigen … Drum seid mir nicht böse … Nun haben sie mich … (erbarmt Euch) … sie haben mich doch fortgeschickt … In Pension … wie man es nennt … haben sie mich geschickt … Pension! … Das sind so die geleckten Worte, uns Arme zu betrügen … Man ist alt, aber es nützt doch nichts, daß man alt ist, wenn man Familie hat … Und ich habe treu gedient, vierzig Jahre lang habe ich dem Theater und der Musik treu gedient … Der Maestro weiß es."

Verdi sah Dario einen Augenblick lang ruhig und ernsthaft an. Es erschien ihm gar nicht verwunderlich, daß der alte Diener dasselbe sagte, was er von sich sagen konnte: Ich habe dem Theater und der Musik treu gedient. In seinem vom harten, unermüdlichen Kampf zermürbten Selbstbewußtsein war die Empfindung des eigenen Dienstes jetzt nichts Höheres. Sein herbes Wesen wich und ein Ton von Kameradschaftlichkeit lag in den Worten, die er zu Dario sprach:

„So!? Ihr habt Familie, Dario?"

Die plötzliche Wärme in der Stimme des hohen Menschen erschütterte den Alten:

„Signor Maestro, die Welt weiß es, alle wissen es, daß Ihr ein Engel Gottes seid!"

Und dann:

„Jawohl, Familie! Die Frau … Madonna … sie hat keinen Verstand … Die Tochter, sie arbeitet … Aber mein Mario, mein armer Mario, der ist ein Wunder!"

„Nun, was ist mit Mario?"

„Oh, Herr, Herr, ich habe sie alle gehört in diesen vierzig Jahren: Mirate, Guasco, Tamberlik, Coletti, sie alle, denen man mit tiefer Verbeugung das Geld auf den Tisch zählte. Ich selbst hab es im Säckchen oder in der Mappe dem Sekretär nachgetragen, wenn er nach der Vorstellung zu den Herrschaften in die Garderobe ging. Aber … glaubet mir … keiner hat die Stimme von meinem Mario gehabt."

Der Alte machte sich ganz klein. Alle Vordringlichkeit verschwand und mit schamhaft stockender Stimme lud er den Maestro ein: Seine elende Wohnung sei ganz in der Nähe. Niemand würde erfahren – und wenn man ihn auch töte … –, wer der erhabene Gast sei. Der Maestro müsse den armen Mario hören. Oh, welch ein Glück!

Verdi kannte dem „Volk" gegenüber nicht jene peinliche Distanz, die den Bürgerlichen zur Verlogenheit zwingt, wenn er mit einem Menschen der proletarischen Klasse spricht. Die Mischung von Herablassung, Unsicherheit, Angst, Geringschätzung und Bewunderung vor der ungebrochenen Kraft war ihm vollkommen fremd.

Seine Kindheit war ja Volk gewesen.

In der baufälligsten Hütte des elenden Roncole aufgewachsen, im finsterverräucherten Ladenraum, wo der Vater im Schurz, die Mutter mit dem Kopftuch den Bauern und Landarbeitern Wein schenkten, Salz, Tabak, Kaffee, Polenta verkauften, hatte er bis zum zehnten Lebensjahr kaum einen Stiefel am Fuß gehabt. Und später, als der scheue und schwierige Bursche dem Vater die Musik abgerungen hatte, was anderes war er denn da, als ein Musikprolet? Wohl wohnte er nicht mehr im Dorf, und der Marktflecken Busseto mochte ihm eine mächtige Hauptstadt scheinen, doch war das Lager in der Werkstatt des Holzschuhmachers Pugnatta noch weniger weich als das seine daheim.

Und sein Jünglingsleben? Um Mittemacht aus dem Bett, und drei bis vier Stunden weit nach Roncole in die Kirche marschieren, um zur Frühmesse zurecht zu kommen. Dafür bekam er zwar den hochtrabenden Titel „Organist", hatte aber in der Finsternis der Dezembernacht, kaum dreizehn Jahre alt, sein Leben mehr als einmal aufs Spiel gesetzt.

Hochzeiten, Taufen, Begräbnisse gab es wohl jede Woche, aber der Jahresgehalt von hundert Franken bezahlte alles. Alltäglich hieß es, wieder zurück nach Busseto wandern, denn das Wenige, was man ihn lernen ließ, nur dort konnte er es lernen.

Viel später noch als sogenannter Kapellmeister der sogenannten „Philharmonischen Gesellschaft zu Busseto" mußte er von Haus zu Haus, von Bauernhof zu Bauernhof einen jährlichen Bittgang machen, um vor unwilligen Türen sein Musik-Deputat zu erfechten.

War er denn etwas anderes als jener sagenhafte Wandermusikant Bagasset, dieser verhungerte, von vollgefressenen Bauern verhöhnte Schwindsüchtige, dessen verstimmte Geige ihn, das Kind, einst beseligt hatte? Das Schicksal Bagassets, des frostbeulenübersäten Scheunengastes wars auch, womit der Taverniere Carlo Verdi, drohend, seinen Sohn von der Kunst abbringen wollte.

Und der erste Meister seiner Lehrzeit, dieser brave, einfältige und ratlose Balgtreter Baistrocchi? Hatte je ein Musiker seines bildungsbesessenen Jahrhunderts tiefer unter dem Nullpunkt angefangen? Verdi pflegte oft zu bekennen: „Ich habe mir den C-Dur-Akkord selbst erfinden müssen." Welche ungeheure Benachteiligung, welch hoher Vorsprung liegt in diesem Bekenntnis. Wie leicht hatten es doch die andern gehabt, die in Musikschulen heranwuchsen, gefüttert mit Harmonielehren, Kontrapunktaufgaben, Formunterweisung, in der Nähe von Konzerten und Bibliotheken? Die Konvention, die sie mit Athletengebärde zertrümmerten, war die verhaßte Voraussetzung, die man ihnen aufgedrungen hatte. Sie glichen den überfütterten Kindern der Reichen, denen es vor der alltäglichen Nahrung ekelt und die deshalb gierig sich nach Näschereien sehnen.

Er hatte die Konvention erst für sich entdecken müssen, ein Kolumbus des Allergewöhnlichsten. Nichts war ihm geschenkt worden. Und darin glich sein Schicksal dem Schicksal des Volkes. Das aber war seine Kraft! Denn da er das Gewöhnliche nicht schlaff übernahm, sondern angespannten Mutes sich erstritt, war es ja nicht mehr das Gewöhnliche, sondern Konvention, von neuer, ungeahnter Tugend geschwellt. Ja, dies hatte ihn herausgehoben, in letzter Stunde zum Retter der totgesagten Oper gemacht. Rossini und Donizetti hatten für die anmutig-vermodernde Opernwelt Andrea Grittis geträllert, er, ohne sichtbaren und wortreichen Umsturz, hatte ein neues Volk herbeigesungen. Für ihn gab es nicht mehr die Gesellschaft, die Gnadenspenderin des Opernkünstlers, für ihn gab es nicht diese neue Intellektuellenkaste, die ihm fremd-peinlich wie der Teufel war, aber etwas Unübersehbares gab es für ihn, das er im klopfenden Herzen spürte.

Hoch war der Grundbesitzer von Sant Agata bei Busseto über seinen Ursprung emporgewachsen, aber er war gewachsen, dieser mächtige, dieser traurig-liebliche Baum. Einen der ganz wenigen Bürger der idealen klassenlosen Gesellschaft kann man ihn heißen, weil seine Höhe alle Stufen durchmißt. Den kühl klirrenden Sang seines höchsten Gipfels, das Volk mag ihn nicht verstehen, aber auch diese Krone wird von der Wurzel ernährt.

So einsam Giuseppe Verdi auf seinem Besitze lebte, es gab keine Bauernhütte, kein Arbeiterhaus, das er nicht von Zeit zu Zeit besucht hätte.

Während der Senator, der Mann der politischen Revolution von achtundvierzig, nur wenig Verständnis für die Arbeiterfrage besaß, zeigen die Briefe Verdis an den Grafen Arrivabene oft einen instinkthaften, prophetischen Sozialismus, wie er den wenigsten Geistern seines Zeitalters erreichbar war. Freilich, dieser Sozialismus erschöpfte sich rein in Gefühl und Praxis, hatte nichts mit politischer Weltanschauung gemein. Aber der Maestro errichtete in seinem Bezirke Meierhöfe, Faktoreien, Molkereien (die ihm schwere Verluste brachten), nur um Arbeitsstätten zu schaffen und die Auswanderung des Volkes zu hemmen. In einer Zeit tiefsten wirtschaftlichen Niedergangs konnte er triumphierend an Arrivabene berichten: „Aus meinem Dorf wandert niemand aus.“ Und während die Geister der Zeit immer mehr in der ästhetischen Nichtigkeit versanken, schrieb der italienische Opernkomponist, ein älterer Bruder Tolstois, die Worte:

„Denn ihr müßt wissen, ihr Bürger der Hauptstädte, das Elend der armen Klassen ist groß, riesengroß, aber wenn nicht voraussichtige Hilfe von oben oder unten kommt, werden, wehe euch, Entsetzensdinge geschehen.“

Der Maestro sprach mit den Leuten nicht in der leeren, beziehungslosen Art der durch Abgründe voneinander getrennten Klassen. Wer den Mann in solchem Umgang gesehen hätte, dem konnte wohl der Gedanke kommen: Dieser Musiker ist ein König. Ein König, weil keiner anderen Erwählung unterworfen als der göttlichen Kraft, die ihn so hoch steigen ließ.

Vielleicht wird einmal, wenn alle unsere Irrlehren von Nation, Klasse, Staat, Wirtschaft erledigt sind, die Menschheit reif zur Monarchie solcher Königsgestalten werden, die nicht sinnlos nur von oben herabpendeln, nicht streberisch aus dem Unterholz über sich emporgreifen, sondern „so unten wie oben“ Baum sind, einig und ganz.

Auch jetzt, da der Maestro die Einladung Darios annahm, war er ein König. Niemand hätte ihm ansehen können, daß diese Tage die schwerste Verwirrung seines Lebens bedeuteten. Im übrigen liebte er es, wie gesagt, seitdem er Grundherr war, in die Häuser der Leute zu gehen.

Verläßt man die Hauptader eines venezianischen Bezirkes, so ist man sogleich mittendrin im farbenfrischen, lärmfreudigen Leben der schmerzhaftesten Armut.

Je üppiger die Natur den Samen hervorbringt, um so weniger legt sie Wert auf ihn. Es ist die geheimnisvolle Tragik aller Völkerbewegung, daß im Norden das Individuum an Einsamkeit zugrunde geht, im Süden an Gesellschaftlichkeit. Jede Zone hat im verborgenen Wandel der Erdperioden einmal ihr produktives Klima gehabt, und dann ging die Kurve der Kultur mitten durch sie hindurch. Einst hatte es in Venedig nur reiche Menschen gegeben, Edelleute und Patrizier. Tausend Palazzi verkünden es. Auch entlang des schmalen Rio di San Fosca, auf dessen Fondamento, unterwürfiger Ehrfurcht voll, Dario den Maestro führte, stand mächtig, Seite an Seite, das dunkle Prachtgemäuer purpurner Zeiten. Aber die riesigen gotischen, von Säulchen flankierten Fenster waren mit Ziegeln ausgemauert. Wie blinde Narben, böse, starrten sie vorwärts. Offene Wunden, Hautriß und Schorfe gab es übergenug, aber unversehrt und groß wie je litten die schwarzen Portale mit Wappen, Fratzen, Karyatiden und Löwenjungen. Doch welches Leben, verwesungsbunt, hatte sich hier in dem atemlosen Leib der Steinäser eingenistet! Von einem Palast hinüber zum andern schaukelten in dichten Flaggenreihen die Stricke mit gemein-verfärbten Wäschestücken. In den ausgebrochenen Fensterlöchern tauchte, wirrverfitzten Haars, Weiberkopf an Weiberkopf auf. Und dann gellte ein Schrei, eine Gelächterkette, eine Wortkaskade und fand Echo. In den Toren hatten Kinder ganze Zigeunerlager aufgeschlagen. In unermüdlichem Gewirre balgend, kletternd, turnend, schachernd bewegten sie ihre schmutzigen Farben. Klangfetzen von Lied, Schimpf, Gruß, Fluch fuhren durch die Luft. In ihrem unermeßlichen Treiben schienen all die Tausende sich zu kennen, und selbst die Barkenführer und Baggerarbeiter, die ihre Fahrzeuge durch den Kanal lenkten, grölten mit drohenden Gurgelrufen nichts als Bekanntes aus dem Sud hervor.

Keineswegs fühlte sich der Maestro in diesem Menschenqualm unwohl, aus dem ja dereinst vor undenklichen Zeiten auch seine Flamme emporgeschlagen war. Er blieb sogar belustigt und als Kenner stehen, als sich dicht vor ihm diese Szene abspielte:

Zwei Weiber waren einander in die Haare geraten. Die Strähnen flogen um die verzerrten Masken der Gesichter und die Stimmen schrillten:

„Ah! Ah! Die ganze Welt weiß es, du Unzuchtsteufel, daß du mit dem Priester von San Marcuola eine Liebschaft hast."

„Lüge! Lüge! Hüte dich, du Alte! Weil du alt bist, bist du neidisch. Bringst, weil du ein rostiger Topf bist, mich ins Gerede!"

„Bin ich alt, bist du eine Hexe! Hast den armen jungen Priester am Gewissen."

„Seht das Schwatzmaul! Keiner mag sie mehr anschaun. Selbst ihr Alter ekelt sich vor ihr."

„Wer ekelt sich vor mir, du Hündin des Satan ...?" Und im Triumph hob das Weib ihren Säugling hoch über den Kopf wie eine Trophäe, worüber der Kleine in Gebrüll, die Menge aber in Beifall ausbrach. Die andere gab sich nicht verloren. Mit der höhnischen Ruhe, mit der man am besten eine geschwächte Position zu verteidigen pflegt, maß sie verächtlich die Mutter:

„Nun, Gott weiß, womit ihr beide diesen armen Vogel zusammengekratzt habt. Aber man erzählt es ja, daß du die Milch bei andern Weibern erbetteln mußt, du trockenes Holz!"

Jetzt aber, in ihrem Lebensnerv verletzt, schrie hohl die Mutter auf, riß ihre große, träge Brust aus der Bluse und ein fetter Milchstrahl traf die Geliebte des Priesters mitten ins Gesicht. – Die Größe und Leidenschaft dieser Handlung wurde von den Zuschauern sofort begriffen. Man applaudierte ihr wie einer herrlichen Tragödin und brüllte begeistert: „Bravo! Bravo!" Ein alter, bettelhafter Mann mit geistreichen Zügen betrachtete sehr freundlich die Siegerin und nickte als wohlbehaglicher Kenner der Stammesunterschiede:

„Ja, sie ist aus der Wildnis, aus der Romagna, diese Sorecca."

In einem der bunten Höfe voll Kinder, Wäsche, Handwerksgeklopf und Klangwirrnis lag zu ebener Erde die Wohnung des pensionierten Theaterdieners. Als er, mit dem vornehmen Herrn an seiner Seite, die klinkenlose Tür öffnete, kamen ohne Scham die eingebornen Nachbarn gelaufen und betrachteten neugierig träge wie Kinder den Eintritt des Maestro.

Der Raum, in dem er nun stand, war so finster, daß Verdi nichts anderes sehen konnte als den kleinen Herd mit dem kupfernen Rauchtrichter darüber. An diesem Herd hantierte ein schattenhaft-unlustiges Wesen, das erschreckt innehielt, als es den Besuch sah. Mit irgendwelchen unverständlichen Worten schrie der zu Tod erregte Dario seine Tochter an, worauf er blitzschnell verschwand, blitzschnell wiederkam, diesmal in seinem grünen Theaterdienerfrack:

„Beehret uns, beehret mich, Exzellenz! Oh, wo ist die Frau, wo ist mein Martyrium von Frau! Wollet dieses schwarze Lokal verlassen, beliebet, ins Zimmer zu treten!“

Immerwährend dienerte er mit verzweifelten Seitenblicken. Seine ganze Dreistigkeit hatte ihn verlassen. Mit einiger Vorsicht über eine unebene Schwelle tretend, gelangte der Maestro in dieses Zimmer, in die ihm so wohlbekannte Stube der ärmsten Kleinbürger:

Ein zweischläfiges Bett mit einer alten, farblosen Decke, zwei kleine Fenster, auf deren Brett zerbrochene Korbflaschen standen, eine ganze Galerie von Heiligenbildern an den Wänden, unter der Madonna ein Licht, ja ein kleiner Altar mit allerhand Kirchenkrimskrams.

„Hier die Frau! Kümmert Euch nicht um sie, Exzellenz! Sie ist nun schon seit zehn Jahren wirr, wirr ...“

Er machte eine bezeichnende Geste:

„Ihr versteht! Das kommt daher, daß sie schreiben und lesen gelernt hat, was solch einer doch nicht zukommt. Da hat man es jetzt ... Immer muß sie Gedrucktes haben ... Weh, weh! Was ist mir nur eingefallen, eine Gelehrte zu heiraten?“

Eine wahrhaft seltsame Erscheinung stand, von Dario vorwärtsgeschoben, nun dem Maestro gegenüber. Die Frau war durch Alter oder Krankheit so sehr gebeugt, daß ihr Hüftknochen sich nach aufwärts verrenkt hatte und mit der Linie des Rückens einen erbarmenswerten Winkel bildete. Zehn einsame weiße Haare waren über die rötliche Nacktheit des Schädels gestrichen und zum kümmerlichsten Knoten verschlungen. Eine überaus dicke blaue Brille verdeckte die Augen, die aber trotz der unnatürlichen Gläserschärfe blind zu sein schienen. Die Alte begrüßte den Maestro mit einer überraschenden Feinheit der Stimme und Worte, ohne jede Demut, als fände sie nach langer Entbehrung endlich den Ebenbürtigen, mit dem ein Gespräch möglich sei. Plötzlich aber machte sie einen hastigen Knix und lachte verschlagen, um anzudeuten, sie wisse mehr über den Gast als er ahnen könne. Ihre Sätze jedoch glitten bald wieder aus und sie begann eine Geschichte von ihrem geliebten Vater zu erzählen, von einer lustigen Wagenfahrt, wobei er die Gitarre gespielt habe und die bezauberten

Leute nur so aus den Häusern und Höfen getanzt seien. Sie selbst aber sei auf des Vaters Schoß gesessen. Diese Begebenheit stellte sie nicht als weitläufige Erinnerung dar, sondern als wäre das Ganze erst gestern vor sich gegangen und sie noch immer das glückliche Kind. Doch ehe sie die Erzählung beendet hatte, war sie auf einmal in die Heldin irgendeines Schundromans verwandelt und sprach von ihren und den Schicksalen fremder Personen, deren aufgeblasene Namen sie nannte.

„Genug, Alte, genug!"

Dario hielt ihr den Mund zu. Sie schwieg mit der Resignation einer ins Elend geratenen Prinzessin, nachdem ihr Blick dem Maestro wie einem Mitverschworenen zugeraunt hatte: Da sehn Sie es nun selbst!

„Alles die Bücher, Exzellenz", versicherte Dario, als wolle er der schmählichen Krankheit eine noble Begründung geben.

„Und hier mein Mario!"

Der Maestro sah vor einem Tischchen den jungen Menschen beim Fenster sitzen. Marios Gesicht, diese überspitzte Nase, mildgeschwungene Stirn und dieser weiche Mund, war ein Gesicht von wirklichem Adel. Ein wunderschönes, durchmodelliertes Ohr, eine Muschel von reinster Vollkommenheit, mußte jeden Blick auf sich lenken.

Der Theaterdiener schrie nervös:

„Nina, Nina! Einen Sessel für Seine Exzellenz abwischen! Schnell! Und das Tuch über Marios Knie!"

Jetzt erst sah Verdi, daß der hübsche junge Mensch auf seinen gänzlich verkrüppelten, grauenhaft verkürzten, unbrauchbaren Beinen hockte. Wie eine schwere Übelkeit stieg das Elend des Lebens furchtbar zum Herzen empor.

Nina, die Arme, auf der die ganze Schwere dieser unseligen Familie lastete, kam gelb, düster, ohne Güte, breitete über den Bruder eine Decke, wischte einen Holzsessel für den Gast zurecht und ging. Dario war abermals bemüht, das häusliche Unglück zu rechtfertigen:

„Ist etwas anderes möglich? Seht doch nur sie an, die Gelehrte, dann wißt Ihr, woher seine kranken Beine kommen."

Eifrig war er bemüht, die Schuld von sich abzuwälzen. Schweigend, wehen Herzens trat der Maestro zu Mario. Der hatte sich wieder über seine Arbeit gebeugt. Er war einer von jenen sehr kunstfertigen Handwerkern, die aus Glasmosaik die so wenig geschmackvollen venezianischen Ansichten arbeiten. Mit unheimlicher Schnelligkeit, ohne jede Vorlage, zwickte Mario mit einer Zange die vielfarbigen Glasstreifen zurecht und drückte die Plättchen mit der Schmalseite in die weiche Masse des Bildbodens. So geschwind auch seine Finger durcheinanderflitzten, unendlich langsam und kaum merklich wuchs die Arbeit, an der man vorläufig noch nicht ablesen konnte, ob sie San Marco oder etwas anderes darstellen sollte.

„Wie lange arbeitet Ihr an einem solchen Stück, Mario?“

„Zwei bis drei Tage!“

„Und für wen?“

„Für einen Fabrikanten von Murano.“

„Was zahlt dieser Fabrikant für ein Glasbild?“

„Drei Lire!“

Nachdem er still geantwortet hatte, fing Mario wieder zu arbeiten an. Von neuem zwickte er das Glas und ohne zu überlegen, versenkte er die Splitter an ihre Stelle.

Fast kriecherisch schmeichelnd nahte ihm der Vater in der grünen Livree:

„Mein Söhnchen! ... Dein Glück kannst du machen ... Sieh dir den Herrn hier an! ... Er ist eine Exzellenz! ... Nicht wahr, mein Söhnchen, du wirst singen! ... Lange schon haben wir dich nicht gehört.“

Der junge Mann schüttelte sich und wehrte wortlos mit der Hand ab. Der Alte begann zu flehn:

„Mein Mario! ... Du wirst nicht mein Unglück sein wollen ... O wüßtest du! ... Dieser Herr, dieser Gast ist eine Exzellenz, ein großer Direktor ... Deine Stunde ist gekommen! ... Singe, singe! ... Du mußt!“

Diese ungeschickten, dunklen Eröffnungen machten Mario noch störrischer.

Der Maestro wunderte sich über sich selbst. Während er sonst alle Arten dilettantischen Musizierens haßte und dergleichen Kunstübungen in seiner Nähe als Beleidigung auffaßte, jetzt bat er selbst den armen Mann zu singen. Ehrfurcht vor dem außerordentlichen Schicksal überwand ihn wie immer. Der leidende Mario, sein durch Verzicht geistig schönes Gesicht zwangen den

Maestro zu einer merkwürdigen Galanterie, die er selbst noch niemals an sich entdeckt hatte:

„Was singt Ihr am liebsten, Mario?"

„Oh, es ist nichts Herr, gar nichts, Herr!"

„Sind es Lieder oder Opernstücke?"

„Nein, nein, Herr! Nur was mir durch den Kopf geht, nur Dummheiten!"

„Also Ihr improvisiert, wie man es in alter Zeit getan hat?"

„Das tut er, Madonna, das kann er, Exzellenz", rief der Theaterdiener erregt, der ganz stolz auf dieses Wort war.

„Schweig, Vater, ich sag dir, schweig! Es ist wirklich nichts, Herr!"

Immer langsamer liefen die Finger des Krüppels über die Tafel, immer öfter hob er seinen Blick zu dem bärtigen Antlitz, das jetzt ganz das Bewußtsein seiner selbst verloren hatte und aus der Tiefe seiner Liebe den Gram durch ein reizendes Lächeln wettmachte. Mario wurde weicher und weicher:

„Die Mutter spielt und dann kommt es", sagte er schon recht hilflos.

„Mutter, Mutter", schrie der Alte, den Augenblick nutzend, „Mutter, nimm die Gitarre!"

Für die Irre waren die Minuten, wenn sie den Gesang ihres Sohnes begleiten durfte, überirdisches Vergnügen. Sie, die nicht mehr folgerichtig denken konnte, des Sohnes Musik dachte in ihr, so daß sie, bewußtlos, keinen Fehler machte. Es geschah dann eine mystische Wiedervereinigung von Mutter und Kind in der Musik.

So hatte sie es sich nicht zweimal sagen lassen. Und nun saß die verkrümmte, hinter ihren Brillen halbblinde Alte verzückt neben Mario und preßte wie einen Säugling das Instrument gegen ihre Brust. Sie sah zu ihm hin; aber er verzog keine Miene. Sie lauschte; aber er sprach kein Wort. Dann nickte sie mehrmals befriedigt, als wisse sie nun alles Nötige, und einige Akkorde erklangen langsam. Mario hatte das fahlgewordene Gesicht ganz zurückgelehnt und die Augen geschlossen. Er fing an, etwas ohne Worte vor sich hinzusummen, prüfte zuerst pianissimo das Motiv, um es dann mezza voce zu ergreifen.

Mit seiner sicheren, langerfahrenen Hellhörigkeit für Stimmen hatte der Maestro sofort erkannt, daß dies ein sehr schöner dunkler Tenor sei, weit entfernt von der etwas meckernden voce bianca des Durchschnitts, ohne jedoch das zu sein, was man eine einzigartige, eine Bombenstimme nennt. Eine bewußte Bildung war nicht zu erkennen, doch die Register saßen sicher. Vom E aufwärts wurde eine natürliche Deckung verwendet, die Höhe strömte voll und nicht durch einen verkrampften Kehlkopf gequetscht. Alle Klangeitelkeit des Pfuschers fehlte. Die Töne berauschten sich nicht an ihrem Schmelz, gebändigt und gedämpft trat ihre schön gefärbte Kraft zutage. Was sonst in jahrelanger Mühe der Gesangsprofessor dem Schüler beizubringen sucht, die voix mixte, jene süßschwellende Registermischung aus Kopf- und Brustton, hier war sie eine Errungenschaft der Natur. Die eingeborene Genialität des Italieners, den Ton ohne Härte anzusetzen und wonnevoll zu spinnen, in dieser ungeschulten Stimme war sie zur Vollendung gediehen. Bel canto! Aber gibt es einen anderen Gesang, da nur er, jenseits und unabhängig vom Wort, von Sinn und Deklamation der Rede, das höchste, beseelteste Instrument der Gestirne, den tönenden Menschen rein erklingen läßt?

Noch immer wortlos füllte Marios Gesang den Raum. Nach und nach wurden Worte aus den leeren Silben. Diese Worte aber hatten eine andere Bedeutung als sich selbst. Die Seele des Gesanges suchte wie ein irrender Geist in der bedingteren Sprache die Verkörperung, die sie niemals vollkommen finden wird.

Dadurch entstanden unter anderen solche Texte:

Die Schiffe ziehen dem Meere zu.
Ich lasse sie ziehen, die Barken der Inseln.
Ist die Geliebte dort, ist sie hier?
Die Freude gebe ich ihnen mit,
Aber die Rache behalt' ich bei mir.
Ahimé! Dieser Ausruf des italienischen Gesanges läßt sich in
deutschen Lauten schwer wiedergeben.
Die Schiffe, sie ziehen dem Meere zu,
Die Rache behalt' ich bei mir!

oder:

Ich habe sie alle geliebt mit meinen Küssen.
Mit meiner Stimme hab ich sie alle geliebt.

Nun schlagen die Glocken der Türme.
Der Tod tönt in Kasten und Tisch.
Ich aber rufe: Freude, Jubel, Freude!
Ahimé!
Die Glocken des Todes schlagen,
Mit meiner Stimme habe ich die Schönen geliebt!

So lockte die höhere Sprache der Musik aus dem nachtwandlerisch, seiner selbst nicht mächtigen Geiste des Sängers wirkliche Poesie hervor. Dies war der reine Gegensatz zur Wagnerschen Theorie, wonach die Dichtkunst die Musik hervorrufen müsse.

Aber wie er den seltsamen Weisen dieser schönen Stimme lauschte, erfüllte eine Erkenntnis die Seele des Maestro mit hellem Glück. Dieser gelähmte Mensch wußte gewiß nichts von Formgesetzen, viel Opernklang hatte er auch nicht im Ohr, das bewies die melodische Eigenart der Improvisation. Und dennoch: Es waren vollkommene und geschlossene Arien, die er sang. Die Melodie wurde gefunden, weitete sich aus und kehrte wie ein verirrt-sehnsüchtiges Wesen in sich selbst zurück. Einfach und ohne Überlegung fügten sich die kurzen Lieder. Ein altertümlicher Klang zitterte in ihnen, als seien sie keine Erfindung des Augenblicks, sondern ein zeitenfernes, längstvergessenes Erbe, das der träumende Improvisator weitergab. Melodie, Übergang, Rückkehr! Kein Zweifel: Die Quadratur der Arie, die verhöhnte Symmetrie, Dreiteiligkeit und wie man es auch immer nannte, war nicht irgendeine Willkür, die irgendeinmal der Welt aufgedrängt worden, sondern sie war ein Naturgesetz. Ein Naturgesetz, durch den italienischen Genius verwirklicht und geoffenbart.

Die Musik geht in der Zeit vor sich. Die Erlebnisform der Zeit heißt Erinnerung. Musik ist ein ständiges Sich-Erinnern. Die Reprise, die Wiederholung, die Antwort, die faßbare Wiederkehr zu verwerfen, ist ein Mordanschlag gegen die Natur der Musik, gegen die heilige Quadratur, welche Italien ist. Warum denn hat Italien mit Monodie und Generalbaß in Wirklichkeit die ganze moderne Musik geschaffen? Es hat doch genug andere Schulen gegeben, wie zum Beispiel die berühmten niederländischen Kontrapunktiker. Warum haben nicht sie den Sieg davongetragen? Und die Deutschen? Haben sie denn wirklich Neues geschaffen? Waren ihre Klassiker nicht dennoch und trotz allem Knechte der italienischen Form, Knechte der Arie, die schließlich schon

Frescobaldi, Corelli, Vivaldi für die Instrumentalität, für die Sonata übersetzt hatten. Also was können sie denn, diese Deutschen? Zerstören!!

Den Maestro durchfuhr ein jäher Haß. Derselbe, den er nach der Schlacht von Sedan gefühlt hatte. Es war der Haß des Römers gegen die Barbaren der Völkerwanderung. Der Haß erzeugte den Funken einer sehr tiefen Erkenntnis: „Der Idealismus dieser Goten ist ein und dasselbe wie ihre Zerstörungswut." Ein uraltes Kriegsmotiv der europäischen Welt brach in Verdis Gemüt auf. Das nordische Wunder eines sehnsüchtigen, unverkörperlichten Geistes konnte er nicht verstehn. Es war für ihn ja ein zersetzender, analytischer, der Natur widerstrebender, ein böser Geist, protestantisch auch gegen die ewigen Grundtatsachen der Musik. Immer noch sang mit zurückgebogenem Haupt, geschlossenen Augen und tiefer Blässe der Wangen dieser Mensch, der sich niemals von seinem Sitz hatte erheben können, der nicht Freiheit seiner Notdurft, geschweige auch nur den leisesten Abglanz von Lebensglück kannte. Mit einer ungeheuren Leichtigkeit erfand er Melodie um Melodie, die er immer schöner fortführte, immer anders schloß. Dabei wurde die dunkel-hell schwingende Stimme von Gesang zu Gesang freudiger. Konnte diese Freude aus dem gefesselten Herzen des Krüppels kommen? Nein! Nicht *sein* Herz, nicht *seine* Person sangen. Sie waren ja nur ein Nest, aus dem die vollkommen freie Musik aufflog, eine blinde Scheibe, die der ungetrübte Strahl durchdrang.

Die Mutter, eine Wahnsinnige, schien in hypnotischen Schlaf verfallen zu sein, oder in tiefe Verklärung. Ohne zu wissen wie, verzückt unter der blauen Brille lächelnd, griff sie die Akkorde der wechselnden Tonarten immer richtig, modulierte genau und fügte hie und da zur Gesangsmelodie kleine hübsche Figuren, die sie selbst in ihrem fernatmenden Glückstraum erfand. Wie unübertrefflich waren diese sonderbaren Musikanten aufeinander eingespielt. Frucht einer Kindheit, die mit *einer* Fessel Mutter und Sohn verband.

Vor den Fenstern hatte sich eine Menge angesammelt, die ungewöhnlich still blieb. Wenn Mario sang (das geschah immer seltener), war es stets so. Auch der frühere Theaterportier von La Fenice, ein beruflich abgebrühter Stimmfachmann, lauschte hingerissen dem Tenor seines Sohnes. Nur Nina, die bedauernswerte Magd ihrer seltsamen Familie – ärmer als der Bruder, auf dem Gottesgnade ruhte, ärmer als die Mutter, die ihm ihre Gabe vererbt hatte, ärmer als der Vater, der wenigstens geschwätzig auf der Gasse lungern durfte – nur Nina rasselte im Nebenraum boshaft oder gleichgültig mit Geschirr.

Auch der Maestro saß still da. Ein elender, ungebildeter Krüppel sang, ein Glasarbeiter von Murano, aber die Natur, als sie sah, was sie angerichtet hatte, schien großes Erbarmen gefühlt zu haben. Niemals noch war dem Maestro die antike Einheit von Sänger und Dichter so klar geworden wie hier. Ein ganz verwandtes Lied tönte die Stimme ihm zu. Und er empfand es wie eine Tröstung, wie eine Rechtfertigung dem Übergeist, der Dialektik, Wagner gegenüber. Auf einmal schmolz aller Zweifel, alle Selbstverachtung, die er vor dem Material des „Lear" gestern bis zum Todesekel empfunden hatte. Oh, er war verdorben worden von den Gefühllosen, die, wenn sie „Ich liebe Dich" sagen, an die Syntax dieses Satzes denken. Vielleicht würde er jetzt doch arbeiten können.

Mit einer letzten schönen Kadenz schloß Mario. Einen Augenblick lang sah er erstarrt vor sich hin, und dann begann er, als wäre nichts geschehen, mit schnell durcheinanderflitzenden Fingern an seinem Glasbild zu arbeiten. Die Gitarre dröhnte aus der Hand der Alten. Jetzt war sie wirklich eingeschlafen. Draußen vor dem Fenster erhob sich kein Begeisterungsschrei, aber viele zustimmende Rufe von Leuten waren zu hören, die sich dadurch ihres Erwachens vergewissern wollten.

Der Maestro brach das Schweigen. Seine Bewegung, wie immer, verbarg er hinter der trockensten Miene von der Welt: „Es wird das Notwendige geschehen, Dario! Morgen kommt ihr zu mir ins Albergo. Ihr werdet nach dem Herrn von Nummer Zwei fragen. Verstanden?! Für alles wird gesorgt werden!"

Dann trat er zu dem Improvisator, legte ihm kurz und schamhaft die Hand auf die Schulter, hielt die Augen abgewandt und sagte mit einer fast scherbigen Stimme, halblaut, als handle es sich um die trivialste Sache des Alltags:

„Es lebe unsere heilige italische Melodie! ... Das war gut, das war sehr gut!"

Die begeisterte Begleitung Darios wehrte er wortlos ab.

V

Selbstverständlich sorgte Verdi von Stund an, auf jede erdenkliche Art, für Mario. Er hatte aber keine glückliche Hand in dieser Sache. Der Gedanke, den Ärmsten musikalisch und stimmlich, ja selbst in den allgemeinen Lehrfächern ausbilden zu lassen, lag auf der Hand, aber er entsprach nicht der Besonderheit des Falles. Wenn auch nichts überliefert ist, so darf man doch mit Sicherheit annehmen, daß Marios Talent am Unterricht und an der Höherbildung zugrunde ging. Was hatte ein Improvisator in dieser Zeit des Papiers und in dieser Welt der technischen Genauigkeit auch zu suchen?

Dachte der Maestro in späteren Jahren an die finstere Stube des Theaterdieners zurück, an Marios Stimme, an die Mutter mit der Gitarre, so zweifelte er, ob er all dies wachend erlebt habe und ob des Krüppels Gesang wirklich mehr gewesen sei als das wehmütige Lied irgendeines Glasarbeiters von Murano.

Fünftes Kapitel

Den Ghibellinen Guelfe, den Guelfen Ghibelline

I

Eine tiefe Herzenskränkung konnte der Senator, sosehr er sich auch selbst zuredete, nicht unterdrücken: Verdi, der Freund, kümmerte sich nicht um ihn.

War es ihm im Leben nicht immer so ergangen? Allen, allen, Frauen und Freunden hatte er dieses ungeduldige durstige Gefühl liebenden Überschwangs entgegengebracht. Man nahm dieses Gefühl an, mit spitzen Fingern oder gutmütiger Nachsicht, man ließ es sich gefallen. Längst hatte der Senator eines der Gleichgewichts-Gesetze des Lebens erkannt:

„Bin ich oben, bist du unten; bin ich unten, bist du oben!“ In den letzten Jahren des großen Kampfes, als die Wogen hoch gingen und der Staat sich zu kristallisieren begann, wollten sie ihn zum Minister machen. Er wußte es wohl, sie hielten ihn für unbrauchbar und fahrig, aber in diesem Augenblick hätte sein guter Name, sein freistirniger Kopf, seine bedeutende Rednergabe gut gewirkt. Stolz und mit der Skrupelhaftigkeit aller wahren Revolutionäre hatte er nein gesagt in dem Gefühl, die Entwicklung der Dinge sei nicht so blendend rein, wie seine Gesinnung es fordere.

Mit großer Geste wurde später die Senatorswürde abgelegt. Auf keinen Menschen wirkte diese Tat. Was wußte man heute von ihm?

Nur die Freunde blieben noch, da die eigenen Kinder ja fremder sind als Antipoden und Papuaner. So viele Häupter hatte der Novembersturm fortgeblasen. Nach dem Tode des Lehrers Mazzini stand nur mehr Verdis treuliche Gestalt aufrecht da. Aber auch er, der geliebte Freund, dessen Weg der

Senator Schritt für Schritt nachgewandelt, dessen Sänge in seiner Brust wie in keiner andern atmeten, er, der Sakrosankte, dem er sogar (das Schwerste!) politische Andersmeinung vergab, auch Verdi duldete nur diese Liebe und erwiderte sie nicht. Hatte er denn die Zartheit dieser Zuneigung nie bemerkt? Nie bemerkt, daß der Senator ihn niemals unter Menschen suchte, bei feierlichen Anlässen in Mailand oder anderswo stets zurücktrat, nirgends den Freund zu mimen liebte, die Einsamkeit des schöpferischen Menschen ehrte, wenn er auch immer wieder seine eigene Freude zum Opfer bringen mußte. So erlebte er es stets von neuem, daß die frechen Belästiger im Recht waren, denn trotz aller Abweisung, *sie* erbeuteten ihren Anteil an dem Menschen, während er, der Ebenbürtigere, der Mann eigener Verdienste, leer ausging. – Oh, diese Leute, mit denen Verdi umging! Ungerechtfertigt und leidenschaftlich bohrte die Eifersucht gegen alle andern Freunde des Maestro. Wer war dieser Conte Arrivabene, den Verdi so bereitwillig zum Vertrauten machte? Ein Zudringlicher, ein Journalist, nicht mehr! Und der Senator Piroli? Ein politischer Biedermann, der seine Mittelmäßigkeit als Bürde zum besten gab! Und Clarina Maffei mit ihrem berühmten Salon, wo sich schon Balzac gelangweilt haben soll? Eine alte Literaten- und Künstlertante, die ihre verkümmerte Mütterlichkeit in blaustrümpfigen Protektionen anlegte, um dann mit dem Ruhm des Geförderten selber berühmt zu werden. Wie er diese ganze Gesellschaft haßte! Er lief dem Maestro nicht nach, er schrieb nicht allwöchentlich verlogene Briefe, er war, trotz mancher Einladung niemals noch Frühjahrsgast von Sant Agata gewesen. Fühlte Verdi nicht die Zurückhaltung, war er nicht dankbar für sie? Wie konnte er nur so herzensträge, so kalt, so gleichgültig sein, jetzt, da er nach Venedig (aus welchem Grunde nur?) gekommen war, seinen einzigen, seinen heißesten Freund zu vernachlässigen: Drei oder vier Tage war er schon hier und hatte ihm noch keine Stunde geschenkt.

Der Senator, der an seinem großen Arbeitstische saß, schob empört zwei ausgiebige Wörterbücher von sich. Die Folianten stöhnten. Seit zwanzig Jahren schon arbeitete er an einem sehr wenig zum Wachstum geneigten Manuskript: „Textvergleichende Studien zu den Tragödien des Euripides." Auch andere Arbeiten waren begonnen: „Konjekturen zu den Fragmenten des Menander" und eine neue Ausgabe der naturwissenschaftlichen Schriften des Aristoteles.

Diese haarspalterische Kleinarbeit, die sich der Senator aufgebürdet hatte, war einer von jenen überraschenden Widersprüchen, in denen der menschliche

Charakter sich gefällt. Die brandrote Farbe seines Temperaments und das weißliche Blau der Philologie, wie reimte sich das? Vielleicht wollte er durch diese nervenlose Arbeit den selbstzerstörenden Kräften der Musikalität begegnen, die er in sich trug.

Jetzt allerdings schickte er den Wust von numerierten Versen, Fußnoten, Lesarten mit einem Fluch zum Teufel, riß den Schlapphut, dieses klassische Wahrzeichen des Risorgimento, vom Nagel und eilte aus dem Haus.

Auf dem Campo San Luca vor einem politischen Kannegießercafé fand er sich zu einer Gruppe ähnlicher Schlapphüte. Um diese morsche Insel der Verbitterung trubelte lüstern und geschäftefroh das Leben. Nach zehn Minuten ward dem Senator das Gerede der steifnackigen Greise unerträglich, das besserwissend um Personalien, Fehler und Schachzüge verwirkter Jahrzehnte kreiste. „Ausrangierte Lokomotiven", stellte er fest. „Ihre ganze Tugend ist, daß sie keinen Dampf mehr haben ... Höchstwahrscheinlich bin ich nichts anderes."

Nach dieser Betrachtung machte er sich schwermütig wieder auf den Heimweg.

Bei der Fähre nächst dem Palazzo Grimani sah er, wie sein Sohn Italo sich von einer sehr schlanken jungen und einer älteren Dame verabschiedete. „Könnte fast eine Engländerin sein", urteilte der Senator, „wenn ihre italienischen Gesten nicht wären." Italo war ein wenig verwirrt, als er zu seinem Vater trat.

„In meiner unüberwindlichen Neigung zur Indiskretion frage ich dich hiemit, mein Sohn: Wer ist dieses luftige Wesen, das dich eben verlassen hat?"

„Das ist Margherita Dezorzi, Papa! Du weißt von ihr?"

„Oh weh! Leider bin ich nicht mehr in dem Alter, um das vollständige Register der Schönheiten zu führen."

„Margherita ist die Protagonistin der Opernstagione im Teatro Rossini. Die Truppe ist sonst recht mittelmäßig; sie aber ist die größte Künstlerin, die Italien, vielleicht Europa heut besitzt. Und dabei erst dreiundzwanzig Jahre alt."

„Ist ihre Stimme so wunderbar?"

„Die Stimme ist schön. Aber, Papa, auf die Stimme kommt es doch heute nicht mehr an."

„So?! Also die Sänger werden jetzt nur mehr zum Geldverdienen verpflichtet?"

„Wenn du sie auf der Bühne sähest, würde dir gewiß die Ironie vergehen. Sie ist so seelenhaft, so nervös, so neu ... Und dabei nichts von Theaterweib. Das reinste, unnahbarste Wesen, das es gibt. Niemals sieht man sie ohne Mutter!“

„Ei, das ist unangenehm. Doch erinnere ich mich, einmal wo gehört zu haben, daß man beim Theater nicht nur Kostüme, sondern auch Mütter leihweise beziehen kann!“

„Nun, du hast wieder deine bittere Laune, Papa! Sie ist ein prachtvoller Mensch! Und dabei der Verstand eines Mathematikers! Ich wünschte mir, daß unter meinen Freunden ein solcher Kerl wäre!“

Der Senator lüftete den Hut:

„Teufel! Vor deinen Wünschen, lieber Sohn, muß man eine anerkennende Verbeugung machen ... Jetzt dekliniert ihr die Frauen als Masculina. Das ist neu. Und ein prächtiger Ausblick! Männer gibt es schon längst nicht mehr. Du wirst im neuen Jahrhundert leben. Da wirds mit den Frauen auch vorbei sein. Eine entzückende Annäherung der Geschlechter! Und den Kindern gratuliere ich. Glückliches Europa!“

Der Senator winkte seinem Sohn, ließ sich in der Fähre über den Kanal setzen und eilte heim. An der Tür wartete schon der junge Diener:

„Der Signor Maestro ist hier gewesen. Kaum, daß Sie aus dem Haus fort waren, ist er gekommen. Hier die Karte!“

Der Senator las diese ihm so liebe, wilde Schrift mit den ungleichen Lettern:

„Verzeih mir! Ich habe in diesen drei Tagen manches zu ordnen gehabt. Jetzt will ich Dich sehen! Komm zum Speisen! Komm sofort!“

Ohne dem Burschen ein Wort zu sagen, machte der Gute kehrt, um so schnell wie möglich beim Freunde zu sein. Keine Spur der Herzenskränkung mehr trübte seine Freude. Dies war die Kraft und Schwäche, durch die er heiteren Mutes so viele Enttäuschungen ertragen hatte: Vergessen können!

Wie wenig war der Maestro mit dieser glückseligen Eigenschaft gesegnet.

II

… und daß ich zu alledem noch ein Nachahmer Wagners bin. Ein schönes Ergebnis, wenn man nach 35 Jahren als Nachahmer enden muß!!

Aus einem Brief Verdis an Giulio Ricordi

Verdi liebte es nicht, im Restaurant zu speisen. Schon mit dreißig Jahren war er in seinem Vaterland so berühmt, daß er sich nirgends zeigen konnte, ohne erkannt zu werden. Schrecklich wars ihm, zur Lüge gezwungen zu sein. Und lügen hieß es, wenn man mit unnatürlicher Miene dasaß, wie juckende Wunden die Neugier vieler Blicke im Rücken. Er haßte alle körperliche Berührung. Und Angesehenwerden war körperliche Berührung.

Einmal in Parma auf dem großen Platz hatte ihn die Menge erkannt. Schon fingen einige Leute an, Evviva zu rufen. Er floh entsetzt vor der Kundgebung in ein Haus und hielt sich fast eine Stunde lang im letzten Stockwerk versteckt, bis er sicher sein konnte, ungeschoren davonzukommen.

Auch heute, da er den Senator erwartete, hatte er wie immer in seinem Zimmer decken lassen. Bedienung durch den Kellner ließ er nicht zu. Sein eigener Diener war mitgekommen. Dieser Diener war ein braver mittelmäßiger Beppo, nicht jener berühmte Luigi, der vom Kutschbock der Reggianer Droschke gestiegen war, um seinem geliebten Melodienhelden zu folgen. Neben dem Senator war Luigi gewiß der trefflichste Verdi-Kenner. Aus dem schwersten Mitternachts-, ja aus dem Todesschlaf geweckt, hätte er jede Cantilene seines Maestro in der richtigen Tonart zu singen vermocht. Und nicht nur die populären Weisen „Quando la sera placida“, „Eri tu, che macchiavi“, „Ai nostri monti ritorneremo“, sondern auch irgendeine unbekanntere Arie aus „Due Foscari“, „Giovanna d'Arco“, „Macbeth“.

In den zwei Tagen, die seit dem Erlebnis von Marios Gesang verflossen waren, hatte der Maestro wieder mit unablässiger Energie den Kampf gegen Lear aufgenommen. Ein zusammenhängendes Stück war sogar geschrieben worden, aber er sah es nicht an aus Furcht vor Enttäuschung und jenem schrecklichen Widerwillen, den jetzt die eigene Musik in ihm erzeugte.

Die kurze Tröstung, die des Krüppels Improvisation ihm gebracht, jener plötzliche Glaube an die alte ewige italische Melodie war wieder verflogen. Hingegen beunruhigte der roteingebundene Klavierauszug im versperrten

Kasten unaufhörlich die Nerven. Er hatte schon daran gedacht, wenn nicht die Teufelsgabe selbst, so doch den Schlüssel, der sie gefangen hielt, in die winterlich dunkle Lagune zu werfen.

Dabei war jene Stimme nicht zu besänftigen, die vor dem Palazzo Vendramin ihm scharf und kalt befohlen hatte: „Besuche den Deutschen!“ Immer, wenn sie sich erhob, schüttelte den Stolzen schmerzhaft Empörung. Neuerdings war ihm eine Geschichte eingefallen, die er irgendwo einmal gelesen hatte.

Rossini, bei seiner Anwesenheit in Wien, hatte Beethoven verehrungsvoll seine Aufwartung gemacht. Dieser Besuch war von dem deutschen Meister in Gleichgültigkeit oder aus unverhüllter Mißachtung nicht erwidert worden. Mit Rossini, dem ihm so wenig Ähnlichen, der ihm selber niemals wohlgewollt hatte, identifizierte sich Verdi nun, sowie er Wagner mit Beethoven identifizierte. Wie haßte er diesen Beethoven für seine ganz unmenschliche Grobheit und Überhebung. Seine Nation, seine Ehre fühlte er durch diese überlieferte Ungezogenheit verletzt. War das langversunkene Geschehnis nicht ein Sinnbild für das Heutige? – Und er sollte Wagner besuchen? Was für die Jugend und gleichgültige Wesensart Rossinis erträglich war, er würde eine Ablehnung nicht verwinden.

So trieb die Krisis ihrem Höhepunkt zu. Wie jeder Kranke fühlte der Maestro vielleicht das erstemal im Leben, daß in seiner Natur Todessucht und Lebenstrieb sich die Schlacht lieferten und er auf keiner Seite Feldherr war.

Der Senator kam, umarmte und küßte Verdi. Der Maestro mußte einen leichten und unbegründeten Ärger verbeißen: „Dieser Ärger wird die Vorzeichnung unseres heutigen Zusammenseins werden“, wußte er sofort. Nach Tisch, als die beiden die Havanna, diesmal aus des Maestro Kistchen, probierten, und der beglückend-ausgleichende Rauch die Luft durchblaute, machte der Senator Anstalten, das Gespräch auf ein ihm herzensnahes Thema zu bringen:

„Verdi! Du weißt beiläufig, wie es mit mir steht.“

„Nun?“

„Ich bin passé. Ich lebe nicht mehr mit der Zeit.“

„Das meint man so. Und früh geht die Sonne auf, oder wie Shakespeare sagt: Der Regen regnet jeglichen Tag.“

„Nicht um mich geht es. Hörst du? Ich habe mich so ziemlich abgefunden. Es ist merkwürdig. Sei nicht böse, es mag eine unerwünschte Zudringlichkeit sein.

Aber ich habe meine Sache auf dich gestellt. In meinen Träumen bist du mein Rächer."

„Du bist ein klassischer Philologe. Ich habe es bei meinem Lehrer Seletti kaum zu den unregelmäßigen Verben gebracht. Habe also ein wenig Nachsicht mit meiner Fassungskraft!"

„Freund! Auch bei dir ist nicht alles so wie ich es mir wünsche, wie ich es brauche!"

Der Maestro warf einen sehr unzugänglich-feindlichen Blick auf den Senator. Er mochte es nicht, daß jemand sich mit seiner Seele beschäftigte. Aber er hatte sich geirrt. Dies am wenigsten war des Freundes Absicht:

„Verdi! Ich fühle, daß es nicht mehr so ist wie früher, daß du nicht mehr nur ein paar offene und grobe, sondern sehr viele heimliche und hämische Feinde hast. Es liegt etwas Unfaßbares in der Luft gegen dich, etwas geradezu Beleidigendes, eben weil es so unausgesprochen ist."

„Ah! Das spürst du nun auch? Mich beschäftigt die Sache schon über ein Jahrzehnt. Mit der „Aida" und früher schon hat es begonnen. Vor Jahren habe ich bei der Probe in der Scala auch nicht ein Glas Wasser serviert bekommen, während man zur selben Zeit allen möglichen ausländischen Musik-Größen Feste und Bankette gab. Aber es ist weniger Feindschaft als ... nennen wirs ... gedämpfte Mißachtung."

„Und selbst hier in Italien hat sich diese Frechheit eingeschlichen. Oh, diese Undankbaren, diese Hunde! Daß die Jugend von dir abfällt, das liegt vielleicht in der Natur. Daß aber die Stadtvertretung von Bologna den Herrn Wagner zum Ehrenbürger gemacht hat, das ist ungeheuerlich, Freund, ungeheuerlich! Man müßte sich expatriieren lassen."

Der Maestro lachte ein wenig boshaft:

„Und was, wenn sie recht hätten?"

„Recht hätten?! Recht hätten?! Verdi! Die Stunde ist da. Die größte Stunde deines Lebens. Du mußt herrlich beweisen, wer du bist, in den Staub donnern mußt du diese Canaillen von schöngeistigen Schwindlern und Gecken. Ich habe mir alles überlegt. Wenn wir beide auch fast gleichaltrig sind, du bist doch viel jünger, du hast die Kraft, Kraft zu zwanzig Werken. Mit einer neuen ungeahnten Tat mußt du sie erschrecken, lähmen, beschämen! Unsere göttliche Welt mußt du wiederherstellen. Das ist deine schreckliche Schuldigkeit!"

Die fleischigen Wangen des Senators zitterten. Verdi blieb ganz kalt bei seiner Antwort:

„Erstens, mein Lieber, schafft kein Künstler eine gute Sache, wenn er es darauf anlegt, zu erschrecken, zu lähmen, zu beschämen. Die geringste Eitelkeit, das kleinste Zurseiteschielen ist ein Verwesungswurm im Körper des Werkes. Und zweitens! Soviel kann auch ich noch Latein: *Tempora mutantur* und leider nicht immer, *Nos mutamur in illis*. Höchstwahrscheinlich hat diese allgemeine Haltung gegen mich einen guten Grund. Wir beide, schau, werden stehengeblieben sein, ohne es mit der ganzen Schwere selbst zu empfinden. Und darum, törichterweise, leisten wir Widerstand gegen ein Naturgesetz, gegen den sehr praktischen Brauch, daß ein rostiges Werkzeug fortgeworfen wird."

„Das glaubst du nie und nimmer, was du da sagst, Verdi! Du wärst kein Künstler sonst, kein Krieger, sondern ein Feigling. Nein, nein! Wehre dich nicht! Du mußt schreiben! Du weißt es ja selbst am besten."

„Soll ich schreiben, um ihnen Recht zu geben, um deutlich zu beweisen, daß ich nicht mehr bin, der ich war, oder vielleicht niemals gewesen. Es gibt im Leben Korrekturen nach rückwärts, Richtigstellungen der Vergangenheit, und das sind die schrecklichsten!"

„Das sagt der Autor des „Rigoletto"?"

„Glaubst du noch immer an Wert und Beständigkeit in Kunstdingen? Hat dich die Sammlung deines Hausherrn Gritti nicht eines Bessern belehrt? Jeder hat seinen Tag, merk dirs, nur einen Tag, ob dieser nun früher oder später tagt!"

„Nun, du hast schon mehrere Tage gehabt, Verdi! Schaff dir einen neuen!"

Der Maestro sagte eine Weile nichts, dann mit leis-gleichgültigem Ton:

„Und was, wenn ich an einer neuen Oper arbeite?"

Der Senator sprang auf und begann durchs Zimmer zu laufen:

„Er schreibt! Ich hab es gewußt, daß die Umarbeitung nur Ausrede war! Er schreibt."

„So bestimmt will ichs nicht sagen. Auch fängt es an, mir mit den Jahren immer peinlicher zu werden, daß man aus solch einem Ding von Papier, wie es eine Partitur ist, soviel Aufhebens macht."

„Du schreibst! Oh, ich bin glücklich, Verdi! Jetzt wirst du es diesem Barbaren und all seinen Schwächlingen beweisen, wer du bist! Vertrau mir! Ich schweige auf der Folter. Ist es die „Maria Delorme“, von der du mir einst erzählt hast? Ah, wenn du nicht willst, so sage mir nichts!“

Verdi stand plötzlich auf:

„Hör', ich will dir sogar zwei Stücke dieser Oper zeigen. Es interessiert mich sehr, wie sie auf dich wirken werden. Bitte, sag mir aber dein Urteil erst nach dem zweiten Stück!“

Der Maestro nahm aus der Notenmappe des „Lear“ zwei geheftete Teile, von denen man merkte, daß sie schon vollendet waren. Der erste: Der Monolog des Schurken Edmund aus dem ersten Akt, eine mit allen Finessen modernen Ausdrucks komponierte Musik, von der er wohl einiges hielt und die ihm dennoch in diesen Tagen manches Unbehagen verursacht hatte. Der zweite: Das Duett zwischen Lear und Cordelia, eine Nummer, die aus der ersten Zeit der Entwürfe stammte und mehr als zwanzig Jahre alt war.

Er legte die Blätter auf das Klavierpult.

Dann setzte er sich hin und begann mit jener dramatischen Bewegung in Gesang und Vortrag, die alle Sänger, mit denen er arbeitete, hinriß, den Monolog Edmunds zu rezitieren und zu begleiten. Der Senator, von der Kraft der Wiedergabe benommen, wußte mit der Musik dieser Arie doch nichts anzufangen. Es kam ihm vor, als ob Verdi, von seinem Weg abweichend, sich bemühe, der Melodie zu entgehen und an ihre Stelle dissonierende Akkorde, fremde Übergänge und verletzende Intervallsprünge zu setzen.

Als das Stück beendet war, sah der Maestro seinen Gast nicht an und begann mit der zweiten Nummer.

Sogleich hob ein beispielloses Wohlgefühl den Senator von seinem Sitz, lustig wie immer seit „Nabucco“ begann sein Blut unterm Rhythmus des Vergötterten zu tanzen, leicht wurde sein Körper, und der Atem verkrampfte sich wonnevoll wie ein Muskel.

Melodie auf Melodie schenkte die schöne leise Stimme des Maestro aus. Lieblich umschlangen sich, reizend wandelten die süßen Wendungen. Zum Schluß gerieten sie ins Laufen, und eine der stürzenden Presto-Kabaletten Verdis nahm wie ein Wildbach die keuchende Verzückung des Freundes mit sich.

Der Senator sprang auf:

„Ewig, Verdi, ewig! Das Höchste, was du je gemacht hast! Sieg, Sieg!!"

Der Maestro klappte ruhig das Klavier zu.

„Und wie hat dir das erste Stück gefallen?"

In der Tiefe des Bewußtseins fühlte der Senator, daß ihm eine Falle gelegt wurde. Einen Augenblick lang hätte er sich retten können. Aber er war zu ehrlich:

„Das erste Stück? Oh, alles, was du machst, ist groß. Doch, vielleicht verstehe ichs noch nicht. Es ist schwer. Verzeih, es ist nicht ganz italienisch. Hol mich der Teufel, ich hab an diesen verdammten Wagner denken müssen. Aber das Duett, mein Verdi, das Duett ist von Gott!"

Der Maestro stand steif und fremd da. Haar und Bart, Wahrzeichen ergrauter Güte, schienen dunkel geworden zu sein, das blaue Auge auch, alle Züge versperrten sich. Man konnte jetzt wohl verstehen, daß dieser Mann sein Besitztum nur durch eine Zugbrücke mit der Welt verbunden hielt. Sehr beleidigt und so, daß sein „Du" wie Unnatur klang, sagte er:

„Das erste Stück, der Monolog, ist sehr gut, sogar ausgezeichnet. Das Duett ist eine Lächerlichkeit, eine Stümperei, ältester Publikumsfang. Jetzt weiß ich wenigstens, daß du so viel verstehst, wie das Publikum vor dreißig Jahren verstanden hat. – Und du willst, daß ich ein neues Werk schreibe? Wenn ich es täte, würdest du mir am allerwenigsten folgen. Habe ich nichts als Feinde von links, so bist du nun mein Feind von rechts!"

Diese unsinnige und krankhafte Beschimpfung kam aus dem Munde des Maestro, ohne daß er sie hätte zurückhalten können. Betäubt faßte er selber nicht, was er tat. Der Senator schaute ihn zwanzig Sekunden stier und reglos an. Dann begann sein Kinn zu zittern, besorgniserregend schwoll der dicke Hals, er tastete mit erledigten Händen nach seinem Hut. Dann sah er wiederum, schwer atmend, sehr lange den Maestro an:

„Damit ich nicht dein Feind sein muß, gehe ich, Verdi!" Er konnte mit schwer gewordener Stimme nichts anderes mehr sagen und ging, ohne vorher seinen Überrock anzuziehen. Der Maestro sah ihm noch immer steif nach. Tiefe Scham und tieferes Leid wuchsen, wollten das Zwerchfell zerreißen:

Welcher Teufel hatte das getan? Er? Diesen treuesten selbstlosesten Menschen sinnlos verwundet?! Weil er von einem gequälten Musikstück nicht begeistert schien, von einer Sache, die ihm selbst nicht im geringsten genügte? Welche Verzerrung!! Wohin ging es? Jetzt hatte er auch noch diese Seele verloren! Seine Zähne knirschten. Er hätte schreien mögen vor Erbitterung.

Lange noch blieb er starr, wie ein Mensch, der sich peinlich vergangen hat, und in den Boden versinken möchte. Dann begann er gehetzt um das Zimmer zu kreisen. Als er vorbei kam, schlug er mit ganzer Faust gegen den Kasten, in dem der Auszug des „Tristan" wartete.

III

Aber wissen Sie, daß es für einen Künstler ein Glück ist, wenn ihn die Presse haßt?

Aus einem Brief Verdis, den C. Bragagnolo zitiert

Am selben Abend hatte der ganz zerknirschte Maestro den Senator aufgesucht und beteuert, er wisse nicht, warum er diese törichten und empörenden Worte gesprochen habe, die ihn nicht weniger entsetzten als den Beleidigten. Der Senator war nicht etwa böse, nur erschüttert. Viel tiefer als an dem Ausbruch seiner feindseligen Laune litt er an der Erkenntnis: Verdi ist krank. Sein Geist, sein Genie sind in Gefahr. Eine schwere Vergiftung ist in sein Leben eingedrungen. Er ist daran, sich zu verlieren. Ich möchte ihm helfen. Aber wie? Es heißt unendlich vorsichtig sein! Ich habe die Katastrophe tölpelhaft selbst heraufbeschworen, weil ich in meiner unseligen Antwort den gefährlichen Punkt berührte. – Wer hätte es denken können, daß dieser Mensch der Gesundheit, der Ruhe, der Selbstsicherheit von solcher Verwirrung befallen ist? Was bin ich doch für ein einfacher Charakter! Meine Schmerzen merkt mir jeder sogleich an. Aber er?? Immer überlegen, immer voll richtiger Entscheidung, voll unbeirrbaren Wertgefühls, – und auch er zerbrochen! Verdi zerbrochen!! Es ist nicht zu fassen! Seine schwere, tödlich schwere Krankheit ist es, daß er dieses echte, inspirierte Duett zwischen Lear und Cordelia verachtet. In dieser Verachtung vernichtet er seine Person, hebt er sein Ich auf. Man muß ihm wahrlich helfen. Wie ein Kind braucht er eine Mutter, die sein schwerverwundetes Selbstbewußtsein streichelt. Darum Vorsicht!"

An diesem Abend, da Verdi vor ihm Buße tat, schien der Senator wie ausgewechselt. Sein bitterer Humor war fort, sein ewig-anklägerischer Rückblick auf große Zeiten, diese Unzufriedenheit, die leicht auch seine Umgebung unfroh machte. Für die Entschuldigung des Maestro hatte er ein liebes Lachen: Er habe keinen Grund, er gerade nicht, über eine unbeherrschte Grobheit böse zu sein. Mehr Pferde als irgendwem andern seien ihm im Leben durchgegangen. Darin liege, wie man ja weiß, das Alpha und Omega all seiner Mißerfolge. Übrigens sei er selbst soviel Künstler, um nachfühlen zu können, wie sehr ein verwerfliches Urteil wie das seine über Edmunds Monolog kränken müsse. Diese Musik schmeichle sich gewiß nicht ins Ohr, nun ja, dafür aber verfolge sie einen über die Gassen, um die Ecken, bis ins dunkle Zimmer vermummt und drohend wie ein Bandit, ein Bravo. Das nenne er wohl Charakteristik, daß dieser Hundsfott von Edmund nach all dem doch nicht abzuschütteln sei!

Traurig versuchte Verdi mit einem Schein von Heiterkeit solchen Bemühungen des guten Freundes entgegenzukommen.

Der Senator wurde immer ausgelassener. Er lenkte das Gespräch vom heiklen Gegenstand zu beruhigenden Alltäglichkeiten, die uns nach jeder Spiegelfechterei mit Gespenstern das beruhigende Gefühl geben, daß nur sie allein in Wahrheit Leben sind. Er verstand es zu komischen Beschreibungen, lustigen Anekdoten und gar zu entspannendem Klatsch überzugehn und hatte es in einer Stunde fertiggebracht, daß ihn Verdi recht fröhlich und, wie es schien, im alten Gleichgewicht verließ. Auf die Straße noch rief er ihm nach:

„Ehrwürdiger Greis von Sant Agata, ich glaube, du schläfst zu wenig. Leg dich heute gleich hin! Ich will dasselbe tun!"

Der Maestro kehrte mit dem Vaporetto nach San Zaccaria zurück. Es war merkwürdig, wie wenig Menschen ihn hier kannten. Was in Mailand, in Genua, in Parma unmöglich war, hier konnte er ruhig auf der Bank des Schiffleins sitzen, und die Bäuerin mit dem Bündel, die zwei schwatzenden Herren ihm gegenüber sahen ihn gar nicht an. Ganz unbeachtet freilich fühlte er sich nicht. Seit ein paar Tagen merkte er, daß sehr oft die lange Gestalt eines Mannes seinen Weg kreuzte, mit ungleichem Schritt sich hinter ihm hielt, vorlief, ihn anstarrte, verschwand und wieder auftauchte. Diese Erscheinung strich in ihrer windigen Art auch jetzt über das dunkle Deck des kleinen Dampfers und stieß irgendwo einen Korb mit Flaschen um, worauf ein Zank sich erhob, bei dem die Stimme des Missetäters dreist aufbegehrte. Endlich drängte der Mann sich zu des

Maestro Platz hin, geradeaus und unmittelbar, als wolle er ihn stellen. Knapp vor Verdi aber stoppte er, schlenkerte mit den Armen, wackelte mit dem langen Oberkörper und ließ sich auf der gegenüberliegenden Bank nieder, gerade unter dem kurzen Mast mit der Petroleum-Laterne. In dem Schein dieser Laterne sah nun der Maestro eines der widerwärtig-lebendigsten Gesichter, das ihm je begegnet war. Nur die Augen hatten die Majestät eines höheren Wesens, was einen mesquinen Widerspruch zu dem wie im Selbstekel halboffenen Mund ergab, in dessen schwarzer Höhle ein großer Zahn hing, der durch seine widernatürliche Form den Blick zu bannen wußte.

Der Maestro konnte darüber nicht klar werden, ob der Mann wahnsinnig sei oder eine verdächtige Annäherung an ihn suche, denn er zwinkerte immerfort, sandte zweideutige Blicke zu ihm hin, machte auffordernde Gesten mit dem Kopf, murmelte, zischte, lachte in sich hinein, war von unheimlich aufreibender Tätigkeit jedes Gliedes, jeder Miene besessen. Nur wenn der Maestro einen dieser irrend-zudringlichen Blicke auffing und festhielt, schlug der Fremde die Augen nieder und duckte sich wie ein Geprügelter. Als ob er genau wisse, wohin der Weg Verdis führe, stand er knapp vor der Landungsstation auf und drängte sich auf dem Ponton dicht an sein Opfer, so daß der Maestro Kleider und Leib scharf zusammenfassen mußte, um das häßliche Wesen nicht zu berühren. Erst vor dem Tor des Hotels ließ der Lange von dem Verfolgten ab, der die Lust nicht bezwingen konnte, sich umzusehen. Da aber stand der Mensch auf weitgegrätschten Beinen und hielt mit ausgestreckten Armen etwas Unsichtbares in der Luft gepackt.

Verdi sah dieses Bild und mit überklarer Schärfe stand für einen Augenblick in seinem Bewußtsein die Unsinnigkeit dessen, daß er hierhergekommen war und ein ihm widersprechendes, fast chaotisches Leben führte. Warum war er nicht in Genua geblieben, warum hatte er nicht seiner Frau gehorcht?

Auf der Schwelle des Zimmers empfing ihn sein Diener. Er hatte eben im Kamin Feuer gemacht, das nun durch den lauschenden Raum sein verschwörerhaftes Selbstgespräch flüsterte.

„Signor Maestro, ein Herr ist dagewesen und hat dies hier abgegeben."

Verdi hielt ein Druckheft in der Hand, irgendeine Broschüre oder Revue, die sich widrig anfühlte.

„Was für ein Herr? Wer weiß denn, daß ich hier bin?"

„Den Namen hat er nicht genannt, nur gesagt: Gibs deinem Herrn!"

Als Beppo fort war, las der Maestro die Aufschrift:

Der musikalische Alchimist

Zeitschrift zur Bekämpfung der Korruption im Reiche des Lyrischen Theaters, des Musikalienverlags und der kritischen Presse Italiens – herausgegeben im Namen und zum Heile der wahren Kunst von *Maestro V. Sassaroli.*

Darunter stand als winzig gedrucktes Motto:

„Gold wird im Tiegel bleiben,
Bist du so kühn, mit scharfen Essenzen
Das Echte zu binden, die Lüge zum Teufel zu treiben."

Das Ganze war auf unappetitlich grau-welkem Papier mit jener blassen Schrift gedruckt, die seit jeher zur Veröffentlichung giftiger Pamphlete dient.

„Sassaroli?" dachte der Maestro ohne feste Vorstellung. Dieser Name schien mehr närrisch als boshaft. Dann schlug er das Heft auf. Steil wie im orientalischen Märchen fuhr der unreine Geist aus der Flasche.

Es waren eigentlich zwei unreine Geister. Der eine: Ein groteskes Selbstgefühl. Der andere: Ein nicht minder grotesker Haß gegen ihn, Verdi!

Dieses Selbstgefühl gab sich in einer Menge dummeitler Notizen, abgedruckter Briefe, weit zurückliegender Rezensionen, im geschwollenen Einleitungsaufsatz und außerdem darin kund, daß beim Zitat seiner eigenen Person des Autors Name immer gesperrt gedruckt war. Man konnte unter anderem solche Dinge lesen:

„Im Jahre 1840, als unser Maestro und Herausgeber noch Lieblingsschüler des berühmten Saverio Mercadante war, schrieb ihm dieser hochverehrte Mann nachstehenden sehr anerkennenden Brief über seine Kompositionen." Und jetzt folgte ein gleichgültiges Schreiben, dessen ganzes Lob in solchen Worten etwa gipfelte: „Wenn du es zu etwas bringen willst, spare auch fürderhin keinen Fleiß!" An diese Anerkennung allerdings schloß sich eine lange Ergießung des also Belobten: „Wie wir wissen, war Mercadante ein sehr strenger Kunstrichter. Seine Zustimmung traf niemals einen Unwürdigen. Er hat unserm Maestro, der niemals den Lärm des Erfolges gesucht hat, eine herrliche Laufbahn prophezeit. – Aber anders urteilt ein großer Mann, anders die verblendete Menge. Sie jauchzt, durch käufliche Journalisten, geschäftstüchtige Verleger und den Fusel trivialer Musikmache berauscht, einem Herrn Verdi zu, während *Maestro Sassaroli* im Dunkel bleibt. Allein zu stolz, die Praktiken erfolgshungriger, schmutziger Seelen nachzuahmen, ist es sein eigener fester Wille, im Schatten zu bleiben, solange der Tag dieser finsteren Zeit durch jenes Gelichter erhellt wird, das in die Dämmerung der Diebe und Gelegenheitsmacher gehört."

An anderer Stelle war in verschiedenen Schriftgraden mit durchtrieben journalistischer Hand folgende Notiz geschickt hergerichtet:

„Wie uns ein dortiger Leser des „Alchimisten" mitteilt, hat an einem vergangenen Sonntag die Banda municipale von Orvieto die Ouvertüre der Oper „Riccardo, duca di York" von *Maestro V. Sassaroli* unter enthusiastischem Beifall des auf dem Platze zahlreich versammelten Publikums aufgeführt.

Diese Tatsache ist darum besonders bemerkenswert, weil unser Herausgeber nicht weiß, auf welche Weise der Kapellmeister dieses höchst vortrefflichen Orchesters, einer seiner Getreuen, sich das Notenmaterial verschaffen konnte. Ein Zeichen der Zeit! Unsere Leser wissen, daß dieses Werk, in dem der Komponist unter allen italienischen Maestri als erster und einziger selber die Dichtung zu seiner Musik schrieb, am Doria-Theater in Genua einen ungeheuren orkanartigen Beifall fand. Trotz wütendem Widerspruch des Volkes von Ligurien wagte es aber die Impresa nicht, diesen Erfolg auszunützen. Warum? Herr G. Verdi, der in Genua residiert, voll Angst um seine erpreßte Alleinherrschaft, hatte sogleich die Meute derer, die von ihm leben, und von denen er lebt, mobilisiert. Die Hatz ging los. Kritisierende Hunde, deren Freßnapf im Hause Ricordi steht, wurden auf das arme Wild losgelassen, Dirigent, Sänger, Musiker, ja selbst die Theaterarbeiter in ihrer Existenz bedroht. Schon nach der ersten glorreichen Aufführung war die Beute erlegt. Und so ist bis auf den heutigen Tag dieses einzigartige Werk, das unabhängig und originell die Reform Richard Wagners vorwegnahm, ungedruckt geblieben und nicht wieder aufgeführt worden.

Die stolze Tat des Stadtkapellmeisters von Orvieto in Ehren! Dennoch hat sich *Maestro Sassaroli* im Vollbewußtsein der schmählichen nationalen Verhältnisse entschlossen, nie und nirgends zu seinen Lebzeiten die Aufführung dieser Partitur zu gestatten. Die Richtlinien ihrer Belebung nach seinem Tode sind längst testamentarisch festgelegt."

Verdi überflog all diese kranken Ausbrüche ohne jede Spur von Zorn und Erregung. Einzig Leid zog durch seinen Sinn, wie weit es mit einem Menschen kommen konnte. Ein besonderes Leid, weil seine unschuldige Existenz daran schuld war, daß ein Mensch, der vielleicht seine Kunst recht wohl verstand und auch zu schreiben wußte, in diesen Fieberzustand von Haß und Verfolgungswahn geraten war.

Eines noch fiel ihm auf: Er wurde in dieser Schmähschrift immer „Herr Verdi" genannt. Die polemischen Sitten bleiben sich lächerlich gleich. Überall und immer bedeutet das dem Namen vorausgesetzte „Herr" die allertiefste Verachtung.

Jetzt fiel sein Auge auf einen ganzen Rubrikentitel:

„Wahre Urteile der von Ricordi noch nicht bestochenen Presse über Herrn Verdi."

Dieser Mann mußte ein gigantischer Zeitungsleser sein. Denn aus kleinsten Winkelblättchen, größten Zeitungen, Revuen, ausländischen Journalen, wo sich nur ein abfälliges Wort über den Maestro fand, wars herausgeklaubt und hier zusammengetragen. Gespreizte Klagen stammelnder Tintenkleckser aus dem Süden, daß er in den letzten Werken die italienische Manier mit der deutschen vertauscht habe; Vorwürfe über mangelnde Melodien-Erfindung im neubearbeiteten „Boccanegra", Verweise über gesuchte Harmonik, Neuerungs-Ehrgeiz in demselben Werk usw.

Sein geübtes Auge las das alles, diese altgewohnten Weisen, ohne sie recht in sein Hirn bringen zu lassen. Jeder Einwand war längst schon in ihm selbst vom eigenen Geiste wie ein Messer geschliffen worden.

Nur einen der Auszüge, der aus dem Feuilleton einer großen norddeutschen Zeitung übersetzt war, las er genau. Vielleicht deshalb, weil der sympathische Spender dieser Blätter ihn Zeile für Zeile mit dem Lineal rot unterstrichen hatte: "E. Hanslick hat recht, wenn er Verdi eine vulgäre Natur nennt. In der neueren Theatergeschichte gibt es nichts Unbegründeteres als den Erfolg dieses Mannes.

Seine Sujets sind teils von babylonisch-dilettantischer Wirre („Trovatore"), teils von abgeschmackter Dirnen-Sentimentalität („Traviata"), teils von Hintertreppen-Dramatik („Rigoletto"). Und das sind noch die besseren. Denn wenn man an „Ernani" oder „Macht des Schicksals" denkt, wirds einem schwarz vor den Augen. Diese Ungeheuer werden aber von der Musik noch weit übertroffen. Die Melodien sind öde-symmetrisch, langweilig und gleichartig bis zur Erschlaffung. Ein kalt-erklügeltes Brio, eine rohe Vorhalttechnik, die man jeweils vorausberechnen kann, will ihnen auf die Beine helfen. Die schrecklichen Unisonochöre im Polonäsenrhythmus haben die einfältige und geschickte Absicht, die Nerven des Publikums aufzureizen. Über die Harmonie ist kein Wort zu verlieren, denn sie ist nicht vorhanden. Der Satz ist aber wie ein Pistonsolo. Die Instrumentation plärrt und drischt ihre prompt eintreffenden Blechdreiklänge mit unerträglicher Überraschungslosigkeit.

Rossini, Bellini, Donizetti hatten noch die Grandseigneurhaltung, zu der ja wie zum wirklichen Aristokraten die Banalität der Rede gehört. Verdi hat mit der Faust des Plebejers das Erbe zerschlagen. Er ist ein ganz gewöhnlicher Kohlweißling. Und das deutsche Publikum, das die Werke von Weber, Marschner, Spohr, die neuen Taten Richard Wagners unter den Tisch fallen läßt, läuft dauernd in diese Verdi-Opern und erhebt sie zu Stützen des Spielplans. Früher waren die Deutschen, und das mochte noch halbwegs verständlich sein, dem welschen Tand verfallen, jetzt aber wälzen sie sich im welschen Schmutz."

Nach dieser Lektüre fühlte der Maestro eine Übelkeit im Zwerchfell, als hätte er einen furchtbar schweren Stein gehoben. Nun aber lag der Zentnerblock im Gehirn, und alle Säfte des Denkens versuchten vergeblich ihn aufzulösen:

„Wie ist das. Ich habe doch nie eine böse Absicht gehabt?! Mein Leben ist ja fast ungelebt, da ich nichts getan habe als Noten geschrieben. Noten, Noten zu jeder Stunde des Tages und der Nacht. Gräßliche Stunden meist, denn selten blitzt es, und alles andere ist Arbeit.

Und jetzt nach fünfzig Jahren Galeerendienstes muß ich das hinnehmen? Habe ich denn keine Ehre? Darf ich keine haben? Jeder Offizier, Kaufmann, Handwerker, Bauer, Arbeiter ist vom Gesetz geschützt. Wage es doch einer, ihn zu beleidigen! – Nur ich bin schutzlos. Jeder Hämling darf mich kränken bis ins Mark!"

In starker Bewegung erhob sich der Maestro. Das häßliche Heft fiel zu Boden:

„Die Italiener werfen mir Deutschtum vor. Die Deutschen verwerfen mein Werk als italienischen Schund. Wo also bin ich zu Hause, wo ist meine Heimat?"

Ihm fiel ein Wort ein, das er einmal in einem Buch zitiert gefunden hatte:

„Den Ghibellinen war ich Guelfe, den Guelfen aber Ghibelline!"

Nun rührte ihn mit großer Macht dieser Satz eines Einsamen und Verurteilten an. Sein Gesicht war alt und grau, als er die böse Schrift vom Boden aufhob.

Er las auf dem Umschlag:

„Die Auflage dieser Nummer beträgt zweihundert Exemplare."

Zweihundert Leser also, zweihundert Sassaroli, zweihundert Haßverzerrte, zweihundert Rivalen! ... Und ich? Auch ich bin der Rivale eines anderen! ... Was wollen nur die Menschen voneinander! ... Was ist dieses Leid, dieses Irrsinnsleid, das sie sich bereiten? ... Es liegt ja nicht in der Natur ... Unsere Seele ist auf einem falschen Weg, einem schrecklichen Weg! ... Unser armes Ich! ... Wir mißhandeln es selbst ... Wir lassen es von anderen mißhandeln ... Oh falscher Weg!"

Der Maestro erinnerte sich plötzlich, daß er wegen seines Halsleidens einmal längere Zeit nicht hatte rauchen dürfen, als er aber den Rauch einer Zigarre wieder im Munde spürte, entsetzt und angewidert von dem sonst doch so geliebten Tabak war:

„Es ist dasselbe! Unsere Freuden sind ein giftiges Narkotikum, und unsere Leiden sind es deshalb auch. Gift, Gift! Nur kennen wir nicht mehr den wahren Geschmack! Mein Gott, zu spät schon ist es zum Erwachen!"

„Sassaroli? ..."

Verdi legte die schmutziggelbe Broschüre vor sich auf den Tisch, damit er sie nur ja sehen müsse!

„Sassaroli, aber das ist doch dieser Sassaroli ..."

Jetzt fiel ihm alles ein.

Obgleich es schon ziemlich spät geworden war, bereitete der Maestro die Arbeit vor. Der „Lear" lag aufgeschlagen. Mit nüchterner Heldenhaftigkeit, die nichts mehr erhofft, nichts mehr für sich erstrebt, alle eigenen Verdienste längst von der Tafel gelöscht hat, kein Glück mehr vor sich sieht, sondern nur die letzte fruchtlose Pflicht, ging er ans Werk.

IV

Das Wort löst auf, entnervt und vernichtet.

Aus einem Brief Verdis, den C. Bragognolo zitiert

Es ist heute, vierzig Jahre nach diesen Begebenheiten, wahrhaftig nicht leicht, sich Aufschluß über Leben und Wirken jenes Mannes zu verschaffen, der in so unangenehmer Weise den Maestro Verdi bei seinem geheimen Aufenthalt in Venedig auf Schritt und Tritt verfolgte und ihm das Revolverblättchen „Der musikalische Alchimist" in die Hände gespielt hatte. Gäbe es einen Narren, ähnlich Gritti, der es sich zur Aufgabe machte, die Annalen der gesamten italienischen Opernproduktion im neunzehnten Jahrhundert zu restituieren, und wäre dieser Narr mit außergewöhnlicher Forscherkraft begabt, so würde in besagten Annalen der langbeinige Mensch mit dem fast zahnlosen Mund, Vincenzo Sassaroli, als Verfasser einer ein einziges Mal dargestellten und durchgefallenen Oper figurieren. Daß dieser Musiker außerdem eine opera buffa „Santa Lucia", ferner ein Tantum-ergo und eine einmal aufgeführte Messe für Chor und großes Orchester komponiert hat, Pianist, Organist, Kontrapunktlehrer, Journalist und Pamphletist war, das zu wissen, kann man auch von diesem allwissenden Narren nicht verlangen.

In einem längst schon vergriffenen Buche ist Vincenzo Sassaroli dennoch auf die Nachwelt gekommen. Allerdings nicht, wie er in redlicher oder unredlicher Zuversicht verkündete, als posthumer Besieger Verdis, sondern als trauriger Nachtschmetterling des reinen Lichts. Dieses Buch, das den „Neffen und Lieblingsschüler des berühmten Mercadante" aufspießt, ist Arthur Pougins „Leben und Werk G. Verdis".

In welchem Makulaturmagazin die wenigen Nummern des „Musikalischen Alchimisten" oder der Kampfbroschüre „Betrachtungen zum gegenwärtigen Stand der musikalischen Kunst Italiens, insonderheit mit Hinblick auf die künstlerische Bedeutung von Verdis "Aida" und "Messe"„, wo dieses Papier heute modert, weiß niemand.

Nur Pougin bewahrt zwei Briefe Vincenzo Sassarolis auf, die den tragischen Höhepunkt dieses Lebens bedeuten.

Der erste dieser Briefe, an Tito Ricordi gerichtet, stellt im römischen Tugendton eines Gracchus an den Verleger die Forderung, er möge, nach Rücksprache mit Verdi, ihm, Sassaroli, das Recht erteilen, den unveränderten

Text der „Aida“ neu zu komponieren. Nachdem er des weltberühmten Maestro ägyptische Festoper gelesen und gehört habe, sei er entschlossen, mit diesem ein Duell zu wagen. Von beiden Parteien solle ein Preisrichterkollegium von sechs Maestri gewählt werden, mit einem Siebenten an der Spitze, der von den sechs anderen zu bestimmen sei. Falle ihm nach Richterspruch der Preis zu, habe Ricordi für die neue „Aida“ ein Honorar von zwanzigtausend Franken zu zahlen, das schon bei Annahme des Wettkampfes in die Hände einer Vertrauensperson gelegt werden müsse. Lehne aber die Jury seine Partitur ab, so möge das Geld an den Deponenten zurückfallen. Da er aber durch die Arbeit an der „Aida“ seine übrigen Verdienstmöglichkeiten einbüßen werde, so fordere er von der Honorarsumme einen Vorschuß, der ihn der Sorge um das tägliche Brot enthebe.

„Wie Sie sehen“, schließt der Brief, „ist dies eine Herausforderung, die ich Verdi und Ihnen, seinem Verleger, zugehen lasse und bezüglich derer ich Ihrer baldigen Antwort entgegensehe. Die einzige Gefahr, der Sie sich bei diesem Kampf aussetzen, ist der Verlust des erwähnten Vorschusses, den ich Ihnen aber, sollten Sie es wünschen, noch immer sicherstellen lassen kann.

Ich andererseits werde sehen, ob Sie sich nach all diesen Vorschlägen die Gelegenheit werden entschlüpfen lassen, mich zu zerschmettern, ob Sie mich zum Schweigen bringen und fürderhin noch triumphieren können: Alle Zeitungstelegramme aus Kairo, Paris, Neapel, die Verdi als unbesiegbar preisen, sind von den Korrespondenten sämtlich freiwillig und ohne Beeinflussung unsererseits depeschiert worden.“

Der Verleger druckte diesen einzigartigen Brief in der humoristischen Rubrik seiner „Gazzetta musicale“, mit einer kurzen spaßhaften Glosse erläutert, wörtlich ab. Aber ist das die Art, einen verzweifelten Kämpfer zurückzuweisen? Eingeschrieben und expreß lag bald ein zweiter Brief auf dem Chef-Schreibtisch der mächtigen Firma.

„Genua, im Februar 1876

Sehr geehrter Herr!

Im humoristischen Glossarium Ihrer Gazzetta finde ich meinen Brief vom dritten Januar abgedruckt. In diesem Brief hatte ich Sie und Herrn Verdi herausgefordert. Diese Herausforderung hatte den Zweck, der Kunstwelt zu zeigen, daß seine Oper „Aida“ unvergleichlich besser hätte gemacht werden können.

Den Kampfruf erließ ich deshalb, weil ich sah, wie eine korrupte Presse diese „Aida“ nicht nur als das Meisterstück Verdis, sondern auch als unermeßlichen Fortschritt auf dem Wege der Kunst verkündete.

Ich, der die Kunst heute wie immer mit Liebe übt, der sie mit aller Kraft gegen Schädlinge verteidigt, wie hätte ich es ruhig ansehen können, daß man die Bewunderung von Künstlern und Kennern für ein Werk in Anspruch nahm, für das die Zensur mittelmäßig mir als durchaus nachsichtig erscheint.

Sie haben in meiner Herausforderung nichts als einen schlechten Witz gesehen und zu meinem Schaden den sehr ernsthaften Brief höhnisch veröffentlicht, um so die Lachlust Ihres Publikums zu bedienen.

Herr! Wenn es mir beliebt zu scherzen, wende ich mich an andere Figuren als Sie und Herrn Verdi. Im übrigen verstehe ich dann am allerwenigsten Spaß, wenn es sich darum handelt, der Korruption in der Kunst die Stirne zu bieten. – Die Art Ihres Vorgehens aber zeigt dennoch klar, wie sehr es mir gelungen ist, durch meinen Fehderuf Sie ernsthaft zu treffen.

Wollen Sie die Wahrheit wissen? *Sie haben Furcht*!

Furcht, weil es sich hier nicht um das Urteil eines vorher wohlbearbeiteten Publikums handelt.

Furcht, weil keine bezahlte Presse bei den von mir gestellten Bedingungen einen Druck auf das Preisrichterkollegium ausüben kann.

Furcht, weil es sich um das Urteil von Meistern handelt, die man weder mit langen Trompeten, noch mit Doppelbühnen, Negerknaben, Kriegswagen, Triumphochsen, Korrespondenten, Kairo, Khedive und Pharaonenzepter dumm machen kann.

Furcht, weil die gewählten Maestri vielleicht in ihrer Weisheit nach den unverrückbaren Gesetzen des Schönen urteilen könnten.

Furcht endlich, weil ein Künstler zur Diskussion gestellt würde, dessen Verdienst durch unermüdliche Reklame, Preß- und Verlagsintrige der Welt als unermeßlich aufgezwungen wird.

All diese Furcht wird noch dadurch verdoppelt, daß es ja nicht das erstemal wäre, daß die Musik Herrn Verdis den Vergleich mit der meinigen zu ertragen hätte. Und wehe ihr, wenn es dem Autor „Aidas“ nicht besser ergehen würde als früher.

Denn wahrlich, er ist nicht der einzige, der zwei Noten kombinieren kann, wie wohlhonorierte Herrschaften uns täglich weismachen möchten.

Wenn Herr Verdi, wie man sagt, mit seiner „Aida“ die Verschmelzung der deutschen und italienischen Schule vollzogen hat (worüber sich gewaltig streiten läßt), so muß ich doch hinzufügen, daß er beileibe nicht der erste ist, dem solches gelang. Denn im Jahre 1846, als Verdi sich noch wacker auf dem Gemeinplatz der Kabaletten tummelte (tut er heute etwas anderes?), hat mir auf Grund meiner sehr kontrapunktischen Partituren eine unbestochene Kritik dieses Lob begeistert erteilt. Tatsache ist, daß diese Partituren, die sich im Einlauf des Welthauses Ricordi befanden, von mir zurückgezogen wurden und der Öffentlichkeit vorenthalten bleiben.

Ist das alles „humoristisch“, Herr Tito Ricordi? Wenn es aber nicht humoristisch ist, so hüten Sie sich wohl, Dinge so zu heißen, die schwerwiegender sind, als Sie ahnen können.

Den Dummköpfen ist nun genug Sand in die Augen gestreut! Ihr unfehlbarer Verdi und Sie, sein allmächtiger Verleger, sind von einem Mann herausgefordert, der Ihnen gegenüber ohnmächtig ist. Sie haben mit Lachen geantwortet. Unwiderruflich zeigt mir diese Antwort, daß Sie Furcht haben!“

Sodann kam Sassaroli auf die Honorarforderung von zwanzigtausend Francs zu sprechen. Dies wäre, meinte er, für das Haus Ricordi nicht viel, das ja Werke, die längst den ewigen Todesschlaf schlafen, viel höher bezahlt habe. Mit dem bitteren Stolz des Ewigzurückgewiesenen fügte er hinzu:

„Ich habe diese Summe verlangt, weil ich Ihnen vor vier Jahren, im Oktober 1871, durch den berühmten Maestro Mazzucato eine opera semiseria gratis anbieten ließ und unter der einzigen Bedingung, daß Sie mir zur Aufführung dieses Werkes verhelfen sollten ... Sie haben großmütig Verzicht geleistet ... Ich konnte Ihnen daher meine neue Partitur nicht noch einmal gratis anbieten, weil ich befürchten mußte, Sie würden sie schon aus diesem Grunde wieder ablehnen. Und noch ein letztes Wort. Sie werden in bekannter Unparteilichkeit diesen meinen zweiten Brief ebenfalls abdrucken. Wenn Sie nicht wollen, daß ich laut den Vorwurf der Feigheit erhebe, tun Sie es nicht in der humoristischen Rubrik!“

Als dieser Brief trotz der Drohung im Glossarium der „Gazzetta“ erschien, war niemand damit mehr zufrieden als Vincenzo Sassaroli. Mit dieser Veröffentlichung hatte seine große Stunde geschlagen. Was keinem seiner Werke gelungen war, diese beiden Briefe hatten Erfolg, und nicht nur den ihres Humors.

Man muß bedenken, daß, anders als heute, in den letzten Jahrzehnten des neunzehnten Jahrhunderts Italien noch immer von Maestri wimmelte. Ein Erbe der Vielstaaterei war es, daß jedes Dorf, jeder Flecken, jeder Stadtbezirk seine Notenschreiber hatte.

In früherer Zeit war die Erscheinung darin begründet, daß all die Musikverfertiger ihre Heimatorte mit Opern und Messen bedienen mußten. Diese noch im mittelalterlichen Städtewesen ruhende Einrichtung fiel allmählich, die partikularistischen Aufgaben verschwanden, und was übrigblieb, war ein enttäuschtes, lichtscheues, gehässiges Volk von Musikparias. Noch zur besten Zeit Rossinis fand jeder dieser Melodienmacher Leben und Auskommen, denn „der Schwan von Pesaro“, wie man ihn nannte, der Hausbesitzer von Bologna, Gourmet und Börsenspekulant von Paris, war ein Mann der königlichen Faulheit, das Genie der Unehrgeizigkeit selbst, hatte das Seine in fünfzehn Jahren geleistet, und sein Sonnenruhm schadete den armen Brüderchen in Apoll nicht nur nicht, sondern, wenn sie sich bloß recht bestrahlen ließen, half er ihnen sogar.

Welch ein angenehmer Kamerad war dieser boshafteste aller Feinschmecker, dieses lüsternste Lästermaul, dieser Weltbesieger Gioacchino Rossini?!

Ganz anders der Bauernlümmel, der Maestrino von Busseto, den niemand je hatte lachen sehen, denn so ehrgeizig war dieser blauäugige Satan!

Ihrer eigenen Gilde entsprossen, ja noch unterm Durchschnittsniveau beginnend, hatte er sie alle schon mit den ersten Opern erschreckt. Oh, wie sie ihn haßten, diesen Ernst, diese ganz unlateinische Trauer, diese aufstampfende Rauheit. Das war ein Fremder, er gehörte nicht zu ihnen, er mischte sich niemals unter sie, er war gemein, formlos, barock und hatte nichts gelernt. Trotzdem! Sie entgingen nicht dem Schicksal, das Verdi ihnen, den Söhnen des göttergleichen Rossini, bereitete.

Nach zwanzig Jahren waren ihrer die Besten verdrängt, nach dreißig waren sie alle ausgestrichen und nach vierzig herrschte der Bussetaner allein auf beiden Hälften des Globus. Überall schrien die Völker unter der Peitsche des

„Trovatore“ wohlig auf. Meyerbeer und die ältere Oper begann zu versinken und nur die letzte Jugend der höheren Stände taumelte mondsüchtig den Ekstasen Wagners entgegen.

Die tausend Maestri saßen jahrzehntelang betäubt in ihren Kaffee- und Wirtshäusern. Diesem Manne konnte man durch nichts beikommen, er vergab sich nichts, keine zweifelhafte Anekdote, kein pikanter Skandal zog ihn herab, selbst die Revolution, zu der er seine unwiderstehlich-voranhetzenden Chöre und Märsche machte, betrieb er mit der menschlich unnahbaren Klugheit und Ruhe eines Cavour. Und dann: Er hatte das Publikum durch und durch verwandelt. Das Volk war für ihn.

Der Haß an allen Stammtischen wurde verschluckt, denn was half die Wichtigtuerei gegen diesen kalten Dämon, der sich nirgend zeigte, keines Freund, keines Feind war und niemanden je in sein Vertrauen zog. Am besten: Man schwieg.

Aber es kamen diese zehn Jahre, wo auch Verdi schwieg und nur ein einziges Mal die Unvorsichtigkeit beging, die unsichere Bearbeitung einer alten Partitur aufführen zu lassen. Der schwere Bann, der über den Zirkeln der gescheiterten Musikplebs lastete, begann sich zu heben.

Der Alte ist nun endgültig fertig!

Der zurückgedrängte Haß, die Rachsucht gegen den Maestro schwoll in dem Augenblick seiner Schwäche an, und wenn auch niemand einen wirklichen Angriff wagte, so trafen doch von überallher Eselstritte den scheintoten Löwen.

Dies war der psychologische Moment, in dem Sassaroli seinen Brief an Ricordi losließ, der als Statthalter des Maestro, Monopolträger und unbeschränkter Musikalien-König Italiens nicht minder verhaßt war.

Sassaroli hatte das getan, was niemand bisher gewagt hätte: In frecher Anschuldigung einem Helden Korruption, Erfolgsmache, Unfähigkeit vorgeworfen und ihn zum Kampf herausgefordert. So bizarr dies alles war, so sehr die Kollegen auch den Autor des „Duca di York“ für eine lächerliche Figur hielten, im gegebenen Augenblick war er um seines törichten Mutes willen ein gemachter Mann. In den Kaffeehäusern wurde der alte Querulant, von dem bisher nur in geduldiger Nachsicht Notiz genommen worden war, plötzlich als aufrechter Kämpfer begrüßt. Er konnte im Nu einen eigenen Stammtisch aufschlagen und selbst die Jugend, ironisch und arrogant wie immer, gab ihm die Ehre, da sie Verdi, das heißt die Autorität des Ruhmes und die Technik von gestern haßte. Das Wesen des alternden Menschen, dieses langen Schattens, den man immer nur mit der geduckten Rückenlinie des Hinausgeworfenen hatte vorbeischleichen sehen, schwoll an. Nun präsidierte er und konnte seiner Stimme nicht satt werden, wenn er nächtelang mit dem spitzfindigen Verdammungswillen eines Staatsanwaltes Verhandlungen gegen den niedrigen, talentlosen, doppelzüngigen Erzverbrecher Verdi abführte. Die lebensleeren Nachtvögel der Kaffeehäuser überließen sich gern dem leidenschaftlichen Redestrom, da Herabsetzung am besten die Zeit vertreibt und das bohrende Gefühl der eigenen Nichtigkeit angenehm beruhigt. Im Morgengrauen begleitete dann der unermüdliche Mann seine neuen Freunde nach Hause, einen nach dem andern. Keineswegs duldete er's, daß man ihn zu seiner Wohnung bringe. Er konnte es nicht ertragen, daß die Gesellschaft, nachdem er allein geblieben war, Urteil und Meinung über ihn tauschend, in der aufmerksamen Nacht noch weiter sich unterhielt. Mit dem letzten Mann mußte der letzte Einwand, die letzte Möglichkeit des Durchschautwerdens in den Schlaf geschickt sein. Nur wenn das letzte Haustor sich geschlossen hatte, konnte er frei und angstlos an die eigene Ruhe denken.

Aber solche Erfolge, wie die Sassarolis, die von Druckerschwärze und Schadenfreude stammen, wollen immer wieder erneuert werden. – Seine große Zeit währte nur zwei Nummern der „Gazzetta musicale“ lang und schon bei der dritten hatte ihn sein Schicksal erreicht. Der Verleger Ricordi druckte nämlich die neu heranflutenden Tugendbriefe des Lieblingsschülers von Mercadante nicht mehr ab.

Der Untergang Sassarolis begann.

Die Geste des Ruhmbekämpfers, Preßfeindes, Korruptionstöters war allzusehr vom Gifte der Ich-Krankheit durchsetzt, als daß sie jemand anderem als ein paar Knaben hätte wahr erscheinen können. In zwei Monaten war der Haß Sassarolis, der ja kein wirksames Kriegsmittel war, den anderen Maestri und ihrem Anhang langweilig geworden.

Auch fehlte ihm weiter die Tribüne, die ihm das lachende Überlegenheitsgefühl des bekämpften Verlegers gewährt hatte. Sassaroli schrieb, um nicht den Boden unter den Füßen zu verlieren, eine Broschüre gegen Verdi und fand auch einen Verlag, der sich von der Sensation einen Erfolg versprach. Das Büchlein schloß mit dem antiken Satz:

„Ich bin in die Arena hinabgestiegen und warte!“

Das war aber selbst den Neidischesten und Mißratensten zu dumm. Von den tausend Exemplaren der Broschüre wurden nur achtunddreißig verkauft. Sassaroli mußte sich vor Gram fiebernd zu Bette legen. Nach drei Wochen stand er als ein Halbverrückter auf.

Seine Erscheinung hatte sich außerordentlich verändert, die letzten Haare und Zähne waren ihm ausgefallen, der Mund krümmte sich im Widerwillen abwärts wie bei Magenkranken, die vor ihrem eigenen Innern Abscheu empfinden. Er hielt auf der Straße kreischende Selbstgespräche, stolperte stets über die eigenen langen Beine, fuchtelte mit den Fäusten zum Himmel, verwechselte die Gesichter und fand oft die eigene Wohnung nicht. Niemand wollte mehr mit ihm sprechen. Seine früheren Genossen übersiedelten von Lokal zu Lokal, um ihn loszuwerden, seine Schüler gaben die Stunden auf, weil der Mann ihnen unheimlich wurde. Er fing in jedem Sinne zu verarmen an.

Nur in seinen Augen lebte der Rest geistiger Hoheit, der ihm geblieben war, ein irres eingekerkertes Leben.

Von allen Sterblichen am meisten ist der Querulant dem Teufel verfallen, seine blinde zudringliche Stirn, seine schlaffen Wangen tragen immer und überall das Satansmal, das die Teufelsbeschwörer des Mittelalters sehr wohl gekannt haben. Haß und Kränkung trugen Sassarolis Natur wie ein Haus ab. Aber da der Haß eine Verneinung, also keine Wirklichkeit ist, bleibt er immer von geheimer Bejahung, von verborgenen Liebesströmen abhängig. Nachdem nämlich Vincenzo Sassaroli von seiner Krankheit genesen war, blieb sein nun gänzlich vereinsamtes Wesen an den Gegenstand des furchtbaren Hasses, an Verdis Person gebunden.

Er begann in Genua den Maestro abzupassen, patrouillierte stundenlang vor seinen Fenstern im Palazzo Doria und folgte auf zwanzig Schritt dem einsamen Spaziergänger, der die Straße mit dem Blick übers Meer vor allem liebte. Der Versonnenheit und Träumerei Verdis hatte er es zu danken, daß er trotz Selbstgespräch und Armeschwingen noch nicht bemerkt worden war.

Dabei brannte sein ganzes Wesen darauf (wenn er auch nicht wußte, wie es geschehen könnte), von dem ruhmgekrönten Feinde bemerkt zu werden. All seine Gedanken, jeder Atemzug, jede Bewegung, jeder Traum, selbst der Schlaf hießen: Verdi!

Mit den letzten Franken seines Kapitals hatte Sassaroli einige Jahre nach den berühmten Briefen an Ricordi den „Musikalischen Alchimisten" gegründet. Außer einigen ehrgeizbesessenen Knaben, denen jede Hinrichtung eines berühmten Namens schmeichelt, las niemand das gelbliche Heft. Obwohl nicht mehr als zwanzig Exemplare von jeder Nummer (drei gab es bisher) abgesetzt worden waren, hatte der Herausgeber eine höhere Auflageziffer der Zeitschrift vorangedruckt.

Dieser „Alchimist" in seiner unfruchtbaren Öde fraß Sassarolis ganze Zeit. Mit Entsetzen fühlte er in klaren Momenten, wenn er seine Musik aus dem Kasten zog oder das verstaubte Piano öffnete, wohin ihn sein Haß verschlagen hatte.

War er nicht ein Musiker? War er denn zum Tintensudler und Schwätzer geboren? Oh, wenn nur einmal, ehe es zu spät ist, seine Musik sprechen dürfte! Alles, alles würde sich dann ändern! Und er hatte – daran zweifelte er von Tag zu Tag weniger – Schätze von hinreißender Neuheit, kühnster Handschrift, sternhafter Größe in seiner Lade. Das war ihm so klar bewußt, daß er gar nicht daran dachte, den Wert dieser Schätze nachzuprüfen. Hatte er sich oder die Welt zur Rechenschaft zu ziehen? Waren seine Noten nicht dazu verdammt, stumm zu bleiben, weil ein Intrigant und Presseknecht es so befahl? Konnte es einen anderen Grund geben? Durfte er je so schwach werden, einen anderen Grund für das Mißgeschick seiner Kunst anzuerkennen?

Keine Angst! Was den unerschütterlichen Glauben an den Wert seiner Werke anbelangt, war Sassaroli durchaus verschieden von dem Opfer seines Hasses. Für ihn stand ihre Unvergleichlichkeit fest. Nie hatte auch nur das leiseste Mißtrauen ihm eine Stunde vergällt. Die Welt trug die Schuld, er war im Recht und darum Ankläger und Richter. Ich bin in die Arena hinabgestiegen und warte.

Und immer wieder lauerte er vor dem Tor des Palastes der Doria. Immer wieder schluckte er Flüche, Herzklopfen, Mordgedanken hinunter, wenn in seinem dunkelbraunen Rock, den großen Hut auf dem grauväterlichen Schädel, der Maestro aus dem Haus trat und mit gütig-verkniffenem Blick in die Sonne blinzelte.

Eines Morgens, als er hinter seinem Opfer den Bahnhof betrat, drängte er sich dicht an Verdi an den Schalter. Der Maestro löste ein Billett erster Klasse über Mailand nach Venedig.

Sassaroli lief nach Hause, zog die allerletzten Louisdors seines Muttererbes aus der Lade, packte seine ungepflegten Sachen in die räudige Ledertasche, legte ein paar Hefte des „Alchimisten“ dazu und reiste mit dem nächsten Personenzug in einem Coupé dritter Klasse nach Venedig. Begeisterte Hoffnung erfüllte ihn. Er ahnte, daß der Feind eine schwache Stellung bezogen hatte.

V

Mit dem fast übersinnlichen Instinkt seiner Feindschaft machte Sassaroli binnen wenigen Tagen die Wohnung des Maestro in Venedig ausfindig. Derselbe Instinkt hatte ihm ja gesagt, daß Verdi eine Zeit der Trübung erlebe, schutzloser als in Genua, und daß hier einzig der Ort sei, den Verhaßten endlich, endlich zu stellen.

Gaßauf und -ab, durch die Sottoportici, über die Brücklein, Kirchplätze, Märkte, überallhin lief er erregt hinter dem Maestro und hatte sogar den Mut gefunden, ihm ein einziges Mal eine halbe Sekunde lang in die erstaunten Augen zu sehen. Es war klar, er mußte mit ihm sprechen, ihm die ganze Last seines Fluches entgegenschleudern, um dann leicht und erlöst zu sein.

Gewisse Umstände stärkten den Mut Sassarolis.

Hier in Venedig hatte er alte Freunde vorgefunden: Einen früheren Schüler, der Organist einer kleinen Kirche war, und irgendeinen verspießerten Zeitgenossen seiner Jugend. Diesen beiden galt er noch, sie sahen in ihm den Musiker hoher Art, und als er ihnen gar den „Alchimisten“ überreichte, wurde er als Schriftsteller und kühner Draufgänger bewundert. Die Verehrung dieser mäßigen Geister machte ihn vollends närrisch. Trotzdem verriet er aus Aberglauben nichts von seinen unklaren Absichten. Wie eine zertretene Pflanze aber begann er sich aufzurichten, seine Wangen bekamen Farbe, er faßte sogar den Entschluß, seinen entstellten Mund durch ein falsches Gebiß zu verschönern, das heißt, wenn all die Riesenhonorare, mit denen er nun sicher rechnen konnte, eingetroffen sein würden. Wofür und woher Bezahlung kommen sollte, wußte er zwar nicht, aber in seinem finstersten Gefühl machte er die glückliche Zukunft von seiner Aussprache mit Verdi abhängig.

Er wollte vor ihm stehn, in seiner ganzen Länge ihn überragen, mit einem Blick seiner Augen den alten Erfolgsjäger vernichten. Vor ihm knien sollte dieser Nichtskönner, Pressesklave und Verlagssöldner, knien vor ihm, weinen, um Gnade betteln, die Hände ringen! Denn er kannte Geheimnisse, daß die Menschheit erschauern würde. Schrieb denn dieser Herr Verdi seine Opern selbst? Lebte nicht im Land, in einer verschollenen Diözese ein armer Pfarrer, der mehr verstand als das Messelesen. Es galt nur, mit Ausdauer und Geschick den wahren Schöpfer der Verdischen Musik namhaft zu machen.

Tag und Nacht träumte Sassaroli von der großen Begegnung mit dem Feinde, und stündlich wuchs seine Kühnheit.

Der Maestro Verdi hatte diesmal gut geschlafen und erwachte mit gestähltem, lebenshungrigem Gefühl des ganzen Körpers. Als wenn in dieser Morgenstunde alle Pein vergessen wäre, kleidete er sich heiter an. Dann trank er seine Tasse schwarzen Kaffees. Mehr pflegte er am Vormittag nicht zu sich zu nehmen.

Sogleich nach diesem Frühstück setzte er sich an den Schreibtisch. Da lag vor ihm der „Alchimist“, dieser niederträchtige Unrat. Der Maestro ließ ihn, wie er lag, liegen. Vielleicht tat er das, um sich noch mehr gegen den Lebensschmutz abzuhärten. Inzwischen war ihm die Geschichte mit den „Aida“-Briefen Sassarolis eingefallen. Er kannte sie in keiner andern Form als jeder Leser der „Gazzetta musicale“. Ricordi hatte, ohne ihn mit dieser Posse zu behelligen, auf eigene Faust gehandelt. Er besah jetzt noch einmal bei Tageslicht das gelbarmselige Titelblatt.

Da wurde plötzlich das Druckbild des Namens zum lebendigen Bild einer Person, und vor dem Auge des Maestro stand die lange Erscheinung, wie sie vor dem Tor des Hotels gestern die Luft mit Händen würgte. Dies *war* Sassaroli. Keinen Augenblick mehr zweifelte Verdi. Und zugleich auch wußte er, daß dieser Mann es selbst gewesen, der die Schmähschrift seinem Diener zugesteckt hatte. Und mit dem innersten Sinn wußte der Maestro noch mehr: „Der Freche wird hierherkommen, bald, in ein oder zwei Stunden, und ich werde ihn empfangen. Warum? Ich lerne vielleicht etwas für meinen Schurken Edmund.“

Dann machte er sich in seltsamer Kampflust an die „Lear“-Arbeit.

Unterdessen strich Sassaroli schon längere Zeit um das Haus. Zu schnell, allzuschnell flogen ihm die Sekunden und bald mußte die Stunde des Zweikampfes schlagen. Er hatte keine Angst. Nur lange wollte er die erregte Spannung genießen. Er sah, ohne etwas zu sehn, auf der Landungsbrücke den Vaporetti zu und den kleinen Seglern von Chioggia, wie sie beladen wurden, er setzte sich auf eine halbe Stunde in die nächste Bar, dann kaufte er eine Zeitung, die er aber nicht zu lesen vermochte. Obwohl er seines Sieges sicher war, überraschte er sich dabei, daß seine Hände wie zwei gänzlich fremde Körper auf der Marmorplatte des Tischchens zitterten.

Dunkel spürte er, daß ganz Italien starren Auges dieser großen Stunde der entlarvten Wahrheit entgegenstaune. Jedenfalls schien es ihm gut zu sein, daß er einen Revolver zu sich gesteckt hatte. Er war zu allem entschlossen.

Maestro Verdi hatte in dieser Stunde das erstemal seit langer Zeit gute Arbeit gehabt. Die kleine Szene des teufelsbesessenen Pilgers gewann entschieden an Gestalt. Heute war ein kurzes Andantino entstanden, das in dichtbewegter Vierstimmigkeit die Tonleiter abwärts sich drängte und dabei seltsam dumpfe Harmonien bildete.

Es war gewiß keine Inspiration darin, aber die Hand schien wieder brauchbar zu werden. Vielleicht war es doch gut, daß er diesen verteufelten Ausflug nach Venedig gemacht hatte.

Der Maestro unterbrach die Arbeit, denn er hörte seinen Diener kommen. Ehe aber Beppo noch den Mund aufgetan hatte, wußte Verdi schon, daß sich Vincenzo Sassaroli anmelden ließ.

Der Mann stand im Zimmer. Der Maestro blickte ihm mit seinen ruhigen blauen Augen, die immer etwas übers Ziel hinaus sahen, ins Gesicht und wartete auf einen Gruß.

Sassaroli spürte sofort, daß er vergessen hatte, mit der Wirkung zu rechnen, die von der gewichtigen Gegenwart seines Gegners ausging. Einen Augenblick lang fühlte er sich von der nachlässig gestrafften Gestalt Verdis und von diesem ruhmbedeckten Haupt gebeugt. Da ärgerte er sich und konnte nicht verhindern, daß seine Unterlippe herabsank und der ungepflegte zahnlose Mund weit klaffte, was ihm als ein erster schwerer Nachteil erschien.

Verdi wartete noch immer. Mit Erstaunen sah er, wie die Augen dieses Menschen sich mit einem unbeschreiblich gemischten Ausdruck füllten: Bettelei, Frechheit, Hohn, zwinkernde Vertraulichkeit, Mut, hinterhältiges Mehrwissen, und all das als einheitliche Miene.

Trotz seinem Abscheu konnte der Maestro ein Mitleid mit dem kranken alten Aussehen des Besuchers nicht verwinden. Er unterbrach gegen seine eigentliche Absicht das Schweigen mit freundlicher Stimme:

„Setzen Sie sich, Maestro Sassaroli!“

Was? Verdi, der tödlich Gehaßte, nannte ihn „Maestro“, welch süßer Titel ihm schon seit langem nicht mehr zuteil geworden war! Und nun aus diesem, aus diesem Mund! Der liebende Gegenstrom, den jeder Haß bedingt, wallte in Sassarolis Herzen empor. Gehorsam und ziemlich schüchtern ließ er sich am Schreibtisch nieder. Mit einem Blick sah er die noch feuchte Notenskizze in der bekannten wilden Schrift des Maestro. Er fühlte sein bestes Argument hinschmelzen. Aber es hieß sich rasch fassen! Gewiß war es die Schrift Verdis. Aber wer sagt denn, daß er die Partitur des Landpfarrers nicht in seiner eigenen Schrift zum Druck gibt. Das fordert ja schon die Vorsicht. Mit einem kleinen engkehligen Lachen bestätigte Sassaroli diesen seinen Einfall und zwang sich sofort, daran zu glauben.

In seiner behaglich-kräftigen Haltung stand der Maestro vor dem Sitzenden, der, sich zur Pein, emporblicken mußte.

Im Gespräch mit seinen Gegnern, zu denen Verdi Theaterdirektoren, Verleger, Sänger, Pächter und Advokaten rechnete, pflegte er immer zu stehn, während der andere sitzen mußte. Es war dies eine unbeabsichtigte Kriegslist der Überlegenheit. Der Maestro ertrug es nicht, daß sein Haupt in gleicher Höhe mit diesen Partnern stand.

„Was führt Sie zu mir, Maestro Sassaroli?“

„Ich ...“

Der Besucher begann zu stammeln. Der Verfluchte hatte ihn eingeschüchtert.

„Sie haben mir, Maestro Sassaroli, hier dieses Ding zukommen lassen! Sie sind doch der Herausgeber, nicht wahr?“

„Warum fragen Sie?“

„Nun, ich dachte, Sie seien Komponist?“

„Ich bin Komponist! Ich bin Komponist!“

Der Sitzende kratzte mit den Fingern den Sessel und stampfte auf. Der Stehende sprach ruhig und ohne besondere Betonung:

„Dann ist aber diese Art abscheulicher Schriftstellerei eines wahren Musikers unwürdig.“

„Sie, Sie, Sie reden von Unwürdigkeit?“

Sassaroli, der endlich Gelegenheit fand, seine Befangenheit durch einen Wutausbruch loszuwerden, sprang auf und krähte:

„Ich werde mir durch keinen Mächtigen den Mund verbinden lassen. Ich werde die Wahrheit ans Licht bringen. Ihnen vor allem werde ich die Maske vom Gesicht reißen. Dazu wird meine abscheuliche Schriftstellerei würdig genug sein. Ich will den Augiasstall der Musik reinigen."

Verdi wurde immer freundlicher:

„Und was werfen Sie mir vor, Maestro Sassaroli?"

„Sie haben vom ersten Augenblick an die Presse bestochen. Schon Ihr „Nabucco" war ein gemachter Erfolg. Ihr reicher Schwiegervater Barezzi, den Sie sich wohl ausgesucht haben, hat zu all Ihren Wühlereien das Geld hergegeben. Sie haben Tag und Nacht mit Kritikern gezecht, mit Ihren Preisforderungen andere Maestri unterboten, sich überall vorgedrängt, jahrelang den Impresario Merelli mit einer Mauer abgeschlossen, fremde Partituren wegintrigiert, die Operngewaltigen von Paris hartnäckig belagert und auf diese vornehme Art sich Ihren sogenannten Weltruhm erschlichen. Und das ist wahrlich nicht alles. Aber es lebt ein Rächer und vielleicht nicht nur *ein* Rächer ..."

Sassaroli mußte seine knatternde Anklage unterbrechen, um eine Flut von Speichel, die in dicken Fäden ihm von den Lippen hing, zurückzuschlürfen. Außerordentlich höflich übersah der Maestro diesen komischen Unfall seines Verfolgers. Er wartete sogar eine Weile mit seiner Antwort:

„Ein Teil dieser Beschuldigungen ist mir ja seit gestern abends, da ich dieses Heft hier las, bekannt. Darf ich Sie fragen, Maestro Sassaroli, wie es mit Ihren Beweisen steht?"

„Geduld, mein Herr, die meisten der Beweise sind in meiner Hand, schöne Beweise, ausgezeichnete Beweise! Ich warte nur, bis das Mosaik dieser Beweise vollkommen sein wird!"

„Dann allerdings ist es sehr unvorsichtig von Ihnen, mich durch Ihren Besuch zu warnen."

„Die Warnung wird Ihnen nichts helfen. Ach! Wie wohl tut es mir, Ihnen, Glückskind, einmal die Wahrheit sagen zu können."

„Es ist nicht die ganze Wahrheit. Denn ein Motiv Ihres Zornes enthalten Sie mir vor."

„Sie schreiben Ihre Werke nicht selber!!“

„Oh, Maestro Sassaroli, ich werde Ihnen nicht zutrauen, daß Sie seinerzeit einen Plagiator in die Arena gefordert haben.“

„Der Beweis wird kommen!“

„Mag sein! Aber in Ihrem „Alchimisten“ ist von einer Tatsache außerordentlich viel die Rede, von der Sie zu schweigen belieben. Sie werfen mir dort auf jeder Seite vor, daß ich durch meine Intrigen Ihnen die Bühnen versperre!“

„Ah! Nur durch Intrigen, nicht etwa durch den Wert Ihrer Werke, versperren Sie meinen Opern den Weg. Durch Gewalt, durch Hinterlist, durch die Praktiken der Herren Ricordi, Ihrer Musikverschleißer. Sie haben Angst vor meinem sicheren Erfolg.“

„Und wenn ich keine Note Ihrer Musik kenne?“

„Mein Herr Verdi, man weiß, wer der Lieblingsschüler Saverio Mercadantes ist!“

„Hm! Und Sie glauben, daß meine außerkünstlerische Macht dazu hinreicht, Ihre Karriere verhindert zu haben?“

„An nichts anderes als an diese Macht glaube ich.“

„Wenn ich Ihnen so mächtig scheine, warum haben Sie nicht versucht, diese Macht zum Heil Ihrer Opern zu verwenden?“

„Was bedeutet das?“

„Warum, statt mich zu hassen und anzugreifen, sind Sie nicht zu mir gekommen und haben gesagt: *Maestro* Verdi! Helfen Sie mir!“

„Sie, Sie bitten?!“

Auf dem Gesichte Verdis zeigte sich eine ernsthafte Erwägung.

„Da meine Musik schuld daran ist, daß die Ihre nicht ihr Publikum findet, könnte es mich fast reizen, die Aufführung einer Ihrer Partituren durchzusetzen.“

Sassaroli starrte wortlos. Er verstand noch nicht die Wendung der Dinge. Der Maestro machte einige Schritte, als ob er weiter mit sich zu Rate ginge:

„Schließlich habe ich mir durch die Taten eines langen Lebens das Recht erworben, die gute Oper eines begabten Komponisten an die Mailänder Scala zu empfehlen."

Als Sassaroli das Wort „Scala" hörte, durchfuhr ein Frostfieber seine Knochen. Scala: Das letzte, höchste Ziel jedes Melodrams. Scala: Die einzige weltgültige Quelle musikalischen Ruhms nächst der Pariser Opéra. Die Welt des Zimmers und die Welt vor dem Fenster schwankte in stürmischer Schiffahrt. Wie ein im rasenden Saus mit allen Bremsen zum Stehen gebrachter Blitzzug bäumte sich in jedem Nerv die Querulantennatur. Ein überlegener Geist hatte unmerklich die Situation nach seinem Willen gemeistert. Alles Unwirkliche, Überhitzte, Kranke muß nun vergehen. Unerbittlich wird sich die Wahrheit des andern entblößen. Der Gutsbesitzer von Sant Agata, Mann schwieriger Verträge, weitsichtiger Entwürfe, hielt mit dem ersten Griff sein Opfer in den Fängen:

„Nun, Maestro Sassaroli, haben Sie eine neue Oper?"

Der Winkelkomponist gab keine Antwort. Der Maestro war höflich nach wie vor:

„Wollen Sie nicht jetzt wieder Platz nehmen?"

Ohne Widerstand sank der Mann in die gewünschte Lage der Ergebenheit. Der Maestro trat näher:

„Wie ich aus diesem gedruckten Zeug da weiß, haben Sie eine Oper, Maestro Sassaroli, die der Aufführung wartet."

Sassaroli hatte sich gefaßt. Er sandte zu dem Stehenden einen dunklen Blick asketischer Verachtung empor:

„Ich habe nicht nur eine, ich habe viele Opern, die so eigenartig sind, daß ihr Schicksal verständlich ist. Im übrigen habe ich mich entschlossen, sie der Welt von heute nicht auszusetzen. Ich habe die Aufführung untersagt."

„Dann ist diese Frage ja erledigt!"

Der Maestro riß mit einem Ruck seine Gedanken ab. Körperlich spiegelte sich dieser Vorgang, den Sassaroli leidenschaftlich verfolgte. Jetzt fragte er, ohne das Wort recht herauszubekommen:

„Erledigt? Was?"

„Ich hätte mich unter gewissen Bedingungen vielleicht für Sie eingesetzt."

„Ein-ge-setzt?"

„Ja! Dafür eingesetzt, daß man an der Scala, wenn möglich, Ihr letztes Bühnenwerk inszeniert."

Das Haupt Sassarolis fiel in merkwürdiger Art auf seine linke Schulter. Der Mund preßte sich fest zusammen. Ein Ausdruck von leidender Schwärmerei spielte über das Gesicht, der den Maestro mit mehr Grauen erfüllte als aller Haß vorhin. Unnachsichtig mußte die Sache zu Ende geführt werden. Mit der letzten Klarheit seines betörten Sinnes fühlte Sassaroli plötzlich Gefahr und flüsterte:

„Blague!"

„Nein! Ich schwöre es, unter gewissen Bedingungen hätte ich Ihnen geholfen. Der Grund dafür ist nebensächlich. Sie haben es nicht gewollt! Gut!"

Sassarolis Hände fuhren an den Hals. Er schrie kurz:

„Nein!"

Dann aber flehte eine unbekannte Kinderstimme aus seinem verwüsteten Mund:

„Helfen Sie mir, Maestro Verdi!"

„Wie soll ich Ihnen helfen, da Sie mich in Wort und Schrift einen Halunken heißen, da Sie Beweise haben, die Sie gegen mich gebrauchen können, wann Sie wollen!"

Der Kopf Sassarolis sank vornüber. Er dachte nichts als „Scala". Seine Seele keuchte wie ein halbtotes Pferd, das noch einmal angetrieben wird.

„Sehen Sie, Maestro Sassaroli, wohin törichter Haß und Teufelei einen Menschen führen kann? Sie hätten das alles leichter haben können. Jetzt müssen wir beide miteinander einen Vertrag schließen. Hier auf meine Visitenkarte schreibe ich einige Worte. Sie öffnen Ihnen nicht nur die unzugänglichen Bureaus der Scala, sondern sichern Ihrer Partitur dazu das wohlwollendste, genaueste Studium durch Kapellmeister, Dramaturg und Impresa. Wenn nur fünfzig Takte für Ihre Musik sprechen, ist sie angenommen. Sehen Sie! Ich lege diese Visitenkarte zwischen uns hierher auf den Tisch!"

Sassarolis Hände zitterten, als er das Papier von entscheidendem Werte sah.

Verdi machte eine Pause, ehe er mit scharfer Betonung fortsetzte:

„Merken Sie gut auf, Maestro Sassaroli! Jetzt kommt Ihre Gegenleistung. Sind Sie bereit, die gemeinen Anschuldigungen, die Sie gegen mich erhoben haben, zu widerrufen?“

Der Feind, durch das Zauberwort „Scala“ vollkommen entkräftet, fing zu stammeln an.

Kalt betrachtete ihn der Maestro:

„Nun?“

„Ich will alles tun, was der Wahrheit entspricht.“

Verdis freundlich-gedämpfte Stimme war auf einmal sehr laut geworden!

„Ich schwöre Ihnen, daß ich Sie zu nichts anderem zwingen werde als zur Wahrheit! Schreiben Sie!“

Sassaroli, den Blick immer auf die Visitenkarte gerichtet, schluchzte auf. Verdi rückte ihm ein Stück Papier vor und gab ihm eine Feder in die Hand:

„Schreiben Sie!“

Um neuer Ruhmeshoffnung willen war der Mensch zu allem entschlossen. Dies war stärker als aller Haß. Der Maestro diktierte. Widerspenstige Schriftzüge malend, gehorchte Sassaroli:

„Ich erklärte hiemit, daß alle Beschuldigungen, Anwürfe, Herabsetzungen, die ich in meinen Worten und Schriften gegen den Maestro Verdi erhoben habe, frei erfundene, niederträchtige Lügen sind, zu denen mich kein realer Anlaß, sondern Neid, Haß und Rachsucht verführt haben.“

„Unterschreiben Sie, bitte, dieses Papier, wie ich das meinige unterschrieben habe.“

„Scala“, dachte der Bedrängte, zuckte plötzlich zusammen, schob die Papiere weg und stand langsam auf. Verdi verfolgte seine Bewegungen mit aufmerksamen Augen, die hell wurden und scharf eingestellt sich einer lang erwarteten Gefahr männlich zu freuen schienen. Der große Sassaroli überragte den Maestro gewaltig. Er schien immer weiter zu wachsen, die Decke berühren zu wollen. Langsam griff er in seine Tasche. Verdis Augen lockten. Der Lange klappte aber zusammen, fiel auf den Sessel, grinste blöde und unterschrieb die Erklärung.

Verdi ließ nach diesem Geschehnis schweigend und regungslos einige Sekunden verstreichen, dann nahm er das Blatt und die Visitenkarte, zerriß beide vollständig und warf die Fetzen in den Papierkorb.

Sassaroli fuhr empor.

Ohne zu zucken, kalten Gesichts, stand der starke andere vor ihm:

„*Herr* Sassaroli, habe ich Ihnen nun bewiesen, daß Sie bestechlicher sind als die angebliche Korruption, der Ihre Wichtigtuerei gilt?“

Gegen diese Stimme, die gar nicht sehr laut wurde, war nichts zu machen. Sassaroli stand wie ein degradierter Soldat. Die Stimme ließ nicht von ihm:

„Ich habe Sie, ehe Sie kamen, für einen verleumderischen Schurken gehalten. Hätten Sie einen Revolver auf mich gerichtet, wären Sie wenigstens ein männlicher Schurke gewesen und ich hätte Ihnen trotzdem geholfen. Sie sind aber nur ein subalterner, elender, charakterloser Schwächling. Ihre Eitelkeit ist Ihr Mißerfolg. Gehn Sie!“

Sassaroli hatte nur einen Wunsch, dem Orte seiner Niederlage, dem schrecklichen Gesicht seines Feindes zu entrinnen, um in gesicherter Ferne neue, wirksamere Rachepläne schmieden zu können. Er wollte zur Tür. Ein Blick riß ihn zurück.

„Herr! Ich nehme die Menschen verdammt ernst. Ich spiele nicht mit den Menschen, Herr! Ich habe Sie mit meinem Antrag, Ihren Opern den Weg zu ebnen, sehr schnell aus Ihrem lächerlichen Geleise geworfen. Das war eine Bosheit von mir, auf die ich ebensowenig stolz sein muß wie Sie auf die Bereitschaft, in die Falle zu gehn. Ein Schriftstück bekommen Sie von mir nicht in die Hand. Reichen Sie Ihre Partitur der Scala ein und melden Sie sich beim Kapellmeister Franco Faccio! Er wird von mir beauftragt werden, Ihre Musik allersorgfältigst zu prüfen. – Beppo, Beppo! Begleite den Herrn hinunter.“

Als Sassaroli nach unwillkürlicher Bittstellerverbeugung verschwunden war, setzte sich Verdi müde und von grenzenlosem Mißmut verstört an den Tisch. Die Tatsache, daß die Menschen sich aneinander messen, um Glück, Talent, Größe, Ruhm, Geld hündisch beneiden, war entwürdigend bis zum Äußersten. Nein, er wird Richard Wagner keinen Besuch machen.

Sogleich aber schrieb er folgenden Brief an den ersten Kapellmeister des Teatro alla Scala:

„Mein lieber Franco Faccio!

Ein Maestro Vincenzo Sassaroli wird Dir seine Oper einreichen. Ich bitte Dich: Lies sie um meinetwillen mit der allergrößten Aufmerksamkeit. Dieser Komponist behauptet nämlich, daß *ich*, beziehungsweise meine Musik, daran schuld ist, daß er es selbst zu nichts gebracht hat. Alles ist in dieser absurdesten aller Welten möglich.

Aber höre: Ich will nicht, daß auch nur *ein* Wesen durch mich Schaden leidet oder zu leiden glaubt. Darum prüfe diese Oper, als wäre sie von Dir selbst oder von mir.

Ich bitte Dich um Nachsicht in dieser Angelegenheit, bis du meine ständige Adresse erfahren wirst.

In Eile! Addio, addio!
Dein G. V."

Diesen Brief warf der Maestro selbst in den Kasten. Dann machte er sich auf, seinen todkranken Freund Vigna zu besuchen.

Sassaroli reiste noch am selben Tag nach Genua zurück. Der Besuch bei Verdi hatte ihn so sehr zerstört, daß er es sogar vermied, seine beiden Freunde, den Organisten und den Spießbürger, noch einmal zu sehn.

Ihn marterte das Dilemma, ob er der Güte des Maestro gehorchen und seine Partitur der Scala anbieten, oder seinen Haß erneuern und noch haltbarer aufbauen solle. Wie dieser innere Kampf geendet hat, ob der „Musikalische Alchimist" mit seinen unsinnigen Wutausbrüchen fortgesetzt worden ist, das kann heute niemand mehr entscheiden.

Am besten wird man einen Ausgleich zwischen Ehrgeiz und Haß in der Brust des alten Musikers vermuten dürfen. Er wird sowohl die Partitur eingereicht als auch den wüsten Kampf weiterbetrieben haben. Viel Mühe hat es ihn gewiß nicht gekostet, die Niederlage im Hotelzimmer Verdis zu seinen eigenen Gunsten zu deuten. Glück und Schmutz auf der einen, Armut und Reinheit auf der andern Seite. Gegen den Schmutz kann die Reinheit natürlich nicht aufkommen. Das Gleichgewicht ist wiederhergestellt. Und schon hat die gekränkte Reinheit vergessen, daß sie nach dem erstbesten schmutzigen Glückszipfel griff, der sich ihr bot. Ach, es ist sehr traurig, daß nichts in der Welt einen Sassaroli dazu zwingen kann, zu wissen, wer er ist.

Wenn man die Jahres-Cartellini der Scala in Mailand vom Jahre 1883 bis 1900 durchsieht, ist eine Oper von Vincenzo Sassaroli weder im Verzeichnis der Aufführung noch auch in dem der Annahmen zu finden.

VI

Das Befinden Dott. Cesare Vignas hatte sich insoweit verschlimmert, als das Interesse des Kranken an seinem eigenen Leben, an Vergangenheit, Gegenwart, Zukunft vollkommen dahingeschwunden war. So wurde der Besuch des Maestro nicht wie sonst als Auszeichnung empfangen. Die weltferne egoistische Gleichgültigkeit des Krankenzimmers umnebelte Verdi mit ihren Arzeneigerüchen der Auflösung noch peinigender als das erstemal.

Er war froh, daß er nicht allein am Bette des gelb-abgemagerten Freundes sitzen mußte, der ohne Brille, ohne Haare in seinem Nachthemdchen daliegend, den erbarmungswürdigen Eindruck von etwas Entlarvtem und erschreckend Nacktem machte. So klein, so eingeschmolzen sehen nach der Vorstellung die abgeschminkten Sänger in der Garderobe aus, die sich noch knapp vorher mit lodernden Perücken, brokatenen Überwürfen auf mächtigen Absätzen in falscher Größe und falschem Licht gespreizt haben.

Doktor Carvagno machte eben seinen Besuch bei dem Kranken. Es war ein ausreichender Beweis für die Vorzüge dieses Arztes, daß nicht nur Marchese Andrea Gritti, dessen Beruf (nicht Trieb) das Leben war, seinen Beistand suchte, sondern auch die eigenen Kollegen ihn riefen, wenn es schlimm um sie stand.

Carvagno war das Gegenteil jener Herren, die man als ärztliches Handbuch aufschlagen kann, um darin für jede Krankheit den einschlägigen Artikel zu finden.

Gänzlich ohne Voraussetzung, Bezweifler alles Gedruckten, aller zusammengetragenen Erfahrung, hatte er nichts als einen mächtigen Glauben an seine intuitive, von keinem Papier-Vertrauen gebeugte Kraft.

Jeder Fall war ihm eine eigene, mit nichts anderm vergleichbare Welt, und in dieser Welt kämpfte er wie ein Entdecker, ein Urwaldforscher gegen die Listen und Schliche der Verwesung. – Mit selig geschlossenen Augen überließen sich die Kranken dieser Kraft, denn sie fühlten, aus dem breit über sie gebeugten Leib des Arztes strömte vollatmendes Leben in ihre eigene hüstelnde Existenz über. Sie vertrauten sich sogar widerstandslos seinen immer überraschenden, oft gewagten Versuchen an und liebten ihn trotz der kühlen Unpersönlichkeit, mit der er sie behandelte.

Das war ein Mann, wie er dem Maestro gefallen mußte, der Menschen liebte, die sich wild einer Sache entgegenwarfen und nicht Ruhe vor Beendigung des Kampfes fanden. Der sympathische Strom schloß sich sogleich, nicht zuletzt deshalb weil Carvagno, als er Verdis Namen und sein Antlitz erkannte, drollig erstaunte und außer sich geriet.

Wie unerbittlich auch der Maestro alle Regungen der Eitelkeit in sich niederkämpfte, ganz unabhängig von den Wohlgefühlen einer starken Wirkung war er nicht.

Als die beiden Herren den Kranken verlassen hatten und nun die Treppe hinabstiegen, fragte der Maestro den Arzt, was seine Meinung über Vignas Schicksal sei. Ganz im Gegensatz zu den Magiern seines Standes wurde Carvagno aufrichtig verlegen.

„Verehrtester Signor Maestro! Ihnen muß ich es ja gewiß nicht erst sagen, daß unsere Prophezeiungen zumeist leerer Schwindel sind. Mir sind schon Leute aus der Agonie aufgewacht. Nur Esel glauben nicht an Wunder. In meiner Praxis sind Wunder das Alltägliche. Das einzig Dumme bei Vigna ist: Er will mir nicht mehr helfen. Und wenn der Patient sich mit seiner Krankheit gegen den eigenen Lebenswillen zu verschwören beginnt, wirds gefährlich. Zu allem gehört Talent, auch zum Kranksein. Ich habe nur einen wahrhaft genialen Patienten, und der ist ein Hundertjähriger!“

„Marchese Gritti?“

„Ja, Gritti! Er ist ein Koloß, ein Prometheus des Patiententums.“

Die beiden traten auf die Gasse. Sehr freundlich wendete sich der Maestro zu dem Arzt:

„Wohin führt Sie Ihr Weg, Doktor Carvagno?“

„Krankenbesuche! Doch wenn ich es mir erlauben darf und Sie nicht störe, begleitete ich Sie, Signor Maestro Verdi! Ein solches Glück erlebe ich nicht wieder.“

„Das nehme ich keineswegs an. Ihre Kranken warten. Ich bin jetzt nur ein Müßiggänger. Wenn es Ihnen recht ist, gehe ich mit Ihnen."

Als der bescheidene Carvagno diese Ehre abzuwehren versuchte, zerstreute der Maestro all seine Bedenken:

„Oh, es ist für mich eine Art Abenteuer, Sie zu begleiten!"

Von dem Bezirk der inneren Stadt, wo sie das Haus Vignas verlassen hatten, gingen die Herren über lange Zeilen und kurzgebogene Brücken dem Nord-Osten zu, und zwar in der Richtung auf die neuen Fondamente. Der Maestro hielt die Hände auf dem Rücken und schritt ein wenig voraus, das heißt, Carvagno ließ einen kleinen Abstand der Ehrfurcht zwischen sich und dem verehrten Mann. Sein Gefühl wollte es so.

Alle Menschen, mit denen er ein Gespräch führte, liebte der Maestro nach den Geheimnissen ihres Berufes auszuholen. Immer war der Trieb zu lernen in ihm, und durch überraschende und scharfsinnige Fragen verstand er es, die Leute zu eingehenden Darstellungen ihres Handwerks aufzumuntern. Niemals aber fing er von sich selbst zu sprechen an.

Carvagno benützte eine Pause der Unterhaltung, das Thema zu wechseln:

„Wir Ärzte alle leiden an einer mehr oder weniger unglücklichen Liebe zur Musik. So habe ich denn eine Frage auf dem Herzen, Maestro!"

„Bitte! Auch ich war, was Ihre Kunst betrifft, neugierig."

„Vielleicht ist es Ihnen bekannt, daß die Herbststagione von La Fenice die „Traviata" aufgeführt hat. Ich habe diese beseligende Musik nach langer Zeit wieder gehört, und es sind mir dabei einige Gedanken gekommen, die ich gerne aussprechen würde. Höchstwahrscheinlich aber sind sie sehr dumm und werden Sie langweilen."

„Nur Mut!"

„Sie haben, Signor Maestro, in Ihren Dramen fast durchwegs ein und denselben Frauentypus dargestellt. Die Liebende, die vom Manne aufgeopfert wird, oder sich selbst für ihn aufopfert. Ist es nicht so?"

„Das ist mir noch nie eingefallen. Ich muß darüber nachdenken."

„Erlauben Sie, daß ich einige Beispiele nenne: Gilda, die Verführte, die freiwillig den Dolchstoß empfängt, der ihrem Verführer zugedacht ist. Violetta, die auf die große reine Liebe ihres flatterhaften Lebens verzichten muß, damit ein Bürgersöhnchen nicht anrüchig werde, und die diesen Verzicht nicht überleben kann. Leonore im „Trovatore", die Selbstmord verübt, um den Geliebten zu retten. Luisa Miller, die dem Standesvorurteil zum Opfer fällt, Aida, die schon gerettet, dennoch das Felsengrab des Radames teilt."

„Für diese Frauen stimmt, was Sie sagen."

„Im Weibe stellen Sie, Signor Maestro, das Phänomen des Opfers und Leidens dar. Und diesem Phänomen werden die erschütterndsten Melodien gesungen.

– Wie anders sieht doch jener berühmte Bizet das Weib! Als gnadenlose, als teuflische Naturkraft!"

Mit seinen blauen, etwas weitsichtigen Augen blickte der Maestro den Arzt an:

„Kennen Sie Paris?"

„Nein!"

„Nur von Paris aus kann man „Carmen" ganz verstehen. Als ich – es ist nun schon eine Ewigkeit her – das erstemal auf dem Pflaster dieser liebens- und hassenswürdigsten aller Städte stand, konnte ich eine unheimliche Empfindung nicht loswerden, denn der Boden unter mir zitterte. Es schien mir, als wären diese schönen Avenuen und Boulevards von riesigen Maschinenräumen unterkellert, in denen die Treibriemen Tag und Nacht arbeiteten. Das war natürlich nur eine nervöse Einbildung. Aber ich erkannte bald, daß etwas Wahres dahintersteckt. Paris, ganz Frankreich arbeitet mit Vollkraft. Aber wofür? Nur für die Frau, nur für das Weib! – Hekatomben von Modewaren, Kleidern, Hüten, Schuhen, im Frühjahr geboren, im Herbst verwelkt wie die Blumen, werden dem Weib dargebracht. Bedenken Sie nur all die Nebenindustrien, die zur Konfektion gehören, die Fabriken, die all die hundert Schönheits-Artikel herstellen, die Galanteriewaren, diesen überflüssigsten Zweig der Wirtschaft. Ja, alle Manneskraft und -arbeit von Paris scheint ins Boudoir zu münden. Carmen, in Verkleidung spanisch-wüster Naturwüchsigkeit, ist dieses Paris, das den Mann aussaugt und ihn herunterbringt. Ich weiß nicht, ob Sie mich verstehn?"

„Es scheint mir sehr wahr zu sein, was Sie hier sagen, Signor Maestro!"

„Wir Italiener sind, Gott sei Dank, noch nicht so weit. Das barbarische Blut unserer Mischung hilft uns. Wir wollen noch Kinder bekommen. Das gallische Weib macht Verzweiflungsversuche, die zeugungsträge Rasse durch pikante Reizmittel zu retten. Dies ist ihr männermordender Luxus, mit dem sie sich zugleich am Manne für seine Unfruchtbarkeit rächt und für seine dekadente Unlust, eine größere Familie zu ernähren. Jeder Krieg ist für Frankreich ein Schicksalsschlag, der nicht wieder gutzumachen ist. Sehen Sie: Bei uns in Italien gibt es noch immer Eltern, die fünfzehn und mehr Kinder haben. Ich selbst kenne in meiner Gegend mehrere solcher Riesenfamilien. Mögen die Fremden nur auf uns schimpfen, uns verlotterte, kulturlose Erben nennen! Der Norden ist augenblicklich in Mode. Wir aber stehen am Anfang. Solange noch ein Volk in seinen Frauen die Mütter will, muß es nicht absterben."

„Und Ihre Frauengestalten, Maestro?"

„Wenn man im Weibe nicht nur die Lustbringerin sieht, sondern das von den Wehen hingestreckte, wimmernde Menschenwesen, dann wird man dieses Gefühl von Verehrung, Schüchternheit, Mitleid nicht los, das man als Knabe so gut gekannt hat. Vielleicht habe ich aus diesem Gefühl zu den unglücklichen Mädchenfiguren gegriffen, die in den erwähnten Opern dargestellt werden. Dies ist natürlich nur Vermutung, denn ich habe mir nie Gedanken über solche Fragen gemacht."

Carvagno sagte langsam:

„Mitleid mit der Frau! Ja, das ist das Wort für Ihre Musik, Maestro. Mitleid mit der Frau!"

Eine Sekunde lang blieb Verdi stehen und horchte mit seltsam gesenktem Haupt. Dann nahm er den Weg wieder auf:

„Ich will Ihnen eine kleine Begebenheit aus meiner ersten Jugend erzählen, Doktor Carvagno!

Ich war damals vierzehn Jahre alt und obgleich ich mich schon Organist unserer Dorfkirche nannte, mußte ich meinem Vater im Geschäft helfen. In unserem Kramladen wurden nicht nur Lebensmittel und Gebrauchsgegenstände des Alltags verkauft, sondern auch die wenigen allergebräuchlichsten Arzneien, von denen die Bauern in ihrer Einfalt sich Hilfe versprechen. Alle vierzehn Tage erschien bei uns eine höchst erheiternde Figur, auf die ich mich die ganze Zeit immer schon freute. Das war Betteloni, der wandernde Dorfbader, der bei uns seine Vorräte an harmlosen Mittelchen aufzufrischen pflegte. Betteloni war noch Quacksalber und Marktschreier alten Stils, wie aus jener so köstlichen komischen Oper vom „Liebestrank“ von der Bühne geholt ... Oh, wie volkstümlich gut und wahr ist dieses Stück, wie Unrecht tut die moderne Welt diesem unglücklichen Donizetti! ... Betteloni, der ein Maulheld, Witzbold, Lügner ohnegleichen war, eine Zigeunererscheinung wochentags, welcher der ländliche Pharisäer nicht recht traute, verwandelte sich sonntags in einen würdig-wohlgekleideten Künstler. Er blies nämlich in einer der Dorfkapellen (*banda di campagna*), die ein Segen des alten Italiens waren, begeistert die Posaune. Da ich damals in diesen „philharmonischen Gesellschaftern“ schon meine ersten Märsche aufführen ließ, hatte ich die Sympathie des Tinkturenmischers und Musikers gewonnen. Wenn er zu uns kam, bat er stets meinen Vater, daß ich ihn auf seinem Streifzug begleiten dürfe, und ich bekam auch manchmal für einen halben oder ganzen Tag Urlaub. Das waren für mich wahre Feste, wenn ich neben oder auf seinem Eselwagen durch die Ortschaften zog, und er auf dem Hauptplatz die Leute um sich versammelte, Gelehrter, Schauspieler, Politiker, Stratege, Journalist, Propagandist, Imitator, Wetterprophet und Satiriker in einer Person.

Meist wurde er von den Angehörigen in die Wohnungen der Kranken gebeten, setzte sein todernstes Berufsgesicht und die schwarze Hornbrille des Buffone auf, winkte den Parteien, voranzugehen und mir, wie einem für Kost, Quartier und Lohn gehaltenen Famulus, ihm zu folgen.

Einmal kamen wir in ein Haus, wo mir befohlen wurde, im Vorraum zu warten und den Wagen mit dem Eselchen vor dem Tor im Auge zu behalten. Ehe die anderen aber noch im Nebenzimmer verschwunden waren, schrillten so gräßlich-unnatürliche Schreie einer Frauenstimme durch die Luft, daß mir das Herz stehen blieb, wie niemals nachher im Leben mehr. Diese Schreie vermehrten, verstärkten sich zu einem heulenden Schmerzensgesang, als der Bader da drinnen seine Kur begann ...“

Der Maestro, den das Reden während des Gehens anzustrengen begann, schwieg einen Augenblick und holte Atem:

„Ich weiß heute noch nicht, wie ich diese Stunde überstand, diese leidzerfetzte Menschenstimme, die nicht heiser und müde wurde, ertragen konnte. Nein, ich übertreibe nicht. Jetzt, in dieser Sekunde, hab ich die Stimme im Ohr ...

Ich kleiner Bursche betete, machte Gelübde, damit Gott nur Gnade haben möge und diese Qual beende. Ich weiß nicht, ob die Schreie aufgehört hatten, ich war ganz schweißbedeckt, schlaff, als Betteloni mit mir fortging und sich im nächsten Brunnenwasser die Hände wusch.

„Das war schwer, mein Junge", sagte er. „Siehst du, so kommen Kinder auf die Welt. Die armen Weiber!"

Wochenlang nach diesem Erlebnis war ich verstört, das Essen ekelte mich an, ich hatte schauerliche Träume. Meine Mutter war ganz außer sich, denn sie sah, daß ich binnen kurzer Zeit zum Schwindsüchtigen abmagerte. Mein Herz hatte einen ungeheuren Stoß erlitten, die Kindheit, die ruhige Träumerei war dahin. Ich konnte damit nicht fertig werden. Meine armen schwachen Gedanken fieberten, um diese langen Schreie aus dem Hirn zu treiben! Vergeblich! Das schmerzhafte Lebenswunder blieb wie eine Krankheit darin.

Ich schwor mir zu, daß ich niemals diesen Mord begehen wolle, eine Frau zu berühren, daß ich Mönch werden würde, ... Gott weiß, was ich noch alles schwor.

Es war nicht einfach und hat manches Jahr gedauert, bis ich die Erinnerung an diese Schreie überwunden hatte.

So, lieber Doktor Carvagno, jetzt habe ich Ihnen eine lange Geschichte erzählt. Sie wird mir aber nicht grundlos eingefallen sein. Nein! Eine „Carmen" hätte ich niemals komponieren wollen. Ich sage damit nichts gegen diese Oper. Ein Urteil kommt mir nicht zu. Das Ganze war nur ein Versuch, auf Ihre schwierige Frage zu antworten. Mit Musik hat es freilich wenig zu tun ... Welche Wichtigkeit, weil es ein paar kalte, gewinnsüchtige Dirnen gibt. Und die Millionen, Millionen Weiber, die so oft im Leben diese grauenvollen Schreie ausstoßen?! Was müßten wir Männer um unserer Schuld willen ihnen nicht alles verzeihen!"

Nachdem der Maestro geendet hatte, blieb Carvagno, als ob er zuviel denken müßte, noch einen größeren Raum hinter dem ruhig Vorwärtsschreitenden zurück. Beide schwiegen lange Zeit. Endlich sah Verdi leicht über die Schulter:

„Aber, lieber Doktor, Sie müssen führen. Sonst bringe ich Sie, was ich längst schon fürchte, von Ihrem Weg ab."

Carvagno blieb stehn:

„Ich bin unglücklich, Signor Maestro. Aber hier bin ich am Ziel!"

Verdi sah auf. Dies war ein ziemlich öder Stadtteil, der nur durch die Enge der Gasse verriet, daß er zu Venedig gehörte. Kalt-sparsame, nicht alte, aber bis in die letzten Winkel zu Wohnungen ausgenützte Häuser.

Vor einer der Türen stand eine gutgekleidete junge Frau mit einem auffällig blonden Kind und schien zu warten. Als die Frau den Arzt erkannte, wurde ihr Gesicht sehr fröhlich, sie wollte sofort auf ihn zueilen, erschrak aber, da sie den fremden Herrn bemerkte, und blieb stehen. Carvagno winkte ihr freundschaftlich. Dann sagte er:

„Patienten von mir! Das heißt der Mann! Deutsche! Er ist übrigens Musiker. In dem soll sich der Teufel auskennen."

„Das Kind ist sehr schön."

Der Maestro, wie jeder andere, war gebannt von dem reizenden Gesicht des kleinen Hans. Überdies erfüllte ihn der Anblick von Kindern so oft mit einer liebevollen Melancholie, er wußte selbst nicht warum. Er mußte den Kleinen immer ansehen. Carvagno bestätigte:

„Auch ich habe niemals einen schöneren Knaben gesehen. Schwierige Leute übrigens, die in Not geraten sind und es sich nicht anmerken lassen."

„Gehen Sie, lieber Doktor, an Ihre Arbeit. Zu lange schon halte ich Sie auf."

„Ich mache mir schwere Vorwürfe darüber, daß Sie, Signor Maestro, jetzt unbegleitet einen so langen Weg werden machen müssen."

„Einsame Spaziergänge sind mir Lust und Gewohnheit."

Der Arzt verabschiedete sich mit einer ehrfürchtigen Freundlichkeit, die den Maestro, ebenso wie das ganze Wesen des neuen Bekannten, angenehm berührte. Während er ihm noch stark die Hand drückte, bat er:

„Sie dürfen niemandem sagen, daß ich hier bin, daß Sie mich gesprochen haben. Das würde für mich eine Folge von Unbequemlichkeiten hervorrufen. Sie versprechen es mir, Doktor Carvagno!"

„Sie haben befohlen, Signor Maestro!"

Der Arzt begrüßte die Frau, streichelte die Wangen des Kindes und alle drei verschwanden nach einer Weile im gleichgültigen Haus.

Der Maestro, die Hände auf dem Rücken, weiten Blicks die herrlichen Augen vorwärts richtend, kehrte um und machte vielleicht zwanzig Schritte.

Dann blieb er stehen, als könne er eine geheime Lust nicht mehr bezwingen, und wandte den Kopf zurück.

Aber das blondlockige Kind war schon fort.

Sechstes Kapitel

Mathias Fischböck

I

Geraume Zeit schon hatte sich Richard Wagner nicht mehr zur gewohnten Stunde auf der Piazza gezeigt.

Italo stand am äußersten Rand jenes Kreises, der sich um das unerschöpfte Lebensfeuer des Meisters in Venedig gebildet hatte. Aristokraten, Künstler, vornehme Dilettanten gehörten in abgestufter Rangordnung zu diesem Kreis, eine Anzahl verfeinerter Menschen, deren kleinster Teil nur Wagner selbst zu Gesichte bekam.

Als vor vielen Jahren der Deutsche hier in Venedig den Tristan schrieb, kümmerten sich nur sehr wenige Leute um ihn. In diesem Winter aber war er außerordentlich in Mode, und nicht nur in Venedig, sondern in der höheren Welt ganz Italiens.

Italo hatte erfahren, daß Wagner sich gesünder fühle als je, und nur deshalb nirgends erscheine, weil er für seine neue philosophische Schrift in eifriger Arbeit auch die Nachmittage verwende. Fast war der junge Mensch dessen froh, daß er sich keinen Vorwurf der Untreue machen mußte, wenn auch er nicht mehr auf die Piazza kam.

Das erste Mal im Leben litt Italo an seelischen Beklemmungen.

Stets sind Depressionen die pochenden Erkenntnisse, die wir nicht über die Schwelle lassen. Fertig werden können wir mit ihnen nur dann, wenn wir es wagen, die Türe aufzumachen.

Italo öffnete die Türe nicht, er verriegelte sie sogar. Schwäche und Genußsucht rechteten in seinem Gemüt, wodurch er es denn verdient habe, in jungen Jahren nicht mehr den täglichen Morgen mit Kraft- und Freudenruf begrüßen zu dürfen. Ja, seitdem er Margherita Dezorzi kennengelernt hatte, schwankte sein Leben ohne Mut zur Entscheidung zwischen den Zielpunkten.

Oft sehnte er sich jetzt nach Bianca. War er aber bei ihr, fühlte er sich unglücklich, fremd, ja gefangen. Sie lebte sehr viel allein, denn Carvagno hatte nun selbst seine privaten Sprechstunden ins Ambulatorium des Hospitals verlegt, um die riesige Arbeit, wie er meinte, leichter leisten zu können.

Italo wußte sich der geheimnisvollen Veränderung seiner Freundin nicht gewachsen. Ihre Seele sah mit wissenden Augen irgendwohin, wo er noch nichts erblicken konnte, fremdartige Kräfte nährten sie, die ihm selbst ganz unzugänglich waren. Er, der damals in der Kirche sich so erhaben über das bäurisch betende Weib gefühlt hatte, er war zu klein, zu erlebnisleer, um sie verstehen zu können.

Vieles, was Bianca tat und sagte, erschreckte und ärgerte ihn, weil er es nicht nachempfinden konnte.

Sie hatte auf dem Fischmarkt einige große Schildkröten gekauft. Stundenlang saß sie nun über den mit Salatblättern gefüllten Korb gebeugt und sah den trägen Tieren zu, wie sie mit ihren platten Schlangenköpfen unter dem Panzer hervorzüngelten.

Auf der Straße war sie imstande, ein altes blindes Bettelweib angeekelt von sich zu weisen, dafür aber alles Geld, das sie bei sich trug, einem frechen Gassenjungen zu schenken. Immer wieder kam irgendein Satz von ihren Lippen, dessen Sinn Italo sich nicht zusammenreimen konnte, der aber einer empfindungsschweren Bedeutung voll schien. Oft beschrieb sie ein Ding mit ganz einfachen Worten, aber es war nicht ein Mensch, ein Hund, ein Haus, sondern die zweite, ihm unsichtbare Form hinter diesem Ding, die sich ihrem plötzlich geisterseherischen Blick erschloß.

Von einem gewissen Augenblick an hatte sie auch aufgehört, von der Zukunft zu sprechen. Kein Wort der Angst, des Grauens über die schwere Lebenslage hörte Italo mehr. Es war ihm unheimlicher als alles andere, dieses Schweigen. Er wußte nicht, ob sie hoffnungslos oder zuversichtlich an das kommende Schicksal dachte. Ihm selbst war der Mund verschlossen. Wechselnd glaubte er in ihrem Gehaben ausgesprochenen Wahnsinn, seltsame Leichtfertigkeit oder eine verborgene Gewißheit wahrzunehmen.

Eines Vormittags fuhr er mit ihr im kleinen Dampfschiff an den Lido. Sie durchquerten die öde, verlassene Akazienallee von der Lagune zum Strand.

Neblig und überwölkt spie die winterkranke Adria lange schwerfällige Wellenreihen ans Land. Nur zwei schiefe, windüberfüllte Segel standen draußen im Dunst, durch den eine verlarvte Sonne selten mit schmalen Klingen spielte. Ein Relais von halbnackt frierenden Männern, der äußerste fünfzig Meter weit im Meer, zog mit Ruf und Ruck ein schweres Netz heran, das nicht zu sehen war und sich auch nicht zu rühren schien.

Die Flut hatte den Strand, den die Liebenden in der Richtung nach Malamocco durchwanderten, sehr verkürzt. In einem grauen Spiegel versank ihr Fuß, der unbenetzt blieb, doch tiefe, saugende Stapfen zurückließ.

Italo sah, daß der Fuß der Schwangeren neben ihm schwere und fast größere Spuren in den Boden preßte als der seine. Mit Mißvergnügen, mit Verrätergefühlen erfüllte der Anblick dieser reifen Tritte seine Sinne, und er konnte es nicht verhindern, daß ein Verlangen nach streichelnd-beschwingten Sohlen, nach einer andern Gestalt seine Phantasie erregte.

Der Unmut des fieberfröstelnden Meeres hatte Tausende von unglücklichen Tieren ausgeworfen. Vergebens mühten sich die schiefwackelnden Taschenkrebse, ihr Heil, das Wasser, zu erreichen. Regungslos platt lagen die ausgesetzten Quallen mitten unter noch lebendigen Muscheln, Seegras und den blassen knochenartigen Schäften des Meerschilfs.

Immer dunkler wurde der Tag, immer zänkischer das Meer, immer ätzender der Salzgeschmack auf den Lippen der beiden Einsamen.

Sie wanderten schweigsam, weitausschreitend, als wären sie keine Spaziergänger, sondern hätten ein wichtiges, unerbittliches Ziel vor sich.

Plötzlich blieb Bianca mit leichtem Ausruf stehen.

Vor ihnen lag der Kadaver einer riesigen Schiffsratte mit übermäßig langen, steif von sich gestreckten Beinen und der dünnen Schnur des Schwanzes. Deutlich zeigte das Aas mit Schnurrbartborsten, rötlichen Ohrläppchen ein grau-katzenartiges Gesicht. Der Bauch war weit aufgeschlitzt und wimmelte von Totentieren. Italo, den sofort der Gedanke durchfuhr, daß es für eine Schwangere gefährlich sei, solch etwas Scheußliches zu sehen, riß Bianca zur Seite:

„Kehren wir um!“

Nichts gab es, was Italo mehr mit Graus und Schrecken erfüllte, was seinen Nerven unerträglicher war, als der Anblick von etwas Verwesendem. Als Kind hatte er einst eine zertretene fliegenumschwärmte Schlange gesehen. Über dieses Erlebnis war er fast in eine Krankheit verfallen. Seither konnte er keine Küche betreten aus Angst, den nackten Leichnam eines Huhns erblicken zu müssen. Bianca hingegen schien sich von dem Häßlichen nicht leicht lösen zu können. Sie starrte lange die Ratte an.

Dann gingen sie in ihren einsamen Spuren zurück. Italo biß die Zähne aufeinander, so elend war ihm das Herz vor Unglück und Widerwillen. Nach fünf Minuten Schweigens blieb Bianca stehen und sah mit weitem Blick aufs Meer hinaus:

„So wird das Weib verwesen, das dich mir nimmt."

Einen Augenblick war es Italo, als müsse er diesen Fluch, dieses das Meer beschwörende Zauberwort durch irgend etwas aufheben, ungeschehen machen, allein er fand kein Mittel. Die Frau, noch immer die unsichtbaren Erscheinungen des Horizonts prüfend, schüttelte den Kopf.

„Was will sie nur, die falsche Lügnerin? Sie hat ja Zeit. Es sind nur wenige Tage mehr."

„Um Gottes willen, was sprichst du da, Bianca?"

Sie schien zu erwachen und ihre lautgewordenen Gedanken ebensowenig zu verstehen wie er. Rasch, als könne er nicht mehr mit ihr allein bleiben, zog Italo seine Freundin mit sich.

Später saßen sie in der Halle einer Gastwirtschaft und nahmen ein warmes Getränk zu sich.

Bianca streichelte Italos Hand; sie fühlte seine Beklemmung, die ihn immer wieder seufzen machte.

„Du bist traurig, mein Kind, ich weiß es. Dies alles ist zu viel für dein kleines verwöhntes Herz!"

„Ich habe Sorgen Tag und Nacht, Bianca!"

Er sagte diese Worte, er sprach wieder seit langem von der Bedrängnis, und plötzlich wurde ein böser Zweifel in ihm wach, ob er denn schuld sei, ob dieses Kind nicht ebenso Carvagnos Kind sein konnte. Wäre es nicht am besten, nach Paris zu fliehen, nach Palermo, nach Afrika oder Grönland, nur um nichts von all diesen Schreckensdingen mehr hören zu müssen. Allerdings hatte er mit Bianca alle Möglichkeiten errechnet, und seine Schale, nicht die des Arztes, neigte sich unter den Beweisen tiefer. Aber er kannte ja die Frauen kaum und ihren fremden Listen und Tücken mußte er wohl hilflos erliegen. Sogleich fühlte Bianca in der Hand des Freundes die fluchtsinnende Strömung:

„Ich bedrücke dich, Italo. Sag nichts, ich weiß es, ich verstehe es. Was sollst du jetzt mit mir anfangen? Aber, hörst du, ich will dich nicht bedrücken, du mußt frei sein, mein Kind! Ich liebe dich sehr. Ich habe dich oft mit meiner Eifersucht gequält. Jetzt bin ich nicht mehr eifersüchtig, mein Freund!“

Sie lachte unbefangen fröhlich:

„Geh nachmittags auf die Piazza, in die Cafés, suche ihn auf, deinen geliebten Wagner. Ich habe nichts dagegen und werde mich nicht langweilen. Er ist ein großer Mann und will dir helfen, dich fördern, du wirst von ihm lernen. Du sollst selbst ein großer Künstler werden, mein Italo! Wie schön spielst du dein Instrument! Und frei sollst du sein! Frei! Heute nachmittags und immer!“

Italo gab deutlichen Schrecken zu erkennen, als mute ihm die Geliebte etwas durchaus Ungehöriges zu:

„Nein, Bianca, das nehme ich nicht an. Ich bleibe bei dir ... heute nachmittags ...“

„Ich werde dir nicht böse sein, ich lege dir keine Falle.“

Mit überlegener Beruhigung stellte seine Stimme ihr eine Ewigkeit in Aussicht:

„Den heutigen Nachmittag und immer werde ich bei dir sein, Bianchina.“

„So suche dir eine Stunde, dich zu vergnügen, wieder heiter zu werden, mein Kind!“

Auf Italos Gesicht spiegelte sich ein plötzlicher Einfall, der aber so unwichtig schien, daß er ihn mit einem Lächeln fortzuwischen bereit war:

„Bianchina ... wenn du es erlaubst ... hätte ich wohl etwas vor ...“

„Was denn? Sags!“

„Aber nur, wenn es dir recht ist, wenn du schwörst, daß es dir recht ist, gehe ich hin.“

„Ist es das Quartett?“

„Nicht gerade das! Aber heute abends wird beim Grafen Balbi musiziert werden. Eine Musiksoiree! Sehr interessant! Du weißt, ich gehe ohne deine Zustimmung in keine Gesellschaft. Entscheide also!"

„Werden Weiber dort sein?"

„Nein! Kaum! Das heißt ..."

Italo hatte sich vorgenommen, diese Frage zu verneinen, etwas Unüberwindliches aber, halb Schauder und halb Lust, zwang ihn, den Namen zu nennen:

„Das heißt, die Dezorzi soll kommen ..."

Eine lüstern-süße Befriedigung durchprickelte kitzelnd seine Organe, als sein Mund angesichts der Geliebten die erregenden Silben des andern Namens bildete. Mit aller Mühe mußte er sich beherrschen, damit nicht ein Blick, ein Tonfall, eine Atemlosigkeit ihn verrate. Aber Bianca, die sonst alles vorauswußte, die oft ungesprochene Gedanken beantwortete, hier ahnte sie nicht das geringste:

„Ist es die Sängerin?"

„Ja, natürlich! Deshalb wurde sie ja meines Wissens eingeladen!"

„Kennst du sie?"

„Nein, persönlich nicht!"

Glänzend gelang die Lüge weiter:

„Daß ich sie in der gräßlichen Oper von Ponchielli gehört habe, das weißt du ja. Sie ist sehr gut, ausgezeichnet ..."

Als wäre dieses Lob aber ein allzugroßes Wagnis, fügte er hinzu:

„Im Grunde scheint sie mir doch sehr manieriert zu sein, und das kommt daher, daß sie nicht sehr schön wirkt ... auf der Bühne wenigstens."

„Willst du wirklich in diese Gesellschaft gehen, Italo?"

Die Sache war für ihn entschieden:

„Nun, Bianchina, ich sehe, daß es dir nicht recht ist, daß du darunter leiden wirst. Ich gehe nicht. Ich bleibe abends zu Hause, werde arbeiten. Es ist besser. Diese und alle Gesellschaften mit und ohne Musik sind für mich begraben."

Italo küßte Biancas Hand, als wäre er ihr dafür dankbar, daß er einer unerwünschten Verpflichtung nicht Folge leisten müsse. Dann rief er den Kellner, zahlte und erhob sich. Sie traten auf die Terrasse.

Straff stand des Mannes Gestalt vor der schweratmenden Wand des Meeres. Die über die winterlich-ungastliche Terrasse streichende Brise brachte seinen dunklen Scheitel in Unordnung und einige weichliche Strähnen fielen in die Stirn.

In diesem Augenblick liebte ihn Bianca wie noch niemals. Sie hätte aufweinen mögen vor Liebe. Jede Zelle ihres Lebens sehnte sich nach Demütigung.

Dies war einer der seltenen Augenblicke, in denen solche kraftvolle Wesen, schutzlos und dem Tode offen, ganz um sich selbst gebracht werden können.

Lieblich und ohne Tücke, wie in den ersten Tagen ihrer Beziehung, ging sie leise neben ihm, als müsse selbst der Klang ihres Schrittes sich in dem seinen lösen.

Das Schifflein zerschlug mit schäumenden Rädern das uralte, wissende Wasser der Lagune, das dunkel, kein Meer war, ein See, kein Strom, sondern der Stadt vermählt, etwas Märchenhaft-Menschliches. Die Bojen und Leuchtapparate zogen vorbei, die dunstigen Inseln drehten sich fern, die Gärten der Stadt, in denen nur Lorbeer, Pinie, Zeder und Myrte grünte, strichen dahin, die schwarzüberfluteten, pflockumzirkten Sandbänke, alle Dinge bewegten sich trüb und stumpfsinnig unter dem traurigen Riesengewichte des Wolkentags.

An der Landungsbrücke von Veneta marina und Bragora legte der Dampfer an. Ein paar unfrohe Menschen – auch ihren Leib durchwolkte der Winternebel – stiegen ein und aus: Arbeiter, Kleinbürger, keine Fremden, keine Reichen, keine Genießer.

Es war eine der Stunden, wo auch diese Stadt, verraucht vom nordischen Elend des Jahrhunderts, ein ordinär-verwelktes Gesicht zeigt.

Oh, bald wird sie der Norden ganz verschlungen haben, sie und alle goldenen Denkmäler der Mittelmeer-Gezeiten. Denn er allein ist an der Reihe der Herrschaft und drückt der Erde das harte Zeichen seiner Satansmoral auf. Die eckige Form, den Kubus, die Barschheit, die Maschine, die abgehackte Grimasse, die innere Nebel-Verschwommenheit, die Kaserne in tausend Formen, den leidenschaftslosen Mord, die Leistung aus Lebensleere, das Laster aus

Unsinnlichkeit, den alkoholischen und geistigen Fusel, die amerikanische Hatz der sinnlos Einsamen, die hoffnungslose Trauer derer, die auf dem Eise Korn bauen müssen und keine Stimme zum Singen haben. Und sein Jahrtausend der Barbarei hat er erst angetreten, der nordische Luzifer, schon aber sind alle Hirne vergiftet.

Verhöhnt und ohne Geltung schämen sich die leichtfüßigen Tugenden der Sonne: Der Adel der Trägheit, die ruhevolle Genügsamkeit inmitten des Überflusses, der herrliche Kuß ohne Nebengedanken und Reue, das Aufkochen des Blutes, seine jähe Kälte, das tägliche Fest, der Dolchstoß ohne Besinnung, der rasche Krieg mit Fahnengeflatter, der am Abend die Feinde beim gemeinsamen Becher verläßt, der Gesang, den die Geschlechter sich reichen, damit die Lobpreisung niemals verstumme, die süße und heilige Symmetrie. Für lange nun ist euer Stern dahin! Lebet wohl, sterbet wohl!

Die Liebenden saßen stumm auf der Bank des Verdecks. Palast, Piazzetta, Campanile und das Bild des Kanals grüßten freudlos. Bei San Tomà stiegen sie aus. Vor der Kirche der Frari, wie tausendmal schon, standen sie still, um Abschied zu nehmen:

„Schwöre mir, Italo, daß du mir meinen Wunsch erfüllen wirst.“

Italo wehrte böse ab:

„Wenn es der ist, den ich dir vom Gesicht ablese, werde ich nicht schwören.“

„Du kränkst mich sehr, mein Kind, wenn du es nicht tust. Schwöre!“

„Nein! Nein!“

„Schwöre mir, daß du heute abend zu dieser Soiree gehn wirst!“

„Niemals!“

„Aber ich flehe dich an darum! Ich will, daß du dich deines Lebens freust. Ich bin nur glücklich, wenn du es bist. Ach, es tut mir leid, daß ich nicht dabei sein kann. Aber es wird ein Tag kommen, wo wir alles gemeinsam genießen werden. Ich weiß es. Darum erfülle mir meine Bitte, Italo! Geh hin!“

Aus seinen Worten klang Nachsicht und Zärtlichkeit:

„Du überwindest dich, Bianchina, glaubst du, ich fühle es nicht?“

„Nein, mein Leben! Es ist keine Überwindung. Es ist mein heißer, wirklicher Wunsch. Hörst du? Ich weiß, daß du mir treu bist und treu bleibst."

„Ja, Bianca, ich bin dir treu."

„Also, geh zu diesem Balbi! Ich werde abends selig sein, wenn ich mir denke, jetzt sprichst du, jetzt lachst du, jetzt atmest du auf, jetzt bist du wieder das lustige Kind. Geh! Es ist kein Opfer!"

Und jetzt erst, gequält zögernd, hatte sich Italos Stimme zur Aufrichtigkeit durchgekämpft:

„Ist es dir wirklich kein Opfer, Bianca? Ich traue dir nicht."

„Ich schwöre es dir. Und nun schwöre auch du mir, daß du gehorchen wirst!"

„Wir werden es sehn, mein Herz, mein großes, einziges Herz! Jetzt weiß ich noch nichts. Ich werde das tun, was dein wirklicher Wunsch ist."

Im Torgang des Hauses küßte sie ihn so neuartig, mit solcher Kraft ihres Wesens, daß er den ganzen Heimweg lang erschüttert, unentschieden und doppelt unglücklich war.

II

Margherita Dezorzi hatte gesungen. Eine sehr erlesene Folge altvenezianischer Canzonetten und Arien. Ihre Stimme riß diese Gesellschaft hin, aber nicht weil sie im Sinne eines hervorragenden Instruments schön klang; (übersättigt vom Stimmzauber der abgelaufenen Virtuosenepoche wandten sich von ihm die Gebildeten Italiens ab); Margheritas Stimme wirkte dadurch, daß sie zart verschleiert und ohne üppige Fülle, ganz Energie, ganz Ausdruck war.

Ebensowenig wie dieser Stimme konnte man ihrem Gesicht eine klare Schönheit zubilligen, aber die ganz untheatralische Strenge, Mädchenhaftigkeit und ein geistiger Ehrgeiz verbreiteten höhere Entzückung, wenn sie erschien. Unschwer vermochte ein gutes Auge, sah es schärfer in ihre Züge, das langgezogene Oval, die hart-ungütigen Formen, die dunkle Blässe des venezianischen Volksgesichts zu erkennen: Eine längst überwundene Gewöhnlichkeit, die Elternerbschaft, aus der ein angespannter Wille das Äußerste geholt hatte, was zu holen war.

In der ungeschminkten Ruhe und Einfachheit ihres Auftretens lag aber etwas Unbekanntes, das sehr feine Sinne ernüchtern mußte, ohne daß es erfaßt werden konnte. Die meisten jedoch urteilten nicht, sondern gaben sich der Erscheinung hin.

Denn Margherita Dezorzi hatte eine jener herrlichen Gestalten, die unterm Kleide nur als schmiegsamer Hauch zu leben scheinen, so daß kein Wunsch nach verletzter Keuschheit, nach Nacktheit sich regt, da das verhüllte Wunder Freuden bringt, die keiner Entschleierung bedürfen.

Italo fühlte sein eigenes Nervengeflecht deutlich wie die Saiten eines Instruments. Höchst wirklich griff eine Hand mit Kraft in diese Saiten und spannte sie zu einem drohenden, unerträglich-süßen Akkord, ohne sie zum Klang zu entlassen.

Italo wollte von dieser Spannung nicht erlöst werden. Er atmete mit schwerer Brust, betete insgeheim, daß niemals die selige Narkose von Aug, Ohr und Herzen weichen möge. Er sah ihr Gesicht, er hörte ihre Stimme, ihn durchdrang ihr Strahl. Aber ihm war es, als würden nicht seine äußeren Sinne das Glück erfassen, sondern geheimnisvollere Ohren, Augen, Empfindungen das Bild des Mädchens in sich saugen. Das ging so weit, daß sein Gedächtnis, wenn er wegsah und sich prüfte, Margheritas Züge und Stimme nicht nachschaffen konnte. Nur das übermächtige, seiner selbst selige Gefühl hing in seinem Innern, greifbar, schwer, fast wie ein Stein.

Angesichts dieser Frau waren seine Sinne tot, jede Lüsternheit, jeder Wunsch schienen Regungen aus einer unvorstellbar-tierischen Vorzeit. Ihre Schulter unterm silbernen Flor, der holde Abdruck des Knies in der Seide, der schmale, leichtschreitende Fuß, dies alles, anders als sonst, reizte das Trübe nicht auf, sondern erzeugte in ihm, (so glaubte er wenigstens), unbekannte und geistige Wonnen.

In dieser Stunde verstand er nicht mehr sein Verhältnis zu Bianca. Etwas Graues, Unseliges war ihm die Erinnerung an den heutigen Vormittag, an den Lido-Spaziergang. Oh diese gealterte Liebe! An tausend Berührungen, Küsse, Leiblichkeiten, schamlose Worte gebunden, schien sie ihm etwas Unreines, fast Entehrendes zu sein.

Er hatte in Bianca die frühverlorene Mutter wiedergefunden und die Zärtlichkeiten der Mutter, deren jedes Kind doch überdrüssig ist.

„Der Mann muß von der Mutter frei werden", dachte er jetzt mutig, „um die Liebe des Mädchens zu erobern. Eifersüchtig und unduldsam ziehen uns die Mütter zur Erde nieder, wollen nichts, als uns in ihren Schoß zurückpressen."

Die Gestalt Margheritas aber ließ alles Traurige, Erdenschwere, Sorgenvolle in ihm versinken, und er fühlte bis in die Haarwurzeln den ungeduldigsten Drang, sich unerhört auszuzeichnen, eine Heldentat zu begehn, zu strahlen, und wäre es auch nur durch Talent und Witz.

Sein hübsches, unberührtes Gesicht war rot wie Feuer, die Haut scharf gespannt, der Puls unterm engen Halskragen des Fracks tobte. Trotz seinem Wunsche zu glänzen, brachte Italo kein Wort hervor. Später durchbrach er den Bann und es gelang ihm zu lügen, was er aber nicht als Schmach empfand.

Margherita hatte ihn nämlich in einem der Zimmer, wo sie ziemlich allein waren, angesprochen und nach Wagner gefragt.

Daß der Meister den jungen Italiener ein oder zweimal eines Gesprächs gewürdigt, hatte sich in der venezianischen Gesellschaft verbreitet und Italo einen gewissen Ruhm verschafft.

Nun erzählte er Margherita allerlei Unwahres: Begegnungen, Gesprächswendungen, Aussprüche, Urteile. Er wunderte sich selbst, wie feurig seine Phantasie arbeitete, bedeutende und zugleich glaubwürdige Formeln hervorbrachte. Ach, er wollte sie ja nur fesseln, von seinem Einfluß, seiner Wichtigkeit überzeugen und verhindern, daß sie von ihm weg in ein anderes Zimmer trete.

Mehrmals sah sie ihn mit ihren dunkeln Augen an, deren Blick er mißverstand, diesen Blick des sehr begabten, ehrgeizbesessenen Weibes, das keine andere Leidenschaft kennt als Ziel und Spiel. Das Weib, Paria des Geschlechts noch immer, setzt, wenn es strebend aus seinen Grenzen tritt, tausendmal mehr Willen, Auftrieb, Opfermut ein, als je ein Mann.

Margheritas Blick, der nur die Wahrheit seiner Worte und seine Möglichkeiten prüfte, überschätzte der eitle Italo, er hielt ihn für die Besiegelung des Einverständnisses, für einen Seelenruf von ihr zu ihm. Sein Kopf taumelte. In allen Knochen fühlte er die Ermattung eines ungeahnten Siegs.

Das Gespräch war erschöpft. Aber er meinte, daß nur ein ähnlicher Gegenstand die Künstlerin festhalten könne, und ohne daran zu denken, daß er ein Wort breche, begann er wieder:

„Oh, Fräulein Dezorzi, ich könnte Ihnen noch ein Geheimnis verraten. Werden Sie verschwiegen sein?"

„Fragen Sie doch meine Mutter, ob ich jemals einen Klatsch angerichtet habe! Sie beschimpft mich wegen meiner Verschwiegenheit. Unweiblich nennt sie das. Aber mich interessiert nur nicht, was alle andern Frauen interessiert. Also Sie können ruhig sein."

„Ich habe meinem Vater schwören müssen, daß ich es niemandem verrate. Es ist zur Zeit noch ein zweiter berühmter Musiker in Venedig. Allerdings ihn nach Wagner zu nennen, ist Gotteslästerung, – Verdi!"

Margherita schien von dieser Mitteilung sehr eingenommen. Sie trat näher an Italo heran:

„Ah, Maestro Verdi! Das ist sehr gut! Wissen Sie, wie lange er bleibt?"

„Wie es heißt, nur wenige Tage."

„Und Sie kennen ihn?"

„Ich kenne ihn gut. Mein Vater aber ist sein bester, man kann wohl sagen, sein einziger Freund. Haben Sie etwas übrig für diesen alten Verdi?"

„Ich bin Sängerin. Man urteilt ihn jetzt ein wenig vorschnell ab."

In diesem Augenblick fanden sich einige Gäste zu dem Paar, die den Namen des Maestro gehört hatten, und es entspann sich eine damals in Italien häufige Unterhaltung, wobei von den Konservativen Wagner, von den Fortgeschrittenen Verdi in Grund und Boden geflucht zu werden pflegte. Diesmal waren die Fortgeschrittenen bei weitem in der Mehrzahl und der Maestro hatte keine Partei.

Der sehr pariserische Corteccia, eine gepflegt-blasse Erscheinung mit blondem Malerbärtchen, Musiker, Kunsthistoriker und Italos Freund, verstieg sich sogar zu dieser Gegenüberstellung: Wagner sei nicht nur der musikalische, sondern ebenso der dichterische, denkerische und menschlich-heroische Erfüller der Zeit ... Verdi, über dessen rein musikalische Qualitäten sich mehr als genug streiten ließe, das stilistische Unglück der italienischen Kunst. Anfangs ein halbroutinierter Stümper, später der notenschreibende geschickte Journalist des Risorgimento, habe er sich letztlich zu einer gewissen Höhe der Machart aufgeschwungen, die noch gefährlicher sei, weil sie die Brutalität und Gemeinheit des Stils verschleiere.

Der nachlässiggeschniegelte Kunstbetrachter schloß:

„Verdi, und nicht Rossini oder Bellini, hat die schöne originale Form unseres lyrischen Dramas vor den Augen Europas lächerlich gemacht. Seine Opern gleichen aufs Haar den Parodien auf die italienische Oper, die in den Varietés aufgeführt werden. Sie sind selbst nur Parodie."

Die Dezorzi hatte diesem Verdikt sehr unzufrieden zugehört. Auf ihrer jugendglatten, harten Stirn zeigte sich zwischen den Brauen eine Falte, die unbedingt eine große Karriere verkündete. Sie zog den Shawl über die Schulter: „Sie sind sehr ungerecht, meine Herren: Ich glaube, Verdis Musik wird von Ihnen gar nicht recht verstanden. Schuld tragen die Sänger und in zweiter Linie die Kapellmeister, die sie entsetzlich schematisch aufführen. Eins, zwei, drei, vier! Nur schön im Takt. Diese Opern, glauben Sie mir, sind alles eher als tot. Ich stehe doch immerhin vier Jahre auf der Bühne und habe es gelernt, das Publikum zu fühlen. Wenn Verdi gespielt wird, da „zieht es" durchs Haus wie bei keinem andern sonst. Da hören wir Sänger kein Husten, kein Reden, kein Rücken, selbst die Kinder sind still. Ich habe oft schon darüber mit Kollegen gesprochen. Es ist uns, als sängen die unten insgeheim jede Melodie mit. Und in nicht sehr wohlerzogenen Theatern tun sie es nicht nur insgeheim. Oh, meine Herren, die meisten von Ihnen sind gewiß große Musiker, aber hier urteilen Sie ganz unzulänglich. Ich will Ihnen übrigens beweisen, wie ganz anders unser alter Verdi auch auf Sie wirken kann. In wenigen Tagen führen wir „La forza del destino" auf. Sie alle sind eingeladen."

Italo, von der überlegten Klugheit Margheritas ganz berauscht, drehte schnell den Mantel nach dem Wind und entdeckte in sich eine Vorliebe für Verdi. Wild rauschte sein Blut durchs Herz, seine Zunge war gelöst. Er verwies Corteccia:

„Wenn Wagner mehr als ein Mensch ist, so tut man Unrecht, einen Menschen wie Verdi mit dieser überirdischen Macht umbringen zu wollen. Fräulein Dezorzi hat ein unübertreffliches Wort gefunden. „Es zieht", wenn die Musik Verdis gespielt wird. Wohl sind seine Texte puppenhaft, seine Wirkungen abgegriffen, aber er ist ein Rhythmiker, eine Seele von einem Rhythmiker."

Italo eilte ans Klavier und bewies am zweiten „Traviata"-Finale, das er auswendig kannte, mit voller Wucht der Finger und des Pedals seine Behauptung. Aber während er spielte, ging es ihm weder um seine Behauptung, noch auch um den verteidigten Autor, sondern um Margheritas Bewunderung für sein Können.

Sie trat zu ihm, und er wiederholte das Stück, indem er es in eine andere zur ersten sehr fremde Tonart hinüberwarf. Ganz leise sang sie mit, und Italo, der jetzt erst aus der früheren Betäubung recht erwachte, fühlte, wie ihre Seelenkörper sich in der außerirdischen Sphäre der Musik durchdrangen.

An Bianca durfte er nur die Erde erleben. Und die Erde tat weh mit ihren unbeugsamen Ursachen und Folgen. Nun schwelgte er, nun war er im pflichtlosen Raum der Schönheit dieser Einzigen nah, die alle übertraf und die nur er verstehen konnte.

Seine wagnergesalbten Finger fanden (woher auf einmal?) immer mehr von diesen plastischen Weisen, als wären sie nie geschrieben worden, sondern lägen seit Erschaffung der Welt vorhanden und fertig in den zwölf Stufen der Oktave.

Leise sang die Dezorzi mit. Er spürte neben sich ihren schwachen Parfümduft, die Gestalt, die nur eine faltenwerfende Form des Kleides zu sein schien, er sah ihre ausstrahlenden, mageren Hände und wußte:

„Ich habe sie mit Klängen zu mir gezogen."

Dieser Ungetreue ahnte in diesem Augenblick nicht, daß er nicht nur Bianca betrog, sondern auch Richard Wagner.

Was Margherita empfinden mochte, daran dachte er nicht, es war ihm fast gleichgültig, denn jetzt erlebte er eine neue, unleibliche Vermählungswonne in einem Reich ohne Verantwortung.

Allgemein wurde Italo für die Art seines Klavierspiels mit Lob überhäuft. Man hatte bisher nur gewußt, daß er ein glänzender Geiger sei. Jetzt fand man, er wäre der geborene Pianist. Man beschwor ihn sogar, Liszt, der ja auch in Venedig weilte, um Rat anzugehen.

Durch seine Verliebtheit, durch seinen Erfolg war das sonst unsicher-hochmütige Wesen Italos ganz verwandelt. Plötzlich redselig und überzeugungsvoll, warf er Sentenzen in die Unterhaltung und herrschte sehr bald in diesem Kreise von Menschen, die zumeist reifer waren als er. Da er so jung war, hübsch, begeistert, ließ man ihn auch gerne und ohne Widerstand gewähren. Solche Feuer sind nicht gefährlich.

Nur eines machte ihn unruhig. Von Margheritas Mund war ihm kein Lobeswort gefallen. Sie schien nach der Szene am Klavier weder von seinem Können, noch von seiner Erscheinung und den witzigen Aussprüchen besonders hingerissen zu sein. Nachdenklich und präokkupiert schwieg sie, oder sprach leise mit ihrer Mutter, die den Eindruck eines abgerichteten dicken Tieres machte und reglos, abgebrüht und verlegen zugleich, auf ihrem Sitz thronte. Wäre Italo nicht allzusehr vom eigenen Wein und seinem wachsenden Liebesgefühl berauscht gewesen, hätte er bemerken können, daß sein erregtes Benehmen, seine laute Vorherrschaft Margherita verletzten. Sie verließ sogar den Raum, in dem er um ihretwegen brillierte.

Später fand er sie wieder allein in einem der kleineren, antiquitätenbeladenen Salons des venezianischen Palazzos. Er hoffte, irgendein beglückendes Wort, welchen Inhalts wußte er nicht, aber ein entscheidendes Wort von ihr zu hören. Doch sie fragte nur mit vollkommener Gleichgültigkeit gegen den jungen Menschen, dessen benommene Pupillen sie anstarrten:

„Wollen Sie mir eine Bitte erfüllen?"

„Oh, Sie machen mich glücklich, Fräulein Dezorzi!"

„Da Ihr Vater ein guter Freund des Maestro Verdi ist, könnte er ihn nicht veranlassen, unserer Aufführung seiner Oper beizuwohnen? Es wäre mir sehr wichtig."

„Soviel ich weiß, ist Verdi ein äußerst schwieriger Mann, der das Theater, vor allem aber seine eigenen Stücke in letzter Zeit meidet. Auch zeigt er sich prinzipiell nirgends öffentlich. Ich verspreche Ihnen aber, daß ich alles tun werde, um Ihren Wunsch zu erfüllen. Hier meine Hand!"

Italo erschrak, als er Margheritas Hand faßte. Sie war kalt wie bei allen blutarmen Frauen.

„Es ist mir sehr wichtig", sagte sie noch einmal und lächelte und sah ihm fest in die Augen. Und wieder lag auf Italos Sinnen die tiefe Narkose ihrer Wirkung.

Gegen Ende des Abends saßen alle im großen Musiksaal. Jetzt führte Graf Balbi die Unterhaltung. Dieser Schöngeist und Sammler war, wie die Eingeweihten wußten, einer der gewiegtesten Kunsthändler Italiens. Da die venezianischen Edelleute des achtzehnten Jahrhunderts, auch solche, welche die allerberühmtesten Namen trugen, höchst persönlich in öffentlichen Spielhäusern die Bank gehalten und mit steinerner Grandezza den Goldrechen gehandhabt hatten, mochte Graf Balbi seinen Privatberuf für nicht minder standesgemäß ansehen.

Er richtete sein gedehntes Wort an die Dezorzi:

„Verehrteste Margherita! Haben Sie niemals daran gedacht, im Umzug unseres schönen venezianischen Karnevals mitzuwirken?“

„Als ich jung war, habe ich mirs gewünscht.“

„Als ich jung war. – Meine Herrschaften, haben Sie diesen Ausspruch grausamer Selbsterkenntnis gehört? – Oh meine Liebe! Sie müßten es tun! Unser Venedig ist die einzige Stadt der Welt, wo das Fest, die Verkleidung, die Mummerei eine ununterbrochene Tradition und noch einen lebendigen Sinn hat. In anderen Städten ist das alles eine leere Farce, hier nicht. Uns steckt das Festefeiern ehrlich im Blut. Es ist mein Traum, diesen schönen Zug unserer Natur zu fördern und zu beleben. Darum habe ich auch ein Komitee des Karnevals gegründet. Ich will vor allem die höheren Stände, die sich schon fast seit einem Jahrhundert zurückgezogen haben, wieder zur Teilnahme anregen. Schönste Margherita! Ich habe eine Idee für Sie, etwas Entzückendes, Einzigartiges!“

„Ist eine Komödiantin, deren Beruf ja die Verkleidung ist, für Ihre Absichten die Richtige?“

„Bei Ihnen ist das etwas ganz anderes, Margherita Dezorzi! Sie sind die Muse selbst! Sie haben uns heute das Glück bereitet, die wunderschönen Canzonen und Balladen unserer musikalischen Vergangenheit vorzutragen. Ich werde Ihnen dafür ewig dankbar sein. Aber während Ihres Gesanges ist mir diese Sache eingefallen.“

„Welche Sache?“

„Ich habe da drinnen einige wunderbare Stiche. Sie stellen zeitgenössische Szenen und Figurinen aus den allerersten Opern dar, die im Anfang des siebzehnten Jahrhunderts in unserer Stadt aufgeführt worden sind. Claudio Monteverdi, der größte Musiker seiner Zeit, hier in Venedig gestorben, ist der Komponist einiger dieser Uropern.“

Jemand rief:

„Hallo! Hat den der Marchese Gritti schon gekannt?“

Man benützte die Gelegenheit zum Lachen. Graf Balbi nahm aber keine Notiz davon:

„Die berühmteste Oper Monteverdis, von der ich auch die meisten Abbildungen besitze, hat zwar ihre erste Aufführung in Mantua erlebt, aber das tut nichts. Ich spreche, wie Sie selbst schon wissen werden, von seinem „Orfeo". Sie werden sich, liebste Margherita, die Figurine der Eurydice ansehen. Es ist dies eine so reizende Verschmelzung von Antike und Barock, daß Sie bei Ihrem hohen Kunstsinn ganz bezaubert sein werden. Wie würde Sie dieses Gewand kleiden, von allen Frauen, die ich kenne, einzig Sie!"

Balbi brachte einige dieser Stiche. Man war wirklich erstaunt über die Grazie der Zeichnung, über den Edelmut der Gewänder. Nicht Komödianten konnten es gewesen sein, deren Körper diese zarte Pracht ertrug. Ernst vertiefte sich die Dezorzi in die Bilder. Der Graf wandte sich wieder zu ihr:

„Sehen Sie diese Gruppe! Orfeo mit der Leier schreitet voran, Eurydice folgt ihm, den Schleier vors Antlitz haltend, und Pluto sieht ihnen bärbeißig nach. Die Eurydice hätten wir für diese wunderschöne Gruppe des Umzuges am sechsten Februar. Seit einer Stunde wäre auch der Orfeo gefunden, unser Freund Italo. Ich glaube, ich finde allgemeines Einverständnis."

Balbi wurde akklamiert, Margherita und Italo schwiegen.

„Und Pluto?" fragte jemand.

„Ich denke, daß wir aus unserer Gruppe Pluto weglassen, oder besser, ersetzen. Es wäre vielleicht kein übler Gedanke, wenn man den alten, unglücklichen Komponisten, Monteverdi selbst, enttäuscht seinen Helden nachsehen ließe. Ich stelle diesen Einfall natürlich nur zur Erwägung."

„Und diesen Komponisten und Erzvater der Oper müssen Sie selbst geben, Graf", rief dieselbe Stimme.

„Ich lehne die Zumutung, Fräulein Dezorzi unglücklich nachzublicken, keineswegs ab. Übrigens habe ich auch einen Porträtstich Monteverdis. Die historische Treue wird nicht leiden. Ich sehe diesem Maestro tatsächlich ähnlich. Wie leider ein älterer Herr dem anderen ähnlich sieht."

„Herrlich, die Gruppe ist fertig", stellten einige Raschbegeisterte fest. Balbi lockte:

„Auch besitze ich einige alte Sammet- und Brokatstoffe, die nicht übel sind. Ich weihe sie Ihrem Kostüm, Margherita. Sie sollen diese Stoffe haben. Für die Königinnen unserer Zeit würde ich sie nicht hergeben. Sie aber sollen sie haben. Ich bitte um Ihre gnädige Entscheidung."

Die Erwähnung der Brokate erst schien auf die Dezorzi Eindruck zu machen. Feierlich schmiegte sich der Körper der Sängerin in die Schmeichelei fremder Herrlichkeiten. Ihr Gesicht prüfte eine Sekunde lang die Maske der Eurydice. Dann sagte sie:

„Ich weiß nicht. Wir müssen das noch einmal besprechen.“

Mit diesen Worten gab sie das Zeichen zum Aufbruch. Ehe Italo nur einen Laut zu ihr hätte sprechen können, stieg sie schon über das Brett in die Gondel. Die abgerichtete Mutter folgte ihr umständlich und sperrte sie mit ihrer gezierten und doch durchtriebenen Art breit von der Welt ab. Diese Tochter und die stumme Mutter waren ein undurchdringliches Paar.

Das Ruder klatschte in die Nacht des Wassers, die Herren der Gesellschaft rissen den Hut vom Kopf und sahen beim Schein der gräflichen Windlichter, wie das Wunder verschwand.

Von den Gefühlen dieses einen Tages vollkommen zerschlagen, schwankte Italo nach Hause.

Er hatte das Versprechen erfüllt, das Biancas Großmut, ihr unbewußtes Mit-dem-Feuer-Spielen oder das Schicksal ihm abgenötigt. Er war in voller Kenntnis der Gefahr zu dieser Abendgesellschaft gegangen. Jetzt war es geschehen, wogegen er sich in den letzten Tagen noch schwach gewehrt hatte: Er liebte Margherita. Bis in den letzten Lebenswinkel schmerzte und beseligte ihr Bild. An Widerstand war nicht mehr zu denken.

Was wird geschehen? Wird die Karnevalsgruppe zustande kommen? Wie soll er vor die arme Bianca treten?

Er war vor Angst, Sehnsucht, Liebesfeuer, Reue nicht fähig, sich auch nur den nächsten Tag vorzustellen. Nur eine Hoffnung noch: Die Last der mahnenden Konflikte in den Schlaf werfen zu können!

Aber auch dieser Schlaf des Leichtsinns, heute zum erstenmal löschte er das Gewissen nicht aus. Immer wieder fuhr Italo stöhnend ins Dunkel auf. Unten im großen gedämpften Raum ging Verdis Freund, sein Vater, laut, ruhelos und verlassen auf und ab.

Am nächsten Vormittag schon lag ein Brief des Grafen Balbi auf Italos Tisch, der ihn zu einer dringlichen Besprechung in bewußter Karnevalsangelegenheit einlud.

III

Die Insel der Giudecca, der Stadt Venedig südlich vorgelagert, hat im Winter die schönste Morgen- und Vormittagssonne. Kenner Venedigs wissen, daß der langgestreckte, von fünf Kanälen durchschnittene Südstrand der Giudecca mit seinen verborgenen Gartenanlagen in den ersten Monaten des Jahres bei gutem Wetter den Charakter einer Riviera annehmen kann.

Diese Gärten, meist in Besitz oder Pacht reicher Engländer, sind sehr wohlgehalten, haben lange Glashäuser, dichte Weinlaubgänge, mit kleinen Muscheln statt Kieses bestreute Wege, und auch während des Winters bewahren sie das dunkle Grün einiger Palmenarten, der Myrtenbüsche und Zypressen.

Einer von den Gärten, „Eden“ oder „Il Paradiso“ genannt, zeichnet sich durch besonders schöne Treibhäuser, Lauben, Anlagen, Rebengänge, durch die hübsche alte Gärtnervilla und eine Strandpromenade aus, welche entlang der schadhaften Mauer wandert, die mit Geröll und Ruin in die seichte Lagune stürzt. In der Mitte dieses Strandweges, von Zypressen flankiert, steht ein luftiger durchbrochener Holzpavillon mit umlaufender Bank im Innern. Hier, insbesondere im Winter, pflegen oft ein paar ältere Herren zu sitzen und stumpf vor Sonnengenuß in die Lagune hinaus oder in den „Gazzettino“ hineinzustarren.

In dem stillen Venedig, über dem nicht der Schrei des Geräts, sondern nur der kurzlebige Schrei des Menschen steht, ist dies der stillste Ort, auch schon deshalb, weil nur wenige Kinder mit Bonnen und Müttern dieses Paradiso in Erfahrung gebracht haben.

Hieher in diesen Pavillon, den der Maestro schon seit dreißig Jahren kannte, pflegte er auch jetzt von seiner nutzlosen und qualvollen Arbeit an der „Lear“-Oper zu entfliehen.

Seine Qual, die irrend-unsicheren Gedanken lösten sich, wenn er auf die Lagune hinaussah, die mit ihrem fast unzugänglichen Spiegel wie ein durchgewetztes Kleid die Blöße des ungeheuren Sumpfbodens bedeckte, von der Giudecca fort an dem langen Lidoriegel, an Malamocco und Pellestrina vorbei bis zum unsichtbar verschwimmenden Abschluß der Chioggiainsel hin.

An dem ersten Februartage des Jahres, eine Stunde vor Mittag – die Sonne brannte fast sommerlich – geschah es, daß in dem Pavillon mit der weiten Lagunenaussicht Maestro Verdi den Patienten Doktor Carvagnos, Mathias Fischböck, kennenlernte. Diese Bekanntschaft wurde selbstverständlich durch den schönen blondhaarigen Knaben vermittelt, den der Maestro schon einmal gesehen und in seinem dunkelsten Herzen nicht wieder vergessen hatte.

Es heißt, daß alle Italiener Kinderfreunde sind. Bei Giuseppe Verdi kam zu dieser Eigenschaft der Rasse noch das Blut des Landmanns. Die Tragödie seiner frühen Mannesjahre, der Verlust von Frau und Kindern, war nie und nimmer überwunden, sie blieb geradezu das bindende Element, das alle Verwandlungen seines Lebens geheim miteinander verknüpfte. Wie ein ewiger Orgelpunkt stand das Leid der Kinderlosigkeit über diesem Leben.

Die zweite Ehe mit Giuseppina Strepponi, der Sängerin, war eine einsame Kameradschaft geblieben. Die allertiefste Berührung und Erkennung blieb ihr darum versagt.

Beim Anblick von Kindern kannte dieser als hart gescholtene Mann wohl die neidischen, sehnsüchtigen Gefühle einer Mutter, die um die ihren gekommen war.

Der kleine Hans sammelte ein wenig abseits von seinen Eltern die Muscheln des Weges in ein Säckchen. Sein Spiel hatte etwas Still-Gedrücktes, wie es alle Kinder zeigen, die unter den mißlichen Verhältnissen des Elternpaares zu leiden haben.

Die Mutter des Kleinen, die reizlose Deutsche, war gar nicht so unschön, wie sie auf den ersten Blick schien. Irgendein strenger Wille, eine asketische Absicht vielleicht oder ein Leid zwangen sie, alles zu tun, um weniger vorteilhaft zu wirken, als es möglich gewesen wäre. Ihre großen Augen waren angstermüdet in das Bild des Mannes versunken, der neben ihr auf der umlaufenden Bank des Pavillons saß, und zwar in der Mitte des Halbkreises, so daß der Maestro, der sich am Ausgang niedergelassen hatte, die Leute sehr gut beobachten konnte.

Als ein kleiner Wind sich erhob und für einen Augenblick die Sonne verschwand, wollte die Frau eine Decke über die Knie des Gatten breiten, er aber schien über diese Absicht zornig zu werden, worauf sie ohne Widerspruch das Tuch wieder gefaltet auf die Bank legte.

Jetzt erst fiel dem Maestro der Doktor Carvagno ein, er erinnerte sich der Frau und des Knaben, wie sie vor dem Tor eines Hauses gewartet hatten. Dieser junge Mensch also war krank. Nichts aber verriet die Art der Krankheit. Er hustete nicht, war eher breitschultrig als von lungenleidender Magerkeit; das einzige, was auf ein Übel schließen ließ, schien die übergesunde Rötung der Wangen und ein unbeherrschtes Zittern zu sein, das seine Beine von Zeit zu Zeit überfiel.

Der sonst bei aller Menschlichkeit sehr hochmütige Verdi, der es sich wohl überlegte, wem er die Auszeichnung eines Blickes zuteil werden ließ, konnte von der Gestalt Fischböcks sein Auge nicht abwenden.

Vielleicht war es die auffällig blonde Haarfarbe, die Vater und Kind, beide im gleichen Goldton trugen. Der Maestro wurde von blonden Menschen immer angezogen. War es der Bürger römischen Landes in ihm, den das wunderschöne Haar des Barbaren reizte, war es der langobardische Ahnherr seiner Blutmischung, der angesichts einer vergessenen Heimat die Augen aufschlug?

Aber nicht nur dieser Goldton zog ihn an, das Gesicht des Fremden war so eigenartig, daß es den Betrachter nicht entließ.

In dem Augenblick, wo uns ein Gesicht begegnet, haben wir einen Eindruck, der wie ein chiffriertes Telegramm unsere künftigen Beziehungen zu diesen Zügen vollkommen enthält. Was hellere Zeiten dereinst vermögen werden, wir können die Chiffren dieses Eindrucks noch nicht lesen.

Fischböck hatte das Gesicht eines jüngeren Schullehrers. Dieses Urteil brachte der erste Blick. Denn die scharfgezeichneten etwas kleinen Organe in diesem Antlitz trugen das Mal der Verkniffenheit und Pedanterie. Auch waren sie durch seltsam tiefe Falten miteinander verbunden, die zwar nicht auf Krankheit deuteten, aber auf einen lebensabgewandten Charakter und nimmer hätten glauben lassen, daß der Mann sein sechsundzwanzigstes Lebensjahr knapp überschritten hatte. Dieser Kopf zerfiel in zwei vollkommen getrennte Wesenheiten, die auseinanderstrebten, die Harmonie nicht wollten: Der obere Teil, die wunderbar herrschende, scharf abgedachte Stirn und die Augen eines bedeutenden Menschen. Die untere Partie, Mund und Kinn, eng zusammengedrängt, mißachtet, unfroh, als stünde sie der Entwicklung der Stirne im Weg. Hier gab es nur Kampf und keinen Ausgleich. Fischböcks Gesicht, das unverkennbar abweisend war, hätte niemals die Sympathie des Maestro geweckt, der, bis zum letzten Tag seines Lebens mit sich selbst unzufrieden, durch nichts mehr verletzt wurde als durch die Selbstsicherheit eines anderen.

Aber über Stirn und Augen des jungen Deutschen lag noch etwas mehr als der Stolz eines (vielleicht törichten) Selbstbewußtseins. Ein Licht lag über ihnen, nicht im Gleichnis nur wird das gesagt, nein, ein wirkliches, sichtbares Licht, aus inneren, verzehrenden und irren Strahlen gesponnen. Vielleicht war dieses Licht die Krankheit Fischböcks, und zugleich der Grund, warum der widerstrebende Sinn des Maestro einen ähnlichen Mitleidskrampf spürte wie damals, als in der Stube des Theaterdieners von La Fenice der Krüppel seine wehmütigen und kampflustigen Arien sang.

Jetzt näherte sich das Kind, ganz bewußtlos vor Spiel, dem Platze Verdis. Eine der roten spitzen Muscheln fiel aus seiner Hand und rollte davon. Der Bub lief der Muschel nach und stolperte dabei über des Maestro Füße, die in ländlichen, vorne abgedeckten Stiefeln staken. (Oh, zu ihrem Mißvergnügen konnte Peppina dem Hasser alles Eleganten diese groben Bauernstiefel nicht abgewöhnen.)

Verdi hob das Kind auf, das schon den Mund verzog, und tröstete es mit einem deutschen Satz, den er aus den zehn Vokabeln, die er kannte, drollig zusammensuchte. Warm und gewonnen blickten die Eltern.

War es der deutsche Satz, war es die Stimme, war es das reizende, abendsonnenhafte Lächeln in den Augenfältchen, („engelsholdes Lächeln des Alten“ nannte es die Sängerin Romilda Pantaleoni), war es die Würde des Menschen, die eine solche warme Wirkung übte? Die junge Frau sprang auf und eilte herzu, den fremden Herrn von dem Kind zu befreien. Aber der Maestro hatte den Knaben an sich gezogen und sagte das deutsche Sätzchen:

„Jetzt ist gut. Jetzt ist gut!“

Dann sprach er die Mutter französisch an und lobte ihr Kind. Die Eltern dankten beide.

Fischböck sprach fließend und vollendet italienisch:

„Sie reden deutsch, das ist selten unter Italienern.“

„Nein, nein! Ich habe auf meinen Reisen ein paar Worte aufgeschnappt. Aber da Sie vollkommen italienisch zu sprechen scheinen, Herr, werde ich mich hüten, Ihnen den Rest meiner Vokabeln preiszugeben.“

„Ach, Sie kennen also Deutschland?“

„Kennen? Das ist zuviel gesagt. Ich bin einige Tage lang in Wien, in Berlin, in Dresden und Köln gewesen. Deutschland ist groß und das ist wenig."

Nachdem das Gespräch also angeknüpft war, verstummte es. Die Augen Fischböcks hingen an dem Unbekannten. Er hatte niemals ein Bild Verdis gesehen. Aber der Ruhm, die Angesehenheit eines Hauptes läßt in geheimnisvoller Schwingung die Luft erzittern, die es umgibt. Der Maestro merkte, daß der junge Deutsche mit den hochmütigen Zügen nur aus Respekt nicht weitersprach.

Sein erfahrenes Auge schätzte die Fremden ab und erkannte, daß Last von Armut auf ihnen lag, von Armut allerdings, über die er sich nicht klar war. Er wünschte die noch ganz steife Bekanntschaft fortzusetzen und erkundigte sich danach, ob die jungen Leute nur vorübergehend oder ständig in Italien lebten.

Mathias Fischböck antwortete, als wäre er froh, einmal mit einem Fremden sprechen zu können:

„Wir leben schon mehr als fünf Jahre, seit unserer Hochzeit, in Venedig. Wir sind also keines von den unangenehmen Pärchen, die hier nur ihre Flitterwochen erledigen."

„Und der Kleine? Wie soll er erzogen werden? Was wird er einmal sein, Deutscher oder Italiener? Haben Sie schon einen Entschluß gefaßt?"

„Das ist in der heutigen Welt und Zeit gleichgültig. Solange ich es kann, will ich darüber wachen, daß er von den Scheußlichkeiten unserer Kultur und Erziehung verschont bleibt."

„Ich habe kein Recht, Sie zu beraten. Aber ich finde nicht, daß es gleichgültig ist. Wir sind Nationen, und wenn wir nicht vollständig Wurzel und Charakter verlieren wollen, müssen wir das Besondere in uns wahren und fortentwickeln. Sonst kommt nur ein gebildeter Mischmasch heraus."

Fischböck zog eine ungeduldige Grimasse:

„Nationen? Dieser moderne Nationalismus ist nichts als eine Verschwörung der Rassendefekte zur Abwehr ihrer Gesundung. Ich sehe Ihre Nationen, mein Herr, nirgends und den Mischmasch überall."

„Und warum leben Sie in Venedig?"

„Das hat einige Gründe. Ich gehöre einem sogenannten freien Beruf an und bin folglich gezwungen, mit meiner Familie in einem weniger kostspieligen Land zu leben als es Deutschland ist. Zweitens tut Venedig meiner Gesundheit gut ..."

Verdi fragte etwas zaghaft mit einem Blick auf des Deutschen Knie, die wieder von jenem unbeherrschten Zittern ergriffen wurden:

„Sind Sie krank?"

Der junge Musiker und seine Frau beeilten sich mit der Antwort sehr. Beide sprachen durcheinander, als müßte etwas vertuscht und der Frager zugleich beruhigt werden:

„Krank? Das ist nicht das richtige Wort. Im Gegenteil, ich fühle mich jetzt gerade so wohl wie noch selten. Es hat noch kein Arzt eine wirkliche Krankheit an mir gefunden. Ich bin im Grunde kerngesund. Meine Lungen sind prächtig, alle Organe sind prächtig. Es ist nur dieses verfluchte, sinnlose Fieber, das mich etwas herunterbringt."

„Ich habe gehört, daß es nervöse Fiebererscheinungen geben soll."

Agathe Fischböck nahm diese Bemerkung des Maestro entzückt auf und mit einer hohen Stimme, die alle Worte einzusaugen, statt auszuströmen schien, versicherte sie:

„Dein Fieber, Mathias, ist gewiß nervös, wie der Herr es sagt! Doktor Carvagno meint dasselbe."

Mathias nickte vollkommen überzeugt zu den Worten der Frau:

„Es ist der böse Geist, der sich immer dem in den Weg stellt, der die Wahrheit zu sagen hat."

Der Maestro, der den Sinn der letzten Worte nicht verstanden hatte, forschte weiter:

„Sie wollten mir noch einen Grund für Ihre Entscheidung, hier zu leben, nennen?"

„Wohl! Venedig liegt fernab. Es ist nicht von dieser Zeit."

„Was heißt das?"

Das Schulmeistergesicht verwandelte sich in ein Schwärmerantlitz von seltsam mittelalterlichen Zügen, in die manches Bösartige gemischt war:

„Ich muß ganz weg sein aus diesem verfluchten Jahrhundert, wenn ich meine Aufgabe fertigbringen soll."

Der Maestro wurde sehr ernst. Die großartigen Zeitverfluchungen, die sich in den letzten Jahren häuften, waren ihm wie jedes Zeichen der Schwäche und Unlust an der Welt zuwider. Wohl war er selbst ein Dichter des Schmerzes, aber dieser Schmerz war seine Empfindung vom objektiven Leben und nicht ein bloßes Leiden am eigenen Wert und Unwert. Auch verletzte ihn, den Leidenschafts-Dramatiker, jedes übertriebene Wort im Gespräch. Sein guter Geschmack wehrte sich gegen den Satz, den Fischböck gesprochen hatte, wenn er auch noch immer seinen ganzen vermessenen Sinn nicht verstand:

„Warum beschimpfen Sie unser Jahrhundert? Es hat uns Menschen vieles Gute, ja Herrliche gebracht."

„Was für Herrlichkeiten sind das, wenn ich fragen darf?"

„Sie sind jung, Signor, und ich bin alt. Sie haben vielleicht mehr gelernt als ich. Ich hingegen habe das Jahrhundert seit den zwanziger Jahren wachsen sehen. Noch heute fühle ich mit ungläubigem Staunen die mächtigen Unterschiede. Meine erste Reise im Postwagen von Parma nach Mailand dauerte fast einen ganzen Tag. Heute reise ich in ein paar Stunden nach Paris. Meine ersten Arbeiten mußte ich bei Talglicht erledigen. Heute beginnt sich schon, wie es den Anschein hat, die elektrische Flamme durchzusetzen. Als ich meinen ersten Brief schrieb, mußte ich wochenlang auf Antwort warten. Heute kann ich in einem Tag ans Ende der Welt kabeln und eine Rückdepesche erhalten. Sie, junger Herr, kennen es nicht anders, und darum verachten Sie diese riesigen, ich sage, diese weltbeglückenden Errungenschaften des neunzehnten Jahrhunderts."

„Ich sehe nicht, daß die Welt durch ihre technischen Fortschritte glücklicher geworden ist."

„Das ist die Schuld der Welt, das heißt der Menschen, die nackt geboren werden, und deshalb alle Albernheiten immer wieder von Anfang an selbst abhaspeln müssen."

„Hat dieser verdammte sogenannte Fortschritt nicht das Geistige im Menschen abgetötet, verdorben?"

„Ach! Ach! Geist hat es immer gegeben, Eisenbahnen nicht."

„Ein schöner Tausch!"

„Darf ich Ihren Namen wissen?“

„Fischböck!“

„Oh, das ist nicht leicht auszusprechen. Sehen Sie, Herr Fischböck, als ich in meiner Jugend der Zucht der Pfaffen entlaufen war, gab es ein großes Wort, das Erbteil der französischen Revolution, das uns begeisterte: „Vernunft.“ Heute hängt diesem Wort ein riesiger Zopf über den Rücken. Dafür kann man in allen Feuilletons und Zeitungsartikeln das Wort „Geist“ und “Geistigkeit“ lesen. Glauben Sie mir: Auch diesem Geist wird ein Zopf wachsen.“

„Aber Sie werden mir doch zugeben, daß unsere Kultur im Sterben liegt?“

„Wieso tut sie das?“

„Wir haben in keinem europäischen Lande eine Kunst mehr.“

„Soweit ich mir über die Literatur ein Urteil erlauben darf, hat Manzoni, der Dichter eines wahrhaft göttlichen Buches, noch vor wenigen Jahren gelebt. Victor Hugo lebt noch. Zola und Tolstoi schreiben Werk auf Werk. Das ist nur mein bescheidener Einblick, denn ich lese nicht allzuviel.“

„Zola und Tolstoi sind kritische Schriftsteller und keine wahren Schöpfer.“

„Vielleicht, Herr Fischböck, haben Sie darin ein schärferes Urteil als ich. Aber eines werden Sie selbst wissen, daß in diesem Jahrhundert die Musik auf den Gipfel geführt wurde.“

Der Maestro sagte das, wie jemand, der seine ungetrübte Überzeugung ausspricht, die von der ganzen Welt geteilt wird und also niemandes Widerspruch erregen kann. Er sah beruhigt zu Boden. Fischböck aber geriet bei dem Worte Musik in große Aufregung. Er sprang auf. Seine Frau sah ihn verzweifelt an, als dächte sie: Jetzt ist das Unglück geschehn. Er aber trat näher zum Maestro:

„Musik? Wer hat die Musik auf ihren Gipfel geführt?“ Wie ein Jäger mit gespanntem Gesicht wartete Fischböck auf die Antwort, um sie niederzuknallen.

Verdi ließ eine gewisse Zeit verstreichen, dann sagte er leise, als ob es ihn eine Überwindung koste:

„Beethoven und Wagner!“

In diesem Augenblick verzerrte sich Fischböcks gotisches Mönchs-Gesicht zu einer asiatischen Haßfratze, er lachte auf, preßte die Hand auf sein schlagendes

Herz und lief draußen vor der sonnüberschmolzenen Lagune auf und ab, als wolle er irgendwelche Zeugen für seine Erkenntnis anrufen. Als er sich gefaßt hatte, blieb er vor dem Maestro stehn. Der aber hob nicht den Blick, sondern rückte in einer gebieterischen Art zur Seite, worauf sich Fischböck sehr gehorsam und höflich setzte. Dann aber bellte er:

„Beethoven und Wagner?! Eben diese Meister sind die Mörder der Musik."

„Da Sie selbst Musiker zu sein scheinen, müssen Sie mich belehren, Herr Fischböck!"

Mathias Fischböck starrte geradeaus. Wortlos arbeitete sein Mund, schweigend zerkaute er ungenügende Formeln. Mit der hohlen Hand schöpfte er Luft, als müsse er ferne flüchtige Geister an sich raffen. Und mit Mühe, wie ein Mensch, der sein heiligstes, tausendmal durchdachtes, unerschöpfliches Wissen in wenigen blassen Worten preisgeben soll, begann er:

„Einst war die Musik rein, sie, der Engel des Erdenlebens. Nebeneinander gingen die Stimmen, einsam und in sich selbst gekehrt wie die Sterne, die einer vom andern nichts wissen, jede eine klar-umfassende melodische Periode in der Ordnung. Harmonie war für Gott da, für den Menschengeist nur ein Stück Architektur erkennbar ... (Verzeihn Sie, ich kann's nicht anders ausdrücken) ...

Es kam der Humanismus und mit ihm das freche Ich, die eingebildete Person, die nichts anderes ist als nie zu befriedigende Genußsucht. Die entgötterten Stimmen stoben auseinander. Statt in der unendlichen übermenschlichen Ordnung zu kreisen, verkamen sie in zwei mageren Systemen: Melodie und Baß. Das heißt Melodie war ja gar keine Melodie, sondern ein leerer Reiz, ein Jodeln mit bequemen Intervallen in den für die Plebs angenehm festgehaltenen Tonarten und Geschlechtern. Der Satan fuhr in den Baß. Er hörte auf, wahre Stimme zu sein, und wurde Sitz des Tiers, des Geschlechtstriebs, des nackten Rhythmus', also des wahrhaft bösen Prinzips. Anfangs gestand man sich den Genuß als Ursache und Zweck der Musik fröhlich ein. Dann aber war das achtzehnte Jahrhundert zu Ende und Beethoven erschien. Gewiß, ein Erzengel. Aber der Engel des Abfalls, Luzifer! Er hat den Höllensturz der Musik vollendet, indem er sie, wie es so schön heißt, befreite. Ja, vom Sternengesetz hat er sie befreit und dafür an den menschlichen Zufall geschmiedet. An das Zwielicht der aufgeblasenen Eitelkeit, des Zornes, der Brunst, des Selbstbetrugs hat er sie gebannt, an all das, was sich selbstbesessen „Ich" und „Seele" nennt. Beethoven ist der Erfinder dieser „Seele“ in der Musik. Gab es ein unreines vordringliches „Ich“ bei Bach? Jetzt aber wird dem Pöbel in allen Konzertsälen der Welt billig Seele verkauft, die Seele des Herrn Liszt zum Beispiel ... Die Folgen sieht man ...“

Der Maestro, dem dieser Gedankengang ungeheuerlich erschien, wurde dennoch von irgend etwas darin berührt. Er versuchte sich über die verrückte Lästerung des jungen Menschen klar zu werden:

„Sie hassen und verachten, wenn auch auf originelle Weise, wie alle Deutschen den Italianismus in der Musik. Ich bin, weiß Gott, kein gelehrter Historiker, wie der große Erzvater Fétis, aber soviel habe ich schon verstanden, daß Sie in Ihren Worten, Herr Fischböck, den Verfall der Musik von der Entstehung der Arie, der Monodie herleiten. Hier auf diesem, auf italischem Boden wurde Musik der Kirchen-Macht entführt, so herrliche Früchte sie auch in der gregorianischen Gefangenschaft des A-cappella-Stils getragen haben mag. (Ich selbst, sehen Sie, halte Palestrina für den allergrößten Meister, den es je gegeben hat.) Doch sie wurde entführt, und als das Madrigal abgestorben war, als das erste „Recitativo“, die erste „Aria“ erklang, war sie neu- und wiedergeboren. Eine andere Musik als Arien-, als Opern-, als Inhaltsmusik gibt es seit dieser Zeit nicht mehr. Und Sie glauben nicht an Nationen, da doch Ihr Haß gegen die moderne Musik ein verborgener Nationalhaß zu sein scheint. Ja, wir haben die Gesangsmelodie, die Arie, die Opernmelodie erfunden, mit ihrer einfachen, bescheidenen Begleitung, und das ist eine große Tat unserer Geschichte, die wir siegreich gegen die Tendenzen des Nordens durchgesetzt haben. Vielleicht ist, wie Sie behaupten, die Oper ein Abstieg. Mag sein! Aber seit etwa dreihundert Jahren gibt es in allen Genres der Musik nichts anderes mehr als Oper. Gut! Die Oper ist eine plebejische, wenn Sie wollen, eine angewandte Form. War aber der liturgische Gesang nicht auch eine angewandte Form? Gibt es, wie eure Weisen es fordern, überhaupt eine absolute Musik? Nein! Das ist eine unmögliche Forderung! Wenn ich Sie recht verstanden habe, hassen Sie an Beethoven nichts anderes als die Oper. Seine Symphonien sind ja auch nur wortlose Opern, melodramatische Vorgänge ohne Bühne, statt in Akten in Sätzen. In der Neunten muß er sogar ein regelrechtes Finale eingestehn. Ach! Wozu all das Geschwätz! Es verwirrt nur! Wir Italiener sind arme, naive Eingeborene. Ihr Herren aber habt zu viel Geist, viel zu viel Geist!“

Sehr erstaunt blickte Mathias Fischböck den alten Herrn mit seinem großen Borsalinohut, dem dunkelbraunen Winterrock und den eckigen Bauernstiefeln an, der eher wie ein treuer Landarzt als wie ein Künstler aussah:

„Sie sind Musiker, mein Herr?"

„Gott bewahre! Ich bin Landwirt, wenn man übertreiben will, Gutsbesitzer! Nur in meiner Jugend habe ich mich mit Musik, allerdings bloß mit Gesangsmusik befaßt."

„Aber Sie haben unglaubliche Kenntnisse ..."

„Oh! Die Wissenschaft ist auf Ihrer Seite, Signor Fischböck! Doch eines müssen Sie mir noch erklären. Ich habe immer gehört, Richard Wagner sei der Retter der Musik, ihr gewaltiger Erneuerer, der sie von dem trivialen Gelichter der Rossini, Meyerbeer und Verdi befreit hat, der sie zu ihren polyphonen Quellen zurückführt ..."

Fischböck schrak zusammen:

„Polyphonie ... Wie? ... Ich bitte, sprechen wir nicht von Wagner. Schon der bloße Name ist mir unerträglich. Ich hasse ihn wie nichts auf der Welt ... Polyphonie nennen Sie das? Effektvoll aufgeplusterte Mittelstimmen ... Er der Retter? ... Um Gottes willen! ... Dieser Erzgötze des Ichs! Sagt der Baalsdienst, der mit ihm getrieben wird, nicht alles?"

Und nach einer langen Pause fügte er ganz erschöpft hinzu:

„Die letzten Musiker waren Buxtehude und Bach."

„Ein hartes Urteil und sehr entschwundene Daten!"

Das unnatürlich gerötete Antlitz des jungen Deutschen wandte sich voll dem Maestro zu:

„Wir kennen uns kaum eine halbe Stunde, mein Herr, und doch reden wir schon über die tiefsten und delikatesten Dinge. Sie verstehen es gut mit mir. Aber jetzt werden Sie mich vielleicht für einen Wahnsinnigen halten, wenn ich, ein Fremder, den Sie nicht kennen, dies zu Ihnen sage: Mir, mein Herr, ist es gelungen und wird es noch besser gelingen ..."

Er sprach den Satz nicht zu Ende. Doch eine solche Naivität leuchtete auf dem jung-alten Gesicht, daß aller Sarkasmus aus dem Wesen des Maestro verschwand und eine tiefe Verwunderung über diesen Menschen sich seiner bemächtigte.

Fischböck sah in die Lagune hinaus. Er fand noch immer die rechten Worte nicht.

„Oh, glauben Sie mir, lieber Herr ... Herr ..."

„Carrara! Nennen Sie mich Carrara!"

„Ja, Herr Carrara, es ist mir fast schon gelungen!"

„Was ist Ihnen gelungen?"

Mit unbeugsamem Trotz stellte der Deutsche seine Überzeugung aller witzelnden Feindschaft der Welt entgegen:

„Ich werde die Musik auf eine neue und reine Grundlage stellen. Doch darüber kann man nicht reden."

Das Gesicht Verdis verschloß sich streng. Fischböck spürte es:

„Mein Herr Carrara! Ich habe nichts anderes gegen die Italiener als gegen die Deutschen. Die Italiener mit ihrer geradlinigen Einfalt sind sogar ehrlicher ... Aber, glauben Sie mir, es ist genug, genug! ... Ich bringe das, was kommen muß ... Wie schwer ist das zu sagen! ... Ach, was geht mich diese verfluchte Zeit mit ihrem Wagner-Gedudel an! ... Mich kennt noch niemand. Gott sei Dank! Ich darf frei sein und ohne Eitelkeit ... Aber sie ist schon fast gefunden, die verlorene, die neue, die Ich-lose Melodie."

Ein verkrampfter Überschwang hatte den jungen Menschen ergriffen. War es sein Fieber? Die junge Frau, die in einer schönen Weise immer schwieg, warf einen flehenden Blick auf den Maestro, der ihm rätselhaft blieb. Fischböck – (sein verkniffener Mund zuckte) – ergriff die Hand des Unbekannten, zu dem ihn plötzlich eine jener schnell aufblühenden Sympathien zog, die wir in Momenten innerer Gelöstheit so leicht empfinden können.

Verdi sah in dieses fanatische Gesicht, das von Glauben an sich selbst glühte, von jener Selbstgewißheit, die ihm so selten zuteil geworden war, da ein harter, nie zufriedener Geist ihn weiterhetzte bis zur Verzweiflung. Und dieser halbe Knabe, arm, krank, ohne Namen, er war in dieser Minute erfüllt von solcher Gnade.

Der Maestro dachte etwas Ähnliches, was er bei Marios Gesang gedacht hatte: „Dies ist vielleicht ein Genie." Obwohl der Gedanke hier gänzlich unbegründet war und nichts für ihn sprach, konnte der Maestro ihn doch nicht von sich weisen. Eine Bewegung kam über ihn, väterlich und selbstverzichtend.

Fischböck wollte die verletzende Wirkung des Bekenntnisses zu sich selbst abschwächen:

„Halten Sie mich nicht für einen Schwätzer, Herr Carrara, oder für einen jener eitlen Propheten, die jetzt überall die Kunst reformieren. Ich will nicht um jeden Preis neu sein, nein, nein!! ... Mir geht es um weit tiefere Dinge ... Ich hasse nur den modernen, gestaltlosen Schmutz! ... Ich selbst bin nicht frei von ihm! ... Aber er muß ausgebrannt werden, und in mir vor allem! ... Ich will die Kunst befreien von der modernen Unform, dem Unverantwortlich-Subjektiven. Ich bin konservativ. Denn was die Alten selbstverständlich besessen haben, will ich uns wieder erringen ... Wir sind ja auf den Hund gekommen. Das einfachste Können fehlt diesen Musik-Götzen. Glauben Sie zum Beispiel, daß einer dieser berühmten Opernkomponisten auch nur eine schulgemäße Fuge schreiben kann?"

Diese neue Überhebung zerstörte für eine Weile das Sympathiegefühl des Maestro. Aber dann kam ein Einfall, der ihm so lustig schien, daß er den Spott nur schlecht verbergen konnte.

Verdi trug immer ein Notenheftchen in grünem Einband bei sich. Dieses Heft benützte er aber fast nie zur Notiz seiner Einfälle, sondern als rechte Aufgabentheke. Er hatte nämlich die Gewohnheit, hie und da für sich eine Fuge zu schreiben. Wenn dann solch ein Heft voll war, warf er es fort, denn er schätzte die schlechteste Inspiration höher ein als die beste Mache und betrachtete das Fugenschreiben nur als Ölung seines inneren Musikmechanismus, vielleicht als selbstironische Buße für frühere Opernsünden. Hier in diesen Fugenheften, die leider alle verlorengegangen sind, hätte man verwunderliche Dinge finden können. Denn aus irgendeinem Lärm, aus dem Ruf eines Eisverkäufers, eines Barkenführers, aus dem Arbeitsgeschrei der Drescher und Winzer, aus dem Weinen eines Kindes, aus dem Tonfall eines flüchtigen Satzes holte er die Themen zu seinen Übungen.

Einmal – (diese Geschichte erzählt uns Professor Pizzi) – setzte er seine Nachbarn auf der Senatorenbank des Königreiches, den Freund Piroli und den ausgezeichneten Quintino Sella, in Verwunderung, als er auf vier solcher Notenblätter den Tumult einer erregten Parlamentsverhandlung in eine Doppelfuge umsetzte. Dieses historisch beglaubigte Stück soll sich im Besitz der Familie Piroli erhalten haben.

Es würden wohl viele Musikbeflissene empört auffahren, wollte man den Komponisten des „Rigoletto" den größten Musiker seiner Zeit nennen. Der Schnellste war er jedenfalls. Denn mit einem Zug sondergleichen, unheimlich hingefetzt, wurde das innen oder außen Gehörte zum Notenbild. Dies war auch eine seiner wenigen Eitelkeiten, mit denen der Maestro hie und da die Leute zu verblüffen liebte. Blitzschnell holte er aus einem akustischen Vorgang den musikalischen Satz und nagelte ihn mit wilden Notenköpfen ins grüne Heft.

Das kecke Wort Fischböcks stachelte ihn auf. Dazu kam noch sein Patriotismus, der dem Deutschen beweisen wollte, daß ein Italiener (denn mehr, als daß er ein Italiener sei, wußte der andere ja nicht), daß auch er nicht nur Unisonochöre zu machen verstehe, sondern das höhere Handwerk wohl beherrsche.

Langsam zog er das grüne Heft hervor und sah sich wie ein Zeichner um, der das Objekt seiner Studien sucht:

„Herr Fischböck! Ich bin zwar nur ein Stümper und Italiener. Aber Sie sagen, daß niemand heute mehr eine Fuge zu machen verstehe. Ich bin bloß ein Liebhaber. Wenn Sie Nachsicht haben, will ich zwar nicht eine Fuge, aber ein kleines Fugato wagen."

Er schlug das Heft von hinten auf, damit andere Notierungen ihn nicht als Fachmann verrieten, und zog den Bleistift hervor:

„Hören Sie dort die Kinder in dem kleinen Segelboot? Diese Mädchenstimmen! Das ist ein ganz brauchbares Thema: Fis-Dur. Sechs Kreuzchen! Sehen Sie, da steht es!"

Ein paar Minuten, und eine der kleinen Heftseiten war mit ausgeschriebenen Notenzeichen bis zum Rand gefüllt. Ohne Überlegung gehorchte der Rhythmus, in überbewußter Sicherheit setzten die Stimmen nacheinander ein, kamen die richtigen Werte untereinander zu stehen.

Fischböck schlug sich an die Stirn.

„Das ist unerhört, das ist famos! So etwas habe ich noch nicht erlebt. Und Sie, Herr Carrara, wollen kein Musiker sein?"

„Um Gottes willen, Signor? Musiker? Nein, nein! Als ich vor einem halben Jahrhundert am Konservatorium in Mailand schüchtern anklopfte, haben sie mich wegen Talentlosigkeit fortgeschickt. Ich bin ihnen dankbar dafür. Zu welch entsetzlicher Gelehrsamkeit hätte ich es sonst bringen können. – So bin ich Musikfreund geblieben und Landwirt geworden. Ein bißchen Praktik und basta! Wenn Sie aber einmal nach Hause kommen, erzählen Sie dann Ihren Landsleuten, daß die Italiener zwar musikalische Halunken sind wie eh und je, daß aber dort selbst die hinausgeworfenen Konservatoristen den Kontrapunkt nicht allzu schwer nehmen!"

Fischböck, ganz entzückt von der Persönlichkeit des Fremden, ja tief erregt, packte des Maestro Hand:

„Herr Carrara, ich will nicht zudringlich sein. Sie kennen mich ja nicht. Und Agathe sagt, ich wirke auf alle Leute als Flegel. Ich glaube selbst, daß ich unsympathisch bin. Aber Sie, Sie sind der erste Mensch seit langer Zeit, bei dem mir das sehr leid tut. Ich habe großes Zutrauen und eine Bitte an Sie: Wollen Sie zu mir oder darf ich zu Ihnen kommen? Ach, ich habe ja niemanden, der meine Sachen begreift. Ich glaube jetzt fest, obgleich Sie doch soviel älter sind als ich, daß Sie der Mann wären, mich zu verstehen. Gerade mit Ihnen möchte ich über vieles reden. Ich weiß, daß ich jetzt zudringlich war."

Der Maestro zögerte einen Augenblick mit der Antwort. Er wußte aus langer Erfahrung, wie schmerzhaft es ist, sich mit fremden Schicksalen zu belasten. Er war zu alt, um nicht jede neue Beziehung zu fürchten. Was gab sie ihm? Verpflichtungen, Sorgen, Verstimmungen und früher oder später einen trüben Abschied mehr. In seinem Alter und Rang war er allzu einseitig immer wieder der Gebende und Schenkende. Und vor der undankbar-verletzenden Gleichgültigkeit der Jugend hatte er Angst. Da aber sah er Agathe Fischböck an. Sie hing mit großer Spannung an seinen Lippen, als könnte ihr kein besseres Heil widerfahren als seine Zusage. Sie lächelte in dieser Spannung flehentlich. Dieses Lächeln entschied die Frage: „Gut, ich werde zu Ihnen kommen!"

„Wann? Heute? Sagen Sie heute!"

„Heute nicht. Aber morgen! Geben Sie mir Ihre Adresse."

Fischböck schrieb Straße und Hausnummer auf einen Zettel. Ehe er der Frau und dem neuen Bekannten seine feste Hand gab, sah der Maestro lange das Kind an und sagte:

„Aber du mußt auch dabei sein!"

Schnellen, heiteren Schrittes ging er davon. Auf den Fondamenta della Croce nahm er dann eine der einfachen Barken, die man hier Sandolo nennt, zur Überfuhr. Er setzte sich nicht auf den verwetzten Sitz, sondern stand die ganze Zeit aufrecht. Er wußte nicht, warum, aber beruhigende Stimmen des Gemüts führten Gespräche:

„Wenn sie wüßten, wie sie alle komisch sind mit ihrem welterschütternden Ich ... Ach, es kommt auf Kunst, auf Kunstschwatz und dergleichen nicht an ... Wir überschätzen den Unsinn, weil wir die wahren Beschäftigungen verlernt haben ... Dieser Mensch will sein Ich überwinden und quält dabei höchstwahrscheinlich das arme blonde Weib, das sich für seinen Narrentraum aufopfern muß ... Nun, ich bin neugierig auf diese objektive Kunst ... Wozu das? Früher wäre ich auf solchen Unsinn nicht neugierig gewesen. Ein konfuser Kopf ... Der Mensch macht auf mich Eindruck ... Vielleicht ist er der neue Mann ... Das Hauptunglück (ich weiß es schon längst) ist das Wort „Kunst" ... Das ist voll Eitelkeit, voll falscher Ziele und Gefühle ... Leben muß man! ... Und leben heißt alle Schimären töten, immer wirklicher werden ... Der arme Wagner! ... Alle irren, alles ist voll Gespenster! ... Ach, ich müßte ihn doch besuchen! ... Aber so schimärenlos, scheint es, bin ich noch nicht."

Die Fahrt ging an großen bauchigen Schiffen vorbei, die, unbeladen, mit rotem Tiefgang aus dem Wasser ragten.

Der Maestro überlegte jetzt mit Freude, daß einer seiner Lieblingspläne, die Gründung des Spitals in Villanova, wie die nachgesandte Post heute gezeigt hatte, sehr gut fortschreite. Dies war Wirklichkeit. Neue und jetzt beglückende Vorstellungen erwachten in seinem Geist. Er dachte an die verschiedenen Diät- und Verköstigungsklassen der Kranken, an die tägliche Ration von Brot, Nudeln, Polenta, Milch und Wein, an die Kosten der Normalportion, der chirurgischen Instrumente, des Operationsbetriebs, an die Zahl der Betten, an den Stand des Wartepersonals, an Ersparnismöglichkeiten, Aufbesserungen und hundert andere Dinge mehr.

In den Minuten dieser Überfahrt war er nicht der große Opernkomponist, der weltbelauerte Künstler, der seit zehn Jahren stumm war, und sich verhöhnt, verfolgt, übertroffen fühlte. Sein Herz schlug frei vom Druck der Unfruchtbarkeit, der Rivalität, des Ruhms. – Er war der alte kinderlose Mann, der durch Glück und Arbeit ein großes Vermögen erworben hatte, das er nun mit kluger Berechnung für die Armen anlegte.

Er beschloß noch heute Doktor Carvagno aufzusuchen, und unter seiner Führung das Ospedale civile zu besichtigen. Vielleicht konnte er ein oder die andere Einrichtung für das kleine Krankenhaus von Villanova übernehmen.

Siebentes Kapitel

Der Augenblick

I

In den letzten Jahrzehnten war das alte und hochberühmte Fest des venezianischen Karnevals schon sehr in Verfall geraten. Der große Umzug von der Riva zur Piazza fand zwar noch immer statt, aber nicht mehr von lebendigem Übermut geleitet, sondern nur weil eine lahme und greisenhafte Erinnerung mächtiger Zeiten noch immer als alljährliches Gespenst am buntgeflickten Faschingsdienstag erwachte.

Der große Tag des Karnevals, der einmal alle Stände der Stadt in Orgien, Duellen, Abenteuern, Liebesbegegnungen, Intrigen, Gelagen, Morden, Ehebrüchen, Komödien – mit Feuerschein, Maskentanz, Liebesschrei, Bacchusruf und dem schwarzen Schall rücklings ins Wasser gestoßener Körper vereint und entzweit hatte, dieser Karnevalstag war zu einem Jahrmarktsfest, zu einer Art gewöhnlicher Volksbelustigung herabgesunken.

In diesem Jahre dreiundachtzig, dank dem Komitee des ästhetischen Grafen Balbi, sollte es anders werden. Nicht nur Margherita Dezorzi und zwei andere Bühnenkünstlerinnen von Rang hatten zugesagt, bei den Gruppen des Umzugs mitzuwirken, sondern sogar einige Damen des Adels waren den Überredungskünsten des Veranstalters erlegen.

Selbstverständlich täuschte sich Balbi vollkommen über die Art dieses Festes, das aus Trunkenheit, Geilheit und Galgenhumor heraus gefeiert werden will, das, so heidnisch unheilig es ursprünglich auch ist, durchaus zur Welt des katholischen Kirchenjahres gehört, und mit der Lockerung des rituellen und gläubigen Lebens seinen Sinn, wenn nicht verloren, so doch verwandelt hat.

Man stand am Ausgang jenes Zeitalters, in dem die bürgerliche und künstlerische Welt vollkommen die Gegenwart unter den Füßen verloren hatte. Während mit den eckigen Bewegungen einer seellosen zukünftigen Menschengestalt die Maschine das Erdenbild verwandelte, schwelgte diese romantische Bürgerwelt in gemalten oder gelebten Tableaus voll kämpfender Ritter auf zum Himmel gebäumten Rossen (die wild-gekränkte Gesichter schnitten), voll faltiger Fahnen und wandelnder Mönche, die im schlechtgepinselten Qualm ihrer Fackeln die verschwimmenden Gesichter versteckten. Piloty in München, die Historienmaler überall hatten ihre Leinwand mit staubwirbelnden Affären längst verrauchter Schlachten überfüllt, Makart in Wien prangende Züge in „echten Kostümen“ veranstaltet. Hinter dieser Pracht – (heute weiß das jeder Akademieschüler herzuleiern) – stand aber keine Notwendigkeit, kein Leben, sondern nur die Hohlheit dekorativer Genießer.

Graf Balbi war schließlich nichts anderes. Sein Unternehmungssinn, seine Prachtliebe hatte den Karnevalsumzug erwählt, einem makartschen Ehrgeiz zu frönen.

Die Gruppe des „Orfeo“ war beschlossen, die Kostüme und Masken in einigen Sitzungen festgesetzt worden. Margherita war wie immer, wenn es sich um Proben oder Vorbereitungen eines Theaterspiels handelte, sachlich, klarsinnig. Sie zeigte kein weiteres Interesse an Italo, aber da sie eingewilligt hatte, seine Eurydice zu sein und keinen andern mehr auszeichnete als ihn, überließ er sich seinen schmachtenden Träumen.

Wie hochmütig war seine Liebe zu Bianca gewesen. Kein Dienst, kein Opfer der sich restlos verschenkenden Frau schien ihm zu hoch. Wie demütig war seine neue Liebe zu der Sängerin, die seine Blicke nicht im geringsten verstehn wollte und ihn bestenfalls wie einen Kollegen behandelte.

Italo, der unter Lügenlasten keuchend, täglich ein paar Stunden bei Bianca verbrachte, fühlte, daß es so nicht mehr weitergehe. Vor dem wachen Herzen der liebenden Frau rettete er sich in halbechte Melancholien, in ununterbrochenes Stöhnen, Seufzen und in plötzliche Tränenkrämpfe, die er in ihrem Schoß weinte.

Durch solche Leidensgebärden sind Frauen am ehesten über die wahren Ursachen zu täuschen.

Eines Morgens aber, als er mit niegefühlter Seligkeit, Margherita auf der Welt zu wissen, erwachte, zweifelte er nicht länger, daß der Knoten sofort zerhauen werden müsse. Es gab nur zwei Wege!

Der eine: Bianca alles gestehn! – Aber wie konnte er das tun? Sie trug ja ein Kind von ihm. Er wollte sie nicht morden.

Und dann! War dieses Geständnis seine Pflicht? Wohl war all seine Liebe für Bianca abgestorben. Doch das neue Feuer trug er noch im Herzen versperrt, nichts war geschehn und die Dezorzi sah ihn kaum an.

Er wählte den anderen Weg, den leichteren, die Gemeinheit. Bianca pflegte selten auszugehn, das wußte er. Sie litt seit längerer Zeit an einer nervösen Platzangst. Menschenansammlungen zumal und laute Straßen ertrug sie nicht.

Es war keine Gefahr da, daß sie ihm unerwünscht begegnen könnte. So erfand er diese schulbubenhafte Ausrede, die ihn von ihr befreite, seinen Sinnen Urlaub gab, das neue Glücksgefühl auszukosten und durchprickelt zu warten, wohin das Schicksal ihn verführen werde. Indem er alle vornehmen Regungen in sich niederwürgte, erzählte er an diesem Morgen der Frau eine alberne Geschichte, daß sein Bruder Renzo in Rom gefährlich erkrankt sei, er selbst auf Wunsch seines Vaters noch heute dahin reisen müsse, und nicht wisse, ob er vor zehn Tagen heimkehren werde.

Bianca, sonst so mißtrauisch, so ahnungsvoll, glaubte diese Geschichte aufs Wort. Sie fühlte nur eines, daß sie Abschied nehmen müsse von dem Geliebten. Das Leid dieses Abschieds für wenige Tage verblendete sie ganz.

Als Italo ihr Haus verließ, spie er vor sich selber aus, denn er hatte freimütigen Tones wie noch nie gelogen. Er fühlte sich durch diese erste große Lüge moralisch besudelt. Dennoch war ihm leicht wie schon seit Monaten nicht. Die Entscheidung war gefallen, der böse kleine Schritt geschehn, der notwendig zur Tragödie führen mußte. Besinnungslos wollte er weitergehn, und wenn sie ihn auch niemals erhören würde, die Gegenwart, das Antlitz, die Huldgestalt, das Genie der Sängerin anbetend genießen.

Unter dem Vorwand der Orpheusgruppe betrat er noch am selben Tag die Wohnung der Dezorzi. Die stumpfe Matrone empfing ihn, er mußte dreißig Minuten lang in einem ganz ungemütlichen Zimmer eine lahme Unterhaltung schleppen. Diese halbe Stunde machte ihn unglücklich. Wofür hatte er Bianca aufgeopfert?

Endlich, als hätte sie plötzlich geheimen Auftrag erhalten, erhob sich die Mutter und führte ihn zu Margherita. Immer wenn er sie sah, krampfte sich seine Verliebtheit zu einem panischen Schrecken zusammen, daß er zu stottern begann wie ein Idiot.

Sie saß an einem Tischchen über den Kalender gebeugt und hatte aus einem für ihn nicht ersichtlichen Grund den vierzehnten Februar rot angestrichen. Dann sagte sie nach rasch abgetaner Begrüßung:

„Am zwölften ist die Premiere der „Macht des Schicksals“. Haben Sie Ihren Vater schon ersucht, Maestro Verdi ins Theater zu bitten?“

„Mein Vater hat mir alles versprochen. Ich hoffe bald Antwort zu bekommen.“

„Das ist gut.“

Die große und überaus schmale Gestalt stand von dem Schreibtisch auf:

„Diesmal werden Sie mich entschuldigen. Aber Sie sehen, ich muß zur Probe.“

Italos Gesicht verfiel. Er wurde weiß vor Unglück. Jetzt schickte sie ihn fort, nachdem er kaum ein Wort gesprochen hatte. War er nicht gekommen, ihr alles zu sagen, zu bekennen, daß er um ihretwillen das Weib, das ihn liebte, verlassen hatte, daß er zum Verbrecher an einer großen Seele geworden war? Sein Mund arbeitete vergebens an einem toten Wort. Er wandte die Augen ab. Margherita besann sich anders:

„Es tut mir leid, daß ich fort muß. Aber Sie können mich ja begleiten. Ich gehe zu Fuß ins Theater.“

Gehorsam und glücklich ging er an ihrer Seite. Er war mundtot und blöde. Es gelang ihm nicht, sich zu erklären. Gerade diese Wirkung ihrer Person schien die Dezorzi aber besonders zu befriedigen.

II

Doktor Carvagno hatte den Maestro durch das öffentliche Krankenhaus der Stadt Venedig geführt, das dank seiner unnachgiebigen Tatkraft aus dem mäßigen Kleinstadtspital der Scuola San Marco in eine moderne Anstalt von mächtigem Umfang verwandelt worden war. Verdi, der die trüben, halbverfallenen Mauern des Ospedale, die den Rio dei Mendicanti entlanglaufen, oft schon mit Schaudern gesehen hatte, war sehr erstaunt, als er im Innern des Gevierts einen großen Park, saubere Küchen und große Krankenzimmer vorfand.

Carvagno, der den verehrten Mann mit dem Glücksgefühl, seine Leistung von klaren Augen gewürdigt zu sehen, durch alle Räume führte, ging eifrig auf jede Frage des Maestro ein, zeigte die Operationssäle, die Diensträume, die Küchen und Waschküchen. Mit Leidenschaft war Verdi bei der Sache. Über Einrichtungen, die ihm besonders zusagten, machte er Aufzeichnungen, und entwarf im Geist sogleich Briefe und Anordnungen, die er noch am selbigen Tag dem künftigen Kurator seines „Spitals für mittellose Kranke in Villanova“ zusenden wollte.

Nach einer Stunde sehr anstrengenden Rundgangs saß man im lichten Zimmer Doktor Carvagnos, dessen Fenster auf die Lagune hinaussahen und das zypressendunkle Bild der venezianischen Nekropolis, die Friedhofsinsel San Michele umrahmten.

Hier erkundigte sich der Maestro nach Mathias Fischböcks Krankheit. Vorher hatte er von der mittäglichen Begegnung auf der Giudecca erzählt. Der Arzt, der eine Zigarrenkiste nach langwierigem Suchen endlich aus der Lade zog, zeigte die angestrengten Augen eines sehr Kurzsichtigen:

„Ich will Sie nicht, Signor Maestro, mit irgendwelchen medizinischen Fachausdrücken ermüden. In allen Wissenschaften, vor allem aber in unserer rein praktischen heißt ein Name zumeist Verlegenheit. Der junge Deutsche leidet an einem ununterbrochenen Fieber, das schon einige Monate lang dauert, jedoch niemals besonders hohe Temperaturen erreicht. Die Ursache dieses Fiebers ist nicht klar. Soweit die Methoden unserer Untersuchung reichen, finde ich kein Organ wesentlich angegriffen, auch die Lunge nicht. Ich habe natürlich hundert Vermutungen, aber keine scheint mir genügend stichhaltig zu sein. Meine Kollegen würden mich wahrscheinlich steinigen, wenn sie hörten, was ich jetzt zu Ihnen sage: Vielleicht gibt es Erregungszustände des Körpers, die durch geistige Einflüsse hervorgerufen werden. Bei diesem Fischböck scheint es, als ob der ganze Lebensprozeß, ungeduldig geworden, in höherer Verbrennungstemperatur ablaufen würde. Eine feste Diagnose kann ich, wenn ich aufrichtig sein will, bisher noch nicht stellen.“

„Und die jungen Leute leben in Armut?“

„Auch daraus werde ich nicht ganz klug. Sie haben mir niemals ins Gesicht über ihre Verhältnisse geklagt. Und ich bin oft bei ihnen, aus einer Art Verpflichtungsgefühl, und dann, weil dieser Mensch mich interessiert: Ich bin sicher, sie hungern. Trotzdem können Sie sich keine Vorstellung davon machen, welche Vorsicht nötig ist, wenn man ihnen einige Lebensmittel ins Haus schmuggeln will. Geld würden sie einem einfach vor die Füße werfen. Sie sind stolz wie Hidalgos. – Wurden Sie erkannt, Signor Maestro?“

„Nein! Ich heiße in diesem Fall Carrara und bin Landwirt.“

„Ich schäme mich, daß ich immer unbefriedigende Auskünfte geben muß. Wahrscheinlich bin ich gar kein rechter Arzt, sondern nur ein wüster Kerl, der nicht nachgibt. Ein rechter Arzt weiß von vornherein den Namen der Dinge und was er vorschriftsmäßig zu tun hat. Mein Unglück ist es, daß mir die Krankheiten der Leute ungebührlich nahe gehen, sie reizen mich, sie fordern mich heraus. Ich kann das gar nicht erklären, verehrtester Maestro, bei mir gibt es wenig Kopfarbeit, aber auf einmal habe ich eine unbequeme Leidenschaft in mir, fast einen Schmerz ... ach, es ist niederträchtig, daß ich mich vor Ihnen wichtig mache."

„Oh, ganz im Gegenteil, lieber Carvagno! Ich verstehe Sie sehr gut. Sie schildern Ihre Art von Inspiration. Ich verstehe."

Einige Minuten später verabschiedete sich Verdi.

Wie er es versprochen hatte, erschien der Maestro am nächsten Nachmittag in der Wohnung von Mathias Fischböck. Diese Wohnung war nichts als ein ziemlich großer niedriger Raum, der durch einen Vorhang in eine Schlaf- und Wohnstube geteilt war. Gleich bei seinem Eintritt aber, ohne daß er sich über den Ursprung seines Gefühls hätte Rechenschaft geben können, verspürte Verdi eine merkwürdige Rührung. Es herrschte in der Stube ein fremdartiger und reiner Geist, der ihn ergriff, der ihn einen verwirrten Augenblick lang über Jahrzehnte weg den Gedanken fassen ließ, er besuche den jungen Wagner in Paris.

War dieser Einfall der Grund seiner Bewegung, war es eine verschwommene Erinnerung, die nicht Leben bekam, war es die Tatsache, daß er einen fürsorglich-gedeckten Tisch vor sich sah mit dem Teekessel darauf und einer großen Schüssel voll Bäckereien? Er hatte nicht erwartet, daß er als Gast würde empfangen werden, und jetzt, da ihn ein harrendes Zimmerchen, ein vorbereiteter Tisch erwartete, empfand er dies mit einer wachsenden Beklemmung.

Alles in diesem Raum hatte für ihn einen wesensfremden und darum unheimlichen Charakter. Es schien ihm, als grüße eine unverständliche Seele, stark und doch hilflos, ohne Heimat. Er selbst war bereit, liebend und sonder Vorbehalt, die fremdartige Seele dies eine Mal zu umarmen.

Jeder Gegenstand rings zeigte dem Maestro dieses Unheimliche und zugleich Rührende. Der weißgedeckte Tisch, das Pianino mit Noten und Büchern, das alte, hier vollkommen sinnlose Sternenfernrohr in der Ecke, ein Erbstück, das Fischböck immer mit sich führte.

Frau Fischböck schien eine große Vorliebe für Tücher und Deckchen zu haben. Überall, wo es nur anging, waren sie aufgelegt und gaben dem Zimmer eine altjüngferliche, sterbensergebene Eigenart.

Große Freude erfüllte den Sinn des Maestro, als der kleine Hans, ganz ohne Aufforderung, sogleich zu ihm ging und ihm als einem Bekannten die Hand reichte. Von Freunden fühlte er sich empfangen.

Mathias nahm ihm ehrerbietig den Mantel ab, das Auge Agathens war voll Vergnügen und der Knabe schleppte unerbittlich einige Spielsachen seiner Vorliebe herbei, um den Gast in ihr Geheimnis einzuweihen. Der Maestro war mit sich schrecklich unzufrieden, daß er nicht daran gedacht hatte, für Hans ein Geschenk mitzubringen.

Der junge Musiker ging in dem guterwärmten Raum im Überrock herum. Als er merkte, daß es dem Maestro auffiel, entschuldigte er sich:

„Nehmen Sie mirs nicht übel, Herr Carrara! Aber mich friert, und nie wird mir warm. Können Sie sich vorstellen, wie aufreibend bei meinem Zustand das Arbeiten ist? Doch um so besser! Mehr Reibung, mehr Funken!“

Und er reckte die Arme, während plötzlich seine Wangen sich unnatürlich färbten. Der vermeintliche Signor Carrara schüttelte den Kopf:

„Warum denn leben Sie im Winter in diesem kühlen, nördlichen Venedig? Italien ist so reich an Orten, wo jetzt schon der herrlichste Frühling blüht, und die viel weniger kostspielig sind als diese Stadt!“

„Denken Sie, ich mag nirgendwo anders leben als hier! Ich fühle mich hier sehr wohl. Ich will niemals fortgehen.“

„Man sagt, daß diese Magierin Venedig den Musikern besonders gefährlich wird. Eine Sage sogar erzählt, daß in uralter Zeit auf diesen Fluten und Fischerinseln die Musik geboren worden sei. Aber bei Ihren Grundsätzen und Theorien, Herr Fischböck, werden Sie durch Venedigs Musik keinen Schaden nehmen.“

„Ach, Herr Carrara, auch in mir wie in jedem andern Zeitgenossen sind ganze Riesenmengen schlechter Musik aufgestapelt. Ich verstehe sehr wohl den musikalischen Magnetismus dieser Stadt. Man läuft stundenlang durch die Gassen, man schaut betäubt in den großen Kanal oder auf die Lagune. Immer wiegt den Menschen, auch wenn er auf dem Festland steht, der Wassertakt. Nicht die klare Musik der Sterne, aber die chaotische des Wassers herrscht hier. Darum, weil ich sie immer vor mir habe, kann ich sie leicht überwinden. Nebel-Auf und -Ab, Durcheinanderwogen, Spiel der Formlosigkeiten, Wassermusik, ist das nicht alles Wagner? Der Alte weiß sehr gut, warum er immer wieder herkommt."

„Ich kenne die Musik Wagners viel zu wenig, um darüber zu urteilen, lieber Fischböck! Aber sollten Sie diesem Meister wirklich so wenig verdanken, daß Sie ihn so sehr hassen können?"

Agathe Fischböck – der Dampf zischte aus dem Samowar – bat nun zu Tisch. Der Maestro konnte anfangs wiederum eine Befangenheit nicht leicht überwinden, wenn er daran dachte, daß diese armen Menschen sich seinetwegen in Ausgaben gestürzt hatten. Aber, da er so herzlich, so freimütig behandelt und aufgefordert wurde, aß und trank er selber freimütig, um seine Gedanken nicht zu verraten. Nur die Milch, die man ihm zum Tee anbot, wies er zurück.

Immer mehr wuchs seine Sympathie für diese Menschen und ein Gefühl väterlicher Besorgnis. Als das Mahl beendet war, lebte Behagen auf. Der Kranke fühlte sich wohl, wie schon lange nicht. Unbewußt wirkte die große Persönlichkeit Verdis auf ihn beglückend. Die Frau sah einen Freund gewonnen, einen vornehmen älteren Mann, aus dessen streng-gütigen Zügen die Verläßlichkeit selbst sprach. Sie war noch so jung. Und wieviel Verantwortung, drohende Schrecken, folternde Sorgen lagen auf ihr. Sie empfand die Gegenwart des Gastes wie eine beruhigend streichelnde Hand. Dieses helle bärtige Gesicht mit dem (auch in engem Raum) weitschweifenden Blick zog alles Elend an sich und löste es freundlich auf. Agathe warf ihre Last ab und sonnte sich wie ein Kind in diesem Antlitz. Noch mehr als Mathias fühlte sie die Bedeutung dieses Menschen. In ihrer überquellenden Dankbarkeit fand sie aber nur das ungeschickte Mittel, den Maestro unablässig zum Essen zu nötigen.

Fischböck reichte dem Gast ein Zündholz für die Zigarre:

„Länger, Herr Carrara, dürfen Sie es nicht mehr leugnen, daß Sie Musiker sind. Ich habe in den letzten Stunden immer wieder daran denken müssen, wie Sie, ohne einen Augenblick nachzusinnen, diese Kinderstimmenfuge aufs Papier geworfen haben. Ich lasse mich nicht schnell einschüchtern, aber das war ein Stoß für mich. Sie haben das im Handgelenk, was die geeichten Berühmtheiten unserer Tage längst verlernt haben. Und Ihre Notenschrift, die hat kein Dilettant."

„Mein lieber Fischböck, das hat mit Musik gar nichts zu tun. Das ist ein Taschenspielerstück. Andere machen mit demselben Geschick Kartenkünste. Ich bin Gutsbesitzer. Reden wir nicht davon."

„Nein! Nein! Sie haben eine Handschrift!"

„Es muß Ihnen doch lieber sein, daß ich kein Notenschmierer bin. Nach Ihren Prinzipien müßten Sie mich ja sonst verachten. Aber nicht, damit wir über mich reden, bin ich hierher gekommen. Ich möchte recht viel von Ihnen erfahren."

„Meine Geschichte ist schnell erzählt!"

„Wie alt sind Sie?"

„Sechsundzwanzig!"

„Sechsundzwanzig", wiederholte der Maestro langsam, als koste er die ihm so entlegene Zahl aus.

Fischböcks Gesicht legte die altertümliche Mönchsmaske an. Kindlichen Tones zog er die Summe seines Schaffens:

„Sechsundzwanzig! Jawohl! Aber bis zum fünfundzwanzigsten gilt nichts von mir. Meine wahre Geburtsstunde fällt in diesen Winter."

Der Maestro dachte an sein eigenes sechsundzwanzigstes Jahr: "Da habe ich gerade den „Oberto, Conte di San Bonifacio" geschrieben gehabt. Mein Gott, wie anspruchslos bin ich gegen diesen Jüngling hier gewesen." Nach einer Weile des Schweigens sagte er:

„Da ich schon wie ein Richter Ihr Bekenntnis abnehme, frage ich weiter: Wo geboren?"

„In Bitterfeld, einer Stadt in Mitteldeutschland!"

„Bitterfeld? Campo amaro! Auf bittrem Feld! Glücklichere Taufnamen für ihre Städte konnten eure Vorfahren nicht finden?"

„Mein verehrter Herr Carrara! Diese Stadt heißt mit Recht Bitterfeld. Auch mir war sie nicht süß. Ich bin der Sohn des dortigen Stadtkirchenorganisten. Schon mein Vater, der seit drei Jahren tot ist, war den Spießbürgern nicht recht geheuer. Im heutigen Deutschland wird unsereins Alkoholiker oder Sonderling, oder gar beides zusammen. Mein Vater schrieb sein ganzes Leben lang an einem Geschichtswerk über „Die thüringischen Stadtpfeifereien nach dem dreißigjährigen Krieg". Da er so ziemlich der einzige Mensch von Bitterfeld war, kehrte er seinen p. t. Mitbürgern die Kehrseite zu. Sie haben ihn verfolgt. – Und nun gar ich, das können Sie sich wohl ausrechnen. – Allzuviel Grund zum Heimweh habe ich nicht. – Meine Agathe hier hat übrigens ihre himmelblaue Bitterfelder Zukunft an der Seite eines reichspatentierten Assessors oder Pastoratskandidaten auch verspielt. Sie hat sich von mir entführen lassen. Finis! Das ist unsere ganze Biographie!"

Maestro Verdi hatte nicht viel Vorstellung vom deutschen Philisterium und seiner unerfreulichen Entwicklung seit 1870. Trotzdem war es ihm unbegreiflich, daß ein Mensch mit offenbarem Widerwillen von seinem Vaterland sprechen konnte. Der Italiener verstand das uralte deutsche Mißgeschick, den nationalen Selbsthaß nicht, der aus tragischer Unfähigkeit zu volkshafter Lebensgestaltung wächst. Noch in den Zeiten der hoffnungslosen Zersplitterung durch Fremdherrschaft und Kurienerziehung besaßen die Italiener eine urwüchsige Demokratie, die den Deutschen durch Bismarcks glückliche Kriege weniger denn je gegeben wurde. Eine andere Sache aber war dem Maestro wichtiger:

„Nehmen Sie meiner väterlichen Neugier diese Frage nicht übel, Herr Fischböck! Da Sie alle Beziehungen zur Heimat abgebrochen haben, wovon leben Sie dann?"

Dem Musiker wurde die Antwort sichtlich schwer. Flüchtigen Tones suchte er die Wichtigkeit dieses Themas zu verwischen:

„Ach, es geht schon. Ich habe so etwas wie einen Mäzen. Und außerdem werde ich mich jetzt nach Schülern umsehen. Ich hoffe auch, daß ich in einigen Wochen wieder gesund und strapazenfähig bin. Und sehen Sie, Herr Carrara: Agathe, sie arbeitet viel, macht allerhand wunderschöne Sachen ..."

Agathe nahm ihr Kind bei der Hand und verschwand im Nebenraum. Der Maestro sah diesem schweigsamen Mädchenwesen nach, desgleichen ihm noch nie begegnet war. Ging sie jetzt, weil sie sich ihrer Armut schämte, weil sie einem Lob, einer Frage auswich, oder einfach nur um die Herren allein zu lassen?

Hinter dem Vorhang blieb es ganz still. Nicht einmal das Kind, dieses allzu ernste Kind, lachte und plapperte.

Fast mit einem Vorwurf wandte sich Verdi an den jungen Gatten und Vater:

„Erlauben Sie, Herr Fischböck! Sie sind Musiker, und ich bin sicher, ein sehr tüchtiger Musiker. All Ihre kritischen Ansichten jetzt beiseite; aber ich denke mir, daß ein junger Meister von Ihrem Geist, von Ihrer Einsicht in die Kunst in heutiger Zeit wohl sein gutes Auskommen finden müßte. Es gibt so wenig schöpferische Naturen. Und die Welt hungert wie niemals noch nach Musik."

„Nun, nach meiner Musik hungert sie gewiß nicht."

„Man müßte es auf den Versuch ankommen lassen. In Deutschland wird sich ein Verleger finden, der Ihre Sachen druckt."

Fischböck empörte sich:

„In Deutschland? Im Liszt-Wagnerschen, orchester-schwulstigen Deutschland?? Oder im Deutschland öder Akademiker? Nein, dort findet sich kein Verleger für mich!"

„So wird er sich, wenn Sie wirkliche Musik schreiben, in Italien finden."

In Mathias Fischböcks Auge funkelte es kurz auf. Es war derselbe begehrliche Blitz voll Schwäche und Hoffnung, den der Maestro an dem unglückseligen Sassaroli beobachtet hatte. Sofort aber wich diese Anfechtung einer ablehnenden Härte:

„Ich habe mich damit abgefunden. Ich schreibe nicht für die Zeit!"

„Glauben Sie an eine Nachwelt?"

„Das ist mir nicht weniger gleichgültig. Ich erfülle einfach in meinen Kompositionen das Wesen der Musik, wie ein Baum das Wesen der Natur. Mir wachsen ja auch die Haare und Nägel ohne Zweck und Publikum. Gerade so wächst mir meine Musik. Was die Welt damit anfängt oder nicht, geht mich nichts an."

„Sie sagen, Ihre Zeit sei Ihnen gleichgültig! Aber hören Sie, mein lieber Fischböck, Sie haben vielleicht noch ein halbes Jahrhundert Zeit vor sich. Die Gleichgültigkeit wird Ihnen immer schwerer fallen."

„Davor fürchte ich mich nicht. Denn ich will lieber gescheiter werden als dümmer."

„Ihr Deutschen mögt eine höhere Auffassung des Erfolges haben! Aber ich kann mir nicht vorstellen, daß ein Musiker nicht wirken will. Musik ist keine Philosophie, keine Darstellung ewiger Wahrheiten, sonst würde sie nicht so schnell veralten. Sie ist, mehr als andere Künste, eine zeitgebundene Wirkung auf Menschen. Wie die Liebe ist sie ein seliger Umweg zur Befriedigung. Deshalb ist der Applaus, der einem Musikstück folgt, nicht eine Unzucht, wie die Modernen behaupten, sondern ein notwendiger Bestandteil dieses Musikstückes selbst. Man müßte ihn geradezu in der Partitur vorzeichnen. Ebensowenig wie die Politik ohne Massen, ist die Musik ohne Publikum denkbar."

„Das bestreite ich ganz ergebenst, Herr Carrara! Es ist nur die herabgekommene Auffassung unserer Zeit, für die der schnelle Effekt alles ist. Die Welt geht unabhängig von Menschen ihren Gang, und ebenso der Kosmos der Töne. Müssen Ohren sein, damit Musik ist?"

Der Maestro dachte angestrengt nach, wo er schon einen ähnlichen Satz gehört habe. Endlich erinnerte er sich des Marchese Gritti, wie er am Weihnachtsabend vor der Büste Bellinis zu ihm gesagt hatte: „Ihr Jungen alle, was ist das für eine Musik, bei der man zuhören muß?"

Die Meinung des uralten Operngenießers stand in seltsamer Gleichung zu dem Grundsatz des jungen Asketen.

Verdi brach den Streit ab. Der Trotz Fischböcks hatte für ihn etwas Falsches, Unnatürliches. Wie wäre es denn möglich, Musik und Wirkung zu trennen! Das war nie und nimmer zu begreifen:

„Jetzt werden Sie mir dennoch gestatten, Freund, Ohr zu sein. Denn nach all dem bin ich wirklich gespannt, ein Werk von Ihnen zu hören!"

Fischböck, plötzlich unruhig werdend, begann die Voraussetzungen seines Schaffens zu erklären:

„Ich hasse, Herr Carrara, das Orchester, das alte mit seinen wiehernden Tuttiakkorden und hundertmal mehr noch das moderne schlammige mit seinem süßen Klangsumpf. Dieses neue Orchester mit der vorgegaukelten Vielstimmigkeit, die aber nichts anderes als gebrochenes Akkordwesen und ein ewiges uneingestandenes Tremolo darstellt, ist das Abbild des halben, modernen Menschen, der überwunden werden muß. Auch für Gesang-Stimmen mag ich nicht schreiben. Sie sind durch die Oper verdorben. Einige Chorwerke und Motetten hab ich in meiner Jugend freilich komponiert. So bleiben mir (außer der Form des Streichquartetts etwa) nur die temperierten Instrumente, Klavier und Orgel, in denen die Töne nicht bloß ein sinnliches, sondern auch ein geistiges, höheres Leben führen. Sehen Sie! Hier sind einige Manuskripte.“

Fischböck legte die Musikalien auf den Tisch. Es waren Toccata, Chaconne, Passacaglia oder auch nur Musikstück genannte Blätter, mit einer unendlich pedantischen Schrift, fast ohne Vortragszeichen und dynamische Anweisungen ausgefüllt. Nähere Titel fehlten. Die einzelnen Stücke waren nur numeriert. Die Tempovorzeichnung beschränkte sich auf die einfachsten Angaben und auf die Metronomziffer.

Schon äußerlich wirkten diese Seiten als Kampfansage gegen jeden dramatischen Stil.

Verdi liebte es nicht, sich durch Notenbilder täuschen zu lassen. Er forderte deshalb Fischböck auf, eine dieser Sachen zu spielen.

Der Deutsche setzte sich ans Piano und begann hölzern und eckig die Wiedergabe.

Beim zweiten Takt hielt der Maestro den jungen Menschen für einen Wahnsinnigen, beim zehnten für einen Schwindler, beim dreißigsten war er davon überzeugt, daß die schwere unaufgeklärte Fieberkrankheit Fischböcks all seine Urteilskraft zerstört habe und mithin auch an diesem Unding schuld sei. Am Schluß endlich fragte er sich selbst, ob seine Ohren schon so verkalkt und veraltet seien, daß er in diesem Opus nichts als ein regellos zufälliges Durcheinander von Tönen zu hören vermochte.

Die Stimmen des Stücks gingen nebeneinander her, als hätte jede einen anderen Komponisten. Immer wieder stießen sie wie durch einen Unglücksfall zusammen und dann entstanden Akkorde, daß die Ohren gellten. Manchmal klang das Tongebilde wie eine unfreiwillige Parodie auf das Wohltemperierte Klavien, manchmal wie eine eilige Etüde oder Fingerübung. An einer oder zwei Stellen sprang selbst dieses verbohrte Stück aus seinem starren Geleise und ein unterdrückter Schrei, ein menschlicher Schmerzenslaut rang sich los. Sogleich aber stellten die unangenehmsten Intervalle und die mißklingenden Akkorde, die gleichsam verbundene Augen trugen, das beleidigende Stimmgefüge wieder her.

War das wirklicher Wahnsinn, wars zerstörende Krankheit, höhnische Absicht, zu verwunden, war es die Taubheit des Maestro für neue Klänge? Doch als das Stück zu Ende kam, fand Verdi keine Spur von Zorn und Ärger mehr in sich. Die Ungereimtheit des Menschen, die reine Überzeugung, mit der er sie verfocht, die Hoffnungslosigkeit der Sache steigerten das Mitleid. Und mit dem Mitleid forderte dieser blinde Dienst am Vergeblichen Respekt heraus. Lange schwieg der Maestro, ehe er sein Urteil abgab:

„Sie haben gewiß vorher gewußt, Herr Fischböck, daß ich alter Mann dies hier nicht werde verstehn können. Da ich Sie für einen aufrichtigen und wahren Menschen halte, muß ich mir selbst die Schuld geben. Nehmen wir an, ich sei nicht nur alt, sondern sehr alt. Vielleicht gibt es heute schon oder wird es einmal Ohren geben, zu denen Ihr Stück sprechen kann. Ich allerdings habe nicht die geringste Vorstellung davon, wie diese Ohren geschaffen sein müßten."

„Herr Carrara, es ist ja klar, daß Sie nicht im ersten Ansturm meine Musik begreifen können. Vorerst müssen Sie sich von allen Klang-Vorurteilen freimachen."

„Das werde ich kaum zustande bringen."

„Bedenken Sie nur, wieviel man im Laufe der Zeiten in dieser Richtung gelernt hat."

„Das ist wahr. Was jetzt schon veraltet klingt, hätte man in meiner Jugend als Ohrengraus ausgepfiffen."

„Nun sehen Sie! In einiger Zeit wird auch diese Musik, die Sie heute noch erschreckt, selbstverständlich sein. Ich bin nur allzufrüh geboren."

„Ich werde bald sterben. Meine Jahre sind soweit. Nach meinem Tode wird die Welt mancherlei erleben. Ich wünsche Ihnen, daß Sie noch bei Lebzeiten verstanden werden mögen."

„Sehen Sie sich nur meine Musik an, Herr Carrara! Ihre Augen müssen Ihnen sagen, sie ist gut."

„Gewiß! Die Bewegung Ihrer Noten ist prächtig anzuschauen. Wenn es *darauf* ankäme, könnte ich ohne Vorbehalt Ihr Anhänger sein."

„Glauben Sie mir, Herr Carrara, wenn Sie's auch vorläufig noch nicht erkennen, es sind wirkliche Melodien."

Diese Worte eines unsinnigen Selbstvertrauens erschütterten den Maestro:

„Melodien?" fragte er und schwieg.

Fischböcks Mund wurde noch lippenloser:

„Ich habe keine Angst. Alles, was ich schreibe, ruht auf strengen und durchdachten Regeln, ebenso wie die alte Musik. Wenn Sie mehr von mir kennen werden, so wird Ihnen die neue Melodie schon aufgehn. Wir sind alle verdorben."

„Ich habe als Italiener gewiß eine beschränkte und nicht mehr zeitgemäße Auffassung der Melodie."

„Was also nennen Sie Melodie?"

„Erklären läßt sie sich niemals, höchstens beschreiben. Die wahre Melodie ist meinem Gefühl nach dem Charakter und der Möglichkeit der menschlichen Stimme unterworfen. Selbst das Instrument kann nur Melodien bilden, wenn es den Gesang des Menschen nachahmt. Die Melodie ruht also auf den *sanglichen* Intervallen und auf den Gesetzen der Harmonie, die nicht verletzt werden dürfen. Dies ist eine dürftige Umschreibung, denn erstens ist das Theoretisieren meine Sache nicht und zweitens ist kein Gesprächsgegenstand überflüssiger und ergebnisloser als das Geschwätz über Musik ..."

„Die Gesetze der Harmonie? Die sind veränderlich."

„Ohne Frage! Die Melodie ist an ihr Zeitalter gebunden. Sie hängt nicht wie Mahomets Grab im leeren Äther. Sie kann weder zeitlich noch räumlich unendlich sein."

„Sie geben aber zu, daß ..."

„Ich gebe zu, daß Ihre Musik einmal, wenn die Menschen die dazugehörigen Ohren bekommen sollten, verstanden werden kann. Aber Sie selbst legen ja auf die menschliche Zustimmung keinen Wert!"

Fischböck senkte den Kopf. Der unbestechliche Asket, der die Götter seines Zeitalters ruhig verwarf und ohne Bedenken sich selbst überhob, sagte jetzt so kindlich und leise, daß des Maestro letzter Verdacht verschwand:

„Oh, ich wünsche mir sehr, daß drei oder vier Menschen verstehen könnten, wohin ich strebe."

Da wurde das Antlitz des Gastes ganz weich:

„Wenn man älter wird, beginnt man, schon um der Verständigung willen, das Einfache zu suchen. Der Künstler muß sich nicht noch einsamer machen, als er schon von Natur aus ist. Auch Sie werden das lernen!

Und nun hören Sie, lieber Fischböck! Geben Sie mir eines oder das andere Ihrer Stücke da mit. Ich will sie studieren. Denn, wie gesagt, mein Ohr, mein Geschmack und ich selbst sind alt, sind rückständig. Alle Urteile über Kunst halte ich für falsch. Ein leichtfertiger Eindruck genügt mir nicht."

Fischböck suchte die seiner Ansicht nach faßlichen Manuskripte aus. Er fühlte, daß ihm an dieses Gutsbesitzers Carrara Einsicht mehr gelegen war, als er sich selbst zugestehen mochte. Ehe die Schriften angenommen wurden, mußte der Musiker aber ausdrücklich versichern, daß sie noch in Abschrift mehrfach vorhanden seien.

Der Maestro sah sich wieder in der Stube um, die nichts Italienisches, nichts Weltläufiges, sondern etwas Kleinstadtsauberes, Kleinstadtenges hatte. Er sah das blonde Lehrergesicht mit den unjungen Falten und den brennenden Augen, diesen Menschen, der aus Verrücktheit, aus Fieber, aus Trotz, aus welchem Grund auch immer eine lächerliche Kunst schuf, die ihm allein genügen mußte. Und wiederum, widerwillig empfangen, trat ein Gedanke in den Sinn Verdis:

„Muß nicht ein Mensch von solcher Selbstgewißheit, ein Mensch von solch hochfahrendem Geist, der aus Haß gegen diese Zeit das ganz Unbekannte versucht, muß nicht ein solcher Mensch Größe haben? Wer sagt mir denn, daß meine alten Ohren recht haben müssen?"

Die Frau, das Kind kamen aus dem Vorhang hervor. Der Maestro fühlte beim Abschied, daß Agathes Hand nicht von seiner sich lösen wollte, als erflehe sie ein Versprechen, sein verschworenes Einverständnis gegen den unsinnigen Schwarmgeist von Mann, gegen diesen geliebten Kranken, der täglich von ihr genommen werden konnte. Im Rausch des Fiebers und seiner Tollheit brachte er sich zu jeder Stunde, ohne an sie zu denken, in Gefahr. Sie war verurteilt. Fühlte es der Fremde?

Die Hand des Maestro gab ein Versprechen. Auch um des schönen und traurigen Kindes willen, das zwischen der Schwärmerei des Vaters und der schweigsamen Schwermut der Mutter ein unkindliches Leben führen mußte.

Was aber fehlte dem großen Park von Sant Agata mit seinen Alleen, englischen Rasenflächen, Bosketts und Lichtungen mehr als Stimme und Lauf eines Kindes? Greisenhaft waren die Wege immer gewesen, still und gesetzt, allzu mürrisch die Wipfel der alten Bäume.

III

Leidend, mit schmerzenden Schläfen und erstorbenen Herzens saß an diesem Abend der Maestro vor dem Manuskript des „König Lear".

Wie weitab lag Musik! Kaum verstand er es, daß er einmal geschrieben, Noten zu Harmonien und Rhythmen gefügt hatte, die jetzt allabendlich durch die angespannten Räume der Theater schwebten und schwangen. Wer war dieser Verdi? Er gewiß nicht! Ein Fremder, ihm ganz und gar unverständlich. Mit vollem Recht hatte er sich den braven Advokaten- und Notarsnamen Carrara beigelegt. Er fühlte sich jetzt nicht mehr Verdi als Carrara.

Von Genua war er geflohen, von Mailand, von allen Stätten, die ihm vertraut waren, wo gewohnte Gesichter und Stimmen ihn umhegten, hierher geflohen in diese gefährliche Stadt, um das Unmögliche zu vollbringen, um noch einmal sein allerletztes Werk zu versuchen, um allein zu sein, ganz allein mit sich selber, Aug in Aug. Nun entschleierte sich trotz allem Kampf, trotz wütendem Sichwehren die Wahrheit: Es ist zu Ende! Dann und wann hatte ihn eine kurze Hoffnung getäuscht, ein Sätzchen war gelungen, eine glücklich gefügte Verschlingung der Stimmen. Aber das war ja nichts als Nachhall, Echo einer erworbenen Praxis. Alle Eigenlüge half nichts. Die Fähigkeit war nicht mehr da. Wie der eines Laien erstaunte jetzt sein Geist darüber, daß es Leute gab, die ohne Mühe, voll flüssiger Phantasie, in wenigen Stunden ein paar Seiten mit Gebilden füllen konnten, die vorher nicht auf der Welt waren und nun ein unabhängiges wirkliches Leben führen.

Für immer wird ihm das versagt bleiben, wieviel Jahre ihm auch noch zugeteilt sein mochten.

Der Maestro sprang auf und begann seine gewohnte Zimmerwanderung:

„Und jetzt, gerade jetzt, wo ich soweit bin, wo ich mich herausgearbeitet habe aus allen Bedingungen, wo ich so viel weiß, so erfahren bin, – jetzt muß ich aufhören! Es ist, um rasend zu werden. Ich lebe noch, fühle mich dreißig Jahre alt, alle Kräfte sind in frischer Ordnung, Energie und Blut, und jetzt, Teufel, soll ich all das aufopfern, umkommen lassen, weil ich in meinem Kern tot bin? Nicht mehr wäre ich nun der plebejische Opernschreiber und Kabalettenmacher! Oh, ich würde es ihm schon zeigen, das Stärkste, Unwiderrufliche würde ich erfinden, das Vollkommene! Und jetzt, jetzt gerade ist es aus.“

Wieder einmal blieb der Maestro vor dem versperrten Kasten stehn. Er riß sich aber los und wanderte weiter, weiter.

Irgendwo lagen die Manuskripte Fischböcks. Er war entschlossen, sie nicht anzusehn. Wozu? Er wollte dem Deutschen auf jeden Fall helfen. Dieser dreiste Unsinn aber würde ihn nur in Zweifel bringen und wütend machen.

Er konnte das Ehepaar und den Knaben nicht aus dem Hirn bringen. Immer wieder erhob sich das Bild des armen Zimmers mit dem weißgedeckten Tisch und der beklemmenden kleinstadtartigen Sauberkeit. Er sah das hektische Schulmeistergesicht vor sich, hörte das abgehackte, gesangfeindliche und schlechte Klavierspiel dieses Menschen, der mit Unverfrorenheit letzter Erkenntnisse die Kunstgiganten der heutigen Zeit abtat und nur Bach als seinen einzigen Vorgänger gelten ließ. So mancher Einwand gegen die Grundsätze Fischböcks fiel jetzt dem Maestro ein. Warum betitelte er seine Musik mit altertümlichen Namen wie Toccata und Passacaglia? Versteckte sich nicht hinter den großen Worten dieses mönchischen Kindes auch nur der zeitgemäße Snobismus, der des Senators satirisches Steckenpferd war?

Die Deutschen schienen doch eine unheilbar literarische Nation zu sein, eine Nation von strebsamen Schuljungen. Die gebildete Anspielung war ihr größter Stolz. Immer spielten sie sich vor irgendwelchen unsichtbaren Lehrern auf, nach deren Lob sie offenbar ihr Leben hindurch schmachteten. Die Mehrheit gab akademisch langweilige Aufgaben ab, die Minderheit kritzelte Fratzen und Lästerungen in ihre Hefte.

Fischböck war trotz seinem Haß gegen das eigene Volk ohne Zweifel durch und durch ein Deutscher!

Der Maestro fühlte den innigen Händedruck der Frau, Druck einer harten, abgearbeiteten Hand. Gewiß war das junge unscheinbare Geschöpf die wahre Heldin der Tragödie. Und in dieser Stille wurde die schweigende Agathe plötzlich lebendiger und wirklicher als Fischböck. Verdi hörte ihre hohe, ein wenig verschreckte Stimme fast körperlich. Diese Stimme schien Klagen in sein Ohr zu flüstern. Er erkannte das Schicksal einer verschwendeten Jugend: Harte Arbeit bis in die Nacht hinein, grausam unterjochtes Selbstgefühl, die ganze Verlassenheit einer Frau an der Seite eines Berserkers, der keine Augen für das

Wesen hat, das er stets um sich sieht. Agathe war es, welche die verschollenen Bilder beschwor, die sich allmählich des Maestro bemächtigen sollten.

Wenn er aber an den Knaben dachte, schämte er sich, daß er ihm kein Geschenk mitgebracht hatte.

Plötzlich riß er sich zusammen. Er war nun einmal hier. Sein Leben durfte nicht mit einer Schmach enden. Es war noch nicht nötig, den Kampf aufzugeben.

Und wieder saß er, starrte aufs Papier und versuchte seine Sinne in die öde Heidelandschaft zu versetzen, wo Lear den Gewitterhimmel anklagt. Aber die Sturmnoten, die seinen Fingern geläufig waren, haßte er, sie bedeuteten nur die Wiederholung früherer Sturmmusiken aus „Corsaro", „Rigoletto", „Aroldo". So ging es nicht.

Er legte den Kopf auf seine Arme. Eine merkwürdige Lähmung der Glieder, des ganzen Körpers kam über ihn. Der Maestro wußte aus Erfahrung, daß gegen solches Zerschlagenheitsgefühl nichts auszurichten war. Diese Müdigkeit, der keine Schlaf- noch Traumerlösung gegönnt war, mußte er oft ganze Nächte lang erdulden, denn der Schlaf, wie bei allen Menschen fortgeschrittenen Alters, nahm auch bei ihm ab, wurde kürzer.

Eine quälende Halbwachheit pflegte sich jetzt oft über ihn zu werfen wie ein Feind. Die unendlich vielen Bilder, die Erlebnis-Teilchen, die der alte Mann in neunundsechzig Jahren gesammelt hatte, stürzten wie ein gestauter Strom in solchen Stunden über das Wehr seines Beisichseins und rissen ihn mit sich. Es schien, als ob diese Müdigkeit nur ein Vorwand, nur ein Mittel des Stroms von noch nicht abgelebten, nicht erledigten Erinnerungen wäre, den Körper niederzuschleudern, den Willen wehrlos zu machen, um zuchtlos wieder auferstehn zu dürfen.

Vor Mattigkeit konnte der Maestro sich kaum erheben. Er wußte, daß diese innere Welt empordränge und nicht abzuschlagen sei. Ihm blieb nichts anderes übrig, als das Licht zu löschen, und angekleidet, wie er war, sich auf den Diwan des Hotelzimmers auszustrecken.

Der Schein der Gaslaternen auf der Riva, der Brücken- und Schiffslampen schwebte im Raum und lag mit schwachen Quadraten und Balken auf Teppich und Gegenständen.

Der Zustand, der den Maestro in Besitz nahm, war kein Traum, nicht einmal Träumerei. Keinen Augenblick verlor der Daliegende das Zimmer aus den Augen, selbst wenn er sie schloß, ging ihm das Bewußtsein des Wachens nicht verloren.

Unabhängig von ihm, kaum mehr Erzeugnisse seiner Person, traten die alten Geschehnisse, er selbst mitten unter ihnen, auf eine unerklärliche Bühne und trieben dasselbe Wesen, wie sie es einst in der Wirklichkeit getrieben hatten.

Er nannte diesen Zustand „Erinnerung", bedachte aber nicht, daß nicht er sich erinnerte, sondern nach unbekanntem Gesetz das alte Leben selbst wieder antrat. – Zuerst entstand in dem „Raum der Erinnerung" folgende Szene:

Er ist jung und sitzt mit zwei Männern an dem Tischchen eines Wirtsgartens bei Mailand, der in den Dreißiger- und Vierzigerjahren sehr viel besucht worden ist. Der eine Mann mit einem dick-gemütlichen und geriebenen Lüstlingsgesicht ist der Impresario Bartolomeo Merelli, die mächtigste Persönlichkeit der Mailänder Scala und des k.k. Hof-Operntheaters nächst dem Kärntnertor zu Wien. Der andre Mann ist der Dichter und Librettist Solera, der das Textbuch von Verdis allererster Oper „Oberto, conte di San Bonifacio" in Form gebracht hat. Solera, ein breiter, nicht ungefährlicher Riese, ein unverkennbarer Raufbold, zu dessen Tatarengesicht mit kurzem Vollbart das Monokel am breiten Band einen fast lächerlichen Kontrast gibt, sitzt dem Maestro gegenüber. Man kennt wilde Geschichten von diesem Solera. Als Knabe brach der Zigeuner schon aus dem Wiener Theresianum aus, wurde in unabsehbarer Reihenfolge Versifax, Journalist, Spion, Verschwörer, politischer Herzensbrecher, Opernkomponist, Plagiator, Croupier, Hofmann der spanischen Bourbonen, Polizeidirektor des Khediven in Kairo. Sein Abenteurerleben glich aufs Haar dem des Textdichters von Mozart, der sich Abbate Lorenzo da Ponte nannte und kraft einer Schicksalsverwandtschaft ebenso wie Solera in New York gestorben ist.

Während der Maestro deutlich sieht, daß Solera ihm ein Glas honiggoldenen Landweines einschenkt, muß er daran denken, wie bald dieser hochbegabte Dichter und Jugendgefährte aus seinem Leben verschwunden ist. Er, der spätere Dichter des „Nabucco", war nach ein paar Jahren so gründlich unauffindbar, daß man ihm seinen Anteil am Gewinn der Oper nirgendshin senden konnte. Später kehrte er wohl nach Italien zurück, war aber moralisch so herabgekommen, so bettlerfrech und unleidlich, daß Verdi nichts mehr mit ihm zu tun haben mochte.

Jetzt aber, in dem sommerlich lichten Wirtsgarten, auf der geheimnisvollen Bühne der Chronik, redet Solera mit vielen Worten auf den Maestro ein, Merelli grunzt dazu und hat seine schwer erforschlichen Absichten. Verdi fühlt sich müde und traurig, und während der Schall nächtlicher Promenaden von der Riva ans Fenster und zu ihm herauftönt, blinzelt er ins gezweig-zersplitterte Sonnenlicht, das auf dem Gartentisch, auf Flaschen und Gläsern brennt ...

Dieses Bild, unverständlich und unvollkommen, wie es aufgetaucht ist, vergeht rasch. Neue kommen, noch unverständlicher, noch unvollkommener, aber immer deutlicher führen sie ihn.

Er sieht sich in der kleinen Wohnung an der Mailänder Porta Ticinese. Er schaut in einen Spiegel. Ein fast fremdes, schwarzbärtig-weiches Gesicht erwidert.

Es ist merkwürdig. Sein Sachgedächtnis ist sonst nicht das allerbeste. Aber jetzt in diesem Augenblick könnte er jedes Möbel, jede Uhr beschreiben, die in den drei Zimmern stand, die er vor vierundzwanzig Jahren verlassen hat.

Er träumt nicht, er erinnert sich.

Auf einmal steht eine junge Frau vor ihm. Es ist nicht die geduldige Peppina, die so schnell die Allüren der großen Diva abgelegt hat und bürgerlich-geduldig nun seit vielen Jahrzehnten die schwere Last seiner Person erträgt, es ist nicht die Teresina Stolz, seine Aida, die noch immer bäurische Böhmin mit ihren mächtigen Umarmungen und den fremd-harten Worten, die sie flüstert, es ist eine andere Frau, ein anderes Mädchen, ein anderes Glück.

Lange, lange hatte er nicht an Margherita Barezzi gedacht, an die Frau, die seines ruhmlosen, armen Anfangs erste Jahre teilte. Jetzt sieht er sie, die schmale Erscheinung, die innerhalb weniger Monate die Ländlichkeit von Busseto ganz abgetan hat, er sieht ihre Frisur dunklen Haares, das schattige Antlitz, ihr schönüberwimpertes Auge, die wohlgekleidete Gestalt, den liebverzärtelten Fuß. Sie spricht nicht. Ihre Stimme ist dahin. Er aber sagt: „Margherita“ und sagt es nicht nur auf der Bühne der Chronik, auf der er jugendlichen Wesens steht, er sagt es als ausgedienter Graubart, auf dem Sofa des Hotelzimmers ruhend.

Nun zieht er im längst verfallenen Zimmer zwei goldene Armbänder aus der Tasche und gibt sie der Heiterblickenden. Mehr wegen seiner dummen Pedanterie als aus wirklicher Not hatte sie den Schmuck versetzt, da das Geld zur Zeit eines Zahlungstermines ausgegangen war. Sie streift klirrend die Ringe über, und er fühlt mit schauerlicher Deutlichkeit den Hauch eines fremden, unbekannten Kusses auf seinem Mund, der sich sogleich wie ein allerfeinstes und wehmütiges Gift durch sein Wesen verteilt ...

Draußen dröhnt das Nebelhorn eines Dampfers. Auseinanderfallend plärrt ein Strauß von Gelächtern empor.

Der Maestro kann den unerschöpflichen Gedanken nicht fassen, daß dieser Kuß einmal Gegenwart und Ereignis war, heiß, ohne Rätsel, innigstes Leben. Er kann mit der wahnsinnsträchtigen Erkenntnis nicht fertig werden, daß unser Sein kein seliger Stand ist, sondern ein grauenvolles Sichentfernen vom geliebten Andern, vom geliebten Selbst, daß wir allabendlich nicht nur alle Gefährten begraben, sondern unser eigenes abgeschiedenes Ich, daß jeder Atemzug auf Erden eine gräßliche Untreue ist.

Die Gedanken gleiten zum Tod, zum Tode gleiten die Bilder.

Er steht im Zimmer mit den beiden Gitterbettchen, in denen seine Kinder fiebern. Die junge Mutter schleicht umher. Sie schwankt vor Ermüdung schlafloser Nächte. Aber wie soll sie denn ausruhn? Das schläfrige Dienstmädchen schlurft durch die Küche. Die ist keine Hilfe. Und er sieht Margherita Wasser holen, Wasser wärmen, Schüsseln füllen, Tücher einweichen, die Speise für die Kinder rühren. Aus der Küche ins Zimmer, aus dem Zimmer in die Küche. Wie wenig erleichtert er ihrs durch seine ungeschickte Handreichung.

Aber wie groß auch das Elend ist, jetzt nach unendlichen Jahrzehnten wieder fühlt er das Weib in seinem heiligsten Werk, das Weib ohne jede Fraglichkeit, die Mutter in der Glorie. Und er weiß auch, daß selbst in diesen Ängsten, in dieser schmerzlichen Einigkeit des Hauses das einzige Glück des Mannes ruht, das erdgewollte und gottgesetzte Glück, vor dem Ruhm und Kunst, diese unseligen Nachtfeuer der Schiffbrüchigen, nichts gelten.

Und sie? Die nichts anderes hat als die hundert Schmerzen, Gleichgültigkeiten, das Ungemach des Alltags; die in so kleinen Verhältnissen leben muß; nicht wie reiche Frauen den Luxus, die Entzückungen der Mode, der Gesellschaft, der Trägheit genießen darf? Wie bedürftig ist sie doch, diese Mutter in der Glorie? Er hat die Arbeit, die berauschende Hoffnung, die Gier nach Größe. Sie aber hat neben ihrer täglichen Sorge nichts als die unbefriedigte Mißstimmung eines besessenen Anfängers, dem alles zu langsam geht, der bittere Fehlschläge erlebt, Viertelerfolge, von jedem lauen Wort, von hundert vermeintlichen Ablehnungen sich verletzt dünkt. Oh, er sieht die Größe ihrer Entsagung, ihrer verschwenderischen Selbstlosigkeit, und wie sie wiederum ins Zimmer tritt, will er sie umarmen.

Da fängt das Töchterchen, das dreijährige, zu weinen an, mit den vorwurfsvollen Lauten der leidenden Kinder und Tiere, die der selig-gefühllosen Nacht noch so nahe sind. Margherita läuft zu dem Mädchen und trotz ihrer Todmüdigkeit erzählt sie, schwätzt sie, singt sie, um das Kind zu beruhigen.

Aber der Knabe, an dessen Bett er selbst sitzt, Icilio weint nicht. Er liebt den Erstgeborenen, wie ein guter Bauer sein erstes Kind liebt. Der Knabe atmet in kurzen, raschen Stößen, sein Gesichtchen fiebert braun-rot, die Hände, zu Fäusten geballt, schlagen die Bettdecke. Er sieht den Sohn, und sein eigenes Herz, das Herz des jungen Musikers, das Herz des alten Maestro auf dem Diwan jagt im Takte mit dem Puls des fiebernden Kindes.

Im gleichen Augenblick vermischt sich mit der Erinnerung der heute gelebte Tag, und der Maestro weiß in dieser Sekunde nicht, ob er seinen eigenen Knaben sieht oder den kleinen Hans Fischböck.

Aber jetzt fühlt er, wie er mit Entsetzen das Kind aus dem Bett reißt und es an sich drückt, als wäre die Berührung mit seinem Leib das einzige Mittel der Rettung. Denn von der Stirn des Kleinen ist die Röte gewichen und verdächtig gurgelt der Atem. Er preßt die zuckenden, brennenden Gliedchen an sich und muß spüren, wie die Gelenke sich immer unnatürlicher strecken, muß hören, wie die Atemzüge immer unregelmäßiger werden. Mit aller Kraft stemmt er sich gegen die Erinnerung an den schauerlichen Moment, wo dem letzten röchelnden Hauch kein neuer mehr folgt ...

Es gelang dem Maestro zur rechten Zeit, zu sich zu kommen. Ein Hustenkrampf hatte ihn erfaßt. Draußen sangen einige Matrosen. Irgendein Lichtschein zog majestätisch über die Wand.

Vergebens machte der Liegende eine kleine Anstrengung, aufzustehen. Noch fesselte ihn die Welt, die niemals in uns stirbt, mit geheimnisvollen Ketten. Alle Kraft bot er auf, die Bilder der nächsten Ereignisse, Bilder der sterbenden Frau, der Kinderleichen, Bilder von weitaufgerissenen Türen, von Särgen, von schnapsduftenden Pompe-funèbre-Männern mit Kotstiefeln, Bilder von regenerweichten Friedhofswegen seiner nicht Herr werden zu lassen.

Erst als in einem seltsam modernen und schönen Sommerkleid Margherita Barezzi vor ihm erschien, ließ er den Widerstand und gab sich hin. Aber seine Kräfte waren erschöpft und für wenige Minuten schlief er ein, die zum Traum wurden, als ob die Tote so freier schalten könne als im Raume der Erinnerung.

Er ging mit Margherita die Stiegen des Hauses hinab. Sie schritten durch sonnenvolle Straßen, kamen zu den parkbedeckten Basteien des Mailänder Kastells. Margherita ging überaus schnell, und er, der alternde Mann, konnte ihr kaum nachkommen und mußte immer ein Stückchen zurückbleiben.

Mit ihrem leichten Schritt überwand sie alle Räume, stieg vom Ufer einer fremdartigen Lombardei über eine japanische Holzbrücke in ein fremdartiges Venedig, und der Maestro folgte ihr, ohne weiter darüber erstaunt zu sein. Auf der Piazza kaufte sie bei einem alten Weibe Blumen, eine Unmenge Mimosen, von denen sie immer wieder ein paar Stengel verlor. Sie schien sich in diesem höchst verwandelten Venedig gut auszukennen und war so höflich oder schelmisch, immer die Wege zu wählen, die der Maestro zu bevorzugen pflegte. Diese Gassen und Gäßchen waren absonderliche Varianten des venezianischen Stadtbildes, die unbegreifliche, sehr verschleierte Empfindungen hervorriefen, Schaurigkeit und schleichende Wehmut. Nun bog sie auch in die Calle larga Vendramin ein. Nur mit Widerstreben folgte ihr der Träumer zum Palazzo. Sie blieb stehen, wie wenn sie etwas überlege, und drehte sich dann – es geschah das erstemal – nach ihrem Gatten um und lachte so kindlich, so überlegen, so siegesgewiß, als wisse sie ganz genau, daß alles gut und glücklich ausgehen werde. Dann stellte sie sich auf die Fußspitzen und warf mit neuem Gelächter, verbotenen Übermuts voll, drei ihrer Blümchen über die Mauer. Darauf wurde sie ernst und sah umher, als ob sie ein bestimmtes Haus suche. Nach einem kurzen Gang fand sie es auch, grüßte unnahbar, wie eine entfernt bekannte Dame grüßt, und verschwand im Flur ...

Der Maestro erwachte aus diesem kurzen Traum. Er hatte keine Zeit über seine Bedeutung nachzudenken, denn mit neuer Gewalt traten neue Bilder seiner Erinnerung hervor, und er unter ihnen.

Er sitzt in dem kleinen Zimmerchen der Scala, das für die Autoren freigehalten ist. Er hat abgelehnt, den althergebrachten Platz des Komponisten zwischen dem ersten und zweiten Violoncell einzunehmen, um wie es einst Sitte war, als Verfasser der aufgeführten Oper, die Notenblätter des wenig wichtigen Instrumentalisten umzudrehen. Er spürt sehr wohl, wie unsicher der heutige Abend ist, wie steif diese komische Oper: „Ein Tag lang König." Doch diese mäßige opera buffa ist das Werk der heroischesten Willensanspannung seines Lebens. Er hatte vielleicht kein Kunstwerk erschaffen, aber wie ein Held seine Pflicht getan in diesen Monaten unmenschlichen Verlustes, lebloser Betäubung, schwerer Krankheit, wobei ein Schwächerer einfach verkommen wäre. Er ist nicht stolz auf die Oper – sie ist ja gleichgültig –, aber er ist stolz auf seine Tat, und um dieser Tat willen könnte er ein Fiasko nicht ertragen. Was aber weiß dieses Publikum von Abonnenten, Foyerschwätzern, sogenannten Musikkennern und Radetzkyoffizieren von ihm und seiner Tat? Zwei Akte sind schon vorübergegangen. Er hat nichts davon gehört. Ein Unglück ist nicht geschehen, obgleich er weiß, daß nur wenig Hände geklatscht haben. Die Sache ist nicht verloren.

Zwei oder drei Bekannte haben ihn in seiner Kammer besucht, sein Gönner, der Graf Borromeo, sein Freund, der Ingenieur Passetti, ein zugleich feiges, zugleich anhängliches Nichts, das sich in den Tagen des dreifachen Todes seiner angenommen hatte. Beide aber haben von seiner Musik geschwiegen, nur von den Sängern des langen und breiten gesprochen, um sich recht verlegen beim ersten Glockenzeichen zu empfehlen.

Gefährliche Ärgerwallungen über diese unaufrichtigen, schwankenden Freunde mußte er hinunterschlucken.

Fünfundzwanzig Minuten spielt schon der letzte Akt der Oper. Der hat die drei oder vier entscheidenden Nummern und Szenen. Für ein paar Sekunden hellt sich der tiefe Unmut des jungen Komponisten, des alten Maestro auf. Es muß ja gut ausgehen. Das Quartett ist nicht schlecht, hat ein paar bessere Wendungen, wird ganz bestimmt gefallen. Und das Finale noch mehr.

Er sieht sich hundertmal durch diesen Raum rennen, den er so gut kennt, denn den Ausgang vieler Premieren hat er hier abgewartet. Die Zeit rückt vor und das Hoffnungsgefühl täuscht ihn immer mehr. Er hält es nicht länger aus, rennt die vielen weitläufigen, altersschwachen Treppen des Scalatheaters hinab, verirrt sich, gerät in einen Keller voll Kulissenmoder, Requisitenstaub, und erreicht endlich schweißübergossen die Bühne.

Da schlägt ihm die einzigartige herzdurchschneidende Luft der Theaterkatastrophe entgegen. Kopfloses Geflüster der Spielleiter, Choristen, Beleuchter, Bühnenarbeiter. Der Maestro der Chöre rauft sich die Haare. Der Mann am Vorhang starrt mit den aufgerissenen Augen einer tragischen Maske, sein ganzes Leben an das Seil klammernd, irgendwohin, um das erlösende Zeichen zu empfangen. Ein Sänger im Kostüm stürzt an dem jungen Autor vorbei, mit blutunterlaufenen Augen unter der Schminke. Er flucht, schreit und spuckt in weitem Bogen. Eine Sängerin sitzt auf einem Versatzstück und weint in hysterischen Lauten. Der hartgesottene Merelli allein, er, der schließlich den ganzen Verlust tragen muß, beruhigt mit der souveränen Verlegenheit eines Generals auf der Flucht sein ratloses Volk. Sein feistes Genießergesicht mit dem blauen Hauch über den scharfausrasierten Backen ist nicht mehr wollüstig bequem, sondern zeigt die bleiche entschlossene Massigkeit eines Cäsaren-, eines Caligulahauptes.

Der Maestro hat gerade die letzten Töne des zum Schweigen gebrachten Orchesters, der verzweifelten Sänger gehört. Nur ein unentwegtes, ein gurgelndes Fagott klappt noch nach. Dann wird der dumpfe, von schneidenden, stechenden Tönen zerfetzte Lärm da draußen, dieserböseste, allergemeinste Bestienlärm, der aufsiedende Lärmtumult jeder Lynchjustiz, mit hundert Gebrüllen, Gelächtern, Schreien, Pfiffen wird dieser Lärm Herr des Geschehens. Zehn Sekunden lang nach der ersten Erstarrung ist es dem Unglücklichen, als würde er das schwärzliche Würgen in seiner Kehle nicht verschlucken können. Keiner sieht ihn an, keiner bemerkt ihn. Gott sei Dank! Und da schneidet der niedersausende Vorhang das tierische Heulen ab und nur eine tote Brandung rollt ferne.

Sinnlos vor Entsetzen rennt er durch die nächtigen Straßen der Hauptstadt. Der alte Mann in dem Hotelzimmer fühlt ihn, fühlt sich laufen und laufen. Frisch und wie noch nicht erlebt ist das Elend da. Kein Triumph vermochte es je zu übermalen. Nicht-vergessen-können ist der Fluch, der auf dem Maestro liegt. Verhöhnt ward das schwerste Pflichtopfer seines Lebens! Und für wen hatte er dieses Opfer gebracht? Für einen Impresario, dem er sein Wort nicht brechen wollte.

Nun läuft er durch die leere Nacht. Den Stein in der Kehle kann er nicht hinabschlingen. Ohne zu wissen, wie er hergekommen ist, steht er vor dem Haus auf der Corsia di Servi, wo er nach dem raschen Tode von Frau und Kindern ein Zimmer bezogen hat. Er schließt das Tor auf, und ohne ein Lichtchen anzuzünden, in tiefster Finsternis drei Stufen auf einmal nehmend, ist er endlich im vierten Stock, endlich in seiner toten staubigen Stube.

Hier wartet er eine Stunde, zwei Stunden. Vielleicht wird doch noch jemand kommen, unten pfeifen oder rufen, ihn nicht in dieser Nacht allein lassen. Er wartet zwei und eine halbe Stunde. Aber niemand kommt, niemand pfeift, niemand ruft, kein Merelli, kein Borromeo, kein Passetti, nicht einmal der Maestro suggeritore, der Souffleur des Theaters, der ihm Dank und Geld schuldet. Endlose Nacht! Während einiger Sekunden erlebt der alte Maestro ihr vielstündiges Drama wieder mit allen einsamen Szenen von Wutausbrüchen und Selbstmord-Einflüsterungen.

Das graue Licht steht im trüben Fenster und der Entschluß ist gefaßt: Nie wieder eine Note schreiben! Und da er schon einmal dieses verdammte Handwerk ergriffen hat, bleibt nichts anderes übrig als ein mittelmäßiger Pianist zu werden. Ein Konzertspieler, wenn es sehr hoch geht, aber mit weit größerer Sicherheit ein Tanzmusikant: Bagasset! Bagasset! Und schon sitzt er vor seinem schlechten Klavier und übt und übt. Eine elende Skelettgestalt schleicht am Morgen aus einer Scheuer und schwankt, die Geige über den Buckel gehängt, über die Straße von Roncole. Bagasset! Die Drohung des Vaters. Von der Metropole führt der Weg des Landburschen zurück in die Dörfer.

Wieder versuchte der Maestro von seinem Diwan aufzustehn. Aber noch immer ließ ihn die Umklammerung nicht los. Bild auf Bild mußte er erdulden. Die Bilder aber rollten nicht ab, sondern sie überschnitten, sie durchdrangen einander, sie waren alle gleichzeitig da. Die meisten von ihnen hatten gar keine Bedeutsamkeit und kaum einen Bezug auf sein Leben: Eine Straßenecke in Paris. Ein Pferd ist auf dem Platz de Ferrari in Genua zu Boden gestürzt. Höfliche Begrüßungsworte eines Unsichtbaren. Ein Hund kläfft hinter einem Gatter. Das Maschinenhaus in Sant Agata. Herr Gott, wo ist nur der Schlüssel? Dieser verfluchte Marenghi! Nichts ist in Ordnung. Ah, das ist die alte Etüde von Hummel. Mit den vier Vierteln des Basses kann man einen Sarg zunageln ...

Er sitzt vor seinem schlechten Klavier und übt mit tauben Fingern und tauber Seele, wie in Schadenfreude gegen sich selbst, ein und dieselbe Phrase hundertmal wiederholend, Etüden von Kalkbrenner und Hummel, öde Musik, von der man Gesicht und Geruch verliert und Staub in die Lungen bekommt. Ohne aufzuhören, wie ein tibetanischer Mönch seine Gebetskugel rollt, übt er und übt. Er übt sich das Leben aus dem Leib, seine Finger und Muskeln erniedrigt er zu Maschinen, die, wenn sie feiern müssen, sich immer wieder danach sehnen, auf die Tasten etüdenhämmernd nicht leben zu müssen.

Täglich siebenmal fährt sein alter Nachbar im offenen Schlafrock ins Zimmer, hält sich die Ohren, kreischt, daß ihn der Maestrino wahnsinnig machen werde.

Endlich spricht der Hausherr ein Machtwort.

Und jetzt bleibt dem Unglücklichen nichts mehr als das einschläfernde Gift zerlesener Schauerromane. Er sieht sich im unaufgeräumten Zimmer, ungekämmt, ungewaschen, halbverhungert lesen, lesen ...

Vor Verdis Balkonfenster auf der Riva degli Schiavoni entstand ein Männerstreit. Heiser hetzten die Stimmen gegeneinander. Es schien gefährlich werden zu wollen, denn einer schrie rauh auf. Messer blitzten aus dem Gewirr der Stimmen. Ehe aber noch ein Unglück geschehen war, schien die Gesellschaft, plötzlich wieder handelseins, vor der nahenden Wache Reißaus zu nehmen.

Der Maestro hat noch keinen neuen Atemzug getan, als er schon durch die glasbedeckte Galleria de Christoforis zu Mailand mit schwerem Kopf und kranken Augen schlendert. Draußen steht Dezemberdämmerung, in ihm die Dämmerung trüber Roman-Welten. Ein Arm schiebt sich unter den seinen. Der allmächtige Merelli. Man redet gleichgültige Dinge. Worte hört der ruhende Maestro nicht, aber er fühlt den Sinn des stummen Gesprächs, ja mehr noch, er hat den fett-heiseren Stimmklang Merellis im Ohr, ohne daß ein Wort fällt. Merelli hat Mangel an Novitäten für den Karneval. Er spricht mit der gönnerhaft-abschätzigen Zutraulichkeit eines Theaterdirektors in Nöten, die ein solcher Gott an einen nicht ganz hoffnungslosen jungen Autor wendet. Otto Nicolai, der Deutsche, der in Mailand Karriere machen will, hat ein Libretto von Solera zurückgeschickt, und dabei ist dies ein ausgezeichnetes hochwertiges Buch, dessen Situation und Verse sich sehen lassen können.

Draußen fällt ein klebriger, schwerflockiger Schnee. Oh der ewig hassenswerte Schnee, Gruß feindlicher Zonen!

Merelli spricht mit dem verletzenden Zynismus des Kunsthändlers vom Theater, von den Sängern, von den Komponisten. Gutmütige Verachtung läßt er auch den jungen Mann an seiner Seite spüren, aber zugleich Interesse und die von keiner Niederlage durch Presse und Publikum zu erschütternde Überzeugung: Mit dir ist etwas zu machen. Worte sind nicht zu hören, aber den Sinn der bröselnden Rede versteht der Maestro. Er möchte fort, sich losmachen, sucht die erstbeste Gelegenheit zum Abschied, aber sie kommt nicht.

Oder besser, er will gar nicht, daß sie komme, denn er weiß, Merelli geht ins Theater, und der ungeheure Zauber, plötzlich wieder erwachend, zieht den Dramatiker zum Gebäude der Scala. Er kämpft mit sich, er will nicht schwach werden, der ernste Vorsatz ist gefaßt. Aber der feiste Schlaukopf kennt die Menschen besser und vor allem seine schwachen und süchtigen Tiere von Musikanten. Er spielt sogar mit dem Opfer, so sicher ist er seines Erfolges. Als der Maestro sich empfehlen will, hält er ihn mit allerhand Gleichgültigkeiten zurück, promeniert vor dem unselig-anziehenden Haus, und gibt dann seinen Mann frei. Verdi entfernt sich langsam. Da erst ruft Merelli ihn zurück und zieht ihn mit einem harmlosen Vorwand ins Haus.

Der Mensch, der sich erinnert, und der Mensch, der Erinnerung ist, beide fühlen den Bühnengeruch, aus Leinwand, Holz, Farbe, Schmieröl, Fäulnis, Schminkfett und Hitze gemischt, der einen Theateraufgang erfüllt. Man tritt in die Kanzlei Merellis. Ein ganz gleichgültiges Manuskript (der Vorwand) wird gesucht und gefunden, das der junge Maestro Verdi längst schon zurückgeschickt hat, wovon der Impresario nichts zu wissen vorgab.

Aber da ist auch ein anderes Manuskript. Ganz zufällig liegt es auf dem Schreibtisch. Gegen Merelli kommt niemand auf. Dieser scheinbare Weichling ist ein willensstarker und überlegener Imperator. Wie der Maestro sich auch gegen die Lektüre eines Operntextes wehrt, der Gewaltige drängt ihm dieses blaue Heft mit der großen Modeschrift Soleras auf, das den kalligraphisch gemalten Titel „Nabuccodonosor“ trägt.

Er wollte noch einmal den verderblichen und hold-erregenden Geruch des Bühnenhauses riechen. Und dieser kleine Wunsch, diese leise Schwäche wurde ihm zum lebenslänglichen Segen, zur lebenslänglichen Vermaledeiung.

Merelli steckt ihm das Textmanuskript in die Tasche, läßt sich auf keine Unterhaltung ein, schiebt ihn sehr ungnädig zur Tür hinaus, die er hinter ihm zuriegelt wie ein höchst beschäftigter Mann, der keinen Störenfried mehr einzulassen gedenkt.

Verdi tritt hinaus in den wässerigen Dezember, in den dickschwebenden Schnee. Immerwährend spürt seine Hand in der Rocktasche das Heft Soleras. Er geht immer schneller, denn er fühlt, daß jetzt sich etwas Fürchterliches ereignen werde. Noch will er fliehen. Aber es ist zu spät. Angst, als ob nun endlich der Körper zusammenbrechen wolle, als ob ein Schlaganfall sich ankündige. Aber nicht der Körper sagt den Dienst auf, etwas anderes naht.

Noch einige Schritte macht der junge Mensch, dann muß er stehenbleiben, mit beiden Händen sich an dem eisig-eisernen Gitter eines Portals festhalten. Ein Gefühl von unbeschreiblicher Grauenhaftigkeit wächst auf, eine Unerträglichkeitsempfindung des Lebens, als wolle nicht etwa der Körper sich im Tode von der Seele trennen, sondern diese Seele selbst sterben.

Unaussprechliche Furcht vor Untergang, vor Untergang, der mehr ist als nur Tod. Der *ungeheuerliche Augenblick* ist da.

Jäh sprang der Maestro auf. Mit den bebenden Händen eines Geistersehers suchte er die Streichhölzer. Die Gaslichter des Zimmers flammten auf. Er war im letzten Nu diesem *Augenblick* entgangen, der in den unwirklichen Hüllen der Erinnerung als atembeklemmende Wirklichkeit ihm nahte. Alles, nur dieses Erlebnis nicht wieder!! Erlebnis konnte man es ja gar nicht nennen. Aber wie es nennen, diese Grenze des Zeitlichen, wo sie das außerzeitliche Grauen berührt? Sein Leben war nicht gemacht, über das Menschliche hinauszugreifen. Ihn würde es vernichten. Ein einziges Mal hatte er es überstanden. Ein zweites Mal, in diesem Alter heute, könnte er es nicht.

Jetzt, beim Schein des Lichtes, unterm vertrauten Bild der Dinge kehrte wohl die rettende Skepsis wieder und mit ihr das Wort: Nervenanfall! Trotzdem aber, lieber der Tod als noch einmal dieser Anfall.

Damals wohl hatte „der Augenblick“ die schwere Krise gebrochen. Erschöpft wie ein vom Tode Auferstandener war er nach Hause gekommen, hatte das Heft aufs Bett geworfen und ohne einen Gedanken mehr in die Luft gestarrt. Aber siehe, das Heft glitt herab und fiel zu Boden. Er hob es auf und las unwillkürlich den Vers:

„Va, pensiero, sull' ali dorate!“

„Flieg, Gedanke, auf goldenen Schwingen!“

Und da krampfte sich sein Zwerchfell zusammen, alle Muskeln spannten sich zum Zerplatzen, die Kehle zuckte erdrosselt, der Atem abwärts gepreßt, und was der dreifache Tod, die Katastrophe seiner Laufbahn nicht vermocht hatte, ein schwingender Vers erlöste die Tränen aus dem zermalmten Menschen. Und in diesen Tränen rollte die Melodie.

Damals hatte die Lähmung nicht volle zwei Jahre gedauert. Der Augenblick voll Grauen, der ihn auf dem Heimweg von der Kanzlei Merellis antrat, warf ihn ins Leben zurück.

Heute dauerte die größere Lähmung seines Lebens schon zehn Jahre. Er war am Ende. Ein kleiner Rest nur – so pflegte er selbst zu sagen – war ihm vom Herzen geblieben, und der umkrustet und tränenlos. All seine Versuche waren jetzt vergebens. Kein Heft wird mehr zur Erde fallen und einen köstlichen Vers ihm darbieten. Nur Vernunft, Wissen und Können, erworbene Geschicklichkeit waren sein, und diese veraltet, bäurisch, überholt. Der siegreiche Wagner, dem nichts schwer wurde, jetzt zu dieser Nachtstunde vielleicht schrieb er in seinem Palazzo Vendramin an einer neuen Partitur, die wiederum alles umwerfen und erneuern würde. Der „schwere“, „tiefe“ Deutsche sprang lachend über alle Vergangenheit hinweg, war ohne weiteres aus einem Barrikadenmann zum Favorit eines Königs geworden, er stürmte durch die Zeit, als wäre nichts von Jahreslast an ihm hängengeblieben. Er aber, der „heitere“, „seichte“ Italiener, wie sie doch alle ihn nannten, er lag in schweren Erinnerungen, das uralte Schicksal ließ nicht von ihm, Frau und Kinder, vierzig Jahre schon tot, hatten sich heute in diesem Zimmer gezeigt, und die Angst vor einem Anfall, den er den „Augenblick“ nannte, irrte noch immer in seinem nicht völlig beruhigten Puls.

Der Maestro schlichtete die losen Notenblätter in die Mappe des „König Lear“. Auch dies hier war nur ein Werk des Pflichtgefühls, denn kein Mensch hatte das Recht, müßig, ohne Arbeit zu leben. Tief war ihm dieses Gefühl eingewurzelt.

Während er Ordnung machte, stieß er neuerdings auf die Manuskripte Fischböcks. Und wiederum meldete sich die Empfindung, daß der junge Deutsche trotz seinem musikalischen Nihilismus mehr sei als ein Wahnsinniger und nur Fieberkranker.

Er selbst mußte sein Schaffen immer vom Urteil der Welt abhängig machen. Dieser aber und vielleicht eine ganze künftige Generation wird nichts mehr wissen von den schädlichen Folgen öffentlichen Strebens. Aber auch dies wird falsch sein.

Das Blut sauste noch immer in den Ohren Verdis. Warum hatte ihn mehr als alles andere die Erinnerung an jenen „Augenblick“ verstört? Er sah sich schreckhaft im ernstlauschenden Zimmer um, als ob irgendwo Gefahr sich ducke. Dann, um frische Luft zu bekommen, trat er auf den Balkon.

Das Wasser dehnte sich, ohne zu sein. Die Nacht war jetzt ununterbrochen und vollkommen.

IV

In seinem Schuldbewußtsein gegen den Senator – er konnte die jähzornige Szene nicht vergessen – hatte der Maestro den alten Freund öfters besucht.

Immer mehr festigte sich nach diesen Besuchen des Senators Erkenntnis von der schweren Selbstbewußtseins-Erkrankung des Maestro. Über Musik zu sprechen wurde vermieden und dadurch legte sich auf diese Zusammenkünfte ein schwerer Nebel des Unausgesprochenen, wie er auf Menschen liegt, die ein Leid erlebt haben und untereinander davon nicht zu sprechen wagen.

Der Senator verzehnfachte in diesen Tagen seine Aufmerksamkeit gegen Verdi. Täglich schickte er einen Boten mit Wein, mit Havannazigarren, mit Büchern ins Hotel, schrieb dazu Briefe und Zettel voll Scherzen und Glossen; er tat alles, um den Ernsten zum Lachen und von der Selbstquälerei fortzubringen.

Jedermann wird in ähnlichen Fällen schon die Erfahrung gemacht haben, daß solche Anstrengungen nicht nur nichts nützen, sondern sogar das Gegenteil bewirken. Kein Kranker will damit getröstet werden, daß trotz allen Schmerzen sein Übel unbedeutend sei, kein mühsam Rackernder, daß aller Zwang vorübergehe; kein Zweifelnder, daß es auf andere Fragen ankomme. Es gehört zum Wesen des Leids, daß es nicht eigentlich nach Tröstung, sondern nach Bestätigung verlangt.

Durch seine freundschaftlichen Bemühungen wollte der Senator aber trösten und das verstimmte den Stolz des Maestro, der keine Form von Mitleidigkeit ertrug.

Der Senator fühlte, daß seine Mühe nichts bewirke, ja die Düsterheit noch steigere. Er sann früh und abends über ein entscheidendes Mittel nach. Zeit hatte er übergenug. Seine Arbeit an den Texten lahmte, sie war ja doch nicht mehr als ein Geduldspiel, zu dem er aus moralischer Selbstquälerei sein abspringendes Temperament zwang. Renzo lebte in Rom, Italo hielt sich weniger denn je zu Hause auf. Der Senator ahnte, daß es im Leben seines Sohnes jetzt bewegte Stunden geben müsse, aber die Gesinnung des liberalen Revolutionärs verbot ihm, auch nur mit einer Frage die Freiheit der Persönlichkeit anzutasten, mochte diese auch zufällig sein eigenes Kind sein.

Dazu kam bei ihm noch ein merkwürdiger Egoismus, der nicht so sehr seiner Person selbst als der Generation galt, der er angehörte. Die Jugend interessierte ihn durchaus nicht. Ihre Bestrebungen und Ansichten waren ihm schon deshalb zuwider, weil sie ein anderes Datum trugen als das seiner eigenen großen Zeit. Der Generations-Fanatismus des Senators war aber etwas ganz anderes als der törichte Ruf älterer Leute nach den Segnungen der guten alten Zeit.

Es war der noch nicht erschöpfte Glaube, daß in der Menschenblüte von 1848 ein neuer Messias gewandelt habe, unbekannt und heute noch nicht geahnt, der jenen vergangenen Tagen den freudig-stürmischen Charakter gegeben. Mochten auch die großen Menschen dieser Jugend besiegt, gefallen, gestorben sein – unüberholt, göttlich und von der Menschheit noch nicht genossen lebte ihr niemals alternder Geist, der jetzt verachtet wurde. Da ihn selbst ihr Geist erfüllte, warum sollte er sich mit einer schwächlichen, viel zu altersgrauen und tatlosen Gegenwart abfinden?

Dieses Geistes reinste Erscheinung lebte nur noch in Giuseppe Verdi. Die Liebe des Senators zu Verdi war die leidenschaftliche Folge seiner Jugendtreue. Er hing mit fast krankhafter Glut an dem Maestro. Dieser allein noch schwenkte die Fahne über dem Leichenfeld der niedergebrochenen Jugend von damals.

Italo ließ sich nun zumeist auch bei den Mahlzeiten entschuldigen. So verbrachte der Ganz-Einsame in Selbstgesprächen, wütenden Träumereien und beim Weine die Stunden des Tages und der schlafarmen Nacht.

Einmal hatte er sich in den prunkvollen Vordertrakt des Hauses begeben, um den Marchese zu besuchen und sich nach dem Wohlbefinden des Hundertjährigen zu erkundigen. Aber die Stunde dieses Besuches, die siebente des Nachmittags, war schlecht gewählt, denn Gritti wartete schon auf François, der Frack und Ausstattung für den abendlichen Theatergang bringen sollte. Der Senator, der die Ungeduld des Uralten und seinen Ärger über die unnötige Kraftverschwendung eines Gesprächs sah, nahm gar nicht Platz und beruhigte den Greis!

„Haben Sie keine Angst, Marchese, ich gehe schon wieder. Aber zum Teufel! Eines müssen Sie mir erklären. Wie bringen Sie es zustande, jeden Abend eine Oper vorzufinden?“

Die helle leblose Diplomatenstimme belehrte von oben herab:

„Ein Kunstfreund wie Sie sollte sich in diesen Dingen auskennen. Vier Tage der Woche spielt die Gesellschaft im La Fenice, die übrigen drei die Stagione im San Benedetto, oder wie man dieses Theater neuerdings zu nennen pflegt, im Rossini!“

„Ah?! Haben Sie dort eine Primadonna namens Dezorzi gehört?“

Die Konserve eines menschlichen Lebewesens, Gritti, überwand mit unendlicher Vorsicht und Aufmerksamkeit eine Verschleierung des Halses. Er räusperte sich, ganz in die Wichtigkeit dieses Vorgangs versenkt, hustete, jede Anstrengung vermeidend, und spie schließlich ins Taschentuch, worauf er noch den Auswurf gründlicher Betrachtung unterzog. Dann erst gab er Antwort:

„Dezorzi? Gräßlich! Gläserne Stimme! Kein Atem, kein Ansatz! Man hätte solche Dilettantin gesteinigt zu meiner Zeit.“

An diesem Abend saß der Senator allein an seinem Tisch und trank, während er seinem Lieblingsgedanken, Verdi aus seiner Verfinsterung zu retten und ihn ungeahnt zu erhöhen, eifrig nachhing. Er trank Glas auf Glas seines Lieblingsweines.

Die bunte, sommerliche Luft der leichten Trunkenheit begann ihn zu umschleiern. Mit dem wachsenden Selbstbewußtsein, der leisen Begeisterung, der süßen Welteinverstandenheit, der weingespendeten, zogen allerhand phantastische Rettungspläne durch sein Hirn.

Den unmöglichsten dieser Pläne, denjenigen, der am wenigsten der Art Verdis angepaßt war, ergriff er mit glückseligem: Ich hab's. Im Rausch verwechselte er sich selbst mit dem Maestro.

So wenig empfinden die Menschen, die innigsten Freunde einander, selbst wenn sie helfen wollen.

V

Fünf Tage glaubte Bianca ihren Geliebten schon in Rom. Die demutsvolle ahnende Schicksalsergebenheit, die sie in den letzten Wochen gebeugt hatte, war mit der Entfernung des jungen Italo plötzlich wieder von ihr gewichen. Sie sah ihn nicht mehr, sah nicht mehr mit jenem schrecklichen Entzücken wie auf der Meerterrasse des Lido sein Gesicht, die wohlgezeichnete Erscheinung, den ganzen frühlingshaften Menschen, den ihre Schwermut nicht zu verdienen meinte.

Sie hatte ihn ziehen lassen, als hätte sie kein Anrecht auf ihn, kein Recht, ihn zu halten, wie sie ihn auch für die Abendgesellschaft des Grafen Balbi freigegeben hatte. Jetzt aber, wo er fort war, hielt sie die Trennung, die Sehnsucht, hielt sie sich selber nicht aus. Nicht die Einsamkeit war es, die sie um den Verstand brachte. Lebte sie nicht seit Jahren schon von Carvagno alleingelassen? Seit einigen Monaten war sie dem Schicksal dankbar, daß sie so wenig lügen, reden, sich verraten mußte.

In endlosen Stunden erlebte sie das Grauensgefühl mancher Schwangeren, die allein mit ihrem wachsenden, immer fremder werdenden Leibe ist. Die Unglücklichen, die sich vor der Zukunft fürchten müssen, die das Blühende ihres Zustands nicht genießen dürfen, sind diesem Gefühl doppelt ausgesetzt. Sie schickte oft, mitten am Tag, ihre Dienerin fort, tat alle Kleider von sich und schlich nackt durch die schlechtgeheizte, wintertrübe Wohnung, mit Blicken unbeschreiblichen Erstaunens sich selbst betrachtend. Sie sah, wie ihre große Gestalt dick und unregelmäßig geworden war, wie der Bauch hervortrat und die schweren Brüste auf ihm lagen. Die Beine waren nicht mehr lang und schön geschwungen wie früher, sondern plump und stark ruhten sie auf geschwollenen, ermüdeten Füßen.

Sie sah sich, dieses fremde formlose Weib mit Entsetzen und dachte an den zarten Italo, der jetzt noch weniger zu ihr paßte als früher. Mußte er, der Schönheitssüchtige, sich nicht von ihr wenden, nicht ein Mädchen suchen, eine Ziergestalt ohne Verderbnis? Sie verwünschte das Kind, das sich in ihr wie ein unglücklicher Häftling bewegte, dieses ungerufene, ungewollte Kind, mit dem sie, trotz allen Gebeten, die Madonna nach so langen Jahren bestraft hatte.

Ein kleiner Umstand genügte, ihre Qual ganz unerträglich zu machen. Sie hatte sich einen Zahn ausgebissen, einen Eckzahn, dessen Fehlen kaum zu bemerken und leicht zu ersetzen war. Das erschien ihr nun als beschämendes Unglück, als Sinnbild unaufhaltsamen Vergehens. Sie weinte stundenlang in sich hinein.

Durch alle Selbsterniedrigungen genährt, schwoll in haltlosen Augenblicken ihre Liebe zu wütenden Ausbrüchen. Da konnte sie laut schreien, mit den Fäusten gegen die Wand hämmern, ja sich verzweifelt zu Boden werfen.

Kirchenbesuch, Gebet, Beichte halfen nicht mehr. Allzusehr war sie in ihr einsam wegloses Unglück verstrickt, das jeder Tag, jeder Schritt ohne ihn nur noch dichter machte.

Ein Brief Italos hätte ihr helfen können. Schon eine Stunde, bevor die Post kam, lief sie totenbleich von einem Zimmer in das andere, ließ alles stehen, verwirrte durch falsche Aufträge ihre Hauswirtschaft, vergaß den Schildkröten frisches Salatfutter vorzulegen. Die Post kam. Aber kein Brief von Rom. Ein Wehgefühl ohne Maß, ein drosselndes Erbarmen mit sich selbst bannte ihr Leben. Sie saß und starrte:

„Warum schreibt er nicht? Fünf Tage ist er nun in Rom. Fünf Briefe könnten schon gekommen sein. Warum schreibt er nicht?"

Sogleich aber erfand sie Entschuldigungen für den Geliebten, hundert Möglichkeiten, die das Ausbleiben von Briefen rechtfertigten. Sie hatte ja keinen Grund, zu glauben, daß Italo sie nicht liebe. Niemals seit anderthalb Jahren hatte er nach einer anderen Frau geblickt. Wie scharf beobachtete sie ihn, wie oft legte sie ihm Fallen, fragte mit der harmlosesten Miene: „Wie gefällt dir dieses junge Mädchen, jene Frau, die an uns vorüberging?" Nie war er gestrauchelt. Kein Funken in seinen dunklen Augen verriet ein schmachtend untreues Verlangen. Ja, er war treu! Sie konnte ihm vertrauen. Aber Rom, Rom! Wie viele Weiber würde er sehen!? Konnte er standhalten? Die verborgene Krankheit pochte, während sie sich selber zuredete: „Ich kann sicher sein."

Am Sonntag der Faschingswoche trat Carvagno zu unerwarteter Stunde ins Zimmer. Bianca lag auf dem Sofa. Sie hatte Kopfschmerzen und hielt die Schläfen. Mit einer ihr höchst ungewohnten Eindringlichkeit sah sie der Mann an:

„Du bist allein?"

„Natürlich bin ich allein."

„Ich finde, du hast sehr nachlässige Kavaliere."

„Was soll das heißen?"

„Nun! Italo könnte dir wahrlich Gesellschaft leisten, statt sich auf der Piazza herumzutreiben."

„Italo ist in Rom bei seinem kranken Bruder."

„So? Er ist in Rom?"

„Ist dir das so unglaubwürdig, Carvagno?"

„Sonderbar!"

„Was ist daran sonderbar?"

„Ich habe doch eben Italo gesehen. Er ist mit Corteccia vor Florian gesessen."

Bianca fühlte, daß sie jetzt übermenschliche Kräfte erzeugen müsse. Sie setzte sich ruhig auf, nahm ruhig eine Näharbeit vom Tischchen:

„Du hast Italo gesehen? Sollte er schon von Rom zurück sein?! Kaum wahrscheinlich!"

„Er sitzt bei Florian!"

„Höre! Bist du deiner Sache sicher? Es ist natürlich möglich, daß er in Venedig ist. Aber ich kann es mir nicht recht vorstellen, daß Renzo so schnell wieder gesund geworden sein sollte."

Die Frau lächelte mit dem gelassensten Ausdruck Carvagno ins Gesicht. Er wurde schwankend.

„Mein Gott, ich könnte schwören. Aber du weißt, daß ich mit meinen schlechten Augen schon einmal eine arge Verwechslung angerichtet habe."

„Hast du deine Brille gehabt?"

„Das weiß der Teufel! Den Corteccia mit seinem affektierten Bart habe ich erkannt. Der junge Mensch daneben ...? Jetzt hast du mich unsicher gemacht.“

„Es ist ja möglich, daß es Italo war.“

Beide schwiegen. Plötzlich hob Bianca die Handfläche. Carvagno bemerkte einige Blutstropfen darauf. Er faßte ihre Hand und sah, daß sie sich die Nadel mit halber Länge in den Handteller gebohrt hatte.

Der Arzt hielt es für Ungeschicklichkeit Biancas, zog die Nadel aus dem Fleisch und wusch die Stichwunde aus. Den Rest des Nachmittags blieb er bei der Frau. Sie nähte gehetzt an einer Handarbeit, als wäre sie eine Negersklavin und die Peitsche des Farmers über ihr. Carvagno fühlte eine erstaunliche Verlegenheit. Er war überaus redselig, erzählte Schwänke aus seinem Tagewerk. Riesengroß wuchs in diesen freien Stunden die Erkenntnis seiner Schuld vor ihm auf.

Zehn Jahre waren sie miteinander verheiratet. Seit zwei Jahren, seitdem er Primarius der Abteilung für innere Krankheiten war, hatte er kaum einen Tag für sie Zeit gehabt. Er erwachte. Alles was mit ihr zusammenhing, selbst den Verdacht, hatte er zurückgewiesen, um frei zu sein für die Arbeit. Erleuchtungen betäubten plötzlich. Verkapselte Entschuldigungen, dumm, halb unverständlich, flössen in seine Rede. Die Frau nähte. Es war ihm kaum möglich, ihre Hand zu ergreifen. Zwischen ihnen standen Geschehnisse, die er nicht enträtseln konnte. Aber immer stärker fühlte er seine Schuld.

Um fünf Uhr und um sieben Uhr erlitt Bianca Ohnmachtsanfälle. Die zweite Bewußtlosigkeit, in die sie sich geflüchtet hatte, dauerte recht lange. Gelb, mit aufgelöstem Haar, lag ihr Kopf tief.

Die schwere Gehirnanämie, verbunden mit großem Blutandrang zum Herzen, war in ihrem Zustand – Carvagno wußte es – nicht unbedenklich.

Als sie erwachte, beschwor ihn ihr Blick:

Allein sein!

Er verstand die flehentliche Bitte nicht gleich.

Nachdem alle ärztliche Fürsorge getroffen war, lag im weißen Nachtkleid, abgewandten Hauptes, ein Weib im Bette, das seinen Körper, weil es nicht fliehen konnte, reglos dem Raum überließ. Sie sprach nicht mehr.

Noch nie hatte sich Carvagno so schmerzlich fremd im Zimmer seiner Frau gefühlt wie jetzt.

Vielleicht würde sie nun schlafen.

Obgleich er wußte, daß sie wach war, verließ er auf Zehenspitzen und mit trübe dröhnendem Hirn das Zimmer.

Achtes Kapitel

Die Verbrennung des Karnevals

I.

Ein Zwischenspiel

Die Glocken des Campanile warfen der eben vollendeten Vormittagsmesse noch einige golden-berstende Klangkugeln nach, als der Kapellmeister von Sankt Markus, Nachfolger des göttlichen Gabrieli im Amte, durch die Seitentür des Choraufganges auf die Piazza trat. Claudio Monteverdi, dessen Greisenaugen noch umschmeichelt vom honigfarbenen Dunkel des Tempels waren, zwinkert jetzt, purpurn erblindend, in den vorlauten Frühlings-Sonnenschwall des Karnevaldienstags von sechzehnhundertdreiundvierzig. Er schwankt an seinem langen Stock einige Schritte vorwärts wie ein Trunkener, der aus der Schenke tritt, dann bleibt er stehen und geduldet sich, bis seine Augen dem gellenden Licht sich angepaßt haben. Diese Strahlen, diese Wärme, diese Wonne, die sich durch alle Leiber ergießt, ihn freut sie nicht mehr. Widerwillig fühlt er, wie auch die dürre, trockene Blüte seines Körpers sich diesem Zauber entgegendreht und unter Phöbus' Machtgeheiß sich aufrichtet. Warum hält die Gottheit durch solche Erquickung den Verfall auf? Er ist sechsundsiebzig Jahre alt und fällt der Welt gewiß nur zur Last.

Der Alte sieht zum Uhrturm empor. Es ist noch nicht zehn Uhr. Zwei lange Stunden Müßiggangs stehen ihm bevor, denn die Hauptprobe zur morgigen Repräsentation seiner „Incoronazione di Poppea", welche die Gesellschaft von San Giovanni e San Paolo wie im Vorjahre so auch heuer veranstaltet, findet erst zur Mittagsstunde statt.

Monteverdi spürt schweratmend die stetige Müdigkeit seines Herzens, die Beklemmung der Lungen. Soll er denn überhaupt zu der Probe gehen? Soll er sich nicht lieber krank melden, hinlegen, liegenbleiben, sterben? Was gehen ihn all diese dummen Theater an, die in den letzten Jahren in Venedig wie Giftkraut gewachsen sind?

So war es nicht gemeint gewesen, als der edle Peri, als er selbst vor fast fünfzig Jahren seinen „Orfeo" schrieb. Das alte Schicksal aller Reformierer, Novatoren, Revolteure, ob in freien Künsten oder Gemeinwesen, grinst ihn an: So wars nicht gemeint.

Er hatte die Gedanken der Florentiner Camerata vollstreckt. Der Kontrapunkt, die poesiezerfleischende Imitation der Stimmen, war beseitigt, die Seele des Einzelmenschen durfte ertönen. Einige Jahre lang hatte er wirklich geglaubt, unter seinem Anhauch sei die Tragödie der Alten wiedererstanden, Eurydice dem neuen Orpheus zum Lichte des Tages gefolgt. Die Musik war auf ihren Platz gewiesen, die Poesie in ihre höchsten Rechte eingesetzt. Nicht war es mehr den Tönen gestattet, der Worte spottend, eigenwillige Bindungen einzugehen, sie waren nur Höchststeigerung der Rede; das sangestrunkene, unendliche Recitativo wölbte sich nun über dem erdenfesten Grundstein des Basses und hob den klagenden oder jauchzenden Vers zum Himmel. Nicht anders konnten Aeschylus und Seneca ihr Werk geschaffen haben.

Aber rüttle, solange du willst, Öl mit Wasser zusammen, schließlich wird es doch oben schwimmen. Versuche, so weise du auch bist, Tonkunst und Dichtung zu vermählen, immer wird die Musik, die einem leichteren Reiche entstammt, nach ihrem Sinn herrschen. Er, Peri und der Sänger Caccini hatten aus einem Irrtum die Oper erfunden.

Der Mensch, das dumme Tier, hat seine hohen Einbildungen, mit denen die Moira das Wirkliche und Gemeine vollbringt.

Nun war die strenge, alte Kunst tot. Der Seelengesang, die herrlich-freie Rede des klassischen Dramas sollte die regelstolze Vielstimmigkeit ablösen. Aber was war in der Tat geschehen? Nach einem kurzen Traum kam das Mißverständnis und mit dem Mißverständnis der riesige Erfolg der neuen Kunstrichtung. „So war es nicht gemeint." Wie ein von Zwangsherrschaft erlöstes Volk hatte die Musik einen Augenblick lang im Umsturz sich der Befreiung gefreut, aber schon im nächsten Augenblick suchte sie nach neuen Formen, nach neuen Bindungen. Die überlieferten, die königlichen Tafeln waren zerbrochen, und so fiel sie denn der Plebs, der Straße, den bänkelsängerisch-platten Naturen anheim.

„Marsyas schindet Apollon", dachte der Alte und machte sich klar, daß er nicht nur an der Befreiung der Muse, sondern auch an der Lockerung der Lüste mitgewirkt habe.

Nicht das Drama, nicht die heroische Erschütterung, die Aristoteles kündet, hatte eingeschlagen, sondern der dramatische Gesang, der neue Einzel- und Chorgesang, dessen ungeahnt sinnliche Entzückungen die Menge bezwangen. Er selbst, vom Strom mitgerissen, mußte Schritt für Schritt nachgeben. Immermehr, auch in seinen eigenen Werken, zerfiel die Einheit des dramatischen Vorgangs in Rezitativ und Arie, er sah sich gezwungen, die dichterische Wahrheit verachtend, den Formen der Straße Raum zu geben. Es wurde so gefordert. Nun schrieb er Dacapo-Arien, fügte leichtsinnige Canzonetten der Szene an, komponierte wirre Texte wie diese „Poppea", die ihm der Stümper und hohle Versifax von Busenolli geschrieben hatte. Ach, nicht mehr galt es, Dichterwerke durch Musik zu steigern, erhabene Tragödien, wie sie Rimuccini und Strigio ersonnen haben. Das Theater allein herrschte unter der Leitung schlauer Sklavenhändler mit dem Gefolge einer immer unmusikalischeren, immer eitleren, immer verbuhlteren Sängerschaft auf der Bühne und dem Troß lüsterner Ohrenvöllerei im Zuschauersaal.

Der Alte wie manch anderer Umstürzler hatte den Weg der Enttäuschung, der zur Reaktion führt, gründlich durchmessen. Aber obwohl er der dramatischen Komposition immer wieder abschwor, obwohl er vor kurzem zum geistlichen Madrigal seiner Jugend zurückgekehrt war, im innersten Herzen liebte er die Oper mehr als alles andere. Wenn er sich mit letzter Aufrichtigkeit geprüft hätte, wäre er zur Erkenntnis gekommen, daß er sie nicht minder liebe, wenngleich sie diesen Weg vom sinnvollen Musikdrama zum unsinnigen Melodram ging. Sein gelehrtes Herz litt wohl, aber sein ganz begrabenes Lebens- und Musikherz freute sich im dunkelsten Winkel.

Die Eifersucht des alten Künstlers, der erleben muß, daß der Nachwuchs ihm den Rang abläuft, war die Hauptquelle, aus der seine Philippika gegen die Erniedrigung der wiedergeborenen Tragödie floß. Er ertrug die aufstrebenden Namen der Cavalli, Ferrari, Sartorio, Legrenzi, Sacrati schwer. Besonders Francesco Cavalli, um dreiunddreißig Jahre jünger als er, hatte rasch hintereinander einige große Erfolge mit den Opern „Appollon", „Daphne", „Narcisso" gehabt. Die Theater rissen sich um diese Ware. Cavalli war nicht nur hauptschuldig an der Verflachung der Kunst, sondern hatte es sogar in überheblicher Ignoranz versäumt, ihm, seinem alten Vorgänger, Landsmann und ruhmwürdigen Kapellmeister von Sankt Markus, die gebührende Aufwartung zu machen.

Claudio Monteverdi nimmt den großen Hut ab, läßt sein graues Schwedenhaar im Winde flattern und öffnet den weiten kapuzenartigen Mantel, so daß man sein schwarzes Weltpriester- und Gelehrtenwams sehen kann. Langsam, den Stock hell auf das Pflaster stoßend, schreitet er die Piazza hinan.

Sie ist von Müßiggängern, Neugierigen, Geschäftsleuten, Schacherern, Arbeitern überfüllt. Längs der Säulenhallen werden große Kandelaber errichtet, die von Pechpfannen gekrönt sind. Girlanden beginnen schon in hübschen Halbbögen zu schwanken, Fähnchen wehen auf, Teppiche werden nach und nach aus den Fenstern gehängt, langsam kriechen die drei Riesenflaggen auf den Stangen der Republik empor.

Mit jeder Minute wächst die Menge, wächst der Lärm, diese vielstimmigste aller Musiken, aus Kaufs- und Verkaufsgeschrei, Empörungs- und Zustimmungsruf, tausend Liedteilchen, aus Liebesgeflüster und Alltagsschwatz aufstäubend zusammengekehrt.

Wieder wie alltäglich und doppelt heute rüstet die Herrscherin ein Fest. Ringsum werden Estraden und Tribünen aufgebaut, für die Honoratioren und Staatsfunktionäre, für den Adel, für die Musikanten. Zwischen den beiden Säulen auf der Piazzetta erhebt sich schon der Scheiterhaufen des närrischen Königs.

Der alte Musiker, der Wiedererwecker der antiken Tragödie, bleibt stehn, blickt umher und sieht das freche überlaute unheilige Volk von Venedig. Galle dringt in seinen Mund. Mit dem unvernünftigen und eigensinnigen Haß alter Leute macht er die Stadt für all seine wirklichen und eingebildeten Leiden verantwortlich, für seine Enttäuschungen, für das Heraufkommen eines andern Geschlechts, für sein Alter, für die Verlotterung der schönen Künste, die noch von jedem Zeitalter beklagt worden ist. „O urbs vilis“, zitiert er Jugurthas Worte aus dem Sallust. Selbst in der Leidenschaft bleibt er Ästhet und Humanist, dem eigenen Wissen schmeichelnd. „Oh du feile Stadt!“

Aber ausspuckend, setzt er hinzu: „Du Hure mit deinen elf Theatern, ich hasse dich und deinen geilen Pöbel!“

Nachdem er sich also Luft gemacht hat, beginnt er, wie allstündlich, sich aus dieser umverschämten, liederlichen Stadt wegzusehnen. Immer muß er an die

Heimat, an das Kindheitsnest, an Cremona denken, die Stadt, wo er einzig sterben möchte.

Sein Cremona hat allerdings wenig gemeinsam mit dieser Stadt gleichen Namens. Es ist ein phantastischer Ort, in den der Alte all seine sehnsüchtigen Empfindsamkeiten tut, eine Traum-Stadt mit wunderbaren Plätzen, Palästen und einem beseligenden Himmel, der unverwandelt über einer verschollenen Kindheit steht.

In diesem Augenblick, als hätte seine Sehnsucht die Stadt hergezaubert, hört er sich angerufen:

„Sior! Sior!“

Ein jüngerer Mensch, der ihn durch die Fenster des Kaffeehauses erkannt haben mochte, rennt mit rudernden Armen heran.

„Ah, mein Gasparo?! Du hier!?“

Gasparo zeigt sich als kleine, wirrhaarige Erscheinung:

„Ehrwürdiger Herr! Euer Freund und mein hochberühmter Meister Nicola hat mich beauftragt, Euch während meiner hiesigen Geschäfte aufzusuchen.“

„Sehr erwünscht! Hocherfreut! Wie geht es daheim in Cremona?“

Der Alte, der kaum ein Viertel seiner Vaterstadt mehr wiedererkennen würde, sagt noch immer „daheim“. Er verwechselt das Traum-Cremona seiner Nächte mit dem Cremona Gasparos. Der Kleine blinzelt angestrengt, um einen Bericht geben zu können:

„So ziemlich beim Alten. Das heißt, Pomfilia Bertulli ist gestorben, des Apothekers Frau. Ihr kanntet sie doch? Sie starb mit dreiundzwanzig.“

„Was? Schon möglich! Wie denn nicht? Natürlich! Aber Meister Nicola Amati, der dich, Gasparo, zu mir schickt?“

„Ist auf Reisen! In Tirol, in Carnuntum, in der Wildnis, oder wie der Dichter sagt: In Pannonias Gauen!“

„So! So! Und was bezweckt diese mühevolle und gefährliche Reise?“

„Er jagt nach gutem Ahornholz, der Herr, nach besonderem Ahornholz, wie wir es in der Werkstatt brauchen.“

Bei dem Worte „Werkstatt“ verschwindet der etwas abwesende Gesichtsausdruck Monteverdis plötzlich und weicht einer unverhohlen nervösen Gier:

„Ah, mein Gasparo! Ich fühle, du hast mir etwas mitgebracht, ein Präsent deines Meisters!“

„Erraten, Ehrwürdigster! Nicola Amati sendet Euch zwei seiner neuesten Veilchen zur Auswahl. Ihr werdet staunen.“

„Laß uns gehn! Schnell! Wo hast du Quartier genommen, Gasparo?“

„Nicht weit von hier, Sior! Bei einer Witwe, deren Domizil ich einem Ehrenmanne nicht weiter empfehlen würde.“

„Gleichgültig! Komm! Komm! Zwei seiner göttlichen Veilchen sendet mir zur Auswahl der bewunderungswürdige, der einzige Amati. Gehn wir schneller!“

Der alte Monteverdi ist ganz verwandelt. Er folgt nicht mehr dem gravitätischen Vorantritt seines Stockes, sondern hält ihn jetzt hoch über den Boden, um ungehindert weiterzukommen. Seine dünnen sechsundsiebzigjährigen Beine stechen ungeduldig vorwärts.

Wie so viele Menschen, die während des Lebens ihre Liebesmöglichkeiten nicht völlig ausgeschöpft haben, beherrscht ihn im Alter eine Besessenheit. Er ist Cremonenser. Wie ein anderer in Bilder vernarrt ist, so liebt er diese neuen Geigen, welche die großen Geigenbauer seiner Stadt mit unendlicher Kunst, unendlichem Zartsinn und, wie man weiß, mit siebenmal versiegeltem Wissen um heilige rosenkreuzerische Geheimnisse in ihren reinlichen, wohlduftenden Werkstätten schaffen.

Er liebt die Geigen nicht nur als Musikinstrumente, sondern als Formen, als vollkommene Geschöpfe, unerreichbarer und unerschöpflicher als Frauen.

Nicola Amati, der Letzte der großen Dynastie, Enkel von Andrea Amati, hat dem verehrten Autor des „Orfeo“, der „Ariana“, des „Ulysse“ schon drei seiner schönsten Stücke verehrt, die wie Monstranzen heilig gehalten werden.

Ähnlich wie Monteverdi und seine beiden Vorgänger Peri und Caccini die menschliche, die dramatische Einzelstimme aus dem imitierenden Stimmengeflecht der alten Musik befreiten, so haben die Schöpfer der modernen Geige, die plumpen Formen der Viola da gamba und Viola da braccio überwindend, die Stimme des Instruments vermenschlicht und erlöst. Die gleiche Sendung und Bestimmung zur Melodie erschuf in der Violine, in ihrer unbegreiflich schönen, alle Künste übertreffenden Form die reinste Ruhmestat Italiens.

Monteverdi und sein Begleiter sind in der Behausung der zweifelhaften Witwe angelangt. Der Alte, der durch nichts gestört sein will, riegelt das Zimmer hinter sich ab. Wie Schönheiten des Ostens wickelt Gasparo die Geigen aus vielen Floren, Seidentüchern und Brokaten.

Mit zitternden Händen ergreift der Komponist eine nach der andern und legt sie wieder hin, als könnte er das übermenschliche Glück ihrer astralen Last nicht ertragen. Sind sie nicht wie zwei kindliche Geliebte von Sternenwelten niedergestiegen, zwei verklärte Beatricen? Man möchte sie ganz an sich pressen, damit das Herz sie ausschöpfen kann. Aber unterm blinden Druck der Sterblichkeit müßten sie ja zerbrechen. Claudio Monteverdi sieht die holden Schwestern mit zuckenden Mienen an, sein Atem keucht und plötzlich wirft er sich vor den Geigen nieder, aufweinend, aufwimmernd in unerträglichem Glück, unerträglicher Qual.

Er weint, weil die Schönheit ihn furchtbarer rührt als der gekreuzigte Gott.

Gasparo, um den Alten zu beruhigen, schwatzt drauflos: „Ehrwürden! Wir wollen sie ausprobieren. Ich habe ein ganz modernes Stück eigens für Euch eingeübt. Mein Meister hat es so gewünscht. Eine Sonata mit Doppelgriffen."

Monteverdi winkt dem Menschen, er möge schweigen. Dann betrachtet er mit tiefen, wirr hinziehenden Gedanken die Instrumente Amatis. Sie sind nicht sehr groß, zärtlich geschwungen, schmal, die eine hell-gelb lackiert, die andere rötlich. Der Lack bildet wunderschöne, ätherisch-übersinnliche Landschaften auf ihren Flächen, als wären die unsichtbaren Landschaften der Musik durch die Schwingung der Geigenmoleküle in einem Zauber-Augenblick gebannt und zu Bildern geworden: Wolken, Wälder, Sonnenuntergänge. Er denkt an das Mysterium des Geigenkörpers. So vollkommen, oder kaum so vollkommen, hat Gott allein die Kreatur geschaffen. Große Geheimnisse mußte der Mensch erst kennen, mantische und theurgische Künste zu üben verstehn, in vollkommener Enthaltsamkeit vom Weibe gelebt haben, um die Gestalt der Geige zu ersinnen.

Aus wieviel Elementen besteht das menschliche Wesen? Keine Wissenschaft kann dies unwiderleglich beantworten. Aus dreiundachtzig Elementen besteht der kleine Leib der Violine, von denen ein jedes wie das Wort der heiligen Schrift in dieser und in jenen Welten seine Bedeutung hat. Ist der aufgeopferte, in dreiundachtzig Stücke zerrissene Orpheus hier wieder zusammengesetzt?

Woher denn wirkte so übermenschlich reizend diese Anmut und doch so menschlich? Breite Brust, schmale Hüften, ein langer Hals. Die Entzückung der Schallöcher, dieser Hieroglyphen hoher Wissenschaft, die dünne Feinheit der Zargen, der Schwung des Bodens, der Decke und die unfleischlichsten, reinlichsten aller Eingeweide, Stimmholz und Querstab! Wie im äußeren und inneren Ohr des Menschen herrscht auch hier bedeutsam die Schneckenlinie vor.

Gasparo nimmt eine der Geigen und streicht voll den Akkord Sol-Re-Si-Sol an, indem er den Zusammenhang der tiefen Quinte mit dem oberen Zweiklang verschmilzt. Alles Holz und Metall im Zimmer schwingt. Die kleinsten Teilchen der Materie, jedes einzelne doch ein unendliches Universum mit Sternen, Ätherraum und Geschöpfen, beben von der heiligen Stimme angerufen.

Diese Erschütterung ist für den alten Mann zuviel:

„Bringe mir, mein Gasparo, heute abends diese geliebten Geister ins Haus. Wir werden zusammen speisen und dann magst du mir deine Doppelgriff-Sonata vorspielen."

Er kann sich vom Anblick der schönen Geschöpfe nicht losreißen:

„Mit Recht haben die Alten für sie das Gleichnis der Veilchen herangezogen. Veilchenblau, wie dunkle Veilchen blau tönen sie. Auf Abend! Ich erwarte dich, mein Gasparo!"

Das Mißgeschick will es, daß Claudio Monteverdi, als er auf die Gasse tritt, einem Priester begegnet, der mit dem Mesner einen Versehgang tut. Sogleich deutet er es als böses Zeichen. Kalt durchgruselt ihn Schreck. Schweiß tritt auf seine Stirne. Er ahnt in diesem abergläubischen Augenblick, daß er noch im Laufe desselbigen Jahres sterben muß. Er schwankt, ob er in der Stunde, die ihm noch vor der Theaterprobe bleibt, beichten oder seinen Arzt aufsuchen soll. Nach der furchtbaren Pest von 1630 hat er in tiefer Zerknirschung die niederen Weihen genommen. Dennoch ist er Freigeist geblieben. Er entscheidet sich also für die Wissenschaft.

Sein Arzt und Freund, ein nicht unberühmter Medicus, Gianbattista Carvagno, wohnt und ordiniert im Ärzteviertel jenseits der Rialtobrücke. Der Gelehrte, des Meisters Altersgenosse, hat seinerzeit am Hof Rudolfs des Zweiten zu Prag die höhere Initiation in den geheimen Wissenschaften erhalten. Von denen allerdings wandte er sich später mit Zorn ab und schmähte sie nun, als ein echter Renegat, über die Maßen. Aus der alchimistischen Zeit hatte er nichts anderes behalten als den langen weißen Sterndeuterspitzbart. Ansonsten war aus dem Adepten verborgener Künste ein Rationalist und Schüler der griechischen Ärzte geworden.

Monteverdi findet den Freund über eine uralte Ausgabe gebeugt. Gianbattista Carvagno, der es liebt, die Leute mit abseitigen Entdeckungen zu überraschen, doziert sogleich:

„So ist es immer. Die unwichtigen Geister haben den Erfolg, die wahrhaft Großen bleiben im Schatten. Dieser Paulus von Nizäa hier ist ein zehnmal größerer Arzt und Forscher als Hippokrates. Er lehrt, daß die Luftbewegung, der Wind, vor allen anderen Einflüssen die Krankheiten erregt ..."

Der Musiker, der nicht gestimmt ist, einen medizinischen Vortrag über sich ergehen zu lassen, unterbricht den Gelehrten:

„Ich fühle mich sehr, sehr krank. Du sollst mir die reine Wahrheit sagen, Freund! Werde ich die nächsten Monate überleben?"

„Oh, mein Orpheus, du bist der ausgesuchteste Hypochonder, der mir im Leben begegnet ist. Aber um deine strenge Prüfungsfrage sachgemäß und ohne Ansehung der Person zu erledigen, laß uns die vortrefflichen Auskultationsmaximen dieses spitzbübisch-klugen Kollegen aus Nizäa anwenden!"

Der alte Musiker muß sich der Oberkleider entledigen, wird abgeklopft, abgehorcht, ausgefragt. Nach der Untersuchung hilft Gianbattista dem Freund beim Ankleiden:

„Ich sehe keinen Grund, mein Monteverdi, wessentwegen du nicht hundert Jahre alt werden solltest!"

„Aber ich leide, ich leide. Mein Herz will nicht mehr und der Atem erst recht nicht."

„Eine Krankheit hast du nicht. Alle inneren Übel kommen von der Galle, als da sind: Fieber, Geschwüre, Rheumatismus, Gicht. Deine Galle ist in Ordnung."

„Was also ist es dann?“

„Du leidest an der Natur.“

„Was heißt das?“

„Mit der Zeit – wie das ein Gewährsmann gut ausdrückt – mineralisieren wir alle. Die Lebenskraft will sich diesem Versteinerungsprozeß anpassen. Das schafft Beschwerden.“

Kaum ist der Meister aus dem Zimmer, zieht der Arzt einen Folianten hervor und macht in sein Patientenprotokoll unter dem Buchstaben M eine Eintragung. Zuletzt zögert er eine Weile und dann schreibt er in die Rubrik „Kalkül des letalen Ausgangs“ mit großen Lettern das lateinische Wort:

„Autumno.“

In der freien Luft erfaßt Monteverdi eine seltsame lichte Wehmut. Ihm ist der Sinn urplötzlich so jugendlich, so liebevoll, daß er sich des peinigenden, jahrzehntealten Mißmuts nicht mehr erinnern kann. Hat der Anblick der Geigen, dieser mystischen Engelwesen, ihn also erheitert? Oder ist es der bestimmte Eindruck, daß der Arzt ihn für verloren hält?

Pläne, von denen er sicher weiß, daß er sie nicht mehr wird ausführen können, durchzucken seinen Geist. Er träumt von einem singenden, aufschwebenden Chor von hundert dieser verklärten Geigen. Die Menschenstimme auf der Bühne, die Stimme des zerrissenen und wiedergeborenen Orpheus, die veilchendunkle, die violette Stimme der Geigen umarmen einander.

In seiner paradiesischen Rührung lehnt sich der Alte an die Steinbalustrade der Brücke. Er hört unter sich den ungeheuren Lärm des durch den Karnevalstag aufgepeitschten Lebens. Aber sein tränender Blick sieht noch nichts. Woher doch kommt nach den greisenhaften Verdrießlichkeiten des Morgens diese herrliche Erschütterung? Wer senkt sich auf ihn herab, wer durchdringt ihn? Kaum faßbare Gedanken, denen er einen Augenblick lang Heimstätte sein darf, sendet hell sein Herz empor:

„Alles ist ein überwältigender Synergismus. Die Welten und die Götter spielen einander in die Hand. Es gibt keine Einsamkeit. Auf den einzelnen kommt es nicht an. Das Individuum ist ein Irrtum. Aber die höhere Absicht vollbringt mittels dieses Irrtums die Wahrheit, die sie will. Nichts kommt aus uns. Und das ist der Sinn des Wortes: Herr, dein Wille geschehe. Aber wir sind verantwortlich dafür, daß, Herr, dein Wille geschehe! Alle Kunst ist nur Einflüsterung, die wir weitergeben. Wessen Ohr am reinsten hört, dessen Mund wird am reinsten tönen! Oh, Geige sein ..."

Claudio Monteverdi breitet seine Arme weit. In diesem Augenblick wächst der Stimmenschall dort unten auf den Wassern des großen Kanals zum Hörnerbraus, zum Kartaunenhall einer Seeschlacht. Und der Alte sieht:

Eine Suite von goldüberladenen, scharlachroten, rosafarbenen, weißen, silbernen, silbergrauen, schwefelgelben, safrangelben, kornblumenblauen, schilfgrünen, prälatenfarbenen Staatsschiffen folgt mit hundert Ruderern in den gleichen Farben dem großen voranschäumend-hochbordigen Bucintoro, der in seiner schlangensäuligen Prachtkajüte Serenissimum, das Oberhaupt des Staates, führt. Lange Sammet- und Brokatschleppen schleifen die farbengellenden Barken im grünlich aufgepflügten Wasser nach. Der Pomp blitzt vorbei. Die Menge auf beiden Ufern rauscht auf, trunken vom jubelnden Tempo des Zuges.

Und jetzt, die lustigen Nachzügler einer stürmischen Heldentat, schaukeln hundert andere Gondeln, Boote, Barken, bekränzt, bewimpelt, fähnchengeschmückt, auf dem wild zersplitterten Spiegel. In all diesen Schiffen sitzen maskierte Menschen, die heute, gestern, vorgestern, seit Wochen schon im Mummenschanz Tage und Nächte durchtrubeln. Tausend Theorben, Gitarren, Mandoren, Lauten und rohe Klampfen, tausend heisere, übernächtig verschrieene, grelle, schöne Stimmen zupfen und heulen höllisch gegen die Schallwand der Paläste. Aber auf einmal ist es, als ob die wüste Tausendfalt der Klänge *eins* würde, zusammenschlüge zu wildem, zu großem Volksgesang. Die aufdampfende Musik überwältigt den Greis:

„Hier unten! Hier unten! Ach, wir waren Gelehrte, wir haben geirrt. Das Leben allein korrigiert. Nicht ich habe recht, sondern hier unten diese vielen, dieses Volk. Synergismus! Dies ist die Entwicklung! Sechs Jahrzehnte lang habe ich geglaubt, daß es in den Künsten auf die Zustimmung der Auserlesenen, der Superklugen ankomme. Aber weit gefehlt! In meinem sechsundsiebzigsten Jahre, heute, habe ich gelernt, daß die Mehrheit, die Gesamtheit das Heil ist. Sie ist eine tiefere, eine magischere Größe als das Individuum, das immer nur Eitelkeit bleibt, als die Minorität, die sich zum Refugium der einzelnen Eitelkeiten bestellt. Sie wollen ihre Theater und lyrischen Opern haben. Das erhabene Recitativo ist ihnen langweilig. Mußten wir nicht von Anfang an Konzessionen machen, unsere Stücke anders enden lassen als die Griechen ihre Tragödien? Sie sind nicht die Griechen unserer Einbildung! Ihr durch keinerlei Spekulation verdorbenes Herz will Dacapo-Arien und Canzonetten. Entweder schreibe geistliche Musik oder schreibe fürs Volk! Wenn du aber fürs Volk schreibst, lüge nicht! Die Entwicklung der Dinge ist ihre Wahrheit. Unsere Kritik ist nur der Schmerzruf, den diese Entwicklung unserer langsamen Person, die zurückbleiben muß, entlockt."

Mit der flachen Hand schlägt er mehrmals auf den Stein, um seine Mörder zu ermuntern:

„Vorwärts, mein Francesco Cavalli!"

Frauenkleider streifen ihn, Gelächter streichelt kühl seinen Nacken. Er spürt nichts.

„Ich werde aus diesen Erkenntnissen keinen Nutzen mehr ziehen. Damit aber die hochnäsigen Erz-Musici mich für keinen Abtrünnigen und Häretiker halten, will ich davon schweigen. In diesem Volk dort unten ist Gottes Wille mehr als in allen Persönlichkeiten, Theorien und Philosophemen. Welcher Gott es auch sei, ein Sterblicher, ein Sterbender muß sagen: Herr, dein Wille geschehe! Sie ziehen mächtig am Seil, mächtig ..."

Die farbig-schaukelnde, schallende Welt schwankt vor des Alten Augen, der sie schließt, um dem Schwindel nicht zu erliegen.

Eine halbe Stunde später stand Claudio Monteverdi auf der schmalen und sehr tiefen Bühne des Bezirkstheaters von San Giovanni e San Paolo, wo die Arbeiter schon seit mehreren Tagen an der außerordentlich überladenen Dekoration seiner „Poppea" bauten. Ein stutzerhafter Herr mit hohen roten Absätzen, der Sänger Tiburzio Califano, trat mit exquisiter Verbeugung auf den Alten zu. Die Schnurrbartenden, fettgezwirbelt, stachen zum Auge, kreisrund öffnete sich ein Mündchen:

„Allverehrter! Darf ich Euch mit einem Bittgesuch nahen?"

„Zu Euren Diensten!"

„Ihr werdet bei dero erhabener Einsicht in die Dinge der Kunst mir sicherlich nicht zürnen. Aber die Rolle des Lucianus, die Ihr mir zugedacht habt, ist ein wenig mager, nicht recht ausgeführt, sollte man denken."

„Ah? Scheint es Euch so?"

„Dieserhalb und weil mir, ohne mich im entferntesten mit dem strahlenden Ruhm Italiens messen zu wollen, weil mir die Musen auch ein wenig lächeln ... Je nun, ich habe als Kompositeur einige nicht unschickliche Versuche gemacht. Der weltberühmte Francesco Cavalli hat mir seine uneingeschränkte Anerkennung ausgesprochen. Zufällig trage ich heute seinen Brief bei mir. Es ist ein Zufall, wie gesagt. Wollt Ihr vielleicht geruhen, Einblick in seinen ehrenvollen Brief zu nehmen?"

„Danke, danke! Glaube Euch aufs Wort! Doch was beliebt?"

„Ich habe zur Partie des Lucianus ein kleines Gesangstück hinzugesetzt, ein angenehmes und erheiterndes Ding, solch ein pezzo staccato, wie man es zu nennen liebt. Bei aller Bescheidenheit allerliebst. So urteilen auch andre. Ich versichere Euch, Ehrwürdigster, es wird dem Werke nur zum Heil gereichen, als Gegenmittel gegen die Monotonie, die sich sonst leicht einstellen könnte. Diese Gefahr ist Euch gewiß nicht unbekannt. Ich bitte um Eure gnädige Erlaubnis. Die Kollegen sind schon verständigt und die Musiker des Accompagnements unterrichtet. Ihr könnt ruhig sein!"

Der Greis lächelte angestrengt, als könne er sich im Sinn des Gesagten nicht zurechtfinden. Dann machte er gegen Tiburzio Califano, den Tenor, eine sehr artige Verbeugung:

„Bitte! Wenn es Euch erfreuen kann! Gerne gewährt! Es mag passieren! Tut, was Ihr wollt! Aber höret, junger Herr, es kommt auf den Einzelnen nicht an, es kommt auf den Einzelnen nicht an. Nur seine irrtümliche Pflicht muß man tun! Jeder! Unnachgiebig! Basta!"

Auf diese Worte hin eilte mit dem ganzen Eifer des Theaterklatsches Tiburzio Califano zu den übrigen Sängern und erzählte, daß es mit dem „Vecchio" nun endgültig aus sei, da die Altersschwäche sein Gehirn schon vollkommen verwirrt habe. Bei der zehnten Wiederholung der Worte Monteverdis hatte sie der Sänger bereits so komödiantenhaft verdreht, daß man den Eindruck haben mußte, sie seien das Gestammel eines Blödsinnigen.

Die anderen empfingen die Neuigkeit, die sie nicht selbst bringen durften, mit gleichgültiger Nichtachtung. Girolamo Squarciabeve, der Vertreter der Baßpartien, spie mitten auf die Bühne:

„Nun werden wir und die verehrlichen Auditoria wenigstens bald von dem langweiligen Zeug erlöset sein."

Ein wenig später aber erstaunte derselbe Squarciabeve samt den übrigen Mitgliedern der Gesellschaft zu ihrem Verdruß nicht wenig, als Claudio Monteverdi die Hauptprobe seiner „Incoronazione di Poppea" mit klarsten Sinnen und unnachsichtlichem Gehör vom Cembalo aus leitete.

II

In seiner Erkenntnisstunde, da er von der Rialtobrücke niedersah auf das schreiende Leben, hatte Monteverdi die Wahrheit vorausgeschaut. Das rezitativische Drama, die Florentiner Camerata war der gelehrsam ausgeheckte Irrtum seiner Geister gewesen. Und dieser Irrtum trat zu Tage, als die Zeit reif war. Das Leben, in diesem Fall Venedig, riß an sich, was von dem Irrtum zu brauchen war, und warf mit der sicheren Lässigkeit einer wissenden Schönheit das Unbrauchbare fort, die hochtrabende Konstruktion, den erklügelten Stil, das Volksfremde. Das Musikdrama der Florentiner Ästheten ward ad acta gelegt, die Oper geboren.

Und Schritt für Schritt entfernte sich die Oper vom poetischen Drama, das in logischen Fesseln vor sich geht, die niemals die Musik binden können. Immer mehr Oper wurde die Oper und eroberte, wie keine andere Kunstform je vorher, die Städte, Länder und Völker.

Allein in der Kraft eines Vorgangs hegt die Wahrheit und nicht in dem Gezeter der Tiefsinnigen, der Geistigen, der Zöpfe, deren zu kurz gekommene Nerven unter der unproblematischen Gewalt des Lebens leiden. Sie alle, und zwar allerorten, haben die Macht der Oper gehaßt. Aber zu allen Zeiten konnte der Triumph der gesungenen Melodie auf die Moralisten pfeifen.

Ganze tote Meere von Tinte wurden von ihnen verbraucht, damit die Binsenwahrheit herauskomme, daß die Form der Oper ein Unsinn sei. Von diesen Leuten hat keiner den nötigen Respekt vor dem Leben, um zu erkennen, daß alles Seiende und Wirkende höher begründet ist, als unsere Logik, unsere Schönheitsbegriffe, unsere Kulturentlarvungen sich träumen lassen.

Wer sah den Sinn? Sehr wenige! Henri Beyle vielleicht, der täglich die Scala besuchte.

Die venezianische Oper des siebzehnten Jahrhunderts nach Monteverdi, für die, um nur die Weltberühmtheiten zu nennen, Cavalli, Carissimi, Cesti wirkten, wurde von dem großen Alessandro Scarlatti nach Neapel verpflanzt. Hier erlebte sie, wie die einen preisen, ihre große Blüte, wie die anderen schmähen, ihren schweren Niedergang bis ins neunzehnte Jahrhundert hinein. Dennoch konnte ein deutscher Romantiker, E.T.A. Hoffmann, von der Arie „Ombre adorata" des Neapolitaners Zingarelli als von der höchsten Verkörperung der reinen Melodie schwärmen.

Heute, am sechsten Februar, am Karnevaldienstag des Jahres 1883, genau zweihundertundvierzig Jahre nach jener erschütterten Stunde, da Claudio Monteverdi weinend vor den Geigen Nicola Amatis zusammengesunken war, beriet sich Richard Wagner mit seinen Freunden, ob man das nächtliche Fest auf der Piazza besuchen solle. Ein neu eintretender Freund entschied diese Frage dadurch, daß er schon seit Tagen ein Zimmer im Cappello Nero gemietet hatte, von dem aus der Zug besichtigt werden konnte.

Zweihundertundvierzig Jahre, nachdem sie den Leib Monteverdis verschlungen, beherbergte die lauernde Stadt der Oper Richard Wagner. Er, der Rächer Monteverdis, hatte das Prinzip des rezitativischen, des Musikdramas in ungeahnter Weise gegen die Oper wiederhergestellt und zum Siege geführt. Nun ging dieser selbstberauschte Sieger mit lautausstrahlendem Leben durch die trubelnden Gassen, fuhr über die tagesbunten oder schwarzschweigenden Kanäle der musik- und flutgewiegten Stadt. Leise kicherte die Feindin unter den zärtlichen Schlägen seines Lieblingsruderers Ganazetto.

Und noch ein anderer hörte an die Fenster seines Hotelzimmers von der Riva degli Schiavoni her das faschingswirre Dröhnen des venezianischen Volkes hallen. Wieder, wie so oft schon, saß er ratlos und ohne Hoffnung vor seiner Arbeit, unseliger als die beiden andern.

Welch eine sonderbare Erscheinung der Geschichte! Die Oper, dieses Kunstgeschöpf, das höchste Verzückung schafft, stürzt so oft ihre starken Schöpfer ins Unglück.

Mozart wurde im Massengrab verscharrt. Spontini starb im Verfolgungswahn, Donizetti in der Paralyse, Bellini mit dreißig Jahren. Rossini lebte die letzten vierzig Jahre seines Lebens, ohne eine Note mehr zu schreiben. Ein tragischer Zustand, mochte er sich auch noch so heiter bemänteln. Der brillante Gesellschafter, der Meisterkoch in der weißen Kappe, fiel, wenn die Horde der Pariser Schmeichler, Streber und Sykophanten entlassen war, grau und verstört ins Bett, oder prügelte sich mit seiner Olimpia in wüstem Geiz und kranker Angst um jeden Sou.

Gluck, wie die Legende erzählt, soll an einer Alkoholvergiftung gestorben sein. Bizet erlag vor dem Erfolg der „Carmen“ dem frühen Fatum.

Oper ist Entfesselung, Rausch der Selbstflucht. Ihr gefährlicher Gott schlägt seine Priester oft mit dem tödlichen Thyrsosstab.

Maestro Giuseppe Verdi war aber nach Venedig gekommen, sich selber ins Auge zu sehn.

III

Gegen fünf Uhr nachmittags holte der Senator den Maestro in seinem Hotel ab. Jedes Kind Venedigs war auf den Beinen. Der alte Freund hoffte durch die Zerstreuungen des heutigen Festes für einige Stunden den ernsten Mut des Maestro zu bannen.

Von Kindheit an liebte der Einsamkeitsnarr Verdi das Gedränge, die aufruhrträchtige Musik der Menge. Er war gewohnt, stundenlang sich in Paris an Orten umherzutreiben, wo das Volk sich schob, auf den belebtesten Boulevards, vor den Theatern, den Warenhäusern, den Hallen. Ohne Gedanken ging er da im Strom unter, der irgendwelche tiefinnere Lust in ihm befriedigte. Eine fast ichlose Stimme im Chor zu sein, war Glück.

Bereitwillig überließ er sich dem Senator.

Waren die letzten Tage des Januar voll Nebel und Trübsinn gewesen, so zeigten die Endtage des Karnevals ein gefährlich verfrühtes Frühlingsgesicht. Hinterm Rücken der volksüberschwemmten Riva, der bunt-aufgestachelten Stadt stand die tiefgeneigte Sonne, voll und rötlich nackt über der terra ferma, überm eisigen Alpenstock. Die purpurn übertanzte Lagune dehnte ihr glückseliges Blau wie sonst nur im April. Scharf, theatralisch, wie vom Rampenlicht profiliert, starrte San Giorgios goldgebadete Fassade. Die

Häuserregimenter der Giudecca jenseits des Kanals und der Lagune San Marco, lieferten die Sonnenschlacht mit knatternden Salven von tausend Fensterblitzen.

Vor dem Hotel, aus dem die beiden Herren traten, war durch ein umlaufendes Geländer ein mäßig großer Platz abgesperrt. Mittendrin stand ein Verschlag, in dem das Komitee des Karnevalumzuges seines Amtes waltete. Graf Balbi, erregt und von der Größe seiner heutigen Aufgabe vollkommen überzeugt, war schon an Ort und Stelle, obgleich der Zug sich nicht vor zehn Uhr nachts formieren sollte. Ein paar durch weiße Bänder gekennzeichnete Jünglinge, die üblichen Generalstäbler der Ballfeste, belebten wichtigtuerisch dieses Hauptquartier. Der Senator verzog den Mund:

„Dummköpfe! Jetzt setzen sie sogar noch „Volk“ in Szene, diese Schöngeister.“

Und als der Maestro nicht antwortete, knurrte er:

„Selbstverständlich ist mein Sohn Italo obenan.“

Über die ganze Breite der Riva mit allen gegensätzlichen Flußrichtungen, Wirbeln, Strudeln, Schnellen des echten Stromes rauschte die Menge. Auf den beiden Brücken, der überm Kanal der Gefängnisse, der überm Kanal des Palastes, bäumte sie sich so beängstigend auf, daß es, von unten gesehen, unverständlich erschien, wie sich die Stauung immer wieder entwirren konnte. In diesen Tagen war Venedig keine Fremdenstadt. Die reisenden Engländer und Deutschen fehlten fast vollkommen. Dafür lagen im Hafen einige Dampfer, von denen einer aus Konstantinopel, einer vom Piräus und zwei sogar aus Ostasien kamen. Daher war das Gedränge von sehr viel Matrosen und einer Anzahl von Farbigen durchsetzt. Da aber schon seit den frühen Morgenstunden einige allzu karnevaleifrige Menschen verkleidet durch die Stadt liefen, konnte man oft einen echten Malaien von einem kostümierten Chinesen nicht unterscheiden. Ebenso ging es einem naiven Auge mit den echten und unechten Mönchen, denn auch der Klerus hatte heute jeden Abstand fallenlassen und stieß und drängte sich mit den anderen. Wunderschön war es, daß im Riesengetöse der sich quetschenden Massen kein Schimpflaut, keine rohe Bemerkung, kein wütendes Wort fiel.

(Oh ihr harmoniesüchtigen Mittelmeervölker, die ihr nicht in jeder Minute einen aufklaffenden Mißklang zu eurer Gesundheit braucht!)

Auch die beiden ehrwürdigen Italiener lächelten freundlich im freundlichen Gewoge, das, so gut es ging, in seinem Taktsinn für Rang und Wert ihnen Platz machte. Auf der Piazzetta wurde der Strom dünner und seichter. Die Freunde konnten sich von ihm lösen. Großartig, wie ein Sieggesang triumphierten die drei schweren Banner des Staates und der Stadt in blutbestrahlten Entfaltungen hoch oben vor der Kathedrale.

Einige klassische Schlapphüte wurden dem Senator entgegengeschwenkt. Der wollte den Maestro nicht einem Erkanntwerden aussetzen, stieß ihn an und bat leise, voranzugehen!

„Ich komme zur Musik, mein Alter!"

Verdi, den jedes lange Zusammensein auch mit dem besten Freunde ermüdete, war froh, ein wenig allein bleiben zu können.

Unüberwunden von der Menge lag der riesige Platz vor ihm. Hier war das Getriebe auf eine große Anzahl bewegter Gruppen zusammengeschmolzen, die niemanden behinderten. Obgleich die rötlich-letzte Steigerung des Tages mit stärkstem Sonnenschall über der Piazza lag, waren schon die dreihundertundfünfzig Gasarme der Festesnacht angezündet, wodurch ein sonderbar aufregendes Zwielicht entstand, das alles übertrieb und deutlicher machte, als es war. In der Mitte dieses gewaltigsten aller Säle war das zweistöckige Halbkreispodium der Musik aufgebaut. Die Banda municipale, San Marcos großes Blasorchester, konzertierte schon.

Ehe unten bei der Kirche der Maestro noch mehr vernehmen konnte als einen kurzen vom Stimmbraus der Menge sogleich verschlungenen Akkordschwall oder den scharfen Luftstoß eines Pistons, sah er, schon hoch über den Menschen, die von der eigenen Wonne hin und her gewiegten Messinginstrumente im Abendlicht selig aufleuchten, goldenbraun, glanzübersprenkelt wie die glücksbewegten Körper von Badenden. Als er näherkam, erkannte er die Schlußfloskel der Sinfonia zu Rossinis „Gazza ladra". Der Maestro war nicht einer von jenen aufgeblasenen und nie zu befriedigenden Musikern, die sich die Ohren zuhalten, wenn nicht gerade ein wunderbringendes Orchester unter einem Gott von Kapellmeister spielt. Bei der Dorfbande hatte er seine Laufbahn begonnen. Wenn er aufrichtig war, fühlte er sich durch primitive Klänge nicht verletzt.

Selbstverständlich war er empfindlicher, wenn es sich um seine eigene Musik handelte. Eine verbreitete Anekdote erzählt, daß er einmal im Badeorte

Montecatini dreißig Werkelmännern ihre Leierkästen abgemietet habe. Aber das kam daher, daß er zu einer gewissen Zeit die Melodien des „Rigoletto", des „Trovatore", der „Traviata" nicht mehr ertragen konnte. Wer weiß, ob er die Leiermänner nicht hätte gewähren lassen, wenn die Stücke aus „La battaglia di Legnano", „Macbeth" oder „Simone Boccanegra" gespielt hätten, Opern, die er selbst für gut hielt, die aber niemand kannte.

Um das große Halbrund des Orchesteraufbaues, das in der Bogensehne wie eine Bühne durch eine rote Schnur abgeschnitten war, standen die Hörer in einigen dichten Reihen. Das Stück war zu Ende. Der Kapellmeister, ein kleiner weißhaariger Mann in marineartiger Uniform, lehnte am Geländer seiner Kommandobrücke und unterhielt sich mit dem breitschultrigen Schnauzbart von Paukenschläger, der wie ein Oberkanonier an seinen beiden Instrumenten hantierte. Die Posaunen, Tuben, Baßklarinetten, Bombardons und Kontrafagotte der Musikanten ruhten an den Eisengeländern. Sie selbst unterhielten sich wie einfache Leute, die angesichts ihrer öffentlichen Stellung und der Betrachtung durch die Menge verlegen werden, sehr schwerfällig und streiften das Publikum mit gemacht gleichgültigem oder gar spöttischem Blick.

Dieses Publikum bestand zumeist aus Frauen, die kleine Kinder im Arm trugen, aus Matrosen und Soldaten, aus zerlumpten musikhungrigen Faulenzern, aus Halbwüchsigen und aus ein paar ganz abgestorbenen Greisen, die ihre stieren Augen noch immer auf eine fremdartig schöne Vision gerichtet hielten. Über der ganzen Schar, die sich nicht vom Platze rührte, lag, deutlich wahrnehmbar, Melodienbann, Klangschatten, Bewußtseinsschleier. Der Maestro kannte diesen stumpfsinnig seligen Gesichtsausdruck der Menge sehr wohl: Venezianische Musikverzauberung!

In allen anderen Ländern lag ursprünglich der Musik ein außermusikalischer Zweck zugrunde. Aus dem heiligen Text entsprang der nordische Choral, aus poetischer Liebeständelei die Chansons der Franzosen, vom Tanzboden her die Suite der Deutschen. Einzig und allein das Arioso, das italische Melisma, der schöne Gesang, kam aus keiner religiösen, keiner galanten, keiner tänzerischen Erregung, sondern aus der Unfaßlichkeit des tönenden Triebes selbst. Allzu deutlich zeigten es diese Gesichter.

Der Maestro wollte gerade den Namen denken, und im gleichen Augenblick sah er den Mann: Mario. Der Krüppel hockte ernst im Orchester auf einem Stuhl neben dem Musikanten, der das kleinere Schlagwerk bediente. Sein armer

Körper schien durch das elektrische Bad der Klangschwingung mitten im großen Bläserchor glücklich ermüdet zu sein. Mit geneigtem Haupt starrte der Improvisator vor sich hin. Diese Teilnahme am Konzert mochte eine erste Form des musikalischen Unterrichtes sein, den er durch die Unterstützung Verdis zu genießen begann.

Als der Maestro nun auch den alten Theaterdiener sah, wie er in einer Gruppe von Lauschenden bramarbasierte, entfernte er sich schnell von der Kapelle und machte einige Schritte auf die Procuratien zu. Hier standen, dichtbesetzt, die Tische des Cafés, denn die Wirte hatten den warmen Tag genützt, wo man gut im Freien sitzen konnte.

Da lösten sich von einem der Tische, an dem eine größere Gesellschaft saß, ein paar Menschen los. Drei Erwachsene und drei Kinder. Die Kinder, ein Knabe und zwei Mädchen, liefen voraus.

Von zwei Herren flankiert, einem Riesen und einem ergebenkleinen Mann, folgte die feine und zugleich behäbige Gestalt Richard Wagners. Wie immer, redete er eifrigst. Wie immer zuckte der ungenügende Körper, der allzuviel Gedankenströme täglich und stündlich aussenden mußte. Den Kindern nach bewegten sich die drei Herren auf die Musiktribüne zu.

Erstarrt blieb der Maestro stehen. Ein Nervenriß durchblitzte ihn vom Kopf zu Füßen: Wagner!

Zum zweitenmal kam er, laut seinen Begleitern predigend, ihm entgegen. Zum zweitenmal, ehern auf seinem Platz wurzelnd, erwartete Giuseppe Verdi den furchtbaren Gegner, der seinen Stolz so sehr gebeugt hatte, daß er alles und sich selbst nur mehr an ihm messen mußte. Sollte dieser Mensch sich ewig überheben? Durfte er, Verdi, dulden, daß ein höherer Mensch als er lebe und herrsche? Seinem Königsmut war das unerträglich. Darum war er ja nach Venedig gekommen, um ihm entgegenzutreten, ihn zu besuchen, zu sprechen, zu hören, zu erkennen, zu überzeugen. Aber der männlich-edle Besuch war nicht zustande gekommen. Allzugroß war der eigene Hochmut, die eigene Scham. Doch jetzt, im entscheidendsten Augenblick, bot noch einmal das Schicksal sich an.

Wagner hatte die beiden Herren, den Maler Joukowsky und den Kapellmeister Levy, zurück zu seiner Frau gesandt und ging jetzt allein voran und geradewegs auf den Maestro zu.

Verdi fühlte in der laut aufrufenden Seele:

„Ihm entgegentreten, mich vorstellen! Die Begegnung ist da! Jetzt oder nie!"

Immer schärfer, immer wirklicher nahte das Antlitz, der zusammengekniffene Mund, die Eroberernase, das helle Auge enträtselte sich. Er wollte, er wollte ... Aber noch war der Maestro nicht frei. Herzaufwärts stieg die Verfinsterung kalt ins Auge. Und zum zweitenmal, ähnlich wie im Foyer des Theaters La Fenice, begab sich das rasche, heimliche Drama der sich kreuzenden Blicke, die beide mehr sprachen und wußten, als sie sprachen und wußten. Tief erstaunt und mühsam, als ob er sich ganz vergangener Dinge entsinnen wolle, haftete Wagners Auge am stolz abweisenden Gesichte des Italieners. Hatte er dieses Gesicht, diese abgeschlossene, ins Weite zielende Kraft schon einmal gesehen, eine Abbildung, eine Photographie? ... Wiederum endete die Berührung der Blicke damit, daß in Wagners Auge die Weiblichkeit zu locken begann: „Warum hassest du mich, warum beugst du dich nicht der einzigen Wahrheit, die ich bin, warum stimmst du nicht ein in den Lobgesang wie alle andern?"

Noch immer – es war geradezu unnatürlich – regte sich der Maestro nicht. Dadurch geschah es, daß Wagner, der sonderbar gebannt auf den breit wurzelnden Mann zuschritt, zu spät auswich und den Fremden ein wenig anstieß. Überaus höflich aber kehrte er sich um, zog den Hut und sagte italienisch:

„Entschuldigen Sie!"

Auch der Maestro zog nun mit einer kleinen Verbeugung seinen Hut und antwortete mit der kaum hörbaren Stimme eines aufgestörten Träumers:

„Bitte! Bitte!"

Im selben Augenblick, als hätten infernalische Mächte diese höhnische Wirkung abgekartet, setzte die Banda mit dem dröhnenden Königsmarsch einer „Aida"-Phantasie ein. Anfangs wollte der Maestro die Fassung verlieren, so peinlich, so schrecklich war es ihm, daß vor diesem Richter seine Musik anhub. Aber wie ein Schwerhöriger, dessen Ohren plötzlich auftauen, erkannte er nach den ersten Takten die Herrlichkeit seiner Gesänge.

Er sah zu Wagner hin, zu dem die beiden Herren zurückgekehrt waren. Auch der Feind mußte ja trotz Blechklang und Verballhornung die Melodie, die mächtige Melodie erkennen. Er, von allen Menschen einzig er. Unablässig sah der Maestro zu der kleinen Gruppe hin, die gar nicht weit von ihm entfernt stand.

Aber Richard Wagner schien die Musik nicht zu hören, sondern den lauschenden Verehrern mit weiten Gebärden eine philosophische Gedankenfolge vorzutragen. Seine Stimme war dabei so laut, daß sie im Schall der Posaunen und Trompeten nicht unterging.

Aidas Gebet, das Duett mit Amneris, das große Heimkehrfinale zogen vorbei, ohne daß der Deutsche aufgehorcht und seine Rede unterbrochen hätte.

All seine Köstlichkeiten sah der Maestro verworfen. Der Stolze, dessen Ruhm in jedem Winkel der Erde daheim war, jetzt blickte er mit schwindender Hoffnung zu dem Manne hin, der diesen Sängen sein Ohr nicht lieh.

Die Nilszene kam. Wagner sprach. Aidas Heimwehlied, ihr Duett mit Amonasro. Wagner sprach. Aida, Radames! Wagner sprach und sprach.

Mit solcher Enttäuschung und Bitterkeit hatte der Maestro niemals, auch bei seinen unglücklichsten Werken nicht, den wirkungslosen Ablauf verfolgt wie hier auf der Piazza San Marco des Karnevaldienstags dieses Jahres, da die plärrende Blechkapelle seine Aida unnahbaren Ohren preisgab.

Und jetzt kam der größte Herzensaugenblick der Musik:

Die unglücklich liebende Amneris versucht den Helden. Er aber entsagt nicht, er ist zum Tod bereit. Doch sie wirft sich ihm noch einmal entgegen, und die begeistertste Melodie, die je eine Todesqual durchbrochen hat, schwingt sich auf:

> „Du? Sterben?
> Nein! Du sollst leben!
> Leben! Und mit mir vereinigt.“

Ist das noch Cabaletta? Ist das noch dünnflüssige Cantilene? Ist das noch Oper? Ist das noch Konvention? Hört er noch immer nicht?

Richard Wagner bricht deutlich mitten im Gespräch ab und wendet sein Auge langsam dem Orchester zu, dessen Kapellmeister über diesen Gesang in Raserei geraten ist:

„Vaterland und Ehre,
Alles, alles gab ich hin für dich!“

Wagner scheint den anderen, die das Gespräch wieder aufnehmen wollen, abzuwinken. Genießend lehnt er ein wenig den Kopf zurück. Gewiß, gewiß! Er horcht! Er versteht:

„Auch ich hab alles, alles für sie hingegeben.“

Ein Glück durchglüht den Maestro. Krampfhaft pressen sich die Fäuste in den Taschen des Überrocks zusammen. Jetzt kann er es tun. Jetzt kann er sprechen. Er macht einige Schritte. Es ist gleichgültig, welche untergeordneten Geschöpfe Zeugen der Begegnung sein werden.

Die Melodie der Amneris stürzt den Felsen ihrer Kadenz hinab.

Wagner – dem Maestro entgeht jetzt nichts mehr – wendet sich fragend an Levy. Verdi hört deutlich das Wort: „Aida“. Unwillkürlich hebt er die Arme. Wagner aber, so scheint es dem Erregten, macht ein verdrossenes Gesicht und eine sehr abfällige Handbewegung ...

Die Musik spielt den kanonischen Marsch der Priester, die zum Gericht schreiten.

Wie von einem Stockschlag gellt das Hirn des Maestro. Eine ungeheure, lebenermattende Schmach, ein graues Gefühl des Besiegtseins durchkriecht ihn tödlich. Er hört nicht mehr sein Lied, nicht mehr den süßen Abschied der Liebenden, der Priester Todessequenzen, den Friedensruf der Amneris über den zugemauerten Abgrund der Liebe hinweg. Er sieht nur, daß der Deutsche wieder spricht, auf einmal unruhig wird und mit den Augen seinen Sohn sucht, der sich in der Menge verlaufen hat.

„Er hat Kinder.“

Dies muß er denken, während vor seinen Blicken Wagner und die Begleiter, die mit der übertriebenen Besorgnis von Höflingen immer wieder „Siegfried“ rufen, in den dichten Menschenhaufen untertauchen.

Der Senator kam ganz atemlos:

„Endlich finde ich dich, Verdi! Dreimal bin ich um die Tribüne gelaufen, ohne dich zu sehen. Ich habe schon geglaubt, du seist nach Hause gegangen."

Der Meister in der Beherrschung anderer und seiner selbst lächelte den Freund an:

„Ich habe einer vorzüglichen Aufführung der „Aida" beigewohnt. – Was aber steht jetzt auf deinem Programm, Lieber?"

„Ich habe in der gewissen Taverne ein Zimmer für uns reservieren lassen. Wir kehren dann zum Maskenumzug zurück."

„Gut! Ich bin recht müde! Gehn wir!"

IV

Bis Dienstag morgens war Bianca in vollständiger Apathie dagelegen. Die notwendigsten Mahlzeiten nahm sie ganz mechanisch. Das einzige, zu dem sie Kraft fand, war, daß sie, wenn Carvagno zu ihr trat, sich schlafend stellte. Sie dachte nicht, sie fühlte nicht, sie litt nicht. Obwohl sie vollkommen wach war und hätte auf alle Fragen Rede stehen können, schien doch ihr ganzes Wesen, Erinnerung und Selbsterlebnis aufgehoben und fortgesandt zu sein. Wo in der Welt mochte es suchen und irren?

Am Dienstag gegen Mittag kehrte ihre Seele zurück. Sie erwachte. Jemand hielt ihre Hand: Carvagno.

Mit der ersten Fassung war die Fähigkeit des Weibes zur Lüge da. Sie bat sogleich den Arzt inständigst, an seine Arbeit zu gehen, da sie sich überaus wohl fühle, gesund, und die vorige Schwäche nur aus ihrem Zustand zu erklären sei.

Carvagno gehorchte ihr. Es war notwendig. Er durfte ja sein Krankenhaus, wo schon alles drunter und drübergehn mochte, länger nicht im Stich lassen.

Der überwundene Anfall klang in Biancas Körper mit erquickender Müdigkeit nach. Die rasende Gedankenflucht, die sich auf dem Grunde jedes Ohnmachtszustands abspielt, wurde immer langsamer, feste Vorstellungen tauchten auf, bekamen Gestalt und Gesicht: Italo!

Sie wußte alles wieder.

Nun aber fühlte sie mit tröstender Gewißheit, daß nichts erwiesen, daß Italo in Rom sei, daß der kurzsichtige Carvagno falsch gesehen habe und aus

Abneigung gegen Italo sie habe kränken wollen. Sie versuchte zu lachen und sandte ein Dankgebet zur Jungfrau.

Allzu große Last mußte sie schleppen und deshalb war sie beim ersten Stoß zusammengebrochen. Die schmerzhafte Finsternis in ihr, die durch jeden Alltagsgedanken kroch, hatte sich in Gestalt einer Ohnmacht über sie geworfen und alles ausgelöscht.

Nichts war erwiesen. Italo liebte sie. Sie hatte durch ihn nichts erlebt, was diesen Glauben erschüttern konnte.

Sie öffnete die Augen, die des Sehens noch immer ungewohnt waren. Auf der ein wenig rissigen Tapetenwand ihrem Bett gegenüber lag die laute Sonne. Das Licht belebte ihren Blick. Als hätte sie es diese zehn Jahre noch niemals gesehen, erschien plötzlich ein Bild im Rahmen auf der hellen Wand. Fremd war das Gewohnte. Dieser alte Stich nach einem Gemälde von Pietro Longhi stellte mit Blumenstab und Bänderhut in Schäferinnentracht die Sängerin Hasse dar, wie sie die Huldigungen ihrer Kavaliere entgegennimmt.

Ohne sie recht zu unterscheiden, starrte Bianca auf die Gestalten des Bildes.

Da, in dem Augenblick gerade, als die Sonnenform den Stich verließ und an der Tapete weiterrückte, unvermittelt, mit einem Schlage wußte sie die Wahrheit. Ihr Starrkrampf, die innere Nacht war ja nur die letzte Selbstverteidigung gegen die wachsende Ahnung gewesen, die mit einem Male, unaufhaltsam wie die Stunde schlägt, jetzt, Gewißheit hieß.

Sie sah Italo mit der Sängerin.

Sie sah Italo mit der Dezorzi – obgleich sie dieses Mädchen nicht kannte, sah sie die beiden. Es war dies eine tiefe Vision, nicht des Auges, aber die weit deutlichere Vision eines unwiderleglichen Sinnes. Sie zweifelte nicht länger. Zwischen dem Geliebten und ihr war der Name Margherita Dezorzi nur zwei- oder dreimal im gleichgültigsten Ton gefallen. Dennoch zweifelte sie nicht. Das sicherste Wissen in ihr hatte die Wahrheit erblickt, die sie jetzt nicht einmal in Erstaunen setzte, als wäre diese Wahrheit tausendmal schon durchdacht, erläutert, entschieden und seit je vorherbestimmt gewesen.

Wie nun im grellsten Lichte alles vor ihr lag, wich von Bianca der Erschöpfungszustand vollends und eine tiefe Ruhe ergriff sie.

Sie kleidete sich an. Wohl wußte sie nicht, was sie tun werde, was geschehen sollte, aber den Geboten, die in ihr wirkten, durfte nicht widerstanden werden.

Nicht denken! Nachtwandlerisch folgen! Sie überließ sich dem erhellteren Menschen in ihr selbst.

Mit üblicher Sorgfalt kleidete sie sich an, ohne dabei recht in den Spiegel zu schauen. Bei einbrechender Dämmerung verließ sie das Haus. Sie gehorchte ihren Füßen, die alles besser wissen mußten und sie vorerst in die kleine Kirche führten, die ihr lieb war. Sie stand irgendwo in tiefer Dunkelheit. Sie betete nicht. Sie ließ im geweihten Raum dem unabhängigen Teil ihres Wesens Zeit, Klarheit zu sammeln, damit es den richtigen Weg finde.

Fünf Minuten, nachdem Bianca fortgegangen war, kam Carvagno nach Hause. Gewissensbisse ihretwegen hatten ihn bei der Arbeit so sehr geplagt, daß er heute ein schlechter Arzt gewesen war.

Als er seine Frau nicht fand, erschrak er heftig und stürzte auf die Gasse. Niemand konnte ihm Auskunft geben.

Er fühlte im Zwerchfell ein merkwürdiges Prickeln und Brennen, das scheußliche Lustgefühl, das unsere furchtbarsten Ängste begleitet.

Es war Nacht geworden. Carvagno stellte den Kragen seines Mantels auf.

V

Der Maestro und der Senator hatten in einem abgeschlossenen Zimmer der Alten Taverne gespeist. Nun schritten sie durch die ausgestorbenen Gassen langsam der Piazza zu. Der Senator, leicht berauscht durch einen starken Wein und das Urwaldsaroma seiner Havanna, verfiel wiederum auf sein Lieblingsthema der Lebensenttäuschung. Trotz aller Gleichgestimmtheit der Erfahrung forderte die Art des Senators immer Verdis Widerspruch heraus. Unzufrieden schüttelte der Maestro den Kopf:

„Ich verstehe nicht, was du willst. Hat sich nicht alles gebessert? Nimm nur dieses Venedig! Gab es in den fünfziger, ja noch in den sechziger Jahren etwas Verlotterteres als diese Bettlerstadt? Ich erinnere mich noch an den Bericht des früheren Bürgermeisters Conte Luigi, der durch die Zeitungen ging: Ein Drittel der Einwohnerschaft stand auf der Armenliste, tatsächlich und nicht nur angenommen, ein Drittel! So an die dreißigtausend ausgehaltene Bettler lungerten herum, die zwei Drittel der Steuergelder fraßen, an denen die übrige Bevölkerung zugrunde ging. Dann denk an diese verfluchten Stadtzölle, die überall eingehoben wurden, denk an die grauenhaften Gesundheitsverhältnisse, an die jährlichen Epidemien. Vigna hat mich zur Zeit des „Rigoletto" durch das hiesige Irrenhaus von San Clemente geführt. Es war so scheußlich überfüllt wie kein Narrenturm des Mittelalters. Unterernährung, Hungerkrankheit, die lombardische Rose stürzten Hunderte in den Irrsinn. Es war alles so sehr traurig. Und jetzt nach wenig Jahren scheint es mir, als wäre auf diesem kranken Boden eine neue heiter-ordentliche Menschheit erstanden. Welch ein Erfolg!"

„Ja, ein materieller Erfolg!"

„Und nicht nur in Venedig, im ganzen Land, selbst in dem durch anderthalb Jahrtausende Kirchenstaats entmannten Rom."

„Richtig! Aber die originelle Kraft der Provinzen ist erloschen und ein braver Durchschnittsmensch, geschäftstüchtig und nüchtern, kommt herauf. Wir teilen das Schicksal des geeinigten Deutschlands. Wie dort das preußische Menschenschema, herrscht bei uns das piemontesisch-lombardische. Das ist die Erfüllung aller Träume."

„Mehr, als das Leben geben kann, zu fordern, ist Unzucht."

„Ja, du bist stark, Anhänger Cavours! Du forderst das Mögliche! Du hängst nicht zu sehr am Gestern. Das ist das Bewunderungswürdige an dir. Sieh, mein Verdi! Jetzt versteh ich auch deine „Lear"-Musik. Immer findet dich die Stunde neugeboren!"

Aus der Finsternis traten die Herren auf den Platz in den scharf umzirkten Lichtschwall, der dem Auge wehe tat. Nicht nur brannten zu Ehren des Festes die Gasflammen in verzwanzigfachter Zahl auf den bekränzten Kandelabern; wie in alter Zeit waren überall längs der Säulen Pechpfannen auf hohen Dreifüßen aufgestellt, aus denen orangefarbene Flammen mit ungesundem Flackerschein und dichtwirbelnden Qualmwolken stiegen. Dazu kam, daß in den tausend Fenstern der Bibliothek und Procuratien, von denen die golddurchwirkten Zungen der Festteppiche herabhingen, ebensoviele Kerzen brannten. In jeder Zelle der mächtigen Steinwaben zuckte ein feuriger Lebenskern.

Die aufgeregte Beleuchtung eines Brandes oder einer asiatisch-traumhaften Tempelfeier lag über der Menge und verzerrte mit wilden Schatten und Scheinen die Gesichter und nicht nur die Gesichter. Die Leute waren wie außer sich, sprangen durcheinander, drehten und drängten sich. Viele fühlten den Bann von

Traumgesetzen, lachten unnatürlich, taumelten und hatten die Empfindung des Fliegens, Schwebens, der übernatürlichen Raumüberwindung in den Gliedern.

Die Masse war unter Wirkung dieses wallenden, dampfenden Lichts, das die Piazza in einen Kultraum oder in einen Bühnensaal verwandelte, zu einem neuen Wesen zusammengeschmolzen. Wer einmal unter der Komparserie eines großen Opernaufzuges auf der Bühne stand, kennt wohl das Zaubergefühl dieses Selbstverlustes.

Venezia, die Mächtige, herrschte und band ihr Volk mit den Fesseln ihrer eigensten Trunkenheit. In den wirr aufgerissenen Augen der Menschen lebte eine Bereitschaft, die ihre Hirne nicht kannten, eine Bereitschaft zu Ausbrüchen der Lüsternheit, der Brandstiftung, des Gebets oder Gesanges. Diese Erregung aller, diese Vorerregung dessen, was kommen sollte, lag über dem Platz.

Noch promenierte alles ohne Zwang und Ordnung durcheinander, obgleich die Arbeiter schon den Orchesterbau abtrugen, um Raum für den Zug zu schaffen, und die Carabinieri mit federgeschmücktem Dreispitz einander fragende Blicke zuwarfen.

Die Brandung der Stimmen, die sich nach dem Schauspiel sehnten, schwoll von Minute zu Minute.

Kühl und wissend, ein Kenner und echter Erzeuger von Massenerregungen, schritt der Maestro an des Freundes Seite vorwärts. Das Kraftgefühl eines erfahrenen Siegers spielte in seiner Seele. Er dachte nicht mehr an Richard Wagner, der im gleichen Augenblick sich mit seiner Gesellschaft an den Fenstern des gemieteten Raumes im Cappello Nero niederließ und mit ähnlichem Kraftgefühl auf die lenkbare Erregung hinabsah.

So auf seine Weise an der außerordentlichen Stimmung teilnehmend, drang der Maestro durch die sich stauende und lösende, vom Brandlicht überflutete Menge.

Er erkannte Mathias Fischböck, der sich ganz verloren und verlassen unter der fremden Bevölkerung drängte. Die zerrissenen, unjugendlichen Züge des Sechsundzwanzigjährigen kämpften. Er schien angestrengt und ermüdet, sah böse drein, sein Gesicht schickte Widerstände aus gegen den Massenrausch ringsum. Wie ein erschöpfter Schwimmer rang er mit dem großartigen Element eines Volkes, das hier Einheit geworden war.

Wieder spürte der Maestro erstaunt die Wärme in sich, die er für diesen so unbeschreiblich Fremden hegte. Einen Augenblick lang, in plötzlicher Besorgnis, wollte er auf Fischböck zugehen und den Fieberkranken vor der gefährlichen Februarnacht warnen, denn er trug keinen Hut auf seinem blonden Kopf.

Der Maestro aber entschloß sich anders. Es wäre zu schwierig gewesen, dem eifersüchtigen Senator diese neue Freundschaft zu erklären. In weitem Kreis ging er an Fischböck vorbei.

Die beiden Freunde standen nun vor der Basilika. Auf der großen Dachterrasse über den Bogen des Vorraumes bot sich der beste Rundblick über Piazza und Piazzetta bis auf die Lagune hinaus. Beim Festzug am einundzwanzigsten Januar, wobei zwanzigtausend Menschen den Platz bevölkert und hier oben etwa dreihundert Zuschauer sich gedrängt hatten, war die uralte Balustrade der Plattform beschädigt worden. Daraufhin hatte die Stadtobrigkeit den Beschluß gefaßt, am Karnevaldienstag den Aufgang zur Galerie, wenn nicht ganz zu verwehren, so doch sehr zu beschränken. Kirchendiener waren an dem betreffenden Tor postiert und gaben nur einigen wenigen, meist mit Eintrittskarten versehenen Vornehmen den Weg frei.

Als der Maestro und der Senator eintraten, wichen die Wächter mit respektvollem Gruß zur Seite und ließen auch eine Dame unbehelligt, die dicht hinter den beiden Herren hereinkam. Leichtfüßig stiegen die beiden Alten über die finstere Treppe des Choraufganges. Mühsam folgte die Frau. Während die Stiefel der Männer knarrten und scharrten, widerhallte der knappe Frauentritt scharf im Turmrund. Nach einem kurzen Irrgang auf der schmalen Steinbrücke, die unter den Kuppeln des Doms sich endlos spannt, tauchten die Freunde und nach ihnen wie ein gehorsamer Schatten die Dame in die freie dunkle Luft.

Hier in mäßiger Höhe über dem lichttollen Platz war der Raum seltsam finster, als hätte alle festliche Flamme nicht die Kraft, ein wenig über sich hinaus und nach oben zu langen.

Nur wenige Menschen betrachteten vom Geländer der Galerie die stürmische Welt dort unten, die klar und überdeutlich wie auf einer Bühne sich bewegte.

Auch die beiden Herren beugten sich vom dunklen Ort zum Licht hinab. Ein Diener brachte ihnen zwei Stühle. Der Senator sah, daß der Dame noch kein Sessel angeboten worden war. Er stellte ihr den seinen hin und winkte dem Diener, einen neuen zu bringen. Die Dame schien sich nicht einmal zu bedanken, rückte ihren Stuhl seitab und setzte sich steif.

Unterdessen begann das Schauspiel unten sich zu verwandeln. Die Carabinieri drängten die Menge auseinander und zu den Säulengängen hin, um Platz für den Zug zu schaffen. Aus dem einheitlichen Körper des Volkes entstanden plötzlich zwei lange gewundene Glieder. Die Erregung bekam nun etwas Gepreßtes, viel Häßlicheres als vorhin. Die beiden langen Glieder litten leiblichen und moralischen Schmerz. Nur in der leeren Straße zwischen ihnen herrschte ungebrochen im flutenden Licht der leidenschaftlich harrende Geist.

Der Maestro übersah den menschenleeren und flackernden rechten Winkel dieser Straße von den Säulen der Piazzetta bis zum oberen Palast.

Er sah den unaufhörlichen Tanz der Menschenköpfe, der tausend Fähnchen, der Gasflammen, der Kerzenpünktchen in den Fenstern, ja weit dahinter noch den Tanz der Gondeln an der Piazzetta, den Tanz der Wellchen, auf denen sie sich wiegten und die, einige Meter weit in der Grelle des Festlichtes spielend, aus dem Nichts der übrigen Lagune herausgehoben waren. In der Mitte zwischen den beiden wachthabenden Säulen, den Schildposten Venedigs, war der Scheiterhaufen hoch aufgeschichtet, der dem taumelnden Souverän dieses Tages bald den Garaus machen sollte. Denn in Aufruhr war das Volk und wollte eines Königs Hinrichtung sehn. Fest und Aufruhr sind ähnlichen Ursprungs, und im prasselnden Sinnbild dieses Scheiterhaufens werden sie sich umarmen.

Auf dem Holzstoß turnten einige Henkersknechte, die von der Menge gehänselt wurden. Berauscht von der Größe ihrer Sendung nahmen sie aber keine Notiz davon, sondern strichen mit tiefem Ernst ununterbrochen bengalische Zündhölzchen an, mit deren stinkendem Rot sie sich immer selbst beleuchteten im erhabenen Ich-Genuß aller Urteilsvollstrecker.

Plötzlich fuhr der Maestro zusammen. Dicht hinter seinem Rücken ging ein Trompeten- und Hörnergeratter los. Von der Galerie der Basilika wurde das Zeichen des Beginnes gegeben.

Der wüste Lärm unten sank langsam zusammen. Hier und dort noch einige Knäuel von Stimmen und Schreien.

Der Zug der Masken hatte sich längst schon auf der Riva versammelt und verging vor Ungeduld. Jetzt setzte sich die Marschordnung genau nach dem Schlachtplan des Komiteepräsidenten in Bewegung. Balbi selbst konnte sich nun ruhig seiner Rolle als Claudio Monteverdi widmen, nachdem seine Aufgabe als Feldherr gelöst war und fünfzig Ordner und Untergeneräle für die Ausführung des Umzuges Sorge trugen.

Voran marschierte eine Musikkapelle im Kostüm dalmatinischer Seeleute des sechzehnten Jahrhunderts und nahm mit Pauken- und Tschinellenkrach Stellung in der Mitte der Piazza. In Abständen folgten recht gleichgültige Gruppen. Eine Kohorte von römischen Legionären, eine Abteilung junger Athleten, die nach alter Sitte einige allegorische Turnerstücke ausführte, Pyramiden und andere Formen stellte, die zum Beispiel das „Spiel der Kräfte" bedeuten sollten. Schriftsteller des achtzehnten Jahrhunderts, wie Präsident de Brosses und Saint Didier, erzählen in ihren Beschreibungen des venezianischen Karnevals von diesen allegorischen Turnern. Hatte sich der Brauch erhalten, war es ein Einfall Balbis, ihn wieder zu beleben? Von der Allegorie war allerdings nicht viel zu merken. Viel deutlicher zeigte sich, daß die englische Sportbegeisterung sich langsam auch des jungen Italiens bemächtigte. – Nach diesen Turnern kamen einige Maskenhaufen, deren Sinn niemand enträtseln konnte, die sich aber gerade deshalb sehr lebhaft gebärdeten und wie alles andere heftig beklatscht wurden. Die Musik stampfte ihre dunklen Schläge. Das gelbe und rote Licht wogte über die zehntausend träumenden Gesichter, die jetzt, still geworden, die Bilder der Schauspiele verschlangen. Nur das gleichmäßige regenartige Geräusch des Applauses, manchmal steigend, manchmal fallend, setzte nicht aus.

Zwischen den einzelnen Kompagnien der Festarmee tummelten sich verkleidete Spaßvögel, die Witz genug hatten, auf eigene Faust eine Rolle zu spielen: Clowns, zerlumpte Taugenichtse, auffällige Würdefiguren der Stadt, Karikaturen berühmter Politiker. Diese Solisten sprachen das Spalier an, hielten Reden, parodierten, rissen Zoten, sangen und ernteten ihr Gelächter.

Immer neue Gruppen zogen vorüber, darunter schon einige, die Balbi selbst erfunden hatte, historische Aufzüge, Gesellschaften des achtzehnten Jahrhunderts in den charakteristischen venezianischen Gesichtslarven. Den Dogenpalast entlang, an der Kirche vorbei, die Procuratien weiter, die Bibliothek zurück bewegte sich die Buntheit, um sich endlich beim Scheiterhaufen wieder zu versammeln.

Um die Wirkung seines eigenen Aufzuges zu erhöhen, ließ Graf Balbi eine gewisse Zeit verstreichen, ehe er sich mit seiner Gruppe dem allgemeinen Zuge anschloß. Tatsächlich hatte er mit dem Arrangement des Orfeo, obwohl es ja nichts anderes als ein lebendes Bild war, ein Meisterwerk des Geschmacks vollbracht. Die Menge selbst zeichnete es nicht mehr aus als alles andere, wenn auch manches Auge in den ersten Reihen des Spaliers durch die Schönheit der Frau und des Jünglings betroffen war.

Die Idee, den hohen antiken Wagen von einem Chor fackeltragender Mänaden, Erinnyen, Tiermasken ziehen und begleiten zu lassen, war besonders glücklich, weil dadurch nicht nur die Gestalten grell hervorgehoben wurden, sondern auch der herrliche Brokatstoff von Margheritas Kostüm mit seinen Flittersternen und Goldornamenten immer neu aufglitzerte.

Der Maestro beugte sich vor, der Senator sagte gutmütig: „Aha."

Die Erinnyen und Mänaden schwenkten ihre Fackeln oder hielten sie vor die goldenen Gesichtsmasken, die sie trugen. Einige machten mit Kastagnetten, Glöckchen, Pfeifen durchdringenden Lärm.

Der breite, große Wagen mit den goldenen Rädern, dem die Tiermasken vorgespannt waren, erreichte jetzt gerade die Front der Kathedrale. (Die Darsteller hatten ihn natürlich erst jenseits der Brücke des Dogenpalastes besteigen können.) Sollte dieser Wagen eine Art Thespiskarren vorstellen? Dafür war der alte dunkle Sammet zu prächtig, der von den Seiten niederhing. In dem tanzenden Fackellicht hoben sich die Gestalten übernatürlich empor. Claudio Monteverdi mit grauem Schwedenkopf und im Gelehrtenwams lehnte gegen die aufgebogene Rückwand des Gefährts. Orpheus, im stilisierten Römerkostüm des siebzehnten Jahrhunderts, stand ganz vorne und stützte, ohne sich umzusehen, die Lyra auf das Geländer des Wagens, während seine Rechte die Hand der abgewandten Eurydice hielt. Das Gesicht Italos war ganz unverändert, keine Perücke verwandelte es. Er spielte nichts. Er war nur ganz in die Wonne verloren, so lange Zeit die Hand der Geliebten halten zu dürfen. Margherita Dezorzi hingegen spielte, war auf der Bühne, war ganz in eine künstlerische Aufgabe versenkt. Sie litt mit ihrem Körper, der höher, sichtbarer als die beiden Männer den Raum ausfüllte, mit ihrer Gestalt litt sie das Todesleid der Heldin. In jener Mischung von wirklichem Schmerz, Zwangsschlaf und eitler Erregung, die den begabten Schauspieler kennzeichnet, erzeugte sie aus ihrem angespannten Innern unaufhörlich eine rührende und schmachtende Linie, die ihr geneigtes Haupt in vollkommener Harmonie mit jeder Falte des Brokats bildete. Wie sie (so lange Zeit doch) in ihrem schmerzlichen Traum zwischen wachem Schlaf und halbwacher Liebe dastand, das war eine schauspielerische Leistung, die auf dem weiten Platz, der das Bild ja allzusehr verkleinert, nur sehr wenige verstehen konnten.

Der Maestro verstand sie. Wie immer, und so oft wider Willen, zog ihn das darstellende Talent einer Frau an:

„Ist das diese Dezorzi, von der du mir erzählt hast, daß sie die Leonore in „Forza del destino“ singen wird?“

„Das ist sie!“

„Sieh sie nur an! Wie sie die anderen überragt! Ist es nicht so, als würde man trotz der Entfernung jeden Zug ihres Gesichts sehen?! Die Rolle, die sie heute spielt, genügt, um zu wissen, daß diese Person eine Künstlerin ist.“

Die Freunde hörten ein ganz merkwürdiges leises Frauenlachen. Sie blickten zur Seite. Der Sessel, auf dem die Dame gesessen hatte, war leer.

Der Wagen Monteverdis bog um den rechten Winkel. Der Senator konnte länger seine Spottlust nicht bemeistern:

„Hast du meinen Sprößling beobachtet? Ein Schauspieler ist er nicht. Aber der geborene Tenor.“

Und da Verdi schwieg ...

„Er gleicht den Verführern, diesen reizenden und im Grunde mörderischen Jungen, die du in mancher Oper schilderst. Dem Herzog von Mantua zum Beispiel: Ich weiß nicht warum, doch seit jeher erinnert mich Italo an diese Figur. Ich kümmere mich niemals um die Privatangelegenheiten meiner Kinder. Aber seit Wochen schon macht mein Italo einen bedenklich kopflosen Eindruck. Täglich liegt er mir übrigens in den Ohren, ich soll, ich möchte ...“

Glücklicherweise brach der Senator zur rechten Zeit ab. Er war nahe daran gewesen, Margherita-Italos Bitte dem Maestro geradeaus ins Gesicht zu sagen und damit einzugestehen, daß er den Schwur, Verdis Anwesenheit geheimzuhalten, gebrochen habe. Der Maestro aber hatte nichts bemerkt. Er fühlte die schöne Haltung der Sängerin in sich nachklingen.

Noch immer pochte der Rhythmus der Blechmusik. Und nun knatterte anwachsend, vom Wasser her, der Jubelapplaus des Volkes heran. Alles andere war nur buntes, halbverstandenes Vorspiel gewesen. Aber jetzt nahte, in wilder Fahrt, das Wesentliche, der uralte Sinn, das Hauptstück des Festes. Auf dem Henkerskarren thronte der König. Die rohe geflickte Puppe mit Goldpapierkrone und Hermelinmantel wackelte und wankte auf ihrem Herrschersitz. Der König war schon so müde und schlapp, daß Tod und Leben ihm gleichgültig schien. Hundert Kerle tanzten um den Karren, Sbirren, Polichinelles, Henker und Zivilisten. Wildauffahrende Gelächterschwärme erschütterten die Luft. Die beiden Glieder des Spaliers krampften sich zusammen wie gepeinigte Tiere. Die Kette der Carabinieri wurde an manchen Stellen fast durchstoßen. Wie Staub legte sich ein ununterbrochener Schrei auf alle Dinge.

Der arme König defilierte in rasender, gehetzter Fahrt an seinem Volk vorbei. In sieben Minuten war das große Geviert umjagt. Mitgerissen lachte nun auch der Senator, der Kämpfer von Achtundvierzig, der sah, wie einen verhaßten Popanz das Schicksal ereilte.

Der Lauf des Königs war vollendet. Das Karree der Masken umstand den Scheiterhaufen. Die Puppe wurde vom Wagen gehoben und an den Pfahl gebunden. Sogleich sank der plumpnasige Kopf mit der Todesgebärde des gekreuzigten Heilands auf die bunte Brust. Das Stroh zischte auf.

Der Schrei der Menge wurde zum Tollheitsausbruch. Der Senator lachte. Mit Grauen sah der Maestro hinab. Der Theaterskandal fiel ihm ein, den er selbst erlebt hatte. Er dachte an seine unglücklich komische Oper, an die er immer denken mußte, wenn er das Aufruhrgeschrei der Straße hörte.

Das Stampfen der Musik war längst untergegangen. In hundert kleinen Gefechten machte sich der natürliche Haß des Volkes gegen die Polizei Luft. Die Gendarmenkette wurde mit einem langgezogenen Huuhruf durchbrochen und in todbringendem Ansturm warfen sich zwanzigtausend Menschen gegen den Ort des Gerichts. Nichts deutete darauf hin, daß es sich um ein Fest, um ein Spiel handle, und daß kein anderes Staatsoberhaupt hingerichtet werde, als der König des Karnevals. In diesen Tagen war der irredentistische Patriot und Attentäter Oberdank in Österreich gehenkt worden. „Rache für Oberdank" bewegte das Blut eines jeden Italieners. Die Myriaden Gestalten, die aufgelösten Gesichter tollten und zuckten durcheinander, als gelte es, einen Tyrannen zu zerreißen, die Bastille zu stürmen, nicht aber die letzte Stunde der Sündenzeit zu begehen.

Hoch über die Menschen hinaus griff die Flamme des Scheiterhaufens. Mit der unvergleichlichen Indolenz eines erledigten Genießers hatte sich der König dem Feuer anheimgegeben. Um den Pfahl hüpften nur noch ein paar flammende Lumpen.

Der Todesaugenblick aber lockte ein neues wildes Ereignis hervor. Die Tauben der Piazza hatten sich in betäubter Angst vor dem roten furchtbaren Tag in ihren

Winkeln versteckt gehalten. Jetzt aber schwärmten sie auf. Die bürgerlichen vollgepampften Vögel des heiligen Markus waren in Raben, Aasgeier, geflügelte Leichenfledderer verwandelt. Sie tanzten über der Stätte des Autodafés und wehten wie schwarze Trauerfahnen. Immer höher wuchs der Brand, schlug nun an den beiden Säulen empor. Löwe, Krokodil und St. Georg posierten im Schein des Weltunterganges. Da die Pechpfannen überall schon niederzubrennen begannen, herrschte die Spiegelung des Scheiterhaufens allein.

Die Menge, die gesiegt hatte, war leiser geworden. Das Opfer war gefallen, der Blutdurst befriedigt, das Bedürfnis nach Ritus, nach Auflösung der Leidenschaften wuchs. Und in dieser Minute, heute wie alljährlich nach Verbrennung des königlichen Sündenbocks, der die Schuld der Ausschweifungen auf sich genommen hatte, ertönte vom Munde des Riesenchors der uralte Gesang des verlöschenden Karnevals. Keiner von all den Tausenden sang zu anderer Stunde des Jahres dieses Lied. Es schien fast, als ob kein einzelner es kenne und nur die höhere Persönlichkeit, die größere Einheit des Volkes mit ihrem hundert Menschenalter umfassenden Gedächtnis, zur gegebenen Stunde sich seiner erinnere. Es war dies kein heiterer, kein trauriger, aber ein unendlich fremdartiger Gesang, eine choralmäßige Weise im Stil entlegener Zeiten, die das Ende der Festtage beklagte. Mit dem Schall, mit dem ungewollt-kanonischen Durcheinander von zwanzigtausend Stimmen stieg sie hoch empor, dorthin, wohin das schnellere Licht der Brunst, Pechbrände und Gasflammen nicht vorgedrungen war.

Erschüttert vom Übermaß dieses Gesanges, wurde der Maestro von seinem Sitz gehoben. Alles zitterte in ihm. Hatte er an Marios Gesang erfahren, daß Italiens Volksseele die Geburtsstätte der Arie war, jetzt an diesem Machtgesang der Myriaden hätte er erleben können, daß auch das Chor- und Ensemble-Finale der Oper ihm ureigen, kein unwahrer und künstlicher Effekt, sondern der tiefe Ausdruck seines Volkes war. Aber der Maestro dachte nicht. Er hörte nur, hörte besinnungslos.

Auch Richard Wagner, der am offenen Fenster des Cappello Nero saß, hatte sich unter dem gewaltigen Ansturm des Karnevalssanges erhoben. Krampfhafte Laute der Hingerissenheit drangen aus seiner Brust. Er lauschte mit geschlossenen Augen. Sein ewig begehrender Wille erlosch in der Größe des Augenblicks.

Wagners gewissenhaftester Biograph berichtet von der Wucht des Eindruckes, den dieses Lied auf den Meister ausübte. Er konnte sich trüber Anfechtungen, während es noch erklang, nicht erwehren.

Doch er war eine ganz andere Natur als der Maestro. Trunken von seinen Taten und ihnen dankbar, konnte ihm kein Zweifel etwas anhaben.

Ein Kanonenschuß zerriß das Lied und beendete es.

Noch fraß die Flamme des Scheiterhaufens. Aber auf der Lagune, vor San Giorgio, bei der Dogana, mit schrillem Fauchen, unzähligen Schlägen, Explosionen, platzenden Bomben in allen Farben, wurde das große Feuerwerk abgebrannt. Das Wasser ging in Flammen auf, die Luft in krachenden Stürmen. Die italienische Art, alle Raketen und pyrotechnischen Körper auf einmal zu zünden, hakte Himmel und Erde zusammen.

Betäubt kehrte der Maestro diesem Jüngsten Gericht den Rücken. Da sah er, wie eine bizarre Gestalt aus der Tiefe der Kirche ins Freie stieg. Es war dies ein Hüne von Sakristan in schmutzig violetter Soutane. Ein Komikergesicht, das zugleich auch ein Fanatikergesicht war mit seinen Blatternarben. Diesem Mann konnte man alle Laster des Lebens wohl zuschreiben. Im Vollgefühl seiner Sendung grinste er jetzt verächtlich, während er ein dumpfhallendes Baßorgan inbrünstig räusperte. Der Mensch blieb stehen, stützte sich auf einen riesigen Trichter, den er mit sich trug, und sah gleichmütig, mit der Zunge zwischen den Zähnen schmatzend, zum Himmel, wie ein schlechter Sänger, der das Zeichen des Einsatzes erwartet.

In einem letzten vielfältigen Knall zerstob die Kanonade. Die Menschen, die dicht um den Scheiterhaufen standen, rissen die Scheite aus dem niederbrennenden Feuer. Ringsum wurde es schreckhaft still.

Da atmete rostig und aus heiserer Tiefe der Campanile auf, und die zwölf ausgeworfenen Boten der Mitternacht rollten über die Stadt. Zur Frist sperrten die Gaswerke die Zufuhr. Die dreihundertundfünfzig Kandelaberarme erloschen, nur einige überlebende Kerzenstümpfe, der zerstörte Rest des Scheiterhaufens und ein paar Notlichter wimmerten unter der Finsternis.

Der schmutzige, lasterhafte Kerl von einem violetten Sakristan trat an die Balustrade und heulte in sein Schallrohr:

„Il carnevale se n'è andato.“

Dieser grausige Vorgang, den die abgebrühteste Seele nicht hätte theatralisch nennen können, diese furchtbare Erscheinung des Aschermittwochs lähmte alle. So tief war in der plötzlichen Finsternis die Stille, daß man das Aufschluchzen vieler Weiber hören konnte.

Als das normale allnächtliche Gaslicht wieder aufflammte, drängten sich Tausende in die Kirchen der Stadt, wo mit dem zwölften Schlag die langen Litaneien der Fastenzeit begannen.

Der Maestro nahm den Arm seines Freundes. Wortlos stiegen beide die Wendeltreppe der Galerie hinab.

VI

Carvagno, der nach mehrstündigem Suchen seine Frau endlich vor der Markuskirche entdeckt hatte, fühlte eine Scheu, sie anzurufen.

So fremd war er in den letzten Jahren Bianca geworden, daß jetzt ihre Erscheinung, wie sie nachtwandlerisch und verschleiert über die Eingangsstufen trat, ihn mit einer unverständlichen Schüchternheit erfüllte.

Er sah, wie Bianca zwei Herren folgte, die gerade im Galerieaufgang verschwanden. Er wollte nach. Da er aber keine Eintrittskarte besaß, ferner mit seinem aufgestellten Rockkragen keinen besonders würdigen Eindruck machte, verwehrten ihm die Kirchendiener den Einlaß zur Terrasse. Er versuchte auch weiter nicht, den Eintritt zu erzwingen, und beschloß, hier unten auf Bianca zu warten.

Draußen tobte immer lauter der Karneval. Der Arzt fühlte es gar nicht. Eine vergessene Tür des Lebens war aufgesprungen. Er erbebte unterm Andrang der Erkenntnisse, die er noch nicht verstehen konnte.

Vor zehn Jahren hatte er dieses starke schöne Mädchen aus Gemona gefunden und genommen. Seine große, sehr eigensüchtige Verliebtheit sänftigte sich bald im Besitz. Die Aufmischung des Blutes hatte seine Kraft gefördert. Alles in ihm war zu Taten frei.

Er begann mit der Umgestaltung des Hospitals, mit diesem Werk, das ihn vollkommen verzehrte. Aber da half nichts. Er wäre erstickt. Er mußte die Arme regen. Ein Mensch für Frauen war er nicht.

Bianca lebte. Sie war da, und das genügte. Aber sie war für ihn nicht als Eigenwesen da, dazu hatte er keine Zeit, sondern nur in der armseligen

Beziehung zu seinem gehetzten Leben. Wohl fühlte er manchmal so etwas wie Schuld, aber der Trubel verjagte diese Gedanken schnell.

Trotzdem konnte manche Stunde unheimlich sein, wenn dieses große Frauenwesen in ihrer vollen und schönen Einsamkeit neben ihm saß und er empfinden mußte, daß er mit seinem eigenen Wesen nicht mehr hinüberlange zu ihr. Dann bekamen die Zärtlichkeiten etwas Erstauntes und Peinliches, und Scham stieg ihm nachher zu Kopf.

Doch er hatte ja keine Zeit, sich Gedanken zu machen. Alles, was seine Arbeit hemmte, mußte ausgeschaltet werden. Diese Lehre bekam Bianca sehr oft zu hören. Und als ob ihr irgendwelche Entschuldigung seinerseits zuwider wäre, stimmte sie vollkommen der Auffassung zu, daß ein Arzt von seinem Rang und seiner Pflichtenfülle kein Privatleben haben dürfe.

Aber die Logik des Schicksals duldet keine Beschönigungen. Carvagno fühlte, daß ein mächtiger Charakter neben ihm lebe, der sich nicht unterdrücken und seinem Arbeitsbedürfnis anpassen ließ. Immer schwerer wurde die Frau. Und aus Feigheit, aus Angst vor dieser Last, mied er sie.

Seine ärztliche Leidenschaft, sein wilder Kampf mit den lebensverneinenden Trieben seiner Patienten, die administrative Überbürdung ließ ihm keine Kraft zu einer menschlichen Beziehung mehr übrig. So begann er vor zwei Jahren die Blicke Biancas, in denen so viele Unausgesprochenheiten aufgestapelt waren, zu fliehen. Er hatte nicht den Mut, den schlafenden Konflikt zu wecken und damit alles zu erneuern.

Alle Strahlen der ersten Jahre, die Bianca zu ihm hinübergesandt hatte, waren in sie zurückgeschnellt. Nun war sie ganz dunkel, ganz fremd, ganz unabhängig geworden. Er wußte nichts mehr von ihr. Er fürchtete sich, etwas von ihr zu wissen.

In den ersten Monaten ihrer Schwangerschaft hatte er wohl manchmal den Versuch gemacht, ihr näherzukommen, aber jetzt gerade war sie für ihn doppelt verschlossen und unheimlich.

Er forschte ihr nicht nach. Eifersucht kannte er nicht, da sie doch nur dort sein kann, wo noch eine Verbindung ist. Dieses Weib mit dem römischen Schwermutsgesicht, höher gewachsen als er selbst, bedrückte ihn. Wodurch, wußte er selber nicht. Er kannte nicht mehr ihre Regungen, ihre Gedanken, ihre Wünsche.

Niemals sprach sie über das Kind.

Er hatte keine Ahnung, womit er ihr eine Freude hätte machen können. Dabei war sie das einzige Wesen, das über ihn eine ihr scheinbar selbst unbekannte Macht besaß. Sie wirkte auf ihn wie eine dunkle Priesterin, eine Vestalin, die ein Geheimnis hütet, das sie auch im Tode nicht verrät. All dies zu verstehen, besaß er, wie gesagt, weder Mut noch Muße.

Er war froh, daß Bianca ein paar junge Leute zu Freunden hatte. Vielleicht freute ihn dieser Umstand deshalb, weil er die Frau in eine Art Unrecht setzte.

Er selbst jedoch schüttelte alles ab, entfloh und richtete sich im Krankenhaus ein Zimmer ein, wo er nun auch die Nächte verbrachte.

Durch Biancas Ohnmachtsanfall kam die Wendung. Wie er sie im Bett mit bleich herabhängendem Haupt daliegen sah, erwachte in ihm das verschüttete Bild der Geliebten.

Unwiderruflich wirkt die echte Durchdringung von Mann und Weib, wann immer sie auch stattgefunden hat. Nicht nur die sichtbaren, auch die unsichtbaren Körper bleiben einander verhaftet. Zwei Menschen, die sich einmal bis auf den Grund genossen haben – mag sie das Schicksal auch auseinandertreiben, zu gehässigsten Feinden machen –, das starke Stichwort muß nur fallen, und sie gehören einander wieder. Es gibt erfüllte Minuten, die sich vom übrigen Zeitablauf unseres Lebens frei machen und fast unabhängig von uns ihre eigene Geschichte antreten.

Im Augenblick ihrer Ohnmacht hatte Carvagno die Geliebte, das vergessene Mädchen wiedererkannt. Ihr Antlitz bekam die alte Bedeutung wieder, ja, es war so, als sei es jahrelang nicht dagewesen und in dieser Minute erst zurückgekehrt.

Während er ungeschickt und beschämt das Zimmer der Erschöpften verließ, zerfetzte ihn Mitleid und das wiedergeborene Gefühl der früheren, so kurzen Liebeseinheit. Von Stund an schlief er nicht mehr.

Die Menge stand festgekeilt auf den Stufen vor der Basilika. Der Vorraum mit seinen im unnatürlichen Licht schimmernden Mosaikwölbungen war frei. In diesem freien Raum lief der Arzt hin und her. Das erstemal im Leben überfielen ihn die Wallungen jenes schrecklichen seelisch-körperlichen Zustandes, den wir Reue nennen. Reue? Weshalb? Noch war sein Wissen dumpf. Doch Schweiß stand auf seiner Stirn, die Poren seiner Haut öffneten sich weit in der Erstarrung, er spürte jedes Haar seines Körpers.

Da geschah es, daß der Karren mit dem König Karneval über den Platz dahergejagt kam und die brüllende Menschenmasse, die schwache Kette der Polizei durchbrechend, sich in den leeren Raum des Platzes stürzte. In diesem Augenblick trat Bianca aus dem Tor. Wiederum würgte den Arzt neue Schüchternheit. Er vermochte es nicht, seine Frau anzurufen. Sie ging mit schwerem, etwas steifem, gleichmäßigem Schritt. Das erstemal, so schien es Carvagno, war in ihrem Gang die Schwangerschaft zu merken. Bianca ging vorwärts und durch die locker gewordene Menge, als wäre keine Menge und kein Widerstand da, den sie hätte überwinden müssen. Carvagno hingegen konnte ihr nur mit der größten Schwierigkeit folgen, wollte er sie nicht aus dem Auge verlieren. Sie verließ den Platz, ging durch die finsteren Gäßchen, ohne daß der Mann ihr Ziel erkennen konnte. Sie schien sich nicht verfolgt zu fühlen, mäßigte und beschleunigte keineswegs ihren Schritt, sondern strebte im gleichmäßigen Tempo weiter, welche Gleichmäßigkeit den Arzt tief beunruhigte. Der Gang durch die Nacht wurde immer labyrinthischer. Carvagno, der nichts sah als die Erscheinung der schreitenden Frau, hatte mehrmals das Gefühl, daß sie zum gleichen Orte zurückkehre.

Über Plätze und Brücken gings, durch unbelebte Räume ohnegleichen, die nichts von dem ahnen ließen, was sich zur Stunde auf der Piazza begab. Die Jahrhunderte waren vorbei, da der Karneval noch durch alle Gassen sprühte und kein Durchgang zu finden war, in dessen Torbild nicht ein schmachtend-verschlungenes Paar stand, saß oder lag, kein helles Palaisfenster, hinter dem das Zechinengold nicht über die Pharaotische sprang.

Schwere und vollkommen wirre Gefühle trugen die Wanderer dieses späten Jahres, das alles so schwer nahm, durch die tote Nacht.

Eine breite Calle öffnete sich zum großen Kanal. Bianca ging auf den Strom zu und blieb auf der Landungsbrücke für die Vaporetti stehn. Die Nachtflut des Meeres war hochgestiegen und wiegte das Holz im uralten Wellentakt der Stadt.

Die Frau schlug den Schleier zurück und atmete lange und ruhig wie eine Schläferin. In unbeweglicher Stille stand ihre Gestalt auf der schaukelnden Brücke. Es schien, als genieße sie die einlullende Güte des mütterlichen Wassers. Sie stand und schrak nicht zusammen, als plötzlich das Feuerwerk weit weg, unsichtbar über der Asche des Königs aufknatterte. Das wütende Geschützfeuer eines fernen Krieges, das Wetterleuchten eines gefährlichen Gewitters berührte sie nicht. Sie hatte keine andere Absicht, als hier auszuharren, zu erproben, ob diese Nacht ihren Morgen finden werde.

Vor den Augen des Arztes schwankte auf dem schwankenden Boden die Frau auf und nieder. Und in diesem Bilde, mehr als in allem andern, lag so viel Erschütterndes, daß ein wütendes Erbarmen den Mann umriß.

Dieser gebärdenscheue Mensch, schwer, mit sich selber unbekannt, trat heran, beugte sich tief über Biancas Hände, als schäme er sich, sein Gesicht zu zeigen. Worte, die er nicht wog, die wie aus einem fremden Bewußtsein kamen, begann er mit einer Stimme zu sprechen, die im gehetzten Tonfall das Schluchzen verbarg. Der betrogene Ehemann klagte sich selbst an:

„Meine Bianca! ... Das Leben ist grauenvoll ... Was aber auch geschehen ist, ich trage die Schuld! ... Ich war ein kalter, feiger Flüchtling! ... Ich habe dich nicht genug geliebt ... Ich bin schuld an allem, was geschehen sein mag ... Schweige nicht mehr länger, schweige nicht so furchtbar, wie du seit Sonntag schweigst ... Sprich mit mir, denn ich bin schuldig! ... Sprich mit mir, denn ich liebe dich! ... Ich sehe dich!"

Auf dem Gesicht Biancas war kein Schreck, kein Erstaunen, keine Bewegung zu sehen. Mit einer tönenden Stimme, ganz gleichmütig, sagte sie nichts als:

„Komm!"

Eine Gondel brachte die Gatten nach Hause.

VII

Einige Minuten nach Mitternacht dieses Karnevalstages ereignete sich der Unglücksfall, der einen Teil der Grittischen Sammlung einäscherte. Der Hundertjährige war mit François vom Opernbesuch heimgekehrt. Wie allnächtlich, so auch heute, machte er einen Gang durch die Galerie seiner Schätze. Ein junger Bursche, derselbe, der sein Schlafzimmer teilen mußte, ging mit der Lichtstange voran, um in den einzelnen Räumen die Kerzen anzuzünden! Im Saal der Theaterzettel hantierte er so ungeschickt mit der Flamme, daß eine der entzündeten Kerzen auf einen Rahmen fiel. Der Junge wollte sie mit seiner Stange herunterwerfen. Bei diesem Versuch geriet das alte dünne Rahmenholz in Brand und ergriff den Theaterzettel darunter.

Der Ungeschickte riß nun mit solchem Ungestüm das aufflammende Papier herab, daß die brennenden Fetzen nach allen Seiten flogen und zwei andere

Plakate, die nicht unter Glas waren, in Brand steckten. Innerhalb weniger Sekunden war die Vision, die am Weihnachtsabend den Maestro aus diesem Raum getrieben hatte, Wirklichkeit geworden.

Der Saal stand in Flammen, schwarzer stinkender Rauch, Höllenhitze qualmte auf, die Fenster barsten. Geisterhaft und blitzschnell, ein todeslüsterner Ahasver, stürzte sich all die lebensüberdrüssige Makulatur in den Untergang.

Starr und verloren, als ob der uralte Körper nichts von der Gefahr, von wilder Hitze, stickichtem Dampf spüre, blieb der Marchese im wogenden Saal stehen. Die Diener rissen ihn weg. Er stierte vom Nebenzimmer stumpf in die Vernichtung.

Prahlerisch mit wichtigtuendem Lärm kämpfte das Hausgesinde und Nachbarn, die auf den Flammenschein herbeigeeilt waren, gegen das Feuer. Die Eimer voll schmutzigen Wassers zischten mit kalten Güssen höhnischer Wirklichkeit in das Prasseln abgelebter Begeisterungen. Im Brodeln, Knistern, Krachen, Singen, Seufzen des Brandes erscholl ein leichter Nachhall von Applaus.

Die Löschversuche waren ganz unsinnig. Denn da nur Papier und dünne Holzstäbe brannten, war weiter nichts zu retten, noch auch bestand eine ernstliche Gefahr, denn der Saal hatte keine Vorhänge, eine steinerne Wölbung und Terrazzofußboden. In einer Viertelstunde waren die tausend Angedenken von tausend blendenden Opernabenden aufgezehrt. In einem scheußlich geschwärzten Raum voll Zunder, Gestank und Schmutzflüssen stand betreten die Dienerschaft des Hauses.

Der Hundertjährige hatte hochaufgerichtet und durchaus ruhig, als fasse er den Vorgang nicht, dem Flammentode seines Schatzes zugesehen. Nur das sonst immer irrende Vogelauge und der auf und nieder tanzende Kehlkopf bewegten sich in diesen Minuten nicht. Als aber die letzte Flamme erloschen war und der graue Qualm unter der Deckenwölbung sich ballte, erfaßte ihn – was seit Jahrzehnten nicht geschehen war – ein Wutanfall sondergleichen.

Unter der Erkenntnis seines Verlustes wurde der unübertrefflich behandelte Mechanismus für einige Minuten Mensch, ohne es hindern zu können. Er keifte mit seiner schwingungslosen Stimme gräßlich auf, schrie Flüche in allen Sprachen Europas, stelzte auf den unglücklichen Brandstifter zu und bearbeitete ihn mit seinem Ebenholzstock. Unerwartete Kräfte zeigte dieser Weltmeister des

Alterns. Er jagte die Bande vor sich her, kam dabei nicht außer Atem, seine Muskeln wurden nicht schlaff.

Nichts besaß er mehr auf der Welt als seine Sammlung. Und in dieser Manie hatte ihn das Schicksal grausam getroffen. Das brachte ihn von Sinnen. Leiden und Leidenschaft waren plötzlich in diesem verkarsteten Körper da, der doch nur dadurch zu leben schien, daß jene Folgen des Lebens ihn längst vergessen hatten. Aber da nun das Leben heimtückisch zu voller Kraft erwacht war, wollte es die Gelegenheit benützen, aus dieser wunderbar gedichteten Maschine, die es regelwidrig gefangen hielt, zu entschlüpfen.

Der Tobsuchtsanfall Andrea Grittis ließ nicht nach. Der Hundertjährige zerschlug seinen Stock an der Wand, würgte mit seinen vermoderten und doch unentrinnbaren Fäusten den Knaben, der zu Boden fiel. Dann begann er, als hätte er die Ursache bereits vergessen, ins Leere zu rasen:

„Krapüle! Kanaille! Jakobiner! Verräterpack! Kartätschen in die Rebellen!!“

Er stampfte den Boden, sein Mund stieß immer wieder Schimpfworte aus den verschollenen Tagen der Restauration hervor. Doch ein Wort von François bändigte den Marchese. Der alte wacklige Diener trat dicht an ihn heran, sah ihm totenbleich ins Auge und sagte nichts als:

„Erlaucht!?!“

Der Greis verwandelte sich sofort, fuhr an seinen Puls, zählte und ließ sich auf einen Sessel nieder.

Aha?! In diesem Ausbruch hatte ihm der niederträchtige Tod eine Falle gelegt. Unersetzliche Lebenskraft war vergeudet. Herzschlag und Atem für drei Jahre. Plötzlicher Schwindel, Kälte, Todesschwäche beschlich den Hundertjährigen!

Er schloß die Augen und erzeugte in seinem Geiste einen mächtigen Willensstrom, der ihn über die Sterbensanwandlung der Minute hinüberhob. Eine Viertelstunde später wußte er, daß der Kampf gewonnen war. Dennoch hatte seine Natur eine große Schädigung und Abnützung erlitten. Vieler Tage wird es bedürfen, mit Weisheit das unüberwindliche Gleichgewicht wiederherzustellen. An den Verlust durfte nicht mehr gedacht werden. Die allergewaltigste Wette, die je ein Mensch mit Leben, Gott, Teufel abgeschlossen hatte, war zu gewinnen. Liebhaberei mußte daneben verblassen. Alle Menschen müssen sterben. Nun, er war noch nicht gestorben.

Marchese Gritti befahl mit seiner hellen, unmenschlichen Stimme, den ausgebrannten Saal, wie er war, abzusperren und ihm den Schlüssel zu übergeben. Dann ließ er von François seinen Körper mit einer alkoholischen Mischung abreiben. Eine Stunde später fühlte er, daß nun selbst aus dem letzten Winkel der letzte gierige Schatten sich davongemacht habe.

So zahlte auch dieser Hundertjährige den Geheimnissen des Karnevals seinen Tribut.

VIII

Langsam durch das noch immer nicht verebbte Gedränge schritten die Freunde die Riva entlang. Viele Masken waren nun unter die Menge gemischt, aber sie schienen zu frösteln, verdrossen zu sein und sich in ihren Rollen, zumindest auf offener Straße, nicht wohlzufühlen. Nachdem mit dem Feuerwerk auch das letzte Pulver des Witzes verschossen war, suchte alles so schnell wie möglich von den ernüchterten Plätzen fortzukommen.

Ein Schiff ging noch von San Zaccaria den Kanal hinab. Der Maestro begleitete den Senator, der den Dampfer benützen wollte, zur überfüllten Landungsbrücke. Mit Schrei und Stoß zwängte sich die Flut der Passagiere an Bord. Der Senator verschwand unter den Menschen. Das Rad schäumte auf, der Dampfer löste sich vom Ponton, funkende Atemwirbel stieß der Rauchfang aus. Unter den bunten Laternen hoben sich die Masken von der dicht-farblosen Zahl ab, als ein gequälter Anachronismus auf diesem unfroh dampfenden und pfeifenden Nachtboot.

Beppo, der den Maestro erwartete, hatte das Feuer im Kamin wie allabendlich unterhalten. Sein Herr schickte ihn schlafen.

Als Verdi allein war, atmete er erschöpft auf, wie einer, der sich stundenlang hat verstellen müssen. Die Episode mit Wagner während des „Aida“-Potpourris tauchte quälend empor. Der Maestro erbebte vor Unbehagen. Es schien ihm, als hätte er niemals seinen Stolz so sehr erniedrigt wie in jener Minute, da sein Gemüt so heiß um die Anerkennung des Fremden warb. Wagner hatte ohne jedes Federlesen mit einer kurzen Gebärde des Maestro schönstes Werk abgetan. Der aber empfand jetzt kein Mitleid mit seinem Werk, keine Empörung über den Feind. Das unerbittliche, unablenkbare Gericht in ihm entschied:

„Das Urteil war hart. Aber der Deutsche hat recht: die Zeit ist vorbei. Es ist genug!“

In sich versunken stand Verdi in der Mitte des Zimmers. Niemand wußte die Wahrheit über ihn. Seit vierzig Jahren kämpfte er mit Riesenanspannung für eine verlorene Sache. Denn die Oper, die er in seinem Blute geerbt hatte, war eine verlorene Sache. Wer ahnte die Erschöpfung seiner Nerven durch diesen hoffnungslosen Kampf, wer ahnte seine Müdigkeit nach solchem vernichtenden Dienst? Sooft er sich auch siegreich geschlagen, hatte er doch nur die Frist gewonnen, seinen Rückzug zu decken. Ein Rückzug von Stellung zu Stellung: „Nabucco" und „Lombardi", kaum daß sie in ihrer Neuheit, ihrem unbekannten Furor erklungen waren, hatte sie schon die ungeduldige Zeit verbraucht.

Einen ganz anderen Stil ersann er: „Ernani". Diese Oper herrschte, aber noch während sie herrschte, wurde sie von naserümpfenden Kennern verlacht.

Wie ein Hund verbiß er sich. Zwei Opern im Jahr, um den richtigen Weg zu finden. „Macbeth" kam. Das italienische Publikum verwarf ihn als revolutionär und unverständlich, nach einigen Jahren verwarfen ihn die Pariser Kritiker als veralteten Schund.

Er holte zur „Schlacht von Legnano" aus. Das Nie-Versuchte sollte sie bringen. Den Sturmpuls des Freiheitskrieges. Sie versank im Jubel der Premiere. Ihr Gegensatz, die intime, die traurig-süße Melodie: „Luisa Miller". Sie modert jetzt alljährlich auf ein paar Schmierenbühnen.

Ohne Erholung weiter! Der rasend sich verwandelnden Wahrheit gerecht zu werden! „Rigoletto", „Trovatore", „Traviata", in zwei oder drei Jahren komponiert! Hoffnung, das Endgültige gefaßt zu haben. Sie sind die lebendigen Überreste dessen geworden, was nicht mehr ist.

Wieder galt es, einen neuen Anlauf zu nehmen: „Die Vespern", „Boccanegra", „Maskenball". Die eine oder die andere steht noch, aber auf dem Trümmerfeld eines erloschenen Stils.

Noch einmal vorwärts: „Don Carlos"! Mit Pein und Unerbittlichkeit wurden hundert Tongedanken dem neuen Willen unterworfen. Eine Riesenpartitur, in der kein leerer Takt, keine Ermüdung stehenbleiben durfte. Hundert Nächte hatte sie gekostet, vom Sonnenuntergang bis zum blinzelnd-aufdämmernden Pariser Morgen.

Das Resultat? Zum erstenmal begann es aus den Zeitungen und Foyergesprächen zu zischeln, zu lästern: Wagnerepigone! Jede Form-Freiheit, jede harmonische Verfeinerung wurde damals „Wagner“ genannt, und er kannte doch noch keine einzige Note des Deutschen.

Und endlich „Aida“! Dieser letzte ungestüme Ausfall aus der belagerten Festung. Wagner hatte sie verhöhnt. Er hatte es leicht. Unabhängig von jeder Bindung diente er der Zeit, die nun gekommen war. In einem Land geboren, das keinen Karneval, kein Fest, somit auch nicht die wahre Seele der Opernform kannte, konnte er ja leicht verachten und umstürzen, was nicht sein war. Hatte er nicht selbst in einer seiner Schriften, wie Boito dem Maestro verraten, behauptet, das Tempo der deutschen Musik sei das Andante, das Maß der ruhigen Bewegung? Aber dieses Andante ist ja geradezu das der Oper entgegengesetzte Zeitmaß, die von der Unruhe, der Beschleunigung lebt.

Nun, das Andante sollte recht behalten. Die italische Jugend selbst wollte es so. Aus dem Boden der Lyzeen und Konservatorien schossen neue Komponisten auf, die keine Opern mehr, dafür aber deutsche Kammer- und Klaviermusik schrieben. Manche von ihnen schickten ihm aus einem Rest von Respekt ihre Noten. Darunter ganz begabte Leute, wie Sgambati und Bossi. Aber wozu belästigten sie ihn mit ihren verräterischen Sachen? Wozu? Sie hatten ja keine Ahnung, wer er war. Der letzte Italiener. Er begann den pessimistischen Senator zu verstehen. Seine Generation hatte in den Thermopylen gekämpft. Nun verspeiste das menschenfresserische Jahrhundert auch ihn.

Er warf einen Blick auf seine Opern, die von der unverständigen Liebe seines Freundes ihm ins Zimmer gebracht worden waren. Ungleichen Formats, dicht gedrängt, widerlich standen sie auf dem Bücherbord. Er erinnerte sich, daß ein müßiger Statistiker berechnet hatte, daß in den ersten dreizehn Jahren seiner Laufbahn in Italien fünfhundertundvierunddreißig neue Opern aufgeführt worden sind, von welchem Halbtausend nur mehr zwanzig leben. Zwölf davon entfallen nach dieser Berechnung auf ihn, also zwei Drittel. Ist das aber wahr? Lebt „Nabucco“ noch? Nein! Nein! Er hatte wahrlich für eine verlorene Sache gekämpft.

Wer wußte es denn, daß er Italiens eigenste Kunstform so oft durch Mut, Feuer, List in schweren Gefechten retten mußte? Und das gegen eine todfeindliche Zeit, wo die Menschen, in sich zerfallen, ihren eigenen Freuden nicht mehr trauten und ihre Entzückungen bezweifelten. Zehnmal war es gelungen. Das elfte Mal nicht mehr. Der alte Soldat war invalid. Der Untergang ist endgültig besiegelt.

Ohne recht zu wissen, was er will, geht der Maestro zum Kasten, in dem der Wagnersche Klavierauszug verwahrt ist. Er zieht den Schlüssel hervor und sperrt die Schranktür auf, als wolle er damit andeuten: Auch ich gebe dich frei. Aber er greift nicht zum „Tristan“, sondern kehrt zu seinem Tisch zurück, auf dem die große Mappe der „Lear“-Musik liegt. Er denkt:

„Ich bin hierher in dieses unheimliche Venedig gekommen wie in die Wüste, um einsam die letzte Versuchung zu bestehen!“

Mit einer unwillkürlichen Bewegung blättert er den Notenstoß auf. Da fällt ihm einer von jenen Zetteln in die Hand, auf die er hie und da Lesefrüchte und eigene Gedanken notiert. Er liest:

„Wenn mein Haus brennt und ich, starr vor Schreck, erkenne, daß in einem der Zimmer das mir auf der Welt liebste Wesen in Todesgefahr schwebt, werde ich da den zur Rettung eilenden Feuerwehrleuten eine langwierige Erklärung geben, wo sie dieses Zimmer finden sollen? Nein, ich werde versuchen, mit äußerster Kürze und Klarheit das Notwendige ihnen zuzurufen, damit sie mich verstehen, ohne Zweifel verstehen!! Nichts anderes darf die Kunst tun. Auch sie ist ja ein Hilferuf des Herzens. Ist das aber ein echter Hilferuf, der sich selbst verwirrt, der im Grunde gar nicht verstanden sein will? Nein! Nein! Ein solcher Ruf kommt nicht aus wirklicher Not.“

Und darunter:

„Sie verwirren alle, alle, alle! Ihnen ist es nicht ernst.“

Die strenge Richterhärte des Maestro fügte hinzu:

„Ich auch verwirre! Dies hier kommt nicht aus Notwendigkeit, sondern aus unsicherer Angst. Ich auch verwirre.“

Noch einmal umfaßt der Blick das Dokument eines dreißigjährigen Planes, einer zehnjährigen Riesenarbeit. Noch einmal prägen sich all diese Takte, Themen, Passagen, Orchesterzwischenspiele, Chorwirbel, Ariosa, Rezitative, Aufschreie, Akkordketten, Trauermärsche, Kriegsmusiken, Duette, Terzette, Quartette, A-cappella-Takte, Finalensembles, Tränensänge ihm ein. Blitzgrelles Wissen: „Dies ist mißlungen, ein Mischmasch, es genügt nicht.“

Der Maestro sieht nach dem offenen Schrank. Eine stumme Wendung zum „Tristan“ hin, als wollte er damit sagen:

Richard Wagner! Ich werde mich nicht entwürdigen. Ich sterbe als ein alter Opernkomponist!

Da taucht aus der kranken wirren Bilderflucht der violette Riese von Sakristan auf und tutet sein „Der Karneval ist zu Ende“ über den Platz. Ein Nebelhorn. Denn draußen zieht ein nächtliches Schiff aus dem Hafen der Giudecca über die Lagune …

Und plötzlich ergreift Verdi mit beiden Händen den Notenpack und wirft den „König Lear“ ins Kaminfeuer.

Eine demütigende Teufelsmacht aber will nicht, daß diese leidenschaftliche Tat vollkommen gelinge. Ein Teil der Blätter liegt verstreut umher. Dies ist fast zuviel. Mit halbgeschlossenen Augen rafft der Maestro die Widerstrebenden auf und schleudert sie den übrigen nach.

Aber auch das ernüchterte Feuer des beginnenden Aschermittwochs streikt. Wie im römischen Zirkus die Raubtiere sich anfangs vor den verurteilten Verbrechern, Sklaven und Christen verkrochen, sträuben sich die Flammen lange und greifen nur träge das dicke Notenpapier an.

Entsetzen und tiefe Beschämung im Herzen, muß zu alledem der Maestro noch mit dem Schürhaken nachhelfen.

Mit bequemen Fingern blättern die Flammen Seite für Seite auf, überfliegen, erhellen die Zeilen, ehe sie das Blatt verschlingen. Immer wieder muß der Arme einzelne Flüchtlinge ins Feuer zurückstoßen. Endlos lange Zeit befaßt er sich mit diesem scheußlichen Mord, bis alles vorbei ist.

Er fällt in den Stuhl, er begreift seine Tat nicht. Von all den Handlungen, die er je gegen seinen Willen begangen hat, ist dies die furchtbarste, widersinnigste. Die Ernte eines ganzen sonst ertraglosen Jahrzehnts, die schwere Mühe so vieler Nächte, ein unsäglicher, der Lebensfreude abgezwungener Fleiß, ein unausdenklicher Wechsel von Kühnheit und Erschlaffung, sein wirklichstes Leben ist hin. Das Feuer hatte sich geweigert. Es wäre Zeit gewesen. Und er hat sie nicht gebraucht. Minutenlang kommt der Maestro nicht zu sich. Seine bewahrende ordnende Natur begreift den Wahnsinn dieser plötzlichen Tat nicht. Er, der sonst kein Haar seines alltäglichen Rechtes und Besitzes krümmen läßt, er, der keinen Betrug eines Verlegers, eines Gutsverwalters duldet, er hat hier sein einziges und wichtigstes Gut selbst vernichtet.

Erst gegen Morgen verwandelt sich die unerträgliche Erstarrung. Ruhe kommt über ihn. Es ist die Ruhe des errungenen Verzichts. Und der Ruhe folgt eine müde und fremde Heiterkeit. Es ist die Heiterkeit des vollbrachten Opfers.

Als der Diener in der Frühe das Zimmer betrat, wollte ihm der Maestro den Auftrag geben, die Koffer zu packen. Aber er besann sich anders und schob diesen Entschluß auf.

IX

Hier endet die Geschichte der Oper „Il re Lear", die zu Lebzeiten und nach dem Tode Giuseppe Verdis die europäischen Journale immer wieder beschäftigt hat. Obwohl nach dem Willen des Maestro sein gesamter musikalischer Nachlaß, soweit er noch vorhanden war, vernichtet werden sollte, kann die Legende doch nicht von den unveröffentlichten Werken lassen. Stets wieder erhoben sich Stimmen, die beteuerten, es könne sich keine Hand gefunden haben, die aus Pietät für den Verewigten an solchen der Menschheit gehörigen Schätzen das Zerstörungswerk vollbracht hätte.

Insbesondere als vor etlichen Jahren das von Verdi eigenhändig geschriebene Libretto dieser Oper auftauchte, häuften sich in der Presse allerhand Mären und Vermutungen, so zum Beispiel, daß der Maestro in diesem Fall sein eigener Textdichter gewesen sei, was allerdings zum größten Teil hier stimmte.

Wer kann es ergründen, ob dieses Heft mit den ungebärdigen Schriftzügen Verdis dasselbe war, das durch einen glücklichen Zufall dem Flammentod entging, den die vielen Partiturseiten der Opernskizze in der Nacht vom sechsten zum siebenten Februar in Venedig erlitten hatten?

Für den Historiker, der die Geschichte dieses Werkes prüfen will, liegt eine durch etwa drei Jahrzehnte laufende Korrespondenz vor, in der die Oper immer wieder erscheint. Der erste vom Februar 1850 aus Busseto datierte Brief teilt Cammarano dem Jüngeren, (dem Textdichter des „Trovatore"), ein vollkommenes, in seiner Gedrängtheit höchst gelungenes Szenarium mit. Wie immer fand und entwarf der Maestro seinen Stoff ganz allein, so daß dem Dichter nichts als das Versemachen übrigblieb.

Drei Jahre später wird die Aufgabe dem Salvadore Cammarano entzogen und in die Hände des höheren Literaten Antonio Somma gelegt. Über die

Zusammenarbeit mit Somma besteht ein weitläufiger, für die unnachgiebige Schaffensart Verdis sehr aufschlußreicher Briefwechsel. Dreißig Jahre später erwähnt der Maestro gegen seinen Freund, den Maler Domenico Morelli, das letztemal den Namen: Lear!

Verdi pflegte über unveröffentlichte Werke nichts oder nur sehr wenig auszusagen. So ist auch über „Il re Lear“ nur ein Ausspruch erhalten geblieben, den der Maestro im ersten Jahr dieser Arbeit in einer schaffenstrunkenen Stunde getan hatte:

„Es sind herrliche Nummern in dieser Oper. Vor allem das Wiederfindens-Duett zwischen Lear und Cordelia.“

Wie merkwürdig ist es doch, daß, als der Senator von diesem Duett so hingerissen war, der Maestro außer sich vor Zorn geriet.

Alles deutet darauf hin, daß „Lear“ bis auf einige Partien der Instrumentation und bühnenmäßigen Glättung mehr als vollendet war, und daß viele Nummern und Stücke sogar in mehrfacher Ausführung bestanden. Seitdem nach der „Aida“ der Maestro an keiner anderen Oper mehr arbeitete, waren die meisten Szenen zwei- oder dreimal verfaßt worden.

Einige Schriftsteller und Biographen behaupten, daß so manche Phrase, so mancher Satz dieses „Lear“ in „Otello“ und „Falstaff“ wieder auferstanden sei. Ganz gerissene Durchschauer folgern weiter, daß Verdi die Vernichtung seines Nachlasses nur deshalb angeordnet habe, um zu verhindern, daß diese Abstammung offenbar werde. Kleine Seelen! Mit seinem „Lear“ hatte der Maestro mehr von sich geworfen als nur eine Oper.

Wenn auch seine Erfindungskraft, sein musikalischer Motivschatz nicht unerschöpflich, ja an gewisse Grundformen gebunden war, die seine Seele spiegelten, so vermied er es, als er an neue Taten ging, geflissentlich und mit bewußter Strenge, daß in die neuen Werke ganze Wendungen, ja auch nur Erinnerungsteilchen der vernichteten Oper sich einschlichen.

Fast siebzig Jahre alt, hatte er in der Nacht des venezianischen Karnevals einen der grausamsten Verzichte, wie er glaubte, den künstlerischen Selbstmord verübt. Seine Laufbahn – wie hätte denn ein Mann seines Alters nach solcher Tat anders empfinden können – war unerbittlich zu Ende. Und wie bitter war das für diesen Ewig-Sieggewohnten, da ja der Feind, der andere, Richard Wagner, der sein Lebenswerk bis in den Grund entwertet hatte, noch lebte, noch schuf, unnahbar vorwärts schreitend und weltverwandelnd ihn immer tiefer zur Niederung des geistlosen Erfolgskünstlers verdammte.

Es war die unwiderruflichste Resignation, die je ein Menschenherz besiegte.

Aber die eudämonische Macht, die über den schöpferischen Geist herrscht, um das Geschichtlich-Notwendige zu vollbringen, wollte es anders.

Neuntes Kapitel

„Die Macht des Schicksals"

I

Als stünde sie noch immer unter dem Einfluß der schmachtend-nachtwandlerischen Linie, die sie als Eurydice selbst aus sich erzeugt hatte, war in der gleichen Nacht Margherita Dezorzi die Geliebte Italos geworden. Das heißt, Italo war ihr Geliebter geworden. Es gefiel ihr, das Spiel mit diesem schönen Orpheus fortzusetzen. So befahl sie ihn weiter zu ihrem Partner, so lange, bis es ihr wieder gefallen würde, das Spiel abzubrechen.

Der Mann, die Liebe, das Abenteuer konnten der Dezorzi nichts anhaben. Aus zwei Wesenheiten setzte sich ihre Natur zusammen. Aus einer seltenen Verstandesschärfe und aus dem stetigen Trieb, immer, auch im Leben, etwas darzustellen, was sie nicht war. Wie eine Lemure, die ohne erborgte Form in nichts zerrinnt, schlüpfte sie immer in einen Ausdruck, eine Rolle, eine Verkleidung, durch die sie Leben empfing.

Dieses Spiel war aber mehr als bloßer Kunsttrieb, es war Daseinsbedingung. Dadurch auch war ihr eine Ausdruckskraft, ein hinreißendes Einswerden mit der angenommenen Erscheinung gegeben, das sie in jungen Jahren schon einen beträchtlichen Ruhm erringen ließ.

Wer sie selbst war, wußte Margherita nicht. Seit einigen Jahren hütete sie ein beschämendes Geheimnis, das ihr ein Arzt, von dem sie sich untersuchen ließ, preisgegeben hatte. Die Mutterschaft war ihr für immer versagt. Ein seltenes, hier angeborenes Gebrechen. Margherita empfand dunkel, daß aus diesem Umstand ihr Talent, ihre Wesensart stamme.

In verzehrender Unruhe mußte sie täglich auf vielen Wegen ihr Glück suchen. Da sie die Realität des Geschlechtes nicht voll besaß, war dieses Glück nur in der kurzen Befriedigung der unbefriediglichen Eitelkeit zu finden. Es war das gleiche wie bei allen anderen dieser höchst gefährlichen Naturelle, die, um jede wahre Empfindungsfähigkeit betrogen, zwischen den Geschlechtern umhergespenstern.

Sie war schön, wenn auch ihr Gesicht bei schärferer Betrachtung verlor. Ihre Gestalt hatte aber, wie es Italo an jenem Abend im Hause Balbi erschüttert fühlen mußte, eine fast übersinnliche Anmut.

Das einzige Glück dieses armen Wesens bestand darin, daß sie sich ununterbrochen in der Wirkung spiegelte, die von ihr ausging. Und das Merkwürdige geschah, je mehr spiegelnde Seelen sie fand, die ihr Bild zurückwarfen, um so realer wurde sie selbst, wurde die Erscheinung, die sie darstellte.

So wenig sie Weib war, so wenig auch war sie Dirne. Ihr auf Ruhm und höhere Wirkung gestelltes Wesen, ihr Mannes-, ja Wissenschaftsverstand bewahrte sie davor, sich wegzuwerfen, und ermöglichte ihre Entwicklung. Dadurch, daß sie sich niemals an niemanden und nichts verlor, daß alle Fallen, die dem Weib gelegt sind, für sie nicht galten, konnte sie ein wenig später schon, kaum dreißig Jahre alt, den internationalen Rang einnehmen, der sie zur Beherrscherin der Metropolitan-Opera machte. Auch die Verliebtheit Italos war für sie nur ein Spiegel, ein schöngefaßter und starkreflektierender Spiegel. Zuerst hatte sie keine Lust verspürt, hineinzublicken, da ihr der junge Mensch recht unbedeutend erschien. Aber mit der Zeit begann ihr diese Wirkung wohlzutun. Als Italo in einem leidenschaftlichen und zugleich gemarterten Momente von Bianca erzählte, war ihr Interesse und zugleich ihr Haß geweckt, den sie gegen jedes Weib hegte, das von der Natur nicht verdammt war.

Die Darstellung der Eurydice entschied alles. Sie war viel zu klug, um nicht sofort zu erkennen, daß die langweiligen Wiederbelebungsideen des Grafen ein Unsinn seien, daß ein lebendes Bild, und solch ein gelehrter und unzugänglicher Vorwurf gar, wie ihn nur das Gehirn eines ahnungslosen Dilettanten ersinnen konnte, keinem Menschen auf der weiten Piazza verständlich sein würde. Dennoch willigte sie ein, da sie als echtes Theatergenie auf keine Rolle verzichten mochte, selbst auf eine undankbare nicht.

Sie spielte, sie war Eurydice. In dieser Nacht kümmerte sie sich nicht um das weitentfernte zügellose Publikum. Es war durchaus gleichgültig. Ihr Publikum war Orpheus, dessen Hand zitterte, der kein Wort vor Liebesbann, vor verehrender Erstarrung hervorbrachte. Es war ein neuartiger, erregender Theaterabend für Margherita. Sie hatte nicht einen gleichgültigen, ins Parterre schielenden Kollegen zum Partner, von dem sie wußte, daß er sich in der Kulisse unappetitlich betragen würde, sondern den wehrlosen Zuschauer, den Hingerissenen selbst. Dadurch gesteigert, war sie ihm inbrünstig Eurydice.

Als beide knapp nach der rauschenden Mitternacht in der Wohnung der Dezorzi ankamen, wurde sogleich die mühsam verbindliche Matrone von Mutter schlafen geschickt, die solche Angst vor der Tochter zu haben schien, daß sie in ihrer Gegenwart niemals den Mund auftat.

In dem etwas nachlässig gehaltenen Zimmer, dessen Wände voll Photographien mit Widmungsaufschriften hingen, wandelte mit geschlossenen Augen Eurydice vor Orpheus. Der sterndurchwirkte Brokat glitt von ihren Schultern. Sie stand groß im peplonartigen Gewand vor ihm auf ihren vergoldeten Kothurnsandalen. Tief hing der silberbanddurchflochtene Knoten ihres Haares in den Nacken. Italo war nur mehr Atem. Eurydice, berauscht, daß sie nicht Margherita sein mußte, wehrte sich verzückt gegen Wachsein und Oberwelt, tastete mit dem glanzlosen Lächeln einer Blinden vorwärts, und zog den Aufkeuchenden leise und mit gebrechlichen Armen an sich in ihren wohlerwogenen Duft. Sie streifte leicht seinen Mund:

„Und nun, mein Freund, geh!"

„Gehn!??" Italo stöhnte.

Sie öffnete die Augen immer noch nicht:

„Ja, geh hinauf in die Welt!"

„Ich, Margherita, ich, ich kann jetzt nicht gehn."

Wie Kreide auf einer Tafel knirschten die Zähne des Mannes.

Eurydice erschrak:

„Du mußt gehn! Denn du hast mir ja von jener Frau erzählt, die du liebst, die dich liebt ... dort oben. Wie heißt sie? Wir vergessen hier schnell."

„Bianca lebt nirgends."

„Glaubst du, daß deine Bianca nicht längst schon von deinem Betrug erfahren hat? Sie war sehr plump, sehr ungeschickt, deine Lüge!“

„Ich weiß es! Und ich hätte noch tausendmal plumper und dümmer gelogen, nur um bei dir sein zu dürfen, bei dir ...“

„Gewiß ist sie heute abend auf der Piazza gewesen, in der ersten Reihe, diese Frau ...“

„Warum quälst du mich so?“

„Um dir den Rückzug frei zu lassen, mein Freund! Noch ist nichts geschehen. Du hast sie belogen, doch wirklich betrogen hast du sie noch nicht. Die Lüge wird sie verzeihen. Sei ein Mann, überwinde die Feigheit, gestehe alles, eile zu ihr! Geh!“

„Ich habe sie längst vergessen. Ich habe alles vergessen. Ich liebe nur dich!“

„Du liebst mich? Mich? Sie ist ein Weib, ein Mensch, sie empfindet, sie kann leiden, sie hat ein Kind von dir. Mich kann man nicht lieben. Denn ich bin nicht so wie dieses Weib. Mich kann man nicht lieben.“

„Ich sterbe, wenn du so sprichst!“

„Ich bin ein Schatten, mein Orpheus!“

„Spiele nicht länger, spiele nicht!“

„Weniger, als du glaubst, spiele ich. Ich bin Eurydice und bei den Toten zu Hause. Versteh mich genau! Alles geht durch mich hindurch. Heute ist nicht morgen, morgen ist nicht heute. Schatten haben kein Gedächtnis. Das mußt du wissen, mein Freund.“

„Morgen? Wann ist das?“

Italo genoß ungeahnte Umarmungen, die phantastischen Liebkosungen eines genialen Wesens, das alles sein konnte, nur nicht es selbst. In jugendlicher Benommenheit verstand er das Spiel nicht und seinen kalten Reiz. Alles bezog der Einfältige auf sich: Das Zittern des Wiederfindens, das über Eurydicens Leib lief, ihren schweren, schluchzenden Atem, die Bewegung, mit der sie ihn preßte, mit der sie sich leidend von ihm löste, den suchenden Kuß, den sie von seinen Lippen saugte, diesen keuschen Schrecken, als seine Zunge die ihre fand.

Das kühle lidlose Auge in Margheritas Geist hinwiederum genoß ihre herrliche Macht, der jede Regung des Jünglings gehorchte, genoß die Vollendung ihres Spiels, das mit der Erfindungskraft eines wahren Dichters die Seele der Eurydice in dieser Situation ausschöpfte. Nach endlosen Vorhalten, während die echten und unechten Tränen ihrer Selbstberauschung über die Wangen der Schauspielerin liefen, gewährte sie die Erfüllung.

Italo fühlte, daß er noch nie geliebt habe, daß er noch nie geliebt worden sei. Was waren gegen diese Erschütterungen die geradlinigen Leidenschaften der Bäuerin, die immer nur der Empfängnis zu gelten schienen?

Aber nun auch entschleierte ihm sein Glück das Geheimnis der Vaterstadt, das Liebesgeheimnis Venedigs. War nicht dieses Haus, waren nicht alle Häuser wie Schiffe, die von der unendlichen, der schweigenden Nacht-Flut geschaukelt wurden, damit in solchem Gleichtakt die Liebe von ihren letzten Wonnen zum Schlaf hinüberreife? Und auch dieser Schlaf kein Tod, sondern die Auflösung des Bewußtseins in den langsamen Maßen eines einförmigen Wohllauts: Lang, kurz! Lang, kurz! Hingleitende Müdigkeit!

Auf hunderttausend Pfählen und Pfosten erhoben, gedrängt, sich die Häuser. Und diese wassergewiegten, in unverständliches Erdreich gerammten Stämme waren uralt-erprobte Saiten einer riesigen, ewig bebenden Harfe.

Oft hatte das Volk von Seeleuten einen verwegenen Kampftag vollbracht. Aber immer wieder warf die Nacht es nieder, wenn der Fluch der Musik, die Wonne der zahllos schwingenden Pfahlsaiten die Glieder der Liebenden von unten her erschlaffte. Italo war eingeschlafen.

Mit einem fremden Blick auf den Rosig-Schlummernden, ließ ihn die Sängerin allein.

II

Bis zu dieser Stunde hatte das Gewissen Italos noch immer den Rückweg zu Bianca freigeglaubt. Jetzt war alles entschieden. Für Bianca mußte er aus der Welt verschwinden.

Ein einziges Streben nur: keinen Augenblick allein zu sein, aus der Gegenwart den letzten Tropfen Glücks zu pressen, blind zu warten, was kommen werde.

Nachdem Eurydice ihr Kostüm abgelegt hatte, bekam Italo Margherita kaum mehr zu Gesicht. Sie war so förmlich, wie wenn nichts vorgefallen wäre, zog sich gleichgültig zurück, um, wie es Italo schien, neu erobert zu werden. Er war wie von Sinnen, schlief nicht, wachte nicht, wartete.

Die nächsten Vormittage verbrachte er im Teatro Rossini, wo die letzten Proben zur „Macht des Schicksals“ im Gange waren. Die Dezorzi schenkte seiner Gegenwart keine Aufmerksamkeit. Sie probierte. Das Theater war die einzige wahre Wirklichkeit, alles andere ein Traum, den man sich aus gelangweilter Laune gefallen ließ.

Sie war aber nicht etwa nur die Diva, die Heldin der Oper, sondern der eigentliche spiritus rector der Truppe, gab dem Kapellmeister, dem Spielleiter immer neue Winke und kümmerte sich um alle und alles bis zum Beleuchter und Maschinisten. Sie hatte gerade diese in Italien äußerst populäre Oper gewählt, um ehrgeizig aus dem Gewohnten das Ungewöhnliche holen zu können, wiewohl ihre eigene Partie mäßig und nicht gerade dankbar war.

Kaum vierundzwanzig Jahre, genoß sie dennoch vollkommene Autorität. Selbst die alten abgebrühten Sänger, die alles „schon gemacht hatten“, beugten sich. Hier auf der Probe fiel alles Larvenhafte von ihr ab. Hier war sie ein schöpferischer Mensch fast ohne jede Eitelkeit. Sie legte nicht nur auf das Musikalische und Schauspielerische, sondern auch auf die Mise en scène das größte Gewicht und verstand, wenn es der Wirkung des Ganzen galt, selbst zurückzutreten.

Italo hatte Unglück mit den Frauen. Immer geriet er an solche, die ihm überlegen waren, die sein Talent oder seine Menschlichkeit übertrafen. Ganz betreten von der Größe Margherita Dezorzis, schlich er, ohne sich zu verabschieden, aus dem Theater.

Beim Ausgang der Merceria San Salvador blieb er angewurzelt stehn. Der Gott, den sein Herz über all die bitteren und süßen Erlebnisse der letzten Wochen vergessen hatte, kam allein des Weges.

Wagner sprach wie immer mit sich selbst. Seine Gestalt schien hier in Venedig voller geworden zu sein. In dem kurzen Mantel, den Hut in der Hand, bot er, breitausschreitend, das Bild eines alten Seemanns oder Schiffsreeders. Mit festem Schritt trat er den Boden. Man merkte seiner muskulösen Bewegung an, daß er sich freute, Tritt um Tritt den Raum in Besitz zu nehmen, ein Auserwählter, dem nichts mehr widerstehen kann!

Mit angeregtem Wink beantwortete der Meister, einladend, die tiefe Reverenz Italos. Den ganzen Vormittag hatte er allein verbracht, hatte meditiert, philosophische Bemerkungen niedergeschrieben, nun war übermäßig viel Licht in ihm angesammelt. Er war froh, daß jemand des Weges kam, dessen Namen er zwar nicht kannte, an dessen Gesicht er sich aber erinnerte. Gleichviel wer, er sollte teilnehmen. Stumm und erloschen, vollkommen dieser Ausstrahlung verfallen, ohne eigenes Schicksal, ging Italo, geduckt, neben dem großen Mann.

Wagner verabschiedete eine glücklich beendete Gedankenreihe und wandte sich, hell lachend, neuen Dingen zu:

„Sie sind Italiener! Ich hatte gestern mit meinen Freunden einen ergötzlichen Streit. Es waren auch einige Ihrer Landsleute dabei."

Italo wandte ein wenig, um eine höfliche Frage anzudeuten, den Kopf, vermied es aber, voll in das verehrte Antlitz zu sehn. Wagner erheiterte sich weiter:

„Ich habe etwas verteidigt, was man mir nicht leicht zutrauen wird. Aber warum? Alles, alles ist Mißverständnis in diesem Leben. Ich habe es oft genug erfahren. Und am furchtbarsten mißverstehn mich die Dogmatiker meiner selbst."

Italo neigte das Haupt. Wagner blieb, zur Rede ausholend, stehn:

„Meine Freunde setzten wieder einmal die italienische Oper herab. Und die Italiener unter diesen Freunden waren dabei nicht die Faulsten. Ich aber habe mich geärgert, war durch diese Schimpferei geradezu beleidigt. Ja, ich kanns nicht anders sagen, ich war beleidigt."

Man ging ein Stück weiter. Vor der Front des Teatro Goldoni blieb der Meister abermals stehn:

„Gewiß war in den dreißiger Jahren, als Rossini sich zu schweigen entschloß, das italienische Melodram erledigt. Etwas Neues mußte kommen, die Wahrheit, und sie kam. Aber was weiß diese heutige Jugend von den Schätzen, den wirklichen Musikschätzen der alten Oper? Der leichtsinnige Rossini war verehrungswürdig. Ich habe es nicht versäumt, diese Verehrung öffentlich auszusprechen. Er steht lebendig vor mir, obwohl ich ihn nur ein einziges Mal besucht und gesehen habe. Das war vor vielen Jahren in Paris. Während die Zeitungen mich verlachten und Verleumdungen ausstreuten, zeigte Rossini eine erstaunliche Gerechtigkeit und den vornehmsten Ernst. Ohne Zweifel war er der größte Mann, der mir in der Kunstwelt begegnet ist. Musikalisch freilich blieb er an eine schlechte Zeit gebunden. Aber immerhin: Sein berühmtes Crescendo ist eine Großtat wahrer dramatischer Musik. Und Beethoven sagt sehr gut, Fortuna habe ihn mit den verliebtesten Melodien der Welt beschenkt. Heute weiß ich, daß Kraft und Genie dazu gehört hat, den „Barbier“ zu schreiben.“

Italo hob den Kopf und sah sehr verwundert einen Augenblick lang den Meister an, der ihm freundlich zulachte:

„Ja, caro amico, und ihr Herren alle! Wenn ihr komponieret, gehn euch all die neuen Künste leicht von der Hand: Die übermäßigen Dreiklänge, alterierten Akkorde und dergleichen mehr. Mit dem Orchester der „Götterdämmerung“ debütieret ihr.“

Italos Herz schwoll eitel. Der Meister hielt ihn für einen Komponisten. In der engen Frezzeria faßte Wagner wieder Stand:

„Solche Nebensachen imponieren euch allzusehr. Ich, in meinen Anfängen, sehen Sie, war durchaus der italienischen Melodie verfallen. Sie war die erste musikalische Wonne meiner Jugend. Es gibt eine ganz verschollene, oder besser, unterdrückte Oper von mir, in der ich recht überschwenglich dem Bellinismus geopfert habe. Mit zwanzig Jahren natürlich! Und heute, nach so vielen Jahrzehnten, verstehe ich meine Anfänge wieder. Das ist wohl merkwürdig. Aber die Entwicklung des Menschen ist eine Entwicklung zum Reaktionär. Sollte ich nochmals eine Oper schreiben, ihre Partitur würde noch durchsichtiger sein als die des „Parsifal“! Nun, ich sage es offen, Bellini war trotz aller Seichtigkeit seiner Begleitung der Vater der langgeschwungenen Opernmelodie, die für alle dramatische Musik in der Folge maßgebend geworden ist. Ich selbst muß ihm und Spontini dankbar sein. Noch im Jubelchor des „Lohengrin“ ist dieser treffliche und kriegerische Narr von Spontini deutlich zu erkennen.“

Eine laute Gruppe von Passanten, die nicht auswich, trennte Italo von Wagner. Als er verlegen wieder zu ihm stieß, hatte der Meister ungestört und ohne zu merken, daß der junge Hörer fehle, weitergesprochen. Italo vernahm den Schluß der Überlegung:

„Die neueren Maestri allerdings haben die Form verroht und ausgehöhlt. Unsicher und geschmacklos haben sie viel falsches Pathos verpufft. Aber trotzdem: Besser machen, besser machen, meine Herren und Freunde! Das habe ich ihnen gestern gesagt. Vor einigen Tagen am Karnevalsfest hat die Musikbande der Piazza eine Phantasie aus einer neueren Oper gespielt. Ich kenne das Stück nicht. Aber das war Musik, die ...“

Richard Wagner verstummte und erblaßte. Zehn Schritt vor sich hatte er einen Fleischhauerladen erblickt. Dichtgereiht hingen von einer Eisenstange ausgeweidete Körperhälften von Tieren herab. Das Gesicht des Meisters verzerrte sich. Er winkte kurz seinem Begleiter einen Abschied zu und kehrte eiligst um. Erschrocken sah Italo dem Verehrten nach, der rasch verschwand.

III

Der Senator war ein Mann ohne Biegsamkeit des Gedankens, was bei einem Sprachforscher verwunderlich ist, der doch nicht nur Hypothesen erfinden, sondern auch verwerfen muß. Sehr reich an Einfällen, war er ebenso arm an auswählender Kraft und Kritik. Hatte er einmal einen Einfall ergriffen, so verfolgte er ihn blind, keiner prüfenden Stimme mehr zugänglich. Von allen Eigenschaften, die ihn schädigten, war diese vor allen anderen daran schuld, daß er trotz der Schlagkraft seines Wesens so früh stecken bleiben mußte.

Beim Weine war ihm ein recht simpler Einfall gekommen. Er unterschätzte plötzlich die Krise des Maestro und glaubte, sie wäre durch einen öffentlichen Triumph, durch Huldigung des Volkes zu heilen. Anfangs selbst an der Richtigkeit dieses Gedankens zweifelnd, redete er sich, so recht nach seiner Art, immer mehr hinein, verwechselte sein eigenes Bedürfnis, den Freund gefeiert zu sehn, mit dem Wert einer solchen Feier für den Maestro selbst, der ihm doch so streng verboten hatte, irgendwem seine Anwesenheit in Venedig zu verraten. Diese Bedenken machten ihn nur noch hartnäckiger. Es mußte irgend etwas geschehn, was, wußte er selbst nicht klar.

Der Senator war nicht sicher, ob der Maestro in einem seiner jähen Entschlüsse nicht plötzlich abreisen würde, wodurch sein Plan, dem er von Tag zu Tag größere Wichtigkeit beimaß, zerrinnen möchte.

Nun war aber etwas geschehn, was ihn in Erstaunen setzte.

Er hatte dem unaufhörlichen Drängen seines Sohnes Italo nachgegeben und war eines Morgens bei dem Maestro mit einer Bitte erschienen, an deren Erfüllung er nun und nie glaubte. Er legte nämlich dem Freunde nah, am zwölften Februar im Hintergrunde einer Loge der Aufführung der „Macht des Schicksals“ beizuwohnen. Der Maestro wurde nicht böse. Nur ein wenig mißtrauisch fragte er:

„Warum denn willst du, daß ich in dieses Theater gehe? Du weißt ja, daß ich nur mehr für Marionettentheaterbesuch zu haben bin.“

„Mein Sohn Italo, der täglich den Proben beiwohnt, erzählt mir Wunder von dieser Dezorzi. Ich denke mir, du solltest sie ansehn. Vielleicht wäre sie geeignet, bei der Premiere des „Lear“ die Cordelia zu singen. Sieh dir sie an, Verdi!“

„Nun ja, die Dezorzi würde mich schon interessieren. Wenn sie nur nicht gerade meine Musik sänge! Auch könnte ich gesehen und erkannt werden.“

„Laß es meine Sorge sein, daß du nicht gesehn und erkannt wirst. Du wirst ganz allein in der großen Proszeniumsloge sitzen. Nicht einmal ich komme zu dir.“

Der Senator beteuerte immer wieder, daß nicht die geringste Gefahr bestehe. Weil Italos Wunsch im Zusammenhang mit dem Freunde stand, lag ihm daran, ihn durchzusetzen. Denn er litt darunter, daß seine Söhne den Maestro nicht für den größten Menschen der Erde hielten. Verdi schlug nicht ab, sagte nicht zu, verlangte aber auf jeden Fall das Billett der Proszeniumsloge.

Darauf verfügte sich der Senator zum Stadtsenat der Stadt Venedig und bat den Bürgermeister um eine Unterredung, die ihm auch sogleich gewährt wurde.

IV

Eine warm-mahnende Stimme trieb den Maestro an, die Familie Fischböck wieder aufzusuchen. Er fühlte es fast als Verpflichtung, sich um das Schicksal des jungen Menschen zu kümmern, dessen Musik ihm absurd erschien und vor dem er doch eine tiefe, kaum verständliche Achtung hegte.

Er kaufte also in einer Spielwarenhandlung auf dem Campo San Lucca ein Spielzeug für den Knaben und begab sich, das große unbequeme Paket etwas verlegen im Arm, zu Fuß bis zu den Fondamenta dei Tedeschi, wo er eine Gondel nahm, die ihn in den nüchternen und ärmlichen Stadtteil von Santa Catarina brachte.

Der Maestro fand das schöne, allzu ruhige Kind allein in der Stube. Die Wohnungstür stand offen, denn die Frau war für einen Augenblick hinuntergegangen, eine Besorgung zu machen.

Ohne seiner Verlegenheit Herr werden zu können, packte Verdi das Spielzeug aus (es war ein Wagen mit Kutscher und Pferden) und legte es vor Hans auf den Boden. Der große kostbare Gegenstand erschreckte das Kind. Scheu sah es hin und wagte nicht zu spielen. Eine unüberwindliche Traurigkeit lebte in seinen Bewegungen und nicht nur die natürliche Traurigkeit des einzigen Kindes, das immer mit Erwachsenen leben muß. Der Maestro hätte so gerne seine Liebe gezeigt, den Knaben an sich gezogen. Immer, wenn er ihn sah, fühlte er eine leidenschaftliche Rührung, Mahnung des Verlorenen, die gerade in den letzten Jahren wider alle Vernunft in ihm gewachsen war. Aber der Neunundsechzigjährige schien nicht weniger schüchtern zu sein als der Fünfjährige. Beide führten ein einsilbiges Gespräch miteinander:

„Bist du zufrieden, Giovanni?"

„Ja!"

„Mit diesem Schlüssel hier kannst du den Wagen aufziehn. Dann läuft er."

„Ja!"

„Möchtest du einmal einen sehr großen Garten sehn? Es ist ein Teich darin mit einem Boot."

„Gehört der Garten dir?"

„Ja, es ist mein Garten. Du mußt dir ihn anschauen."

„Nur, wenn die Mammi dabei ist."

Der bisher im Dunkel gebliebene Wunsch, dieses Kind zu adoptieren, immer bei sich zu haben, jetzt tauchte er klar auf. Das Haus wird leben, denn immer freudiger soll diese Stimme werden. Nichts soll ihr verboten sein. Selbst die hohe Glastür des Arbeitszimmers, die in den Garten geht, wird er aufreißen dürfen. Die drei großen Hunde springen hinter ihm drein. Aber Peppina? Ist sie, ist er selbst nicht schon zu alt? Könnte dieses Kind glücklich werden? Kann man es den Eltern, den fremden, entreißen? Sie würden nie einwilligen. Niemals! Und schon ist der rasche sehnsüchtige Traum wieder begraben.

Der Maestro betrachtete das Zimmer. Es machte einen vollkommen veränderten, ärmeren, kahleren Eindruck als vor Tagen, da ein gedeckter Tisch ihn hier erwartet hatte. Selbst die kleinstädtische Ordnung war heute nicht da, dieses Fensterbrett-Blumenhafte.

Agathe kam und ergriff die Hände des Gastes, der wiederum in dem Druck der abgearbeiteten harten Frauenhand den schweigenden Schrei verspürte. Er sah das junge Wesen mit dem glattgestrichenen Haar, der hohen reizlosen Stirn, den verwischten Zügen und klaren Augen, er sah, wie diese Augen sich verraten wollten, aber die Schüchternheit alles zurückpreßte.

Sie saß ihm gegenüber. Stumm zu bleiben war ihr schwere Mühe, zu reden vermochte sie noch weniger.

Der Maestro fragte nach Mathias. Agathe verschränkte die Finger, sah nicht auf, und gab mit ihrem nordischen Akzent, der die Laute wölbte und schluckte, Bericht:

„Mathias geht es nicht gut. Und er weiß es selber nicht, er will es nicht wissen. Das ist das Schreckliche! Er war beim Karnevalsfest. Seither fiebert er sehr stark, sehr hoch. Er ist immer erregt bis zur Unerträglichkeit, hält es keine Stunde im Hause aus, will sich nicht hinlegen. Ach, es ist zum Verzweifeln. Sie werden ihn ja gleich sehn. Und dann ... und dann hat er in diesen Tagen sehr viel Enttäuschungen erlebt."

„Was sagt Ihr Arzt?"

„Seit längerer Zeit haben wir Doktor Carvagno nicht mehr gesehn. Aber ich glaube, daß er mich immer nur getröstet hat."

Agathe sagte dies und plötzlich stieß sie einen leichten Klagelaut kurz und leise aus. Dann flüsterte sie mit einem Rest von Atem:

„Ich weiß wirklich nicht mehr, wie ich ihm helfen soll!"

Hier mußte sofort etwas getan werden. Aber nur auf die zarteste Weise, mit dem größten Feingefühl. Es wäre unmöglich gewesen, häßlich, nicht vorstellbar, diesem vornehmen Wesen rundweg Geld anzubieten. Der Maestro dachte angestrengt nach, um einen Weg zu finden.

Da trat auch schon Fischböck ins Zimmer. Der Mann hatte sich innerhalb weniger Tage auffällig verändert. Die schlaue Krankheit, die so viele Monate lang ihr Wesen gut zu verbergen wußte, jetzt schien sie ausgebrochen, offenbar geworden zu sein und brannte aus den trocken-vergrößerten Pupillen hervor, brannte in lilafarbenen ausschlagartigen Flecken auf dem ganzen Gesicht. Selbst die Stirn hatte etwas Zerstörtes wie die eines Blinden, und die sonst so weichen Haare starrten aufgescheucht oder klebten in verwirrten Strähnen. Die Physiognomie fiel auseinander. Der obere Teil des Gesichts war Schwärmerei, der untere Verbissenheit und Härte. Fischböck stürzte dem Maestro entgegen:

„Prächtig, prächtig, Herr Carrara, daß Sie gekommen sind! Glauben Sie mir, ich habe mich gesehnt, Sie zu sehen. Ich dachte schon, ich hätte Sie abgestoßen. Das ist ja immer mein Schicksal. Welch widerwärtiger Mensch muß ich sein! Aber Sie sind gekommen!"

Der Deutsche ließ die Hand des vermeintlichen Carrara nicht los:

„Ich habe in diesen Tagen nichts als Unglück gehabt. Alles ist schief gegangen. Fragen Sie mich nicht, Herr Carrara, fragen Sie nicht! Denn das muß wohl so sein! Das ist der Tribut, den ich zahle, weil ich mich so sicher auf meinem Weg fühle. Arme Agathe! Du meine Kameradin! Halt es nur jetzt noch eine Weile aus!“

In der Erregung, die ihn beherrschte, berührte er sie. Agathe, nicht gewohnt, daß sie für ihn auf der Welt war, starrte ihn an. Er aber verweilte nicht lange in seinem Dankbarkeitsgefühl:

„Ich habe kein Glück, ich habe keine Spur von Glück im Spiel. Alle Erwartungen sind kaputt. Ach Gott! Glück haben bedeutet doch nichts anderes, als mit innerlicher Kompromißfähigkeit auf die Welt gekommen zu sein.“

Der Maestro betrachtete diesen Menschen, der des Gottes in sich so gewiß war, daß er die größten und unbescheidensten Worte des Lebens sprach, obgleich er nichts anderes als unverständliche Klaviermusik mit altertümelnden Titeln geschrieben hatte, die der heutigen Welt als Betrug oder Humbug erscheinen mußte. Und dennoch, der klare alte Zweifler, der ohne Frieden von Werk zu Werk sich weiterverdammt, der drei Nächte vorher die gigantische Partitur des „Lear“ verbrannt hatte, diesem Jüngling glaubte er jetzt.

Die euphorische Erregung Fischböcks wuchs:

„Ich weiß, Herr Carrara, daß Sie vorläufig mit meiner Musik noch nichts anfangen können. Aber Geduld! Geduld! Vertrauen Sie mir! In Ihnen ist, darauf schwöre ich, der Sinn für wahre Musik. Nur kann man die echte Melodie noch nicht hören. Aber je mehr dieses süchtige, eitle Zeitgenossen-Ich von mir abfällt, um so mehr höre ich sie, fühle sie klar in mir fließen. Nein, nein! Nicht diese Tänzchenperioden, Juchzer und Schwulstigkeiten, die man jetzt Melodie nennt, nein, das reine Gesetz höre ich ...“

Fischböck mußte sich niedersetzen. Seine Knie begannen so stark zu zittern, daß unter diesem Anfall die ganze Gestalt hin und her tanzte. Der Maestro sah die Frau ganz erschrocken an. Der Kranke starrte vorwärts in einen leeren Raum:

„Welch ein Leiden, über die Straße zu gehn! Alles, was man sieht, verletzt. Diese Unerträglichkeit, der viehische Schmutz des modernen Lebens: Soldaten, Tierquäler, hilflos verkommende Menschen, zerlumpte Kinder, rohe Lustigkeit, Profitgesichter, verhurte Weiber! Ich habe einen großen Spaziergang hinter mir.

Es war ein zweistündiges Spießrutenlaufen. Entsetzlich. Oft ist es mir, als wäre es mein Los, mich einem rasenden Schnellzug entgegenwerfen zu müssen. Sehen Sie, Herr Carrara, wir haben vor vielen Jahrzehnten in Deutschland einen großen Dichter gehabt, der vierzig Jahre lang im Wahnsinn gelebt hat. Aber es war ja kein Wahnsinn, sondern nur die Erscheinungsform seiner eigenen Reinheit inmitten des modernen Tumults."

Fischböck streckte alle Glieder weit von sich:

„Aber man kann auch sterben!"

Einen Augenblick lang verletzte wieder die Verstiegenheit des Deutschen den Maestro, obwohl er wußte, daß ein Kranker sprach. Ein kurzer Blick wollte sich überzeugen, wieviel Prahlerei und Koketterie in Fischböcks Worten sich verberge. Zugleich aber erschien ein unfertiger Einfall der Hilfe. Die feuchtblauen weitsichtigen Augen lächelten wieder aus ihrer Welt von Fältchen:

„Sie haben recht, mein Fischböck! Ich kann in Ihre Musik nicht eindringen. Es ist mir leider nicht gegeben, sie zu verstehn. Aber so altmodisch ich auch bin, eines steht für mich fest: Nicht nur die Konsonanz, auch die Dissonanz ist ein vollkommen gleichberechtigtes Mittel der Musik. Es ist vielleicht nur Faulheit, daß wir bloß eine gewisse Anzahl harmonischer Verbindungen als Wohllaut gelten lassen. Jenseits von allen Hörbedürfnissen und Hemmungen mag die Musik liegen, wie sie jenseits von allen Schulen liegt. Theoretisch erkenne ich dies vollkommen an, als Mensch bin ich von diesen, gewiß schlechten Gewohnheiten, Bedürfnissen, Hemmungen nicht frei. Aber es gibt ja fortgeschrittenere Menschen, als ich es bin. Ich kenne einige, darf sie sogar Freunde nennen, und was mir in diesem Fall besonders lieb ist, sie spielen in unserer Musikwelt eine bedeutsame Rolle. Mit einem Wort, lieber Fischböck, ich habe Ihre Musik an diese Freunde dringend gesandt, und sie, da ich es selbst nicht abzugeben vermag, um ihr Urteil gebeten. Vielleicht werden diese sehr geistreichen Seelen das verstehn, was ich nicht verstehen kann. Dann allerdings ist es sicher, daß alles geschehn wird, damit Ihr Werk nicht im Dunkel bleibe!"

Der Maestro sagte diese Unwahrheit, ohne daß er im Augenblick wußte, ob und wie sie sich werde verwerten lassen. Er war aber mit ihr zufrieden, da er fühlte, daß eine gute Möglichkeit der Hilfe, die nicht verletzen konnte, angebahnt sei. Was Verdi schon so oft erlebt hatte, wenn den Verächtern von Ruhm und Öffentlichkeit nur ein Dämmerschein des Erfolges winkte, geschah hier wiederum. Fischböck fragte mit einer leisen und begehrlichen Stimme: „Ist Hoffnung vorhanden, daß meine Sachen gedruckt werden?“

Der Maestro überlegte kurz, daß er auf seine eigenen Kosten die Musikalien veröffentlichen könnte, wenn sich kein anderer Weg finden würde. Sehr sachlich sagte er:

„Wenn ich meine Freunde, unter denen auch ein Verleger ist, recht beurteile, so ist ein wenig Hoffnung vorhanden, lieber Fischböck!“

Mathias Fischböck blieb still. Dann plötzlich erkaltet, lenkte er das Gespräch ab, versuchte ganz gleichgültig zu sein, was zur Folge hatte, daß er viel weniger herzlich zum Maestro sprach als vorher.

Auch dies war eine alte Erfahrung Verdis, daß nämlich Wohltaten, Unterstützungen, Hilfen, als wären sie die Überhebung eines Menschen über den anderen, übelgenommen werden.

Mathias wurde immer unangenehmer. Er fletschte ein verkrampftes Gebiß. Eine böse Lust, zu verwunden, würgte seine Kehle. Dabei war dieser Carrara doch ein erzgescheiter und anständiger Prachtkerl. Ihm wollte er ja auch gar nicht wehetun. Aber die grundlose Wut ließ sich nicht zurückdrängen. Und er zischte einige Frechheiten von elendem Schund, von abgehurten Phrasen und impotenten Greisen, die allem Neuen den Weg verstellen.

Einen Augenblick lang zeigte sich zwischen den Brauen des Maestro die harte Furche, die den Sassaroli gedemütigt hatte. Dann aber sah er die Wahrheit. Den ganzen beleidigten heißhungrigen Ehrgeiz der Jugend, der immer wieder Bilderstürme, Revolutionen, großartigen Weltschmerz und neue Prophetien hervorruft. Es war so menschlich.

Da fing Verdi zu lachen an. Ebenso unbegründet, wie Fischböck giftig geworden war, lachte er. Erst ironisch, dann gemütlich, immer wärmer, und am Ende sehr herzlich. Dieses Lachen hatte eine bezaubernde Wirkung. Agathe lachte, Mathias, den seine häßlichen Worte quälten, stimmte verwundert und erlöst ein. Das Kind mischte ein ganz ungewohntes Aufjubeln ins Gelächter der Erwachsenen.

Der Maestro zog Hans an sein Knie.

Zum Abschied wurde er aber sehr streng:

„Legen Sie sich zu Bett, Fischböck! Sie sind krank. Sie sehen zum Erbarmen aus! Es ist ein Verbrechen von Ihnen, auf die Straße zu gehn. Morgen oder übermorgen komme ich wieder. Versprechen Sie mir, daß Sie nicht so unsinnig sein werden, auszugehn!“

Sehr ungern und kleinlaut legte Mathias dieses Versprechen ab.

Als der Maestro die Treppe des nach frischem Mörtel duftenden Hauses hinabstieg, hörte er einen Schritt hinter sich. Im Flur unten drehte er sich um und sah Frau Fischböck auf dem Absatz der letzten Stufenreihe unbeweglich stehn. Er wartete, ob sie ihm etwas zu sagen habe. Aber sie verschwand, ohne zu grüßen, schnell aufwärts.

Am selben Tag noch schickte der Maestro den Diener zur venezianischen Niederlassung seiner Bank und forderte eine große Summe an, die aber erst am nächsten Tag ausbezahlt wurde.

V

Die Ruhe, die nach der Vernichtung des „König Lear“ über den Maestro gekommen war, verlor sich sogleich. Ein furchtbar wehes Gefühl wollte nicht weichen. Einmal schon hatte er sich ergeben. Aber damals war es ihm gelungen, die schwere Decke der Dumpfheit über den Kopf zu ziehen und sich zu vergessen. Jetzt vermochte er es nicht mehr. Das erstemal im Leben konnte er stetige Mattigkeit nicht abschütteln, in seinem Körper lebte die Empfindung schweren Blutverlustes, in seinem Gemüt ein unbegreifliches Heimweh, dessen Ziel er nicht wußte. Hatte das Alter ihn endgültig erbeutet?

Das Alleinsein, das ihm sonst Erquickung, glückselige Vereinigung mit sich selber war, jetzt fürchtete er es. Ebenso aber fürchtete er die Heimkehr nach Genua, das Wiedersehen mit Peppina, mit seinen Freunden. Niemanden würde er ins Vertrauen ziehen können. Was er in diesen Tagen gefühlt und erkannt hatte, war zu fein, zu heimlich, als daß es dem schamlosen Wort standhalten könnte. Nicht einmal das Schicksal der verbrannten Oper sollte verraten werden.

Die Periode der zehnjährigen Todeskrankheit war beendet, jetzt folgte nichts mehr als die Agonie, das Warten auf den Tod. Und da sein Körper zäh, all seine Organe widerstandsfähig waren, konnte diese Agonie lange, lange dauern.

Jeder schöpferische Augenblick im Menschen ist eine Magnetisierung seiner geistig-sinnlichen Elemente, eine plötzliche Umordnung dieser Elemente zu übersinnlichem Wissen. Dem Menschen ist in Wahrheit nicht gegeben, zu schaffen, sondern nur zu finden. Komponieren ist Irrtum. Melodien sind. Sie können nicht hervorgebracht werden, sondern nur entdeckt. Sie sind in ihrer Welt das gleiche, was in unserer die unterirdisch-verborgenen Quellen sind. Genialität ist die Fähigkeit des menschlichen Wesens, in gewissen Augenblicken zur Wünschelrute zu werden. Mehr nicht.

Unvergleichlich und unmeßbar ist das Glück solcher Augenblicke. Was aber kann peinigender sein, als wenn einem Menschen das Vermögen verlorengeht, die ursprünglichen unabhängigen Quellen zu schlagen, denen er ein halbes Jahrhundert lang Wünschelrute sein durfte?

Wie einem Menschen, der durch eine Verletzung mit einem Male den statischen Sinn verliert, nicht weiß, was fern, nah, oben, unten ist, war es dem Maestro ergangen. Das Organ seiner nachtwandlerischen Naivität war durch den Ansturm von Hohn, Gehässigkeit, Herabsetzung, durch das hochmütige Auftauchen dessen, was der schmiegsame Filippo Filippi die „große Kunst" nannte, schwer verletzt worden. Das Zeugnis des Wundfiebers, der Verwirrung aller Maße nannte sich „König Lear".

Wie alle anderen Musiker in diesen Jahren hatte Giuseppe Verdi die typische Vergiftung erlitten, die in Spätzeiten der Kunst stets die Unmittelbarkeit des Künstlers lähmt. In diesem Lebensabschnitt war auch sein frischer, im Grunde unüberwindlicher Sinn getrübt. Das Bild der Partiturseite und nicht mehr die reine Klangvorstellung begann für ihn eine Rolle zu spielen. In dieser Schwächung seiner Lebenskraft verfiel er für einen Augenblick dem allgemeinen Ehrgeiz der Zeit: der l'art pour l'artiste.

Die alten Melodien, die sein Herz gefunden hatte, nun verstand er sie nicht mehr, ja haßte sie oft mit dem Haß seiner Feinde. Er war verleitet worden, sie nicht mehr zu fühlen, sondern zu sehn. Und er sah viertaktige, höchst symmetrische Perioden mit stramm exerzierenden Motiven.

Nun war die verhängnisvolle Arbeit zerstört. Da geschah etwas Unerwartetes. Als wären die alten Melodien und Sänge unter dem mächtigen Notenwust des „Lear" erstickt und zerpreßt gelegen, begannen sie sich zu erholen und wieder Leben zu bekommen. Der Maestro hielt es für eine Überreizung. Aber in diesen Tagen verging keine Viertelstunde, daß ihm nicht eine Wendung aus „Traviata",

„Macbeth“, „Boccanegra“ einfiel. Und zwar nicht als Notenfolge, als Bild einfiel, sondern als das, was diese Melodien waren, als Wesenheiten einer anderen Natur, die ihn nur zum Durchgang benützt hatten. Er dachte gar nicht daran, daß sie einst von ihm niedergeschrieben worden waren. Sie grüßten ihn als vollkommen fremde Geschöpfe. Wie langhinschießende Schwalben flogen sie durch seinen Sinn, sie hatten nichts mit ihm zu tun, er erkannte sie kaum wieder.

Neu waren diese aufgebrauchten Weisen für ihn. Aller Schmutz und Schweiß des Theaters, aller Speichel menschlicher Kehlen war von ihnen abgefallen, und sie begegneten ihm in reiner unverwüsteter Bedeutung.

Wie immer machte er lange Spaziergänge durch die venezianischen Gassen. Auf einem dieser Wege begann plötzlich in ihm die breite unerschöpfliche Liebesmelodie der „Traviata“ zu singen. Darüber war er gleich sehr verwundert. Was sollte das bedeuten? Doch diese Erinnerungen machten nur sein sonderbares Heimweh größer. Sie zeigten ihm den Verlust.

Vielleicht aber trugen sie auch dazu bei, daß er sich nach langem Schwanken dazu entschloß, ein paar Nummern seiner „Forza del destino“ anzuhören.

Am zwölften Februar nach neun Uhr begab er sich ins Teatro Rossini. Auf dem Wege dahin überlegte der Maestro, wie er noch zur Zeit der „Aida“ nicht geduldet hatte, daß irgendein Theater sein Werk aufführe, ohne daß ihm vorher die Liste der Darsteller vorgelegt, seine Wünsche eingeholt und garantiert worden waren. Er gedachte der schweren Streitigkeiten, die er mit dem Hause Ricordi gehabt hatte, wenn gegen irgendeine Impresa sein Wille nicht durchgesetzt werden konnte. Keine Note sollte erklingen, für die er nicht auch noch im Äußerlichen die Verantwortung trug. Welche Schikanen und Sekkaturen! Welch ein Kleinkrieg gegen die Verlotterung des Theaterbetriebs, gegen die Albernheit der Sänger, die Dreistigkeit der Dirigenten, den Geiz der Unternehmer, ein Krieg, der alljährlich zur Zeit der Vertragsabschlüsse Gehirn und Nerven peinigte. Aber er wollte sich nicht ausliefern. Er mußte sein Werk, das von der ersten Oper an bekämpft worden war, im In- und Ausland gegen Feinde verteidigen. So wurden in späteren Jahren die Partituren der Jugend ihm eine unaufhörliche Qual, die ihn nachts oft mit Ekel und Selbsthaßgefühlen aus dem Bett riß. Es gab kaum eine Oper, an der er die Erneuerung nicht mindestens versucht hatte. Keine Sünde blieb seinem Gedächtnis geschenkt. Noch bis vor wenigen Jahren jede Neueinstudierung in den Kreis seiner Fürsorge ziehend, hatte er unermüdlich sein Werk verbessert.

Das war nun vorbei. Wie ein tyrannischer Vater und Erzieher hatte er am Charakter schon ergrauender Kinder immer noch gedrechselt, ihre Schritte behütet. Die Kraft und Lust dazu war nun dahin. Sie mußten leben und sterben auch ohne ihn.

Nichts mehr von der brennenden Erregung, die eigene Musik zu hören, verspürte wie früher der Maestro. Er ging in dieses Theater Benedetto oder Rossini, um nicht einsam und nicht in Gesellschaft sein zu müssen, um die letzten Abendstunden, die er in Venedig verbrachte, auf diese Weise erträglich zu machen. Denn er war entschlossen, morgen oder spätestens übermorgen abzureisen. Der Aufenthalt in Venedig hatte ihm die Augen geöffnet. Der Zweck war erreicht. Was in Genua, in der Nähe seiner Frau, in der beruhigenden Häuslichkeit der zweiten Etage des Palazzo Doria nicht möglich gewesen, immer wieder verjagt worden war, die Erkenntnis des Endes, in der fremden Stadt hatte er sie errungen. Der Mord an „Lear“ war geschehn. Nun blieb nichts anderes hier zu tun übrig.

Den morgigen Tag wollte er dazu benützen, die Verhältnisse der Familie Fischböck, soweit es ging, sicherzustellen. Wenn ihm nichts Entscheidenderes einfallen sollte, würde er anonym eine große Geldsumme überweisen. Der Maestro war in diesem Fall sehr verdrießlich, daß sich seine Wohltat einzig in dem lauen unpersönlichen Mittel des Geldes erschöpfen solle. Aber eine künstlerische Förderung schien hier vollständig aussichtslos zu sein. Dennoch war er sich nicht klar darüber, was er morgen tun würde.

Als Verdi die rechte Proszeniumsloge des Theaters betrat, ging das zweite Bild der Oper gerade seinem Ende zu. Er ließ sich auf die kleine Polsterbank nieder, die an der linken Schrägwand der Loge befestigt ist. Obgleich ihn auch bei vollbeleuchtetem Haus niemand hätte sehen können, so konnte er doch eine Unruhe des Preisgegebenseins, das Schamgefühl einer Art von Nacktheit nicht überwinden. Sein erster Blick galt dem Kapellmeister und Orchester. Der Kapellmeister, ein junger Mensch, war ein fuchtelndes Nichts, das Orchester klein, fast lächerlich, drei Kontrabässe, ebensoviel Celli und Bratschen, wenig Geigen, das Notwendigste an Holzbläsern und Blech. Dieselben Musiker spielten an den Abenden der andern Stagione in der größeren Kapelle von La Fenice.

Es war immer das gleiche italienische Elend. Der Staat verweigerte Subventionen, Theater und Orchester waren dem Untergang geweiht. Was der Senator auf politischem und gesellschaftlichem Gebiet immer wieder mit tiefer

Bitterkeit empfand, das erlebte der Maestro mit gleicher Bitterkeit auf dem Gebiet der darstellenden Kunst: den schlaffen unerfreulichen Ausgang der nationalen Einigung. Die Gabe der Aufwallung, des Grandioso und Furioso, die dieses Volk wie kein anderes besaß, schien die Eigenschaft der folgerichtigen Beharrlichkeit auszuschließen. Um dieser ganz unitalienischen Beharrlichkeit willen hatte Verdi den unscheinbaren Gestenlosen Cavour geliebt, hatte ihn selbst dem Helden Garibaldi vorgezogen, dieser hinreißenden Zauberblüte italienischer Erde.

Garibaldi, der einzige homerische Mensch des neunzehnten Jahrhunderts, ein Heros aus der Kindheit der Geschichte: Schiffsjunge, amerikanischer General, Besieger der Franzosen vor Rom, Retter Siziliens und Neapels. Kindlicher Diktator mit dem Willen, das Tausendjährige Reich zu errichten, von den Truppen jenes Königs, dem der Republikaner die Kastanien aus dem Feuer holt, schwer verwundet. Einsiedler auf seiner Insel Caprera, Kindernarr und Dichter, Gottmensch und eine Beute snobistischer Engländerinnen! Unerhörte Abenteuer und Mythen besteht er, damit er schließlich, um all seine Taten geprellt, als Gatte seiner Haushälterin und Verfasser mäßiger Romane sein herrliches Leben ende. Wenn auf einen Mann unserer Zeit der antike Begriff „Held" paßt, so einzig auf diesen Garibaldi; dennoch liebt er es, in einem theatralischen, in mancher Situation unmöglichen Kostüm zu glänzen, im roten Hemd, weißem Mantel und phantastischer Kopfbedeckung. Das reinste Herz, kaum von den naivsten Eitelkeiten versehrt, braucht diesen Schwung der Gebärde.

Und Cavour, der andere Pol der welschen Seele: Leidenschaftlich kalt, der tückischeste aller Patrioten, langhinplanend. Kein Teufel kann ihn von seinem Ziel wegbringen. Monarchistisch bis in die Knochen (vielleicht nur deshalb, weil er die utopische Denkart, die blaßriesige Republikanerstirn Mazzinis haßt), soll er dennoch im Jähzorn seinen König Viktor Emanuel einst grausam geohrfeigt haben. Er verabscheut den Heroismus als kurzatmige Lüge, sieht einem kleinbürgerlichen Professor gleich und ist nüchtern wie ein Engländer.

Diesen Camillo Conte Cavour hatte Verdi als das Heil Italiens gepriesen und über alles geliebt. Warum? Der tragische Kampf der italienischen Erhebung, der Kampf zwischen Garibaldi und Cavour, er ist zugleich der tragische Kampf in der Seele Verdis, dessen Genius im Kleinen so den Konflikt seiner Nation und Zeit wiederholt.

Garibaldi, das ist Verdis Kabalettenherz, seine tobende Hymnik, der aufpeitschende Enthusiasmus seiner Chöre und Final-Ensembles, die Träne, die er um verwachsene Narren, ausgestoßene Zigeuner, Dirnen und dunkelhäutige Sklavinnen weint.

Cavour, das ist Verdis unerschöpflicher Entwicklungs- und Zieltrieb, seine Härte gegen sich selbst, seine Unzufriedenheit und nimmermüde Kasteiung.

Garibaldi – die Schönheit, das Heldentum, die Oper – sind sein ursprünglichster Besitz. Cavour ist seine sittliche Anstrengung dem durch die unaufhaltsame Zeit ewig verwandelten Ziel entgegen. Als Moralist, der er war, durfte er nicht das lieben, was er hatte, sondern nur das, was er ersehnte, nicht Garibaldi, sondern Cavour.

Verdi sah dort unten das armselige Orchester und konnte eine zornige Aufwallung nicht verbeißen. War das Sprichwort von Italiens Bettelarmut nicht eine Lüge? Seit Minghettis Ministerschaft hatte sich das alte Defizit des Staatsbudgets in reichlichen Überschuß verwandelt. War es also notwendig, daß der Staat, der für tausend moderne Aufgeblasenheiten Geld genug hatte, das Theater einfach verkommen ließ? Oftmals hatte der Maestro bei den Ämtern angeklopft, um wenigstens für die Scala eine Hilfe zu erwirken! Vergebens! Nicht einmal das Geld für die dringendsten Reformen an Zuschauerraum und Bühne war aufzubringen. Der Orchesterraum des glänzendsten Nationaltheaters lag viel zu hoch, die Bühne war lächerlich unpraktikabel und veraltet, die Beleuchtungsanlage geradezu verrottet.

Der Maestro dachte mit Unmut an die deutschen Operntheater, die er gesehen hatte. Zwar die Aufführungen dort waren lustlos, ohne Blut und Nerv, dafür aber herrschte Ernst, Ordnung, Würde. Die Zuschauerräume waren dicht gefüllt, die Orchester groß und sonor, das Bühnenwesen auf der technischen Höhe von Paris. Und dabei gab es über hundert deutsche Städte und jede erhielt ihre Theater vollkommen. Der Maestro spürte, daß Egoismus, Gleichgültigkeit, Schlendrian mitschuldig waren an seinem eigenen Untergang.

Mißvergnügt wandte er den Blick zur Bühne, wo eine Volksgarküche schlecht und recht aus den albern bemalten Kulissen eines uralten Fundus aufgebaut war. Aber die Verdrießlichkeit schwand, denn das Bild hatte viel Leben. Es war seine Art, von der er nicht lassen konnte, die Partei von Verlachten und Verachteten zu nehmen. Als er die lebensvolle Szene mit zechenden Soldaten, tänzelnden

Dirnen, lachenden Studenten, Marketendern, Hausierern, Maultiertreibern vor sich sah, dachte er an seinen armen Textdichter, der nun so lange schon tot war.

„Man kann deine Verse, Francesco Piave, aushöhnen soviel man will, dein Handwerk hast du verstanden, jedem Scribe zu Trotz!“

Es begann nun eine Nummer, für die der Maestro, wenn er nachsichtig war, etwas übrig hatte, weil die Stimmen darin, frei und unabhängig voneinander geführt, einen süßen Zusammenklang ergaben.

Ein Pilgerzug wandelt, das unheilige Treiben der Soldaten und Dirnen kontrastierend, am Fenster der Schenke vorbei. Ave-Läuten erschallt. Der Chor der Waller singt einige losgelöste Takte. Preziosilla, die wahrsagende Tanzdirne des Soldatenlagers, fällt aufs Knie und singt: „Preghiamo“, aus welcher Mahnung sich eine sogenannte Preghiera entwickelt, ein Gebetslied oder -chor, der eine feststehende Form der italienischen Oper seit den Neapolitanern ist.

Als Mann verkleidet ist kurz vorher die unglückliche Liebhaberin und Heldin der Oper auf den Schauplatz roher Belustigung getreten. Abseits, schüchtern, verstört hält sich Leonore zur Tür, sie überlegt, ob sie fliehen, ob sie bleiben soll. Der Chor der Frommen vor dem Fenster und der Chor der Weltlichen wechseln in der Anrufung ab. Da erheben sich die männlichen Stimmen draußen dringlicher: „Santo spirito, Signor pietà!“ Und beide Chöre finden sich zu mächtiger Anrufung:

„Heiliger Geist, erlöse uns vom Elend der Hölle!“ Über der Harmonie des Chors bei den Worten „Elend der Hölle“, singt, aus allen anderen Stimmen sich lösend, Leonore: „Rette mich, erlöse mich!“

Sie hat nur einen kurzen, vom hohen H abwärts sinkenden Wehruf zu singen, aber dieser Takt rührt zu Tränen. Durch den Wehruf Leonores werden die anderen Solostimmen lebhafter, Preziosilla fühlt schwesterliches Mitleid und findet eine ihr ungewohnt zarte Melodie. Leonore wiederholt immer wieder ihr „Rette mich, erlöse mich“ in neuen, aus der ersten hergeleiteten Wendungen, bis sie endlich in einem breiten Gesang, all die anderen Stimmen übertreffend, ihr Herz dem Himmel entsiegeln kann.

Die Nummer wurde in auffälliger Art beklatscht, an der ein gewiegter Theatermann erkennen mußte, daß dieses Publikum von vornherein gewillt war, der Dezorzi und ihrer Truppe Begeisterung zu zollen.

Der Maestro selbst war etwas enttäuscht. Er hatte schon längere Zeit von Margherita Dezorzi als von einem aufgehenden Stern reden hören. Es gefiel ihm übrigens auch, daß sie weitab von jeder Primadonnen-Vordringlichkeit in dieser Szene zurückgetreten, still und ohne übertriebenes Spiel im Schatten gestanden war. Aber die Stimme schien glanz- und saftlos zu sein, erfüllte nicht die Aufgabe, die Verdi dem Sopran stellt, aus leisem Schein bis zu mächtigem Licht das harmonische Dunkel aller anderen Stimmen zu überwachsen.

So sehr er auch in diesen Tagen von alten Melodien beschlichen ward, was er bisher von dieser Oper gehört hatte, ließ ihn kalt, war vergessen, nicht einmal Kritik regte sich in ihm, als wäre sie das Werk eines gleichgültigen andern.

Aber schon in der nächsten Szene verwandelte sich diese Gleichgültigkeit. Die Bühne zeigte in überraschend guter Morgendämmerung die Dekoration einer Berglandschaft mit einer kleinen Marienkapelle zur Linken und einem finstern Klostergebäude auf der rechten Seite. Die Schicksals-Mahnung des Orchesters ertönte, nichts als eine hastende warnende Viernotenfigur, hartnäckig wiederholt, wie das Herzklopfen eines Verfolgten.

Unnachahmlich das Auftreten der Dezorzi! Als wäre sie, von der Nacht gehetzt, einen steinigen Hohlweg bis zur Erschöpfung emporgelaufen, stand sie plötzlich auf der frühscheinergrauten Lichtung der Bühne mit geschlossenen Augen, ohne Atem zu finden. Sie machte, wie die Kräfte sie verließen, einige Schritte, lehnte sich halb ohnmächtig gegen die Kapellenmauer, der große Hut, der Mantel glitten von ihrer entsetzten Gestalt ab, die ein dunkles Edelmanns- und Reisekostüm des achtzehnten Jahrhunderts und hohe Reitstiefel trug. Unbeweglich in dieser Stellung verharrend, stieß sie die Worte des kurzen Rezitativs hervor:

„Hier bin ich! Dank Dir, oh Gott! Dies ist mein letzter Zufluchtsort!“

In diesem kurzen Auftritt lag solch ein Leben, solch außerordentliche Ausdeutung der Situation, daß der Maestro sehr erstaunte. Selbst seine besten Sängerinnen, wie die Teresina Stolz, hatten es sich nicht nehmen lassen, an die Rampe zu marschieren und dort mit stummem Verzweiflungsspiel den Einsatz abzupassen.

Das allerfeinste aber an Stilgefühl, an künstlerischer Empfindung leistete Margherita Dezorzi im Übergang des Rezitativs zur Romanze. Angefeuert durch die Gegenwart Verdis (sie hatte übrigens das Geheimnis treu gehütet) gelang ihr an jenem Abend, was wenigen Sängerinnen vor und nach ihr gelungen ist:

Realistisch zu sein, ohne die Irrealität der Oper zu verletzen, opernhaft zu sein, ohne der Wahrheit Schaden zu tun.

Ihr „Oh laß mich, so fliehe!“ war noch ein ungezügelter Aufschrei, dem Fatum entgegengeschleudert, das beschließende Morendo in abgehackten Noten aber ein kaum vernehmlich aufschluchzender Seufzer, der die obstinate Begleitfigur des nun anhebenden süßen Stückes vorwegnahm. Diese Figur besteht aus drei Achtelnoten Fis, G, Fis, deren zweite scharf betont ist. Das kleine Motiv läuft, ohne sich um die breite Gesangsmelodie, noch um die Harmonien des übrigen Orchesters zu kümmern, von den zweiten Violinen geseufzt, etwa durch zwanzig Takte der Partitur.

Die verzweifelte Leonore sah sich nach einer Hoffnung um. Das Fenster der Marienkapelle schimmerte schwach. Eine gewöhnliche Sängerin wäre nun niedergekniet, den Hilferuf an die Madonna darzustellen. Margherita Dezorzi aber fühlte, daß sie sich jetzt aus dem Rahmen des Dramas lösen müsse, um in die körper- und konfliktlose Welt des Gesanges zu treten.

Sie machte zwei Schrittchen, blieb wie eine Mondsüchtige stehn, und ohne während der ganzen Romanze sich zu bewegen, sang sie mit selig geschlossenen Augen. Und nun sang sie wirklich. Ihre Stimme hatte alle Sprödigkeit von sich getan, dabei blieb sie aber gänzlich frei von dem hitzig-sinnlichen Klang reifer Soprane, vielmehr so schön sie auch blühte, wahrte sie eine kindliche, ja geisterhafte Reinheit. Ohne daß die Stimme ihren musikversunkenen Tiefschlaf abstreifte, fand sie die weite Melodie der Gnadenbitte. Hinter den Türen des grauen Klosterkonvents standen schon die menschenfernen Akkorde des Mönchschors. Wie ihr Gesang die Gnadenbitte zum dritten Mal wiederholte, das Mönchsmurmeln ganz nahe schon rauschte, war die angeflehte Göttin erweicht. In neugewonnener Zuversicht jubelte die Sängerin den Schlußfall, erwachte wirr und trat in die Welt des Dramas zurück.

Immer weiter hatte sich der Maestro aus dem Fond der Loge vorgewagt, schließlich beugte er den Oberkörper über die Brüstung. Berückt umfing sein Auge die schmächtige Gestalt der Sängerin. Sein Sinn hatte die Herkunft dieser Musik vergessen, vergessen, daß sie auf dem eigenen Notenpapier entstanden war. Er hörte, ohne daß sein Geist mitsprach, ohne daß er es wußte, sich selbst.

Ein warmes, ein entzücktes Gefühl für die wunderbare Mittlerin dort unten!

Seit seiner frühesten Jugend schon war er dem Zauber der singenden Frau unterworfen. Der keusche Mann, der niemals ein leichtes Abenteuer angenommen hatten, ihm war die Sängerin kein Theaterweib, verlogen und käuflich, sondern Gefäß der Musik, herrliche Kameradin, Mitverschworene. Als Knabe hatte er die im Rampenlicht sich spreizenden Diven angestaunt, mit einer zerknirschten demütigen Verehrung geliebt. Als Mann fand er in der wahren Künstlerin, der Frau voll Musik, das einzige Wesen auf Erden, mit dem er nicht ganz einsam war. Giuseppina Strepponi, die wirkliche Ehe seines Lebens, Teresina Stolz, die Freundin der reifen Jahre, beide hatten ihm die Trunkenheit des Gesangs in ihren Augen, das Einverständnis in der Musik geschenkt.

Aber wie weit übertraf die Begnadung dieses jungen Mädchens dort unten alle andern Sängerinnen, die nur leidenschaftlich oder herrliche Instrumente gewesen waren.

Die Dezorzi erschien als ein ganz neues Menschenwesen auf der Bühne, ungeahnt vornehm, ungeahnt geistig, voll engelreiner Empfindung! Sie riß die veraltete Musik in die neue Welt mit sich, ohne auch nur eine Note, eine Weisung zu ändern, wie es allerorten die Effekthascher taten. Noch immer beugte sich der Maestro aus der Loge, er dachte gar nicht an die Gefahr, daß man ihn erkennen könne, er hing an der zarten Erscheinung. Oft kam es ihm vor, als ob ihr Blick sich nach dem Orte wende, wo er saß.

Es begann das Duett mit dem Pater Guardian. Wiederum traf Margherita Dezorzi sicher die Unterscheidung und Verquickung von Szene und Kantabile, von dramatischem Spiel und Gesang.

Der Maestro hatte ein wenig Angst, das strettaartige Piu mosso zu hören, das dieses Duett beschließt. Aber die Dezorzi bewies ihm die bezweifelte innere Wahrheit dieser Stelle: „O gaudio insolito!" Die Stretta ward zum Freudenausbruch, da der Guardian Zuflucht und Rettung gewährte.

Grandios nun füllte sich die Szene. Die Mönche kamen aus ihrem Tor. Jeder hielt seine Kerze gegen die aufgehende Sonne. Das junge Weib in Männerkleidern kniete. Der Prior warf ihr die Kutte über. Als sie aufstand, hatte sie eingefallene Wangen und die Augen der Asketen. Der große mystische Chor der Einkleidung steigerte sich, fiel in ein vierfaches dumpfstimmiges Piano zusammen: „L'immonda cenere ne sperda il vento." – „Die unreine Asche verwehe der Wind."

Aus dem Entsetzen aber löste sich der Himmelsgesang der „La vergine degli Angeli", der das Ende der Zeremonie und des Aktes verklärt. Tränenüberströmt, mit vor Wonne fast versagender Stimme sang ihn die Dezorzi.

Nachdem der Vorhang gefallen und die Stürme entfesselt waren, sank der Maestro erregt auf die Bank im Fond der Loge. War das seine Musik gewesen? Die ganze Darstellung des Aktes atmete das Wesen Margheritas. Und wie jung, wie namenlos jung war diese Frau, die aus einem Stück, das er selbst für vergilbt und abgelebt hielt, solche Empfindungstiefen wecken konnte.

In trubelnder Ferne sah er den erhellten Zuschauerraum vor sich. Er erkannte in der Loge gegenüber den Marchese Gritti, dessen Schädel alle Lichter spiegelte. Ohne eine Bewegung saß der Hundertjährige im starren Frack an der Brüstung. Wohl zwang ihn die fixe Idee, allabendlich in die Oper zu gehn. Saß er aber dann in seiner Loge, so genoß er nichts als das goldene Summen des Hauses, einen angenehmen Regen von farbigen Flecken, die vor ihm wie Blüten niederschneiten.

Die Musik erreichte nur mehr ganz undeutlich sein Ohr wie ein mit Orgelklang vermischter Volkslärm oder wie Rasseln von vielen Fuhrwerken, auf denen Leute sitzen, die den Dudelsack blasen. Nur dann und wann hörte der geübte Kenner aus dem einförmigen Geräusch die Stimme des Sängers, eines Sängers vom Jahre 1883, mit der ein Habitué, der schon von Tamburini behaupten mußte, er sei ein Abstieg der Gesangskunst, gewiß nicht zufrieden war. Das Stück selbst konnte Gritti überhaupt nicht mehr verfolgen. Er faßte keinen Vorgang, keine Bewegung. All die Opern, von denen er die meisten fünfhundert- bis tausendmal gesehen hatte, waren spurlos vergessen. Der Diplomat, der ein gutes Physiognomiengedächtnis noch heute besaß, wird wohl niemals einen besonderen Scharfsinn im Erfassen eines Opernlibrettos entwickelt haben.

Das Gehirn des Marchese beschäftigte sich lebhaft mit einer wichtigeren Frage. Er erwog nämlich, ob der heutige Opernbesuch in seiner Registratur mit Numero 29437 oder Numero 29438 zu bezeichnen sei. Er hätte nur mit seinem Elfenbeinstock einigemal auf den Boden pochen müssen, der alte François, der allabendlich vor der Logentür auf seinem Stuhl schlief, wäre aufgesprungen, tiefgeduckt eingetreten, und hätte ihn von seinen Zweifeln befreit. Aber das Erscheinen eines livrierten Bedienten im Vordergrund einer Loge war wider den Brauch und nur nach Beschluß der Vorstellung zulässig, wenn Opernglas, Bonbonniere, ein vergessener Handschuh der Herrschaft nachgetragen werden mußten. Dies war die unumstößliche Meinung Andrea Geminiano Marchese Grittis, des Hundertundfünfjährigen.

Vor der Ausgangstür zum Büfett stand eine weit zeitgemäßere Gruppe von Kritikern. Betont gleichgültig, machten sie den Eindruck von Gelangweilten, die nicht wissen, wovon sie reden sollen, da die Audition einer Oper zwar Berufslast, aber kein würdiger Gegenstand des Gespräches ist. Mit müdem Blick sah einer von ihnen, der sehr wulstige Lippen hatte, den hübschen Füßen einer Dame nach. Aber in diesem Augenblick zu überlegen, um auch nur geil zu werden, wandte er sich wieder den anderen zu, deren Mienen der Laienwelt zuriefen: „Wir lassen uns durch nichts imponieren. Wir kennen den Schwindel. Längst sind wir darüber hinaus, Eindrücke zu empfangen. Wir berichten und urteilen nur über den Wert der Eindrücke, die das Publikum hat." Ein junger Kritiker, der im Grunde hingerissen war, schämte sich sogleich, als er seine Kollegen sah, und entlastete seine Spannung durch einen boshaften Witz.

Als der dritte Akt begann, saß der Maestro, noch immer benommen, mit aufgestütztem Haupt auf seiner Bank. Der Dirigent taktierte ohne Lust. Da die Dezorzi in diesem Akt nicht auftrat, war das Werk entzaubert. Das Präludium der Tenorarie, ein Stück mit einer hübschen Klarinetten-Melodie, die aber allzusehr im Virtuosenhaften verläuft, verletzte Verdi. Sein schlechtes Gewissen begann zu schlagen. Er erhob sich, um die Loge zu verlassen.

Da ging die Tür auf. Eine schmale Figur schlüpfte herein. Vor dem Maestro stand Margherita Dezorzi. Sie hatte über ihr schwarzes Männerkostüm einen hellen pelzbesetzten Abendmantel getan. Ihr Gesicht zeigte keine Spur von Bühnenschminke, nicht einmal Augenbrauen und Lippen waren mit dem Stift nachgezogen. In deutlicher Angsterregung brannten ihre Augen. Sie konnte ja nicht wissen, wie der Maestro, der den Ruf eines unnahbaren Mannes besaß, ihre Kühnheit aufnehmen würde. Sie schloß die Tür leise und verneigte sich in der Art eines Mannes sehr tief:

„Maestro Giuseppe Verdi! Verzeihen Sie einer, die Sie bewundernd liebt, diese Keckheit! Ich habe Ihr berühmtes Antlitz erkannt. Kaum konnte ich weitersingen. Ich weiß, was sich gebührt, und werde gegen alle und jeden schweigen."

Der Maestro stand starr und fand kein Wort. Das Halbdunkel nahm von den Zügen der Dezorzi alles Grobe und Energische. Das ätherische Mädchen, die

Einsiedlerin seiner Oper stand vor ihm. Die Sängerin spürte sogleich die Weichheit des sie umfangenden Blickes. Das gab ihr Mut. Sie faßte die Hand Verdis und drückte sie mit einer raschen Bewegung gegen ihre Brust. Plötzlich sehr verlegen, sagte der Maestro: „Oh, mein Fräulein Dezorzi", und erwiderte den Druck der verfeinerten Hand mit seinen wuchtig-fruchtbaren Fingern. Das Talent der Sängerin fühlte sogleich die schöne Seltenheit der Szene, die hier darzustellen war. Wie immer ergriff das Spiel vor allem dieses merkwürdige Geschöpf. Dazu kam noch die wirkliche Verehrung, die sie für Verdi hegte, und die ihren Worten Echtheit gab:

„Endlich darf ich, was ich mir schon als Kind gewünscht habe, mich an Ihrem schönen, gütigen Gesicht satt sehn! Was alles, oh Maestro Verdi, hat eine arme Sängerin Ihnen zu danken! Keinem Meister der Vergangenheit und der Zukunft so viel wie Ihnen. In diesem Augenblick erfüllt sich eine Sehnsucht meines Lebens und ich Törin finde keine Worte ..."

Margherita erschrak. Sie zog den Abendmantel, der aufgegangen war und ihre Gestalt hatte sehen lassen, fest an sich. War es der Name Margherita, war es eine wirkliche Ähnlichkeit, war es die Jugend, der Maestro entdeckte plötzlich in dem undeutlichen Frauengesicht vor sich ein anderes, längst verschollenes Gesicht. Nur einen Augenblick lang zog diese Erinnerung vorüber, aber sie verwirrte und rührte ihn. Mit leiser Stimme, noch immer verlegen und fast widerstrebend, wie immer, wenn er eine Empfindung preisgab, sagte er:

„Weniger als Sie mir, habe ich Ihnen heute zu danken, Fräulein Dezorzi. Eine solche Leistung wie die Ihre hätte ich gar nicht für möglich gehalten. Sie werden einen großen Weg machen."

Stolz und fest sah Margherita den Maestro an:

„Ich weiß, daß Giuseppe Verdi keine konventionellen Worte spricht und kein Lob spendet, das er nicht erwogen hat!"

Unter dem das Dunkel durchdringenden Blick des Maestro, der immer wärmer auf ihr ruhte, wurde die Dezorzi schöner. Sie hatte einen herrlichen Spiegel gefunden und genoß sich selbst. Ihr Herz klopfte. Die wohltönende Stimme traf ihr gieriges Ohr:

„Nach diesem Akt weiß ich keine Künstlerin, die Ihnen gleichzusetzen wäre. Ihre Stimme ist von Natur gar nicht groß. Aber wie Sie jede Schwebung Ihrem

Willen unterwerfen, das ist eine unglaubliche Kunst, die keiner der heute berühmten Sterne beherrscht."

„Ich habe, Maestro, nur eine Begierde, die Werke Verdis, die nicht im Sinne Verdis überall gespielt werden, zu singen und so zu zeigen ... Dies aber ist wohl vermessen von mir!"

Das Taktgefühl des Maestro hinderte ihn, jetzt der Sängerin irgendwelche Förderung in Aussicht zu stellen. Margherita, die ehrgeizig und praktisch fühlte, war über das Schweigen enttäuscht. Dennoch fing sie von einem heiklen Thema an:

„Man erzählt sich, daß ein neues Werk die Welt in Bewegung setzen wird. „König Lear" oder gar „Otello". Welch eine Bereicherung wäre das für uns ausgehungerte Sänger!"

Die Dezorzi verfolgte ihren Zweck. Der Maestro aber schnitt schnell ab:

„Nein, nein! Ich bin alt. Ich werde nichts mehr schreiben. All diese Gerüchte sind Unsinn."

Ein begeisterter Schein zog über das Gesicht der Sängerin:

„Giuseppe Verdi ist nicht alt, er ist unsterblich. Ich kenne seine Jahre nicht. Aber wie ein blühender Vater steht er vor mir."

Das Wort gefiel ihr. Sie wiederholte:

„Wie ein blühender Vater."

Die Musik schilderte jetzt überlaut mit Chorgesang und Posaunen eine Schlacht. Die schwarzen Augen der Dezorzi strahlten heller mit dem wachsenden Lärm, der nun jedes Wort verschluckt hätte. Der Maestro konnte die Verwirrung nicht bezwingen. „Aber ich bin alt, ich bin alt", dröhnte es in seinem Kopf zum Rhythmus der fernen Schlacht. Margherita trat näher heran:

„Ich bin nicht hierhergekommen aus Eitelkeit oder aus Ehrgeiz. Ich will Sie, Maestro, um nichts bitten. Ich will keinen Brief, keine Empfehlung! Vergessen Sie mich! Ich will etwas anderes."

Die Musik beruhigte sich. Margherita Dezorzi näherte ihre glimmende Stirn dem Gesicht des Maestro. Ganz einfach und mit einem Klang von Demut flüsterte sie:

„Giuseppe Verdi, mein Vater, küsset mich!"

Die duftende Sphäre des Mädchens umschloß den Maestro. Der Weihekuß, den Margherita heischte, war im Theaterleben nichts Ungewöhnliches.

Aber auch diese Geste verlor im Wunsch der Dezorzi alles Gewöhnliche, Theatralische, bekam eine schönere Bedeutung.

Der Maestro drückte leicht seine Lippen auf die Stirn des Mädchens. Margherita aber hob ihr Gesicht und näherte ihren Mund den Lippen des Mannes, der von kurzem Rausch überwunden, die Sängerin an sich preßte und einen wilden Kuß empfing.

Bei der eisernen Tür, die zur Bühne führt, wartete, blaß vor Erregung und Zorn, Italo. Diese vier Tage der Gleichgültigkeit, da die Margherita der Karnevalsnacht nicht mehr zu finden war, hatten ihm die Eifersucht, die er an Bianca so sehr fürchtete, beigebracht.

Heute ist nicht morgen. Morgen ist nicht heute. Schatten haben kein Gedächtnis.

Immer wieder fiel ihm dieses delphische Orakel der Sängerin ein. Eurydice hatte ihm gehört, nicht Margherita.

Jetzt dachte sie nicht im geringsten daran, dem jungen Menschen Rede zu stehn. Italos Aufgabe war erfüllt. Sie hatte den Maestro Giuseppe Verdi gesprochen. Sentimentalität war nicht ihre Sache. Sie liebte den überraschenden, verletzenden Bruch.

Italo verwehrte ihr den Eintritt. Sie straffte den Abendmantel und sagte sehr gelassen:

„Geben Sie mir den Weg frei! Sie sehen, ich bin im Kostüm. Versuchen Sie es nicht, mich wieder zu langweilen!“

Regungslos, nachdem sie fort war, stand Italo auf derselben Steile. Emphatisch dröhnte die Musik hinter dicken Wänden und Türen.

Eiseskälte kreiste in seinem Blut, die Stirn war naß, jedes einzelne Haar stach ihn wie eine Nadel.

Der Karneval war zu Ende. Allzuviel hatte er auf diese Karte gesetzt. Wüst pochte sein Hirn. Die betrogenen Sinne weinten und sehnten sich.

Keine Hoffnung, kein Vergessen, kein keuchender Rausch konnte mehr die Wahrheit wegschwemmen.

Wie ein schwerer toter Leib fiel es von der Decke des Korridors auf ihn herab und wollte seinen Rücken brechen: Die Lüge, der Verrat, der Betrug an Bianca.

Als eine Viertelstunde später die Leute einen schlanken Herrn in wilden Sprüngen durch die Gassen rennen sahen, schüttelten sie den Kopf.

Betäubt von dem Kuß Margherita Dezorzis, stand der Maestro, während seine eigene Musik dahinjagte, in der Loge. Sein unverbrauchtes, aus langem Schlaf gewecktes Blut war nicht zu beruhigen. Es war eine Sehnsucht nach diesem wunderbaren Mädchen in ihm, die er kaum bändigen konnte. Aber mit unbeugsamer Härte, sich selber immer wieder einen alten Narren scheltend, verbot er sich diese Sehnsucht. Obgleich seine bebenden Nerven darum bettelten, den letzten Akt, der Leonore geweiht war, erleben zu dürfen, schlug er sich diesen Wunsch ab.

Er verließ noch während des dritten Aktes das Theater.

Ein grenzenloses Mißbehagen war die Folge der Entsagung.

VI

Als der Maestro daheim im Hotel angekommen war, brach ein starker Nachtregen los, der gleichmäßig an die Fenster schlug. Keine Stimme der Natur ist so unmenschlich und trägherzig wie die Stimme des Regens. Sie steigerte die Schwermut des Einsamen.

Er hatte, so meinte er, eine süße Entzückung, ein Glück, von dem er allerdings keine Vorstellung trug, dahinfahren lassen. In seinen Gliedern spürte er immer noch die schmiegende Rundheit der Umarmung, auf seinem Munde den Kuß des herrlichen Mädchens. Narrheit war der Rausch, die zehrende Sehnsucht dieser Sekunden gewesen. Dies geziemte sich nicht für ihn.

Das Abenteuer im Leben, der trunkene Zufall, die schicksalsvolle Zukunft, die aus dem Keim eines Kusses wachsen mag, dies galt nicht mehr für ihn, besser, hatte nie gegolten. Sein Leben war das eines Köhlers, das eines Bergmanns gewesen. Fürs Leben gab es keinen Raum in diesem Leben. Ohne rechts und links zu sehn, ohne mehr zu begehren als Recht und Bequemlichkeit zur Arbeit, hatte er niemals sich dem Tage preisgegeben. Kein Augenblick durfte ihn je auf leichter Welle tragen.

Vom Essen, aus lachender Runde, vom Spiel, vom Gespräch, von der Lektüre, immer berief ihn der harte, unzufriedene, ewig mahnende Geist ab: Zur Arbeit!

Und diese Arbeit von fünf Jahrzehnten, von siebzehntausendachthundert Tagen oder Nächten, wie er es ausgerechnet hatte, nur in allerseltensten Momenten war sie Freude und Befriedigung gewesen, allzumeist aber Pein, Rauferei, Willensüberspannung bis zu Schweißausbrüchen und Ohnmachtsgefühl.

Was wollte dieser Teufel gerade in ihm, der so wenig mit Wissen ausgerüstet war, dieser Satan des Vollkommenheitstriebes? Hatte er während fünfzig Jahren auch nur eine Stunde ruhig genossen, friedlich in den Himmel geschaut? Ja, hatte ihn dieser Geist der Verdammung, wenn die Musik bei Seite gelegt war, nicht gezwungen, sich mit anderen schweren Dingen zu befassen: Mit Verbesserung des Straßenbaus, Hebung der Landwirtschaft, Gründung von Meiereien und Pferdegestüten, alles Dinge, die er nur zum Exempel errichtete, die keinen Gewinn, aber Sorge, Unmut, Arbeitslast brachten. Jetzt allerdings war der erzwungene Abschied fällig und er entlassen.

Der Maestro dachte an eine Beschreibung von Schiffsheizern, die er einmal gelesen hatte. In der Abendstunde kommen die ausgezehrt-glühenden, mit rußigem Schweiß überteerten Gestalten auf Deck und fallen wie tot in irgendeinen Winkel.

Wird er selbst die Inhaltslosigkeit, die kalte Luft seiner späten Stunde ertragen können?

Und wozu der Frondienst eines ganzen Lebens? Brauchen die Menschen Kunst? Ohne Zögern gab er sich selbst Antwort: Die heutigen Völker brauchen nicht im mindesten irgendeine höhere Kunst. Soweit es eine solche gibt, ist sie müßiges Spiel der lebensunfähigen Absprengsel gewisser wohlgesättigter Schichten. Diese ganze Kunst ist, wie so vieles andere, eine weitergepäppelte Pietätslüge. Die Musik Fischböcks zeigt das traurige Paradox im ganzen Umfang.

Der Maestro fragte weiter: „Würde sich auch nur das Geringste im Getriebe der Zeit ändern, wenn es nicht ein Werk von mir gäbe?“

„Nichts würde sich ändern!“

Also die furchtbare Spannung seines Lebens war Wahn. Er hatte, so folgerte er fort, um nichts als um des Ruhmes willen gearbeitet, sein Talent unablässig gedehnt und gesteigert, gelitten und gekämpft, nur aus dem vernichtenden Hochmut heraus, alle Menschen zu übertreffen und ein Gott zu sein. Ja, um ein Gott zu sein, der größte aller Götter, hatte er allen menschlichen Interessen und Begierden bis auf einen kleinen Rest von Rechtsverfechtung und Wohlergehens-Bedürfnis für immer entsagt. Um geliebt, um angebetet zu werden, um ohne Nebengott, um unsterblich zu sein.

Der Maestro begann jetzt mit einer bösen Wollust den Irrtum menschlicher Unsterblichkeit zu zerpflücken:

Er selbst war am Anfang dieses Jahrhunderts geboren, sein Vater zu Ende des vorigen, sein Großvater in der Mitte desselben. Drei Generationen, die einander persönlich berührt hatten. Wieviel Werke denn lebten noch, die um das Jahr 1750 entstanden waren? Die Finger einer Hand reichten aus, sie zu zählen. Er selbst, der Fachmann, hatte im Büstenmausoleum Grittis von allen Größen des beginnenden und mittleren Settecento außer Pergolesi und Piccini nur noch Jomelli dem Namen nach gekannt.

Und die ewigen Größen?

Zu Shakespeare, der, wenn man ganz, ganz aufrichtig sein wollte, zur Hälfte schon unverständlich und schwer erträglich war, führte die lächerlich kleine Brücke von etwa acht Generationen. Und der mythische Ausgang aller Kunst, Homer? Sollte er je gelebt haben, trennten uns nur neunzig Menschenalter von ihm, ein Zeitraum, den jeder bessere Fixstern braucht, sein Licht zur Erde hinabzuschnellen.

Aber das weitere Universum mußte gar nicht ins Kalkül gezogen werden.

Der Maestro hatte vor einiger Zeit in einer Revue den Aufsatz eines Geologen gelesen, der behauptete, die Erdkugel stehe am Beginn einer neuen Vergletscherungs- oder Diluvialepoche. In der nächsten Minute der kosmischen Zeit also wird diese ganze aufbegehrende Kultur mit ihren Druckerpressen, Laboratorien, Treibriemen, elektrischen Anlagen, Orchesterpomp, Nonenakkorden (welch ein Fortschritt!) unter dem feindlichen Eis begraben sein, damit in der übernächsten Äonenminute nach ungeheurer Mühe ein gerettetes Protoplasma die Genieentwicklung zum Schachtelhalm vollbringt. Oh Wort des uralten Dichters: „Nichts ist gewiß als der Tod." Mit Todesschmerz müssen wir die Größenwahnvorstellung des Ichs bezahlen.

„Und ist es nicht gerecht so? Ist diese ewige Arbeit nicht eine Beleidigung des Himmels? Zum Fluch, zur Strafe hat er sie uns geschickt. Wahrhaftig, sie ist die Frucht des Sündenfalls: Unruhe und Ungenügen."

Sein Leben schien ihm verfehlt, da er es einem ehrgeizigen Wahn geopfert hatte: Der Gipfel aller Vollkommenheit zu sein, keinen neben sich zu dulden!

Doch dieses Streben hatte nicht zum Sieg geführt. Höhnisch von allen Seiten rief es ihm zu: „Du bist nichts als ein Eklektiker der alten Formen. Vollkommen original, groß ist ein anderer und nicht du!"

Jetzt, wo auch die letzte Hoffnung seines Ehrgeizes geschwunden war, jetzt mußte er enttäuscht, zermürbt, verbraucht wie jene Heizer in seines Abends Mußezeit zusammenstürzen. Mit raffiniertem Sarkasmus hatte das Leben ihm heute den brennenden Abschiedskuß gegeben. Margherita Dezorzi. Dem Tod fiel es nun zu, die Sache zu erledigen.

Mit der Schadenfreude eines Verurteilten, der merkt, daß er nicht allein, sondern im Verein mit vielen anderen zum Richtplatz geführt wird, sah der Maestro die Vision eines Zuges von Menschen vor sich, die ihm bekannt waren, und die er doch nicht kannte. Sie schienen alle jung zu sein und trugen wasserköpfige Denkerstimmen über wehleidigen Milchgesichtern. Waren es die Jungen, die von ähnlich idiotischem Ehrgeiz besessen, haßverzerrt gegeneinander, immer neue Akkordarten, immer schreckhaftere Modulationen, immer feinere Wendungen ertüftelten, als ob es von Wichtigkeit wäre, sich gegenseitig zu übertrumpfen?

Ganz unwillkürlich sah sich jetzt der Maestro nach der „Lear"-Mappe um. Es war fast eine gierige Bewegung. Schwer trat wieder der Entschluß des Verzichts ins Bewußtsein, der geheiligt und beschworen war.

Seit seiner Jugend pflegte er, wenn er einen Ort verließ, einen Aufenthalt abbrach, seinen ganzen Körper zu waschen. Dieser Gewohnheit folgte er auch jetzt, zumal die Haut ihn seltsam brannte und er ein Bedürfnis nach kaltem Wasser trotz der noch winterlichen Jahreszeit verspürte.

Nachher überprickelte ihn erregte Frische. In einem weiten Schlafrock begann er seinen kreisenden Zimmerspaziergang. Der Standspiegel, der ihm die ganze Zeit nicht recht zu Bewußtsein gekommen war, lockte plötzlich. Er besah sich. Tiefe Verwunderung darüber, daß dieser Graubart der Mensch ist, der Giuseppe Verdi heißt, überfiel den Maestro.

Es schien ihm, als ob sein Bild zwei Wesen umschließe. Das eine hatte die Mutter geboren und geliebt. Mit dem zwei Monate alten Beppo war sie auf den Glockenturm von Roncole geflüchtet und hatte so das geweissagte Kind vor dem bethlehemitischen Kindermord gerettet, den im Jahre 1814 die russische Soldateska bei der Verfolgung des französischen Heeres in der Landschaft von Busseto anrichtete.

Dies war der traurige Knabe, der leicht über alles weinen konnte, der dem Bagasset nachschlich und seiner verstimmten Geige, der nicht begriff, warum die andern Kinder höhnten: Bagasset, Bagasset!

Dies war der linkische Bursche, trotzig, schüchtern, hart und weich, der Mesner, welcher wegen der Schmach einer Ohrfeige, die ihm ein viehischer Pfarrer bei der Messe versetzte, drei Wochen lang fiebernd darniederlag. Er hatte ja nur das Zeichen der heiligen Handreichung verpaßt, weil er die Orgel hörte.

Dies war der junge Organist, Schüler des braven Provesi, Schützling des breitspurigen Provinzkaufmannes und Musiknarren Barezzi. Ja, sie alle hatten ihn geliebt und er sie: Barezzi, sein Opernlehrer Lavigna, der mit ihm allabendlich den „Don Juan" analysierte, Margherita, die Mutter des kleinen Icilio, und die tausend Schatten der alten Zeit.

Und dies war auch der Mann, der, ohne zu wissen wie, ein solches Fältchengesicht bekommen hatte.

Peppina liebte ihn und er liebte sie gleichfalls, und Freunden war er Freund, der Maffei, Arrivabene, Luccardi, dem Senator, dem guten Muzio, der für ihn reiste, dirigierte, kämpfte. Und die Nation liebte ihn, wie es bei festlichen Anlässen in der Zeitung stand, und er liebte sie auch ...

Aber dieser sieggekrönte Mensch war der Maestro nicht ganz, ebensowenig wie er ganz das andere Wesen war, das keinen liebte und von keinem geliebt wurde, das glatt, gleichgültig und unfaßbar, der Welt keine Angriffsfläche bot, ein guter oder böser Engel, dessen weitschweifendes Auge woandershin gerichtet ist als auf das Leben der Menschen. Der Maestro erkannte diesen ungerührten Engel in seinem Bild, das Wesen, welches ihn in Wahrheit der Welt entfremdet hatte.

Im Schloß der Lade, die den Klavierauszug des „Tristan" bewahrte, stak der Schlüssel. Mit einer merkwürdigen Empfindung in den Fingern zog Verdi den roten Band hervor. Jetzt brauchte er ja nicht mehr zu fürchten, einem fremden Zauber zu verfallen, in dessen Netz die Welt ihn schon lange sah. Das Ziel war überschritten. Die Gefahr, sich zu verlieren, gab es nicht mehr, da er die Feder endgültig fortgeworfen hatte. Dennoch mußte der Maestro einen tiefen Widerstand überwinden, ehe er das Buch aufschlug.

Was für Schreck hielten diese Seiten gefangen, welche Heraklestat, die auch noch den schwachen Rest des Selbstbewußtseins, das ihm geblieben war, zerstören würde!?

Verdi kannte bis zu diesem Tage von den Wagnerschen Werken wirklich nur die früheren Opern einschließlich „Lohengrin“, einige Stellen aus der „Walküre“ und die Musik des Gralsritteraufzugs, die ihm Boito auswendig vorgespielt hatte. Allen Angriffen gegenüber, die ihn in Abhängigkeit zu Wagner bringen wollten, fühlte er sich rein, vermied um dieses Gefühles willen auch, sich mit Wagnerschen Klavierauszügen oder gar Partituren zu befassen. Erst im mächtigen Kraftbewußtsein seiner letzten größten Lebenserhebung, als ihm nach Überwindung der Finsternis die eigene Unverrücklichkeit klar ward, ließ er sich sämtliche Werke des Deutschen, auch seine prosaischen, zusenden. Sie standen bis zum Tode des Maestro auf dem Bücherbrett im Schlafzimmer von Sant Agata.

Jetzt freilich zögerten seine Hände, in denen ein Zauberbuch, das er sich selber verboten hatte, immer schwerer wurde. „Tristan“ galt als das Unerahnte, Nieversuchte auch in Italien, selbst unter seinen Freunden, deren Urteil er hochschätzte. Boito (er wußte es genau) vermied es aus Respekt und Mitleid für ihn, den Maestro, in seiner Gegenwart von „Tristan“ zu sprechen. Verdi glaubte, es würden sich hier keine Noten auf den gewohnten Zeilen zeigen, sondern geheiligte Hieroglyphen, die allein dem Niemalsdagewesenen geziemten.

So war denn sein erster Eindruck eine glückliche Enttäuschung. Er hatte das Duett des zweiten Aktes aufgeblättert und fand eine Musik, die für sein Auge Musik war und keine phantastische Demütigung. Siehe da, der Sopran übernimmt die Melodie des Tenors. Die Stimmen folgen einander. Nichts Unbekanntes. Dazu schreitet die Begleitung gleichförmig unregelmäßig fort. Nichts Unbekanntes.

Der Maestro konnte ein Lächeln nicht unterdrücken. Natürlich wußte er, daß ein flüchtiger Blick das Geheimnis dieses Werkes nicht enträtseln durfte. Was tut's? Statt vernichtender Feindschaft wehte Beruhigung her. Langsam wandte er das Blatt um:

Nur die Geschlossenheit der Nummer zeigte sich nirgends. Aber das konnte ihn nicht verwirren, da er selbst ja nicht aus Konvention, sondern aus bewußtem Trotz und Willen, den Italianismus zu wahren, noch in der „Aida" die geschlossene Nummer zur dramatischen Formel erhoben hatte. Aber selbst Wagner, der Rebell, schien im heimlichsten Herzen Untertan der großen Fürstin „Oper" zu sein. Denn hundertmal, wenn auch nicht im Gesang, so doch im Orchester, tauchte die regelrechte Arie auf, wurde ihrer bewußt, begann sich zu schämen, und wie jemand, der im letzten Augenblick, um sich nicht zu verraten, das Wahrwort hinunterschluckt, wich sie dem gemäßen Schlußfall aus und rettete sich erschrocken an dem Grundton vorbei in eine neue Situation.

Der Maestro blätterte ruhig weiter. Wie hatte er diesen roten Band gefürchtet! Und nun glitten seine Finger schon fast unaufmerksam über die Seiten.

Ah, richtige Rezitative mit liegenden Akkorden. Und auch den Mordent hat er noch nicht verlernt ...

Vielleicht umschloß dieses Buch die erhabenste Musik der Welt. Er wollte es gerne glauben. Er war bereit, sie verstehen und erkennen zu lernen, er war bereit, sich vor ihr zu beugen wie vor allem Großen. Das sanfte Lächeln war noch immer nicht verschwunden. Es gibt Eichen und Zypressen. Ach, warum fühlen wir das ungeheure Neben-Einander der Welt immer als ein Gegen-Einander?!

Verdi las längst nicht mehr.

Aufgeschlagen lag der „Tristan" auf seinen Knien.

Nein, als Musiker wenigstens mußte er vor Wagner nicht erröten. Er hatte auf seine Art, unabhängig von dem Deutschen, eine Sprache gefunden, die sein Jahrhundert nicht weniger verleugnete. Doch wie schön, wie musikgedrängt erschien der dichte füllige Satz des Bülowschen Auszugs. Der Maestro hatte sich mit der Handwerksarbeit des getreuen Muzio begnügen müssen, der seine Partituren für die steifen Finger des singenden und klavierhämmernden Volkes auszog, ängstlich bemüht, daß ja nur nicht zuviel Noten die Singstimme störten. Ein dürres Skelett seiner Opern waren diese Klavierauszüge, während Bülows „Tristan" überwältigende Pianofortemusik geworden zu sein schien.

Der Maestro hatte geglaubt, in dem durch eine unbekannte Hand eingeschmuggelten Geschenk sein Todesurteil zu finden. Soweit aber das Auge den Klang einem schlechten Leser vermittelte, konnte diese Musik (wenn auch mit nichts zu vergleichen, wer konnte es übrigens wissen, – wenn auch höher und zukunftsweisender als die seine) nein, sie konnte sein eigenes Werk nicht aufheben und ungeschehn machen.

Wagner hatte die „Aida“ verhöhnt.

(Sollte er wirklich glauben, daß die Handbewegung des Deutschen auf der Piazza Hohn bedeutet hatte?)

Gleichviel! Der namenlose Spender wird sein unerwünschtes Geschenk nicht zurück erhalten. Der „Tristan“ kommt mit nach Genua. Der Maestro wußte genau, daß er nicht der Mann sei, diese Musik mit den Augen aufzunehmen. Doch ebenso sicher wußte er jetzt, daß es nicht Wagners Musik gewesen, die Verdi vernichtet hatte.

Er legte den Klavierauszug zur Seite. Keine Spur von Rachsucht gegen Richard Wagners Namen lebte in seinem Herzen. Was er schon seit langem immer wieder geahnt hatte, diese Musik zeigte es ihm klar. Trotz allem Gegensatz: Wenn einer von allen Künstlern sein Bruder war, so er! Nun mochte wohl der Deutsche in seinem Palazzo am großen Abendtisch sitzen, von Freunden umgeben, oder, ehrfürchtig gegrüßt, zur Ruhe aufbrechen. Kein Held war von Gläubigen so angebetet wie er, während der Maestro des Risorgimento in dieser italienischen Stadt, in einem Hotelzimmer, einsam, und wenn auch nur geflissentlich anonym, in vielen schmerzlichen Abendstunden mit seinen Taten für ewig abgeschlossen hatte. Und das – trotz allen Vernunftschlüssen konnte er nicht anders fühlen – auf halbem Wege!

Da geschah es, daß Giuseppe Verdi zur Stunde ein ebenso warmes wie unbegründetes Mitgefühl, ja gewissermaßen ein unbestimmbares Mitleid mit Richard Wagner nicht überwinden konnte.

VII

Gegen Morgen erwachte der Maestro aus dem Schlaf, ohne ganz zu sich kommen zu können. Ein schwerer Zustand von Bedrückung lag hinter ihm, von dem er nicht wußte, ob er Traum gewesen sei, doch ahnte er, daß Margherita Dezorzi vor seiner Phantasie erschienen sein mußte und ihm ein Leid zugefügt hatte. Seltsam spürte der Halberwachte seinen Körper lasten, er spürte, je mehr er zu sich kam, daß seine Beine kalt und gelähmt waren, daß eine Erstarrung ihn ergriff, daß er plötzlich kein Glied mehr rühren konnte und von untenher mit der kreisenden Blutwelle eine eisige Macht emporstieg. In endlosen Pausen versiegend und unregelmäßig, tropften die Pulsschläge. Zum Herzen schob es sich langsam, das Furchtbare. Der schwere, ans Bett geschraubte Kopf schien zu wachsen, das Hirn machte einen ohnmächtigen Versuch, sich zu ermannen, aber es hatte zu keiner anderen Erkenntnis mehr Kraft als zu der einen:

„Dies ist der Augenblick des Todes!"

In der Grelle dieses Blitzes jagte der Gedankenschwarm. Zuerst:

„Es ist sehr peinlich, hier in diesem Hotelbett zu sterben! ... Fast ein Skandal! ... Man wird mich finden! ... Den Leichnam feiern! ... Ekelhaft!"

Dann:

„Peppina! ... Sie wird hieherfahren! ... Ach, es ist gewiß der Tod! ... Ein Herzschlag! ... Ich habe nicht geglaubt, daß es so schnell kommen muß! ... Ich bin gesund gewesen! ... Aber warum bin ich hiehergefahren!"

Immer sicherer nahte dem Herzen das eisige Streben. Das aufgestörte Blut kreiste durchs Hirn:

„Gut! ... Ich habe nichts dagegen! ... Mir ist sehr übel! ... Aber es wird ja nur ein Augenblick sein! ... Mein Herz klopft nicht mehr! ... Hilf mir, oh mein Gott! ... Es ist gut! ... Ich habe nichts zu verlieren! ... Vielleicht könnte man mich retten! ... Carvagno! ... Nein, nein! ... Der Hundertjährige überlebt mich! ... Aufrecht sitzt er im Theater! ... Wagner überlebt mich! ... Der Tod ist ein Rauschen!"

Das Gefühl des Körpers war verloren. Zuckend, in langen Abständen, krampfte das Herz wie eine Faust sich zusammen. Der Tod hatte schon das Zwerchfell erobert:

„Es ist ja nicht so furchtbar! ... Warum fürchten sich die Menschen!? ... Ah, ah, jetzt kommt es! ... Ewiger Gott! ... Es ist furchtbar, furchtbar! ... Ich will nicht! ... Muß aber wollen, dann wird es nicht so entsetzlich sein! ... Schmachvolle Jahre! ... Warum nicht wollen?! ... Aber etwas noch ... Ich habe es versäumt! ... Den Besuch!"

Windstöße flatterten durchs Bewußtsein:

„Ich sterbe! ... Vergebens Venedig! ... Zu spät!"

Die Lähmung berührte das Herz. Der letzte Gedanke des Maestro, bevor ihn die Ohnmacht umfing, war der unterlassene Besuch bei Wagner.

Der Ohnmachtsanfall in dieser Februarnacht war die erste Mahnung an den Tod, die den eisernen Körper befallen hatte, die erste Mahnung seit jenem Nervenanfall auf dem Heimweg von Merelli, den er den „Augenblick“ nannte. Diesmal war es eine körperliche Schwäche, die den Maestro für einige Minuten bewußtlos machte. Eine Krankheitsursache lag nicht vor. In den nächsten zwölf Jahren sollte sich ein ähnlicher Anfall nicht mehr wiederholen.

Er, der niemals schwer krank gewesen war, konnte nichts anderes glauben, als daß es der Tod sei. Das Rauschen dieses Todes wuchs und riß ihn mit sich fort. Durch unterirdische Traumlandschaften peitschte ihn das gepeinigte Leben, das sich wütend verteidigte. Sein Geist faßte nichts. Das Rauschen verstummte nicht. Aber es verwandelte sich und wurde nach und nach ein großer Chorgesang, ein Tedeum laudamus. Auf den Schultern dieses Tedeums (der Gesang war sichtbar, er war eine Wolke) wälzte sich eine ungeheure rote Polarsonne her. Hitze durchlief die erstarrten Glieder. Der Maestro erwachte. Seine harte Natur überwand innerhalb von drei Minuten die Erschöpfung. Er erkannte den Diener Beppo, der vor seinem Bett mit einer Kerze stand. Zeit verging. Schon schlug sein Herz wieder gesund und ruhig. Nur die Finger waren noch kalt und die Schwäche in den Gliedern nicht überwunden. Leise fragte er:

„Beppo! Was gibts?“

„Oh Signor Maestro! Verzeiht mir! Ich habe solche Angst um Euch bekommen! Und dann war es mir, als ob Ihr riefet!“

Das Licht verscheuchte die letzte Spur der Todesanwandlung. Verdi ließ sich ein Glas Kognak von Beppo reichen. Glühend stürzte die Kraft in sein Blut. Er konnte schon lachen:

„Nimm dir auch ein Glas, Beppo, und trink, damit du dich erwärmst. Du zitterst ja! Höre! Wenn du wieder einmal solche Angst bekommst, so komm nur immer!“

Der Diener wollte gehn. Der Maestro befahl noch:

„Morgen abends Abreise! Pack die Koffer! Bring sie zur Zeit auf den Bahnhof! Und schlaf dich aus!“

Beppo ging fröhlich mit seinem Gläschen davon. Der Maestro setzte sich auf. Er hatte zwei Gasflammen anzünden lassen. Genesungslust und eine wunderbare Begeisterung durchstrahlten ihn. Er atmete mächtig, aus der Tiefe seines Lebens.

Im plötzlichen Dankesjubel, daß er nicht gestorben war, daß er lebe, konnte er die Tränen kaum zurückhalten. Was alles hatte er in dieser draußen schwarz flutenden Stadt besiegen müssen: Seine Kunst! Seinen Ehrgeiz! Seine Vergangenheit! Die letzte Betörung durch das Weib! Und jetzt gar den Tod!

Aber mit dem Tode war auch Wagner überwunden. Ohne Trübung mehr dachte er an den Deutschen, der jetzt schlief. Eine Wallung der Freundschaft mischte sich in die Begeisterung dieses Lebens, das neuerquickt und jugendlich im Siegestaumel sich durch die erschreckten Adern ergoß. Die Welt mochte ihn noch so tief unter den Deutschen stellen, sein Geist, der jetzt höhere Wahrheiten wußte und empfand als alle Schreiber zusammen, ließ sich nicht täuschen:

Richard Wagner war sein Kamerad auf der Erde!

Der Entschluß stand fest:

„Morgen gehe ich hin!“

Der Glückszustand dauerte. Das Licht wurde nicht gelöscht. Der Maestro überlegte die Stunde des Besuchs. Dann fiel ihm Fischböck ein. Auch zu ihm wird er gehn, ohne Scheu alles besprechen, ihm oder der Frau das Geld geben! Und dann fort!

Selige Müdigkeit, die solchen Anfällen zu folgen pflegt, trug den Maestro in den Schlaf.

Er schlief, was sonst niemals geschah, bis in den Tag hinein. Der Senator weckte ihn. Der alte Freund schien außer Rand und Band zu sein. Erregt lief er durchs Zimmer. Er zeigte eine freudige und dabei doch wieder bekümmerte Unrast, schluckte mit sichtlicher Mühe gewisse Geheimnisse hinunter und fragte den Maestro immer wieder, auf welche Weise er den heutigen Abend zu verbringen gedenke.

Verdi, der, um Geschenken und Traurigkeiten des Abschieds zu entgehn, insgeheim abreisen wollte, sagte leichthin, er werde am Abend zu Hause sein.

Der Senator wiederholte einige Rufe: „Sehr gut! Ausgezeichnet! Bravo! Das läßt sich machen!“

Zu diesen Versicherungen aber stimmte nicht ganz die sorgenvolle Geste, mit der er sich die weiße Mähne des Freiheitshelden kratzte.

Der Maestro sah fragend den Unverständlichen an. Der aber verabschiedete sich, plötzlich sehr eilig, und verließ höchst verschmitzt den Abgott seines Lebens.

Zehntes Kapitel

Der Ausbruch der Melodie

I

Nach dem Regen der Nacht, dem Nebel der Frühe überwältigte die Sonne den Dunst des Meeres und die Fahlheit der Stadt. Sie schallte plötzlich wild über Plätzen, Gassen, Kanälen, sie schnellte aus den Fenstern des anderen Ufers. Kein Auge vermochte zeitweise die Lagune zu ertragen, die, tänzelnd, das zersplitterte Bild des Lichtes trug.

Heute morgens war Renzo, der jüngere Sohn des Senators und unschuldige Vorwand von Italos treuloser Lüge, in Venedig angekommen. Er hatte seinen Lehrer Labriola nach Padua begleitet, wo dieser einige Tage lang an der Bibliothek der Universität gewisse Studien ergänzen wollte. Renzo benützte den ersten Tag, seine Heimat, Vater und Bruder aufzusuchen.

Den Vater aber fand er nicht zu Hause. Der war, wie der Diener behauptete, schon seit acht Uhr unterwegs. Italo, der erst um neun Uhr früh nach Hause gekommen war, schlief. Dem Studenten blieb nichts anderes übrig, als das Haus zu verlassen, und dem schönen Tage dankbar, die lichtgewandete Stadt zu durchstreifen.

Er kam auf die Piazza. Da reizte ihn, was er seit seinem zehnten Jahr nicht mehr unternommen hatte, die Besteigung des Campanile.

Als er endlich ganz einsam auf der Höhe der Glockengalerie stand, wurde er von dem unbeschreiblichen Bilde des verzückten Umkreises überwältigt, der sich aus der Wirklichkeit zum schwebenden Flor einer Fata Morgana verzaubert hatte. Einzig die Stadt war klarer, fester Leib, eine drachenhafte Tierform mit dichten rötlichen Dächerschuppen, zwischen denen an einigen Stellen metallfunkelnde Warzen und Borsten hervorstachen. Das zusammengerollte Tier der Vorwelt sonnte sich auf einer müden, gleißenden Spiegelfläche, die ohne Widerstand mit Millionen Wollustblicken die Vergewaltigung der Gottheit erduldete. Alle Weite war Weib, und immer kühler, jungfräulicher, je mehr sie zum Horizont zurückwich. Das Meer glich nur geahntem Dunst, einem schon vergehenden Hauch auf der Scheibe! Schwebend und schimmernd schien die Kette der Inseln zu spielen: Lido, Malamocco, Pellestrina. Die nahen Geschwister und Jungen schliefen wie die Mutter: Murano, Burano, Mazzorbo, Torcello. Die sumpfzerfressene Terra ferma dampfte. Die Felder der Ebene goren. Die Strahlen sogen an den Schollen, von denen der Schnee schon so zeitig weggeschmolzen war. Das Fleisch der Mutter duftete leise den frühen Schweißgeruch von Weizen, Mais, Wein und menschlichem Rauch herüber. Nur er war hier oben zu spüren und nicht der tropisch durchdringende Geruch des lastenden Tiers, dieser aufreizende Geruch, aus Öl, Bacht, feuchter Wäsche, Ammoniak, Kot und Fischfäule bereitet. Aus tausend Splittern blitzte auch die Ebene. An der Grenze des Jenseits, an der Scheide des Unsichtbaren, scharf und durchsichtig, von Engelgewölken umschwärmt, verwehrte die Kristalldruse der Alpen dem werdenden Frühling den Weg.

Renzo beugte sich weit über die Brüstung. Das schiefgezogene Rechteck der Piazza, das hockende Kuppelgebild der bunten Basilika, das erregte Gedränge der Häuser, die Inseln, die Lagune, das Meer, alles war so klein, war so nah. Ein menschlicher Schritt vermöchte den ganzen ungeheuren Durchmesser des Horizonts leicht zu überqueren.

Berauschendes Turmgefühl, Schwindel zerfallender Erdenmaße verwirrte den Jüngling. Hinter seiner schlecht vernickelten Brille schloß er die Augen. Er war ein wenig seekrank und böse darüber, daß auch ein volkswirtschaftlich geschultes Hirn solchen Einwirkungen erliegen müsse. Aber die Elemente hatten es auf Rationalisten abgesehen.

Ein Seil knarrte. Ein Gangspill begann zu ächzen, flach und ohne zu tragen schlug ein kupferner Ton an. Und dann brachen die Glocken los, Wahnsinn verbreitend! Die zerschmetterte, durchfetzte Luft heulte schwerverwundet. In trichterförmigen Wirbeln kreiste der Schall.

Renzo hielt entsetzt seinen Hut und verschwand, von Klangfurien gehetzt, durch die Falltür in der Tiefe des Turmes.

Keine Spur hatte das nächtliche Unwohlsein in dem Körper des Maestro zurückgelassen. Eine zarte Feierlichkeit beherrschte ihn, eine Empfindung, die er aus der Kindheit kannte, wenn vor dem Morgenfenster ein tiefblauer ruhevoller Sommersonntag stand.

Er vertauschte seinen täglichen, etwas ländlich zugeschnittenen Anzug gegen einen schwarzen Rock von guter Form, der die schöngebaute, magere und doch breite Erscheinung zur Eleganz hob. Dann ließ er einen Barbier kommen, der sein weiches Haar, das in dichter Locke den Nacken umschloß, ein wenig zurechtschnitt und den Bart stutzte.

Das ästhetische Wohlbehagen, das solchen Verwandlungen folgt, griff tiefer. Der Krampf der letzten Wochen, der Kampf um seine Zukunft, in dem er unterlegen war, die Unsicherheit, die Angst, die Mißempfindung seines Ungenügens, die Demütigung vor dem andern, all dies war mit dem Todesanfall der Nacht gewichen. Hier in Venedig hatte er in unerbittlicher Selbstbegegnung mit sich abgerechnet.

Auf dem Grunde der Feierlichkeit, die jetzt der Maestro empfand, ruhte das wiedergewonnene herrliche Selbstgefühl seiner besten Stunden. Mit einer neuen wunderbaren Objektivität empfand er sich selbst. Er maß sich nicht mehr an einem andern Menschen. Denn nur ein in seiner Form krankes Wesen blickt gierig umher und neidet. Der Wirkliche rüttelt an keiner Rangordnung, denn mag es auch höhere und niedrigere Wesen geben, da er in seiner Art selbst vollkommen ist, nimmt er an der Demokratie der Vollkommenheiten teil und kann niemals erniedrigt werden. Nur diejenigen, die nie zu Hause sein dürfen, müssen die Hierarchie immer wieder zerstören. (Aber auch dies ist eine hohe und notwendige Aufgabe.)

Am Weihnachtsabend, als die Gondel des Maestro neben der Richard Wagners eine Weile über den Kanal glitt, hatte er, um sich zu beruhigen, sich selber zugesprochen:

„Ich bin Verdi und du bist Wagner."

Jetzt, am heutigen Tage erst, waren diese Worte wahr geworden. Jetzt erst fühlte er sich selbst als das, was er war, unzugänglich, unverwundbar von jedem Urteil, jeder Vergleichung.

Mit Wärme dachte er dieses überschwenglichen Gesichts, das nicht genug Möglichkeit hatte, dem Leben, das in ihm pulste, immer wechselnde Gestalt zu geben, und das unter der Ausdrucksbeschränktheit der menschlichen Gebärde stets zu leiden schien. Wie ein Schiffskiel, der ja ein Sinnbild meerbefahrenden

Willens ist, stach das mächtige Kinn vorwärts in die unterjochte Welt. Trotz der Handbewegung, die seine „Aida“ verworfen und die der Maestro vielleicht mißdeutet hatte, war die Erscheinung des Deutschen ihm liebenswert. Wenn er sich das heitere Antlitz vergegenwärtigte, trug es nichts vom lauernden Hochmut des Fanatikers in den Zügen. Die Stimme war schön, fast kindlich offen, ohne Rückhalt und Absichtlichkeit.

Sympathie wuchs zur Freundschaft, zu einer sonderbaren Zärtlichkeit, der ein fast väterliches Bedürfnis beigemischt war, diesen wild sich verschwendenden Menschen zu beschützen.

Ohne irgendwelche Beklemmung mehr, freute sich der Maestro, in einer Stunde vor diesem einzigen Mann stehn zu können. Er phantasierte nicht, er wußte es bestimmt:

Wagner wird ihm die halbe Freitreppe des Palazzo entgegeneilen, seine Hände fassen, glücklich über den ehrenvollen Besuch ihn in den Saal ziehn. Halb französisch, halb italienisch wird er ihn begrüßen, seinem Entzücken Worte verleihen, den vergötterten Künstler der lateinischen Stämme bei sich empfangen zu dürfen. Ein wunderbar tiefes Gespräch entspinnt sich. Er, Verdi, bekennt selbst: „Ich unterschätze nicht meine Leistung. Mit meiner „Aida“ aber, die Ihnen, Richard Wagner, unbekannt ist, sehe ich die Entwicklung der italienischen Oper für abgeschlossen an. Unsere Jugend kehrt sich von der heimischen Tradition ab und geht zu Ihnen und Ihrem Musikdrama über. Gegenwärtig wird das lyrische Melodram im Anschluß an Ihre Theorien mißachtet und verlacht. Sie können es sich denken, daß es in meinem Leben eine Zeit gegeben hat, wo mir diese Verachtung, deren ganze Schwere mich, den Erben unserer nationalen Musik, vor allem traf, nicht gleichgültig gewesen ist. Aber nun bin ich alt genug geworden, über Fragen eines absoluten Kunstwerkes, des Ruhmes und Nachruhms sowie der sogenannten Unsterblichkeit recht heiter zu denken, gewiß nicht anders als Sie, Maestro Richard Wagner! Sehr lange versteht der Mensch weder seinen Körper noch sein Gemüt. Endlich aber kommen wir darauf, welche Speisen uns unzuträglich sind, welche Illusionen wir nicht verdauen können. Ich zum Beispiel habe nach einigen schmerzhaften Versuchen die Illusion verloren, noch einmal von vorne anfangen zu können und eine neue, unabhängige, meiner eigenen Vergangenheit gemäße Form zu erschaffen. Mir bleibt nichts mehr als die letzte Neige des Lebens. – Ich bin zwar kein Kenner Ihres Werkes. Aber die Stimme der Welt, die Stimme der besten Freunde bestätigt es, daß dieses Werk in der Geschichte der Kunst nicht seinesgleichen hat. Rotbäckig und mit jugendlichen Augen sitzen Sie mir gegenüber. Noch viele Siege warten Ihrer. Glauben Sie meinem aufrichtigen Wort! Es lebt kein Mensch, der Ihnen aus vollerem Herzen Glück wünscht. Ich selbst fühle es wie ein Wunder, daß ich jetzt ohne alle Prätentionen leben darf. Und so genieße ich, dankbar wie ein junger Mensch, diese Stunde, die ich bei Ihnen bin ..."

Der Maestro sitzt, während sein Geist diese Rede hält, türzugewandt in einem Lehnstuhl. Er kostet die wunderschöne Vorahnung des Besuches aus. Seine Augen sind von innerer Sammlung geschlossen.

Auf einmal sieht er einen sehr großen Saal mit vielen mächtigen Spitzbogenfenstern. Dies kann Vendramin nicht sein. Und doch an einem dieser hohen Fenster steht Wagner und blickt hinaus in den Himmel oder auf ein Meer. Der Maestro hat gesprochen. Er weiß es. Wagners Gestalt wendet sich langsam ihm zu. Will der andere nun auch reden? Aber er führt nur mit ernster Bewegung die Hand an den schweigenden Mund. Dann geht er wiegend-eigentümlichen Schrittes dem Maestro entgegen. Zwei blaue Feuer nähern sich liebend. Tief taucht Verdis Auge in diese Feuer. Die Blicke verschmelzen.

Aber diese Verschmelzung ist ein unerträgliches Wunder, ein greller Strahl, der die Pupillen, die ihn erzeugen, verbrennt.

Wirr erhebt sich der Maestro von seinem Lehnstuhl. Sonne, ungeheure Sonne durchwallt das Zimmer. Im großen Lichtsturm zittert der Raum. Breit durchs Fenster stößt der unerbittliche Strahl, der draußen die Barken entzündet und die Lagune verzehrt.

Alle Glocken brachen los, als Verdi die Gondel bestieg, um zum Palazzo Vendramin zu fahren. Durch die sonnige Stunde hervorgelockt, begab sich seltsame Ausgelassenheit überall in der Stadt. Die Gassen waren voll, Lieder hörte man allenthalben singen und pfeifen. Nicht selten vernahm der Maestro Weisen aus der „Macht des Schicksals". Die Gondel bog schon beim Canale del Palazzo ein, glitt unter dem Ponte bei Sospiri durch, zog an blinden Palästen vorbei, die ihre zerstörten Augen halb geschlossen hielten, an Gärten, deren Kahlheit nur von Lorbeer und Koniferenfinsternis ein wenig durchgrünt war, fuhr in den Canale Fava ein, dessen Flanken von plappernden Menschenzügen schallten. Hinter dem Rialto empfing sie der Canal Grande, der heute sehr laut war; von vielen Fahrzeugen, den fauchenden Raddampferchen durchschnitten, tanzte er mit kleinen flutübermütigen Wellen. Der Maestro glaubte überall Fahnen unter dem hellen Himmel flattern zu sehn. War wieder ein Fest in der Stadt, heute an diesem ganz gewöhnlichen Dienstag nach Karneval?

Das Feiertagsgefühl wuchs. Nicht anders war er einst den großen Stunden seines Lebens entgegengezogen, dem ersten Konzert der philharmonischen Gesellschaft zu Busseto, das er dirigierte, der Premiere seiner allerersten Oper „Oberto, conte di San Bonifacio“, seinem Debüt an der Opera: „Jerusalem“. Nur viel schöner, reiner, angstloser war seine Bewegung jetzt. Er trug ihm, dem Feinde, dem Verächter, mit dessen Namen der Haß der Welt ihn seit zwanzig Jahren vernichten wollte, er trug Wagner ein Freundschaftsherz entgegen.

Vendramin tauchte auf. Die fünf Doppelfenster in jedem Stockwerk sahen golden in die Stunde. Die beiden mächtigen Rauchfänge stiegen wie kleine Türme in die kaltzitternde Luft. Von Algen und Wassermoos umschlungen, morsch und doch für die Ewigkeit geschaffen, hielten die großen schiefgerammten Pfähle Wache vor der Front dieses Königssitzes. Der Maestro sah, als er den Ruderer bezahlt und die Gondel verlassen hatte, deutlich auf einer vom Wasser überleckten Stufe kleine Krabben, die über die Kante hinauf wollten und immer wieder zurückfielen. Das Portal stand weit offen. Im breiten Vorhaus war kein Mensch zu sehn, auch im Hof nicht. Der Maestro blickte sich um, dann trat er an eine große Glastür und zog die Klingel. Niemand schien zu hören. Die Hand, die den Glockenzug wieder ergriffen hatte, überlegte noch.

Da rannte ein Mann mit wuchtigem Lärm die Haustreppe hinab, riß die Tür auf und wollte, ohne Gruß, ohne Blick, wie von Sinnen an dem Maestro vorbei. Verdi hielt den Menschen fest, dessen Mund wie zu einem Schrei geöffnet war. Er erkannte jenen Türhüter, der vor vielen Tagen einen zylinderschwenkenden Herrn aus der Hoftür der Calle larga Vendramin entlassen und dann mit keckem Blick ihn selbst gemustert hatte. Der Maestro hielt seine Karte in der Hand.

„Ist Herr Wagner zu Hause? Ich bitte, ihm diese Karte zu übergeben.“

Der Türhüter sah lange verständnislos in das Gesicht des Besuchs, dann überwältigte ihn das Furchtbare, dessen Zeuge er vor einigen Minuten gewesen war. Seine Stimme stieß den Schrei aus, den sie zurückgehalten hatte:

„Herr Wagner!? Ah! Ah! Der Herr ist tot. Vor einer Viertelstunde ist der Herr gestorben. Ah! Der gute, gute Herr! Welch ein Elend!“

Das Gesicht des Menschen verzog sich. Er fing zu weinen an. Mit den Tränen aber schwand das Entsetzen, und das Gefühl eigener Wichtigkeit, vermischt mit dem Schwatztrieb des Domestiken, gewann die Oberhand:

„Er ist tot, der gute Herr! Und vor zwei Stunden noch hat er mich gerufen, gescherzt, gelacht der gütige Herr! Und vor ein paar Tagen, nach der Karnevalsnacht ist er mit den andern Herrschaften nach Hause gekommen: Ich öffne das Tor, ich mache meine Verbeugung, aber der gute Herr schaut mich an, mit seinen süßen Augen schaut er mich so ganz traurig an, der arme heilige Engel, legt mir so die Hand hierher auf die Schulter, – ah, ah, – „Caro mio amico, il carnevale se n'è andato!" Ja, das hat er zu mir gesagt, der arme Herr! Mich, mich allein hat er ausgezeichnet! Ah! ..."

Mit rudernden Armen rennt der Mann in den Hof, durchs zweite Tor in die Stadt, die gräßliche Nachricht und seinen Ruhm zu verbreiten.

Die Hoftür bleibt offen. Ruhig verläßt durch diese Tür der Maestro das Haus. Er blickt sich nicht um. Hier ist er schon gegangen. Er sieht eine Kirche vor sich.

II

Der braune kahle Raum dieser Kirche öffnet sich. Der Maestro liebt die Pfaffen nicht. Die Rache für Rom lebt in seinem Blut. Der Klerus scheint ihm Italiens Unglück zu sein. Wenn Peppina und die Dienerschaft sonntags zur Messe gehen, er bleibt zu Hause und wirtschaftet unmutig in den leeren Zimmern.

Jetzt aber in seiner Betäubung, ohne Gedanken, aus einem Fluchttrieb betritt er diese Kirche. Er war ja einst Mesnerbub gewesen und Organist. Auch das lebt in seinem Blut. Schattenhaft schweifen und knicksen einige junge Kleriker um den Altar, auf dem nur wenige Kerzen brennen. Es ist die Zeit der langen Gebete und Litaneien, die das Jahr zur Passionswoche hinüberleiten. Tausend Heilige werden gruppenweise und namentlich angerufen. Dann fällt der Chor mit der liturgischen Melodie ein:

„Ora pro nobis, orate pro nobis!"

Die Stimmen der jungen Kleriker plärren mit jener geübt-heulenden Klanglosigkeit, die seit Urzeiten den Ruf des Priesters kennzeichnet. Der Maestro sieht keine Frommen. Nur die Schatten der Geistlichen huschen. Alle Schritte schlurfen übernatürlich, schleifen das Echo wie Kettengeklirr nach, wenn jemand hustet, donnern die Wände zurück.

Verdi sitzt auf einer Kirchenbank. Noch immer denkt er nicht. Der Raum scheint mit jeder Sekunde lauter zu tosen.

Langsam breitet es sich rings aus:

„Wagner ist tot."

Zuerst ist es wie eine Verlegenheit, als wäre er ungerufen, ungeladen Zeuge von etwas Grausigem, Heiligem, ganz Intimem gewesen. Dann denkt er an die Gondelfahrt, an seine frohe Erwartung, das Feiertagsgefühl, das er die ganze Zeit empfunden hatte. Nun ist er um die holde Begegnung betrogen. Wagner ist tot, in der Stunde gestorben, da er auf dem Wege war, ihn zu suchen. Wie ist das? Dahinter scheint sich ein Geheimnis zu verstecken. Zweimal hat er ihn gesehn. Das drittemal durfte es nicht sein. Warum? Gestern nachts wäre er selbst um ein Haar gestorben. Und heute stirbt Wagner. Hat der Tod zwischen ihnen gewählt, unschlüssig erst den einen berührt und dann sich für den andern entschieden? Wagner ist tot, der Allverehrte, der Angestaunte ist tot! Und die Welt da draußen und die Priester hier, niemand kümmert sich darum. Es scheint eine vollkommen gleichgültige Tatsache zu sein.

Aber es ist doch etwas Ungeheures geschehn. Ihm selbst ist etwas Ungeheures geschehn!

Der Maestro wartet auf den Schmerz, der jetzt kommen muß. Seit zwanzig Jahren leben seine Gedanken täglich mit Richard Wagner. Ein ganz naher Mensch war ihm also gestorben. Er hat ihn niemals gehaßt. Und seit der Begegnung in La Fenice war es ja fast eine Sehnsucht geworden, den Feind endlich zu sprechen.

„Wagner ist tot."

Jetzt muß der Schmerz kommen.

Aber es kommt kein Schmerz. Traurig, gleichgültig krähen die Stimmen Ketten von Heiligennamen und finden sich dann in einem monotonen Rhythmus als Chor zusammen:

> „Ora pro nobis, orate pro nobis!"

Der Maestro möchte das, was jetzt finster, fest, fühlbar in ihm emporwächst, unterdrücken. Er schämt sich. Er erstaunt vor dem Kalt-Unaufhaltsamen. Kein Schmerz, wie ers meint, wie ers will, wie ers hofft, wächst auf, spendet Tränen!

Nein, eine mißfarbene, prickelnde Freude ist es, die wie ein Heer von unendlich kleinen Geschöpfen jeden Muskel seines Gesichts erobert und besetzt. Das Gewissen wehrt sich. Wie scheußlich, wie verrucht ist diese Freude! Aber sie hat mehr Macht als alle Besinnung:

„Wagner ist tot. Ich lebe! Der Kampf hat mich umgebracht. Aber auch er ist gefallen. Er ist mehr besiegt als ich, denn ich lebe und er ist tot!“

Dem Maestro scheint es, als hätte ein jahrzehntelanges Duell, ein täglicher und nächtlicher Zweikampf stattgefunden, und jetzt sei er doch Sieger geblieben, nachdem er sich schon ergeben hatte. Seine Lungen füllen sich mit der schwarzbraunen Luft dieser Siegesfreude. Er denkt das Gleichnis der Quellen wieder:

„Will die eine fließen, muß die andere versiegen.“

Und dann:

„Wagner ist tot.“

Er kann nicht mehr weiterwirken. Vollendet, sichtbar, ohne neues Wachstum liegt das Seinige vor aller Augen.

Der Maestro aber lebt noch. Wer weiß? Er lebt noch, folglich gibt es keine Möglichkeit, die nicht sein wäre! Er fühlt den wilden Blick, den diese Freude aus den dunkeln Eingeweiden am Herzen vorbei in sein Auge pumpt.

Ungerührt, nasal hallt die gleichmäßige Zauberformel der Anrufung.

Wohin sind die Leiden und Überwindungen dieser Tage geschwunden? Ist auch die Resignation noch Lüge? Es gibt keinen Aufstieg. Der Mensch ist ein Zickzack. Alles lebt gleichzeitig in ihm. Keine böse Regung kann getötet werden. Lachend zu seiner Stunde steigt das Schlangenhaupt aus dem Abgrund. Das Ganz-und-gar-Böse, das Viehisch-Gemeine, die Freude über den Tod des Anderen, sie ist nach all den Erkenntnissen der vergangenen Nacht die erste Empfindung, mit welcher der Maestro die befreite Seele Wagners begrüßt.

Aber schon folgt der Ekel. Seine Faust beginnt wütend auf dem Pult zu hämmern.

Die Litanei schert sich nicht um den pochenden Widerhall. Der Augenblick dieser bösen Freude scheint nun dem Maestro der scheußlichste seines Lebens zu sein. Lieber selber tot, als so gemein empfinden können! Ist dies der Mensch??

Zuerst eilt er dem Bruder mit offenen Armen entgegen und dann bejauchzt er seinen Untergang?!

Die Knöchel schlagen sich wund an dem Pult.

Der Grund der Seele, ist er wirklich Schlamm, Pest, Unrat, Verzweiflung, Bosheit? Und darüber ein buntes lächerliches Kartenhaus von Tugenden, Wohltaten, Lehren, Überwindungen? Echt nur der Grund?! Der Bau aber, der Betrug, stürzt er so schnell zusammen?

„Wagner ist tot."

An einem fernen Altar beginnt ein Gottesdienst. Neue Stimmen sind da. Der Maestro besinnt sich des Orts. Sein Gehirn reißt sich von den Einflüssen los, die des Körpers Nerven aufwärts senden. Jetzt ist es ihm, als lebe nur mehr der Kopf und alles andere erstarre und erkalte. Und durch den Kopf irrt ein peinigendes Gelächter:

„So ist der Mensch. Kein Gefühl, kein Gedanke hat Wahrheit. Wir bewegen uns nicht. Wir entwickeln uns nicht. Gestern wäre ich fast gestorben. Vor einer halben Stunde starb Wagner. Er und ich! Warum nehmen wir uns so ernst?"

Die Fuge von schmerzenden Gelächterschwärmen rast planlos durchs Hirn:

„Nichts ist wahr! Wie ist das auszuhalten? Alles auf Erden ist ein furchtbarer, ein trauriger Spaß ..."

Die Litanei, die unter andern Vorgängen des braunen Kirchenraums eine Zeitlang an Kraft verloren hatte, erhebt sich wieder:

„Ora pro nobis, orate pro nobis!"

Und jetzt wird das kreischende Gelächter zu jenem Leiden, das erst nicht hatte kommen wollen:

„Wagner ist tot. Die Begegnung ist tot."

Leute drängten in die Bankreihe. Der Widerhall der Kirche wächst quälend.

Plötzlich schrickt der Maestro zusammen. Er hat ganz deutlich hinter sich den Namen Fischböck gehört. Er dreht sich um und sieht zwei Bäuerinnen, die miteinander tuscheln. All ihre Flüsterworte klingen ähnlich wie: Fischböck. Schnell erhebt sich Verdi und verläßt die Kirche. Was er Wagner schuldig geblieben ist, will er an dem jungen Deutschen gutmachen.

III

In der Nacht hatte es Italo noch einmal versucht, Margherita Dezorzi zu stellen.

Er erwartete sie vor ihrem Haustor zur Stunde, da sie von der Vorstellung der „Macht des Schicksals" heimkehren mußte. Er war dessen gewiß, sie würde nicht allein kommen. Konnte es anders möglich sein?

Vor wenigen Tagen noch hatte sie ihm süße Liebe gezeigt, die ihn von Sinnen brachte, so unverhofft kam die Umarmung. Eine Nacht nur! Konnte ein Weib so fühlen? (In Bianca hallte die kleinste Empfindung tagelang nach.) Immer dachte er an die rätselhaften Worte der Eurydice. Sie hatte ihn zu Bianca Carvagno zurückgeschickt:

„Sei ein Mann, gestehe alles!"

Ah, dies war eine raffinierte Finte, damit er ihr, Margherita, nur sicherer verfalle. Und dann:

„Ich bin Eurydice und bei den Toten zu Hause. Alles geht durch mich hindurch!"

Es ist wahr! Sie hatte ihn gewarnt. Jetzt aber verachtete sie ihn. Warum? Italo fand nur eine Antwort.

In wenigen Minuten mußten beide kommen, sie und der Mann. Er hatte, ohne daß er das Zerrbild im geringsten bezweifelte, eine feste Vorstellung von diesem glücklicheren Ritter: Ein großer breitschultriger Mensch mit dichtem Schwarzhaar und einem hinausgezwirbelten Schnurrbart, einem kühnen Denkmalsschnurrbart. Italo haßte dieses Phantasiegebilde inniglich. Seine Finger preßten einen Schlagring. Er wollte sich dem Paar entgegenwerfen, den Mann beschimpfen, angreifen, schlagen, töten, selber sterben, ein Ende machen.

Er sehnte sich nach diesem skandalösen Kampf, als wäre einzig so alle Verwicklung zu lösen.

Margherita kam allein mit der Mutter des Weges. Die Sängerin schritt weit aus wie ein Mann. Sie sah zu Boden, als überlege sie etwas. Ihr Gesicht war ganz ernst und fast reizlos. Das Vulgäre der Züge trat im Gaslaternenlicht scharf hervor. Nichts mehr von Eurydice war an der großen nervigen Gestalt im weiten Mantel zu finden. Diese Margherita war nicht bei den Toten. Die Mutter konnte nicht Schritt halten. Sie trug überdies die Ledertasche mit dem Kostüm und den

Utensilien des Theaters. Manchmal warf die Tochter ein Wort zurück, kurz und genau. Es klang so unwidersprechlich, als würden die zehn Gebote diktiert.

Aber wo war der Mann?

Tief enttäuscht darüber, daß dieser Mann nicht kam, stand Italo in der Finsternis. Die Muskeln erschlafften. Er wagte es nicht, sich den Frauen zu nähern.

Später erzwang er dennoch den Eintritt. Die trübgrinsende Mutter blieb höflich. Das gepolsterte Matronengesicht, das durch sein stürmisches Auftreten keineswegs aus der Fassung kam, entmutigte ihn, brachte ihn mit unheimlicher Sicherheit ins Konventionelle zurück:

„Also ich darf Margherita nicht sprechen?"

„Ach, das arme Kind ist krank. Wir müssen sie schonen. Welche Anstrengungen, und jeden Abend! Auf Wunsch des Arztes werde ich nun auch tagsüber niemanden zu ihr lassen, niemanden!"

„So werde ich sie niemals wiedersehen?"

„Oh, oh, warum nicht gar!? Die Stagione dauert noch vierzehn Tage. Wir werden uns freuen, beide sehr freuen, den Herrn am Abend im Theater zu wissen. Margherita wäre untröstlich, wenn der Herr nicht käme. Wir bleiben gute Freunde!"

Italo ging.

Während der junge Mensch die nachtgelösten, kleingewordenen Gassen der Stadt stundenlang durchschweifte, fühlte er mehrmals die Verpflichtung zum Selbstmord. Diese Anwandlung kam jedoch nicht aus einer ausweglosen Verzweiflung, sondern aus einer Art lächerlichen Anstandsgefühls. Sie hätte nicht genügt, seinem Körper, der jenseits aller Konflikte blühte, auch nur leise weh zu tun.

Letzte Rettung:

Zu Bianca gehen, ihr Lüge und Betrug gestehn! Aber wußte sie es nicht schon längst?! Und doch! Vielleicht konnte ihre Liebe über seine Gemeinheit siegen! Aber es war zu spät, zu viel war geschehn! Feig ohne Grenzen, fürchtete er ihr Gesicht.

Italo galoppierte, blieb stehn, riß an seinen Kleidern, stieß dumme Worte aus. Ein bleierner Ekel vor sich selber ritt wie ein Mahr seinen Nacken.

Das einzige Gefühl, das er in der Leere und Lähmung seines Gemütes fand, war weinerliches Heimweh nach Bianca. Er strebte zu ihrem Haus, wollte unter ihren Fenstern die Nacht verbringen.

Eine tiefe Scheu zog aber einen Bannkreis um den Stadtteil, wo sie wohnte. Nach vielen Rundläufen fand er sich in der Calle larga Vendramin. Er lehnte sich an die Hofmauer von Richard Wagners Palast und erwartete stier die späte Morgendämmerung.

Um halb neun Uhr ging er, weil schließlich mit solchem Gehaben nichts getan war, nach Hause. Den Vater traf er nicht an. Sein Bruder Renzo erschien erst später im Haus. Italo schlief ein paar Stunden. Mittags weckte ihn ein Brief. Er war so müde und schlaff, daß er das Kuvert, ohne sich fassen zu können, lange mit einem blöden Lächeln in der Hand hielt. Plötzlich aber wurde er klar.

Sein ganzes Leben vergaß er den Augenblick nicht, diesen Stich ins Lebensmark, da er die Unterschrift des Briefes las:

„Carvagno."

Das Schreiben bestand nur aus zwei Worten:

„Komm hierher!"

Unter dem Namen war Objekt und Stiege des Hospitals angegeben, wohin der Arzt ihn vorlud.

IV

Biancas Schicksal hatte sich erfüllt.

Zwei Tage noch nach der Szene auf dem Ponton schwieg sie, am dritten gestand sie ihrem Gatten alles. Dieses Geständnis wurde in tiefer Ruhe abgelegt, als hätte sie keine Versündigung zu beichten, sondern ein Geschehnis des Lebens zu nennen, dafür sie niemandem verantwortlich sei.

Seit dem schweren Ohnmachtsanfall, den Bianca erlitten hatte, war die Verwandlung, die seit Wochen ihr Wesen umschmolz, vollständig geworden.

Kein Zeichen der Erregung, des Schmerzes, der Verzweiflung, der Erbitterung, der Wut, der Sehnsucht stand in ihren Zügen. Das Weib voll Rachsucht, die

Römerin, die wild Liebende schien versteint. War es ein Übermaß von Haltung, das sie sich abzwang?

Die Legende erzählt, daß die Himmels- und Gottesmutter ihren geheimnisvollen Mantel jenen Frauen leiht, die in der Schwangerschaft ernstlich bedroht werden. Wie ein goldhältiger Schatten war dieser Mantel um Biancas Gestalt gebreitet. Sie schien nicht zu leiden, nicht einmal ihr Leid auszudenken. Nichts als dunkle, ergebene Erwartung war sie. Die schwere gelassene Gleichgültigkeit einer Göttin machte sie unnahbar.

Seitdem die Erkenntnis seiner Schuld über den Arzt gekommen war, fühlte er, daß er nicht den geringsten Anspruch, nicht das kleinste Recht auf die so unverständlich veränderte Frau habe. Der Bericht ihrer Untreue gab ihm nicht nur keinen Halt, sondern mehrte noch seine Reue.

Er allein hatte alles verwirkt, hatte nur sich selbst, nur den eigenen Zwecken gelebt, ein edles Wesen an sich gebunden und es niederträchtiger (täglich, stündlich) verlassen als jener alberne Geck Italo.

Daß sie sich einem eitlen Knaben in die Arme geworfen hatte, dies einzig trübte ein wenig das Bild der Frau.

Carvagno verbrachte die angestrengtesten Tage seines Lebens. Wie er in dumpfer Leidenschaft um das Heil seiner Kranken kämpfte, so wollte er jetzt die starrende Undurchdringlichkeit durchstoßen, die ihn und Bianca trennte.

Er wußte, daß seine Gegenwart sie quälte. Darum hielt er sich in andern Zimmern, ja sogar vor dem Hause auf, um sie nicht zu peinigen, aber dennoch in ihrer Nähe zu sein. Er keuchte unter vergeblichen Gedanken. Oft schluckte er ein wildes Schluchzen hinunter, so suchte er sie, so liebte er sie, so kämpfte er um ein Wiederfinden.

Er erinnerte sich jetzt jenes Gesprächs mit Giuseppe Verdi, als ihm vor einiger Zeit die Ehre eines gemeinsamen Spazierganges geschenkt worden war. Wie unendlich einfach und schön hatte der Maestro von der Frau gesprochen, die er aus dem grausamen Wunder der Mutterschaft heraus liebte und erhob.

Mitleid mit der Frau!

Aber diese Frau, die sich gegen ihn vergangen hatte, die vielleicht einen Bastard trug, sie war, unerklärlich warum, so hoch über ihn emporgewachsen, daß er kein Mitleid empfand, sondern verehrende Scheu.

Einer der tiefsten Augenblicke irdischer Erkenntnis wandelte ihn an, wie ihn nur sehr wenige Männer erleben dürfen. Denn die meisten, trüb und ohne Licht, gehen neben der Frau und helfen sich über den furchtbarsten Abgrund der Welt hinweg, indem sie aus ihr einen männischen Popanz machen, gefüllt mit ihren eigenen Mannsinteressen, Ehrgeizen, ja Ausschweifungen. Die Frauen nehmen die Gaben und spiegeln, weil das Leben so am leichtesten ist, die männliche Grimasse.

Carvagno aber erlebte mit furchtbarer Ratlosigkeit an Bianca jetzt die Wirklichkeit des Weibes, die unerreichliche. Er verstand sie nicht, sosehr er auch sein Hirn abmühte, keine Empfindung konnte er hervorbringen, die ihr Wesen zu erfassen vermochte. Weib war Fremdheit an sich.

Im Rückblick kam es ihm vor, als wäre seine Mutter ihm nicht näher gewesen, als hätte er nichts anderes von dieser Mutter erfahren, als daß sie sich um sein Heil sorge.

Nun lauschte er unbemerkt an der Tür den Schritten und Atemzügen Biancas. In solchen Sekunden wich die Scheu vor dem fremden, unbegreiflichen Wesen, und die Sehnsucht wuchs ins Unerträgliche, eins zu werden mit ihm wie in den Tagen der ersten Entzückung. Indem sich Bianca ihm ganz entzogen, hatte sie ihn, ohne es zu wissen und zu wollen, entflammt. Denn der Sinn des Gegensatzes ist der Funke und der Sinn des Funkens die Spannung. Um des Augenblicks der Liebe willen muß uns das Weib eine Ewigkeit unbekannt bleiben.

Carvagno, der ruppige, stets beschäftigte, seiner Kunst restlos hingegebene Arzt, verlor sich in der Wirrnis seiner neuen Liebe, seiner alten Schuld. Nicht eine Sekunde dachte er daran, daß nach bürgerlicher und zeitgemäßer Auffassung er selbst zu verzeihen oder zu verstoßen habe. Alles das war gleichgültig, unwesentlich.

Um eines nur mühte sich sein schlafloser Geist: Den Weg zu Bianca wiederzufinden, mit ihr ein neues, weiseres Leben zu beginnen, nachdem das erste so schmählich verpfuscht war.

Er korrespondierte mit zwei Universitätsstädten. Sie mußten unbedingt Venedig verlassen.

So sehr Carvagno litt, so sah er doch die Notwendigkeit ein, zu warten, bis die schweren unklaren Ereignisse vorbeigegangen wären. Das erstemal vernachlässigte er vollkommen seinen Beruf.

In der Nacht vom zwölften zum dreizehnten Februar trat die Katastrophe ein, die es notwendig machte, daß an Bianca eine künstliche Geburt eingeleitet wurde. Am Morgen brachte Carvagno in der kleinen Barkasse des Hospitals die Gattin in das Krankenhaus. Der Arzt, von dem seine Kollegen behaupteten, er habe die Unverwirrbarkeit eines Feldherrn, machte einen erbarmungswürdigen Eindruck. Übernächtig, unrasiert, mit blauen Tränensäcken, frostklappernd, war er um zwanzig Jahre gealtert. Er betete innerlich unaufhörlich zu den entthronten Heiligen seiner Kindheit. Den Primarius, der die Operation übernahm, umarmte er weinend. Er flehte ihn an, die Ärmste zu retten, ihn zu retten, denn keine Stunde würde er seine Frau überleben. Man wunderte sich allgemein, diesen starken und festen Menschen so unmännlich zu sehn, niemand hatte geglaubt, daß er so heiß lieben könne, die wenigsten überhaupt wußten, daß er verheiratet war.

Im Laufe des Vormittags aber gewann Carvagno nach diesem Zusammenbruch seine Fassung wieder.

Die ärztliche Kunst jener Zeit hatte noch große Angst vor der Chloroformnarkose, insbesondere bei schwierigen Fällen der Geburtshilfe. So kam es, daß Bianca von allem Anfang an unmenschliche Leiden ertragen mußte. Die Schwangerschaft hatte den siebenten Monat erreicht. Das Kind war höchst ungünstig gelagert, der Blutverlust groß. Alle Umstände vereinigten sich, die Hoffnung bis auf einen kleinen Rest schwinden zu lassen.

Die Ärzte erstaunten in Hochachtung vor dieser wunderbar leidenden Frau. Selbst in den schrecklichsten Augenblicken schrie sie nicht, sondern betete mit leisen, scharf ausgestoßenen Worten. Wenn sie nicht mehr die Schmerzen erdulden konnte, rettete sich ihr Wesen in Bewußtlosigkeit.

Schweißgebadet, vernichtet stand Carvagno an der Tür des lichterfüllten Saales. Die furchtbar geöffneten Augen der Frau waren ganz hell mit einem perlmutterfarbenen Glanz wie bei toten Tieren. Aus diesen Augen zog Carvagno die leiseste Spur eines Wunsches, den er zu erraten glaubte.

Darum hatte er auch an Italo geschrieben.

Als man ihm aber meldete, daß der Sohn des Senators draußen stehe, schlug eine Faust hohl gegen seine Brust. Er riß sich zusammen, packte den jungen Menschen bei der Hand und führte ihn, ohne loszulassen, in den Raum, wo dieser Akt des Lebens sich begab, der grauenhafter war als der Tod. Stille herrschte. Ruhig-halblaute Befehle. Das Metall einiger Instrumente klirrte gegen Glas. Die Dulderin lag in einer Ohnmacht, die dem letzten Anfall gefolgt war. Der Puls schien schon ganz verloren. Die Ärzte hofften, daß die Geburt gelingen werde, ohne daß man zu dem verzweifelten Mittel des Unterleibs-Schnitts würde schreiten müssen.

Die dritte Nachmittagsstunde war schon angebrochen.

Italo sah zuerst den steinernen Boden des Saals, der in Blut schwamm, dann sah er den aufgespreizten Leib eines Weibes, die mächtigen Schenkel, blutübergossen, schmutzig, schneeweiß, er sah den zur Seite gerückten Kopf, das hängende Haar, das leichenhafte Gesicht, er sah Bianca ... In diesem Augenblick stieß die Gebärende den ersten furchtbaren Schrei aus. Hatte sie die Nähe Italos gefühlt? Neuerdings, gräßlicher als bisher, setzte die Qual ein.

Langen, schier unendlichen Atems, folgte Schrei auf Schrei. Kein klagender, jammernder Laut, kaum Schmerz erfüllte diese Schreie, die, herrischer Kampfruf, Kriegsruf des Weibes, das Leben, die böse Gottheit anfuhren, die solche Teufelei ersonnen hat.

Italos Hand umkrallte die Hand des Mannes, dessen Frau seine Geliebte war. Ein unsagbares Stöhnen kam aus seiner Gurgel. Streng sah der leitende Arzt auf die beiden Männer, die sich widerrechtlich im Saal hielten.

Carvagno riß Italo in den Vorraum.

Rhythmisch und ungeschwächt, kaum aus einem Menschenmund, durchstießen die hellen, tönenden Frauenschreie die Luft.

Carvagnos große Hände packten die Schultern des schmächtigen Menschen. Mit furchtbarer Wucht drückten diese Hände Italo, der sich nicht wehrte, zu Boden. Der hilflos Kniende sah über sich das unkenntlich entstellte Mongolengesicht des Arztes, verschwollene Augen, tränenüberströmt alle Falten und Runzeln, einen im Wahnsinn verzerrten Mund. Er hörte dieses Menschen Stimme aufheulen. Er verstand die Worte:

„Nun siehst du, was für Bestien wir sind, wir Männer! Bestien, Bestien! Nun siehst du's!“

V

Auf dem Wege nach Santa Catarina bewegten tausend Gedanken den Maestro. Langsam ging das Unglaubliche in das sich sträubende Bewußtsein ein: Wagner war in der Stunde gestorben, da er, Verdi, die jahrzehntealte Last von sich geworfen und voll feierlichen Gefühls die Begegnung gesucht hatte.

Ein Machtspruch unheimlicher Gewalten lag in diesem Schicksal. Der Sinn blieb verhüllt.

Was er von Richard Wagners Leben wußte, zog in vielen phantastisch-ungenauen Bildern durch seinen Kopf. Wenn er auch die Werke des Toten bisher von sich ferngehalten hatte, eine unausweichliche Teilnahme war seit vielen Jahren in ihm rege gewesen, die jede Anekdote über den Meister, jede biographische Einzelheit, jedes Wort Wagners gierig auffaßte.

Aus der Hungerszeit in Paris, aus der balladenhaften Meerfahrt über den nördlichen Ozean, aus dem Barrikadenkampf in Dresden, den Exiljahren, der Freundschaft eines jugendlichen Schwärmerkönigs, der zweiten Ehe, aus dem wahnsinnigen Einfall des modernen Musikers, ein Theater nur für die eigenen Werke zu kreieren, aus dem Gelingen Bayreuths, – aus allen Taten und Leiden setzte sich die Geschichte dieses Lebens zusammen, dessen Spannung und Welteingriff dem zurückgezogenscheuen Maestro unermeßlich erschien.

Heute hatte er die ruhige Kraft gehabt, sich vor diesem Leben zu beugen. Und dennoch konnte er die Freude, die schwarze, niederträchtige Freude, die Freude, vom schwersten Druck befreit zu sein, noch vor einigen Minuten nicht hinunterwürgen. Welch eine dumme Sache war im Grunde diese Freude gewesen! Mochte er auch Wagner körperlich überleben, sein eigenes Werk war abgeschlossen und das des anderen wirkte ja weiter. Die Geißel war nicht von ihm genommen, nur der Mensch, dieser Mensch, dem er sich vor einer Stunde noch so sehr entgegengesehnt hatte.

Über all diese Erwägungen hinweg, fühlte der Maestro dennoch immer klarer, daß etwas in der Welt, in seiner Welt vollkommen anders geworden war.

Die Gedanken eilten in eine andere Richtung. Stürmisch tauchten alte, noch nicht verwirklichte Pläne auf. Das Spital in Villanova! Und eine sehr große Stiftung, ein Altersheim für ausgediente Musiker, dem er sein ganzes Vermögen und die Tantiemen seiner Opern zu vererben gedachte.

Eifrig wurden diese Pläne im Herzen gefördert und gewannen Gestalt.

Was bedeuten die dichtgedrängten Bettler vor der Friedhofstür? Jedes Todeslos, das den einen trifft, ist die Verschonung des andern. Dieser andere fühlt den Drang zu begleichen, durch eine freiwillige Gabe die Gnade der Oberen anzuerkennen. So ruht die feinste und gröbste Wohltätigkeit des Menschen auf einem Unterbau von metaphysischer Korruption.

In dieser Minute faßte der Maestro aus solchen menschlichen Ursachen hervor wunderbare Entschlüsse. Sie wurden später bis in den letzten Titel erfüllt, denn Verdi war treu und vermochte es nicht, sein Wort zu brechen, auch wenn er es nur sich selbst gegeben hatte.

Der Maestro fand die Wohnungstür der Fischböcks verschlossen. Sofort ahnte er, daß sich etwas Ungewöhnliches hier ereignet hatte. Waren die jungen Leute ausgezogen oder unversehens abgereist?

Eine deutliche Schreckempfindung zeigte die traurigere Möglichkeit.

Er klopfte bei der Nachbarpartei an. Eine hagere Frau mittleren Alters, im kleinbürgerlich-unerquicklichen Schlafrock öffnete. Der Maestro sah ein großes Zimmer vor sich, in dem, wie es schien, zwanzig Kinder eine Schlacht schlugen. Staub und Lärm wirbelte. Tapeten hingen herab, Heiligenbilder hingen schief und zeigten fleischige Herzen von übertriebener Farbe.

Ganz verloren unter den wüsten Rangen erkannte er den kleinen Fischböck. Die Augen des Knaben waren weit aufgerissen, er schien nicht zu verstehn, was mit ihm geschehn war. Betäubt unterm Lärm der Rohen stand er da.

Ein Kinderblick, der trotz aller Verhärmtheit aus Edelmut ein kleines Lächeln andeutete, traf den Kinderlosen. Doch Hans blieb stehn, ging nicht auf den Maestro zu, gab keinen Laut von sich, als ob die neuen Umstände ein Gefängnis wären, das er auf keine Weise verlassen dürfe.

Laut jammernd, falsch und schwatzhaft gab die Frau Bericht: Gestern in der Frühe sei das Unglück geschehn. Der junge deutsche Signor, als er seine Wohnung verlassen wollte, sei einfach auf der Schwelle zusammengefallen. Man habe ihn nicht zu sich bringen können. Ein furchtbares Übel! Sie, die Nachbarin, habe diese unwissenden Poveretti immer gewarnt. Die schlechte Ernährung! Das unregelmäßige Leben! Bald sei es ein Jahr, daß sie die liebenswürdigen Deutschen kenne. Innerhalb dieses Jahres habe sich Signor Fischböck, der rotwangig und rund hier eingezogen sei, so schrecklich verändert. Die Ärzte, dummes und aufgeblasenes Gesindel, wissen nichts. Sie selber kenne vortreffliche und von altersher unwiderstehliche Arzneien, zu denen sie geraten habe. Aber Jugend will nicht bekehrt sein. Agathe, das hilflose Geschöpfchen, habe gar keine Macht über den jungen Mann gehabt, der sich durch unsinnige Spaziergänge bei Tag und Nacht, durch unvollkommene Kleidung, Vernachlässigung seiner Krankheit mutwillig zugrunde richtete. Man denke nur: Wenn die Stube geheizt war, lief dieser Wildling im Winterrock herum, war sie aber eiskalt, dann zog er sich nackt aus. Wenn das nicht böser Wille gegen das eigene Leben ist! Nun ja, Deutsche, Abtrünnige, Protestanten!! Jetzt liegt der Ärmste im Hospital! Wird er zurückkommen? Sie hoffe fest auf die Madonna, denn sie gehöre nicht zu dem kirchenschänderischen Gesindel, das überall die Strafe des Himmels niederzieht. Ob der Herr ein Verwandter sei, ein vornehmer Verwandter der Familie Fischböck?! Er könne sich auf sie verlassen. Sie tue nicht nur mit dem Mundwerk Gutes. Der kleine Giovanni („Komm her, du mein Engelchen!") sei ihr mehr ans Herz gewachsen als ihre eigenen sechs („Werdet ihr ruhig sein, ihr Teufel!") Bälge zusammen. Sie habe es sehr schwer. Aber sie halte ihn wie einen Prinzen, obgleich sie selbst und die Ihren Hungerleider seien. Die Mutter danke ihr täglich auf den Knien.

Der Maestro bat die Schwätzerin vor die Tür und sagte mit jener Unwiderruflichkeit im Ausdruck, die ihn zum Herrscher im Gespräch mit den Leuten machte:

„Sie werden das Kind gut ernähren und betreuen. Alles wird Ihnen ersetzt werden."

Dann eilte er, ohne sich umzuschauen, die Treppe hinab. Den duldenden Blick des Knaben glaubte er nicht mehr ertragen zu können.

In der Aufnahmskanzlei des Ospedale civile erkundigte er sich sogleich nach Carvagno. Man nannte dem ehrwürdigen Unbekannten eine Abteilung und schickte einen Wärter mit, der ihm die Stiege zeigte.

Als er einige Stufen überwunden hatte, mußte der Maestro in einem plötzlichen Schwindel stehen bleiben. Er fühlte, wie schwer ihn der Tod des großen Widersachers erschüttert hatte. Das Herz in ihm mühte sich ab.

Auf dem obersten Treppenabsatz saß ein junger Mensch, der ohne etwas zu erkennen mit erloschenem Aug vorwärts starrte. Das sonst peinlich gepflegte Haar Italos klebte verwirrt, Strähnen hingen in die Stirn. Als der Mann im

Schatten der Treppe emporstieg, wandte er den Kopf zur Seite, um verborgen zu bleiben.

Der Maestro betrat den kalt schallenden Gang. Die süßlich-fauligen Gerüche der Klinik steigerten die Traurigkeit. Er mußte sich auf der Frauenabteilung befinden. Weiber, schlaff und schlampig, in grauen Kitteln und vertretenen Pantoffeln schlurften über die Steinplatten. Die große weißlackierte Tür, die, wie es schien, zu einem Operationssaal führte, stand ein wenig offen. Abgekämpft aus dem Innern des schmerzenvollen Raums drangen lange, fast melodisch heulende Schreie. Der Maestro mußte stehen bleiben und sein Herz halten. Er erkannte sogleich, daß diese mächtigen Wehrufe die einzigartigen Leidensgrüße einer Gebärenden waren.

(Oh Kriegslied, aus Blut und Kot aufschallend, dem runzlig atemlosen Rekruten vorangeschickt!)

Der erbleichende Mann sah Betteloni, den Quacksalber, wie er sich die Hände wusch und ausrief: „Das war schwer, mein Junge! Siehst du, so kommen Kinder auf die Welt!“ Er dachte an Margherita Barezzi, an das wohlgekleidete helle Fräulein, das mit ihm, dem armseligen Menschen, Musikstücke von Haydn gespielt hatte, und dann während zweier Nächte in schamloser Qual, nackt und schmutzig vor ihm litt, sie, die Schamhafte, die das Licht immer löschte, ehe sie sich entkleidete.

Nicht anders hatte sie geschrien als dies arme Weib da drinnen hinter den hartherzigen Mauern. Warum war solche Grausamkeit an die Schwelle des Lebens gesetzt?

Immer wieder beugte die Tiefe dieses Gesetzes den Geist des Mannes. Er mußte in dem erbarmungsvollen Augenblick, (unerklärlich, warum), auch an den Kuß Margherita Dezorzis denken, an ihr Parfüm, das leichte Anschmiegen ihres Körpers. Aber jetzt war der Nachgeschmack dieser Entzückung ein seltsamer Ekel.

Jäh brachen die Schreie ab. War nun das Leiden der Frau zu Ende? Ein Arzt im weißen Kittel trat aus der Tür. Der Maestro fragte nach Doktor Carvagno. Der Kollege machte ein überaus ernsthaftes Gesicht. Carvagno sei nicht zu sprechen. Der Name Mathias Fischböck jedoch war ihm bekannt. Er geleitete den Fremden zu einem jungen Assistenzarzt der Abteilung für innere Krankheiten.

Sehr respektvoll gab der junge Mediziner Auskunft. Das Antlitz vor ihm – er bemühte sich unausgesetzt, eine Ähnlichkeit festzustellen – erfüllte ihn mit Ehrfurcht.

„Fischböck? Gewiß! Sehr traurige Geschichte! Er liegt vorläufig in einem allgemeinen Krankensaal. Wir hoffen aber, heute abend noch eines der privaten Zimmerchen frei zu bekommen. Primarius Carvagno nimmt sich seiner an. Ich bitte Sie! Dieser Fischböck ist ein Künstler."

„Läßt sein Zustand Hoffnung übrig?"

„Nein! Leider nicht! Er wird kaum eine Woche mehr leben!"

„Aber wie ist denn das nur möglich! Vor zwei Tagen noch war dieser junge Mensch trotz seinem Fieber auf den Beinen?"

„Wir haben eine seltene, schleichende Form der Schwindsucht konstatiert. Eine Miliartuberkulose, die monatelang nicht feststellbar ist, aber plötzlich durch rapide Ausstreuung der Krankheitserreger in den Blutlauf innerhalb von wenigen Tagen tödlich wirkt. Die nervöse Lebensweise des Kranken hat leider den Ausbruch beschleunigt. Hier treten wir ein. Ich muß den Herrn leider bitten, auf das hohe Fieber des Patienten Rücksicht zu nehmen und den Besuch sehr kurz zu halten."

In den weißgetünchten Krankensaal hatte sich schon die frühe Winterdämmerung eingeschlichen. Die Luft brenzelte. All dies fiebernde Menschenfleisch, mehr als der Eisenofen im Winkel, schien die Sphäre zu hitzen. Unter der Wölbung zogen dunkle Nebel von häßlichen Gerüchen.

Im Raum, die Wände entlang, standen etwa fünfundzwanzig Betten, von schwarzen Kopftafeln gekrönt.

Um all diese Betten, schweigend oder flüsternd, waren kleine Gruppen von dunkelnden Menschen postiert, die im scheuen Kreis auf ihre Kranken blickten. Die Besuchsstunde ging zu Ende. Ein unheimliches Bild boten all diese finsterwispernden Verwandtenhäuflein, die unbekümmert um einander und doch in einer Art Scham wie Verschworene zu ihren gleichgültigen, von Sekunde zu Sekunde fremder werdenden Siechen sich beugten.

Das Elend des Fleisches war einzige Wahrheit! Wie konnte man nur sein Leben dem Trubel der Theatersäle weihen, der Oper!

Zwei Betten waren von keiner Sippe umkreist. Eines von ihnen zeigte den einsam brütenden Kopf eines Kranken, die von dichtem langem Grauhaar umschlossene Stirn. An dem Nachbarbett saß starr und verfallen Agathe. Vor diesem Bett verließ der junge Arzt den Maestro.

Der Anblick von Kranken macht tief verlegen. Es ist nicht, wie man argwöhnen könnte, die eigene Leidens- und Todesfurcht, die angerührt wird. Der Mensch, Nomade vieler heimlicher Welten, ansässig, verbürgert im Provisorium, schämt sich wie jeder echte Landstreicher, wenn er einen andern auf die Wanderschaft gehen sieht. Es liegt tief in unserem Wesen, daß wir diejenigen sehr bewundern, die aufbrechen müssen.

Auch der Maestro überwand Verlegenheit, ehe er zu dem Kranken trat.

Manchen hatte Giuseppe Verdi enden sehen, seitdem der kleine Icilio in seinen Armen gestorben war. Das Ereignis der Agonie, des abschnurrenden letzten Atems, der ausbleibt, nach schrecklichen Pausen wiedereinsetzt und schließlich nicht mehr kommt, die Verwandlung des lebendigen, verfangenen Gesichts in die starre Eingeweihtheit des Bildwerks, alle Todesstunden waren in ihm eingegangen und lebten unbeweglich. Sie, mehr als die Sekunden der Liebe und des Rausches, verhüllten sich in seinen Melodien. Miserere! Und machten sie mächtig.

Jetzt erwachten all die Todesstunden. Er fühlte sich engelhaft erhoben und eine stille, tröstende Heiterkeit strömte aus ihm, als er seine starke Hand auf die Hand des Kranken legte.

Die verkniffenen Mönchszüge Fischböcks traten mehr hervor als je, da ein bräunliches Gelb, Erdfarbe, auf Wangen und Lippen lag, und die Stirn nicht aufwärts strebte. Er schien fünfzigjährig zu sein, noch älter, sein Vater schien er zu sein, der Organist und Sonderling von Bitterfeld. Die Hände mit den unnatürlich dünnen Knochengelenken ruhten ergeben in der Schwerkraft, wie der Leib, den die regungslose Decke verbarg. Nur der Atem jagte kurz und der Puls der Halsschlagader raste. Die Augen kämpften irr um etwas Unausgesprochenes.

Der Maestro beugte sich hinab, lächelte:

„Aber, lieber Fischböck, was für böse Dinge!“

Die Augen des Kranken beruhigten sich:

„Da sind Sie, Herr Carrara! Habe Sie lang schon erwartet.“

Der Maestro faßte die Hand Agathens, die schlaff zurückfiel. Dann aber, sich zusammennehmend, sagte die junge Frau einige Dankesworte, als sie hörte, daß der gütige Freund den kleinen Hans gesehen habe.

Die trostreiche Kraft wurde fühlbar:

„Der junge Arzt, der mich hierhergeführt hat, ein ausgezeichneter Mensch übrigens, versichert, daß Sie noch heute abends ein eigenes Zimmer bekommen werden. Hier ist es wie in einer Kaserne ... Nun Freund, wie fühlen Sie sich?"

„Oh wohl, wie schon lange nicht."

„Wir haben auch nicht den geringsten Grund zur Beunruhigung. Selbstverständlich ermattet solch ein schweres Fieber die stärkste Natur. Aber der Arzt, den ich um die strenge Wahrheit gefragt habe, erklärt, daß nunmehr der Heilungsprozeß begonnen hat. Sie werden Rekonvaleszent sein. Gedulden Sie sich ein wenig. In einigen Wochen genießen Sie das Leben mehr als jemals."

„Ja, Herr Carrara! Ich habe nicht die geringste Angst um mich. Mir gehts gut. Nur das Blut rumort, das Blut rumort. Recht so! Es verbrennt, es vernichtet das Widerliche, Gemeine, Unkeusche, Tierische, den Rhythmus ... Dann werde ich frei sein."

Agathe warf dem Maestro einen Blick zu, daß er den Kranken unterbrechen möge:

„Ich komme, mich von Ihnen zu verabschieden, mein Fischböck, ich bin abberufen worden."

Fischböck hielt die Augen geschlossen. Agathe klagte, es war das erste unmittelbare Wort, das die Schüchterne an den Maestro richtete – :

„Jetzt sind wir ganz verlassen!"

„Oh das sind Sie nicht. Denn ich darf Ihnen eine gute Sache melden, meine Freunde!"

Der Kranke, der im Nachbarbett lag, drehte den grauhaarigen Kopf herüber.

„Der große Verleger, dem ich die Abschrift Ihrer Musik geschickt habe, ist nicht solch ein alter Tropf wie ich. Er ist ganz ergriffen von Ihren Bestrebungen. Er wünscht, alle Ihre Werke zu drucken, und hat mir übrigens sogleich einen Wechsel für Sie mitgesandt. Es soll dies das Handgeld für einen künftigen

Vertrag über Ihr Gesamtschaffen sein. Ich bezahle Ihnen diesen Wechsel in Bargeld. Es sind zehntausend Franken!“

Der Maestro sah den Todgeweihten nicht an, nahm mit sehr sachlicher Miene die großen Scheine aus der Brieftasche, zählte sie aufmerksam nach und reichte sie Agathen hinüber. Der Einfall, die Gabe so zu begründen, war ganz plötzlich gekommen. Er steckte mit der Befriedigung eines Mannes, der einen erfreulichen Auftrag erledigt hat, die Brieftasche wieder ein:

„Ich beglückwünsche Sie, mein lieber Fischböck, zu diesem Erfolg. Das kam für mich eigentlich sehr unerwartet. Nun, ich habe mich schön blamiert! Will mirs für die Zukunft merken. Wenn einmal Ihre Musik gedruckt und aufgeführt ist, wird sie die Welt ohne Zweifel in Erstaunen setzen. Ein Verleger, der zugreift, weiß genau, was er tut. All meine Einwendungen sind entwaffnet. Ich muß Sie nur auf Bitte des Unternehmers ersuchen, sich noch einige Zeit zu gedulden. Er wird demnächst persönlich hierherkommen, mit Ihnen verhandeln und den Vertrag schließen. Ihre Adresse kennt er. Also Geduld!“

Mathias hatte sich langsam im Bett aufgesetzt. Sein vom Kissen befreites, ganz klein gewordenes Gesicht zeigte keine Spur von Zweifel und Mißtrauen. Alle Kraft drängte sich in einem triumphierenden Blick zusammen, der die Frau traf:

„Siehst du, Agathe!?!“

Sein Kopf fiel zurück.

Auch der Mensch im Nebenbett hatte sich ein wenig erhoben. In der wachsenden Dämmerung sah der Maestro ein weißes zerfurchtes Schauspielergesicht. Dieses unpersönliche Gesicht, die Lebensmaske aller mittelmäßigen Mimen, Sänger, Bühnenleute, zog ihn immer wieder an. Er fühlte sich von dem unsichtbaren Auge des Kranken angestarrt. Agathe hielt noch die große Geldsumme in ihrer Hand, die das steife erlösende Papier fürchtete oder für einen Traum hielt.

Mathias schien im Augenblick gar nicht daran zu denken, daß durch dieses Geld seine Familie gerettet war. Die leise flache Fieberstimme fragte:

„Und er wird kommen, der Verleger?“

„Sie können sicher sein. Den Vorschuß läßt ein Verleger nicht verfallen.“

„Und wann wird er kommen?“

„Wenn seine Geschäfte in Mailand erledigt sind. In zwanzig, dreißig Tagen. Es eilt ja nicht. Und er kennt Ihre Adresse."

Fischböck lächelte mit einer fast boshaften Freude vor sich hin:

„Siehst du, Agathe? Ich bin doch kein Wahnsinniger. Ich habe Recht. Die Menschen kommen zu mir. Sie spüren die Wahrheit. Gar nicht so übermäßig lange habe ich auf die Menschen warten müssen. Du hast schon an mir gezweifelt, Agathe. Nein, sag nichts! Es ist nur selbstverständlich. Da siehst du's nun. Und das macht mir die größte Freude ... Sie verstehen etwas von Musik, Herr Carrara, Sie werden mich begreifen. All die berühmten Werke unserer sogenannten Meister und Neuerer? ... Nichts als auseinandergelegte Dreiklänge und die immergleichen Akkorde. Scheußlicher Wohllaut! Opernschwindel, verfluchter Opernschwindel. Schlechtes Pathos, schlechte Sentimentalität, kein Ton wahr! Oper! Und das soll die ganze Musik sein, die ebenso unendlich ist wie das Universum? Aber ihr alle wollt nicht leben, sondern nur genießen! Geduld! In drei Wochen bin ich beisammen. Das haben Sie gut gemacht, liebster Herr Carrara."

„Es ist die Wahrheit, Freund! Nur ein ganz kleines, schäbiges Stück sehen wir vom Nachthimmel der Musik. Mir muß es genügen. Sie kennen die neuen Konstellationen. Aber Sie sprechen zu viel. Jetzt keuchen Sie wieder."

„Nimmt er mich ganz in seinen Verlag, alles von mir?"

„Alles!"

„Und ich werde aufgeführt werden?"

„Gewiß! Sie werden aufgeführt werden!"

„Mein Freund Carrara! Ihnen zu Ehren will ich einen Chor schreiben, eine Motette! Für diese Aufführung! Sie werden erkennen, wie einfach das alles ist ... wie klar ... wie verständlich ..."

Der Kranke sprach mühsam. Der Maestro erhob sich:

„Am besten wird es sein, wenn Sie jetzt Ihren Kopf in Ruhe lassen und sich still Ihres großen Erfolges freuen."

Das Schauspielergesicht im Dunkel steht weit überm Bettrand. Der junge Arzt ist eingetreten. Die Sippen haben ihre Angehörigen längst verlassen. Verdis Auge umfaßt das Bild des Sterbenden, den er nie mehr sehen wird. Das Antlitz eines gotischen Bildwerks hat die Farbe des Zwielichts. Wieder dieser Gedanke:

„Hier geht ein bedeutender Mensch zugrunde. Keiner wird von ihm wissen."

Seine Hand berührt zum Abschied die Fieberstirn, die trockenen blonden Haare. Dann sagt er zu Agathe:

„Ich werde Ihnen über alles von Genua schreiben. Über alles!"

Der Assistenzarzt macht eine mahnende Geste. Ein Wärter zündet ein paar Gasflammen an. Krankenstimmen schleichen dem Licht entgegen, das langsam in alle Winkel kriecht.

„Mut, Freund!"

Der Maestro sagt das und schaut den Deutschen nicht mehr an. Das Bild soll verlöschen, muß erlöschen! Auch sein Gesicht, das Gesicht eines alten weisen Arbeiters, ist plötzlich ganz verfallen. Zögernd und mit langsamen Schritten geht er zur Tür, ohne von der Frau Abschied zu nehmen. Wie er sich entfernt, stemmt der kranke Theatermensch in seinem Bett sich hoch und flüstert begeistert, leise:

„Verdi!"

Niemand hat dieses Wort gehört.

VI

Der Gang liegt in einer noch hellen Dämmerung. Gewaltige Schritte von Unsichtbaren hallen. Die Wärter, die sich in die einzelnen Krankenzimmer begeben, schlagen rücksichtslos (hier bezahlt man nicht) die Türen zu. Der Maestro geht langsam weiter. Ehe er noch die Treppe erreicht hat, fühlt er sich von leiser Hand angetastet. Er kehrt sich nicht sofort um. Etwas Edles und Zaghaftes steht hinter ihm. Jetzt wendet er den Kopf und sieht Agathe Fischböck. Das unschöne, allzuhelle, fast brauenlose Gesicht ist nicht zu erkennen. Leidenschaft macht es streng:

„Ich weiß, wer Sie sind!"

Der Maestro findet kein Wort. Er sieht, daß die Frau eine von den Photographien in der Hand hält, die wider seinen Willen in den Handel gebracht worden sind. Sie redet hastig, scharf, damit ihr Mut sich nicht erschöpfe:

„Mein Mann muß sterben, sehr bald, ich weiß es! Sie kennen uns kaum. Sie haben für uns, für ihn mehr getan, als eigene Eltern tun können! Die Geschichte mit dem Verleger ist nicht wahr. Er wird sterben, aber glücklich sein. Danken kann er nicht. Das müssen Sie wissen! Sie sind Giuseppe Verdi!"

Nach schwerem Kampf stößt sie mit harten Pausen diese Sätze aus. Dem Maestro ist es, als müsse er ein Versteck suchen. Auch er flüstert scharf und abgerissen:

„Ich will, daß es Ihrem Kinde immer gut ergehe! ... Schreiben Sie! Kommen Sie dann! Kommen Sie bestimmt nach Genua, nach Sant Agata. Ich bin da! Ich will für das Kind sorgen!"

Die Frau hört diese Worte kaum. Sie wehrt sich gegen eine Überwältigung. Es ist nicht Dankbarkeit. Es ist etwas weit Höheres. Der Strahl, die Größe, der Mensch! Ihre Zähne schlagen gegeneinander. Plötzlich aber weint sie wild auf und fällt vor dem Maestro nieder. Worte können nicht werden. Sie preßt seine Hand gegen ihr Gesicht:

„Auch bei uns, Giuseppe Verdi! ... Ich kenne Sie ... Immer ... Gut ..."

Sie küßt die Hand, die sich wütend losreißt.

Er entflieht.

Der Maestro tritt aus der Dunkelheit in irgendein Torbild. Er sieht fern im Ausschnitt die Lagune der Fondamenta nuove, die noch im grauen Schein liegt. Aber wie er an der Grenze von Finsternis und weitem Wasserzwielicht steht, bemächtigt sich seines Geistes ein merkwürdiges Erlebnis.

Mit realer Bestimmtheit fühlt er, daß er gar nicht im Tor dieses Hospitals stehe, sondern wie allabendlich immer an seinem Erard-Flügel im Palazzo Doria sitze, um ein wenig zu improvisieren.

Doch der Augenblick dieses Zwittergefühls geht rasch vorbei.

Befreit vom Karbol und Auswurfsdunst des Krankenhauses, erfüllt die Lust der frischen Luft seine Lungen.

VII

Die sogenannten Fondamenta nuove von Venedig haben nichts mit der Vorstellung eines neuen Stadtteils, einer fassadenschönen Kai-Straße gemein. Das goldgeschminkte Gesicht der Stadt lächelt abgelebt und reizvoll den Süden an, die Klarheit des Mittelmeeres. Diese Fondamenta aber, nach einem wüsten Norden gewandt, sind die elende Rückseite des Lebens. Oh Wahrheit der alten herrlichen Diva, die um Mitternacht, wenn kein Auge mehr die schlaffe

Schönheit ihres gefärbten, gestützten, gewandeten Leibes bewundern will, grau und selbstgehässig sich ihrem Ruin hingibt.

Das traurige Stadtgestade erstreckt sich einige Kilometer lang vom Arsenal etwa bis zur Sacca della Misericordia, einem öden mißriechenden Hafengeviert. Die große Kaserne von San Francesco della Vigna, der riesige Zylinder der Gaswerke, die Mauern des Ospedale mit ihren vergitterten Fenstern starren aufs Wasser. Aber auch dieses Wasser hier gleicht nicht der farben- und freudeberauschten Lagune von San Marco. Von schillernden Abflüssen verheert, speichelt es widerlich allenthalben. Viele Sandbänke tauchen schmerzhaft den aussätzigen Rücken aus dem Spiegel. Es ist eine rechte Lagune der Verwesung, ein stygischer See, der mit bleiernen Fluten den furchtbaren Schatten der hebenden lachenden Körperwelt wälzt: Krankheit, Auswurf, geronnenes Blut! Selbst die außermenschliche Natur sucht diesen Ort, ihr Elend abzulagern, denn nicht nur vermorschte Balken, rätselhafte Gewebe, Schmutzformen treiben hier dahin, sondern nicht selten auch aufgequollene Tierkadaver, die sich langsam um sich selber drehn.

Die größte der Sandbänke, künstlich ummauert, gehoben, erweitert, die mit Zypressen bepflanzte Insel San Michele stößt ihren Glockenturm in die ewig mißmutige Luft. Es ist selbstverständlich, daß diese Friedhofsinsel der Stadt als Vorposten solchen Gestades ins nördliche Wasser hinausgeschoben ist.

Fühlbar fällt der Raum des Krankenhauses von den Schultern des Maestro. Ihm ist es, als verlasse er es als Genesender, als habe er sich wochenlang in den Krankensälen aufgehalten, denn eine Schwere, eine Weichheit der Knie, eine Müdigkeit der Knochen fühlt er bei jedem Schritt. Menschen gehn vorbei. Trottende Gruppen von Soldaten. Arbeiter. Armes Volk. Immer mehr Menschen. Die Venezianer dieses Gestades gleichen nicht den Venezianern der Laguna di San Marco. Selbst in den Gesichtern der Liebespaare lebt ein gekränkter Groll gegen das Leben.

Zwei Bilder werden im wachsenden Nebelabend groß und tiefsinnig. Jenseits des Kanals der Bettler, vom Ufer hinüber bis zur Friedhofsinsel, ist eine hochgebaute Pilotenbrücke, ein schwingender Holzsteg errichtet, den man in diesem Jahr nach dem Allerseelentag nicht abgebrochen hat. Da die Insel immer mehr verschwimmt, dehnt sich der lange und schmale Steg ins Unermessene, in ein trübes Jenseits. Leute, von denen einige Laternen und Kerzen tragen, kehren auf dieser Brücke, hoch über die Lagune ziehend, schattenhaft heim. Ein größeres Begräbnis, ein Gottesdienst scheint drüben stattgefunden zu haben. Noch kämpft Glockenlaut umherirrend gegen den Nebel.

Etwas weiter östlich im stockenden Wasser ist ein großes Baggerschiff verankert. Auf dem Kran beginnt schon Licht zu zwinkern. Aber die Arbeit ist noch im vollen Gang. Der Maestro hört das Knarren der Seile und Aufzugsketten, das leidende Keuchen der Maschine, den rhythmischen Schrei der Werkleute, der wie ein immer wiederholter Hilferuf eines Verwundeten klingt. Ein wütender Arbeitsrausch scheint auf dem Baggerschiff zu herrschen.

Die lichtertragenden Gestalten auf der Brücke wanken träge. Seltsam lautlos, mit beleidigten Augen promeniert das Volk durch die schwere Dämmerung.

Aus einem der schwarzen ins Wasser mündenden Nebentore des Hospitals hat sich eine gemeine Barke gelöst und steuert nach San Michele. Der Maestro erkennt an Bord des Fahrzeugs einige unbedeckte unbekränzte Holzsärge, die wie Fässer und Kisten regellos nebeneinander gestellt sind. Um diese Stunde wirft das Haus seinen Ballast aus, der hinüber nach der gastlichen Insel befördert wird.

Mühsam will der Maestro etwas denken. Nur einen Namen:

Vielleicht „Wagner", vielleicht „Fischböck". Aber die Namen wollen nicht gelingen.

Eine Macht, deren er sich nicht mehr erinnert, wächst an. Er erschrickt, denn er denkt an den Anfall der Nacht. Aber diese Macht ist nichts Böses. Er muß sich nicht wehren, obgleich sie alle Eingeweide zusammenreißt, das Zwerchfell krampft, den Atem würgt.

Wenn dies Tod ist, heißt er Begeisterung.

Der alte Mann im dunkelbraunen Überrock ballt mit unbegreiflicher Gebärde die Fäuste, öffnet die Anne, der Hut rutscht nach hinten, er lehnt sich gegen die Mauer, stemmt wie ein Erstickender das Bartkinn gegen die Brust und stößt einen halblauten keuchenden Ton aus. Augen ohne Blick erschließen sich, die weinen. Noch immer sind die Arme ausgespannt, sie beben vor innerem Schluchzen und plötzlich entfährt dem Mund in kurzem, heiserm, unsinnigem Sang der Ruf:

„Vendetta!"

Der Maestro weiß nichts von diesem Wort, das aus ihm kommt. Es bedeutet nichts. Nicht einen Vergeltungsschrei um all das Leben, das heute aufgeopfert ward, nicht eine bloße Reaktion auf die Leidenserlebnisse dieses Tages, nicht eine Antwort auf die furchtbare Schwemmt der Stunde, des Gestades, der Brücke, des Volks.

Die armen Menschen dieses Abends, der nun alles umschließt, machen schweigend der Gestalt Platz, die wie blind mit emporgedrehtem Haupt dahinschwankt, krampfhafte Silben zum Himmel lallend. Niemand nennt sie Narr, niemand lacht.

Je tiefer die Gestalt in die Stadt eindringt, um so dichter, reißender wird der Lebensstrom. Sie durchdringt ihn, ohne seine Wirbel zu fühlen, seinen Lärm zu hören. Mit einem vierschrötigen Kerl stößt sie zusammen. Der holt zu groben Worten aus, schweigt aber und grüßt.

In vielen Torgängen stehen Frauen mit Kindern im Arm. Ein Säugling streckt seine Händchen aus. Ein alter Priester im Ornat blickt der Gestalt mit sinnverlorenem Lächeln nach.

Der Maestro steht in seinem Zimmer. Beppo wartet. Er hat alle Aufträge erledigt, die Fahrkarten sind besorgt. Er will berichten, die Alltagslitanei beginnen. Beim dritten Wort schweigt er. Dieses Gesicht kennt er nicht. Sind das die Augen des Herrn, die richtenden, klaren? Er versteht nichts, aber er möchte hin zum Herrn, die alten Hände streicheln.

Auf Zehenspitzen geht der junge Diener davon.

Der Maestro läßt sich nieder. Er hat den Überrock nicht abgelegt.

Vendetta! Ist Vendetta Rache?

Wie ein Kerzenlicht im freien Nachtraum alles nur noch finsterer macht, so verdunkelt die feste Bedeutung der Worte die Unendlichkeit im Menschen.

Vendetta ist kein Wort. Vendetta ist die verlorene Kraft. Und mehr. Vendetta ist der Zauberaugenblick jener Liebe, die nur einen Augenblick lang erträglich ist, und das nicht oft im Leben.

Verdi sitzt noch immer reglos im dunklen Zimmer. Er lächelt nicht, trauert nicht, träumt nicht. Müde ist er wie eine Landschaft nach dem Regen.

VIII

Die Feierlichkeit, die der Senator beim Wein ersonnen hatte, um seinem Freunde zu beweisen, daß er trotz Wagner und der verwandelten Zeit noch immer Verdi, noch immer die Liebe der Italiener sei, sollte am Abend dieses dreizehnten Februars um acht Uhr stattfinden. Feier wäre ein allzugroßes Wort. Es war nach Rücksprache mit den betreffenden Funktionären nichts anderes beschlossen worden, als daß sich zur festgesetzten Stunde der Bürgermeister, drei Stadtväter, Graf Boni, Veranstalter des Weihnachtskonzertes im Teatro Fenice und Präsident des Liceo Marcello, nebst den angesehensten Professoren dieses Konservatoriums in das Hotel des Maestro begeben sollten, um daselbst Gruß und Dank der Stadt Venedig für sein Werk, sein Leben zu Füßen des Erlauchten ehrfürchtig niederzulegen. Nach kurzer Wechselrede hatte man von der Verleihung des Ehrenbürgerrechts (Wunsch des Senators) Abstand genommen, weil diese nur im Plenum der Stadtvertretung beschlossen werden konnte, wozu jedoch keine Zeit mehr war.

Je näher nun der Augenblick dieser Huldigung heranrückte, um so tiefer wurde die Unruhe, der Zwiespalt des Senators. Er begann einzusehn, daß er in Liebesbeflissenheit etwas angerichtet hatte, was der Freund seinem ganzen Charakter nach ihm schwer verübeln mußte.

Verdi, der zu jeder Zeit sich der geringsten Ovation scheu und wütend entzog, der die Leute in flehentlichen Briefen beschwor, sein Jubiläum zu übersehn, der die Aufstellung seiner Büste im Foyer der Scala als eine schwere Geschmacklosigkeit bekämpfte, er hatte es immer wieder dem Senator ans Herz gelegt, keinem Menschen seinen Aufenthalt in Venedig zu verraten.

Dem alten Freiheitskämpfer wurde heiß und kalt. Zehnmal verließ er planlos das Haus und kehrte ebenso planlos zurück. Nicht einmal mit Renzo, der ihn überrascht hatte, sprach er länger als einige Minuten. Recht feige pochte sein Herz. Wenn es möglich gewesen wäre, hätte er noch alles widerrufen, so sehr plagte ihn Angst vor Giuseppe Verdis Unerbittlichkeit und Strenge. Was für ein Gesicht wird der Maestro angesichts des Aufzugs von befrackten Herren machen? Das bös-ironische Gesicht seiner Jugend oder das gütig-ironische Gesicht seines Alters? Wird er nachher wüten oder gutmütig heucheln?

Was die leichtberauschte Phantasie des Senators übertrieben als sinnbildliche Begrüßung durch die ganze Nation erträumt hatte, entpuppte sich jetzt als ein sehr gefährlicher Überraschungsscherz.

Der Gute war in höchst verlegener Stimmung.

Um sieben Uhr abends aber gab Verdis Beppo jenes mit Bleistift hingesetzte, kaum leserliche Schreiben ab, das die Sachlage von Grund aus veränderte. In sehr warmen, ja sonderbar erregten Worten teilte der Maestro dem Freunde mit, daß er ihn nicht mehr sehen werde, daß er mit dem nächsten Zug nach Mailand und Genua verreise, ohne ihm vorher die Hand zu drücken. Alte Freunde, meinte er, sollten, wenn sie zu Jahren gekommen wären, jeden Abschied vermeiden, der ja immer der letzte sein kann. Diese Tage in Venedig seien ein Versuch gewesen, in ganz fremder Umgebung, in ehrlicher Einsamkeit eine gewisse Arbeit zu Ende zu bringen. War auch der Versuch mißlungen, so wolle er doch nicht sagen, daß die Zeit nutzlos vergeudet sei:

„Mir ist wehe ums Herz. Da ich hier freier war als irgendwo anders, habe ich hier so manches gesehn und erkannt ... Aber vielleicht ist Zweifel und Wehmut der natürliche Zustand des Alters.“

Mit sehr liebevollen Wendungen, die der Maestro nur in seltenen Fällen niederschreiben konnte, schloß das Schreiben. In die Enttäuschung des Senators mischte sich das Glücksgefühl über diesen Brief und die Erleichterung seines Gewissens.

Fünf Minuten vor acht Uhr betrat „Giuseppe Verdis Stellvertreter auf Erden“, so nannte man den Senator, die Halle des Hotels. Als Revolutionär verschmähte er den Frack und trug ein hochgeknöpftes Gewand, das seine gewaltige Gestalt hoch über alles Gewöhnliche hob. Diese Kleidung war wohlersonnen. Eitelkeit und Gesinnungstreue widersprachen sich nicht.

Die Herren im Frack warteten schon eine kleine Weile. Ehrerbietig und voll Neugier standen Wirt und Dienerschaft Spalier. Ersterer hatte mit heimlichem Augenzwinkern die Bemerkung gewagt, daß der „unbekannte Herr“ von Nr. 2 vor einer Stunde seine Rechnung beglichen und sich verabschiedet habe.

Den Senator kennzeichnete im Verkehr mit Menschen eine heftige und zugleich flüchtige, eine tyrannische und zugleich ungeschickte Art. Vieles wäre ihm kaum verziehen worden, wenn sein reiner und kühner Name nicht solche Absonderlichkeiten gerechtfertigt hätte. Auch jetzt stürmte er, wie immer in solchen Augenblicken, mit gefährlich rotem Gesicht, kurzatmig keuchend, in die Vorhalle und winkte der wartenden Gruppe den flatternden Gruß des schwungvollen Rebellen zu. Die Zylinder einer Zeit, die den Strettarausch aller geschäftsuntüchtigen Ideale längst überwunden hatte, erwiderten nüchtern und korrekt diesen Wink.

Der Senator schüttelte die Hand des Bürgermeisters, nickte dem musikalischen Grafen Boni ein wenig herablassend zu, begrüßte die ihm unbekannten Mitglieder der Abordnung mit summarischer Gebärde, und bat die Herren auf das Zimmer des Maestro. Der Hotelier, im Vollgefühl einer sein Haus auszeichnenden Stunde, stürzte voraus und zündete eigenhändig sämtliche Lichter des Fürstenzimmers Nr. 2 an. Erst als die Versammlung eingetreten war, zog er sich aus dem Raum zurück.

Der Senator schnappte noch immer nach Luft. Es regte sich in ihm, während er schwieg, der alte Politiker, der Redner, der, ehe er zu sprechen beginnt, die erdrückende Nacht seiner sonoren Erscheinung auf eine Menge genießt. Unendlich war der Mann von Achtundvierzig, Mazzinis Freund, dieser engbrüstigen Gesellschaft überlegen.

„Meine Herren“, begann er, „Sie, die Väter der Stadt, die Verwalter der Künste, haben sich hier versammelt, um einen Großen, den Größten wohl unterm italischen Volke, zu bewillkommen und ihm zu huldigen. Ich muß Ihnen nun mitteilen, daß Giuseppe Verdi unsere Stadt schon verlassen hat oder in diesem Augenblick verläßt.“

Einige Ausrufe und Fragen, die man an ihn richtete, unterbrach der Senator sogleich:

„Ich gestehe, sosehr ich auch traurig bin, daß wir alle dem großen Mann unsere Verehrung nicht darbringen können, mir ist ein Stein vom Herzen gefallen. Denn, Freunde, mit unserem Maestro ist nicht zu spaßen. Er haßt alle offiziellen Feste und Reden wie nichts anderes auf der Welt. Gott weiß, wie er uns empfangen hätte.“

Der Bürgermeister sah außerordentlich erstaunt den Senator an, der zu vergessen schien, daß er selbst ja den Anstoß zu diesem mißglückten Huldigungsakt gegeben hatte. Um jedoch die Würde seiner Stellung zu wahren, wies er darauf hin, daß kein Italiener, wie bedeutend er auch sei, die Begrüßung durch das Oberhaupt der Stadt Venedig mißachte.

Im Grunde aber war dieser magere, bureaukratische Mann froh, daß er über die feierliche Ansprache, die einem sehr entlegenen Lebens- und

Verwaltungsgebiet angehörte, so billig hinweggekommen sei. Der Herren bemächtigte sich eine gewisse Betretenheit. Man war in großem Aufzug mit allen Orden erschienen. Vor dem Hotel war das Häuflein von Neugierigen zu einer ansehnlichen und begeisterungsentschlossenen Menge angewachsen. Jetzt galt es eine Form zu finden, um mit Anstand und in harmonischer Form auseinanderzugehn.

Am wenigsten schien ihr Anstifter diese Mißhelligkeit zu begreifen. Mit liebevoll prüfenden Augen ging der Senator im Zimmer umher. Dann erst trat er unter die zehn Frackträger, maß sie, ließ seine ganze Fülle und Höhe wirken und nahm die Positur eines Mannes an, der andere belehren will. Diese anderen waren es zufrieden. Eine Rede, das ist die beste Entlastung und Lösung einer leeren Situation ...

„Vor einer Stunde", der Senator blieb leise, „hat Giuseppe Verdi dieses Zimmer verlassen. Es ist seither gewiß nicht aufgeräumt worden. Aber sehen Sie sich um, meine Herren, deutet auch nur die leiseste Unordnung darauf hin, daß hier ein schaffender Mann wochenlang geschrieben, gespeist, geschlafen hat? Ich kann Ihnen verraten, daß dieser leidenschaftlichste Mensch, der mir im Leben begegnet ist, niemals im Schlaf sein Bett zerwühlt. Feuer und Selbstzucht! Wer ermißt den Sieg? Dies ist Giuseppe Verdi!"

Einer der Herren schlich auf Zehenspitzen zum Fenster, um festzustellen, ob sich am Ende die Menge auf der Riva schon verlaufen habe. Während der Senator die Stimme erhob, nagelte sein Blick den unaufmerksamen Sünder fest, ehe er noch sein Vorhaben ausgeführt hatte:

„Die romantische Irrlehre hat ein Zerr-Ideal vom Künstler geschaffen: den Zigeuner, den Schmutzigen, den Vergeßlichen, den Nervösen, den Unlogischen, den Verantwortungslosen, den Ästheten, den Gecken. Welche Kunst nun kommt aus solchen Seelen? Mit einem Wort, die Verehrung des Bösen! Die Anbetung des Widerwärtigen! Wann sagt man heute von einem Buche zum Beispiel, es sei gut und echt? Wenn seine Figuren die Niedertracht des Lebens noch übertreffen. Dann freut man sich. Und wann ist eine Musik schön, untrivial, tief, große Kunst? Wenn sie von fanatischem Schwulst und aufgeregter Ode strotzt. Es ist in dieser Zeit ein teuflischer Wille unter den Menschen, einander wehe zu tun. Welch eine Kraft lebt in unserm Maestro, daß er allen Lockungen des Zerfalls widersteht! ... Der Wirt wird nicht über Abnützung seines Zimmers und seiner Möbel zu klagen haben. Dennoch fühle ich das heilige Leben des Teueren, der hier gewohnt hat, auf jedem Gegenstand. Bitte, lachen Sie mich aus, meine Verehrten! Es ist wahr, ich bin ein alter Schwärmer. Aber seitdem wir Erdentiere nicht mehr an Götter glauben, müssen wir aus Menschen uns Götter machen. Wer aber ist ein Gott? Der uns niemals enttäuscht hat, ist es. Ja, dieser große Mensch enttäuscht niemals."

Der Bürgermeister wandte sich mit steifem Nacken und gelangweiltem Aug zu seinen Gefährten, als wollte er fragen: Was will der Mann? Warum hält er uns eine Strafpredigt gegen die moderne Kunst, uns, denen sogar die alte völlig gleichgültig ist. Das Ganze dürfte sich gegen den armen Boni richten. Nun, der Gute hat halt nichts Besseres zu tun, was bei seinem großen Vermögen kein Wunder ist ...

Andre Gestalten aber als der Bürgermeister oder Graf Boni zogen durch den Geist des Senators:

„Ich habe das Glück gehabt, manches Helden Freund gewesen zu sein. Sie wissen es! Ich kann wohl sagen, niemand hat Mazzini näher gekannt als ich. An Garibaldis, Rosalinos, Birios, Hegedüs' Seite bin auch ich Soldat gewesen. Aber wie tapfer, wie prachtvoll sie alle waren, in ihrem Feuer brannte viel Stroh. Selbst mein reiner und hoher Lehrer Mazzini war nicht ohne Eitelkeit. Und jetzt will ich Ihnen sagen, warum Verdi ein Gott ist. Er ist der verhältnismäßig uneitelste Mensch dieser Erde. Kein Wesen kenne ich, das einen so furchtbar-unerbittlichen Selbstblick besitzt wie er. Er steht immer vollkommen plastisch vor sich. Darum auch ist er der gerechteste Mensch dieser Erde. Wäre es anders möglich, daß er, der aus der finstersten Analphabeten-Armut der zwanziger Jahre kommt, diesen Weg genommen hätte? Welch ein Krieg gegen sich selber! Jahr um Jahr! Werk um Werk! Giuseppe Verdi, das ist der göttliche Aufstieg der Menschheit. Beide, die Menschheit und Verdi, werden den Augenblick der Verdüsterung überwinden!"

Der Senator flammte. Die phlegmatische Gesellschaft straffte die Muskeln. Der gehobene Tonfall der Worte ließ die erwünschte Schlußphrase erwarten. Der Redner aber vergaß sich immer mehr:

„Wenn Verdi keine Note geschrieben hätte, wäre er groß. Aber weil er so groß ist, darum fließen seine Melodien durch alle Adern der Menschenwelt. Welcher Meister darf von sich sagen, daß seine Weisen den Indianer und Kabylen in gleicher Weise durchbeben wie den Russen und Deutschen? Und seine Chöre? Sie sind sein Größtes!! Die Chorgesänge der ersten Opern sind erstaunliche

Wundertaten. Als Einziger seiner Zeit hat er Massen gefühlt und so seine ungeheuren Chöre geschrieben! Denn er ist nicht Einer, er ist Alle. Dies der Schlüssel der Kunst!"

Nun also! Wie, was? Noch immer nicht zu Ende? Die Herren traten von einem Fuß auf den andern. Der Senator jedoch war nie der Mann gewesen, die Ermüdung oder Ungeduld einer Zuhörerschaft in Betracht zu ziehn:

„Diese Chöre!! Ich weiß, daß in ihnen nicht – wie Sie, Herr Graf und Wagnerianer Boni wohl zu meinen belieben – das Leichte, das Gassenhauerische wirkt, nein, die Reinheit und Tugend des Menschen ist es, die alle guten Ströme entfesselt. Die moderne Kunstanschauung versucht, das Banale, damit man es nicht durchschaue, zu komplizieren. Unser Maestro aber hat das Gewaltigste und Kompliziertete vereinfacht. Er ist der letzte Volks- und Menschheitskünstler, ein herrlicher Anachronismus des Jahrhunderts."

In den Gedanken des Senators tauchte ein griechischer Satz auf. Er wollte ihn angesichts so vieler Dummköpfe verbeißen. Aber der Philologe in ihm war stärker:

„τὸν βίον ̔Η φύσις ἔδωκε, μῆ τὸ καλῶς ζῆν ἡ τέκνη"

Schön, tugendhaft schön zu leben lehrt die Kunst, sagt dieser Vers eines unbekannten Tragikers. Lehrt uns die moderne Kunst wirklich das schöne Leben? Sie wird bald nichts anderes mehr sein als das ehrgeizige Geduldspiel von zwanzig Cliquen, die einander ausstechen wollen. Originalität ist das Zauberwort, vor dem sie zittern, ohne zu wissen, daß ihre Originalität meist nichts ist als angestrengte Nichtigkeit. Oh wie schlecht geht es heute dem Autor des „Nabucco" und der „Aida". Einer unserer jungen Gelehrten, der kürzlich den Satz prägte, Genie und Wahnsinn seien dasselbe, spricht Giuseppe Verdi, weil er allzugesund wäre, das Genie ab. Sohn eines Hundes! Da habt ihr die Niedertracht dieser Zeit, die alle Kraft und Geradheit verdächtig machen will. Lebenskrüppel, Psychopath und Verbrecher, das lassen sie als Künstlernatur gelten. Die sollen das Volk beschwingen! Aber wo ist Volk? Sind Minister, Generäle, Abgeordnete, journalistische Wortbanditen, Unterröcke, Idioten und Genasführte Volk? Nein, nein, ich danke! Du bist der Letzte, mein Verdi!"

Unvermittelt stülpte der Senator seinen Hut auf. Er hatte genug. Die Gesellschaft kam sogar auch um den erhebenden Schlußakkord dieser schwer verständlichen Ersatzrede. Graf Boni trat mit bedauernder und dabei nachsichtiger Miene auf den Senator zu:

„Mein Verehrter, Sie haben mich sarkastisch Wagnerianer genannt. Jawohl, das bin ich, ebenso wie ich unseren großen Verdi hochschätze. Ihr Sarkasmus war aber sehr wenig wohlangebracht, denn vor wenigen Stunden ist in unserer Stadt Richard Wagner gestorben. Der Herr Bürgermeister muß eilends die Richtlinien beschließen, nach denen Überführung und Trauerfeier im Einverständnis mit der Familie vor sich zu gehen haben."

Das blasse Stadtoberhaupt nickte teils geschmeichelt, teils unsicher. Allzuviel Kunstrepräsentation lastete auf seinen Schultern.

Der Senator aber brummte etwas und verschwand. Er dachte mit Traurigkeit an den Freund, den er lange nicht, vielleicht niemals mehr sehn würde, und der, wie jedes Ideal, wieder in die Entfernung der Sehnsucht gerückt war.

Die Menge vor dem Hotel blieb fest entschlossen, auf ihre Kosten zu kommen. Sie wollte irgendwem hochrufen. Allerhand berühmte Namen gingen von Mund zu Mund. Der Name des Maestro war nicht darunter.

Plötzlich verkündete ein Alleswisser, daß der Onorevole, Commendatore und Cavaliere S., ein bekannter und eleganter Parlamentarier, Zeitungsherausgeber und Sportsmann, seit gestern in diesem Hotel wohne. Ein Dröhnen der Befriedigung durchlief die Ansammlung. Als die würdige Abordnung das Tor verließ, um die Gondeln zu besteigen, ließen die Leute, in der Meinung, er sei offiziell geehrt worden, diesen Mann des Tages und der Zeit mit hingebungsvollen Freuderufen hochleben.

IX

Während sich dies auf der Riva degli Schiavoni abspielte, saß der Maestro in irgendeiner winkligen Trattoria und aß und trank eine Kleinigkeit. Ohne rechte Besinnung war er hier eingekehrt und ohne darauf zu achten, verzehrte er die Speise. Seinen Beppo hatte er schon zum Bahnhof vorausgesandt. In einer Stunde ging der neueingestellte Abendzug nach Mailand. Mit halbgeschlossenen Augen saß der Maestro nun da, nachdem er den Teller weggeschoben hatte. Er sah nicht das rauchig-dürftige Lokal, die vier schmutzigen Tische mit ihren verwüsteten Tüchern und Gefäßen, die lauten rohen Gäste, die schwarzhaarige Padrona, die hinter dem öl- und weinbefleckten Büfett männlich hervorlachte.

Immer weiter rückten die Tage und Menschen Venedigs davon.

Nur eins sah er immer vor sich. Die Holzbrücke nach San Michele mit ihren lichtertragenden Begräbnisgästen. Und der Augenblick stand groß in seinem Gemüt, da der Krampf nach all dem Erlebten sich in den kurzen barbarischen Sang des Wortes „Vendetta" löste.

Seit unendlichen Zeiten hatte diese rauhe Stimme nicht mehr dem Drange des Lebens geantwortet.

Er haßte die großen Worte. Dies aber war der Vorgang der Inspiration, wenn irgendwo, auf der Straße, im Zimmer, ja selbst unter Menschen, von einem würgenden Griff die Kehle den Atem verlor und die Tränen hervorstürzten. Nicht anders als in einem unsinnigen Gurgelruf waren nach jener Jugendkrise die ersten Takte der „Nabucco"-Arbeit geboren worden. Aber das erstemal wieder hatte die Stimme gesprochen, über die der alles zerstörende Geist keine Macht besaß. Das erstemal wieder und wohl das letztemal. Doch etwas regte sich zart in der tiefen Müdigkeit des Geistes: Eine Ruhe, ein Glück!

Mit keinem Gedanken dachte der Maestro daran, daß die Musik je wieder in ihm erwachen könnte. Aber erst jetzt hatte die Resignation jeden Stachel verloren.

Verdi trat in die enge Gasse, wohin er sich verirrt hatte. Aug in Aug seit Jahrhunderten schon starrten die nahen hochragenden Häuser sich an, ohne das geringste Wissen um einander, wie Menschen. Eine einzige Gaslaterne brannte mißvergnügt. Der Maestro hob das Haupt und sah einen ganz fernen, eingezwickten Nachthimmel. Er war nicht geistergläubig, aber etwas zwang ihn, sich vor dem befreiten anderen zu rechtfertigen.

„Du hast mir viele Jahre verstört. Aber vielleicht warst gar nicht du der Störenfried, sondern die Zeit, ich selbst, mein Zweifel, dem ich deinen Namen gegeben habe, da sie mir ihn von allen Seiten zuriefen. Seis wies sei! Ich habe mich benommen wie ein mittelmäßiger Mensch. Die wahre Begegnung habe ich nicht gewagt. Ich bin dir nachgereist und floh vor dir. Der Besuch ist mir nicht gelungen.

Und heute war die Zeit um. Da habe ich gemein empfunden, mich sehr schlecht gefreut, daß ich noch lebe und du nicht.

Nie, nie werde ich mir die Gemeinheit dieser Freude verzeihn. Du aber verzeih sie mir! Denn du bist tot, und ich bin nicht mehr als zehntausend andere alte Männer. Friede uns Beiden!"

Der Maestro suchte den Weg aus der Gasse.

Da nahten, mit einem fast unmenschlichen Gleichtakt das Pflaster tretend, zwei Gestalten. Voran eine große Figur mit einem riesigen Zylinder, die beinahe militärisch einem ziemlich hohen Stock nachexerzierte. Hinterher eine zweite, viel mühsamere Figur, die eine Laterne hochhielt.

Welch ein verschollener Brauch, daß in unserer Zeit der Gasbeleuchtung der Diener seinem Herrn mit der Laterne folgt, dachte der Maestro und trat nicht zur Seite.

Jetzt erkannte er den Marchese Gritti, der, da er nicht gewohnt war, auszuweichen, groß stehenblieb. Die stolze Erscheinung des Hundertjährigen verfehlte ihren Eindruck nicht. Verdi zog seinen Hut mit einer Verbeugung.

Die Vogelaugen Grittis kehrten aus dem Wachschlaf zurück, der das Lebensgeheimnis dieses großen Künstlers war, begannen zu kreisen und erforschten das Gesicht des Sterblichen. Sie fanden sich zurecht. Nun zog auch der Uralte höchst verbindlich seinen Hut. Dann küßte er seine Daumen mit jener galanten Gebärde des Wiener Kongresses, die er als Attaché der Gesandtschaft von Modena erlernt hatte: „Ich erkenne! Der hochberühmte Maestro! Das Ferne ist mir nah. Man weilt noch in Venedig!"

Der Maestro, von diesem Wesen betroffen, sagte ein paar Worte. Die helle schwingungslose Stimme einer verschollenen Konvention erwiderte:

„Ich beglückwünsche mich!"

Verdi bedauerte das Mißgeschick, das die einzigartige Sammlung des Marchese so arg beraubt hatte.

Andrea Geminiano Gritti hielt sich dabei nicht weiter auf:

„Sie wird ergänzt."

Er zweifelte nicht, daß ihm Jahre genug zur Verfügung stehn würden, das unmögliche Unternehmen dieser Ergänzung durchzuführen. Verdi, der Zweifler, sah bewundernd diesen Riesenglauben.

„Und jetzt, Herr Marchese, suchen Sie wohl wie allabendlich Ihre Loge auf. Spielt man im Fenice oder Rossini?“

Gritti wandte sich an François:

„Wo spielt man?“

„Im Rossini, Erlaucht!“

„Und was?“

„„Die heimliche Ehe“, Erlaucht!“

Der Marchese war mit diesem Bescheid außerordentlich zufrieden:

„Der Maestro wird wohl wissen, daß Domenico Cimarosa mein Freund war. Er ist vor achtzig Jahren gestorben.“

Dem Triumph dieser Tatsache fügte er hinzu:

„Keiner versteht mehr sein Meisterwerk. Man gräbt es aus und kann es nicht spielen. Soviel ist diese ganze Unsterblichkeit wert!“

Und dann nach einer Pause stummer Überlegung ein Wort nur:

„Verwirklichen!“

Das haar- und wimpernlose Gesicht ohne Züge kam näher:

„Weiß der geehrte Maestro übrigens, warum alle neueren Opern schlecht sind?“

„Ich wünsche sehr, es zu erfahren!“

Ein langsames Lachen gluckste aus Grittis Mund. Das sternenferne Vogelauge versuchte, sich auf den Maestro einzustellen. Die hohe schwingungslose Stimme färbte sich dunkel, um dem väterlichen Rat eines Kenners, den schon Donizetti nicht irremachen konnte, ein wenig Wärme zu geben:

„Man schreibt allzu langsame Melodien. Schweres Gefühl ist geschmacklos. Melodien müssen schnell sein.“

Mit diesem Ausspruch war die Audienz beendet. Die Automatenschritte entfernten sich. In greisen aber menschlichen Händen schwankte die Laterne.

Der Maestro stand noch immer unbewegt. Er überlegte:

„Wie ist das? Der große Zukunftsmusiker ist Vergangenheit. Ein halbes Kind, ein Zwanzigjähriger, glaubt diese vergangene Zukünftigkeit Wagners längst überwunden zu haben und liegt im Sterben. Aber der persönliche Freund Cimarosas überlebt sie alle und verlangt die hüpfenden Melodien des vorigen Jahrhunderts. Was berührt sich alles in einer Stunde dieses Lebens? ... Welch ein Unsinn!"

Beim nächsten Landungsponton bestieg Verdi den kleinen Dampfer, der zum Bahnhof fuhr. Es war der letzte des Tages. Dicht drängten sich Gestalten mit Bündeln und Körben.

Der Maestro stand ganz vorn und gab sein müdes Gesicht dem Winde hin. Er suchte den Palazzo Vendramin. Schwer schob sich das Haus heran, häßlich und öde. Alle Fenster waren dunkel bis auf zwei. Das eine war sehr hell erleuchtet, hinter dem andern schien nur ein Abschein von Licht zu zucken. Der Bau schaute gekränkt und gedemütigt in die Nacht, als wäre der Tod nicht nur ein Unglück, sondern auch ein Mißerfolg.

Der Maestro verfolgte das laute und das kaum fühlbare Licht, solange sie zu sehn waren.

Dann trat er zurück unter die Menge, unter ein abgearbeitetes, schwatzendes, scharfriechendes Volk, das nun von der Inselstadt in die Ortschaften der Terra ferma heimkehrte. Er schloß die Augen, und ihm war in seiner Müdigkeit, als ob er bewußtlos sei und ein großes lösendes Element, dem Wasser gleich, ihn umschließe.

In diesem Augenblick tat Giuseppe Verdi die Stadt Venedig von sich und alles, was ihr angehörte.

Nachspiel

I

Der Besuch des Maestro Giuseppe Verdi in Venedig blieb geheim. Die wenigen Personen, denen er begegnet war, schwiegen, und so erwähnt auch keine der mehr oder weniger gründlichen Biographien diesen Aufenthalt, weder Monaldi, Perinello, Checchi, noch Pizzi, Pougin, Resasco und Bragagnolo.

Verdi selbst sprach niemals davon, ja versuchte, da er sich alles Ungewohnten und Auffälligen schämte, diese sonderbare Ausschweifung zu vertuschen. Vigna starb im nächsten Monat. Mit dem Senator traf der Maestro zwei Jahre später in Mailand zusammen. Diesmal war der gute Freund aus Eifersucht sehr zurückhaltend, ja fast unangenehm. Der Kreis von treuen Menschen um Verdi machte ihn wütend.

So sehr der Zweifler seiner Erkenntnis mißtraute, das Nie-Erwartete, Nie-Erhoffte war geschehn. Die zehnjährige Ohnmacht, die Krise, die Verfinsterung seiner Schaffenskraft, der Schatten hatte sich hinweggehoben. In der Sekunde, da aus dem vom Grauen des Lebens gepreßten Menschen, angesichts der stygischen Lagune, die rauhe Stimme den Sang „Vendetta" ausgestoßen hatte, war der Bann gewichen. Natürlich trat diese Wiederbelebung nicht so jäh, so dramatisch ein. Aber schon in den folgenden Wochen auf den häufigen Spaziergängen nach Acquasola tauchten immer gebieterischer Klangvorstellungen auf. Musikalische Vorstellungen, nicht Notenbilder wie während der fruchtlosen „Lear"-Arbeit. Und jetzt geschah das Seltsame: Verdi wehrte sich.

Eines Tages aber war alles Sträuben vergebens gewesen. Ein Musikstück stand auf dem Papier. Rauh, ungebärdig, zitternd! Eine richtige Cabaletta wie aus den stürmischen Zeiten des „Attila" oder der Schlacht von Legnano. Sehr erstaunt lächelte der Maestro, als er diesen wilden Gesang, zu dem er selbst einige kurz abgerissene Worte gesetzt hatte, am Klavier probierte. Diese Musik war aus jenem unartikulierten Ausbruch „Vendetta" entstanden. Sie wurde später zum großartigen Abschied Otellos.

„Fahr hin denn, für immer fahr hin, heiliges Gedächtnis!"

Und in einer zweiten Verwandlung zum berühmten Schwur:

„Bei des Himmels Marmorgewölbe!"

So hatte auch die Stunde für Boitos Text geschlagen.

Verdi entschloß sich zögernd, unter tausend Vorbehalten und Unsicherheiten, ihn zu komponieren. Tief empfand er die Selbstlosigkeit des Jüngeren, der darauf verzichtete, das eigene Meisterstück zu musizieren. Noch im nächsten Jahr, da schon einige Szenen geschrieben waren, bot der Maestro dem Musiker Boito an, das Libretto des *Dichters* Boito zurückzunehmen!

Die drei Jahre der „Otello"-Arbeit waren ein Erlebnis von ungetrübter Schönheit. Nicht mehr wie in seinen ersten Zeiten beherrschte den Maestro der leidenschaftliche Drang, zu Ende zu kommen, nicht mehr wie in der „Lear"-Periode der Gewissensekel nach jeder geschriebenen Seite. Das erstemal genoß er ganz ohne Skrupel die reichen Wonnen der Meisterschaft. Nirgends lauerte mehr eine Schwierigkeit, der er nicht gewachsen war. Er mußte keinen krampfigen Anlauf nehmen, um Hürden zu überwinden. Er schwebte.

Genuesen und Zeitgenossen erzählen, daß man in diesen Jahren den alten Mann am Abend habe oft unter einer Gaslaterne stehen sehn, wie er in sein Notizbuch Eintragungen machte, glücklich verloren, ohne jemanden zu erkennen.

Er liebte die Partitur des „Otello" sosehr, daß er ihre Vollendung hinausschob, weil er vor der Stunde zitterte, da diese geliebte Seele nicht mehr bei ihm sein würde. „Armer Otello", schrieb er, als er den letzten Akt dem Kopisten übersandt hatte.

Am Abend des Verlustes zeigte er sich melancholisch und unleidlich.

Er stürmte durch die hohen Zimmer seiner Wohnung. Ingrimmig fand er, daß alle Möbel seit zwanzig Jahren schon unsinnig gruppiert seien. Morgen müsse alles umgestellt werden.

Er suchte ein Buch. Es war ihm natürlich gestohlen worden, nicht anders als die Havannazigarren der vergangenen Woche.

Das Diner gab die erwünschte Gelegenheit zu spöttischen Ausfällen. Die Ravioli waren ungenießbar. Die Köchin mußte gerufen werden. Tränen flossen. Eine Eheszene spitzte sich zu. Giuseppina beugte sich nicht. Verjährte Schuldfragen wurden bis zu den Schatten verfolgt.

Mit dem letzten Rest begütigender Resignation seufzte die Gattin:

„Niemand weiß, was für ein Mensch du bist. Gebe Gott, daß du keine Oper mehr schreibst."

Giftig rief der Maestro:

„Suche Trost in der Religion!"

Dieser Hohn war für die fromme Peppina zuviel. Sie ging aus dem Zimmer.

Wegen dieses Zwistes erlitt die allabendlich einsame Whistpartie der Gatten eine Verzögerung von einer halben Stunde.

II

Der Wirbelwinter der „Otello"-Premiere ging vorüber. Ein herrlicher Frühling bot den Lohn für Arger und Kränkung, die das Theater mit sich bringt.

In Sant Agata war Besuch. Die Nächsten nur: Boito und Giulio Ricordi. Man hatte auf der Terrasse gespeist und den schwarzen Kaffee genommen. Da es gegen sieben Uhr ging, wurden die beiden Herren unruhig. Sie mußten in zwei Stunden die nächste Eisenbahnstation Fiorenzuola-Arda erreicht haben, um in den Mailänder Zug zu steigen. Ihr Urlaub war zu Ende.

Der Maestro hatte im stillen längst dafür gesorgt, daß angespannt werde. Er wollte selber eine kleine Strecke weit die Freunde begleiten, da er einem Meier in der Nähe Aufträge zu geben hatte. Peppina, die ihren Gästen bis zu den Trauerweiden der Parkeinfahrt die Ehre gab, blieb zurück.

Verdi setzte sich auf den Rücksitz des Wagens. Die Einwendungen der beiden verscheuchte er mit der Hand. Niemand sprach mehr. Aus der herrschaftlichen Pappelallee gelangte man in die nüchterne Landschaft der lombardischen Ebene. Das Maigetreide stand schön und gut. In knorrigen Formen krampften sich die beschnittenen Ulmen empor. Auf den hundert Wasserrinnen des fruchttragenden Bodens lag der beginnende Sonnenuntergang. Stumm deutete der Maestro immer wieder auf ein Gehöft, den Schlot einer Faktorei, auf einen Wassergraben. Dies alles gehörte zu Sant Agata, war seine Schöpfung. Als man aber an dem Kral des Pferdegestüts und an den Ställen vorbeikam, wurde er ganz erregt. An diesen Tieren hing sein Herz.

Hundert Meter hinter der Meierei ließ er halten. Ehe noch der Wagen stand, sprang er ab, winkte den Freunden einen kurzen Abschied zu und schritt weitaus. Ein langer Schatten folgte.

„Der schwache Greis", sagte Boito.

Die Herren lächelten dem Maestro nach. Sie waren beide gleichaltrig, im Beginn der Vierzig und voll jener sonderbaren leichten Gerührtheit, die Männern auf der Höhe dieses Alters eigen ist.

Schwermütig-reizend spielte die Laune des Abends. Giulio Ricordi lehnte seinen Kopf zurück, der nichts von einem Kaufmann verriet, sondern die gebrechliche Mischung aus einem Grafen- und einem Gelehrtentypus vorstellte. Giulio war Erbe der Eroberer. Nach einer Weile wandte er sich an Boito:

„Bist du ihm jemals ganz nahe gekommen?"

Während Boito Antwort gab, veränderte er seine strenge Engländerphysiognomie um keinen Schatten:

„Nahe gekommen? Das ist unwichtig! Er ist der Mensch, den ich auf der Welt am meisten liebe."

„Du hast recht, Boito. Aber warum lieben wir ihn so sehr? Er ist verschlossen, streng, abweisend bis zur Grobheit, zeigt kein tieferes Interesse am anderen, oder verbirgt es ... Und man liebt ihn doch wie keinen sonst auf der Welt."

„Vielleicht ist es das Geheimnis der Reinheit."

„Was nennst du denn Reinheit?"

„Die Unschuld, die Absichtslosigkeit, das unverderbte Kind in einer Seele."

Ricordi schien nicht befriedigt. Er stützte sein Kinn auf den Spazierstock: „Ich habe als Verleger den absurden Beruf, mit großen Männern verkehren zu müssen. Sie sind meist sehr höflich, diese Berühmtheiten, geben steif-distanziertes Lob von sich. Aber ich sage dir, wie oft fühle ich mich da verringert und beleidigt. Verdi, der alte Hartschädel, erhöht mich. In seiner Nähe habe ich mein bestes Selbstbewußtsein."

„Ich will" – Boito lachte – „eine Einteilung der großen Männer improvisieren. Also! Es gibt prophetische und homerische Genies. Vor den Propheten hüte dich. Sie sind Menschenfresser, Proselytenmacher, Reklamehelden und Tyrannen ..."

„Ist der Maestro kein Tyrann?"

„Niemals für sich und seine Sache. Er ist ein Gerechtigkeitsnarr!"

„Also gehört er auf die Homerseite?"

„Auch das nicht. Am ersten Beispiel schon geht meine schöne Einteilung zum Teufel. Weißt du, warum Verdi so schamhaft ist? Er verbirgt etwas auf dem Grund seiner Seele. Niemand soll es ahnen. Was das ist? Worte gibts nicht dafür. Nenn' es eine höhere, transzendentale Mütterlichkeit. Pfui, das klingt abgeschmackt wie eine philosophische Abhandlung. Aber „Liebe“ ist noch ungenauer. Nun, vielleicht verstehst du mich.“

Sie kamen in ein Städtchen. Da es Sonntag war, spielte die Banda municipale (vierzehn Mann) auf dem Platz. Der Herrschaftswagen von Sant Agata war gesichtet worden. Vielleicht saß der Maestro selber drin. Die Musik stürzte sich in den „Nabucco “-Chor: „Va pensiero.“ Der Mann des Schlagwerks tobte. Die Bauern brüllten mit. Wie ein Herrscher in seiner Equipage den aufspritzenden Strom von Ovation und Volkshymne rasch durchschneidet, also durchtrabte der leichte Wagen Musik, Platz und Flecken.

Ein kräftiger Viertelmond erbarmte sich der Dämmerung.

Boito nahm leise das Wort:

„Der Ruhm allein hat recht!“

Ricordi erschrak:

„Bist du ein Erfolganbeter geworden?“

Boito hörte diese Frage gar nicht. Schwermütig verfolgte er seinen Gedanken weiter:

„Was ist ein Kunstwerk? Wann ist es gut oder schlecht? Wir haben schließlich alle eine Melodie darzubringen. Doch ob sie angenommen wird, nur darauf kommt es an. Es gibt tote unbekannte Meisterwerke. Aber schon weil sie tot sind, halte ich sie für keine Meisterwerke. Das Gezücht der Zukurzgekommenen zwar preist sie an. Aber es will sich dadurch nur an der Glorie rächen. Welch ein Geheimnis ist der Ruhm! Die Menschen ergreifen einen Gesang, ein Werk, einen Namen. Sie genießen ihn und wie in ein Gefäß versenken sie ihre eigenen Visionen und Tränen darein. Eine mystische Mitwirkung, ein gegenseitiges Geben und Nehmen entsteht. Es ist nicht nur Genie und Schicksal, es ist eine unerklärliche Kraft im Spiel, wenn ein Mensch oder eine Tat zum Märchen wird.“

Giulio fühlte sich bei dieser Philosophie des Ruhms unbehaglich. Er wußte, daß der Mystizismus eine alte Gefahr für den Freund war. Boito sagte noch etwas vom theologischen Begriff der Gnade, der einen Zusammenhang mit dieser Frage haben müsse. Dann ging man zu einem alltäglichen Gegenstand über.

Aber sie waren mit dem Maestro nicht fertig. Das Gespräch glitt zurück. Boito bekannte:

„Mit Verdi ist es mir sonderbar ergangen. Ich bin sein Paulus. Es gab eine Zeit, wo ich ihn gehaßt und verfolgt, seine Musik abscheulich gefunden habe. Ich war damals von Wagner gänzlich verblendet ...“

Ricordi unterbrach:

„Wagner! Was muß er durch ihn gelitten haben?! Hat er jemals eine Andeutung darüber gemacht?“

„Nie! Du weißt es ja selbst. Er hat manchmal von Wagner gesprochen. Ehedem seltener und jetzt recht oft. Aber immer sachlich, nüchtern, wie er über alles spricht. Vielleicht hat er gar nicht an ihm gelitten!“

„Ist es nicht ein großes Unglück, daß diese beiden einander niemals gesehn und gesprochen haben. Welch eine Begegnung! Das ist eine Lieblingsphantasie von mir.“

Boito war anderer Meinung:

„Ist es wirklich ein Unglück? Solche Zusammenkünfte enden meist mit einem höflichen Mißverständnis.“

Die Rede kam auf „Otello“. Giulio Ricordi erkundigte sich:

„Findest du auch nur eine Spur von Wagner in der Partitur?“

„Wer das behauptet, hat keine Ohren im Kopf. „Otello“ ist die reinste Konsequenz des „Rigoletto“.“

„Dies ist Verdis größte Charaktertat! Er hat unsere Musik bewahrt, und du hast ihm zum Sieg verholfen.“

„Die komische Oper kommt noch.“

Und Boito erheiterte sich sehr:

„Man mag auf der Welt noch einen solchen Hausherrn und zwei solche Gäste suchen. Sie kehren den Rücken und halten wahrlich keine üble Nachrede.“

Die Herren kamen zur rechten Zeit in Arda an. Einige Minuten noch und der Zug mußte einfahren. Sie saßen auf einer Bank des Bahnsteigs. Der nervöse Boito kramte in seinen Taschen. Es war die gewohnte Jagd nach der Fahrkarte.

Plötzlich zog er einen unförmigen Handschuh hervor, einen Wollhandschuh, wie man ihn bei der Gartenarbeit verwendet. Ricordi sah es:

„Was ist das für ein Monstrum? Dein Handschuh?"

„Nein! Das ist Verdis Handschuh!"

„Hast du ihn eingesteckt?"

„Gestohlen hab ich ihn!"

„Was heißt das?"

„Ich habe ihn gestohlen. Ja, gestohlen als Andenken, als Autogramm, als Gott weiß was. Ein plötzliches Muß! Eine Leidenschaft! Ohne Scherz! Ich konnte mir nicht helfen. So! Und jetzt darfst du lachen!"

Giulio Ricordi lachte wirklich. Aber es war durchaus kein höhnisches Lachen:

„Seht hier den weitberühmten Komponisten des „Mefistofele", seht den großen Dichter! Ecco il leone!"

Boito steckte den Handschuh schnell ein:

„Es steht dir frei, mich für einen Schulbuben, eine Jungfrau oder für einen Amerikaner zu halten. Komm!"

Der Zug rollte heran.

III

In den drei letzten Jahren des sterbenden Jahrhunderts ertrug der verwitwete Maestro nicht mehr die Leere von Sant Agata.

Er lebte, wie ein Kind vom ausgezeichneten Personal des Commendatore Spatz gehütet und gepflegt, im Grand Hotel Milan.

Eines Spätnachmittags, zu anderer Stunde als gewöhnlich, trat Arrigo Boito in das Arbeitszimmer des Alten, der sehr erschrak und ein schuldbewußtes Gesicht machte. Boito sah eine Menge von Notenpapier über den Tisch gebreitet. Ohne sich um die Verlegenheit Verdis zu kümmern, der jetzt, da nichts mehr zu retten war, krampfhaft aus dem Fenster sah, stürzte sich der Neugierige auf die Schriften. Er hatte es ja geahnt, daß es mit dem Müßiggang des Maestro, von dem er wegwerfend immer wieder sprach, nicht weit her sei. Diese einsamen Nachmittage, die niemand stören durfte, waren doch zu merkwürdig und das schüchterne, immer schnellabreißende Klavierspiel auch, das man manchmal im

Hotelkorridor des ersten Stockwerks hören konnte. Trotz all seiner List, trotz Finten und Fallen war es aber dem treuen Boito nicht gelungen, hinter das Geheimnis zu kommen.

Doch jetzt las der Unerbittliche und, siehe, er kam außer sich:

„Aber Maestro! Wenn ich nicht träume und nicht betrunken bin, und das bin ich nicht, so ist das hier die verwegenste Sache, die Sie je gemacht haben. Wie ist es nur möglich, daß Sie solche Schätze verbergen?"

„Boito mio, Sie scheinen doch kein rechtes Verständnis für Musik zu haben! Das hier ist Unfug, Spielerei, Gelalle, Experimente der Altersschwäche, basta!"

Boito las, ohne daß Verdi es verhindern konnte, immer weiter. Dann schüttelte er den Kopf:

„Ein ganz neuer Verdi! Ich bin starr ..."

„Mein Gott! Ihnen imponieren eben fünf erlesene Ungewöhnlichkeiten mehr als die schönste Melodie, als die kirchenväterlichste Reinheit des Stils."

„Ein ganz neuer Verdi! Und Sie arbeiten täglich. Warum, um Himmelswillen, verstecken Sie diese Arbeiten?"

„Die Heutigen, wenn sie veröffentlichen, denken nur an den Effekt bei den Kollegen. Ich habe mich immer dem Publikum verpflichtet gefühlt."

„Nun, Maestro, warum schreiben Sie es dann nieder?"

„Ich kann diese Dummheiten nicht ganz lassen. Bin sehr viel allein. Probleme, Unsinn, Nebensachen! Sehn Sie, das ist unsere Zeit! Kunst ist nichts mehr Selbstverständliches. Man spricht nicht, man reflektiert die Grammatik. Die Maler in Paris, wie man mir sagt, wollen jetzt nur mehr Malerei malen. Nur Malerei malen! Ach! Ach! Es hat immer solche Zeiten gegeben. Die Inhalte sterben. Man will aus Verlegenheit das Material erneuern, die Mittel erneuern. Ruhepausen!"

„Und auch Sie, Maestro?"

„Ja, ich weiß, es ist unausstehlich von mir, unausstehlich! Aber schließlich bleibt es doch Privatsache."

Der Alte versuchte sich seinen Noten zu nähern, mußte aber dieses Unternehmen als aussichtslos aufgeben. Mit den weitsichtigen Augen, die immer ein wenig über das Ziel hinausblickten, sah er den Freund an:

„Hören Sie, Boito, ich bin dahinter gekommen, was der wahre Dämon, das eigentliche Geheimnis aller Kunst ist."

Der Maestro machte bei diesen Worten ein sehr unschuldiges Gesicht. Boito sah ihn fragend an:

„Das Geheimnis der Kunst ist die Langeweile."

„Die Langeweile?"

„Ja, alle Wirkungen werden naturgemäß innerhalb einiger Jahre langweilig. Man muß neue erlisten. Das ist der ganze künstlerische Fortschritt!"

„Bravo, Maestro!"

Noch immer schaute das Greisenantlitz voll Naivität auf den Freund. Boito lachte ausgiebig. Diesen Augenblick aber benützte der schlaue Verdi und schob seine Papiere zusammen. Zu spät bemerkte der andere die Kriegslist.

„Maestro, geben Sie mir diese Noten!"

„Nein, nein, nein, mein Freund!"

„Ich will sie nur in Ruhe lesen."

„Ich weiß es, aber ich kann nicht dulden, daß Sie Ihre kostbare Zeit verlieren. Der „Nero" wartet."

Die Blätter verschwanden in einer Schublade.

Der Maestro stand im Zwielicht. Der sehr enttäuschte Boito trat näher zu ihm hin. Da gewahrte er in dem lieben Gesicht des Fünfundachtzigjährigen, in diesem Gesicht voll tausend Runzeln und Augenfältchen solch einen wunderbar schönen Ausdruck von verklärter Schelmerei, daß sein edles Herz die Tränen nicht zurückhalten konnte.

Nun sah er aus dem Fenster.

Verdi suchte in allen Taschen seine Streichhölzchen. Endlich fand er sie und zündete nach allerhand neuen Hindernissen die Klavierlampe an. Dann rückte er einen zweiten Stuhl zum Flügel und legte ein altertümliches Notenheft auf das Pult:

„So, mein lieber Boito! Jetzt lassen Sie uns eine dieser beruhigenden und meisterhaften Sonaten von Corelli spielen. Aber nur eine! Denn mehr vertragen meine Augen nicht."